BASTEI
LÜBBE

Über den Autor:
Luca Di Fulvio, geb. 1957, lebt und arbeitet in Rom. Sein vielseitiges Talent ermöglicht es ihm, mit derselben Leichtigkeit packende Thriller für Erwachsene wie auch fröhliche Geschichten für Kinder zu schreiben (letztere unter Pseudonym veröffentlicht). Einer seiner vorherigen Thriller, »L'Impagliatore«, wurde unter dem Titel »Occhi di cristallo« für das italienische Kino verfilmt. Bevor Di Fulvio zum Schreiben kam, hat er in Rom Dramaturgie studiert, und sein Lehrmeister war kein Geringerer als Andrea Camilleri.

Luca Di Fulvio

DIE RACHE DES DIONYSOS

Thriller

Aus dem Italienischen von
Petra Knoch

BASTEI LÜBBE

BASTEI LÜBBE TASCHENBUCH
Band 15872

1.+2. Auflage: Juni 2008

Vollständige Taschenbuchausgabe

Bastei Lübbe Taschenbücher in der Verlagsgruppe Lübbe

Titel der italienischen Originalausgabe:
LA SCALA DI DIONISO

Lektorat: Konstanze Allnach
Umschlaggestaltung: Nadine Littig
Druck und Verarbeitung: Nørhaven Paperback A/S
Printed in Denmark
ISBN 978-3-404-15872-0

Für Carla,
die so ist, wie ich gern wäre.
Und die mich zu dem macht,
der ich ohne sie niemals hätte werden können …
… und für meinen Vater und für meinen Sohn Luca,
die meine schönste Vergangenheit und
meine schönste Zukunft sind.

Wenn er ein Kind hat je, sei's missgeboren:
Unheilsschwer unzeitig ans Licht gebracht,
So grässlich unnatürlicher Gestalt,
Dass es dem Hoffnungsblick der Mutter graut …

William Shakespeare: König Richard III.,
Erster Akt, 2. Szene

Dionysos ist keiner Gottheit unterlegen!

Euripides: Die Bakchen, Dritte Szene

Prolog

I

Der Mörder wusste, was Schmerz war. Denn er war in den Schmerz hineingeboren. Er selbst war Schmerz. Und es gab keine Qual, die er nicht hätte lieben können. Denn sein Schmerz war gut. Der Schmerz, den sein elender Körper ertrug, war nun zugleich sein Triumph und seine Feier, war der vom Schicksal gewählte Weg, ihm ein neues Leben zu schenken. Ein ruhmreiches Leben.

Niemand würde ihn auslachen. Nie wieder. Mit vollen Händen konnte er aus dem Fleisch der anderen die Qualen schöpfen, die sie nicht nur in seinem Körper, sondern auch in seiner Seele geerntet hatten. Jetzt war die Rache sein. Er hatte die Kraft. Die Furcht der anderen war ihm gewiss.

Der Gott hatte es ihm gewährt. Und für den Gott würde er es tun.

Denn der Schmerz erfüllte ihn. Und hatte ihn ausgedörrt.

Er war kein Mensch. Noch war er je ein Mensch gewesen. Er war ein Fötus.

An einem fernen Abend vor sechzehn Jahren war der Fötus zur Welt gekommen und hatte sich in seinem Inneren wiedergefunden. Vor Hass, Rache und Furcht pulsierend. Und vor Liebe. Dem Gott allein geweiht.

Nun hatte er die Kraft. Und den Sinn.

Und ein Schicksal, das es zu erfüllen galt.

Denn nach sechzehn Jahren – so hatte der Gott gesagt – war nun der Moment gekommen. Der Gott hatte ihm gezeigt, wer er war. Denn er erzählte eine Geschichte, die auch ihm gefiel und beschrieb, wonach er sich sehnte. In der Geschichte des Gottes war auch seine eigene kleine Geschichte enthalten.

Der Gott hatte ihm einen Herrn gegeben.

Sein Herr hatte ihm die Kraft gegeben.

Und dieser Kraft hatte der Gott einen Sinn gegeben.

»Jetzt«, sprach der Gott zu ihm, bevor er in der Nacht verschwand.

Er war ein Gott in Menschengestalt.

Juffridi hörte wütendes Hundegebell, dann klopfte es an der Tür. Es war Nacht. Er zog das Messer, das er immer am Gürtel trug, stellte die Öllampe neben der Tür ab und öffnete, wobei er einen Schritt zurückwich und die scharfe Klinge gegen den Türspalt richtete.

Juffridi ließ die Waffe sinken und lachte. »Ach, du bist es ... *Missgeburt*«, sagte er. Er blickte auf die Hände des anderen und lachte noch lauter. »Hattest du Angst, du könntest dir kalte Finger holen?«

Die riesige, von einem schwarzen Lederhandschuh verhüllte Hand packte ihn am Hals. Dann zog sie ihn nach draußen zum Hauklotz, auf dem Juffridi Brennholz hackte und Hühner schlachtete.

Der Hund hörte nicht auf zu bellen.

Mit beiden Händen suchte sich Juffridi verzweifelt von den Fingern zu befreien, die ihm die Kehle verschnürten. Er röchelte, trat um sich. Dann schlug er mit aller ihm verbleibenden Kraft dort zu, wo er wusste, dass es wehtat. Er hörte ein unterdrücktes Stöhnen. Wieder und wieder schlug er zu. Er schlug verzweifelt dort zu, wo er wusste, dass die *Missgeburt* am ehesten verwundbar war, dort, wo sie Schmerz empfinden würde. Ihrer Kraft jedoch hatte er nichts entgegenzusetzen. Damals vielleicht, als er noch jung war. Aber jetzt, mit seinen sechzig Jahren, nicht mehr.

Die Lippe des Mörders blutete. Er konnte nicht atmen. Die Luft ging ihm aus und in seiner Kehle sprudelte Blut. Der Mörder fürchtete zu ersticken. Seine Schläfen pochten. Er spürte seine Arme nicht mehr. Seine Beine ebenso wenig. Auch seine Lider bluteten und das Blut brannte ihm in den Augen. Ein roter Schleier glitt vor der Dunkelheit seines Gefängnisses hinab.

Juffridi wusste, wo er zuschlagen musste.

Als der Mörder geboren wurde, hatten ihn alle ausgelacht. Er wusste es. Und während er aufwuchs, hatten sie ihn weiter ausgelacht.

Auch Juffridi hatte ihn ausgelacht.

Einzig der Gott und sein Herr hatten ihn nie ausgelacht.

»Jetzt«, murmelte der Mörder mühsam mit aufgerissener Lippe.

Er war kein Mensch. Er war ein grausames Wesen.

Juffridi wurde mit dem Rücken auf den Hauklotz gestoßen. Der Geruch von fauligem Blut und altem Holz stieg ihm in die Nase. Eine Hand hielt ihn weiter fest. Die andere griff nach dem Beil, mit dem Juffridi die Hühner schlachtete.

Juffridi sah die Klinge in die Höhe steigen und dann herabstürzen. Mitten auf seine Brust. Als Nächstes hörte er das Krachen, mit dem sich sein Brustbein spaltete. Dann kam der Schmerz, warm und stechend. Sein Blick trübte sich. Und durch den Nebel hindurch sah er, wie der Mörder an seinem Gürtel nach einer groben Ahle griff, wie Schlachter sie benutzen, um große Fleischbrocken am Hackbrett zu befestigen. Die Hand rammte das Werkzeug mit unglaublicher Wucht in seine Schulter, durchstach Fleisch, zersplitterte Knochen, zerriss Sehnen und trieb die Ahle bis in den Hauklotz. Dann gab sie seine Kehle frei.

Juffridi war nun der große Fleischbrocken, der am Hackbrett befestigt war.

Und mit zwei schnellen Hieben zertrümmerte ihm der Schlachter das Brustbein vollständig und durchtrennte die Schlüsselbeinknochen. Danach öffnete er den Bauch bis hinunter zur Leiste.

Als der Mörder seine Handschuhhände zu beiden Seiten des gespaltenen Brustbeins aufstützte, hörte Juffridi seine Rippen unter dem Gewicht zerbrechen und verlor endlich das Bewusstsein.

Das Herz schlug noch. Die Lunge hatte sich, von den Rippen

aufgeschlitzt, plötzlich mit einem eigenartigen Pfeifgeräusch zusammengekräuselt. Der Mörder griff nach dem Ledersack, den der Gott ihm mit Futter für seine Tiere zu füllen befohlen hatte, zog einen Handschuh aus und versenkte seine Klauen in Juffridis Leib.

Von oben beginnend riss er zunächst den Magen heraus. Mit einem weiteren Ruck zog das Organ den Darm nach sich, ein schlaffes, glitschiges, scheinbar endloses Seil, das er nur mit Mühe in den Sack stopfen konnte. Die Leber zerplatzte, als der Mörder an ihr zerrte, sodass er sich lange mit den faserigen Stücken herumschlagen musste, die sich nicht vom übrigen Körper lösen wollten. Erst als er mit der Leber fertig war und sie zusammen mit Magen und Darm im Ledersack verstaut hatte, bemerkte er, dass Juffridis Herz aufgehört hatte zu schlagen. Dann waren Nieren, Bauchspeicheldrüse, Gallenblase und Milz an der Reihe. Zu guter Letzt nahm er Lunge und Herz heraus.

Nicht er wollte es so. Der Gott verlangte es.

Der Mörder wandte sich um und betrat Juffridis Hütte. Auf der Suche nach dem, was dem Gott gehörte, stellte er alles auf den Kopf. Er stieß die wurmstichigen Möbel um, suchte auf Werkbänken und in Schubladen, wühlte zwischen Werkzeugen und in Kisten. Doch fand er nicht, was er suchte.

So kehrte er zu Juffridis Leichnam zurück, um den letzten Befehl des Gottes auszuführen.

Mit einem scharfen Rasiermesser ritzte er Juffridis Hodensack am Penisansatz ein und entfernte ihn präzise. Ein abgetrennter Hoden fiel herab. Der andere baumelte gehäutet am Gerippe.

Der Hund hatte aufgehört zu bellen.

Der Mörder stopfte den Hoden in seine Westentasche. Dann zog er am Lederband und der Sack mit den entnommenen Eingeweiden schloss sich. Er knotete ihn fest zu, hievte ihn sich auf den Rücken und verlor sich in der Nacht.

II

Anfangs war er gerannt, bis ihm die Luft wegblieb. Dann war er so langsam gegangen, dass er sich gar nicht von der Stelle zu bewegen schien. Und je langsamer er wurde, desto mehr schimpfte er sich einen Dummkopf, der nicht einmal fähig war, dem Genuss entgegenzugehen. Begann er jedoch wieder zu laufen, kam er sich vor wie ein Verrückter, der panisch auf einen Abgrund zuraste. Niemals aber war er stehen geblieben, denn Verlangen und Schmerz trieben ihn gleichermaßen an. Schmerz des Körpers, Albtraum des Geistes. Verlangen des Geistes, Bedürfnis des Körpers. Als stünden Schmerz und Bedürfnis – ebenso Albtraum und Verlangen – in folgerichtiger Beziehung zueinander. Als leite sich das eine zwangsläufig aus dem anderen ab. Doch in seinem Innersten war der Mann genau das: Schmerz und Bedürfnis, Albtraum und Verlangen.

Nicht eine einzige Kutsche. Auch kein Karren eines fliegenden Händlers. Die Welt schien verlassen und nur von blassen, reglosen Schatten bewohnt, die vereinzelte Kerosinlaternen den Häusern entrissen. In diesem Teil der Stadt hatte niemand Zeit, sich auf das Morgen vorzubereiten. Niemand war in Erwartung des großen Ereignisses.

Wenige Schritte von der dunklen Gasse entfernt, in die ihn zunächst sein Schmerz, später dann seine Willensschwäche getrieben hatten, war sein Gang nun gemessen und ließ ihn nicht mehr wie zuvor abheben oder wie mit Ballast beschwert im Gehsteig versinken. Er spazierte wie ein beliebiger Bürger dieser Stadt. Er hätte ein Angestellter auf dem Heimweg sein können. Ein Ehemann vielleicht, der es nicht eilig hatte, seiner Frau gegenüberzutreten. Vielleicht ein Privatlehrer, dessen seelische Erschöpfung sich auf seine Beine übertrug. Oder vielleicht ein Buchhalter, der mit allem haushaltete und selbst seine Muskelkraft sparsam dosierte. Genauso gut hätte er ein verlassener Verlobter sein können, der einsam seine neue Freiheit erkundete, oder auch ein Junggeselle, der nicht wusste, mit wem er sein Gefängnis ohne Gitter und Vorhängeschlösser teilen sollte.

Äußerlich machte er einen bürgerlichen Eindruck.

Doch aus den flackernden, geweiteten Pupillen sprach der Vagabund.

Die Entscheidung war getroffen. Diese Tatsache bestimmte mehr als jede andere Überlegung das Tempo seiner Schritte, die gleichmäßig, weder langsam noch schnell waren. Es waren die Schritte eines furchtlos dem Tod entgegengehenden Verurteilten, eines weder zweifelnd noch begeistert zum Altar schreitenden Bräutigams. Es war der sichere Gang eines Menschen, den auch täuschende Schatten nicht vom Weg abbringen. Der gelassene Trott eines Arbeitstieres bei seiner Rückkehr in den Stall.

Die Entscheidung war getroffen. Und die Schlacht verloren.

Der Mann blickte noch einmal umher wie auf der Suche nach etwas, was ihn hätte aufhalten können. Als gäbe er nunmehr seinem Schicksal allein eine letzte Gelegenheit, ihn auf den rechten Weg zu bringen. Sein Blick, lodernd vor Verlangen und zugleich erloschen angesichts der Niederlage, traf auf niemanden – was wiederum eine Mischung aus Erleichterung und Beklemmung in ihm hervorrief – in dieser sich selbst überlassenen Gegend, die nach Einbruch der Dunkelheit ungehindert von Gesetzlosigkeit beherrscht wurde. Anders als in der übrigen Stadt gab es in diesem abgelegenen Viertel weder Leuchtreklamen noch all die anderen Lichter einer Nacht, die keine sein will. Es war ein Elendsghetto aus dunklen Fenstern. Selbst dort, wo das Leben – das verbotene Leben – pulsierte, waren nur Streiflichter zu sehen: Messer in der Nacht, die für einen Augenblick aufzuckten und den Gehsteig oder eine Straße zerschnitten, nicht länger als es brauchte, um an der Tür einen Kunden zu empfangen oder zu verabschieden, der verschlungen oder ausgespien wurde von den Wunden in der Dunkelheit, die rauchend ausbluteten und gleich darauf wieder verheilten. Heimliche Lichter. Flüchtige Lichter. Blitze, die in derselben Sekunde töteten und starben.

Die Gasse, an deren Ende sich die verwitterte Tür öffnete, die der Mann seit mehreren Monaten mit quälender Regelmäßigkeit aufsuchte, lag nun zu seiner Rechten. Den Hut tief in die Stirn gezogen, musste er nur noch die Straße überqueren, niemand würde ihn aufhalten. Doch ein Teil seiner Natur nahm die Kapitulation nicht hin und wehrte sich gegen den Gedanken, durch den unvermeidlichen Pferdemist in der Gasse zu stapfen, der die vorsichtigen Schritte der Besucher auf ihrem Weg zur verwitterten Tür verschluckte.

Als ein Krampf ihm den Magen zusammenzog und auch auf den übrigen Körper auszustrahlen schien, schwenkte der Mann mit bleichem Gesicht und flackerndem Blick plötzlich um in Richtung des Parks und knöpfte dabei seine Jacke auf, ohne sich daran zu stören, dass der Perlmuttschaft der Pistole an seinem Gürtel im Laternenlicht schimmerte. Wenige Schritte – der letzte Schwanzschlag eines sterbenden Tieres –, dann wurde er langsamer, lehnte sich gegen den eisernen Parkzaun und rang mit weit geblähter Nase nach Luft, da ihm der Kiefer durch den Krampf noch immer zusammengepresst wurde.

Der Mann stand nun still – seine Jacke wehte leicht im stinkenden Stadtwind, seine Arme hingen seitlich neben der Waffe schlaff herab – und kämpfte mit herausforderndem Blick in den finsteren Himmel gegen den Muskelkrampf an, bis er seinen Mund zu einem schiefen Grinsen entzerren konnte. Er sah sich selbst mitten in diesem sinnlosen Universum an einem Punkt, an dem die Zeit stehen geblieben war. Er hatte bereits aufgegeben. Sein Blick trübte sich. Ein bitterer Gallegeschmack breitete sich in seinem Mund aus. Der Krampf verwandelte sich in ein Zittern, das immer stärker wurde, als würde der Gehsteig unter seinen Füßen beben. Als er die Kraft fand, sich umzuwenden, schien die Gasse seinen Augen und Sinnen näher. Er blinzelte finster ins Dunkle. Lebendig. Der Mann zog seine Pistole, streckte den Arm in Richtung der Gasse und entsicherte die Waffe. Wie lange er in dieser Stellung verharrte, hätte er nicht zu sagen vermocht. Wäre er dazu in der Lage gewesen, hätte er wohl gesagt: so lange, dass ihm der Arm taub wurde, aber nicht lange genug, um den Schuss abzufeuern, der ihn vielleicht aufgerüttelt hätte. Während er daraufhin die Pistole herunternahm, wieder einsteckte und die Jacke über ihr schloss, ließ er die Schultern hängen und diese eine Bewegung verwandelte sein Aussehen so grundlegend, dass seine Kleider staubig und zerknittert wirkten. Er zog seinen Hut ins Gesicht, ehe er schließlich, wie ihm schon lange zuvor klar gewesen war, die Straße überquerte, in die dunkle Gasse einbog und mit dumpfen Schritten über den Teppich aus Pferdemist die verwitterte Tür erreichte.

»Wer ist da?«, fragte von drinnen eine heisere Stimme, nachdem der Mann, wie vereinbart, zweimal kurz hintereinander und nach einer Pause weitere drei Male angeklopft hatte.

»Mach auf, Singapur«, drängte der Mann, der es nun bloß noch eilig hatte.

Die Tür wurde einen Spaltbreit geöffnet und kurz musterte ein verstohlener Blick, der keinerlei Gefühl oder Anteilnahme verriet, den Besucher. »Ah, Ihr seid es …«, sagte der Lokalbesitzer, ließ den Mann ein und schloss die Tür sofort wieder.

Kaum hatte der Mann das Lokal betreten, umhüllte ihn auch schon ein dichter, süßlich aromatischer Rauch, der ihn augenblicklich entspannte.

Vor ihm stand noch immer Singapur, groß, hager und krumm wie ein dünner, hoch aufgeschossener Pflanzenstängel. Die Augen tief liegend und verschlagen dreinblickend, schmale Schlangenlippen. Trotz seiner abstoßenden Erscheinung strahlte Singapur, wie er von den Gästen genannt wurde – wobei unklar war, ob sie ihn so getauft hatten oder ob er den Spitznamen selbst gewählt hatte –, einen Hauch von Vornehmheit oder Achtbarkeit aus, weshalb man ihn instinktiv eher für einen Gelehrten als für einen Gauner hielt. Es mochte an dem Buch liegen, das ihm ständig aus der Tasche seiner schlottrig herabhängenden Jacke ragte; vielleicht auch an den häufigen Zitaten aus Dramen, die halblaut aus seinem fauligen Mund kamen; vielleicht rührte es daher, dass er beim Fluchen gewöhnlich in eine unverständliche orientalische Sprache verfiel zum Beweis seiner Vergangenheit als Reisender, in der er von eben jenem Laster zerfressen worden war, das er nun seinen Gästen verkaufte. Oder es war die lange Bambuspfeife, deren Kopf aus gebranntem Ton eine heidnische Gottheit aus dem Fernen Osten darstellte. Womöglich lag es auch allein an seiner zurückhaltenden Art, an der Gewandtheit, mit der er die Seelen seiner Kunden durch die Labyrinthe leitete, die er ihnen eröffnete, und mit der er ihnen ermöglichte, sich in ihnen zu verirren, ohne sich je ganz zu verlieren. Mit der er sie aus den schlimmsten Albträumen und den eindringlichsten Halluzinationen wieder an die Oberfläche führte, ohne ihnen je das Gefühl zu geben, wie Fische am Haken zu hängen. Einfach indem er mit Geschick den unsichtbaren Faden wieder einholte, den er zu spinnen begann, sobald sie seine finstere Höhle betraten.

»Ihr …«, wandte er sich mit seiner schneidenden Stimme an den Mann und schüttelte bestürzt den Kopf. »Bei Euch war ich zuversichtlich … Ich hätte darauf gewettet, Euch nicht wiederzusehen. Ich war sicher, dass wenigstens Ihr die Kraft hättet aufzuhören …« Mit zutiefst bedauernder, mitfühlender Miene führte er den Gedanken stumm zu Ende. »Alle sucht ihr das Vergessen …«, setzte er hinzu, während er ihn in einen Gemeinschaftsraum führte, »und findet es über das Gedächtnis des Körpers, nicht wahr?«

»Hör auf mit dem Geschwätz und tu deine Arbeit«, murrte der Mann.

Singapur wandte sich lächelnd um, als hätte er ihn gar nicht gehört. So ging es mit allen, dachte er. Sie kamen herein wie angriffslustige Hunde und verwandelten sich innerhalb weniger Minuten in schlachtreife Lämmer. In dieser Zeit hätte er mit ihnen tun können, was ihm gefiel.

Am meisten jedoch gefiel es Singapur, dass sie zurückkehrten.

Er gab einem Jungen am Boden einen flüchtigen Tritt, vertrieb ihn von seinem Platz und bedeutete dem Mann, sich auf eine Decke zu legen, die von Wanzen nur so wimmelte.

»Nadel oder Pfeife?«, fragte er ihn.

»Nadel«, antwortete der Mann tonlos.

»Nadel, natürlich«, wiederholte Singapur und fügte, während er sich durch die sein Lokal bevölkernde gefühllose Masse entfernte, noch hinzu: »Wärt Ihr so freundlich, in der Zwischenzeit den Arm frei zu machen?«

Der Mann zog seine Jacke aus, stopfte sie unter seinen Nacken und streckte sich aus, die Augen gegen die von Feuchtigkeit und Holzwürmern zerfressene Zimmerdecke gerichtet, die er bald schon nicht mehr wahrnehmen würde, die Ohren taub für das gute Dutzend anderer Gäste, die wie er – allerdings schon weit voraus auf ihrer Reise – mit der Ware dieses Lokals ihr Leben vertaten.

Kurz darauf war Singapur zurück. Er kniete sich neben den Mann auf den Boden, legte eine glänzende Spritze, in der sich die kostbare, zähe, fast klare Flüssigkeit befand, aus der Hand und sagte: »Habt Nachsicht mit diesem armen Kopf, der leer und vergesslich ist. Ich habe nicht an den Riemen gedacht. Erlaubt Ihr, dass ich Euren Gürtel benutze?« Ohne auf eine Antwort zu warten, schnallte er ihm den Gürtel auf und ließ ihn durch die Bundschlaufen gleiten. Straff spannte er das Leder um den nackten Arm des Mannes und strich mit den Fingern über die auf solche Weise erdrosselte Vene, die anzuschwellen begann. Dann nahm er die Spritze wieder auf und presste äußerst bedächtig – mit einem forschenden Seitenblick auf den bedauernswert gierigen Ausdruck in den Augen des Mannes –

die Luft aus der Nadel. Schließlich stach er sie mit leicht zusammengekniffenen Augen in die Vene, beobachtete, wie der erste Blutstropfen die Flüssigkeit hellrot färbte, für die man ihn bezahlte und die er dem Mann nun mit beinahe zärtlichem Geschick injizierte.

»Die gebt Ihr mir, nicht wahr?«, sagte er und umfasste den Perlmuttschaft der Pistole.

Während das moderne – erst seit wenigen Jahren synthetisierte – Opiumalkaloid im Körper des Mannes explodierte und ihm den Geist derart mit Farben anfüllte, dass er geblendet war wie vom Magnesiumblitz eines Fotografen, versuchte er zunächst noch, sich dagegen zu wehren. Dann wurden seine Lider schwer und an der Grenze zwischen der Welt, aus der er kam, und der, die vor ihm lag, schwanden seiner sich widersetzenden Hand Kraft und Willen. Er spürte nur noch vage, wie der kalte Waffenlauf an seiner Leiste entlangglitt und sich von ihm entfernte. Ohne wirkliches Interesse für das, was um ihn herum geschah, hob er mühsam die Lider und nahm Singapur noch als langsam entschwindenden Schatten wahr. Während die wohltuende Qual ihn endgültig verführte, grinste er einfältig und verfiel schließlich in einen Zustand der Trägheit, in dem, auch wenn er sich weiter spürte, seine Seele nicht mehr wusste, dass sie existierte. Wenn sich auch die Dinge nicht in ihrer Beschaffenheit veränderten, so hatten sie doch nicht mehr dasselbe Gewicht und denselben Wert. Die ganze Welt war eine Treppe, die nicht länger nach oben oder unten führte. Sein Leben – mehr noch seine Vergangenheit – lag plötzlich ohne Hindernisse klar und durchschaubar vor ihm. Erinnerungen verschmolzen miteinander. Wie auf einem Daguerreotyp waren Grenzen und Formen deutlich umrissen, aber sie waren so kühl und steril wie die Platte, auf der unter Einwirkung von Nitraten die belichteten Bilder zum Vorschein kamen. Die Klarheit erzeugte weder Angst noch Erregung, sondern einzig einen Wechsel von Licht und Schatten in einem geometrischen, fluoreszierenden Bilderrätsel, das nicht nach Auflösung verlangte.

Und so tauchten vor dem Mann aus dem Nichts die altbekannten Bilder auf, die ihn kurz zuvor gequält hatten, wie Geister erhoben sie sich aus dem Sumpf seines Unterbewusstseins, ohne ihm jedoch länger Furcht einzuflößen. Er kehrte in eine weiß gekachelte öffentliche Latrine zurück, in der es nach abgestandenem Urin stank, und stieß sein Messer in den Bauch der Frau. Erneut sah er den heftigen Blutschwall, der sich aus der Wunde ergoss. Aus aufgerissenen Kleidern drang ein stummer Schrei aus zähen roten Worten. Auch wusste er, dass er sich instinktiv umgedreht und zur Wand geblickt hatte, die von Gaslampen angestrahlt, aber nicht mehr weiß war. Wie in einem schaurigen Spiegel erschien ihm da sein eigenes Bild, es formte sich in dem Blut, das in Tropfen die Kacheln hinabrann. Sein Bild, das Bild eines Mörders.

Jetzt aber war er wesenlos. Er weinte salzlose Tränen als Ausdruck leerer Gefühle. Nur das Ticken einer Uhr breitete sich inmitten dieser Unterwasserstille aus, in der keinerlei Schwingungen zu spüren waren. Unmerklich anfangs. Doch der Sand, der durch die Drogenuhr rieselte, trocknete das Meer des Vergessens mehr und mehr aus und brachte das Bewusstsein mit sich, dass der Aufstieg an die Oberfläche bevorstand und die Sekunden und die Zeit wieder fortzuschreiten begannen. Je deutlicher der Mann das Ticken wahrnahm, desto bewusster wurde ihm, dass er bald in die identische – jedoch blutende – Parallelwelt zurückkehren würde, die Singapur wie ein Zauberkünstler zu verbergen, zu tarnen wusste. Die er verstummen ließ. Die Uhr tickte und führte den Mann dabei zu seinem Selbst zurück.

Während er auftauchte, begannen undeutliche, doch immer weniger ferne Stimmen in seinem Ohr zu dröhnen. In dem Moment, als der Bauch der ermordeten Frau erneut schmerzlich zu bluten begann und seine Qualen an dem Punkt, an dem er sie verlassen hatte, erneut einsetzten, schlug der Mann mühevoll die Augen auf und erkannte ein Gewirr von Armen und Schlagstöcken. Rasende Uniformen und an den Haaren umhergeschleifte Körper. Polizisten und Drogensüchtige, zu einem einzigen vielarmigen Ungeheuer vermengt, das sich selbstmörderisch in Stücke riss. Als er sich aufzurichten versuchte, glaubte er, aus den Schreien einen besonders beängstigenden herauszuhören, ein tiefes, loderndes Brüllen. Er wandte den Kopf in die Richtung, aus der der Schrei gekommen war, und erkannte eine kleine, gedrungene Gestalt, die eine Pistole im Anschlag hielt und in die Menge feuerte. Der Mann fand die Kraft aufzustehen. Er wankte auf den Wahnsinnigen zu, dessen Augen vom Kokain weit aufgerissen waren, und griff, während er sich auf ihn fallen ließ, mit schwachen Händen nach dem Lauf der Waffe. Gleich darauf wurde er am Genick gepackt. Ein Schuss, von einem Polizisten aus nächster Nähe abgefeuert, streckte den gedrungenen Körper des Kokainsüchtigen nieder.

»Halt …«, brachte der Mann mit einem noch immer pelzigen Gefühl im Mund hervor. »Ich bin …«

Der Knüppel sauste mit Wucht und Präzision nieder. Zwar sah er ihn kommen, zum Ausweichen aber fehlte ihm die Kraft. Während sein Kopf hin und her baumelte, als wäre er vom Körper abgetrennt worden, verspürte er einen diffusen Schmerz. Eine beinahe unpersönliche, wesenlose Qual unter der betäubenden Wirkung der Droge, die ihn langsam verließ.

Dann war alles dunkel.

III

Der Mann verbrachte die Nacht in einer Massenzelle, betäubt vom Schlag gegen die Stirn, der ihn bewusstlos gemacht hatte, und vom Heroin, das träge aus seinem Blut wich. Kurz vor Sonnenaufgang, nachdem er wieder zu sich gekommen war, fand er sich umgeben von einem Dutzend zitternder Gefangener mit blutunterlaufenen Augen. Manche gingen unruhig in dem stinkenden engen Raum umher; andere lagen auf dem Boden und stierten ins Leere. Einige waren gut gekleidet. Es waren Ärzte, Bankangestellte oder Geschäftsleute. Viele waren dagegen in einem jämmerlichen Aufzug, vielleicht weil sie arme Teufel waren oder, schlimmer noch, weil sie durch ihre verhängnisvolle Drogensucht alles verloren hatten. Manch einer murmelte zwanghaft in einem fort wie einen Rosenkranz den Namen einer Frau – gewiss der Ehefrau –, als wolle er am Leben erhalten, was mit großer Wahrscheinlichkeit nach der Razzia zerbrechen würde; manch anderer kniff, von Krämpfen geschüttelt, den Mund zusammen, wie um sein unseliges Erlebnis nicht über die Lippen kommen zu lassen. Die beiden Jüngsten lagen einander weinend an der Schulter, ohne Trost zu finden; wieder andere pressten die Hand auf ihr Herz, als ahnten sie einen stechenden Schmerz voraus, der nicht eintreffen wollte. Alle trugen sie in den Gesichtern und an ihrer Kleidung die Spuren des vorausgegangenen Kampfes.

Singapur dagegen stand in eine Zellenecke gelehnt, ein Bein fest am Boden, das andere angewinkelt an der löchrigen Wand voll Obszönitäten, die ehemalige Häftlinge hineingeritzt hatten. Er trug eine kleine, verbogene Brille auf der Nasenspitze und seine langen Finger blätterten bedächtig in dem Buch, das ihm gewöhnlich aus der Tasche ragte. Er war dem Anschein nach gelassen in die Lektüre vertieft, wie ein Reisender, der auf die Ankunft seines Zuges wartet. An seiner rechten Augenbraue jedoch klaffte eine verkrustete Platzwunde, aus der Blut sickerte.

Bei dem Anblick befühlte der Mann seine Stirn. Auch seine Wunde begann sich zu schließen, fühlte sich aber noch feucht und klebrig an.

»Guten Morgen«, sagte Singapur, den Blick erwidernd, mit rauer Stimme, die vermuten ließ, dass er in dieser Nacht an niemanden sonst ein Wort gerichtet hatte.

»Wo ist meine Pistole?«, fragte der Mann zuallererst.

Singapur wollte die Augenbraue hochziehen, doch der Riss ließ ihn aufstöhnen. Sofort fasste er sich wieder, deutete ein ironisches Lächeln an und wies vage auf einen Punkt jenseits der Gitterstäbe, wo vermutlich die Aufseher standen. »Die haben sie«, sagte er. »Hubner ist mausetot«, fügte er nach einer kurzen Pause hinzu und meinte den gedrungenen Kokainsüchtigen, den der Mann in die Menge hatte schießen sehen. »Aber er war ein Kunde, auf den ich sowieso kaum noch gezählt habe. Noch ein, zwei Reisen, und ich hätte ihn mit geborstenem Herzen auf der Müllhalde entsorgen müssen.« Singapur lachte heiser. »Er hat mir die Mühe erspart.«

Der Mann erhob sich von seinem Platz. Unter dem blutbefleckten Leinenhemd konnte er die Wanzen fühlen, die sich an seinem Fleisch gütlich taten. Er ging auf Singapur zu. »Hast du nichts dabei?«, hörte er sich leise fragen.

Singapur tat erstaunt. Dann griff er sich an den Kragen seiner zerschlissenen Jacke und brachte ein gummiartiges Kügelchen zum Vorschein, das er dem Mann reichte, ohne sich um die Mithäftlinge zu kümmern. »Ich hatte zwei davon«, sagte er. »Kaut langsam, es wird Eure Schmerzen etwas lindern …«

Der Mann schaute ihn dankbar an. Er spiegelte sich in Singapurs Augen, die er nie zuvor bei Tageslicht gesehen hatte und die auf ihn nun noch ferner, noch mehr wie die eines Vogels wirkten, der sich von Aas, von toten Körpern ernährt. Er sah sich selbst in diesem Spiegel aus falschem Gold. Er sah die ermordete Frau mit verstörtem Blick zusammenbrechen, wobei ihr der schäbige Herrenhut vom Kopf rutschte, sodass ihre Haare sich über den schmutzigen Latrinenboden verteilten, wie trockene Bäche in alle Richtungen ausströmten. Er sah – und fühlte –, wie seine Hände das Leck umklammerten, das die Klinge gerissen, das er selbst mit einem gezielt todbringenden Stich verursacht hatte. Hände, die vergeblich versuchten, als Flicken zu dienen, und die spürten, wie die warme Flut erkaltete. Vergessen. Er wollte vergessen. Die Frau vergessen, das Blut, die Gaslampen, den Urin, die weißen Kacheln, die sich rot färbten. War es nicht dieses Auslöschen der Erinnerung, das er bei Singapur suchte?

Er steckte das gummiartige, bitter schmeckende Opiumkügelchen in den Mund. Seine Wirkung würde langsam, nach und nach eintreten, ohne ihn in die Unterwelt zu stürzen, die Singapur in der Nacht verkaufte, das wusste er. Aber welchen Schmerz würde es lindern? Den des Körpers oder der Seele? Und wie lange? War es möglich, für immer zu vergessen, dass man ein Mörder war?

»... das ist die Krankheit, die ich aus dem Orient mitgebracht habe«, sagte Singapur gerade.

»Was?«, horchte der Mann auf.

Singapur, der die Unaufmerksamkeit seiner Gesprächspartner gewohnt war, lächelte nachsichtig und hob geduldig zur Antwort an.

In dem Moment trat ein junger Gefängniswärter mit verwirrtem Gesichtsausdruck an das Gitter und ließ seinen Blick unentschlossen über das bunt zusammengewürfelte Gesindel schweifen.

»Wer von euch ist ...«, fragte er zögerlich, als wäre es eine schreckliche Sünde, das Folgende auszusprechen. »Wer ist ...«

»Zweifellos suchen sie Euch«, sagte Singapur leise. »Es wird Zeit, dass wir uns verabschieden.«

»Ich schulde dir einen Gefallen«, entgegnete der Mann und ging auf die Gitterstäbe zu.

»›Doch die Hälfte des Wegs ist schon zurückgelegt; ich habe bis hierhin durchgehalten, nun werde ich auch das letzte Stück durchhalten …‹«, las Singapur mit gedämpfter Stimme aus seinem Buch.

»Das bin ich«, wandte sich der Mann derweil in strengem Ton an den jungen Aufseher, der erschrocken einen Schritt zurückwich.

»Ihr seid … Milton Germinal?«, flüsterte er.

»Schließ auf«, sagte der Polizist im Befehlston.

Während der Schlüssel im Schloss gedreht wurde und die Zellentür sich knarrend öffnete, erhob sich aus der uneinheitlichen Menge der Drogensüchtigen, die mit der Ankunft des Gefängniswärters verstummt war, wieder ein Tuscheln, und alle blickten auf ihren Anführer.

Singapur schien davon nichts zu bemerken, mit gleichgültiger Miene befeuchtete er seine Fingerspitze und blätterte im Buch weiter.

»›Er sagte, er könne seine Wunden im Stillen zeigen …‹«, las er laut.

»Ich wusste nicht …«, hob der Aufseher murmelnd an, während er dem Kriminalinspektor voran die düsteren, labyrinthischen Gefängniskorridore entlanglief.

Milton Germinal sagte nichts. Er beschränkte seine Antwort auf einen Blick, der den Jungen verstummen ließ. Dann schaute er sich erneut um. Die Wände erschienen ihm rissiger, die Schmierereien obszöner, die Luft abgestandener, die Finsternis beklemmender. Die Aufseher, denen sie hin und wieder auf ihrem Weg begegneten und die ihnen – wie in einem chinesischen Schachtelspiel – eine endlose Folge von Gittertüren öffneten, hatten finsterere Mienen, schlechteren Atem, kraftlosere Körper, schwärzere Seelen. Seine rastlosen Augen streiften die Dinge nur, nahmen sich gerade die Zeit, sie zu bemerken, ehe sie sich neugierig auf der Suche nach Neuem davonmachten. Doch obwohl seine Blicke flüchtig waren, stießen sie bis in die Tiefe vor, wohin niemand zu sehen vermochte, und wer mit ihnen in Berührung kam, behielt Spuren ihrer Nachforschungen, oft wahrgenommen als das unangenehme Gefühl, entblößt zu sein, im Bewusstsein zurück. Es waren rasche Blicke aus glasklaren hellblauen Augen, die ohne direkten Lichteinfall ins Indigofarbene wechselten. Die Wimpern waren lang und aufwärtsgebogen und hätten den Eindruck von Geziertheit hervorgerufen, wäre nicht sein übriges Gesicht von einem nervösen Ausdruck bestimmt gewesen. Die Flügel seiner geraden, schmalen Nase bebten, die Lippen waren verkniffen und hatten nichts Weiches, sein Kinn war spitz und hohe vorstehende Wangenknochen verliehen seinen Augen eine wölfische Form. Seine Hände waren zart, ohne zerbrechlich zu wirken, flink, aber nicht unruhig, und steckten zu Fäusten geballt in den Taschen seiner zerknitterten Hose.

Nachdem sie die letzte Absperrung überwunden hatten, kamen sie in einen großen Raum, in den aus dick vergitterten Fenstern in der Höhe Licht fiel. Auf der rechten Seite ein Empfangsschalter aus mattem Holz, auf dem eilig die Registraturarbeiten erledigt wurden; links eine Zweierreihe Bänke für die Häftlinge, die hier durchgeschleust und an Händen und Füßen mit schweren Ketten daran festgemacht wurden. Geradeaus am Ende des Raums ein gewaltiges eisenverstärktes und mit Bolzen versehenes Doppeltor, in das eine kleinere Tür eingelassen war. Neben der Tür, die einen Spaltbreit offen stand, durch den das fahle Licht dieses qualvollen Tagesanbruchs einfiel, stand ein uniformierter Polizist, den Germinal gut kannte. Er trug seinen Schlagstock am Gürtel und machte ein aufgesetzt gelangweiltes Gesicht.

»Inspektor …«, fasste der Gefängniswärter neuen Mut und blieb mitten vor dem Tor stehen, »ich habe den Fall mit den Kindern in der Zeitung verfolgt … das war sensationell.«

Germinal musterte ihn, ohne die geringste Gefühlsregung zu verraten.

»Wegen dieser Geschichte … von heute Nacht … nun, also,

da könnt Ihr ganz beruhigt sein«, schloss der Junge und lächelte gezwungen. »Keiner von uns hier wird ein Wort darüber verlieren.«

»Ich bin nicht auf der Suche nach Freundschaften, Kleiner«, entgegnete Germinal harsch und steuerte entschlossen auf den Polizisten zu. »Bist du gekommen, um für mich Kindermädchen zu spielen?«, fragte er ihn.

Der Sergeant schüttelte brummend den Kopf, öffnete dann die gepanzerte Tür und ließ Germinal hinausgehen.

»Weißt du, wer das war?«, fragte der junge Aufseher unterdessen einen aufgeschwemmten Dicken, der hinter dem Empfangsschalter saß. »Milton Germinal, der Inspektor, der diese Serie von Kindesentführungen vereitelt hat …«

»Der Sanguinetis Sohn gerettet hat?«, vergewisserte sich der Dicke.

»Genau der«, bestätigte der Junge aufgeregt und wandte den Kopf zur Tür, die gerade wieder ins Schloss fiel. »Sie haben ihn bei einer Razzia geschnappt. Letzte Nacht …« Er beugte sich zu seinem Kollegen vor, stützte die Ellbogen auf den Tisch und sagte hinter vorgehaltener Hand: »Drogen.«

»Drogen?«, hakte der andere nach. »Der Held nimmt Drogen?«

»Du sagst es.«

»Ach du Scheiße …«

»Held … Ich möchte wetten, dass nicht er den Fall gelöst hat.«

»Meinst du?«

»Wie kann er denn als Drogensüchtiger einen Fall lösen? Erklär du's mir.«

Das Gesicht des Dicken erschlaffte zusehends, während er sich bemühte, dem Gedankengang seines Kollegen zu folgen. »Aber dann …«

»Komm schon, es ist doch allgemein bekannt, dass er Sanguinetis Günstling ist«, sagte der Junge mit wissender Miene. »Ich würde einen Monatslohn darauf verwetten, dass er ein reiches Muttersöhnchen auf der Suche nach ein wenig Nervenkitzel ist und deshalb den Polizisten spielt ... Willst du wissen, wie es wirklich war? Ein anderer hat den Fall gelöst, aber er hat die ganzen Lorbeeren eingeheimst.«

»Wirklich?«

»Wenn ich es dir doch sage ... Du hättest sehen sollen, wie arrogant er zu mir war. Als wäre ich derjenige, den man mit einer Nadel im Arm erwischt hat ...«

»So schlimm?«

»Ja, die Polizisten haben sie herausgezogen, während sie ihn herbrachten ... Er heulte wie ein kleines Kind.«

»Aber woher weißt du das alles?«

»Ach, ich habe da so meine Quellen«, sagte der Junge und warf sich in die schmächtige Brust. »Was ist, glaubst du mir etwa nicht?«

»Ich glaube dir, ich glaube dir ... He, Kumpel!«, rief der Dicke, als er einen alten Aufseher zur Tür hereinschlurfen sah. »Komm her und hör dir das an ... Sag, bist du den beiden Männern begegnet? Weißt du, wer der in Zivil war? Los, erzähl's ihm ...« Er gab dem jungen Wärter einen Klaps.

Milton Germinal und der uniformierte Sergeant hatten derweil eine offene Kutsche bestiegen. Das dünne und glatte, bis auf den ergrauten Ansatz strohblonde Haar des Inspektors wurde vom Wind zerzaust und verdeckte hin und wieder seine blutverkrustete hohe Denkerstirn, die von leichten Falten durchzogen war.

»Wohin fahren wir?«, wollte Germinal wissen, während die Kutsche über die vom Geschrei der Marktleute und fliegenden Händler belebten, schmutzigen Straßen der Stadt rollte.

»Der Hauptkommissar will dich sehen«, antwortete der Polizist, ohne ihn anzublicken.

»Haben wir Zeit, bei mir zu Hause vorbeizufahren? Ich würde mich gern waschen.«

»Man hat ihn mitten in der Nacht geweckt, kurz nachdem heraus war, dass sie dich geschnappt hatten«, erwiderte der

Sergeant trocken. »Ich glaube nicht, dass Sanguineti in der richtigen Stimmung ist zu warten, bis du dich schön gemacht hast.«

Die Kutschräder ratterten über die Pflastersteine. Die Luft war kalt und feucht. Germinal spürte einen stechenden Kopfschmerz und presste eine Hand an seine Schläfe.

Der Sergeant zog ein Taschentuch und eine kleine Feldflasche hervor. Er schraubte den Verschluss auf und befeuchtete das Tuch. »Dreh dich her«, sagte er zu Germinal und betrachtete dessen Stirn. »Der hier leistet immer ganze Arbeit«, bemerkte er lächelnd und klopfte auf den Schlagstock an seinem Gürtel. Dann hielt er Germinals Kopf mit einer Hand am Kinn fest und säuberte ihm ruppig, aber sorgfältig die Wunde. »Das war eine Dummheit zu viel, Milton …«, sagte er, nachdem er fertig war. »Fiel dir nichts Besseres ein, um das Ende des Jahrhunderts zu feiern?«

IV

Eine einzige Nacht.

Eine Nacht noch trennte die Welt von der Ankunft des Gottes.

Und der Gott bebte vor Ungeduld in seiner sterblichen Haut. In der elenden Hülle, die er für seine Verkörperung bis zur Offenbarung erwählt hatte. Ein irdisches Äußeres, zu dem der Gott sich erniedrigte, damit er strafen konnte. Bis er das strahlende Licht seiner Göttlichkeit unverstellt zeigen würde.

Er empfand keine Liebe für seine Mutter, den Hurenanteil an seinem Wesen. Er liebte nur sich selbst. Trotzdem war er auf die Erde hinabgestiegen, um seine Mutter zu rächen, denn indem sie seine Mutter gekränkt hatten, hatten sie auch ihn gekränkt.

Eine einzige Nacht. Vor dem Zorn.

Bevor die letzte Nacht des Wartens hereinbrach, während der Himmel sich verdunkelte, während der letzte trübe, noch nicht vom göttlichen Licht erleuchtete Tag sich dem Ende zuneigte, wollte der Gott einmal mehr die erste der vier falschen Schwestern seiner Mutter sehen, die er für immer aus ihren Häusern fortjagen, ihren Spindeln entreißen, in die heiligen Gewänder seiner Orgien zwingen und in seine Mysterien einweihen würde.

Denn sie verkörperten die Lüge, die Verleumdung. Indem sie seine Mutter gekränkt hatten, hatten sie ihn gekränkt. Nun war der Gott in dieses Land gekommen, um Rache zu nehmen und Lüge und Verleumdung mit Schmerz zu vergelten.

Denn der Gott war Zauberei und Täuschung. Er war der Gott der verstörten Sinne, die Sirene der Instinkte, das Lärmen des Hasses. Der Gott war Keifen und Brüllen und Heulen und Zischen und Kreischen. Er war der Gott der in all ihrer

Herrlichkeit ausströmenden ruhmreichen Urgewalten. Er war der Gott der verborgenen Kräfte, die sich weder eindämmen noch bekämpfen lassen, die in unvorhergesehene Richtungen losbrechen und in grenzenloser Weise Schmerz und Verderben nach sich ziehen.

Er war Stier und Bock, Löwe und Schlange.

Sein erwähltes Blut ließ den Granatapfelbaum erblühen.

Er war Tod und Wiedergeburt.

Er war der zweimal Geborene, der Knabe der doppelten Tür.

Vor der letzten Nacht der Vorbereitung wollte der Gott noch einmal in die Häuser der vier Frauen blicken, um vom Frieden, den er zerstören würde, zu kosten und die Perfektion seines Plans zu bestaunen.

Sechzehn Jahre hatte er mit seiner Offenbarung gewartet.

Zuerst suchte er die auf, die gelacht und gespuckt hatte.

Sie sollte die Erste sein, die in seine Orgien und Mysterien eingeweiht wurde.

Im Schatten verharrend betrachtete er die Villa, in der die Vorbereitungen für den kleinen Neuanfang, den man feiern zu müssen glaubte, in vollem Gang waren, während niemand ahnte, dass bereits ein unvergleichbar höherer Neuanfang in der Abendluft lag. Nicht der Beginn eines neuen Jahrhunderts, sondern der Anbruch eines neuen Zeitalters. Des Gotteszeitalters.

Er hörte Seidenkleider rascheln, schnappte Eitelkeiten auf, die bald nichtig sein würden, witterte Düfte, die den bitteren Geschmack des Todes und der Rache nicht würden versüßen können. Die Dienstboten sah er Kerzenleuchter polieren, die kein Licht in die schreckliche Finsternis bringen würden, die er für sie bereithielt.

Er beobachtete den einfältigen Frieden einer einfältigen Welt.

Nicht zum ersten Mal versteckte er sich im Dunkeln. Der Gott, der verborgen in seinem Innern ausharrte, hatte bereits beobachtet und studiert. Denn sein Plan erforderte Perfektion.

Die Villa der Ersten, die gelacht und gespuckt hatte, war ein Landsitz oder hatte zumindest einmal als solcher gedient, als die reichen Eigentümer den Sommer auf ihren vor der Stadt liegenden Gütern verbrachten. Nun aber war sie der feste Wohnsitz der Ersten und ihres dicken Fabrikanten, der allmorgendlich gleich nach dem Aufwachen und allabendlich vor dem Zubettgehen nach dem Zuckerduft über der Ebene schnupperte. Von seiner Warte aus hatte er gierig ein Auge darauf, dass Geld in seine Kassen strömte.

In der Villa war ein Tag wie der andere, was den perfekten Plan des Gottes vereinfachte.

Am Spätnachmittag vor der Ankunft würde der dicke Fabrikant wie an jedem Spätnachmittag in die Stadt fahren. Dort würde er sich und seine Beschränktheit in einem Klub feiern, in dem wohlhabende Männer bei Zigarren und Cognac ihre Zeit mit Karten- und Würfelspielen und dem üblichen unnützen Geplauder vergeudeten. Wie an jedem Spätnachmittag würde der dicke Fabrikant seinen Hühnerstall verlassen und ihn verwundbar den nächtlichen Raubtieren aussetzen.

Für den Gott war es beinahe zu einfach. Die Opfer schienen mit ihm zusammenzuarbeiten, damit sein Plan perfekt wurde.

Unsichtbar für die Augen derer, die nicht in seine Mysterien eingeweiht waren, trat der Gott, schwarz an den dunklen Stellen und schimmernd an den weißen, aus dem Schatten hervor und näherte sich dem offenen Gittertor. Er steckte ein Körnchen seiner Göttlichkeit ins Schloss, ein winziges Steinchen, durch das es am darauffolgenden Abend unmöglich sein würde, den Hühnerstall zu verschließen. Das unbedeutende Steinklümpchen fiel tief hinab und blockierte den Mechanismus.

Während die drei Dienstboten sich in der Küche zu schaffen machten, erreichte er, ohne vom Gärtner bemerkt zu werden, die Haustür, in der der Schlüssel steckte; er zog ihn ab und fertigte von jeder Seite mithilfe eines Wachsklumpens, den er sorgsam in ein schwarzes Tuch gewickelt bei sich trug, einen Abdruck an. Dann steckte er den Schlüssel zurück ins Schloss, schlug den Wachsabdruck vorsichtig in das Tuch ein, kehrte der Festung, die ihm nicht standhalten würde, den Rücken und verschwand, schwarz an den dunklen Stellen und schimmernd an den weißen.

Nur noch eine Nacht.

Dann würde die Erste als Erste die heiligen Gewänder seiner Orgien tragen und in seine Mysterien eingeweiht.

Der Ersten als Erster würde er seine Göttlichkeit offenbaren.

Und die Erste würde seine Ankunft in die Welt hinausschreien.

»Morgen«, sagte der Gott und verwandelte sich zurück in einen Menschen.

V

»Du musst jetzt gehen«, sagte Milton Germinal zu dem Mädchen, das sich noch träge im Bett räkelte.

Neben dem Bett auf dem Boden standen zwei leere Flaschen, mit denen der Kriminalinspektor seine Traurigkeit, seine Wut und die schmerzende Kopfwunde zu bekämpfen versucht hatte. Mit denen er versucht hatte, die Stimme zum Schweigen zu bringen, die ihm hartnäckig riet, allem ein Ende zu setzen. Zwei Flaschen, die er zusammen mit diesem Straßenmädchen geleert hatte, das er zuvor noch nie gesehen hatte.

»Los, zieh dich an und geh«, wiederholte er mit heiserer Stimme, ging barfuß zum Fenster, schob die schweren Vorhänge beiseite und ließ das satte Morgenlicht ins Schlafzimmer. Von seiner Mansarde im fünften Stock aus kamen ihm die Stadt weniger schmutzig und die Menschen in den Straßen weniger arm und verzweifelt vor.

Hinter ihm raschelten Laken und das Bett knarrte, als das Mädchen aufstand. Mit schläfriger, alkoholschwerer Stimme nuschelte sie etwas, doch Germinal hörte nicht hin. Von hier oben sah das ganze Leben weniger lebendig aus. Germinal schien es in diesen Tagen und Monaten schon ein Halt zu sein, die Dinge aus der Ferne, mit Abstand zu betrachten, als könnten sie ihn nicht berühren, als beträfen sie ihn kaum. Doch es war nicht möglich. Es war ihm nie, auch nicht für einen Augenblick in den dreißig Jahren seines Lebens möglich gewesen.

Im Bad rauschte nun Wasser. Das Mädchen lachte. Eine Wohnung mit fließendem Wasser war sie sicher nicht gewohnt. Vielleicht war sie nicht einmal ein Bad gewohnt. Wahrscheinlich lebte sie mit unzähligen anderen in einem einzigen Raum und war gezwungen, ihre Notdurft in einen gemeinsamen Eimer zu verrichten.

Germinal verspürte ein schmerzhaftes Stechen im Magen, als ob jemand von innen mit den Fingernägeln an ihm kratzte. Dieses unangenehme Gefühl und dazu die Krämpfe in den Beinen, als würden seine Muskeln zerreißen, waren das Vermächtnis seines Drogenkonsums, das ›Gedächtnis des Körpers‹, von dem Singapur gesprochen hatte. Dank eben dieses Gedächtnisses fanden seine Kunden immer wieder den Weg in sein schmutziges Lokal, damit ihre Krämpfe sich lösten, die schreienden Glieder zum Schweigen gebracht und die gegen den Entzug aufbegehrenden Organe ruhiggestellt wurden.

Die dicke, unebene Fensterscheibe voll Makel und Bläschen war von Germinals Atem beschlagen. Durch die Nebelblende wirkte die Stadt nun wie betäubt und dadurch noch schöner. Das Auge wurde nicht durch die Farben geblendet. Die ihn quälenden Blutflecken verwässerten und verblassten, und als ließe sich das Gehör vom Auge beeindrucken, erschienen selbst die Geräusche gedämpft, verloren sich in einem undeutlichen Rauschen.

»Ich gehe jetzt«, sagte hinter ihm die junge Prostituierte. Germinal wandte sich nicht zu ihr um. Sie wenigstens konnte er vergessen, diesen Luxus würde er sich nicht entgehen lassen. Er gab keine Antwort. Die Schritte des Mädchens durchquerten das Zimmer und hallten über den kurzen Flur, der zum Arbeitszimmer führte. Er horchte auf das vertraute Quietschen, mit dem sich die Wohnungstür öffnete. Mit beinahe spielerischer Begeisterung fuhr er plötzlich herum, um endlich einmal einen flüchtigen Blick auf etwas zu erhaschen, das von ihm wich. Doch das Mädchen war schon draußen. Er sah nicht einmal mehr ihren Schatten. Das Lächeln, das mühevoll auf seinem Gesicht gekeimt war, verwelkte im Nu.

»Wenn das bekannt wird, werden meine Feinde nicht nur Euren, sondern auch meinen Kopf fordern«, hatte Hauptkommissar Sanguineti am Morgen zuvor zu ihm gesagt. »Aber ich kann nicht vergessen, dass Ihr meinen Sohn gerettet habt. Anstatt so ein Gesicht zu machen, solltet Ihr mir deshalb wenigstens danken, Germinal.«

»Danke«, hatte er daraufhin hervorgebracht, doch es hatte so schneidend und bitter geklungen wie eine schlecht getarnte Verwünschung.

Von seinem Fenster aus betrachtete Germinal nun wieder die Stadt. Die Stadt, die er kreuz und quer durchforstet hatte auf der Suche nach verborgenen Wahrheiten in Winkeln, die bei Tag ebenso düster waren wie bei Nacht.

»Ich werde versuchen, die Sache zu vertuschen. Ihr werdet nicht ausgeschlossen … für den Moment«, hatte ihn Sanguineti abschließend gemahnt. »Ihr für Euren Teil aber sorgt dafür, dass diese Nacht nur ein kleiner Schönheitsfehler bleibt. Ein Unfall.«

Germinal hatte keine Antwort gegeben. Gleichmütig hatte er einfach dagestanden und abgewartet, bis er gehen konnte. Mit einem angesichts dieser Undankbarkeit erkennbar betroffenen Ausdruck in seinem zerfurchten Gesicht hatte der Hauptkommissar ihn zur Tür begleitet und dabei noch hinzugesetzt: »Tut mir leid, Milton. Bitte glaubt mir … mehr kann ich nicht tun.«

Warum bloß, fragte sich Germinal, hatte er einen klugen, aufrichtigen Mann dazu gebracht, sich vor einem Untergebenen zu rechtfertigen? Rechtfertigen wofür eigentlich? Dass er ihn, anstatt ihn unehrenhaft aus dem Polizeidienst zu entlassen, nur in die übelste Gegend der Stadt versetzte? Hatte er ihm das mit seinem ›Danke‹ zum Vorwurf machen wollen? Nicht gleich beide Augen zugedrückt zu haben? So weit hatten ihn die Drogen bereits gebracht?

Er hätte sich entschuldigen sollen, wenigstens in einem Schreiben. Das hätte er tun sollen. Sein Gewissen quälte ihn, seitdem sie auseinandergegangen waren. Doch sein Stolz ließ es nicht zu.

Es klopfte. Germinal wandte sich um.

»Dachtest du etwa, ich würde nicht vorbeikommen, um zu sehen, wie du dich an deinem ersten Arbeitstag in der Mignatta anstellst?«, sagte der Sergeant, der ihn tags zuvor aus dem Gefängnis geholt hatte.

Germinal schüttelte seine Gedanken ab. Ohne ein Lächeln ging er ihm entgegen. »Du bist eine Nervensäge, Londe«, begrüßte er ihn, konnte dabei jedoch kaum die Verlegenheit und Beschämung verbergen, die der Besuch in ihm auslöste. »Hatte Sanguineti Angst, dass ich am Ende alles hinwerfen würde?«

»Der Chef bedauert die Sache mehr als jeder andere, du Idiot«, wies Londe ihn zurecht.

»Ich weiß«, erwiderte Germinal düster und kehrte zu seinen Überlegungen der vergangenen Stunden zurück.

»Darauf lässt dein Verhalten allerdings nicht schließen.«

»Ja, auch das weiß ich ...«

»Was du nicht alles weißt, Milton«, bemerkte Londe. »Aber wie es scheint, nützt dir all das Wissen nicht viel.«

Fröstelnd kroch Germinal ins Bett.

Londe trat gegen eine der Flaschen. »Die Trinkerei jedenfalls wird dir nichts nützen ...«, bemerkte er kopfschüttelnd.

Germinal wandte sich von ihm ab.

»Dir Huren ins Bett zu holen auch nicht ...«, fuhr der Sergeant fort.

»Lass mich in Frieden.«

»Nimm es wie ein Mann, Milton.«

Germinal setzte sich im Bett auf: »Und wenn ich keiner bin?«

Wortlos sah Londe ihn an, griff dann nach der Hose und dem Hemd, die über einem verschlissenen Polstersessel hingen, und warf ihm die Sachen zu. »Zieh dich an«, sagte er nur.

Langsam stieg Germinal aus dem Bett. Mit gesenktem Blick begann er sich die Kleider überzustreifen. Er schwieg.

Schließlich holte Londe ein Bündel hervor und reichte es ihm. »Deine Pistole«, sagte er. »Es ist mir gelungen, sie zurückzubekommen.«

Germinal nickte und bewegte die Lippen. Eigentlich wollte er sich bedanken. Aber er brachte kein Wort heraus.

»Trag sie immer bei dir ... vor allem in der Mignatta.«

Wieder nickte Germinal nur. Er steckte die Pistole in den Gürtel und zog sich fertig an. »Gehen wir«, sagte er.

Schweigend stiegen die beiden Männer die Treppe des alten Hauses hinab. Kaum waren sie auf der Straße, als auch schon das Kutschengeratter auf dem Pflaster, die Schreie der Händler, die ganze Stadt in ihren aufgeregten Vorbereitungen für die abendliche Feier der Jahrhundertwende schmerzhaft in Milton Germinals Ohren dröhnten.

»Willst du mich an die Hand nehmen oder darf ich alleine gehen, Mama?«, fragte er seinen Begleiter.

Londe sah ihn an. Er kannte ihn seit dem Tag, an dem Germinal in den Polizeidienst eingetreten war. Hauptkommissar Sanguineti, damals noch einfacher Kommissar, hatte ihn persönlich unter seine Obhut gestellt. »Er ist noch ein Junge. Mach einen Mann aus ihm«, hatte er zu Londe gesagt. Von dem Tag an hatte der Sergeant nicht aufgehört, sich um diesen klugen Jungen zu kümmern, der so viel weiter gekommen war als er selbst und der nun dem Dienstgrad nach berechtigt war, ihm Befehle zu erteilen.

»Der Kommissar der Mignatta heißt Landau«, sagte er zu Germinal. »Er gehört noch der alten Schule an, Milton. In der Mignatta ist alles anders als hier bei uns. Dort hat sich seit hundert Jahren an den Ermittlungsmethoden nichts geändert. Du wirst eine völlig andere Welt betreten. Und sie wird dir nicht gefallen. Es geht dort ziemlich übel zu.«

Germinal sagte nichts.

»In Landaus Zuständigkeitsbereich fällt auch ein ländliches Gebiet mit einer Fabrik. Ich glaube, man befürchtet Arbeiterunruhen. Das Leben da unten wird hart werden, Milton.«

Germinal sagte nichts.

»Ich habe auch gehört, dass sie nicht einmal einen eigenen Gerichtsmediziner haben. Sie wenden sich stattdessen an einen Sonderling, den Leiter einer gespenstischen Anstalt für Missgebildete, die von allen nur ›Stadt der Tiere‹ genannt wird ...«

»Bist du fertig?«, fragte Germinal.

»Ja«, erwiderte Londe. »Soll ich dir eine Kutsche rufen?«

»Nein.«

»Fährst du mit deiner Klapperkiste?«

»Ja, Mama.«

Schweigend sahen sich die beiden Männer an.

Ein Zeitungsausschreier kündigte lautstark das große Volksfest mit Feuerwerk an, das am Abend am Flussufer stattfinden sollte. Die zahlreichen Fußgänger, die bereits unterwegs waren, sprachen von nichts anderem. Mit Päckchen beladene Frauen eilten aufgeregt umher und fegten mit ihren langen Kleidern die regennasse Straße.

»Ich gehe dann«, sagte Germinal.

»Wiedersehen, Milton.«

»Wiedersehen …«, verabschiedete sich Germinal, drehte sich um und ging.

Londe blieb einen Moment lang reglos auf dem Gehweg stehen. »Milton!«, rief er ihm hinterher.

Germinal sah sich um.

Da sagte Londe: »Du konntest es nicht wissen …«

Germinal nickte kaum merklich und ging weiter. Bevor er in eine breite Straße abbog, blickte er noch einmal zurück. Mit seinem massigen Körper in der zu engen Uniform stand Londe noch immer auf dem Gehweg und erinnerte ihn an einen Hund.

»Verschwinde!«, rief er ihm zu.

»Verdammt, Milton!«, schrie der Sergeant zurück. »Du konntest es nicht wissen!«

Germinal bog um die Ecke. Nach nur wenigen Schritten schlüpfte er in eine dunkle Toreinfahrt. An der Mauer lehnte unter einer Wachstuchplane versteckt das Fahrzeug, das ihn in die Mignatta bringen würde. Germinal griff nach der Plane, um sie zu entfernen. Seine Hand zitterte. Schwer atmend wandte er sich zur Straße, wo jenseits seines düsteren Unterschlupfes die Stadt noch immer in aufgeregter Erwartung des neuen Jahrhunderts umherlief. Doch nahmen seine Augen nicht mehr wahr, was um ihn herum geschah. Er befand sich wieder in der Latrine, geblendet vom Licht der Gaslampen und vom leuchtend roten Blut auf den weißen Kacheln. Nein, dachte er, er konnte es nicht wissen, als er das Messer in den Bauch rammte.

Sein Magen begann zu stechen, zu krampfen, zu reißen. Ein bittersaurer Geschmack stieg in ihm auf. Er krümmte sich und erbrach eine gelblich grüne Flüssigkeit auf die Plane. Galle, Magensäfte. Er fürchtete zu ersticken. Sich an der Mauer abstützend schleppte er sich aus der Toreinfahrt. Seine Beinmuskeln schienen kurz vor dem Zerspringen. Zurück an der Straßenecke, um die er zuvor gebogen war, sah er hinüber zu seiner Haustür. Londes mächtige Gestalt war verschwunden.

Germinal ging nach Hause, so schnell er konnte. Doch die kurze Entfernung schien plötzlich unüberbrückbar. Und ihm war, als überblicke er plötzlich die Stadt, in der er sein ganzes Leben verbracht hatte, in ihrer Gesamtheit, jedoch mit dem neuen, quälenden Gefühl, kein Teil von ihr zu sein. Während er sich mit schlurfenden Schritten vorwärtsbewegte, betrachtete er die Uhr vor seinem Haus, deren Zeiger vor einer Ewigkeit auf Viertel nach acht, sei es morgens oder abends, stehen geblieben waren; die Konditorei von Frau Silie, die aus einem fernen, kalten Land mit ihren Wundern aus Zucker und Mürbeteig in die Stadt gekommen war; den hinkenden Zeitungsausschreier, der ihn tagtäglich um Bestätigung dessen bat, was die Reporter berichteten, da er überzeugt war, Germinal sei in alle Geheimnisse dieser Welt eingeweiht; die Kinderbande, Plage der Händler im Viertel, kleine Verbrecher, in deren Gesichtern schon jetzt ihre hoffnungslos unglückselige Zukunft geschrieben stand. Er betrachtete das Lädchen mit dem Schriftzug KUNSTSTOPFEREI, in dem der alte Herr Lexmarque auch noch den letzten Rest seines Augenlichts und seiner von Nadeln zerstochenen Fingerkuppen verschliss.

Jeder Schritt war ein Erfolg. Sein Herzschlag raste, die Beine waren wie gelähmt, ihm war eisig kalt, obwohl er in

Schweiß gebadet war. Seine Haustür schien sich immer weiter von ihm zu entfernen. Das Geschrei der Menschenmenge ringsum wurde mit jedem Moment unwirklicher, krächzender, kreischender, wirrer. Und wie immer, wie an jedem Tag seines Lebens, kam Germinal sich vor wie ein Fremder, der ganz anders war als diese bunt gemischte Masse. Wie ein Fahrgast in einem verlassenen Dritte-Klasse-Abteil.

Die weißen Kacheln, sein Abbild in ihrem blutig roten Spiegel. Albträume, die ihn verfolgten. Fragen, die sich in seinem verwirrten, wehrlosen Verstand anhäuften. Die Antworten auf diese Fragen aber waren vom Körper einer Frau verdeckt, die mit aufgeschlitztem Bauch auf dem Boden einer Männerlatrine lag. Er hatte hingenommen, dass alle Antworten sich in den Blutklumpen auf den weißen Kacheln verfingen, hatte zugelassen, dass sie an der Leiche kleben blieben, in einen Billigsarg gesperrt und in ein Massengrab versenkt wurden, hatte zugesehen, wie sie unter Unmengen Erde verschwanden.

Zwanzig Schritte noch, nur noch zwanzig Schritte. Doch etwas lähmte seine Beine. »Was nur?«, fragte er sich, obwohl er es in seinem Innersten bereits wusste.

Es mochte die Antwort sein, die er vor vielen Jahren noch tiefer, auf dem Grund seines Herzens, begraben hatte. Die Antwort, die sich durch Unachtsamkeit, Zufall oder eine grausame Fügung des Schicksals vor einigen Monaten hatte erahnen lassen und die er mit aller Gewalt in die Tiefe zurückdrängen musste. Die alles entscheidende Antwort. Bekannt, doch geheim gehalten von einem Mund, der sie nicht aussprechen wollte, von Ohren, die nicht hören, und Augen, die nicht sehen wollten. Von einer Seele, die sie nicht ertragen konnte.

Er ging in eine Branntweinhandlung und kaufte eine Flasche Absinth.

Die Zähne zusammenbeißend trat er wieder auf die Straße. Er hörte nicht, dass hinter ihm ein alter Mann stehen blieb und seinen schweren, mit Gemüse beladenen Karren abstellte, um ihn zu fragen, ob er ihm helfen könne.

»Du warst nur eine Hure in Männerkleidern«, sagte Germinal laut, noch ganz unter dem Eindruck seiner Albträume.

»Was habt Ihr gesagt?«, wunderte sich der Alte.

Germinal sah ihn unverwandt an, mit einer Grausamkeit im Blick, die sich in Wahrheit gegen ihn selbst richtete. Das aber konnte der Alte nicht wissen. Er senkte den Kopf, nahm den ächzenden Karren wieder auf und schob ihn weiter durch das Gedränge.

Germinal schleppte sich zur Haustür, stieg die fünf Stockwerke zu seiner Mansarde wieder hinauf und legte sich zitternd mitsamt Kleidern ins Bett. Etwas drückte ihm in die Leiste, seine tastenden Finger stießen auf die Pistole. Mit flimmerndem Blick betrachtete er sie, streichelte sie. Den Perlmuttschaft. Den glänzenden Lauf. Es würde nur einen Augenblick dauern.

Stattdessen suchten seine Lippen die kühle Absinthflasche. Er trank sie halb leer und horchte in sich hinein.

Die Spannung in den Beinen ließ nach. Der Magen entkrampfte sich. Sein Herz schlug langsamer. Die Albträume zogen sich auf den Grund seiner gequälten Seele zurück.

Er trank noch einen Schluck.

Dann entlud er die Pistole und warf sie auf den Boden.

Er trank noch einen Schluck.

Schließlich sank er ins Kissen zurück. Seine Hand löste sich von der Flasche. Der restliche Absinth ergoss sich über die Bettdecke, durchtränkte das Laken, vermischte sich mit seinem kalten Schweiß und überdeckte den Geruch, der von der Prostituierten der vergangenen Nacht geblieben war.

»Morgen«, sagte er, bevor er zitternd in einen traumlosen Schlaf fiel.

VI

»Es ist Zeit für die Ankunft«, sagte der Gott und hörte, wie seine göttliche Stimme in ihm widerhallte und die Schwingung sanft bis in die Tiefe vordrang, was ihm bei keiner Stimme außer dieser einen geschah. Sie vereinigte den Klang eines Befehls mit dem Geschmack eines Ratschlags, das Gebieterische eines Herrschers mit freundschaftlichem Wohlwollen. Es war seine Stimme und zugleich die eines anderen. Sie flüsterte ihm Gedanken ein, die er mit seinem sterblichen Körper und Geist nicht hätte formulieren können, wohingegen die Taten, mit denen er diese Eingebungen umsetzte, ganz natürlich aus ihm selbst heraus kamen. Dann erinnerte er sich, dass er der Gott war.

Der Mörder erhob sich vom Bett, auf dem er verkrampft mit dem Rücken an der feuchten Hüttenwand gelegen und gewartet hatte, bis er vom heiligen Wesen des Gottes erweckt, mit neuem Leben erfüllt wurde. Bis er sich seiner Gottheit besann, denn die Erinnerung – so bekräftigte der Gott in ihm – war die Mutter aller Taten. Er stellte seine steif gefrorenen nackten Füße auf den Holzboden, suchte unter der Bettdecke nach den Wollsocken und schloss die Knöpfe seines blauen Arbeitsanzugs mit den zerschlissenen Ellbogen und den Lederflicken auf den Knien. Auf allen vieren beugte er sich daraufhin unter das Bett und zog ein schweres Paar Schuhe hervor, die am Fuß geschnürt und über den Knöcheln mit Riemen festgeschnallt wurden und an deren dicken, verstärkten Sohlen Schlammreste festgetrocknet waren. Er stellte die Schuhe zu einem schmutzigen gesprungenen Teller und einer halb vollen Karaffe mit Rotwein, dem Getränk, das dem Gott geweiht war, auf den Tisch. Mit einer verschmierten Gabel machte er sich daran, den Dreck abzukratzen, der sich in kleinen Brocken unter die Brotkrumen auf dem Holztisch mischte. Nachdem die grobe Arbeit getan war, ging er zum Waschbecken, in dem noch Spülwasser stand. Er tauchte eine alte Bürste hinein, deren vergilbte Borsten durch den Gebrauch so krumm geworden waren wie frei stehende Bäume in Küstennähe, die vom stürmischen Meereswind in eine missliche, ihrer Natur entgegenstehende Haltung gezwungen werden. Kraftvoll schrubbte er damit die Sohlen und schlüpfte schließlich zufrieden in die Schuhe, verknotete die Schnürsenkel und schloss die Riemen um die Knöchel. Dann ging er zum Schrank, in dem er das Dörrfleisch für seine Dienerinnen aufbewahrte, und entfernte aus der Rückwand ein beschädigtes Brett, hinter dem in einer schmalen Nische der für die Ankunft prall gefüllte Sack auf ihn wartete. Als er ihn anhob, rasselte es in seinem Innern unergründlich.

»Es ist Zeit für die Ankunft«, und noch einmal wurde ihm bewusst, dass sein ruhmreiches Schicksal sich nun erfüllen würde. Bis in alle Einzelheiten. So wie es der Gott, der in ihm war, immer gespürt hatte, so wie es seit Urzeiten geschrieben stand. Der Gott erzählte, beschrieb, verkündete, weissagte. Denn der Gott herrschte über die Erkenntnis. Und der Gott bebte, denn nun war der Augenblick da, für den er auf die Welt gekommen war, für den er in dieser elenden sterblichen Hülle Gestalt angenommen hatte, für den der Gott, der in ihm war, sich zu den Menschen herabgelassen hatte.

Gesenkten Blickes, um nicht vom eigenen Widerschein im zersprungenen Spiegel geblendet zu werden, durchquerte er nun den verdreckten Raum bis zum Ausgang. Am Gehege begrüßte er seine Priesterinnen, die unablässig – mit einem Lodern in den Augen, das zwar mit jedem Tag in Gefangenschaft ein wenig schwächer wurde, doch niemals ganz erstarb – an der rostigen Umzäunung entlangstreiften, und warf ihnen aus einem stinkenden Eimer eine Handvoll Fleisch hin, das von Würmern nur so wimmelte. Die Gottespriesterinnen stürzten sich gierig und vorsichtig zugleich auf das Fressen, ohne ihm dafür den dankbaren Blick eines Hundes oder jedes anderen Tieres zu schenken, das an einem fernen Punkt seiner Evolution beschlossen hatte, sich der Gemeinschaft der Menschen anzuschließen. Die Gottespriesterinnen hatten niemals abgedankt, sie brauchten weder Liebe noch Fürsorge oder Almosen. Sie waren keine Aasfresser. Lieber ernährten sie sich von lebendem Fleisch, durch das noch warmes Blut strömte. Sie waren Füchse, Marder und Wiesel. Wenn sie sich mit ihren scharfen Reißzähnen in wohlgenährten Hühnern und Kaninchen verbissen, verdrehten sie die Augen, als habe der Akt des Tötens an sich bereits die Macht, sie ihre Lebendigkeit spüren zu lassen. Er war kein Genuss zum Selbstzweck, sondern die Weihe ihrer Freiheit, ihrer Kraft, ihrer Unbezähmbarkeit. Mit ihrer Grausamkeit priesen sie den Gott und seine Raserei.

Der Gott sah zu, wie sie um die Fleischbrocken stritten, sich verfolgten und versteckten, alles taten, um nicht hinterrücks angegriffen oder umzingelt zu werden, und zähnefletschend ihren Preis verteidigten, den sie den anderen entrissen hatten.

Dann blickte der Gott über den reichen Landstrich, den er für seine Offenbarung erwählt hatte, und sah ihn in erfreulich rotes Licht getaucht. In einer Stunde würde die Sonne endgültig in eine andere Welt versinken und der Nacht und ihren Raubtieren freie Hand lassen. Es war so weit. *Der* Spätnachmittag war da.

Sein kräftiger alter Rotfuchs war bereits vor den Karren gespannt. Der Gott stieg auf den Kutschbock, schnalzte mit der Zunge und warf, während das Pferd anzog, den schweren Sack auf die Holzpritsche, auf der jahrelang abwechselnd Dung, Brennholz, Saatgut und Viehfutter transportiert worden waren. Aus den verbliebenen Spuren hatte der Regen ein wirres, düsteres Bild gemischt, das mit jedem Tag und jedem Transport um neuen Schmutz bereichert wurde, als wäre es ein unvollendetes, aber stimmiges Kunstwerk in fließender Entwicklung.

Obwohl die Sonne noch nicht untergegangen war, senkte sich bereits eine feuchtkalte Dämmerung mit dichtem Nebel über das Land, als wären die Wolken vom Himmel gefallen. Der Gott fuhr mit seinem Karren, dessen schiefe Räder auf dem gefrorenen Schneematsch knirschten, über den Feldweg bis zur Kreuzung. Die Zügel anziehend blickte er von rechts nach links, von Horizont zu Horizont, und betrachtete dabei die beiden finsteren Schlote der Zuckerfabrik, die Arbeitersiedlung und die mächtigen, bedrohlichen Umrisse der Stadt, deren verkommene Peripherie, aus der noch immer die alten, im Verfall begriffenen Überreste adeliger Landgüter hervortraten, sich fast bis zu ihm erstreckte. Die Vorstadt war allseits bekannt unter dem Namen Mignatta, die Blutsaugerin: eine Gegend ohne Recht und Gesetz, bevölkert von Dieben, Erpressern, Mördern und menschlichem Abschaum, die sich gemeinsam wie ein riesiger Parasit an einer Stadtader festsetzten und ihr das Blut aussaugten, ohne selber etwas hervorzubringen.

Er schaute sich um, weil er sicher sein wollte, dass die Welt noch dort war, wo er sie am Tag zuvor zurückgelassen hatte, vor ihrer Umwälzung durch die Nacht der Ankunft, die alles in neue Gussformen, die mehr Schatten als Form, mehr Schein als Substanz waren, mischen und zu einem einzigen dunklen Profil vereinen würde.

Nachdem er so festgehalten hatte, was sich in Kürze auflösen würde, schnalzte der Gott erneut mit der Zunge und das Pferd setzte sich teilnahmslos wieder in Gang.

Eine Meile lang war rein gar nichts zu sehen und auch die Zeit schien sich im Nebel verloren zu haben. Dann erkannte der Gott den einsamen Umriss seines Ziels. Er verlangsamte seine Fahrt, bis von den Rädern nur noch ein heiseres Geräusch zu hören war. In diesem Vorgeschmack von Stille hätte er seinen Gedanken lauschen können, wenn er denn welche gehabt hätte. Aber er dachte nichts. Der Gott nahm in diesem Augenblick einzig die Größe der Ankunft wahr, die mit rötlichen Blitzen seine Augen blendete. Mit knurrender Grimasse drückte er sich in den Sitz und umklammerte die Zügel. Er war nah.

Er bog in eine von mächtigen Platanen gesäumte Allee, fuhr eng an einer säuberlich gestutzten Hecke und am grauen Gittertor vorbei, auf dem meisterlich gewundene schmiedeeiserne Lilien einander in einem Spiel aus Labyrinthen umschlangen und in der Höhe in bedrohlich scharfe Spitzen mündeten.

Alles war, wie er es kannte. Er verbarg den Karren hinter einer hohen Platane, deren Krone sich im fahlen Abendhimmel verlor. Nachdem er vorsichtig, den Sack mit sich schleifend, in dem sich in der schweren Luft erneut unheilvoll etwas regte, abgestiegen war, lehnte er sich einen Moment lang an den rauen Baumstamm. Sein Atem ging stoßweise. Seine Zähne knirschten gegeneinander. Halb weinend, halb lachend unterdrückte er mit einem hüstelnden Geräusch ein Schluchzen. Seine aufgerissenen Augen bohrten sich in die Dämmerung, als dürften nur sie mit ihrem durchdringenden Schrei die plötzliche Stille durchbrechen.

Wie in einer geheimnisvollen alchimistischen Reaktion, die sich bis zu diesem Moment verzögert hatte, vermischte sich nun die Furcht seiner sterblichen Hülle mit der Erregung seiner göttlichen Natur, wobei bald die eine, bald die andere die Oberhand gewann. Im Sturm der beiden gegenläufigen, gleichermaßen despotischen Kräfte stemmte sich der Gott Halt suchend gegen den Baum. Und als hebe er zum Tanz seiner Orgien, seiner Weihen an, warf er unter dem Einfluss der in seiner Seele tobenden Furien den Kopf nach rechts und links. Schließlich gewann der Gott die Oberhand und sagte mit der Klarheit seines übernatürlichen Wesens: »Es ist Zeit für die Ankunft.«

Mit einem Male beruhigte sich die ganze Welt, das Wirbeln nahm ein Ende und der Gott wusste, dass die Angst ihren Kampf verloren hatte. Sie war in Entschlossenheit gewandelt, der Erregung einverleibt worden. Denn der Gott, der in ihm war, hatte bereits vor sechzehn Jahren über sein Schicksal entschieden: Der Drang nach Rache würde obsiegen.

»Morgen«, hatte er am Vortag versprochen.

Aus dem Verborgenen beobachtete er, wie der Herr des Hauses den Gärtner die Kalesche vorfahren ließ. Er hörte, wie er ihn nach Hause schickte. Dann erschien die Frau, die Erste, die gelacht und gespuckt hatte, in der Eingangstür. Er hörte ihren Mann zu ihr sagen: »Ich hole dich um sieben Uhr ab. Sei pünktlich fertig, ich will nicht verspätet zum Fest des Bürgermeisters erscheinen.« Schließlich schnalzte der Hausherr mit den Zügeln, um das Pferd anzutreiben, und fuhr wie an jedem Spätnachmittag in Richtung seines Klubs davon.

Die Erste verabschiedete sich vom Gärtner und ging zurück ins Haus.

»Heute«, sagte der Gott trunken. »Jetzt.« Da regte er sich.

Das Tor ließ sich, wie der Gott wusste, widerstandslos öffnen.

Vorbei an einem weitläufigen, buchsbaumgesäumten Beet, in dessen Mitte gestutzte Pfingstrosenbüsche geduldig auf den Frühling warteten, ging er durch den gepflegten Vorgarten bis zur Loggia.

Die Tür knarrte nicht, als er sie mithilfe des Schlüssels, den er aus dem Wachsabdruck gegossen hatte, öffnete. Der Gott hatte den Leinensack geschultert.

Kaum war er im Haus, drang ein angenehmer Geruch in seine Nase, eine Mischung aus erlesenen Duftessenzen und dem vertrauten Aroma von frisch geknetetem Brotteig, der unter feuchten Tüchern ruhte, um am nächsten Morgen vom Ofen erweckt zu werden.

Aus der Küche hörte er Stimmen. »Bereite mir für sechs Uhr ein Bad«, sagte die Hausherrin. Der Gott drückte sich in eine Ecke und lauschte, wie die Frau die Treppe bis in den ersten Stock hinaufstieg, die Tür zu ihrem Zimmer öffnete und wieder schloss. Da regte er sich wieder, horchte weiter auf die Stimmen in der Küche. »Ich gehe nach oben und ruhe mich aus«, sagte ein Mann, der Butler. Daraufhin hallten seine müden Schritte von der Nebentreppe herüber. »Ich auch«, ließ sich eine junge Frauenstimme vernehmen. »Um das Bad für die

Gnädigste musst du dich kümmern«, widersprach eine andere, ältere Stimme. Gewiss die Köchin. Das junge Dienstmädchen schnaubte. »Aber das Wasser machst du heiß. Ich komme in einer halben Stunde herunter«, gab sie zurück. Dann trommelten auch ihre Schritte auf den Holzstufen der Nebentreppe.

Der Gott blieb lange Zeit, so hätte es jeder andere empfunden, reglos stehen. Für den Gott aber folgte die Zeit nicht dem Maß der Menschen. Und die Menschen verfügten nicht über die göttliche Natur. Er horchte auf die Köchin, die vor sich hin brummend die großen Kochtöpfe füllte. Dann ließ der Gott den Sack zu Boden sinken, holte ein heiliges Werkzeug hervor und regte sich, schnell und unhörbar. Doch konnte der Gott sich nicht auf das Niveau der Dienerschaft herablassen. Er hatte sich in den Mörder verwandelt.

Er ging in die Küche und trat von hinten an die Köchin heran. Die Frau, deren rosiges Gesicht vom ständigen Kampf zwischen der Kälte im Hof und der Hitze am Ofen zerfurcht war, riss, während ihr Genick brach, weit die Augen auf, sackte in sich zusammen und behielt, am Boden liegend, diesen Ausdruck des Erstaunens bei, auch nachdem der Mörder gegangen war.

Die Dienstbotenzimmer befanden sich im obersten Stock und waren über eine schmale Nebentreppe zu erreichen, die den Blicken von Besuchern durch eine Tür verborgen blieb. Mit angehaltenem Atem stieg der Mörder die Stufen hinauf.

Ganz oben traf er auf drei Türen, die eng beieinander lagen wie kleine Zellen.

Im ersten Zimmer schnarchte der alte Butler bereits mit offenem Mund. Es knackte nur leicht, als sein faltiger Hals brach. In Sekundenschnelle füllte sich die Luft mit dem scharfen Geruch des Urins, der aus dem betagten Körper des Dieners sickerte.

Das zweite Zimmer war leer. Seine Bewohnerin lag auf dem Küchenboden.

Im dritten Zimmer fuhr das junge Dienstmädchen herum,

als die Tür sich knarrend öffnete, setzte sich sofort ängstlich im Bett auf und presste die Hände an die Brust. Als der Mörder ihr das zarte Genick brach, riss das Mädchen den Mund zu einem bereits tonlosen Schrei auf und zeigte dabei seine langen, verfärbten Zähne, die kreuz und quer übereinander standen und ihm zu Lebzeiten gewiss nie erlaubt hatten, einen Liebhaber ohne Scham anzulächeln.

Der Mörder trat an das Zimmerfensterchen und blickte von oben auf die Welt, die sich bereits veränderte. Der aufreißende Nebel brachte ein Heer von Gespenstern hervor.

Das Haus war nun bereit. Der Mörder nahm wieder die Gestalt des Gottes an, stieg ins Erdgeschoss hinab, legte sein erstes heiliges Werkzeug zurück und ergriff den Sack, in den er seine scharfzähnigen Priesterinnen gesperrt hatte.

Das Zimmer der Frau – jener Ersten, die gelacht und gespuckt hatte – lag im Hauptgeschoss.

Über den muffigen Mansardengeruch nach Schweiß und Mühe legte sich nun der Duft von Nachthyazinthe und Puder. Der Gott blieb vor der geschlossenen Tür stehen.

»Es ist Zeit für die Ankunft«, flüsterte er und betrat das Zimmer. Die Tür fiel von selbst hinter ihm zu.

Da vereinte sich in der Stille des Abends das rasende Gebrüll seiner scharfzähnigen Bestien, seiner besessenen Priesterinnen, mit den Schreien der Frau, die zum Ruhm des Gottes die Qual des Fleisches besangen.

VII

Auf ihrem Heimweg von der Fabrik zur Siedlung zog die Arbeiterprozession – verstreut wie die verbliebenen Perlen an einem alten Rosenkranz – durch die vom rötlichen Schein ihrer Fackeln und Laternen beleuchtete abendliche Dämmerung über einen aufgeweichten Pfad, auf dem die dünne Schneedecke, die den Feldern einen weißen Anstrich gab, keinen Halt hatte finden können. Auch in den spärlichen Schnee, der am Wegesrand festgefroren war, hatte sich bereits Schlamm gemischt. Die Männer, Frauen und Kinder, aus denen sich der Zug zusammensetzte, trugen nur dünne Leinenkleidung und zitterten vor Kälte, resigniert, widerstandslos wie ein geschlagenes Heer, dem es bei seinem Rückzug vom Schlachtfeld gar an Kraft fehlte, vor dem Tod zu fliehen. Sie hielten die Köpfe gesenkt, um sich gegen den vom Wind aufgepeitschten Nieselregen zu schützen, der den Schneefall abgelöst hatte. Dabei erweckten die allen gemeinsame Blässe und die geschwollenen Skrofulosemale trotz der äußerlichen Unterschiede den Eindruck einer scheinbaren Familienähnlichkeit.

Ein allseits bekannter Arbeiter namens Rinaud, dem die Rauflust seit beinahe fünfzig Jahren – und somit zeit seines Lebens – die Augenbrauen an der Nasenwurzel zusammenzog, als sollten sie miteinander verwachsen, versetzte einem Jungen, der noch keine zwanzig Jahre alt war, wortlos und offenbar ohne triftigen Grund einen Fußtritt.

Wütend fuhr der Junge herum, wobei ihm weniger der Stoß etwas ausmachte als vielmehr das Bewusstsein, dass seine schmächtige Statur ihm nicht erlaubte, den Tritt zu erwidern. Ohne eine Erklärung von seinem Vater zu verlangen, holte er eine kleine Schnapsflasche hervor und reichte sie ihm.

»Verflucht, wenn du jetzt schon mit dem Schnaps anfängst,

wie willst du dann den Abend überstehen?«, wetterte ein alter Mann, der mit seinen schweren Holzschuhen durch den Morast schlurfte.

»Das Schnapstrinken habe ich von dir gelernt«, gab Rinaud, während er das Fläschchen entkorkte, gelangweilt leiernd zurück wie einer, der diese Antwort schon zu oft gegeben hatte, als dass ihn das Ritual noch hätte amüsieren können.

Der Alte hingegen lachte zufrieden und hustete Schleim aus. »In der Wiege hast du das gelernt«, sagte er stolz. »Wenigstens das konnte ich dir beibringen.« Wieder lachte und hustete er und schüttelte dann den Kopf. »Muttermilch und Zuckerrübenschnaps sind das Einzige, was ein Mann hier in der Gegend trinken kann, ohne auf dem Friedhof zu landen … vom Wasser kriegt man doch nur Bauchkrämpfe, wenn es einen nicht gleich vergiftet …«, und mit einer geschmeidigen Geste, als würde ein Ochse mit dem Schwanz schlagen, hob er eine Hand zum Hals und schlug fluchend zu. »Verdammte Mücken, warum saugt ihr mir nicht am Schwanz, da unten spür ich in meinem Alter sowieso nichts mehr.«

»Dann müsstest du ihn aber immer aus der Hose hängen lassen«, bemerkte der Junge mit einem albernen Lachen, das seine ausdruckslosen Augen nicht zu beleben vermochte.

Kurz setzte sein Vater die Flasche ab und verpasste ihm einen weiteren Fußtritt. »Behandle deinen Großvater mit Respekt, Schwachkopf«, schimpfte er.

Zwei junge Männer vor ihnen, beide um die zwanzig, sammelten daraufhin ein wenig Schneematsch vom Boden, formten ihn, während sie sich umdrehten, zu Bällen und bewarfen den Jungen spottend: »Behandle deinen Großvater mit Respekt, Berto, sonst sperren sie dich noch in die Stadt der Tiere wie deinen Bruder.«

Rinaud, der Arbeiter, fuhr herum, schlug einem der Jungen ins Gesicht und packte den anderen am dünnen Jackenkragen. »Das Ungeheuer ist nicht sein Bruder!«, stieß er mit hochrotem Kopf hervor und schielte auf die Reaktion der anderen.

»Es ist nicht sein Bruder, weil es auch nicht mein Sohn ist! Wer das Gegenteil behauptet, soll mich kennenlernen!«

Drohend ragten am Horizont gegen den fahlen Himmel die beiden noch immer rauchenden Fabrikschlote auf und verströmten einen beklemmend süßen und fauligen Gärungsdunst, der nicht einmal entfernt an den schneeweißen Zucker denken ließ, der in ihrem Schlund raffiniert wurde. Weiter seitlich zeichnete sich die von den Fabrikaktionären errichtete Arbeitersiedlung ab. Ringsum schimmerten Zuckerrübenfelder im schwindenden Tageslicht.

Die beiden Jungen suchten vor Rinaud das Weite. Grinsend sah Berto ihnen nach und spuckte auf den Boden.

Noch immer war der Himmel rot gefärbt, als fürchte er sich davor, der Nacht der Jahrhundertwende zu weichen, da hörten die Arbeiter hinter sich einen Peitschenknall und das Knirschen von Rädern auf dem steinigen Weg. Als sie sich umwandten, erkannten sie ein bleiches rundes Augenpaar, ähnlich dem eines kurzsichtigen Tieres, das um die schwarze Mauer bog, im Herannahen langsam größer wurde und einen schwefelfarbenen Schein um sich verbreitete. Der ›Kakerlak‹, wie er von allen genannt wurde, war ein geschlossener schwarzer Einsitzer, schmal und schwankend wie ein hochkant aufgestellter Sarg, der von einem flinken kleinen Pferd gezogen wurde. Er war auf dem Weg von der Zuckerfabrik in die Stadt. Die Öllaternen zu beiden Seiten des Wagens wirkten wie Augen.

Als der Kakerlak die Arbeiter erreicht hatte, verlangsamte er seine Fahrt und hielt schließlich an.

»Rinaud«, sagte der Mann in der Kutsche, während er die schwarzen Lederzügel fest anzog, »du kannst wohl nicht einmal am letzten Tag des Jahrhunderts auf Streit verzichten?«

Rinaud wandte sich um. Der Mann grinste ihn an. Er war Anfang dreißig und sein langes feines Haar war im Nacken zusammengefasst, ähnlich einem Knoten, wie ihn Frauen trugen. Obwohl er ganz in Schwarz gekleidet war, strahlte, von der Alabasterhaut angefangen, seine gesamte Gestalt.

»Er ist schön wie ein Engel«, wisperte eine junge Arbeiterin.

»Guten Abend, Chemiker«, begrüßte ihn Rinaud, während er an das seltsame Fahrzeug herantrat. Dann senkte er die Stimme, damit die anderen ihn nicht hören konnten. »Heute Abend halten wir eine Versammlung ab. Es gibt ernste Angelegenheiten zu besprechen.«

»Und danach gibt es umsonst was zu trinken, nicht wahr?«, grinste der Mann in der Kutsche.

»Na ja, zur Feier des neuen Jahrhunderts … das ohnehin genauso beschissen sein wird wie das alte, das heute Nacht zu Ende geht.«

»Oh nein, Rinaud. Das zwanzigste Jahrhundert wird dem, der es zu nutzen versteht, eine große Zukunft eröffnen«, widersprach der Mann im schwarzen Kakerlak. »Wie ich gehört habe, bietet das neue Jahrmarktspanoptikum, das gerade angekommen ist, eine besondere Attraktion. Ich wette, dein Sohn würde lieber dorthin gehen, als sich das Gerede über Politik anzuhören.« Dabei sah er zu Berto hinüber, der in die Kutsche lugte und an ihrer Ausstattung aus Samt und Leder schnupperte.

Die stumpfen Augen des Jungen glänzten plötzlich.

Rinauds Miene dagegen verdüsterte sich. »Weder ich noch mein Sohn haben Geld zu verschwenden.«

»Dein Sohn ist da anderer Meinung, wenn du mich fragst«, lächelte der Chemiker mit seinen ebenmäßigen androgynen Gesichtszügen. Seine schmalen Finger, die in Handschuhen aus feinem schwarzen Ziegenleder steckten, ließen die Zügel locker, doch ehe er das Pferd antrieb, sagte er noch zu Berto: »Du musst nicht zahlen, wenn du mit mir hingehst, denk darüber nach, Junge.«

Dann setzte der Kakerlak sich in Bewegung. Die Frauen, ob alt oder jung, fassten sich ans Herz, während sie ihm nachblickten. Aber auch die Männer lächelten.

Der Kakerlak hatte bereits knapp zehn Meter Vorsprung, als Berto ihm plötzlich ungelenk hinterherstürmte.

»Komm zurück, du Hurensohn!«, schrie Rinaud, während Berto an die Rückwand der Kutsche geklammert verschwand.

Aus der Ferne war das Lachen des Chemikers zu hören. Und auch die Arbeiter lachten, als sie Rinaud mit hochrotem Kopf toben sahen.

Der Himmel erlosch derweil endgültig und verschenkte die letzten Stunden des neunzehnten Jahrhunderts an die Dunkelheit.

Der Kakerlak bog von der Straße ab und fuhr über einen noch schmaleren Seitenweg auf einen Hügel zu, der in der Höhe von zahlreich brennenden Fackeln in rötliches Licht getaucht war.

Mit steif gefrorenen Händen hielt Berto sich fest und lehnte sich ein wenig hinter der Kutsche hervor. Schon zeichnete sich ein Zirkuszelt ab, das mit seinen breiten Längsstreifen in leuchtenden Farben wie ein greller Regenbogen wirkte.

Der Chemiker trieb das Pferd an und sie überholten eine Schar lärmender Jugendlicher, die den Weg zu Fuß hinaufstiegen.

»Hörst du?«, rief er Berto zu. »Das Fest beginnt!«

Vom Hügel herab schallte eine dröhnende Stimme. Während ihres Anstiegs fuhren sie noch an vielen anderen Männern und Frauen, Jungen und Alten, Dicken und Dünnen vorbei, die alle gebannt auf die am Himmel und auf dem Hügel immer heller strahlenden Lichter blickten. Jeder, der nah genug herangekommen war, um den Mann mit Zylinder und Megafon zu erkennen, verstummte und spitzte gespannt die Ohren.

»Kommt her, liebe Leute, kommt her und seht euch den Maschinenmann an!«, rief die Baritonstimme. »Zum Ausklang des Jahrhunderts für nur vier Pence eintreten und zuschauen. Den Maschinenmann für eine halbe Silberkrone zum Kampf herausfordern … und einen Goldsovereign für den, der ihn besiegt! Hereinspaziert, hereinspaziert!« Und alles strömte auf den Zelteingang zu, der von Werbetafeln mit dem Bild eines Kolosses aus Fleisch und glänzendem Metall eingerahmt war. Halb Mensch, halb Maschine erklärte die Aufschrift den wenigen, die lesen konnten. Der Mann mit dem Megafon stand auf einer roten Holzkiste. Neben ihm, zwischen den beiden Plakaten, hatte der Kartenverkäufer – in einem auffallenden, mit glänzenden Tressen besetzten Kostüm, in dem er wie eine Kreuzung aus Dompteur und Butler aussah – alle Hände voll zu tun, die Münzen der eintretenden Zuschauer in den Beutel fallen zu lassen, den er sich vor den Bauch gebunden hatte.

Der Chemiker fuhr die Kutsche vor das Zelt und stieg aus. Sofort sprang auch Berto ab und folgte ihm. Jenseits des Hügels erstrahlte die Großstadt mit ihren prächtigen Baudenkmälern, die ihr ganzer Stolz waren, und dem stinkenden braunen Fluss, der ihren Durst stillte, anlässlich der Feier der Jahrhundertwende in Festtagsbeleuchtung.

»Er geht mit mir hinein«, sagte der Chemiker zum Kartenverkäufer und warf ihm acht Münzen hin, während ein Zirkushelfer zur Kutsche lief, das Pferd am Zaum packte und hinter das Zelt führte.

Der Kartenverkäufer und der Mann mit dem Megafon senkten ehrerbietig den Kopf und warfen dann einen flüchtigen Blick auf Berto.

Die Luft im Innern war genauso kalt wie draußen, jedoch schwer von zahlreichen Gerüchen. Dicht gedrängt standen die Menschen vor der Bühne.

»Genieß den Abend«, sagte der Chemiker zu Berto, bevor er sich zum Proszenium aufmachte.

Als die Arbeiterinnen ihn erkannten, grüßten sie ihn mit einem Lächeln. »Sieh mal, der Chemiker ist auch da«, tuschelten sie untereinander und bewunderten dabei seine modisch schmal und ein wenig kurz geschnittenen Hosen, den eng anliegenden schwarzen Gehrock, der bis an die Schenkel reichte, und das schwarze Seidenhemd mit dem Jabot aus Batist.

Eine donnernde Folge beinahe bedrohlicher Töne voll Echo

und Geheimnis schallte durch die Luft. Während das Geplapper im Zuschauerraum leiser wurde, versank die Bühne langsam im Dunkeln. Da erst erkannte der Chemiker das kleine Orchester auf der anderen Seite. Ein zweiter mächtiger Bläserschall, tief und furchterregend, brachte alle zum Verstummen. In diese Stille hinein folgte ein hohes, doch getragenes Flötenspiel mit Klängen aus fernen, exotischen Ländern. Es beschrieb vielleicht einen Tagesanbruch. Oder auch eine Geburt. Ein lebhafterer Trompetenstoß schien im Hintergrund ein zartes Dämmern hervorzurufen, das die Bühne in rotes Licht tauchte. Gegen das Licht schien die in der Bühnenmitte nur zu erahnende Gestalt noch konturlos, doch das Publikum verfolgte den Zauber in sprachlosem Staunen. Wie aus dem sanften Trompetenklang geboren, erhob sich nun der erste kurze Gesang einer Geige. Schmerzvoll, melancholisch. Sehnsüchtig und sinnlich. Das Licht im Hintergrund stieg auf und wechselte von einem leuchtenden Rot zu einem satten, strahlenden Orange, während noch immer die Geige, im Zusammenspiel mit einer Harfe, die Gefühle der Zuschauer bewegte. Es ging nicht um Tagesanbruch oder Geburt. Die bewegende Musik kündete von einer Erscheinung.

Ein neues, zart bernsteinfarbenes Licht erleuchtete einzig das Gesicht der Frau, die sich nun langsam dem Publikum zuwandte. Auf dem Kopf trug sie einen locker gebundenen türkischen Turban, dessen Stoffende wie eine Haarsträhne auf ihre Schultern herabfiel und mit kleinen Spiegeln besetzt war, die das Licht brachen und strahlend zurückwarfen. Ihr Gesicht war zur Hälfte von einem orangefarbenen Schleier verdeckt. Die Frau hielt die Augen geschlossen. Ihre Lider waren von einem langen schwarzen Kajalstrich betont, der einen Bogen nach oben beschrieb und zur exotischen Musik zu passen schien. Während die Frau sanft ihren Kopf im Rhythmus der sehnsuchtsvollen Geigenklänge hin und her wiegte, schlug sie plötzlich die Augen auf: Sie waren grau wie der Nebel, der über dem Land lag, glühten und bebten. Es waren Augen, hinter denen sich Leidenschaft verbarg. Augen, die alle verzauberten, doch niemanden ansahen. Denn der Blick der Frau verlor sich in einer geheimnisvollen Welt. Im weichen Licht, das weiter nur ihr Gesicht und ihren Hals erkennen ließ, hob sie eine Hand zum orangefarbenen Schleier. Um ihr Handgelenk wand sich ein silberner Armreif mit einem Schlangenkopf, der sich bissbereit auf ihrem Handrücken aufrichtete. Ihre Finger glitten streichelnd an ihrem Gesicht entlang bis zum oberen Saum des Schleiers. Lange Finger, die anmutig und sinnlich durch Wasser zu tauchen schienen. Die Frau schloss erneut halb die Augen, bis nur noch zwei graue Schlitze zu sehen waren, aus denen Lust und Hingabe strömten, als sie den Schleier lüftete und den Blick auf ihr Gesicht freigab. Ihre makellose Haut strahlte weiß wie Porzellan. Die vollen Lippen hingegen waren rot, leicht geöffnet, lockend.

Bewunderndes Raunen erhob sich aus dem Publikum.

Der Chemiker betrachtete die Frau, die fast noch ein Mädchen war, aus klaren Augen und lächelte. »Ignés …«, sagte er leise, als würde er in ihr Ohr flüstern. »Ignés …«

Inzwischen war die Musik aufpeitschend geworden und das Licht leuchtete die ganze Gestalt aus, die in mehrere Lagen von Schleiern gehüllt war. Die Frau tanzte im Rhythmus zuckend, wie von unsichtbaren Händen geschüttelt, die sie bald hierhin, bald dorthin zogen. Sie tanzte wie ein Opfer, als würde sie durch die Orchesterklänge von Liebe und Leidenschaft ergriffen und wieder verlassen, wie aufgerieben in einem ständigen Zweikampf von Melancholie und Sinnlichkeit.

Die Zuschauer staunten mit offenem Mund. In ihrer Erinnerung gab es nichts vergleichbar Schönes.

Als die Musik ihr nach der Erschütterung ein wenig Ruhe zu gönnen schien, sank die Tänzerin mit dem Gesicht zum Publikum am Bühnenrand zu Boden. Die grobschlächtigen Arbeiter, die sie plötzlich ganz nah vor sich sahen, wichen, von derartiger Schönheit eingeschüchtert, einen Schritt zurück. Die leuchtend roten Lippen der Frau waren halb geöffnet und bebten. Ihre grauen Augen schienen zu glühen. Sie streckte eine Hand nach dem Arbeiter aus, der ihr gegenüberstand, wie um ihn anzulocken. Verzaubert und verlegen kam der Mann einen Schritt näher. Auch er streckte seine schmutzige, schwielige Hand aus. Die Frau ergriff sie und schloss bei der Berührung die Augen. Dann führte sie die Hand wie zu einem Kuss an ihre Lippen, änderte jedoch im letzten Moment das Ziel und ließ sie zum Stoffende ihres Turbans sinken, das vom Bühnenrand herabhing. Sie sah den Arbeiter an und band ihm dann in einer sinnlichen Geste das Goldband, das den Turbansaum verzierte, wie eine dünne Schlinge um sein Handgelenk. Als die Musik wieder feuriger wurde, erhob sich die Tänzerin und kreiste um die eigene Achse zurück zur Bühnenmitte. Dabei wickelte sich der Turban, der noch immer mit einem Ende am Handgelenk des Arbeiters befestigt war, von ihrem Kopf ab und enthüllte den Zuschauern eine üppige goldene Haarpracht, die von einer Kette aus exotischen Perlen und Korallen zusammengehalten wurde.

Das Publikum brach in tosenden Beifall aus.

Im wilden Rhythmus der Musik lief die Frau nun von einer Seite der Bühne zur anderen und verlor jedes Mal einen Schleier, sodass Stück für Stück ihr vollkommener Körper zum Vorschein kam, bis sie schließlich fast nackt war, nur ein eng anliegendes Mieder verhüllte noch ihre schmale Taille und stützte ihren schneeweißen Busen, den die Sonne noch nie berührt zu haben schien. Die langen, geschmeidigen, flinken Beine schimmerten durch ein Paar orientalisch anmutender Hosen hindurch, die ebenfalls aus Schleiern bestanden. Die Frau tanzte und rannte wie eine Besessene, als lodere das Feuer ihrer grauen Augen überall in ihrem Körper.

Als der Rhythmus der Musik sich allmählich beruhigte, war sie in Schweiß gebadet. Die wenigen verbliebenen Schleier klebten an ihrem nassen Körper. Immer langsamer spielte die Musik und glich sich so der Erschöpfung der Tänzerin an. Es war, als löse sich ihre Trunkenheit im Traum auf, als weiche der Dämon, der bis dahin an ihr gezerrt hatte, nun der Illusion.

Während Ignés und die Musik sanft in den Schlaf sanken, erloschen auf der Bühne wie im Zuschauerraum nach und nach die Gaslampen und ließen es Nacht werden.

Die Tänzerin stand nun ruhig mitten auf der Bühne. Die Hände sinnlich an die Brust gepresst, drehte sie sich mit geschlossenen Augen um sich selbst, als gebe sie sich einer geträumten Umarmung, einer erfüllten Leidenschaft hin, und streckte sich dann langsam und versunken auf dem Boden aus.

Die Zuschauer drosselten ihr Jubelgeschrei und mühten sich, mit ihren Blicken die zunehmende Dunkelheit zu durchdringen, bis schließlich für einen Augenblick alles finster und still war.

In dem Moment schloss der Chemiker die Augen, damit das Schwarz vollkommen war, und flüsterte erneut: »Ignés, mein kleines verglühendes Feuer ...«

Ein Paukenwirbel, so tief und dröhnend, als würde Mutter Erde einen Rülpser ausstoßen, durchbrach plötzlich die Stille, und während die Bühne durch eine Explosion in Rauch gehüllt wurde, zerriss durchdringendes Licht aus wenigen, auf die Mitte der Szene gerichteten Scheinwerfern die Dunkelheit. Eine aufwendig gestaltete, ausgeklügelte Abfolge von Spiegeln und Linsen brach das blendende kaltblaue Kerosinlicht und warf es tausendfach zurück.

Fasziniert bejubelten die Zuschauer die Sinnestäuschung.

Wo sie zuvor Ignés hatten einschlafen sehen, ragte im sich lichtenden Rauch nunmehr eine eindrucksvolle, hünenhafte Gestalt auf. Die Attraktion, für die sie vier Pence bezahlt hatten, blickte reglos auf sie herab. Da also war er nun, um zwei Spannen länger als ein groß gewachsener Mann, matt und glänzend zugleich: der Maschinenmann.

Das Publikum aus Bauern und Arbeitern starrte ihn mit offenem Mund an.

Der Maschinenmann tat einen schweren hölzernen Schritt nach vorn, der im Hohlraum unter der Bühne widerhallte. Dann noch einen Schritt. Das Kerosinlicht folgte ihm ebenso schwerfällig. Nachdem der Maschinenmann zum Stehen gekommen war, zeigte er sich mit ausgebreiteten Armen in seiner ganzen Ungeheuerlichkeit.

Ein Raunen erhob sich aus der Menge.

Den Kopf des Maschinenmannes überragte eine in der Mitte verbolzte rundliche Kappe aus glänzendem Messing, aus der strohiges graublondes Haar in langen, dünnen Strähnen herabfiel. Die überdimensionalen Ohren schienen nur notdürftig an den Kopf geklebt und klappten steif vor und zurück wie zwei Pappmascheeattrappen. Das Gesicht wirkte eingefallen, als ob Fleisch und Muskeln fehlten und die Haut unmittelbar am Schädel anläge. Die Wangenknochen waren hoch und vorspringend. Die glasigen, ausdruckslosen Augen wurden von Lidern aus zwei ebenfalls mit Bolzen befestigten Messingplatten eingefasst. In der Stille gleich nach seinem Auftauchen war den nah bei der Bühne stehenden Zuschauern ein metallisches Quietschen aufgefallen, als der Maschinenmann die Lider bewegt hatte. Die Haut warf Falten an der Stelle, wo sie unter die beiden Messingbleche gespannt war, in denen die Augen saßen. Die Oberlippe fehlte, sie wurde von einem an beiden Enden verschraubten schmalen Messingstreifen ersetzt. Auch der viereckige Unterkiefer schien ein nackter, mit gegerbter Lederhaut überzogener Knochen zu sein. Das Kiefergelenk befand sich außen, weshalb der Metallbolzen vermutlich bis ins Innere reichte, um ein Öffnen und Schließen des mit ebenmäßigen kleinen, quadratischen Elfenbeinzähnen gefüllten Mundes zu ermöglichen. Von jedem der beiden Bolzen führten zwei ebenfalls aus Messing gefertigte Stangen über eine Reihe gut geölter Gelenke zur Brust, wo sie in einer rechteckigen Vorrichtung zusammentrafen, aus der unten ein einzelner schmaler, glänzender Stab ragte, der wiederum in einem Knopfloch des weißen Stehkragenhemdes verschwand.

Oberhalb des Kragens war die Haut aufgeklappt wie ein makabrer Bühnenvorhang und entblößte einen Hals aus Messingzylindern. Über dem Hemd trug der Maschinenmann eine weite tiefgrüne, fast schwarze Lodenjacke mit einem Schalkragen, der am Saum mit feiner roter Stickerei in geometrischem Muster verziert war. Die Schultern waren breit und doch knochig, als ob nicht nur das Gesicht, sondern der ganze Körper einzig aus einem Gerippe – oder einem Gerüst – ohne Fleisch und Muskeln bestünde. Die schwarzen Hosen fielen weich auf ein Paar schwere Schuhe, die breit genug waren, um dem Koloss einen festen Stand zu verleihen. Aus den Ärmeln ragten zwei nur halb nachgebildete Hände. Sie waren von einer Metallplatte unterbrochen, an der aufwendig und ausgefeilt konstruierte Finger befestigt waren. Die nackten Messingknochen waren mit Gelenkverbindungen und Zugstangen ausgestattet, über die der Maschinenmann, während er sich der Menge zeigte, die Hände wie zwei Fangeisen knallend zuschnappen ließ und wieder öffnete.

Nachdem die anfängliche Verblüffung gewichen war, erschien den Zuschauern die Attraktion, für die sie vier Pence bezahlt hatten, wie eine riesige Mumie.

»Das ist ja ein Greis!«, rief eine Stimme aus dem Publikum.

Da brachen alle in ein nervöses Gelächter aus, in dem sich Spott und Furcht mischten.

Hinter den Kulissen trat ein Mann von vielleicht siebzig Jahren mit gelblicher Haut hervor, dessen Züge noch seine einstige Schönheit erahnen ließen. Er trug einen seidenen Morgenrock über seiner Kleidung.

Bei seinem Anblick erstarrte das Gesicht des Chemikers und ließ eine heftige Gefühlsregung erkennen.

»Dann hast du ja gewiss keine Angst, den Greis herauszufordern«, sprach der Zirkusbesitzer in die Menge, als das Gelächter nachließ. »Aber ich sehe dich nicht. Komm nach vorn.«

Die Menge aus Bauern und Arbeitern trat beinahe genüsslich auseinander und zog sich von dem Mann zurück, der als Erster geschrien hatte.

»Da bist du ja«, sagte der Besitzer wieder, als er einen schlanken Mann um die dreißig von sehniger, muskulöser Statur ausgemacht hatte. »Ich heiße Sciron und bin der Erfinder des Maschinenmannes, der dich so zum Lachen bringt. Na los, komm her und fordere ihn heraus.«

»Ich kann als Arbeiter keine halbe Krone verschwenden ...«, wehrte der andere ab.

»Weshalb sollte sie verschwendet sein?«, widersprach Sciron. »Welches Risiko gehst du schon ein gegen ... einen Greis, wie du sagst? Im Handumdrehen würdest du einen Goldsovereign gewinnen.«

»Ich wette, du fändest einen Weg, mir nicht zu geben, was mir zusteht«, gab der Arbeiter, die Hände in die Hüften gestützt, herausfordernd zurück.

Aus dem Publikum erhob sich ein zustimmendes Gemurmel.

»Ah ... jetzt verstehe ich, was du für einer bist«, sagte Sciron mit einem Seufzer und neigte den Kopf ein wenig zur Seite. »Du klopfst gern große Sprüche.«

Das Publikum lachte. Der Mann errötete wütend.

In dem Moment zog der Chemiker mit einer geschmeidigen Handbewegung eine Münze aus seiner Westentasche und warf sie auf die Bühne. »Da ist die halbe Krone«, rief er dem Arbeiter zu. »Das Risiko übernehme ich. Besieg diesen ... Greis.«

Sciron drehte sich zu der Stimme um. Als er den Chemiker erkannte, blieb er einen Augenblick regungslos stehen. Sein längliches gelbes Gesicht war wie versteinert. Ein Gefühlswirrwarr schien ihn innerlich aufzuwühlen. Doch nichts davon drang nach außen. Das Gesicht, das einmal schön gewesen sein musste, verzog sich weder zu einem Lächeln noch zu einer hasserfüllten Fratze, weder zu einem Zeichen des Grußes noch zu einer Drohgebärde. Den Blick unablässig auf den Mann in Schwarz gerichtet, hob Sciron die Münze auf. Er verbeugte sich leicht in Richtung des Chemikers, ging dann zum Maschinenmann und legte ihm eine Hand auf die Schulter. »Die Herausforderung ist angenommen!«, rief er laut und doch nur an den Chemiker gewandt aus.

Der Arbeiter wurde von den Umstehenden nach vorn gedrängt. Andere Zuschauer schoben ihn weiter, sobald er in ihre Nähe kam, bis der Mann schließlich vor der Bühne angelangt war.

Der Chemiker ging auf ihn zu, kniff seine großen, klaren, dunklen Augen mit den langen schwarzen Wimpern ein wenig zusammen, ergriff die Hand des Arbeiters und streckte sie in die Höhe. »Hier ist unser Held!«, rief er und lachte. Doch gleich darauf wandte er den Kopf zu Sciron, der noch immer mitten auf der Bühne an der Seite des Maschinenmannes stand, und hörte auf zu lachen. Er sah den alten Mann an, als warte er auf ein Zeichen.

Nachdem der Arbeiter sich dem Publikum gezeigt hatte, das ihn nun laut anfeuerte, sprang er leichtfüßig auf die Bühne.

Der Maschinenmann trat ihm langsam mit beinahe unbeholfenen Schritten entgegen. In der Stille konnten einige Zuschauer wieder das leise Quietschen hören, mit dem sich seine Lider bewegten.

Sciron ging von der Bühne ab und tauchte wenig später neben dem Chemiker im Zuschauerraum auf. »Ich wusste, du würdest kommen, Stigle«, sagte er zu ihm.

»Ihr habt nie auf meine Briefe geantwortet«, gab der Chemiker zurück.

Sciron zuckte mit den Schultern. »Als Fahrender hat man keine Zeit zum Lesen«, erwiderte er kalt.

»Habt Ihr mir noch immer nicht vergeben?«

»Stigle, du bist einer, dem alle alles vergeben. Ist es nicht so?«, lächelte der alte Sciron.

»Dass Ihr mir vergebt, liegt mir mehr am Herzen als alles andere«, antwortete der Chemiker.

Auf der Bühne stürzte sich der Arbeiter in einem blitzschnellen Ausfall auf den Riesen und stieß ihm die Faust in die Brust. Der Maschinenmann taumelte nur leicht, bevor er sein Gleichgewicht wiederfand, den linken Arm ausstreckte, die Hand schloss und zum Schlag ansetzte. Doch er war zu langsam für den Arbeiter, der sich wegduckte, zum erneuten Fausthieb ausholte und seinen Gegner in die Seite traf. Obwohl der Schlag hart und gezielt war, brachte er den Maschinenmann wieder nur kurz ins Wanken.

Das Publikum feuerte den Arbeiter an.

»Hast du sie gesehen?«, fragte Sciron den Chemiker.

»Sie ist noch immer wunderschön«, antwortete Stigle.

»Sie gehört noch immer mir«, entgegnete Sciron harsch.

»Ich bin nicht wegen ihr gekommen. Ich bin wegen Euch hier.«

»Sie wird dich auch jetzt nicht wollen.«

»Ich bin wegen Euch hier«, wiederholte der Chemiker.

Sciron sah ihn mit einem zynischen Ausdruck an.

Stigle schwieg. Seine klaren Augen forschten in Scirons Gesicht. »Ich verdanke Euch alles«, sagte er schließlich. »Ihr habt mich zu dem gemacht, der ich bin.«

Scirons Blick wurde milde.

Der Maschinenmann hob die Arme zu einem beidhändigen Schlag über den Kopf, aber sein Gegner war zu schnell und wich mit großem Vorsprung aus. Der Arbeiter drehte sich der Menge zu und nahm mit stolz glänzenden Augen ihren Applaus entgegen. Dann traf sein Blick auf den des Chemikers.

Der Chemiker griff mit einer Hand in das Innere seiner Jacke. Er zog ein schwarzes Seidentuch hervor und warf es ihm – einem mittelalterlichen Edelfräulein gleich – zu. »Mein Ritter«, lächelte er, »verteidige meine Ehre.«

Das Publikum lachte vergnügt.

Der Arbeiter lief rot an, biss die Zähne zusammen und schnaubte vor Wut, während sich das Tuch des Chemikers unter dem Gejohle der Menge auf die Bühnenbretter senkte.

»Sie lieben dich, wie ich sehe«, sagte Sciron.

»Ich tue etwas sehr Wichtiges für sie.«

»Für eine solche Horde von Hungerleidern würde ich keinen Finger krumm machen.«

»Warum seid Ihr dann hier?«, wollte Stigle wissen.

Sciron gab keine Antwort, sondern ließ den Blick über die Zuschauer schweifen.

»Sucht Ihr jemanden?«, fragte Stigle ihn.

»Du willst wissen, warum ich hier bin? Weil mir jemand dafür, dass ich mein Zelt auf diesem Hügel aufschlage, einen Beutel randvoll mit Goldmünzen geschickt hat«, antwortete Sciron.

»Man hat Euch bezahlt, damit Ihr hier Eure Vorstellung gebt?«

»Einen Beutel voll Goldmünzen«, bestätigte Sciron. »Aber ich habe keine Ahnung, wer es war.«

»Es könnte ein Aktionär der Zuckerfabrik gewesen sein«, dachte Stigle laut nach. »Die Angst vor einem Streik geht um. Vielleicht will er die Arbeiter von den sozialistischen Lehren ablenken … und sollte dem so sein, wird er sich wohl kaum zu erkennen geben.«

»Ja, das wäre möglich … Mir ist allerdings nicht ganz wohl dabei, in das Reich des Grafen ohne Ärmel zurückzukehren«, sagte Sciron und ein Schauer lief über sein spitzes gelbes Gesicht. Dann lachte er. »Aber mit einem Beutel voll Goldmünzen könnte ich jede Art von Unannehmlichkeit ertragen.«

Auf der Bühne sprang unterdessen der Arbeiter plötzlich zur Seite und täuschte einen Angriff vor, lief jedoch, als der Maschinenmann sich abwehrend vorbeugte, mit unglaublicher Schnelligkeit um ihn herum und blieb hinter ihm stehen. Er ging in die Knie und packte ihn mit beiden Händen am Fußgelenk. Nach einem herausfordernden Blick auf den Chemiker zog er daran, so fest er konnte.

Der Maschinenmann taumelte einen scheinbar endlosen Augenblick lang – während das Publikum in Vorahnung dessen, was nun geschehen würde, den Atem anhielt und plötzlich ganz still war –, dann stürzte er kopfüber zu Boden.

Der Krach war ohrenbetäubend.

Bei dem Aufprall wurde die Kinnlade aus ihrer Verankerung gerissen und zerbrach. Während das Echo des gewaltigen Sturzes verhallte, löste sich eine Schraube aus der glänzenden Metallaugenbraue und rollte über den Holzboden. Der Chemiker fing sie auf.

Erst als auch dieses kleine, unbedeutende Geräusch verklungen war, ging ein von Pfiffen und Applaus begleiteter Aufschrei durch das Publikum.

»Ich fürchte, Ihr habt einen Sovereign verloren«, sagte Stigle zu Sciron.

Der Maschinenmann lag reglos am Boden. Besiegt.

Der Arbeiter grinste zufrieden und beinahe ungläubig, ehe er an den Bühnenrand vortrat, um voll und ganz diesen Augenblick der Popularität auszukosten, ein Erlebnis, das ihm nie zuvor in seinem Leben vergönnt gewesen war.

»Ich will meinen Sovereign!«, schrie er.

Der Arbeiter hielt den Blick nach vorn in die Menge gerichtet. Der Maschinenmann war wie ein Spielzeug zerbrochen, dachte er. Er sah nach vorn und trat dabei versehentlich mit seinem schweren holzverstärkten Arbeitsschuh auf die Kinnlade des Maschinenmannes. Beinahe strauchelnd sah er nach unten und blickte dann lachend wieder hoch.

»Ich habe gewonnen!«, rief er aus.

Die Menge feierte ihn. Der Maschinenmann lag am Boden.

Der Arbeiter reckte jubelnd die Fäuste in die Luft. Als ihm sein zu kurzes Hemd aus der Hose rutschte, senkte er für einen Moment die Arme, stopfte das Hemd zurück in den Bund und begann gleich wieder zu jubeln.

Er bemerkte nicht, dass die Zuschauer plötzlich verstummt waren.

Er sah nicht, was alle anderen sahen. Er sah nicht, wie hinter ihm der Maschinenmann sich auf einem Ellbogen halb aufrichtete und mit dem anderen Arm nach seinem Fußgelenk griff. Er spürte nur den festen Griff der Metallfinger. Doch hatte er in dieser Stille, die er nun als sein Schicksal begriff, bereits Atem geholt und schrie nun noch einmal, ohne es verhindern zu können: »Ich habe gewonnen!«, mit einer Fröhlichkeit, die er selbst als misstönend wahrnahm.

Das krachende Geräusch, mit dem die Hand des Maschinenmannes die Knochen gleich über dem Schuh mit der hölzernen Zwischensohle zermalmte, ließ die Menge erschauern.

Erst nachdem sich die Verblüffung über den brutalen Knochenbruch gelegt hatte, war auch der Schmerzensschrei des Arbeiters zu hören. Und alle sahen den Maschinenmann mit seinen Krallen nun heftig am Knöchel rütteln.

Laut schreiend stürzte der Arbeiter, wie zuvor sein Rivale, kopfüber zu Boden. Er prallte mit der Nase auf, schlug sich mehrere Zähne aus. Für einen Moment blieb er benommen liegen, bevor er herumfuhr, erneut zu schreien begann und einen Arm zum Fußgelenk ausstreckte, das der Maschinenmann ihm unablässig zerquetschte.

Sciron zündete sich eine dünne schwarze Zigarre an. In seinen kalten Augen leuchtete Genugtuung auf. »Du hast verloren«, sagte er leise zum Chemiker.

»Wenn Ihr gewinnt, habe auch ich gewonnen«, entgegnete Stigle.

Sciron blies ihm ein wenig von dem dichten Rauch ins Gesicht.

»Darf ich Euch einen weiteren Besuch abstatten?«, fragte Stigle ihn.

Der Arbeiter brüllte vor Schmerz.

»Lass ihn los«, befahl Sciron dem Metallungeheuer.

Sofort lockerte der Maschinenmann gehorsam seinen Griff und der Arbeiter zog stöhnend, mit vor Schmerz verdrehten Augen, das Bein zu sich heran.

»Jeder Kampf verlangt ein Mindestmaß an Ehre«, sprach Sciron daraufhin zum Publikum und deutete mit seinen gelblichen langen Fingern auf den Arbeiter am Boden. »Selbst ein Mann, der nur zur Hälfte ein Mensch und zur anderen eine technische Vorrichtung ist, hat sich gegen einen solch jämmerlichen Ehrbegriff aufgelehnt ... Nur Feiglinge greifen von hinten an.«

Viele Zuschauer bekundeten ihre Zustimmung. Aus dem eben erst gefallenen Helden war ein Feind geworden. Ein geschlagener Feind. Ein Opfer.

»Da der hippokratische Eid mich jedoch verpflichtet, einem Verletzten zu helfen, werde ich das Bein des Feiglings für nur zwei Shilling wieder richten.« Mit strengem, mitleidlosem Blick wandte sich Sciron dem Arbeiter zu: »Hast du zwei Shilling in der Tasche, Hinkebein?«

Unterdessen waren der Kartenverkäufer und der Mann mit dem Zylinder und dem Megafon zur Bühne geeilt und halfen dem Maschinenmann wieder auf die Füße, der sich daraufhin ungelenk vor dem Publikum verbeugte. Vielleicht auch allein vor dem Chemiker. Die Kinnlade baumelte an nur noch einem Bolzen herab. Schließlich trat er mit hölzernen Schritten von der Bühne ab.

Der Mann, der vor dem Zelt das Publikum anwarb, legte Megafon und Zylinder beiseite, packte den Arbeiter an den Armen und drehte ihn herum, sodass alle für einen Moment sein blutverschmiertes Gesicht sehen konnten. Dann zog er ihn in den hinteren Teil der Bühne, wobei das über dem Schuhrand blutende Bein des Arbeiters eine leuchtend rote Spur auf dem Holzboden hinterließ. Auf halbem Weg kam der Kartenverkäufer hinzu, der sich den klingelnden Geldbeutel um den Hals gehängt hatte. Er dreht den Arbeiter zur Seite und ergriff dessen Knie, bevor kurz darauf alle drei aus dem Blickfeld der Zuschauer verschwanden.

Sciron ließ die Musikkapelle aufspielen. Sofort kam Ignés zurück auf die Bühne. Als die junge Frau zu Sciron hinübersah, erkannte sie auch Stigle. Ihre grauen Augen verfinsterten sich kurz, ehe ihr Blick zu Sciron zurückkehrte. Der Alte streckte den Arm nach Stigles Seidentuch aus, das noch immer auf der Bühne lag, und hielt es der herannahenden Ignés hin.

»Ein alter Freund ist zu Besuch gekommen«, sagte er und beobachtete gespannt ihre Reaktion.

»Ich habe ihn nicht vermisst«, erwiderte sie.

Sciron lachte. »Sei großzügig zum Publikum ...«, sagte er und zeigte, während er seiner Tänzerin das Tuch in den Ausschnitt steckte, den Zuschauern ihren milchweißen Busen.

»Gib mir das Megafon«, forderte er danach Stigle auf.

Der Chemiker reckte sich nach dem Lautverstärker.

»Ein Hoch auf das neue Jahrhundert! Ein Hoch auf das Jahr 1900!«, übertönte der alte Sciron mit dem Megafon das Freudengeschrei.

»Ein Hoch auf das neue Jahrhundert!«, rief auch die Menge. »Ein Hoch auf Sciron! Ein Hoch auf den Maschinenmann!«

Sciron gab ein Zeichen hinter die Kulissen. Die Kapelle stimmte eine feierliche Begleitmelodie an.

Indes hob sich hinter der Bühne ein Teil des Zirkuszelts wie ein Vorhang an und gab den Blick frei auf die nächtliche Großstadt jenseits des Hügels.

»Ein Hoch auf das neue Jahrhundert!«, schrie die Menge aus vollem Hals. »Ein Hoch auf das neue Jahrhundert!«

»Erfreut euch am Schauspiel!«, rief wieder Sciron durch das Megafon. »In einer Minute ist es Mitternacht! Ein Hoch auf das neue Jahrhundert!«

Genau in dem Moment betrat ein kleiner Junge von zehn oder elf Jahren mit Schmutzspuren im Gesicht den Zuschauerraum. Er klammerte sich an den Arm eines Arbeiters und schluchzte zusammenhanglose Sätze. Seine Augen drückten ein Grauen aus, das größer war als er selbst. Der Mann hatte kein Ohr für ihn, sondern bejubelte unbeirrt das neue Jahrhundert. Da ließ der Junge von seinem Arm ab und drängelte sich unter Einsatz seiner Ellbogen durch die dichte Masse der feiernden Menschen. Schrie eine Tragödie hinaus, die niemand hören konnte. Schließlich erreichte er die Bühne. Als er sich der Menge zuwandte, erkannten viele, dass kleine Tränenbäche ihm den Schmutz vom Gesicht wuschen. »Sie sind tot! Sie sind alle tot!«, schrie der Junge und fuchtelte mit den Armen, um die Leute zum Schweigen zu bringen. »Sie sind tot!«

Zunächst verstummten diejenigen, die ganz vorn standen, doch nach und nach griff die Welle des Schweigens auf die gesamte Ansammlung von Bauern und Arbeitern über. Die Kapelle brach ihr Spiel ab und Ignés hörte auf zu tanzen.

»Sie sind alle tot«, wiederholte der Junge in die nun gespenstische Stille hinein.

Die Frauen im Zuschauerraum bekreuzigten sich.

»Sie sind alle tot …«, sagte der Junge immer wieder, eingerahmt von der Zeltöffnung, die den Blick auf die Stadt im Hintergrund freigab. »In der Villa Neef … ein Blutbad …«

In dem Moment prasselte das Feuerwerk los, mit dem die Welt das Ende des Jahres 1899 und den Beginn eines neuen Zeitalters feierte.

Erster Teil

VIII

Kurz vor dem Morgengrauen war Milton Germinal aus dem Schlaf aufgeschreckt. Atemlos. Der Krampf in seinen Lungen schien sich nicht lösen zu wollen. Dann hatte er durchgeatmet. Ganz plötzlich. Als lernte er gerade erst zu atmen. Als wäre er noch einmal zur Welt gekommen. Wie ein Neugeborenes. In gierigen Bissen hatte er nach Luft geschnappt. Umgeben von dem ekelerregenden Absinthgestank, der seinem Bett entströmte, war er regungslos liegen geblieben, während er, so hatte er sich gesagt, das Atmen lernte.

Es war kalt. Auf dem Spirituskocher erhitzte er eine große Tasse Kaffee vom Vortag und tunkte ein Stück hartes Brot hinein. Dann ging er aus dem Haus.

Die Stadt lag verlassen da, wie tot. Der erste Tagesanbruch des neuen Jahrhunderts zeigte sich menschenleer, als gäbe es keine Überlebenden. Durch den dichten, feuchten Nebel konnte Germinal am Boden verstreut die Überbleibsel der Feiern erkennen. Überall zerbrochene Flaschen, Essensreste, Dreck, selbst in einem Viertel, das so nah am Zentrum von Macht und Reichtum lag.

Germinal erschauerte und hüllte sich noch enger in seinen warmen Regenmantel. In der dunklen Toreinfahrt angekommen, wo ihn tags zuvor die Angst übermannt hatte, zog er nun die Plane von seinem Fahrzeug. Das Motorrad war ein Daimler-Prototyp. In der Stadt hatte er bislang nur ein weiteres gesehen. Daneben wenige Zweiräder mit Direktantrieb. Nach mehreren vergeblichen Startversuchen sprang der Motor an.

Er sah eindrucksvolle Stadthäuser vorbeiziehen, fuhr durch prächtige Alleen, überquerte über eine weiße Steinbrücke den trübe und vom neuen Jahrhundert unberührt dahinströmenden Fluss. Ungeachtet der Muskelkrämpfe, die seine Beine lähmten, gab er weiter Gas und sein schönes, von Albträumen gezeichnetes Gesicht gefror im Fahrtwind.

Plötzlich sah er sich von einer düsteren Welt umgeben; halb verfallene alte Häuser mit eingestürzten Dächern und Fenstern ohne Scheiben, die wie blinde Augen mit über die Jahre verwitterten Brettern verbunden waren, wechselten sich in Straßen ohne Richtung und Ziel ab mit planlos errichteten Holzbaracken, vor denen Senkgruben klafften, und aus Blechtonnen, in denen eine schwache Glut aus Lumpen, Torf und Kohleklümpchen knisterte, stieg ein letzter Rest Wärme auf. In der Luft lag überall ein beißender Geruch nach Schmutz und Armut, nach mit menschlichen Ausscheidungen gejauchter Erde, überlagert vom noch schärferen Gestank des Harns von Katzen, Mäusen und Hunden.

Germinal, der noch immer allein im neuen Jahrhundert unterwegs war, bremste ab und stieg vom Motorrad. Er drehte sich im Kreis, um die Tragweite der ihn umgebenden Armut und Trostlosigkeit zu ermessen. Dabei versuchte er zu erkennen, ob unweit von ihm hinter dem sich langsam lichtenden Nebel tatsächlich die Stadt aufragte, aus der er gekommen war. Doch er konnte sie nicht ausmachen.

Allein stand er auf dem von den Armeen geräumten Schlachtfeld und kreiste wie in einem grotesken Walzer, dessen Melodie einzig aus dem Knattern des Motorrades bestand, fortwährend um sich selbst. Er schaltete den Motor ab.

In dem Moment hörte er hinter sich ein Geräusch. Eine in Lumpen gekleidete Frau schob einen spärlich beladenen schiefen Holzkarren mit ungleichen Rädern vor sich her und blieb ab und an stehen, um etwas vom Boden aufzusammeln. Prüfend hielt sie sich das Teil nah vor die Nase und warf es dann in den Karren oder ließ es wieder in den Schlamm fallen. Dicht hinter ihr folgte eine räudige Hündin mit schlaff herabhängenden Zitzen, die an allem schnüffelte, was die Alte wegwarf, und hin und wieder mit kaum merklichem Schwanzwedeln an etwas herumkaute.

»Könnt Ihr mir sagen, wo ich das Polizeirevier finde?«, rief er zu der Frau hinüber.

Die Hündin knurrte ihn an, während die Alte wortlos ihre Schritte beschleunigte und hinter einer Baracke verschwand.

In dem Moment bemerkte Germinal, dass er nicht allein war. Aus den scheinbar leer stehenden Häusern und durch Ritzen in den Bretterwänden der Baracken wurde er von unzähligen Menschen beobachtet.

»Ich bin Kriminalinspektor!«, rief Germinal all den Augen zu. »Wo ist das Kommissariat?«

Als Erster zeigte sich ein Mann mit ungewaschenen, zerzausten grauen Haaren, einem wilden Bart und strahlend blauen Augen, die wie Edelsteine aus seinem dreckverschmierten, hageren, eingefallenen Gesicht hervorstachen. In seinem Gürtel steckten zwei Messer. Alte Messer mit abgestoßener Klinge. Hinter ihm tauchte eine Gruppe zerlumpter Männer, Frauen und Kinder auf. Und auch aus anderen Häusern und Baracken kamen sie nun hervor. Schweigend stellten sie sich im Kreis um ihn herum auf. Ihre Gesichter wirkten blutleer und wächsern, das strohige Haar klebte ihnen am Kopf, ihre von Entbehrungen ausgemergelten Körper führten die hässlichen Auswirkungen des Hungers vor Augen.

Germinal zog seine Pistole und hielt sie, ohne auf jemanden zu zielen, gut sichtbar in der Hand.

Der Mann mit den zwei Messern am Gürtel begann zu lachen. Sofort fielen die anderen in sein Lachen ein. Ohne dabei mehr Atem zu vergeuden, als es Wind braucht, um dürres Laub aufzuwirbeln. Viele Münder, auch die jungen, waren fast zahnlos.

Nachdem das allgemeine Gelächter unter Husten und Auswurf erstorben war, hob der Mann mit den zwei Messern wortlos die Hand und wies auf eine Straße, die sich im Nebel verlor. Weiter tat er nichts.

Langsam steckte Germinal die Pistole in den Gürtel zurück, startete sein Motorrad und brach in die Richtung auf, die ihm angezeigt worden war. Niemand sprach ihn an, niemand regte sich. Von fern hörte Germinal dann jedoch, dass alles lachte, redete und stritt, als ob das Leben nur zum Stillstand gekommen wäre, um seine Durchfahrt zu beobachten.

In Schrittgeschwindigkeit fuhr er weiter, bis das Viertel, trotzdem es noch immer arm und trist war, plötzlich ein anderes, würdevolleres und weniger surreales Gesicht annahm. Menschen liefen geschäftig durch die Straßen. Ein Bettler hielt seine von Arthrose gekrümmte Hand auf, die wie mumifiziert mit ehemals weißen Tüchern umwickelt war. Ein fliegender Händler zeigte ihm die Ware auf seinem Karren und ermunterte ihn, ein wenig von dem farblosen Obst zu nehmen. Einige Straßen waren gepflastert und Geschäfte säumten die Gehwege. Germinal erkannte eine kleine Schneiderei, ein Kaufhaus, einen Bäckerladen. Er begegnete einem Zeitungsausschreier und Frauen, die zwar schlichte Kleider, dazu aber Haarbänder und Handschuhe trugen. Ein Friseur, der vor dem Laden seine Rasiermesser schliff, grüßte ihn lächelnd und rief: »Ein Motorrad! Jawohl, Herrschaften, Motorrad nennt man das!« Germinal wich zwei alten Kutschen und einer Kalesche aus. Kurz sah er Kerosinlaternen, Wirtshäuser und Kneipen aufblühen. Blumenduft und der lebhafte Fäulnisgestank, die zusammen mit den Schreien der Händler von einem nahe gelegenen Markt herüberwehten, stiegen ihm in die Nase. Er hörte das Brummen der Schmeißfliegen in einer Metzgerei, wo ein Lehrjunge gerade das Fleisch von einem Rinderviertel abzog, spiegelte sich im Schaufenster einer Branntweinhandlung und sah hoch oben vor dem sich rötenden Himmel des anbrechenden Tages schwarzen Rauch aus den Schornsteinen in den Nebel steigen.

»Wo finde ich das Polizeirevier?«, fragte er einen Passanten, neben dem er anhielt.

Der Mann schaute lange auf das Motorrad, ehe er seinen Blick über Germinal hinweg in die Richtung schweifen ließ, aus der er gekommen war. Dann blickte er zurück zu Germinal, musterte ihn von oben bis unten und sagte: »Ihr kommt aus der Stadt, nicht wahr?«

Verwundert darüber, dass der Mann sein eigenes Viertel offenbar nicht zur Stadt rechnete, nickte Germinal.

»Und Ihr seid durch die Hölle gefahren?«, fuhr der Mann fort, während er die Brille auf seiner Nase zurechtrückte. »Ihr habt Glück, mein Herr, dass Ihr noch lebt. Wenn Ihr das nächste Mal hierherkommt, fahrt lieber außen herum. Der Weg ist zwar länger, aber niemand schlitzt Euch die Kehle auf.«

»Könnt Ihr mir sagen, wo die Polizeiwache ist?«

»Seid Ihr Reporter? Seid Ihr wegen der Morde hier?«

»Ich bin Kriminalinspektor.«

»Ah ... Es hieß, viele Reporter würden kommen, aber bis jetzt hat sich noch niemand blicken lassen ... Was meint Ihr? Kommen sie noch?«

»Würdet Ihr mir wohl sagen, wo ich die Polizeiwache finde?«

»Ihr seid fast da, mein Herr. Wenn Ihr um die nächste Ecke biegt, seid Ihr da.«

Als Vorspeise hatte man ihm die Leichen des Butlers, des Dienstmädchens und der Köchin serviert.

Sein Gehilfe – ein junger Mann mit den schlanken Händen eines Chirurgen oder Uhrmachers und dem robusten Magen eines Metzgers, der sein Medizinstudium aus Geldmangel hatte abbrechen müssen – hatte sie nacheinander auf den Seziertisch gelegt, der von drei Reflektoren ausgeleuchtet wurde. Angeleitet von Doktor Noverre, dem Direktor der Anstalt für Missgebildete, führte er die üblichen Einschnitte durch, nahm die Eingeweide heraus und untersuchte ihren Inhalt. Nach den spärlichen Speiseresten zu urteilen, war die Verdauung zur Tatzeit bereits abgeschlossen, daher ließ Doktor Noverre seinen Assistenten im behördlichen Obduktionsbericht vermerken, dass die Morde vermutlich am Vorabend zwischen fünf und sechs Uhr verübt worden waren. Die Köchin ließ bis auf ein vor allem im Bereich von Brust und Gesäß erhöhtes Maß an Körperfett keine Krankheitsmerkmale erkennen. Eine erste Analyse der in ihrem ungewöhnlich geweiteten Magen gefundenen Reste deutete darauf hin, dass ihre Fettleibigkeit weniger dem Essen als einem übermäßigen Likörkonsum zuzuschreiben war. Im Fall des Butlers war der Harnabgang bei Eintritt des Todes auf einen deutlichen Verschleiß der Prostata zurückzuführen. Das Dienstmädchen schließlich wies einen körperlichen Verfallszustand auf, der entweder chronisch oder aber die Folge einer zweifellos mit mechanischen Mitteln herbeigeführten Fehlgeburt war, die wenigstens ein Jahr zurücklag. Der Eingriff musste schmerzhaft und außerordentlich blutig gewesen sein, wie die Narben in der Gebärmutterwand bezeugten, hervorgerufen durch einen spitzen Metallgegenstand, der mit roher Gewalt wie eine Hacke eingesetzt worden war und nicht nur den Fötus, sondern auch die Mutter hätte töten können.

Als Doktor Noverre diese erste Untersuchungsreihe abgeschlossen hatte, ließ er die säuberlich ausgespülten Mägen der drei Mordopfer in Glasgefäße mit Konservierflüssigkeit füllen und diese mit dem Namen der Toten beschriften und datieren. Das Gleiche verfügte er für die Gedärme. Die Prostata des Butlers und die Gebärmutter des Dienstmädchens ließ er in gesonderten Behältern aufbewahren. Alle Gefäße wurden schließlich mit Metalldeckeln und einer Harzmasse luftdicht verschlossen.

»Lass uns, während wir auf Frau Neef warten, den Bericht für Kommissar Landau fertigstellen«, sagte er schließlich zu seinem Assistenten.

»Soll ich sie denn nicht wieder zunähen, Doktor Noverre?«

»Wieso sollten wir dem Totengräber die Arbeit wegnehmen, Jasper? Er wird sie schon wieder zusammenflicken.«

Der junge Gehilfe wusch sich das Blut von den Händen, schlüpfte aus dem Kittel und lächelte schüchtern, während er Doktor Noverre in einen geblümten Sessel half, der in dem finsteren, von den Gerüchen und Überresten des Todes erfüllten Keller wie ein Fremdkörper wirkte. Dann setzte er sich an den Schreibtisch, tauchte den Federhalter in die Tinte, bereit zur Mitschrift des Obduktionsbefundes.

»Unter dem heutigen Datum, dem 1. Januar 1900, bescheinigt hiermit der Unterzeichnete, Doktor Noverre, dass sowohl der Butler als auch die Köchin sowie ... Bin ich zu schnell?«

»Nein, nein ... ›dass sowohl‹ ...«, wiederholte Jasper, während er mit der Feder über das Papier kratzte.

»Dass sowohl der Butler als auch die Köchin ... sowie das Dienstmädchen der Villa Neef durch eine gewaltsame Verrenkung der Halswirbelsäule mit anschließendem Rückenmarksaustritt zu Tode gekommen sind ...« Er dachte kurz nach und schüttelte seufzend den Kopf. »Nein, diese Tatsache darf nicht unerwähnt bleiben ...«, entschied er. »Sie könnte für die Ermittlungen von Bedeutung sein ... Schreib, Jasper. Das Dienstmädchen wies bei eingehender Untersuchung ... Die Ärmste tut mir leid, wenn das bekannt wird, ist ihr das Gerede der Leute sicher ...« Ermattet fuhr er mit einer genauen Beschreibung des Schwangerschaftsabbruchs fort, bevor er zügiger auf die weiteren Ergebnisse der Leichenschau einging.

»Alle drei Leichname«, schloss Noverre, »weisen vergleichbare Blutergüsse in unterschiedlichen Bereichen von Schädeldecke oder Stirn auf.«

Germinal stellte gerade sein Motorrad vor dem Polizeirevier ab – einem dreistöckigen, grellgelb gestrichenen Bau, von dem hie und da der Putz bröckelte –, als zwei uniformierte Polizisten einen Jungen aus dem Kommissariat zu einer schwarzen Kutsche zerrten, die für den Gefangenentransport bestimmt war. Der Junge, der siebzehn Jahre alt sein mochte, hatte einen gedrungenen, geradezu gestauchten Rumpf und lange, schlaksige Beine. Sein Gesichtsausdruck war leer und zerschlissene Kleider bedeckten seinen mit Kratzern und Wunden übersäten Körper. Er leistete nicht den geringsten Widerstand, doch obgleich die Beamten ihn völlig in ihrer Gewalt hatten, zog einer von beiden, während der andere die Hecktür der Kutsche öffnete, seinen Schlagstock vom Gürtel und versetzte dem Jungen einen wuchtigen Hieb gegen den Kopf. Der Junge drehte sich zu seinem Angreifer um, sah ihn verwundert an und fiel auf die Knie, ehe er zitternd die Arme vorstreckte und sich mit weit aufgerissenen Augen wieder aufrichtete. Ein zweiter Schlag ging mitten auf seine Stirn nieder. Geifernd verdrehte der Junge mit einem kindlichen Ausdruck die Augen, bevor sich sein Gesicht vor Schmerz und Angst verzerrte und er mit einem unmenschlichen Schrei seiner grenzenlosen Verzweiflung Luft machte. Doch anstatt sich auf den Polizisten zu werfen, kauerte er sich am Boden zusammen. Der dritte Knüppelhieb traf ihn auf den Rücken, und der Polizist holte bereits erneut aus, als Germinal ihm in den Arm fiel.

Germinals Augen brannten vor Wut.

»Du, halt dich da raus«, drohte der zweite Polizist hinter ihm mit erhobenem Schlagstock.

»Hört auf, ihn zu verprügeln«, sagte Germinal in scharfem Ton.

Die Polizisten lachten.

»Du kannst auch eine Tracht abhaben«, gab der ältere zurück.

»Das ist ein Befehl«, setzte Germinal hinzu.

Die Polizisten horchten unsicher auf und sahen sich an.

»Wer seid Ihr?«

»Ich bin Inspektor Milton Germinal.«

»Ah … solltet Ihr nicht gestern kommen?«

»Warum verprügelt ihr ihn? Was hat er getan? Seht ihr denn nicht, dass er schwachsinnig ist?«

»Der Kerl hier hat die üble Angewohnheit, aus der Stadt der Tiere auszureißen, und er muss lernen …«

»Sei still«, fuhr ihn der ältere Beamte an. »Er ist gefährlich, Inspektor. Im Moment sieht er nicht danach aus … aber er ist gefährlich. Wir wollten ihn in die Anstalt zurückbringen … er ist uns entwischt und hat uns angegriffen …«

»Wo ist Kommissar Landau?«, unterbrach Germinal ihn harsch.

»In der Stadt der ... in der Anstalt, wegen der Morde. Wenn Ihr wollt, könnt Ihr uns begleiten.«

Germinal nickte. Dann beugte er sich zu dem Jungen vor und half ihm auf. Der Schwachsinnige lächelte ihn mit einem leeren Blick wie aus Glasaugen an, während ihm Blut über die kurze, platte Nase rann.

»Wie ist dein Name?«, fragte ihn Germinal.

Der Schwachsinnige lachte. »Wie ist sein Name?«, wandte sich Germinal daher an die Polizisten.

»Woher, zum Teufel, soll ich das wissen?«, gab der jüngere zur Antwort. »Der da ist für mich nicht mehr als ein Kuhfladen. Könnt Ihr, der Ihr studiert habt und nicht so ungebildet seid wie ich, einen Kuhfladen vom anderen unterscheiden? Trägt ein Kuhfladen etwa eine Erkennungsmarke?«

Darauf nahmen die beiden Polizisten den Jungen in Gewahrsam und hievten ihn unsanft in die Kutsche, ein Gefängnis auf vier Rädern mit einer Doppeltür am Heck, die nur von außen zu verschließen war. Zwei schmale Schlitze in den Seitenwänden – gesichert durch Eisengitter, die an den stabilen Seitenpfosten verankert waren – sorgten für eine ausreichende Belüftung. Im Innern standen Rücken an Rücken zwei Bankreihen mit Eisenringen, Ketten und Schlössern in Hand- und Fußhöhe. Daran machten sie den Schwachsinnigen nun fest. Das Holz verströmte einen scharfen Uringestank.

»Muss das sein?«, fragte Germinal. »Wie sollte er denn entkommen?«

»So wollen es die Vorschriften«, sagte der ältere Polizist.

»Und ihr haltet euch immer an die Vorschriften, nicht wahr?«

»Jawohl, Inspektor«, antwortete der Beamte, Germinals strengem Blick standhaltend. »Fahrt Ihr mit uns oder folgt Ihr auf ... auf diesem Ding?«, fragte er und deutete auf das Motorrad.

»Ich fahre mit euch.«

»Wollt Ihr ihm Gesellschaft leisten oder setzt Ihr Euch zu uns nach vorn?«

Germinal kletterte zwischen die Polizisten auf den Kutschbock. Der jüngere ergriff die Zügel, löste die Feststellbremse und ließ die Peitsche in der Luft knallen, woraufhin die beiden Gäule ihre ächzende, schwere Last anzogen.

Germinal sprach kein Wort, während die Gefängniskutsche sich einschläfernd langsam fortbewegte. Sie hatten beinahe den Rand des ärmlichen Stadtviertels erreicht, als der Polizist mit den Zügeln in der Hand wortlos auf einen seltsamen Ziegelsteinbau deutete, von dem nur der obere Teil herausragte, da er ringsum von einer dicken, hohen Mauer umgeben war. Wie eine Festung. Oder ein Gefängnis. Im milchigen Licht des ersten Morgens im neuen Jahrhundert sah Germinal auf der Mauer unzählige, in den bleigrauen Mörtel eingelassene spitze Glasscherben funkeln, denen eine nur zögerlich verdunstende Taudecke einen zusätzlichen Schimmer verlieh. Sie wirkten wie Sternensplitter. Der Teil des Gebäudes, den Germinal über die Mauer hinweg erkennen konnte, erschien entgegen seiner Erwartung alles andere als schmucklos und streng. Er war über und über verziert mit Türmchen und kleinen Balkonen mit verschnörkelten schmiedeeisernen Brüstungen von zweifelhaftem Geschmack, geflügelten Gipsamoretten, die ihren in Wind und Wetter abgestumpften Pfeil schussbereit im Bogen gespannt hielten, zwei barbusigen, aus großen Muscheln aufragenden Venusbüsten und Zierpflanzen, die an der Regenrinne emporwuchsen und als farbloser, wie verwelkter Dschungel auf den Fenstern lasteten.

»Das ist die Anstalt?«, fragte Germinal erstaunt.

Der alte Polizist nickte mit dem Kopf.

»Früher war es ein Bordell«, lachte der Polizeibeamte, der die Kutsche lenkte.

»Sind dort die Morde geschehen, von denen alles spricht?«, erkundigte sich Germinal.

»Nein, Inspektor«, antwortete der Polizist, der die Zügel hielt. »Aber die Obduktionen führt der Graf ohne Ärmel durch.«

»Wer …?«

»Doktor Noverre«, erklärte der alte Polizist.

Sein Kollege lachte.

Jenseits des Gebäudes ragten in weniger als einer Meile Entfernung außerhalb der Stadt zwei graue Schlote wie Teile einer riesigen Gabel in den Himmel.

Noverre hatte den ersten Teil des Befunds vollständig diktiert, als zwei Helfer sichtlich verstört eine schwere Last unter einem weißen Leichentuch, das an vielen Stellen rötlichgelbe, auf ein Gemisch aus Blut und anderen Körperflüssigkeiten hindeutende Flecken aufwies, in den Keller trugen. Hinter ihnen erschien Kommissar Landau, ein stämmiger Mann von vielleicht Mitte fünfzig.

»Wir haben es geschafft«, bemerkte er zu Noverre, ohne ihm ins Gesicht zu schauen. Obwohl er den Direktor seit vielen Jahren kannte, konnte er sich nicht an dessen Anblick gewöhnen.

»Legt sie dort ab«, sagte Noverre und deutete mit dem Kinn auf den blutverschmierten Seziertisch, auf dem kurz zuvor noch, eine nach der anderen, die drei unbedeutenden Leichen gelegen hatten. Frau Neef dagegen war eine hochrangige Persönlichkeit, deren soziale Stellung sowohl die größere Aufmerksamkeit seitens der Ermittlungsbehörden als auch die Verzögerung bei der Obduktion erklärte, denn niemals hätte ein verantwortlicher Polizist dem Arzt erlaubt, Hand an ihren Leichnam zu legen, ohne vorher die Zustimmung ihres Ehemanns, eines einflussreichen Aktionärs der Zuckerfabrik, eingeholt zu haben.

Während die beiden Helfer ihre Last mit derselben Ehrerbietung, die sie der lebenden Frau Neef entgegengebracht hätten, zur Sektion auf dem Tisch abluden, schlüpfte der junge Assistent, der dem Direktor der Stadt der Tiere zur Seite stand, wieder in seinen Schutzkittel, suchte aus dem Durcheinander im Waschbecken Sägen und Seziermesser heraus, half Noverre aus dem geblümten Sessel und begann das Tuch aufzudecken, das den bedeutenden Leichnam verhüllte.

»Wollt Ihr zuschauen?«, fragte Noverre Landau.

»Nur bei der Voruntersuchung ...«, antwortete der Kommissar. »Für den Fall, dass Ihr Erklärungen benötigt, Doktor ...«

Die vom Tuch befreite Leiche zeigte sich nun in ihrem ganzen eindrucksvollen Zustand. Die Frau war fünfunddreißig Jahre alt und ihr schönes Gesicht mit den vornehmen, ebenmäßigen Zügen eines Menschen, in dessen Familie seit Generationen niemand an Hunger und Unterernährung gelitten hatte, wirkte so entspannt, als schliefe sie.

»Habt Ihr sie so vorgefunden?«, fragte Noverre ärgerlich. »Hatte sie diesen Ausdruck im Gesicht?«

»Natürlich nicht ...«, setzte Landau an.

»Ach, natürlich nicht«, unterbrach ihn Noverre gereizt. »Ich aber muss für eine ordnungsgemäße Untersuchung der Todesumstände alle Details kennen, Kommissar Landau. Habt Ihr vielleicht dem Dienstmädchen oder der Köchin die Augen geschlossen? Nein, warum auch. Aber Frau Neef ... bei Gott, Frau Neef kann man doch nicht mit aufgerissenen Augen liegen lassen, nicht wahr?«

»Doktor Noverre, tut Ihr Eure Arbeit«, entgegnete Landau schroff, »wir für unseren Teil wissen schon, was wir zu tun haben, glaubt mir ...«

»Ich benötige für meine Analyse so viele Details wie möglich. Genau das *ist* meine Arbeit«, trat Noverre dem Kommissar nicht im Mindesten eingeschüchtert entgegen, obwohl der Mann ihn um mehrere Spannen überragte und nicht gerade für seinen gutmütigen Charakter bekannt war. »Jetzt seid so gut und beschreibt mir in allen Einzelheiten Frau Neefs Gesichtsausdruck zum Zeitpunkt ihrer Entdeckung.«

Kommissar Landau wandte sich vom Direktor ab und konzentrierte sich auf den ersten Anblick der Leiche. »Sie war ans Bett gefesselt …«, begann er.

»Ja, das sehe ich«, unterbrach ihn Noverre und beugte sich über die bläulich verfärbten Handgelenke und Knöchel der Frau, die von tiefen Schürfwunden gezeichnet waren. »Sie war an Händen und Füßen gefesselt und hat verzweifelt versucht, sich zu befreien. Aber die Stricke hat sie gewiss nicht gespürt, sie war mit weit Schlimmerem konfrontiert … Es waren Stricke, nicht wahr?« Erneut beugte er sich über eine starke Abschürfung am linken Handgelenk. »Jasper, stell dieses Beweisstück sicher … siehst du es?«

»Ja … es waren Stricke«, antwortete Landau, während der Gehilfe mit einer Pinzette eine Faser aus der Wunde zog.

»Beschreibt mir Frau Neefs Gesicht«, sagte Noverre noch einmal.

»Es war verzerrt … wie soll das Gesicht einer Frau schon aussehen, die …«, begann Landau ungeduldig, während er sich zum Direktor umwandte. Als er den entschiedenen Blick Noverres auffing, riss er sich zusammen und fuhr in seiner Schilderung fort. »Es war verzerrt. Die Augen waren weit aufgerissen …«

»Wohin blickte sie?«

»Was soll das heißen, wohin blickte sie? Ein Toter blickt nicht. Und wenn er blickt … dann stiert er höchstens ins Leere.«

»Waren die Augen nach oben gerichtet? Nach unten? Blickten sie zur Seite …?«

»Zum Teufel, ich weiß es nicht!«, entfuhr es Landau. »Sie blickten nach … Nein, sie blickten nicht … sie schrien. Die Augen dieser armen Frau schrien. So war es, sie schrien …«

»Ihr hättet nicht Kriminalbeamter, sondern Dichter werden sollen«, bemerkte Noverre verächtlich und wandte sich der Leiche zu. »Jasper, heb ihre Lider an«, ordnete er mit ruhiger Stimme an. Kopfnickend spiegelte er sich darauf in den toten Pupillen. »Seht Euch das an, Kommissar. Waren die Augen in dieser Stellung? Schielte Frau Neef Eures Wissens?«

Landau trat zögerlich näher.

Die Pupillen der Frau waren verdreht und standen auf groteske Weise nach rechts und links auseinander, während das Weiße ringsum von geplatzten Äderchen rot zersetzt war. Nach diesem Anblick hätte niemand behaupten können, Frau Neef sei eine Schönheit gewesen.

Landau schüttelte den Kopf.

»Das geschieht manchmal«, erklärte Noverre, während der Kommissar von der Verunstaltung angewidert zurückwich. »Ich habe beobachtet, dass die Augäpfel bei einem Tod durch Epilepsie oder zumindest unter starken, in diesem Fall wohl unvorstellbaren Schmerzen durch die krampfhaften Zuckungen irreparabel geschädigt werden.« Der Arzt wandte sich wieder dem Gesicht der Frau zu. »Öffne ihren Mund, Jasper … Gut so … Ja, meine Vermutung war richtig. Die Zunge ist zerbissen … Wollt Ihr einen Blick darauf werfen, Landau?«

Landau schüttelte den Kopf. »Ich begnüge mich mit der mündlichen Beschreibung, wenn Ihr nichts dagegen habt.«

»Wie Ihr wollt«, erwiderte Noverre halblaut, noch immer über den von einem Sperreisen weit geöffneten Mund der Leiche gebeugt. »Angesichts der starken Durchblutung der Zungenschleimhaut erscheint der Blutverlust unerheblich … was bedeuten könnte, dass sie, als sie zugebissen hat, bereits tot war. Postmortale Kontraktionen …« Er richtete sich auf und wandte sich seinem Gesprächspartner zu. »Geht Ihr manchmal angeln, Landau?«, erkundigte er sich beiläufig.

»Wie bitte?«, fragte Landau.

»Ich fragte, ob Ihr angeln geht. Ist Euch beim Ausnehmen des Fisches nicht aufgefallen, dass er, obwohl er tot ist … wenn man ihm den Bauch aufschlitzt … Ich nehme an, dass auch Ihr das Messer üblicherweise am Schließmuskel ansetzt, richtig? Nun, ist Euch nicht aufgefallen, dass der Fisch zusammenzuckt, als würde ein plötzlicher Ruck durch ihn hindurchfahren, der ihn erzittern und dann erstarren lässt? Nun, mit uns geschieht das Gleiche … Und der geringe Blutverlust der

Zunge lässt darauf schließen, dass das Herz schon nicht mehr pumpte. Sie hat sie sich erst nach ihrem Tod zerbissen. Könnt Ihr mir sagen, ob Frau Neefs Mund offen stand?«

Aufmerksam und verwundert betrachtete Kommissar Landau die Leiche. »Nein, jetzt, wo Ihr mich danach fragt ...«, antwortete er, »sie hatte den Mund zusammengepresst ... als hielte sie etwas zwischen den Zähnen ...«

»Ihre Zunge.«

»Ach ja ... ihre ...«

»Fassen wir also zusammen«, sagte Noverre. »Frau Neefs Augen waren aufgerissen und ... schrien, richtig? Ihr Mund war zusammengepresst und die Nase vermutlich gebläht. Eure Leute haben einigen Schaden angerichtet ... Beim nächsten Mal würde ich den Zustand der Leichen gerne persönlich in Augenschein nehmen. Wäre das wohl möglich?«

»Ich hoffe, es gibt kein solches nächstes Mal«, erwiderte der Kommissar düster.

»Nur gesetzt den Fall, versteht sich.«

»Sagt mir etwas mehr zu den Verletzungen, Doktor ...«

Noverre sah ihn lange an, bevor er sich Frau Neefs nacktem Körper zuwandte. Eine ungewöhnlich weiße, wie mit Talkum bestäubte Haut schien durch die dicke Blutschicht hindurch. Es war ein kräftig gebauter, aber nicht dicker Körper mit breiten, gerundeten Hüften, wohlgeformten Beinen, schlanken Hand- und Fußgelenken, festen, üppigen Brüsten und einem straffen Bauch mit spärlichem Flaum im Blondton des Haares.

»Bisse?«, fragte er den Kommissar.

»Das war auch mein Gedanke, aber ...«, Landau schüttelte ungläubig den Kopf, »aber wer kann sie ... Guter Gott, wer kann eine Frau bloß derart zurichten wollen? Und was für Tiere waren es? Wer kann Tiere darauf abgerichtet haben, eine Frau zu zerfleischen?«

Am Körper der Frau klafften unzählige Wunden, nicht größer als Mispeln. Ihr Fleisch war eingerissen, zerfetzt, ausgehöhlt. Mit wilder Entschlossenheit war die linke Brust angefallen und die Brustwarze abgebissen worden. Leib, Arme, Hals, Beine, Schenkelinnenseiten – jeder Körperteil, mit Ausnahme des Gesichts, war zerfleischt.

»Sogar …«, hob der Kommissar an.

»Die Vagina, ja, ich sehe es.«

An einigen Stellen waren die Bisse oberflächlich, an anderen hingegen sehr tief, so am Bauch. Jasper drang durch eine der Wunden, die er unter Noverres Anleitung mit einem stumpfen Eisenhaken erkundete, bis zu den inneren Organen vor.

»Wir haben Fleischfetzen über Bett und Fußboden verteilt gefunden …«, sagte Landau.

»Die würde ich gern analysieren«, entgegnete Noverre, während er weiter gespannt Jaspers Handgriffe verfolgte, der indes jede Wunde einzeln öffnete, vermaß und mit Federhalter und Tinte, die er später auch für den Obduktionsbericht verwenden würde, in aufsteigender Folge nummerierte.

»Wie viel Zeit haben wir für die Untersuchung des Leichnams?«, wollte Noverre vom Kommissar wissen.

»Ihr Mann will sie sofort aufbahren lassen«, antwortete Landau. Nach einer Pause fügte er hinzu: »Er hat ausdrücklich verboten, sie zu sezieren. Der Körper seiner Frau soll nicht noch mehr geschändet werden.«

Noverre schnellte herum und sah den Kommissar zornig an. »Was könnten wir denn, bei allem, was ihr bereits angetan worden ist, noch verschlimmern?«

»Es ist mir nicht möglich, dem Willen ihres Mannes zuwiderzuhandeln«, entgegnete Landau.

»Und mir ist es nicht möglich, nach einer rein oberflächlichen Untersuchung ein wissenschaftliches Gutachten abzugeben. Dass sie unter entsetzlichen Qualen gestorben ist, dass jemand sie bei lebendigem Leib zerfleischt hat … nun, das ist wohl mehr als offensichtlich. Tödlich war vielleicht nicht eine einzelne Verletzung, sondern die Summe der Grausamkeiten, die sie erleiden musste … Ohne gründliche Nachforschungen werde ich jedoch niemals feststellen können, ob die Todesursache ein Infarkt war … oder der starke Blutverlust … oder eine innere Blutung … oder ein Blutpfropf im Gehirn. Das ist Euch doch wohl klar?«

»Ich bedaure, Doktor«, erwiderte Landau müde. »Zudem mag es ja für die Wissenschaft von Bedeutung sein, die genaue Todesursache zu kennen, doch ganz gewiss hilft es uns nicht bei der Suche nach ihrem Mörder.«

»Ich sage Euch, ich muss eine innere Untersuchung durchführen.«

»Und ich sage Euch noch einmal, dass es nicht möglich ist.«

»Ich muss!«, schrie Noverre außer sich.

»Ihr dürft nicht!«, brüllte Landau zurück.

Gereizt ging Noverre im Raum auf und ab, baute sich, als er einen Entschluss gefasst hatte, vor dem Kommissar auf und sagte mit eisiger Stimme: »Dann gibt es nichts mehr für mich zu tun. Da ich übertrieben gewissenhaft bin, wird Jasper einen Abdruck der deutlichsten Bisse anfertigen … vielleicht gelingt es herauszufinden, von welchen Tieren sie stammen …« Herausfordernd sah er Landau an. »Vorausgesetzt, dieser Beitrag der Wissenschaft ist für Eure Ermittlungen nicht auch völlig unnütz«, schloss er.

»Übergebt die Leiche dem Totengräber, wenn Ihr fertig seid. Aber noch vor heute Abend«, entgegnete der Kommissar.

»Und was geschieht mit den drei anderen?«

»Das entscheiden wir morgen in Ruhe. Bis dahin könnt Ihr Euch ja an denen austoben, wenn Ihr wollt«, sagte Landau.

Noverre ging mit entschiedenen Schritten zum Ausgang und blieb vor der geschlossenen Tür stehen. »Kommt Ihr oder bleibt Ihr hier?«, fragte er Landau in sarkastischem Ton und setzte, als der Polizeibeamte neben ihm stand, schroff hinzu: »Öffnet bitte die Tür.«

Die beiden Männer stiegen aus dem Keller hinauf in das Herz der Anstalt. Dort steuerte der Kommissar nach einem kurzangebundenen Abschied auf das Hauptportal zu, trat hinaus und blieb an der Treppe stehen, um in tiefen Zügen die feuchtkalte Luft einzuatmen.

Noverre sah zu, wie er sein Reich verließ. Die Stadt der Tiere, wie die Anstalt für Missgebildete in der Gegend genannt wurde.

Nicht weit von ihm weinte in einer Ecke ein kleiner Junge von etwa sechs oder sieben Jahren leise vor sich hin. Er hatte den leeren Blick eines geistig Zurückgebliebenen und sein schiefer Mund stand weit offen. In der Hand hielt er sein zerbrochenes Spielzeug – eine grob geschnitzte Holzpuppe –, dessen gesplitterte Teile er vergeblich wieder zusammenzufügen versuchte.

Ein älterer Junge neben ihm, den ein deutlicher Buckel auf dem Rücken in eine ständig gebeugte, reumütige Haltung zwang, beobachtete das Geschehen mit einem betroffenen Lächeln, als spräche aus seinen Augen die besorgte Frage, ob nicht auch er lieber weinen solle.

Als Noverre sich den beiden traurigen Gestalten näherte, füllte sich sein Blick unversehens mit instinktiver Zuneigung.

In dem Moment brach draußen lautes Geschrei los, kurz darauf kam eine Krankenschwester mit dem Schwachsinnigen, den Germinal und die beiden Polizisten zurückgebracht hatten, im Arm herein und warf Landau einen verächtlichen Blick zu.

»Sie haben ihn geprügelt, seht nur ... seht nur, wie sie ihn zugerichtet haben«, sagte sie mit zornerstickter Stimme zu Noverre. Und an Landau gerichtet zischte sie: »Was seid ihr nur für Bestien!«

»Pass auf, was du sagst«, erwiderte der Kommissar drohend.

Noverre lief plötzlich rot an. Blitzschnell war er bei Landau. »Elende Feiglinge«, schimpfte er.

»Sie haben ihm nichts getan ...«, entgegnete Landau.

»Er war angekettet wie ein Tier«, klagte die Krankenschwester wieder, während sie dem Schwachsinnigen unablässig über die blutverkrusteten Lippen streichelte.

»Sperrt Eure Ungeheuer ins Gehege, Doktor, wenn Ihr verhindern wollt, dass ihnen etwas Böses zustößt«, dröhnte Landau im Vollgefühl seiner eigenen Grausamkeit und stieg die Treppe zur wartenden Kutsche hinab. »Und wer seid Ihr … der neue Inspektor?«, fragte er Germinal im Vorbeigehen.

Germinal antwortete nicht. »Tut … mir leid …«, stammelte er mit verlegenem Blick auf Noverre.

Der Direktor sah ihn nachsichtig an, bevor er sich umwandte und zu den Kindern zurückkehrte, von denen eines weinte und das andere ebenfalls den Tränen nah war, ohne den Grund dafür zu kennen. Zwei der vielen Tiere, von denen die Anstalt bevölkert war. »Kommt zu mir, meine Kinder«, rief er sie sanft und liebevoll.

Germinal hielt vor Verblüffung den Atem an und beobachtete ihn. Er sah, wie die beiden kleinen Monster schüchtern auf den Arzt zugingen; die Tränen des Kleineren versiegten bereits, während der Bucklige nun lächelte, in der Überzeugung, es zu dürfen. In einer Geste von selbst für einen Vater seltener Zärtlichkeit hockte sich Noverre vor die Jungen hin, damit ihre ausdruckslosen Augen ihn auf gleicher Höhe sahen.

Noverre neigte sein abstoßendes Gesicht – die unregelmäßige Stirn war violett verfärbt, das weiße Haar stand in spärlichen Büscheln ab, die Kinnlade hing schief herab, wodurch ihm der Speichel im Hals gurgelte, aus den bleichen Mundwinkeln trat und dort verklebte, sein rechtes Auge war erheblich größer als das linke – dem des tränenüberströmten Kleinen entgegen. Behutsam berührte sein Kopf den des Kindes und es war wie ein Streicheln, denn Noverre hatte keine Arme, sondern nur zwei nutzlose Stümpfe, deren Entwicklung durch die Phokomelie[1] verhindert worden war.

Die kleinen Monster, die von seiner Missgestalt nicht im

---

1 sog. »Robbengliedrigkeit«

Geringsten verstört waren, sondern ihn vielmehr als ihresgleichen erkannten, sogen aus dieser unbeholfenen Berührung all die Liebe, die sie brauchten.

»Inspektor, kommt Ihr jetzt oder nicht?«, rief Landau ungeduldig.

Germinal begab sich langsam zur Kutsche.

»Ihr werdet sehen, das bringen wir wieder in Ordnung …«, flüsterte der verkrüppelte Direktor der Stadt der Tiere den Kindern zu, während seine schlaffen Jackenärmel durch eine Bewegung der Armstümpfe wie von einem Windstoß hochgeweht wurden.

IX

Die Kutsche war ein geschlossenes polizeiübliches Modell, dessen Innenausstattung sich auf das Nötigste beschränkte. Die Sitze waren mit einem steifen, groben Leder bezogen, das nicht alt und doch bereits zerschlissen war und unterschiedlich dunkle Flecken aufwies, die dem ausdruckslosen Naturton der Tierhaut leichte Schattierungen verliehen.

Gedankenverloren bemühte sich Germinal, den Blicken Landaus auszuweichen, der ihm schräg gegenüber saß. Sein neuer Vorgesetzter war ihm vom ersten Moment an verhasst gewesen.

Der Kommissar war von kräftiger, massiger Gestalt. Sein Gesicht hingegen wirkte schwammig. Er hatte rosige, hängende Wangen, denen man ihre Weichheit ansah. Seine großen runden Glupschaugen ähnelten denen einer Kuh und wurden – so schien es – von den darunterliegenden fleischigen Tränensäcken gestützt, die von gelblich rauer Haut überzogen waren und aussahen wie zwei Froschledergeldbeutel. Die beiden Säcke, angeschwollen und dennoch schlaff wie alles in Landaus Gesicht, quollen über in die Augenhöhlen, aus denen ein Guss von trübem Wachs scheinbar die ganze Wange überfluten wollte. Die kurze, schmale Nase erinnerte an einen Eulenschnabel. Die gesamte Erscheinung des Kommissars, so war Germinals erster Eindruck, verriet eine ausgeprägte Charakterschwäche, die er hinter einer überreizten Bestimmtheit versteckte, welche er seiner Position schuldig zu sein glaubte.

Germinals Laune war finsterer denn je. Auch in der vergangenen Nacht, wie in jeder Nacht und an jedem Tag seit nunmehr vielen Monaten, hatte er seinen Kampf mit den Drogen geführt. Wie in jeder Nacht hatte das Bild der weißen Kacheln in der Latrine, die sich rot verfärbten, seine Seele gequält. ›Du konntest es nicht wissen‹, hörte er unablässig Londes Stimme. ›Du konntest es nicht wissen.‹ Jetzt aber wusste er es. Und dieses Wissen war sein Albtraum. Mit zwei Gläsern Absinth hatte er seine kreischenden Muskeln und Sehnen zwar besänftigen können, doch Schlaf hatte er erst gegen Tagesanbruch finden können, als es bereits wieder an der Zeit war, zum Dienst aufzubrechen. Vielleicht, so hatte er überlegt, sollte er sich eine Wohnung in der Nähe der Mignatta suchen. Die Fahrt dorthin war lang. Doch fühlte er sich noch nicht bereit, sein Leben zu planen. Gleich bei seiner Verurteilung zu der zischenden Stille der verlassenen Industrieviertel und dem tödlichen Gift der leblosen Vorstadt hatte ihn sein neuer Bestimmungsort zutiefst bedrückt. Der Umgang mit einem rückständigen Polizeibeamten der alten Schule wie Landau jedoch war ihm geradezu unerträglich. Der Anblick seines neuen Vorgesetzten hatte Germinal genügt, um ihn einzuschätzen, und seine Zukunft war ihm gleich noch düsterer erschienen. Der Kommissar stellte eine Bedrohung für alles dar, was ihm heilig war. Einen solchen Chef zu haben empfand Milton als großes Unglück. Es war zu viel für ihn, da er zu den Menschen gehörte, die auf ihr Leben, jedoch nicht auf ihre Arbeit verzichten können, die ihrer Arbeit auf der dringenden Suche nach einem Sinn eine überhöhte Bedeutung beimessen, damit ihnen ihre Existenz, deren Ziel sie nicht kennen, weniger töricht erscheint. Germinal war ein Mensch, der, wäre er denn jemals Kind gewesen, von Helden und Rittern, von Tapferkeit und furchtlosen Taten geträumt und sich gewünscht hätte, den eigenen Namen unter den Wohltätern der Menschheit wiederzufinden. Doch es war, als hätte Germinal keine Kindheit und folglich auch keine Gelegenheit gehabt, sich in der anspruchsvollen Kunst des typisch kindlichen Spiels mit der Fantasie zu üben. Stattdessen hatte er sich möglichst rasch darauf verlegt, die Welt ringsum wie ein Erwachsener zu entschlüsseln. Sein wissenschaftlicher Blick, mit dem er die Wirklichkeit unablässig durchdrang, zergliederte Dinge und Menschen bis tief ins Innere, riss den Betrachteten sowohl die Kleider als auch die Haut vom Leib, bis er nur noch Eingeweide und verborgene Organe vor sich hatte, die ihm wie traurige Gespenster und ruhelos umgehende Seelen erschienen.

Am Morgen hatte Germinal vergeblich versucht, Landau von der Entscheidung, Frau Neefs Leiche nicht obduzieren zu lassen, abzubringen. Er hatte sich mit Beispielen und Statistiken auf die modernen Ermittlungsmethoden berufen wollen, doch der Kommissar hatte ihn sogleich mit schneidender Stimme unterbrochen: »Schluss damit, Germinal. Ich habe Euren Versetzungsbericht gelesen. Nach den Lobeshymnen auf Eure Leistungen findet sich darin kein Wort der Rechtfertigung. Keine Erklärung, keine Begründung. Und dieses Schweigen spricht für sich. Glaubt mir, ich kenne mich mit dem bürokratischen Sprachgebrauch aus. Ihr habt vor kurzem eine ganze Serie von Kindesentführungen aufgeklärt, eine weitere Entführung vereitelt und Hauptkommissar Sanguinetis Sohn gerettet ... und zum Lohn versetzt man Euch in dieses Loch? Der oberste Polizeichef kann nichts anderes für Euch tun, als Euch hierherzuschicken? Germinal, ich sage Euch, Ihr habt in der Stadt irgendetwas angestellt. Eine so große Dummheit, dass einer wie ich an Eurer Stelle unehrenhaft entlassen worden wäre. Euch hat man dagegen nur strafversetzt, weil Ihr einen mächtigen Fürsprecher hattet ... Was habt Ihr angestellt? Korruption? Ihr wart einmal ein Held ... und jetzt seid Ihr hier. Erzählt mir deshalb bitte nichts von modernen Methoden. Die können wir hier nicht gebrauchen.«

›Das also ist das Kreuz, das ich zu tragen habe ...‹, dachte Germinal nun, den Blick stur auf die eintönige Landschaft gerichtet, aus der in regelmäßigen Abständen die skelettartigen Umrisse nackter, kahler Bäume wie die Hände einer Vielzahl aus ihren Gräbern emporsteigender Leichen aufragten.

Kommissar Landau riss ihn gewaltsam aus seinen Gedanken, als er mit zitterndem Finger vor Germinals Augen auf etwas deutete und das Schweigen brach: »Seht Ihr? Das ist die

Zuckerfabrik«, sagte er. »Und ringsum stehen die Häuser ... die Villen der Minderheitsaktionäre. Die drei Mehrheitsaktionäre wohnen in der Stadt ... so wie Ihr«, fügte er abschätzig hinzu.

Ohne etwas zu erwidern, betrachtete Germinal die beiden Schlote, bevor er erneut schweigend vor sich hin starrte.

Ein süßlich fauliger Gärgeruch lag schwer in der Luft, die auch ohne Sonne so lau war, dass der spärliche, noch am Straßenrand verbliebene Schnee sich in Matsch verwandelt hatte, der aus den überfüllten Gräben trat und sich über die gesamte Fahrbahn ausbreitete. Ständig fuhr sich die Polizeikutsche fest und die beiden Pferde hatten Mühe, sie aus dem Morast zu ziehen.

Germinal und der Kommissar sprachen noch immer nicht. Landau litt unter dem Schweigen, als wäre es ein Ausdruck mangelnden Gehorsams. Er hüstelte, rutschte auf seinem Sitz hin und her und sagte schließlich, allein um die Stille zu durchbrechen: »Lasst nur mich mit Herrn Neef reden.«

Germinal nickte kaum merklich mit dem Kopf und ließ offen, ob es zustimmend oder nur als Zeichen gemeint war, dass er ihn gehört hatte.

»Hat der Graf ohne Ärmel Eure Fantasie angeregt?«, fragte Landau mit sarkastischem Lächeln.

Langsam wandte Germinal ihm das Gesicht zu. Noverre hatte ihn ohne Zweifel beeindruckt. Doch nicht nur durch sein Äußeres. Dieses Geschöpf, das etwa fünfzig Jahre alt sein mochte, strahlte eine Kraft und einen Stolz aus, die außergewöhnlich waren.

»Ist er tatsächlich ein Graf?«, fragte er.

Landau lachte zufrieden, wenigstens für einen Moment hatte er den Widerstand seines Untergebenen gebrochen. Er drehte den Kopf zum Fenster und blickte mit einem Ausdruck der Genugtuung hinaus in die nur allzu bekannte Landschaft. Nun bestimmte er das Schweigen.

Als die Kutsche einige Minuten später die Villa Neef beinahe erreicht hatte und ihre Fahrt verlangsamte, hob der Kommissar, als hätte es die gewichtige Pause, durch die er das Kommando wiedererlangt hatte, nie gegeben, erneut an: »Ja, Doktor Noverre ist ein echter Graf. Der letzte Nachfahre einer in dieser Gegend ansässigen hochgeachteten Familie.« Die Kutsche blieb auf dem Kiesweg stehen. Landau öffnete die Tür und sah Germinal an. »Doch da Ihr dieser neuen, modernen Welt angehört ... dachtet Ihr gewiss, dass ein Krüppel wie er nicht adlig und reich hätte sein müssen, um Arzt, Psychiater und Chirurg zu werden und seine Tierschau zu gründen und zu unterhalten, nicht wahr?« Wieder lachte er und schüttelte den Kopf. »Lasst nur mich mit Herrn Neef reden«, wiederholte er, stieg aus und steuerte auf den Hauseingang zu, wo bereits ein einfach gekleideter und verzagt wirkender Mann auf sie wartete.

»Der Herr erwartet Euch«, empfing der Mann Landau und Germinal verlegen, da er sich in die Rolle des Butlers gedrängt sah, obwohl er doch allein zum Gärtner befähigt und ausgebildet war. So klapperten ihm Schere und Sichel in der Tasche, während er sie mit derben, schmutzverkrusteten Schuhen durch das Haus bis in ein Zimmer führte, in dem ein Kaminfeuer dem traurigen und verstörten Aussehen des Hausherrn zum Trotz fröhlich knisterte.

Im Raum war es wie im gesamten Haus dämmrig. Schwere Vorhänge verhinderten, dass das matte Tageslicht ins Innere drang. Wie in der Nacht brannten überall Öllampen und tauchten die Räume in ihren gelben Schein. Germinal führte die Atmosphäre auf den Trauerfall zurück.

Neef winkte sie herein. Angemessen, schlicht und zweckmäßig gekleidet stand er am Kamin. »Da seid Ihr ja, Kommissar Landau«, sagte er, ohne Germinal die geringste Beachtung zu schenken, mit ängstlicher Ungeduld und verschwommenem Blick wie unter dem Eindruck eines Gedankens, den er an diesem Tag bereits zu oft verfolgt hatte und der ihn dennoch immer wieder aufs Neue in Erstaunen versetzte.

»Ich wollte sehen, wie es Euch geht ...«, begann Landau und

deutete eine gerade ausreichende Verbeugung zum Zeichen seiner Ehrerbietung an.

»Heute ist der erste Morgen seit vielen, vielen Jahren, an dem ich nicht zur Fabrik fahre …«, sagte Neef. »Und wisst Ihr, was das Komischste daran ist?«, fragte er angespannt lächelnd.

Landau trat in gespieltem Interesse näher, wie um ihn zu ermuntern, fortzufahren.

»Niemand wird sich darüber beklagen.« Neef lachte albern.

Germinal schätzte ihn auf etwa sechzig Jahre. Der Alte wirkte gereizt und launisch, als mache ihm an seiner unerwarteten Witwerschaft mehr der Einbruch des Außergewöhnlichen in den Alltag als die eigentliche Trauer über den Verlust zu schaffen. Als sei er verärgert über die Tragödie, die ihn ohne Vorwarnung so unmittelbar getroffen und aus seinem täglichen Trott gebracht hatte. Seine unreife Wut hatte zugleich etwas Unmenschliches und Schmerzliches, und Germinal erkannte, dass der Alte bislang weder seinen Schmerz noch seine Angst und erst recht nicht die Einsamkeit, die in Zukunft folgen würde, einzuschätzen vermochte. Auf den ersten Blick wusste Germinal jedoch, dass er es mit einem törichten, engstirnigen und ungebildeten Menschen zu tun hatte. Die Bilder, die in übertriebener Zahl an den Wänden hingen, zeugten von schlechtem Geschmack und waren vermutlich alle auf einen Schlag gekauft worden, um keinen Gedanken mehr an die Hauseinrichtung verschwenden zu müssen. Alles an ihm – angefangen von der schlaffen kleinwüchsigen Gestalt bis hin zur Schulterhaltung, von den wulstigen Lippen bis hin zu den Händen, die mit einer dicken Fettschicht zum Schutz der zerbrechlichen Knochen überzogen waren, vom fahlen Teint in der Farbe eines ausgebleichten Putzlappens bis hin zu den winzigen, ein wenig an Schweinshufe erinnernden Füßen – verströmte die Arroganz und Würdelosigkeit eines Menschen, der sich hinter seinem Geld versteckte.

»Ihr habt es selbst gesehen, Kommissar Landau«, sagte Neef unterdessen mit empörtem Gesicht. »Nur der Gärtner, dieser arme Mensch, ist mir geblieben … Wenn ich bedenke, dass er sich immer beklagt hat, weil er kein Zimmer bei uns im Haus hatte … Oh, weder bei mir noch bei meiner Frau persönlich …« Er seufzte. »Aber solche Dinge erfährt man trotzdem … ich meine, ein Hausherr, dem sein Besitz am Herzen liegt, erfährt solche Dinge trotzdem … Und jetzt, was glaubt Ihr? Wird er sich nach dem, was geschehen ist, noch immer beklagen? Welch ein Unglück, welch ein Unglück … Und welch ein Affront!« Seine Stimme versagte. Er fasste sich mit einer Hand an die Brust, wie um ein Herz zu beruhigen, dem ein Arzt einmal Schwäche attestiert hatte. »Ihr müsst ihn finden, Landau«, sagte er streng und bedachte sein Gegenüber mit flackerndem Blick.

Er hat Angst, dachte Germinal. Am Glück des Gärtners konnte er ablesen, wie gut es das Schicksal mit ihm selbst gemeint hatte. Auch er war an jenem Nachmittag nicht zu Hause gewesen, was ihn vor einem grauenvollen Tod bewahrt hatte.

»Versucht wenigstens diesen Fall zu lösen«, fügte Neef hinzu, wobei das hervorgehobene ›wenigstens‹ all die Misserfolge anklingen ließ, die er dem Kommissar offensichtlich zur Last legte.

Er hat Angst, dachte Germinal, zeigte sie jedoch unter dem Deckmantel der Wut, durch grausames Verhalten gegenüber einem Menschen, der es ihm nicht mit gleicher Münze zurückzahlen konnte.

In respektvoller Unterwürfigkeit senkte Kommissar Landau den Blick.

»Herr Neef, wenn Euch wirklich daran gelegen ist herausfinden, wer es war«, mischte sich Germinal trotz des ihm ausdrücklich auferlegten Redeverbots ein, was seinen Vorgesetzten mit hochrotem Kopf wie von der Tarantel gestochen zu ihm herumschnellen ließ, »warum erlaubt Ihr nicht, dass eine vollständige Obduktion durchgeführt wird? Je mehr Details wir untersuchen können …«

»Wenn ich mich recht entsinne, hatte ich ausdrücklich verfügt, diesen ... armen Körper nicht noch weiter zu schänden«, schnitt ihm der Alte, an den Kommissar gewandt und Germinal weiterhin ignorierend, gereizt das Wort ab.

»Genauso ist es geschehen«, beruhigte ihn Landau.

»Dann war meine Annahme ja zutreffend«, hellte sich Neefs Miene auf.

»Steht denn der Termin für die Beisetzung schon fest?«, fragte der Kommissar mitfühlend, um ihn zu besänftigen.

»Äh, ja ...« Umständehalber verdüsterte sich das Gesicht des Aktionärs wieder, als er rasch zurück in die noch so wenig vertraute Rolle des Witwers schlüpfte. »Morgen. Ach, übrigens, werdet Ihr teilnehmen?«

»Gewiss, Herr Neef.«

»In Galauniform?«

»Selbstverständlich. Mit der Blaskapelle des Polizeikorps, wenn es Euch recht ist.«

»Auf dem Friedhof«, präzisierte Neef mit erhobenem Zeigefinger. »Nicht in der Kirche. Da singt der Knabenchor ... der Kinderchor, meine ich ... Also, um zwölf in der Kirche. Kurz vor Ende der Messe geht Ihr dann schon einmal zum Friedhof und bereitet die Kapelle auf unser Eintreffen vor ...«

»Entschuldigt, dass ich Euch unterbreche, aber wenn wir vielleicht das Zimmer untersuchen könnten ...«, fiel ihm Germinal ins Wort, unfähig, seine Ungeduld zu verbergen, wie die vielsagende Unterbrechung ihres Gesprächs bewies.

»Kommissar Landau«, sagte Neef zunehmend verärgert, Germinal noch immer ignorierend, »es bereitet einem Witwer kein Vergnügen, alles zweimal sagen zu müssen.«

»Natürlich nicht, ich verstehe, Herr Neef ...«, erwiderte Landau zerknirscht.

»Da gibt es rein gar nichts zu untersuchen. Hätte ich armer alter Mann heute Nacht etwa gleich neben dem Zimmer mit den Spuren des scheußlichen Blutbads schlafen sollen? Hättet Ihr ein Auge zugetan? Ich habe es sauber machen lassen. Und zwar sofort! Es war sauber, noch bevor ich zu Bett gegangen bin!«, stieß er mit gepresster Stimme aus, wie es in der vornehmen Gesellschaft üblich war. »Und ich wüsste nicht, wer es mir hätte verbieten können.« Bei diesen Worten schnaubte er Landau all seine Missbilligung ins Gesicht.

»Sagt mir, wer das Zimmer geputzt hat, damit ich die Person befragen kann, vielleicht erinnert sie sich an etwas Wichtiges oder Auffälliges«, sagte Germinal darauf.

Neef warf Landau einen strengen Blick zu, während er tief Luft holte. Doch noch bevor seine Lungen ganz gefüllt waren, kam der Kommissar ihm zuvor. »Wenigstens das …«, konterte er die vorangegangene Herausforderung durch den Alten, die ihm offenbar noch immer zu schaffen machte, »wenigstens das könntet Ihr ihm zugestehen.«

Neef schien zu bemerken, dass ihm Paroli geboten wurde. »Euer Einfluss auf Untergebene schwindet offenbar bedenklich.« Er hielt inne, musterte Landau und setzte dann hinzu: »Die Frau von Rinaud, einem unserer langjährigen Arbeiter.« Als hätte er Germinal bis dahin gar nicht bemerkt, sprach er ihn nun zum ersten Mal an: »Ihr seid neu hier, nicht wahr?« Als Germinal nickte, hob Neef mit einer auf Effekt bedachten ausladenden Geste den schweren Vorhang an, bis durch den Spalt die Fabrik zu sehen war. »Die gibt uns allen zu essen … doch Gott sei Dank verschlingt sie selbst nur die Arbeiter.« Mit hochgezogenen Brauen sah er ihn an und lachte unbekümmert über seinen Witz, den er wahrscheinlich jedem Neuankömmling erzählte. Während er den Vorhang wieder über die bedrückende Landschaft fallen ließ, wurde er unvermittelt ernst und sein Blick verlor sich wie zuvor, als er allein am Kamin gestanden hatte. Der durch die Ankunft der beiden Polizisten unterbrochene Gedanke setzte sich nun eigenmächtig und ohne Rücksicht auf die Etikette fort. »Wisst Ihr … diese Vorhänge …«, hob Neef wie aus weiter Ferne an. »Meine Frau ertrug den Anblick der Fabrik nicht. Sie hasste die Vorstellung, dasselbe gewöhnliche Panorama vor Augen zu haben wie die Arbeiter in ihren Elendsquartieren … Daher wollte sie die Vorhänge an den Fenstern zur Fabrikseite immer geschlossen haben und verdammte uns so zu dieser ewigen Nacht … Nun dagegen …«, seine Stimme wurde unmerklich brüchig, »nun … nun … kann ich wieder Licht in mein Haus lassen, welch eine Ironie des Schicksals … nun, da …« Er wandte sich ab und schlurfte durch den Raum hin zu einer mit stilisierten geometrischen Schnitzereien verzierten Tür aus indischem Mahagoni. Müde schnaufend öffnete er sie, als wäre er es leid, auf die lindernden Tränen zu warten, die sein Schmerz noch nicht hervorzubringen vermochte. »Viel Erfolg, meine Herren«, wünschte er noch, bevor er verschwand.

Auf dem Weg zur Kutsche sprachen Landau und Germinal kein Wort. Erst als sie den Vorgarten der Villa Neef hinter sich gelassen hatten, sahen sie sich herausfordernd an.

»Ich hatte Euch befohlen, nur mich reden zu lassen. Dass mir das nicht noch einmal vorkommt, Germinal«, dröhnte der Kommissar mit bebender Stimme. »Beurteilt Neef nicht nach dem äußeren Schein. Dieser Mann ist einflussreicher, als Ihr mit Euren Städterallüren ahnt.«

»Darf er etwa über seine Frau bestimmen, selbst wenn er damit die Ermittlungen behindert? Könnt Ihr mir erklären, was das soll? Wonach sucht Ihr denn hier, wenn es etwas herauszufinden gilt? Heult Ihr etwa unter den Fenstern Eurer Herren um einen Knochen?«, ereiferte sich Germinal.

»Er kann dafür sorgen, dass ich versetzt werde!«, schrie Landau, doch mit einer Wut, die bereits ihren Biss verloren hatte, und zitterndem Blick.

Germinal erkannte die Nacht in diesen Augen sofort wieder.

»Und er hat die Macht …«, fuhr der Kommissar mit tonloser Stimme fort und blickte zu Boden, »mich in eine weitaus schlimmere Gegend versetzen zu lassen.«

Er hatte Angst, gab sich geschlagen. Germinal hatte schon viele in dieser schwarzen Nacht versinken sehen. Wie Überlebende nach einer Schlacht schlugen sie sich durch das Leben.

Die Uniformen zerrissen, das Halfter leer, mit dem Bajonett nur noch nach Wurzeln stochernd. Nicht mehr als ein Taschentuch in der Jacke als weiße Fahne.

»Gut«, hörte sich Germinal unbesonnen sagen, während er, als wäre er in einem Käfig gefangen, hilflos das beklemmende Gefühl in sich aufsteigen fühlte, das ihm jedes Mal, wenn er einem unsinnigen Befehl folgen sollte, die Luft zum Atmen nahm. »Demnach muss der Mörder sich nicht bei Herrn Neef bedanken. Sollte er auf freiem Fuß bleiben, schuldet er es allein Euch.«

»Germinal«, sagte darauf Landau, der sich seiner männlichen Stärke besann und sich, so weit es ging, reckte, um größer zu erscheinen und Germinal in die Augen blicken zu können, denen er kurz zuvor noch ausgewichen war. »Germinal, Ihr werdet hier durch die Hölle gehen. Und ich betrachte es als meine vorrangige Aufgabe, diese Prophezeiung wahr werden zu lassen.«

Der große Raum, der eher wie ein Stall wirkte, war feucht und verraucht. Mehr als zweihundert Arbeiter – zumeist Männer – drängten sich dicht an dicht und schauten gebannt auf Rinaud, der ganz hinten auf einer Holzkiste stand.

»Ihr wisst schon wer …«, sagte er gerade in Anspielung auf eine Person, die den Arbeitern zwar bestens bekannt war, jedoch zumindest offiziell im Hintergrund bleiben wollte, »hat mir aufgetragen, euch mitzuteilen, dass der Augenblick immer näher rückt …« Er hielt inne und ließ sich von seinem Sohn Berto die Flasche mit dem Rübenschnaps reichen, aus der er einen kräftigen Schluck nahm.

Zahlreiche Arbeiter warfen derweil ängstliche Blicke zur Eingangstür.

»Hört auf damit!«, rief Rinaud vorwurfsvoll, als er dies bemerkte. »Wenn ihr jetzt schon die Hosen so voll habt, was wollt ihr erst machen, wenn der Streik losgeht? Gunner, hast du schon vergessen, was vor einem Jahr mit deiner Frau passiert ist? Hast du schon vergessen, was du zu mir gesagt hast?« Rinaud zeigte mit dem Finger auf einen abgezehrten Arbeiter. »Sie haben ihm nicht einmal das Geld für einen richtigen Arzt gegeben, diese Schweine von Fabrikherren! Wir haben selbst sammeln und sie zu einem Schlachter bringen müssen, war es nicht so? Jetzt hat deine Frau nur noch ein Auge, und mit dem anderen sieht sie so schlecht, dass sie nichts anderes mehr tun kann, als zu Hause sitzen und Zuckerrüben schälen. Was hast du damals zu mir gesagt?«

»Dass ich diesen reichen Schweinen am liebsten die Kehle durchschneiden würde!«, rief der Arbeiter.

Darauf brüllten all die anderen: »Scheißkerle! Bastarde!«

»Die Fabrikherren sind nichts als Schweine!«, wetterte Rinaud wieder.

»Schweine!«, schrie die Menge mit einer Stimme.

»Ihr wisst schon wer ...«, erneut hielt Rinaud kurz inne, »sagt, der Augenblick ist nah, das bedeutet, wir alle müssen zwischen unseren Beinen nachfühlen, ob wenigstens unsere Eier noch dran sind! Alles nehmen sie uns, die Fabrikherren nehmen uns alles weg, selbst das Leben nehmen sie uns! Wenn einer von uns stirbt, rührt sie das weniger, als wenn sie mit ihren Kutschen eine Maus zerquetschen! Darum fordere ich euch auf: Fasst euch zwischen die Beine und sagt mir, ob ihr noch wahre Männer seid!«

Wie in einer schaurigen Pantomime griffen sich die Arbeiter an den Schritt und brüllten: »Streik!«

»Was verlangen wir denn schon?«, hob Rinaud wieder an. »Wir wollen nicht mehr wie Tiere behandelt werden! Wir wollen ein wenig Geld, um uns und unsere Familien zu ernähren! Seht euch ihre von Speisen und Dienstboten überquellenden Villen an, seht euch ihre schönen, in Seide und Wolle gehüllten Frauen an, seht euch ihre mädchenhaft herausgeputzten Söhne an, denen der zukünftige Reichtum schon ins Gesicht geschrieben steht ... was glaubt ihr, wer ihnen all diese Laster bezahlt? Wir! Wir, mit unserem Blut und unserem Schweiß!«

»Schweine! Scheißkerle!«

»Ich verstehe nichts von Politik«, fuhr Rinaud fort, »ich weiß nicht, ob wir Sozialisten sind, nur weil wir nicht verhungern wollen … ich bin genauso ungebildet wie ihr alle … aber eines weiß ich! Ich will nicht mehr wie ein Tier behandelt werden! Und dafür werde ich kämpfen!«

»Streik! Streik! Streik!«

»Ruhe, Ruhe jetzt«, mahnte Rinaud mit erhobenen Händen. »Noch ist es nicht so weit. Aber der Augenblick ist nah, sagt der … äh, verflucht, nun, ihr wisst schon wer. Er ist nah. Der Augenblick ist nah. Jetzt möchte ich, dass ihr Herrn Ignaszewsky anhört, diesen Mann hier.« Dabei deutete er neben sich auf einen hageren Mann um die dreißig mit dünnem blonden Haar, klaren Augen, einer blutleer wirkenden Alabasterhaut und einem Gesicht, bei dessen Anblick viele Arbeiterinnen einen Seufzer getan hatten. »Lasst euch nicht von seinen Kleidern täuschen … ich weiß, er sieht nicht aus wie ein Arbeiter, aber ich versichere euch, er steht auf unserer Seite. Außerdem war er schon bei zwei Streiks dabei. Er weiß besser als wir, was zu tun ist. Er ist wirklich Sozialist, was immer das bedeuten mag.« Damit stieg Rinaud von der Kiste.

Der junge Ignaszewsky trat an seine Stelle. Plötzlich stieß Rinaud ihn jedoch beiseite und richtete noch einmal das Wort an die Arbeiter. »Ich habe noch etwas vergessen. Mir ist aufgefallen, dass viele Frauen sich bekreuzigt haben, als sie vom Mord an der Neef hörten. Na, dann sage ich euch mal, wie ich das sehe: Sie war die Frau eines Fabrikantenschweins! Und da, wo ich herkomme, ist die Frau des Schweins eine Sau! Es gibt also einfach nur eine Sau weniger auf dieser Welt!«

»Sau! Du hast recht, Rinaud! Elende Schweine!«

»Wir sollten dem Mörder gratulieren! Hoffentlich bringt er sie alle um!«, schrie Rinaud, während er seinen Platz wieder für Ignaszewsky räumte.

Der Sozialist kletterte erneut auf die Kiste und ließ die Arbeiter zur Ruhe kommen, bevor er ohne die geringste Schüchternheit angesichts seines derben Publikums mit schneidend dünner Stimme zu sprechen begann.

»Zunächst einmal bin ich nicht *Herr* Ignaszewsky, sondern *Genosse* Ignaszewsky. Die Herren sind unsere Feinde. Wir Sozialisten reden uns als Genossen an. Seht her«, sagte er und zeigte auf die Anstecknadel am Revers seiner Jacke. »Das sind zwei verschränkte Hände zum Zeichen der Solidarität. Dahinter eine Fabrik, rot wie unser Ideal. Rot wie das Blut des Proletariats, das die Fabrikherren noch immer vergießen. Das bedeutet es für uns, Genossen zu sein. Hand in Hand gegen die Ausbeuter zu stehen, die uns das Leben nehmen!«

Rinaud setzte die Schnapsflasche ab und brüllte: »Es lebe der Genosse Ignaszewsky! Nieder mit den Herren!«

»Es lebe der Sozialismus!«, riefen die Zuhörer, obwohl sie keine Ahnung hatten, was sich dahinter verbarg.

»Genosse Rinaud«, fuhr der junge Sozialist fort, bei dessen Anblick die Herzen der Arbeiterinnen höher schlugen, »hat erklärt, dass ihr nicht mehr wie Tiere behandelt werden wollt. Das erschien euch richtig. Dabei ist es falsch!«

»He, was redest du da für einen Mist?«, brauste Rinaud sogleich auf.

»Was? Ist er verrückt? Was redet er da? Sollte er nicht auf unserer Seite sein?«, riefen die Arbeiter durcheinander.

Ignaszewsky blieb ungerührt. Er wartete, bis sich die Aufregung der Arbeiter ein wenig gelegt hatte, bevor er weitersprach. »Ich werde euch beweisen, dass es falsch ist. Am Beispiel einer Zeche, in der wir Sozialisten im letzten Jahr einen fast zweiwöchigen Streik organisiert haben, will ich euch zeigen, wie die Fabrikherren in Wahrheit sind. In der Zeche fahren riesige Eisenkäfige auf und ab. Sie werden von zwei Männern bedient, einer steht oben am Schacht und einer unten … tausendzweihundert Fuß unter Tage. Von dort gibt es kein Entrinnen. Mit einer Glocke kündigt der Aufzugführer oben dem anderen an, was für eine Art Fracht ihn erwartet. Läutet er dreimal, heißt das: Ingenieure und Grubenleiter.

Höchste Vorsicht also, nicht mehr als fünf Personen auf einmal. Zwei Schläge …«, Ignaszewsky hielt kurz inne und sah in die Menge, »zwei Schläge … mittlere Vorsichtsstufe … bei Pferden, höchstens fünf Pferde je Transport. Ein einziger Glockenschlag, also niedrigste Vorsichtsstufe … sie nennen es untereinander *Fleischklingeln*«, die Stimme des jungen Sozialisten wurde schrill. »Bei Bergleuten läuten sie nur einmal! Und eine Fuhre besteht aus dreißig bis vierzig Männern! Die Arbeiter gelten weniger als Pferde! Sie gelten weniger als Tiere!«

Ein Aufruhr ging durch den Raum.

»Deshalb, Genossen«, fuhr der hagere junge Mann fort, »sage ich, dass es falsch ist, wenn ihr nicht mehr wie Tiere behandelt werden wollt! Den Fabrikherren gelten Tiere weit mehr als ihr! Ihr hättet schon gewonnen, wenn sie euch wie Tiere behandeln würden!«

»Elende Schweine! Scheißkerle!«

»Jetzt aber lasst mich euch die Grundlagen des Sozialismus erklären, bei dem es nicht nur um Politik geht, sondern darum, die Geschichte der Menschheit zu verändern …«

In dem Moment wurde die Tür zum Versammlungsraum aufgestoßen, eine Frau durchquerte die Menge und wandte sich lautstark an Rinaud. »Eure Frau lässt Euch rufen! Ihr habt die Polizei im Haus!«

Rinaud spie seinen Schnaps aus. Berto wurde bleich. Genosse Ignaszewsky erstarrte und durch den ganzen Raum ging ein Raunen: »Die Polizei!«

»Soll ich mitkommen, Genosse?«, erbot sich Ignaszewsky sogleich. »An dieser Versammlung ist nichts Illegales, sie können dir nichts anhaben.«

Rinaud lehnte kopfschüttelnd ab und wiederholte, während er sich entschlossen einen Weg durch die Arbeiter bahnte, einem jeden: »Wahre Männer. In diesen Fällen sind wahre Männer gefragt. Wenn sie glauben, sie könnten mir Angst machen, werde ich es ihnen schon zeigen.«

Genosse Ignaszewsky setzte nun erneut zur Erklärung der

sozialistischen Lehren an, doch seine Zuhörer waren nun unaufmerksam und besorgt und einer nach dem anderen verließ die Versammlung.

Als Erste ging Ignés, die Tänzerin aus Scirons Zirkus. Sie war wie eine Arbeiterin gekleidet und hatte in einer Saalecke unerkannt den Reden gelauscht. Nun folgte sie Rinaud, dem Arbeiter, unauffällig in sicherem Abstand.

In dem ärmlichen Haus mit dem Fußboden aus gestampfter Erde roch es fürchterlich. Der vorherrschende Gestank nach Röstzwiebeln, diesem Merkmal einer armseligen Küche, hatte die Mauern getränkt und verpestete noch mehr als die übrigen unangenehmen Gerüche die Luft.

»Frau Rinaud …«, drängte Germinal noch einmal.

Rinauds Frau fuhr herum. Finster dreinblickend hielt sie sich, um sich am Reden zu hindern, mit einer von Kratzern übersäten, schmutzstarrenden Hand den Mund zu. »Kein einziges Wort kommt über meine Lippen, Inspektor, bevor dieser Taugenichts von meinem Mann nicht zurück ist«, wiederholte sie hartnäckig. Sie sah Germinal an und setzte ein wenig melodramatisch hinzu: »Ich sage nichts, solange er nicht da ist. Und wenn Ihr mich deshalb verhaften müsst … dann verhaftet mich eben.«

Und zum Zeichen, dass sie keinesfalls umzustimmen war, stemmte sie die Hände in die Hüften und wandte sich ab zum Fenster des kargen Wohnraums, der wie in allen von der Zuckerfabrik zur Verfügung gestellten Reihenhäusern das Erdgeschoss bildete. Germinal war, als schüttele die Frau, während sie den Blick achtlos über die trostlose Landschaft aus ewig gleichen und ebenso dürftigen Behausungen schweifen ließ, kaum merklich den Kopf, wie um weniger ihn als eher sich selbst von ihrem Entschluss zu überzeugen. Dies bestätigte den Eindruck, den er sofort beim Anblick der hässlichen, verlebten Frau – die ihre kleinen Augen vor lauter Anstrengung, die ihr innewohnende Bosheit zurückzuhalten, zusammenkniff – gewonnen hatte: dass sie nämlich vielmehr mit Vorliebe redete, und zwar nach Möglichkeit schlecht über andere.

»Niemand hat vor, Euch zu verhaften«, beschwichtigte Germinal sie. »Ich verstehe bloß Eure Zurückhaltung nicht ... Worum ich Euch bitte ...«

»Ich sage nichts, solange mein Mann nicht da ist«, beharrte die Frau. »Das könnte ihm so gefallen, aus einer Plauderei, bei der er nicht dabei war, die falschen Schlüsse zu ziehen, besonders jetzt, mit dem ganzen Schnaps im Blut ... um mir dann als pflichtbewusster Ehemann eine Tracht Prügel zu verpassen. Nein, den Vorwand werde ich ihm nicht liefern«, und während sie redete, ereiferte sie sich entgegen jeder Erwartung nicht, sondern wurde immer ruhiger, als spräche sie von einer anderen und nicht von sich selbst.

Germinal schaute sich wortlos um. Obwohl es nicht seine Art war, erwiderte er nichts und fuhr Frau Rinaud auch nicht grob an. Er stand noch immer da, ohne dass die Frau ihm, und sei es nur mit einem harschen Kopfnicken, einen Stuhl anbot.

Sie wandte sich stattdessen wieder zum Fenster, um durch den Schmutzschleier auf der Scheibe nach ihrem Mann Ausschau zu halten, und zuckte wie in ein stilles Selbstgespräch vertieft verächtlich die Achseln. Plötzlich räusperte sie sich, spuckte aus und verwischte mit ihrem Filzschuh die feuchte Spur auf dem Boden. Sie riss das Fenster auf und posaunte herrisch hinaus: »Beeil dich, du Taugenichts! Die Polizei ist hier!« Ohne weitere Erklärungen, als bereite es ihr Freude, eine ungerechtfertigte Angst zu schüren, über die sie später würde spotten können, schloss sie das Fenster wieder.

Als sie sich mit leuchtenden Augen umdrehte, wirkte ihr faltiges Gesicht neu belebt und rosig. Sie rückte ihren Schal zurecht, als wäre es ein Hermelin, baute sich wenige Schritte von der Tür entfernt auf und bedachte Germinal flüchtig mit dem hochmütigen Blick einer Hauptdarstellerin, während sie wartete, bis ihr Mann keuchend die Tür aufstieß.

»Was für Polizei?«, fragte der Arbeiter beim Eintreten.

Gleich hinter ihm schlüpfte sein Sohn Berto ins Haus und verkroch sich in eine Ecke, wo er an den Nägeln zu kauen begann. Die Bosheit in seinen glasigen Augen gleicht der seiner Mutter, dachte Germinal. Doch wie er sich nun im dunkelsten Winkel des Raums an die Wand drückte, schien er nicht dieselbe Kraft zu haben. Aus ihm sprach die sich weniger aus Hass denn aus Neid nährende Bosheit eines Menschen, der kein Vertrauen in die eigenen Fähigkeiten besitzt und die Welt nur zu dem Zweck erforscht, herauszufinden, was ihm alles fehlt.

Der Vorhang hatte sich also gehoben. Kaum fühlte Rinauds Frau das schwache Rampenlicht auf sich gerichtet, warf sie sich in die schlaffe Brust.

Ohne zu wissen, ob die Zuschauer ihn hören konnten, rief ein Komparse aus dem Hintergrund draußen vor der Tür, die Rinaud offen gelassen hatte: »Warte, verflucht noch einmal … Was macht die Polizei hier?« Es war der alte Großvater.

»Wurde auch Zeit, dass du zurückkommst. Besoffen, hoffe ich doch«, empfing Frau Rinaud ihren Mann.

Germinal erkannte sofort, dass dieser Mann gefährlich gewaltbereit war. Sein Gesichtsausdruck und die brüske Art eines Menschen, der den Gegner lieber niederrennt, als ihn zu überlisten, sprachen für sich. Doch in dem flüchtigen Blick, den Germinal auffing, lag noch etwas anderes. Denn kaum hatte Rinaud ihn vor sich gesehen, als er auch schon die Augen niedergeschlagen hatte, und zwar beherrscht, aber instinktiv zurückgewichen war. Als ob er etwas zu verbergen hätte, dachte Germinal. Kurz schaute der Arbeiter mit drohender Miene zu Berto hinüber. Dann erst wandte er sich in annähernd höflichem Ton, wenn seine Stimme auch vom Schnaps belegt war und er die Silben verschluckte, an seine Frau: »Was ist denn nun? Erst lässt du mich rennen und dann schweigst du?«

In dem Augenblick schwankte der Großvater auf seinen alterssteifen Beinen herein, erleichtert wie ein Athlet, der nicht mehr gehofft hatte, das Ziel zu erreichen.

»Herr Rinaud, ich bin Inspektor Germinal«, warf Milton

entschieden ein. »Ich bin hier, um Eurer Frau einige Fragen zu stellen, da sie das Zimmer sauber gemacht hat, in dem Frau Neef ermordet wurde … Ihr habt sicher davon gehört.«

»Ja, und? Fehlt etwas?«, trat Rinaud auf ihn zu.

Die Frage überraschte Germinal. Ihm war gar nicht in den Sinn gekommen, dass sein Besuch auch einen anderen Grund haben könnte. »Nein«, antwortete er.

»Also?«

Germinal trat nun so dicht an den Arbeiter heran, dass er dessen alkoholgeschwängerten Atem deutlich riechen konnte. »Eure Frau könnte am ehesten einige für die Ermittlungen wichtige Details bemerkt haben. Habt Ihr etwas dagegen, wenn ich ihr dazu einige Fragen stelle?«

»Was wäre, wenn ich etwas dagegen hätte?«

»Dann müsste ich daraus schließen, dass Ihr etwas zu verbergen habt. Und dieser Verdacht würde mich dazu veranlassen, ein Ermittlungsverfahren gegen Euch einzuleiten«, sagte Germinal leise zu ihm.

»Wieso droht Ihr ihm?«, mischte sich Frau Rinaud ein.

»Wer hat dich denn gefragt?«, fuhr ihr Mann sogleich mit der Schnelligkeit eines Amateurboxers oder eines erfahrenen Raufbolds auf. »Na, dann fragt schon«, sagte er dann verächtlich zu Germinal.

»Frau Rinaud, würdet Ihr mir beschreiben, wie Ihr das Zimmer vorgefunden habt?«, ermunterte Germinal daraufhin die Frau, die nur auf die Frage gewartet hatte.

»Als ich ankam, war es … nun, in einem ekelhaften Zustand«, fasste sie zusammen, während sie sich hinsetzte und endlich auch dem Inspektor mit einer Kinnbewegung einen Platz anbot. »Überall war Blut, nicht nur auf den Laken, sondern auch auf den Teppichen neben dem Bett … und am Kopfende … Es war bis ganz oben gespritzt und über die Puttenköpfe wieder herabgelaufen, Ihr könnt mir glauben, es sah aus, als ob sie Blut weinten, und auch von ihren Flügeln tropfte es …« Sie hielt inne. »Der Teufel höchstpersönlich war in diesem Zimmer …«, murmelte sie, während sie vor lauter Anstrengung, den ersten Eindruck wieder heraufzubeschwören, die Augen noch mehr zusammenkniff.

Germinal schwieg gespannt, während Rinaud unruhig im Zimmer auf und ab ging. In seiner dunklen Ecke ließ Berto seinen Vater keinen Moment aus den Augen.

»Wenn Ihr mich fragt, welche Farbe das Zimmer hatte, würde ich sagen, es war rot«, fuhr die Frau fort. »Kaum hatte man mir die Tür aufgeschlossen, sah ich nichts anderes mehr. Erst später beim Aufräumen und Putzen fiel mir die helle Tapete mit dem türkisfarbenen Blumenmuster auf … zunächst einmal aber sah ich nur Blut. Überall. Man muss sie wie ein Schwein abgestochen haben, oder? Sie war kein guter Mensch, das kann ich Euch sagen, hinter all ihrer Mildtätigkeit hatte sie einiges zu verbergen …« Sie wandte sich ihrem Mann zu: »Erinnerst du dich noch an ihre Antwort, als ich sie um ein wenig Geld bat, weil wir so viele Schulden im Laden hatten?«

Rinaud blitzte sie an.

»Fahrt mit der Beschreibung des Zimmers fort«, griff Germinal ein.

»Das Zimmer, ja, natürlich … Ich wollte damit nicht sagen, dass es mich freut, wenn sie wie ein Schwein geschlachtet wurde …«

»Gab es Spuren eines Streits oder eines Kampfes? Umgestürzte Möbel, offene Schubladen, umgeworfene Stühle, zerbrochene Gegenstände …?«

»Nein. Das Zimmer … das Zimmer sah aus, wie ich es Euch beschrieben habe … bis auf die … die Ausscheidungen der Neef. Widerlich, auch die musste ich wegmachen …«

»Was für Ausscheidungen?«, fragte Germinal.

»Aus dem Darm«, erläuterte die Frau. »Bei allem Respekt, sie hatte auf das Laken geschissen, es war mit Kacke beschmiert. Die Matratze ist nicht mehr zu gebrauchen, so viel ist sicher.«

»Habt Ihr nicht noch andere, kleinere Exkremente bemerkt?«, fragte Germinal weiter.

»Was für Exkremente?«, hakte Frau Rinaud überrascht nach.

»Kot von kleinen Tieren …«

»Mäuse?«

»Eher größer …«

»Was für Tiere meint Ihr?«

»Raubtiere.«

Neugierig sah ihn die Familie an.

»Wie ist die Neef gestorben?«, fragte die Frau stellvertretend für die anderen. »Ich dachte, sie wäre erstochen worden.«

»Beantwortet meine Frage: Habt Ihr Tierexkremente im Zimmer gefunden?«

»Nein«, erwiderte Frau Rinaud. »Nur ihre eigene Kacke.«

Germinal bezweifelte, noch mehr von Frau Rinaud erfahren zu können, und ließ den Blick zu dem schmalen Fenster schweifen, das auf die Seitengasse zeigte, als er eine weibliche Gestalt zu sehen glaubte, die im selben Moment zurückwich. »Gut«, sagte er und stand auf. »Ich danke Euch.« Mit diesen Worten trat er zur Tür. Er riss sie auf und schaute hinaus. Niemand. »War noch jemand dabei?«, fragte er, als er sich wieder herumdrehte.

Er sah Rinaud erstarren.

»Wieso?«, fragte die Frau misstrauisch.

»Habt Ihr alles alleine in Ordnung gebracht? Hat Euch niemand geholfen?«

»Berto war bei mir«, antwortete Frau Rinaud zähneknirschend.

Germinal wandte sich der dunklen Ecke zu, in die sich der Junge verkrochen hatte. Nun, da alle Blicke auf ihn gerichtet waren, wirkte er noch nervöser.

»Ist dir außer dem, was deine Mutter berichtet hat, noch etwas anderes aufgefallen?«, fragte ihn Germinal.

Berto zog die Schultern hoch.

»Herrje!«, mischte sich Rinaud angriffslustig ein. »Alles war voll von dem Blut dieser Schlampe, das hat sie Euch doch schon gesagt, oder etwa nicht? Was sollte denn noch in dem Zimmer gewesen sein?«

»Fällt dir noch etwas ein?«, fragte Germinal wieder und sah Berto dabei fest in die Augen.

Der Junge schüttelte wortlos den Kopf.

»Gut, dann bin ich fertig«, sagte Germinal schließlich, wandte sich um und öffnete gedankenverloren die Tür.

»Wer war die Frau, die dir gefolgt ist?«, zischte da jedoch Frau Rinaud ihrem Mann zu.

»Welche Frau?«, fragte der Arbeiter.

Germinal blieb in der Tür stehen und sah sie an.

Frau Rinaud verstummte, zuckte die Achseln und begann, mit geschäftiger Miene am Herd zu hantieren.

»Welche Frau?«, fragte der alte Großvater.

»Halt den Mund«, knurrte Rinaud.

Darauf zog Germinal die Tür hinter sich zu.

Die Arbeitersiedlung hatte eine so streng geometrische Struktur, wie sie Germinal nie zuvor begegnet war. Jedes der Steingebäude bestand aus vier aneinandergereihten Einzelhäusern. Bei den Arbeitern waren die beiden mittleren Häuser am begehrtesten, da es in ihnen wärmer war als in den äußeren. Das graue Dach aus Schieferresten setzte bei jedem Gebäude an der von vier Fenstern durchbrochenen Fassade an und brach in der Höhe auf einer Linie mit der Hausrückwand ab. Von jedem Haus führte eine Hintertür in einen kleinen Garten. Das Erdgeschoss bestand aus einem großen Wohnraum, dessen Fußboden mit Wasser abgespritzt und mit weißem Sand bestreut war. An der Wand zum Nachbarhaus stand ein gusseiserner Heizofen mit einer zentralen Feuerstelle und zwei kleinen Öfen rechts und links, wo die minderwertige Kohle brannte, die in festgelegter Menge aus der Zuckerfabrik kam. Der Rauchabzug war jeweils zwei Häusern gemeinsam, sodass aus jedem Gebäude mit vier Reihenhäusern nur zwei Schornsteine aufragten. Der Wohnraum war niedrig und erdrückend.

An der Ofenwand führte außerdem eine Holztreppe hinauf ins Dachgeschoss, bestehend aus einem großen Raum mit Fenster und einer fensterlosen Kammer, die vom Dach eingezwängt und von den Arbeitern gewöhnlich als Kinderzimmer genutzt wurde. Jeder Garten grenzte an einen anderen Garten der nächstgelegenen Häuserreihe, sodass die Hausrückwände sich spiegelbildlich gegenüberlagen. Jeder Block bestand somit aus zwei Gebäuden mit insgesamt acht Wohnhäusern, deren Dächer aufeinander zustrebten.

Das Modell wiederholte sich bis ins Unendliche, so zumindest kam es Germinal vor, als er durch die schmalen, exakt im rechten Winkel angelegten Gassen ging. Zwei Hauptstraßen durchquerten die Siedlung schnurgerade von Norden nach Süden und von Osten nach Westen, weshalb sie als Nord-Süd-Achse und Ost-West-Achse bezeichnet wurden. Ausreichend breit für eine große Kutsche, unterteilten sie die Siedlung grob in die vier Bezirke Nordost, Südost, Südwest und Nordwest. Sie wurden von schmäleren Straßen gekreuzt, die in aufsteigender Folge die fantasielosen Namen Erste, Zweite, Dritte und so fort trugen.

Nach der von der Zuckerfabrik eingeführten Architekturbürokratie verließ Germinal das zum Block 13-S/O gehörende Arbeiterhaus 3-S/O und ging nun die Fünfte Richtung Norden entlang, die zunächst die Gassen Neun, Acht und Sieben und schließlich die Ost-West-Achse kreuzte. Dort hatte er nach seiner Ankunft in der Siedlung das Motorrad abgestellt. Germinal ging zügig und dachte gerade über die Brutalität des Verbrechens nach, mit dem er es gleich an seinem ersten Tag in der Mignatta zu tun bekommen hatte, als er eine Frau in der Nähe seines Fahrzeugs bemerkte. Sie schien sich weniger für das Motorrad zu interessieren, als vielmehr auf ihn zu warten.

Germinal verlangsamte seine Schritte, um die Gestalt in der abendlichen Dunkelheit besser erkennen zu können. Erst als er die Frau fast erreicht hatte, wandte sie ihm das Gesicht zu.

Germinal war von ihrer Schönheit überwältigt. Ihr dichtes langes Goldhaar funkelte in der Nacht.

»Guten Abend«, sagte er und blieb stehen.

Ignés betrachtete ihn mit Augen, die so grau waren wie der Nebel der Gegend. Für eine Sekunde glaubte sie sich im Blick dieses Mannes wiederzuerkennen. »Gehört das Euch?«, zeigte sie fragend auf das Motorrad und drehte sich um.

Germinal nickte. Aber er war unfähig, etwas zu sagen. Er beobachtete, wie Ignés ihre wohlgeformten Hände wie streichelnd über den glänzenden Tank seines Motorrads gleiten ließ. Trotz ihrer schlichten Kleidung konnte Germinal sie sich nicht als Fabrikarbeiterin vorstellen.

»Schön«, sagte Ignés, die ihm noch immer den Rücken zuwandte.

»Ihr kennt nicht zufällig einen Arbeiter namens Rinaud?«, fragte Germinal unvermittelt.

»Wie bitte?« Ignés dreht ihm verwundert das Gesicht zu und erneut schlug ihr Herz höher.

»Ich habe mich gefragt, ob Ihr es wart, die uns vorhin durch das Fenster beobachtet hat.«

Ignés errötete. Sie sah ihm tief in die Augen. Und Germinal erwiderte ihren Blick. Doch die junge Frau sagte nichts, sie sah ihn einfach nur an. Germinal bemerkte, dass Schmerz ihren Blick überschattete.

»Ihr seht nicht aus, als würdet Ihr in der Fabrik arbeiten«, sagte Germinal, um das gespannte Schweigen zu brechen.

»Ach nein?« Das Mädchen wirkte abweisend und anziehend zugleich.

»Lebt Ihr hier?«

»Nein«, antwortete sie ernst. »Aber ich bin an einem Ort wie diesem geboren.«

»Wenn das so ist …«, begann Germinal, der sich scheinbar ohne Grund zunehmend unbehaglich fühlte. »Wenn das so ist … warum seid Ihr hier? Aus Heimweh?«

»Im Gegenteil«, lachte Ignés. »Ich bin hier, um mich daran

zu erinnern, welches Glück ich hatte, das alles hinter mir lassen zu können.« Doch gleich darauf wurde sie wieder ernst. Warum sie ihm das gesagt hatte, wusste sie selbst nicht. Erneut wandte sie sich ab, um dem Blick auszuweichen, in dem sie sich zu verlieren drohte. Sie machte jedoch eine so ruckartige Bewegung, dass sie das Gleichgewicht verlor und sich am Motorrad festhalten musste, das daraufhin ins Schwanken geriet.

Zwei starke Hände legten sich um ihre Schultern. Ignés betrachtete sie. Dann machte sie sich los.

»Fasst mich nicht an«, befahl sie ihm.

Sie sahen sich an. Wortlos. Atmeten im Gleichtakt. Dicht beieinander.

Langsam ließ Germinal die Hände sinken.

»Fasst mich nicht an«, wiederholte Ignés mit tieferer, sinnlicher Stimme, ohne den Blick von ihm abzuwenden.

Germinal wich einen Schritt zurück.

»Verzeiht.« Ignés trat sogleich wieder ganz nah an ihn heran und berührte mit einer Hand seine Brust. »Verzeiht, ich …«

Germinal legte seine Hand auf ihre. Er handelte vollkommen unwillkürlich.

Abrupt zog Ignés die Hand weg und wich hinter das Motorrad zurück, das nun zwischen ihnen stand.

Schweigend sah er sie an. Ignés begann plötzlich zu lachen. Doch es klang so aufgesetzt, als wolle sie dahinter die Worte verstecken, die sie nicht auszusprechen wagte, als wolle sie damit die Spannung aus ihren Blicken nehmen, die mit unerwarteten Gefühlen und Sinnlichkeit aufgeladen waren. Germinal fiel in ihr Lachen ein.

Noch tiefer blickte er in ihre nebelgrauen Augen und verstand plötzlich. Er begriff, auf welche Weise sich die junge Frau vor Traurigkeit und Schmerz schützte, sie nur entfernt an sich heranließ. Sie flüchtete. Und er begriff auch, weshalb sie ihm nun beinahe Furcht einflößte. Dieses Mädchen war wie er.

»Ihr seht auch nicht aus wie ein Arbeiter«, bemerkte Ignés,

die sich scheinbar wieder gefasst hatte, während sie sich dem Motorrad näherte und ihren Bauch gegen den kalten Tank lehnte. »Was macht Ihr hier auf dem Friedhof?«

»Friedhof …?«, fragte Germinal erstaunt, ging seinerseits einen Schritt auf das Motorrad zu und legte eine Hand auf den Lenker, als berührte er über die Maschine noch immer sie. Als hielte er es ohne sie nicht aus.

»So nennen die Arbeiter diese Siedlungen …« Ignés lächelte düster. Im Einklang mit Germinals Gedanken strich ihre Hand nun über den Tank. »Nur Friedhöfe mit ihren Grabsteinen sehen ähnlich geordnet aus, findet Ihr nicht?«

»Ja … das stimmt …« Germinal ließ seine Hand vom Lenker zum Tank gleiten.

»Nun? Was macht Ihr hier?« Ignés sprach mit fester, warmer Stimme und senkte, während sie ihre Hand weiterbewegte, den Blick hinab auf Germinals Hand, die ihrer schon ganz nah war.

»Ich …« Langsam folgte Germinal ihrer Hand auf dem Tank. »Ich bin hergekommen, weil … Ich bin Polizist. Es ging um ein Vorkommnis in der Villa Neef.«

»Um das Blutbad.« Zart strich Ignés über Germinals Finger.

»Das Blutbad … ja …« In dem Moment erst wurde Germinal bewusst, dass er, seitdem er der Frau begegnet war, weder Krämpfe noch Entzugserscheinungen gespürt hatte. Ohne zu überlegen, nahm er ihre Hand. Er konnte einfach nicht anders. Alles in ihm begehrte sie.

»Lasst mich los«, sagte Ignés und versuchte, sich zu befreien.

»Wie heißt Ihr?«, fragte Germinal, ohne den Griff zu lockern, in dringlichem Ton.

Ignés erhob die freie Hand wie zu einer Ohrfeige.

Germinal sah sie an, ließ widerstrebend ihre Hand los.

Ignés stand vor ihm und blickte ihm fest in die Augen.

Keiner von beiden sagte etwas. Keiner von beiden senkte den Blick.

»Ignés«, antwortete sie.

Beide atmeten schwer, als hätten sie einen Kampf hinter sich.

»Ich muss los«, sagte Ignés schließlich und wandte sich zum Gehen. »Auf Wiedersehen … Polizist.«

Germinal sprang auf sein Motorrad, ließ den Motor an und legte den Gang ein. Er drehte sich zu Ignés um.

Sie war stehen geblieben. Vielleicht lächelte sie. »Seht Euch an einem der nächsten Abende meinen Auftritt an«, rief sie ihm zu und deutete in die Ferne. »Ich tanze in dem Zelt oben auf dem Hügel.« Darauf verschwand sie in einer dunklen Seitengasse.

Germinal gab Gas und fuhr los. Gleichsam als Paravent zwischen Arbeitersiedlung und Stadt erhob sich in der Ebene vor ihm ein einsamer Hügel. Das Zirkuszelt hoch oben auf dem Hügel wirkte mit seinen breiten Längsstreifen in leuchtenden Farben wie ein greller Regenbogen. Am Horizont ragten finster drohend die beiden Schlote der Zuckerfabrik auf.

Um nicht gesehen zu werden, wartete Ignés im Dunkeln verborgen ab, bis das seltsame Zweirad weit genug entfernt war. Als sie ihren Weg fortsetzte, beobachtete sie noch, wie Germinal in der Ferne verschwand. Das letzte schwache Dämmerlicht fiel auf ihre Schultern, betonte ihre anmutigen Formen und ließ ihr Haar rotgolden schimmern. Sie legte eine Hand an ihre Brust. Ihr Herz klopfte heftig.

Nachdem das Motorrad von der hereinbrechenden Nacht verschluckt worden war und nur noch das Dröhnen des Motors durch die verlassene Ebene hallte, betrachtete Ignés die wenigen Sterne am Himmel, der so tief und erdrückend wirkte wie die Decken des Hauses, in dem sie aufgewachsen war. Sie wollte sich in die ihr wohlbekannte sanfte Traurigkeit, die keinen inneren Aufruhr auslöste wie ein wahrhafter Schmerz, sinken lassen, von der sie immer aufs Neue befallen wurde, sobald sie den Fuß in eine Arbeitersiedlung setzte.

Sie war dreizehn Jahre alt, als ihrem Vater zum ersten Mal aufgefallen war, dass sie sich zur Frau entwickelte. Bis zu jenem Zeitpunkt war er für sie nichts als ein ständig betrunkener Fremder gewesen, den sie nur zu Gesicht bekam, wenn er sie schlug oder ihr das Geld wegnahm, das sie in der Fabrik verdiente. Von dem Tag an wusste Ignés instinktiv, dass sie sich nicht mehr vor ihm ausziehen konnte. Wie Feuer spürte sie seine Blicke auf ihrer Haut und fürchtete sich nachts vor dem Einschlafen. Beim ersten Mal hatte er sie in eine Ecke gedrängt. Hatte sie zum ersten Mal angelächelt. Aber nicht wie ein Vater.

Dennoch fühlte sie nun nicht den bitteren Geschmack ihrer Vergangenheit im Mund. Etwas Neues und Unerwartetes war geschehen, etwas, was sie niemals mehr hatte geschehen lassen wollen. Denn von jenem Tag an hatte sie niemandem mehr angehört.

»Leb wohl«, sagte Ignés zu Germinals Echo, das hinter der dunklen Mauer ihres Lebens verklang, und bog in Gasse Sieben.

Kurz darauf näherte sie sich in der Vierten einem geschlossenen schwarzen Einsitzer, schmal und schwankend wie ein hochkant aufgestellter Sarg, der von einem flinken kleinen Pferd gezogen wurde.

»Was hat er gesagt?«, ließ sich von drinnen die Stimme des Chemikers vernehmen.

»Er war nicht wegen des Streiks hier«, erwiderte Ignés, die wieder zu ihrem üblichen Tonfall zurückgefunden hatte. »Er wollte etwas über das Blutbad in der Villa Neef wissen.«

»Mehr nicht?«

»Mehr nicht«, bestätigte Ignés.

»Und die Versammlung?«

»Das habe ich dir doch gesagt. Nachdem der Inspektor angekommen war, sind fast alle gegangen, einer nach dem anderen.«

»Es wird nicht leicht werden, sie alle beisammenzuhalten,

wenn es so weit ist«, seufzte der Chemiker im Innern des Kakerlaks, ohne sich zu zeigen. »Du warst mir eine große Hilfe. Es ist besser, wenn man mich derzeit noch nicht bei den Versammlungen sieht. Danke, Ignés.«

Ignés rührte sich nicht vom Fleck, während sie mit der Schuhspitze im schwarzen Boden scharrte.

Einen Moment lang schwieg Stigle. Dann quietschte die Kutsche und im Schein ihrer beiden Laternen tauchte seine schwarze Gestalt auf. Er musterte Ignés. »Warum hast du dich bereit erklärt, es zu tun?«, wollte er wissen.

»Weil du mir, als du versucht hast, mit mir zu schlafen«, entgegnete Ignés mit vagem Blick, »unbewusst einen Gefallen getan hast.«

»Welchen denn?«

Ignés zuckte nur schwach mit den Schultern, während sie weiter auf die Kreise starrte, die sie im weichen Boden zog. »Das brauchst du nicht zu wissen.«

»Komm, steig ein ... Ich bringe dich zu Sciron zurück«, sagte der Chemiker.

Ignés zögerte noch einen Augenblick. Hin und wieder glaubte sie das durch die Nacht dröhnende Motorrad zu hören.

»Wie ist dieser Inspektor?«, fragte Stigle.

Ignés' graue Augen leuchteten kurz auf, bevor sie in den Kakerlak stieg.

»Glaubst du, dass du ihm gefällst?«

Wieder gab Ignés keine Antwort.

»Du gehörst Sciron, vergiss das nicht«, ermahnte sie der Chemiker.

Das Pferd hörte den Peitschenknall in der Luft und preschte aus dem Friedhof hinaus.

X

»Doktor Noverre, was wir vorhaben, ist illegal«, sagte Germinal und hörte für einen Augenblick auf, weiter mit dem Dietrich am Türschloss zu hantieren. Er wandte sich der abstoßenden Gestalt des Anstaltsdirektors zu. »Sollten wir tatsächlich hineinkommen und entdeckt werden, könnte ich, um Euch den Ärger einer Anzeige zu ersparen, behaupten, Euch mit Gewalt gezwungen zu haben …« Darauf deutete er mit dem Kopf auf die im Dunkeln wartende Kutsche, neben der regungslos ein mächtiger Schatten aufragte. »Mit einem solchen Berserker als Wächter wäre die Geschichte allerdings wenig glaubwürdig.«

»Sein Name ist Zòla, das sagte ich Euch bereits«, entgegnete Noverre in eisigem Ton.

Wenige Stunden waren vergangen, seitdem Germinal von einem wahren Strudel an Gedanken aufgewühlt auf seinem Motorrad gesessen hatte. Die Begegnung mit Ignés hatte ihn im Innersten erschüttert.

Germinal war noch nie in seinem Leben eine feste Liebesbeziehung eingegangen. Und noch nie hatte ihm etwas gefehlt. Zwar war auch für ihn manche Nacht sehr einsam und finster gewesen. Doch im Allgemeinen war Germinal eher der Typ für kurze Abenteuer oder mehrere Affären, die sich überschnitten und nach und nach innerhalb weniger Monate erkalteten. Dabei war er weder ein Genussmensch noch ein unverbesserlicher Frauenheld. Er führte schlicht ein zufriedenes Leben, das sich selbst genügte und als erfüllt bezeichnet werden konnte. Frauen hatten daran einen wichtigen, jedoch nicht entscheidenden Anteil. Sie waren nicht sein einziger Lebenssinn, allerdings einer der wenigen. Dies mochte die Erklärung dafür sein, weshalb er begierig ihre Nähe suchte, jedoch nie bei einer einzigen blieb: Keine Frau sollte je eine Sonderstellung bei ihm einnehmen.

Bei der Begegnung am Abend hatte Germinal nicht wie sonst üblich die Regie geführt. Etwas war anders als bisher. Ignés hatte eine unmittelbare Anziehungskraft auf ihn ausgeübt, wie er sie nie zuvor empfunden hatte. Eine Anziehungskraft, die ihm Geist und Seele gefangen hielt und ihn nicht mehr klar denken ließ.

So war er auf seinem Motorrad den Hügel hinaufgefahren. Er musste diese Frau wiedersehen, hatte er in einem inneren Widerstreit von Verlangen und Wut entschieden, wobei eben das Verlangen, das er nicht zu zähmen vermochte, der Auslöser für seine Wut zu sein schien. Nicht weit vom Zirkuszelt entfernt hatte er angehalten. Von seinem Standort aus sah er einen komfortablen Wohnwagen, zwei kleinere Wagen, aus denen dünne Rauchschwaden und Bratenduft aufstiegen, dahinter noch ein kleines Zelt mit Goldverzierungen. Neben dem Zelt stand eine vornehme Kutsche, aus der fünf Herren im Frack ausstiegen. Ein alter Mann von gelbsüchtigem Aussehen hatte sie lächelnd mit einer Verbeugung empfangen, die Hand ausgestreckt und das Geld entgegengenommen, das die Männer ihm reichten. »Die Nebelkönigin gehört für eine halbe Stunde Ihnen, meine Herren«, hatte der Alte gesagt, während er eine Zeltplane anhob und die Männer eintreten ließ. »Die Regeln kennen Sie ja!«, hatte er ihnen noch hinterhergerufen, bevor er sich daranmachte, das Geld zu zählen. Kurz darauf hatte Germinal mit klopfendem Herzen Ignés entdeckt. Zwei kräftige Männer trugen in jeder Hand einen Eimer mit heißem, duftendem Wasser hinter ihr her. Germinal wollte Ignés rufen, zu ihr laufen, doch sie war im Zelt verschwunden. »Die Nebelkönigin gehört für eine halbe Stunde Ihnen, meine Herren«, hatte Germinal wütend hervorgestoßen. Unter ihm dröhnte das Motorrad. Im Innern kochend wie er selbst. Germinal hatte Gas gegeben und war den Hügel ohne Ziel wieder hinabgefahren.

Wie er vor das Tor der Stadt der Tiere gelangt war, wusste er selbst nicht. Das Quietschen der Motorradbremsen hatte sich harmonisch in das Froschgequake aus den umliegenden Feldern eingefügt, und während der Motor langsam und schnaufend zum Stehen kam, hatte Germinal – nachdem er an das schwere Tor geklopft hatte – durch die abendlichen Dunstschwaden hindurch einen ersten Blick auf eine vor dem Portal auftauchende überlebensgroße menschliche Figur werfen können. Kaum war er im Hof, hatte er die einsame Gestalt eingehender betrachtet und sie kam ihm nur noch mächtiger vor. Der Mann unbestimmbaren Alters – er mochte um die fünfzig sein – hatte ein affenähnliches Gesicht, seine Augen schienen erloschen und milchig wie Eiweiß. Die Mundwinkel hingen nicht als Zeichen von Missmut, sondern von Natur aus herab. Die spärlichen Brauenhaare bogen sich nach oben, dagegen war sein Kopfhaar dicht, borstig und verschnitten und verkürzte durch seinen tiefen Ansatz zusätzlich die im Verhältnis zum Gesicht ohnehin schon ungewöhnlich kleine Stirn. Wie zwei nackte Tierchen lugten winzige Ohren hinter langen, wirren Koteletten hervor, die beinahe bis an sein eckiges Kinn reichten. Die Nase, schmal und eingedrückt an der Wurzel, im ewigen Schatten der wie ein Dach hervorspringenden höckerigen Augenhöhlen liegend, wurde zu den geblähten Nasenflügeln hin breit und fleischig. Der Mann trug einen über die Jahre von den Unbilden der Witterung zerschlissenen braunen Mantel aus einem billigen, lichten Wollstoff, der mit seinen unzähligen schwarzen Sprenkeln aussah wie das Fell einer räudigen Hyäne. An den herabhängenden Armen baumelten riesige Hände wie starre, knotige Luftwurzeln. Die Beine steckten in groben dunklen Leinenhosen und stemmten sich leicht gegrätscht gegen den Boden. Die Füße bildeten dabei eine breite und sichere Auflagefläche und deuteten mit den ein wenig nach innen gekehrten Fußspitzen darauf hin, dass der Mann, seiner Massigkeit zum Trotz, über eine angeborene Sprungbereitschaft verfügte. Gerade diese doppelte Veranlagung, seine offensichtliche Fähigkeit, aus nahezu katatonischer Regungslosigkeit im Bruchteil einer Sekunde einen kraftvollen und wohlkoordinierten Satz zu tun, faszinierte Germinal an seinem Anblick am meisten.

Das Gesicht des Mannes war zerschunden. Auf seiner Nase prangte eine Schnittwunde, Abschürfungen überzogen die Wange, eine Schläfe war lila verfärbt und die Unterlippe aufgeplatzt.

»Würdet Ihr mich bei Doktor Noverre melden?«, hatte er den steinernen Wächter gebeten. »Ich bin Polizeiinspektor Milton Germinal.«

Sekundenlang hatte sich der Mann nicht gerührt, ehe er sich mit unbewegter Miene, ohne jedes Zeichen in Germinals Richtung, steif umgedreht hatte und darauf, so unglaublich leichtfüßig, dass der Inspektor seine Tritte nicht zu hören vermochte, im Innern der Anstalt verschwunden war.

Kurze Zeit später hatte er sich wortlos in exakt gleicher Position wieder vor Germinal aufgebaut, ohne dass sein Gesicht eine Antwort auch nur vage angedeutet hätte.

»Und? Kann ich ihn sehen?«, hatte Germinal daher gefragt.

»Ja«, hatte der Mann in ernstem, aber nicht abweisendem Ton erwidert, ohne seine starre Haltung im Mindesten zu verändern.

»Worauf wartest du?«, hatte eine unangenehm schrille und zugleich raue Stimme undeutlich artikuliert aus der dunklen Eingangshalle gerufen. Als Noverre kurz darauf in der Tür erschien, war Germinal beim Anblick seiner Missgestalt erneut zusammengezuckt.

»Ihr müsst Euch an die dämmrige Beleuchtung gewöhnen, Inspektor«, hatte Noverre zu ihm gesagt, während er ihm schwankend vorausging wie ein Seiltänzer, dem die Arme zum Balancieren fehlten. »Mir graut vor meinem Spiegelbild mehr als Euch vor meinem wahrhaftigen Anblick …«, fuhr er mit einem schiefen Grinsen fort, wobei eine Speichelspur auf seinen Lippen im schwachen Lichtschein glänzte.

In dem Augenblick hatte Germinal sich selbst dazu verpflichtet, Noverre fortan geradewegs in die Augen zu sehen und niemals wieder den Blick abzuwenden oder nach außen hin erkennen zu lassen, welche Verlegenheit – und welchen Schrecken – seine verunstalteten Züge seiner Seele und seinem Magen bereiteten.

Nach einer kurzen Unterredung hatte Germinal sein Motorrad auf dem Hof der Anstalt abgestellt, war zu Noverre in die Kutsche gestiegen und da waren sie nun.

Endlich gelang es Germinal, das Schloss zu öffnen. Er sah sich nach seinem Komplizen um und nickte ihm zu, bevor sie das Haus betraten. Im fahlen Lichtschein einer fernen Laterne trat ein in grünen Lettern auf die Eingangstür gemalter Schriftzug aus der nächtlichen Dunkelheit hervor:

Königliches Bestattungsinstitut
mit Tradition und Auszeichnung –
Saronno und Erben.

Nachdem Germinal eine Öllampe angezündet hatte, entdeckte er im Innern eine schwarze Tür und öffnete sie.

Noverre folgte ihm in den Raum. Die Öllampe verbreitete ein flackerndes Dämmerlicht, in dem seine Augen hie und da aufleuchteten wie Halt suchende Hände. Eine wachsende Erregung verspannte ihm die ohnehin wenig koordinierten Muskeln. Kurz hinter der Schwelle blieb er stehen, während Germinal sich zwei starken Gaslampen zuwandte, die einander gegenüber an der Wand hingen.

Nach dem dichten Schwarz, aus dem sie gekommen waren, erstrahlte der Raum plötzlich in einer verblüffenden Helligkeit. Boden und Wände waren bis auf Augenhöhe weiß gefliest.

Germinal schloss die Augen. Die weißen Kacheln färbten sich rot. Rot strömte das Blut, bildete einen Spiegel, in dem er sich selbst als Mörder sah. ›Du konntest es nicht wissen‹, sagte eine Stimme. ›Du konntest es nicht wissen …‹

»Ist Euch nicht gut?«, fragte Noverre.

»Schließt die Tür«, fuhr Germinal ihn gereizt an.

Noverre erstarrte, dann wandte er sich um und begann die Tür mit dem Fuß zuzuschieben.

»Verzeiht«, kehrte Germinal in die Gegenwart zurück und nahm ihm eilig die Aufgabe ab.

Wortlos ging Noverre an ihm vorbei zu den vier Tischen, auf denen ebenso viele Leichname aufgebahrt lagen. Drei von ihnen waren mit blütenweißen Leintüchern bedeckt. Die tote Gestalt auf dem vierten Tisch hatte man hingegen in ein violettes Seidentuch gehüllt. Neben diesem Tisch blieb Noverre stehen.

Über ihm wurde die Wand von einem kleinen Fenster durchbrochen.

Germinal deckte das Gesicht auf.

»Ist sie das?«, erkundigte er sich.

»Ja, natürlich«, antwortete Noverre. »Fangen wir an.«

»Fangen wir an«, wiederholte Germinal und wandte sich zur Tür. »Ich hole die Geräte und Abdrücke aus der Kutsche.«

Ohne den Blick von Frau Neefs friedlichem Gesichtsausdruck abzuwenden, wartete Noverre, bis er die Tür ins Schloss fallen hörte. Da beugte er sich über die ausgemergelten Wangen, senkte die Lider und atmete den Leichengeruch ein, der dem Mund der Frau entströmte. Als Germinal zurückkam, bot der Direktor der Anstalt für Missgebildete dem Körper achtlos den Rücken.

Germinal hatte derweil draußen unter Zòlas gleichmütigem Blick tief Luft geholt und versucht, den Anblick der weißen Kacheln zu verdrängen, die mit unerhörter Macht den Albtraum, vor dem er bis in Singapurs schmutzige Höhle geflüchtet war, wieder heraufbeschworen hatten.

»Eine Frage noch, bevor wir beginnen«, sagte er nun. »Ich habe Euren Bericht über den Tod der drei Dienstboten genau gelesen. Habt Ihr eine Vermutung, was die Blutergüsse an Stirn und Schädeldecke der drei Opfer verursacht haben könnte?«

»Nein. Ich muss gestehen, das ist mir ein unerklärliches Rätsel.«

»Aber sie gleichen sich alle, nicht wahr?«

»Ja, sie sind identisch«, bestätigte Noverre. »Und … wie soll ich sagen? … mechanisch. Oder geometrisch, wenn Ihr so wollt.«

»Ein Schlag mit …«

»Nein, kein Schlag«, unterbrach ihn Noverre. »Vielmehr ein erheblicher Druck. Jedes Opfer trägt zwei dieser Male, die jeweils im Abstand von hundertachtzig Grad zueinander liegen …«

»So als stammten sie von einem Greifwerkzeug?«, fragte Germinal. »Etwa … von einer Geburtszange?«

»Eine Geburtszange«, wiederholte Noverre. »Ein seltsames Beispiel gebt Ihr da … Nein, es muss etwas ganz anderes sein. Die Geburtszange drückt den Schädel nach oben hin ein. In unserem Fall deuten die Druckstellen vielmehr auf eine Drehbewegung hin.«

»Wie bei einer …«

»Meint Ihr nicht, wir sollten anfangen, bevor uns jemand entdeckt?«

»Ja … ja, natürlich, Doktor Noverre«, stimmte Germinal nachdenklich zu. »Lasst uns anfangen.«

»Wir beginnen mit einem Einschnitt in Form eines Ypsilons«, erklärte Noverre daraufhin. »Ihr braucht das Seziermesser mit dem Elfenbeinschaft, die Säge … und vielleicht das Skalpell.«

Germinal holte die Instrumente aus der Ledertasche, die er auf dem Boden abgestellt hatte.

Nun würden sie doch noch die Obduktion vornehmen, die ihnen zuvor versagt worden war.

Germinal war nicht sicher, weshalb er auf Noverres Hilfe gezählt hatte. Doch hatte ein Gefühl ihm gesagt, dass er sie ihm gewähren würde. Die Gründe waren, unabhängig davon, dass der Arzt als Erster darum gebeten hatte, die Leiche untersuchen zu dürfen, nicht mit logischer Vernunft, sondern allein mit seinem Instinkt zu erklären. Germinals einzige Gewissheit hatte in der wissenschaftlich erwiesenen Tatsache gelegen, dass das Verhalten eines Individuums in mehr oder minder vorhersagbarer Weise von seiner sozialen Herkunft beeinflusst wird. Im konkreten Fall hatte Germinal bei Adligen von jeher eine törichte, tief verwurzelte Unduldsamkeit gegenüber abschlägigen Antworten beobachtet. Möglicherweise hatte Noverre schon allein, um sich dem Nein eines Kommissars und eines engstirnigen Großbürgers zu widersetzen, seinem Plan zugestimmt. Aus welchem Grund auch immer hatte er ihn als Komplizen und Experten gewinnen können.

Es war jedoch derart leicht gewesen, ihn zu überreden, dass es Germinal nun beinahe so vorkam, als wäre Noverre selbst der heimliche Antrieb gewesen, als hätte er ihm die Idee erst eingeflößt, und für einen Moment überkam ihn das unangenehme Gefühl, manipuliert worden zu sein.

Mit diesem unsinnigen, aber hartnäckigen Verdacht im Hinterkopf machte er sich daran, Frau Neef zu entkleiden, die unter dem violetten Tuch vornehm zurechtgemacht war. Sie trug ein schwarzes Seidenkleid mit einer vorderen Knopfleiste aus zierlichen Hornknöpfen, die farblich mit dem Spitzenbesatz der Ärmel harmonierten. Die Stickereien am Kleidausschnitt hingegen waren durch engmaschige schwarze Spitze ersetzt worden, die zwar den Gesamteindruck störte, dafür jedoch die wie eine makabre Kette um den Hals verteilten Bisswunden verhüllte.

Sie hatten vor, sie auszuziehen, aufzuschneiden, zuzunähen und wieder anzuziehen, und hofften darauf, dass niemandem etwas auffallen würde. So war der Plan, bei dessen Ausführung sie einander unentbehrliche Komplizen waren. Noverre war der Mediziner mit der größten Befähigung, die Zeichen des Todes zu entschlüsseln. Germinal hatte Arme und Hände.

Als die Frau schließlich nackt auf dem Metalltisch lag, in dem sich seitlich das strahlende Licht der Wandlampen spiegelte, war aus ihr wieder der geschundene Leichnam geworden, dem der alte Totengräber Saronno mit seiner Kunst für die am folgenden Tag anstehende Beisetzungsfeier ein würdevolleres Aussehen verliehen hatte.

Germinal sah sie zum ersten Mal so, wie sie nun dalag, gewaschen, ausgemergelt, die helle Haut gelblich verfärbt und deutlich dunkler rings um die scharf umrissenen gesäuberten Wundmale, die wie außergewöhnliche Körperöffnungen hervortraten. Die Ziffern, die Noverres Assistent mit Tinte an die Verletzungen geschrieben hatte, waren nur noch schwach zu erkennen wie alte, verblasste Tätowierungen.

»Ihr müsst das Seziermesser dort unterhalb des Brustbeins ansetzen«, sagte Noverre und deutete mit dem Kinn auf die Körpermitte der Toten. »Anfangs werdet Ihr einen Widerstand spüren, die Epidermis ist nämlich viel zäher, als man gemeinhin glaubt … Ihr benötigt sozusagen ein gewisses Durchsetzungsvermögen«, lächelte er, dem der Tod offensichtlich nichts anhaben konnte. »Wenn Ihr den Widerstand überwunden habt, ist das darunterliegende Gewebe allerdings weich und verletzlich, übt daher nicht zu viel Druck aus. Ihr müsst die Bewegung jederzeit drosseln können.«

Ruhig und abgeklärt erläuterte Noverre das Vorgehen und rief damit gemischte Gefühle in Germinal hervor. Einerseits fühlte sich der Inspektor angesichts der Erfahrung seines Gegenübers sicherer, andererseits aber fragte er sich, wie es kam, dass sein Lehrmeister so genau zu beschreiben wusste, was er doch nie selbst erlebt hatte. Er setzte zum Schnitt an, fühlte, wie die Haut der Frau zunächst Widerstand leistete und schließlich nicht etwa, wie er erwartet hatte, mit einem schlüpfrigen Geräusch, sondern mit einem leisen Knall nachgab. Zischend vielmehr, als würde er in einen Ledersack stechen.

»Dringt bis zum Knochen vor und macht dann einen oberflächlichen Schnitt bis hoch zum Hals, auch wenn Ihr dabei eine Bisswunde zerteilen müsst«, fuhr Noverre fort. »Sie gibt keinerlei Aufschluss über die Todesursache von Madame

Couze.« Er sah Germinal an. »Das war ihr Mädchenname. Ihre und meine Mutter waren eng befreundet«, erklärte er. »Zerteilt danach mit der Säge ihr Brustbein. Das ist eine Schreinerarbeit, bei der es nichts Besonderes zu beachten gilt, aber wenn Ihr Euren Elan ein wenig zügelt, lässt sich vielleicht vermeiden, dass der Knochen splittert.«

Abgesehen von Noverres gelegentlichen Anweisungen und Bemerkungen arbeiteten die beiden Männer schweigend, bis Frau Neef nach einer Stunde, die angefüllt war mit den Geräuschen reißender Sehnen und zerspringender Knochen, knirschender Gelenke und dumpf hin und her schwappender Eingeweide, noch nackter und bemitleidenswerter als zuvor dalag, als wäre sie ein Schlachtopfer, das sie auf der Suche nach den besten Fleischstücken zerwühlt hatten.

»Sie ist infolge der Bisswunde im linken Bein gestorben«, urteilte Noverre schließlich. »Die Fangzähne haben die Oberschenkelarterie durchschlagen. Der Tod ist durch Verbluten eingetreten. Wir wissen nicht, ob es zu einer Hirnembolie gekommen ist« – die Schädeldecke hatten sie nicht öffnen wollen –, »doch ich würde es ausschließen. Auch das Herz weist keine Anzeichen besonderer Anstrengung auf und die Verletzungen am Oberkörper sind nicht so schwer, wie es auf den ersten Blick scheint. Nach dem tödlichen Biss sind bis zu ihrem Tod noch mindestens zehn Minuten vergangen. Es ist anzunehmen, dass sie bis zum Schluss nicht das Bewusstsein verloren hat … all ihre Sinne waren also hellwach. Und ich glaube kaum, dass dies der letzte Biss war.«

Nachdem nun die Ausschlachtung beendet war, spürte Germinal eine bedenkliche Schwäche in den Beinen und seine Hände begannen zu zittern.

»Tut mir einen Gefallen«, bat Noverre ihn. »Würdet Ihr ihre Lider anheben? Nur aus reiner Neugier.«

Germinal deckte zwei erloschene Augen auf, die exakt ausgerichtet ins Leere stierten.

Noverre nickte daraufhin zufrieden und suchte den Raum

nach einem Gerät ab, das ihm verriet, auf welch geheimnisvolle Weise der Leichenbestatter das Schielen beseitigt hatte. Als er es in einem Regal entdeckte, trat ein Ausdruck der Bewunderung auf sein Gesicht. »Ein Schröpfkopf«, rief er aus. »Findiger Einfall, Saronno. Findig und barmherzig.«

Germinal hatte unterdessen drei nummerierte Bissabdrücke aus der Ledertasche hervorgeholt.

»Geht jetzt zur Untersuchung der Vagina über«, unterbrach Noverre seine Grübeleien. »Habt Ihr eine Ahnung von Gynäkologie?«

Germinal starrte ihn entgeistert an.

»Wollt Ihr denn nicht überprüfen, ob die arme Couze auf feige Weise missbraucht worden ist?«, fragte ihn Noverre, der Frau Neef weiter bei ihrem jungfräulichen Mädchennamen nannte.

Germinal blickte nun auf die verstümmelte Öffnung zwischen den Beinen der Frau, aus der ein großes Stück Fleisch gerissen worden war, und verlor zum ersten Mal, seitdem er begonnen hatte, den Körper mit Sägen, Seziermessern und Skalpellen zu entweihen, die Fassung.

Mit unerschütterlicher Miene wartete Noverre geduldig ab.

Germinal zauderte nicht aus Scham, jenen Körperteil zu untersuchen, der ihm durch seine zahlreichen sexuellen Abenteuer wohlbekannt war. Vielmehr war er gelähmt von der ihm Übelkeit bereitenden Vorstellung, sich in dem Raum mit den weißen Kacheln zwischen die Beine einer Frau zu beugen. Als läge die Schwierigkeit in der Vorstellung, nicht so sehr im Tun. Mehr erlaubte ihm sein Verstand nicht zu begreifen.

»Führt einen Tampon bis zum Gebärmutterhals ein«, fuhr Noverre fort. »Wenn Ihr eine Verengung bemerkt, seid Ihr an der richtigen Stelle angekommen. Zudem werde ich die Lage von der anderen Seite überprüfen.« Dabei deutete er auf den sauber geöffneten Leib der Frau mit dem erstaunlich runden Bauchnabel, der an einem umgestülpten Hautlappen hing wie ein Knopf an einem vom Dienstmädchen für die Nachtruhe sorgsam aufgeschlagenen Bettlaken.

Mit zitternden Händen nahm Germinal einen Tampon aus dem Köfferchen.

»Mit etwas Glück entdecke ich vielleicht Spermaspuren«, fügte Noverre hinzu. »Würdet Ihr auch das Mikroskop herausnehmen und dort auf den Tisch stellen?«

Germinal gehorchte wie unter Hypnose. Er sah sich plötzlich in einem Zeitsprung weit in seine Kindheit zurückversetzt, als er noch kaum an die Türgriffe heranreichte. Eine Klinke hatte er besonders deutlich vor Augen, erinnerte sich jedoch nicht, zu welcher Tür sie gehörte. Sie war aus Messing und stellte in arabisch anmutender Form das spitz gezackte Maul eines Ebers dar.

Er beugte sich über die Vagina. Mit einem Leinentampon zwischen den Fingern führte er eine Hand in das bleiche Gewebe ein, das sich lautlos öffnete. Er unterdrückte einen Brechreiz. Während er sich vorarbeitete, sah er sich noch immer als verängstigten, eingeschüchterten kleinen Jungen, der jenem Anblick nicht entrinnen konnte, und verspürte dasselbe Taubheitsgefühl in den Beinen, das ihn schon damals gelähmt hatte. Gegen seine Angst ankämpfend stieß er beinahe wütend mit der Hand in die geheimen Tiefen des Leichnams vor. Ein unnatürlich harter Widerstand holte ihn in die Gegenwart zurück.

»Da ist etwas«, sagte er, während er seine Hand zurückzog und den mit den gelblichen Intimsäften der Leiche getränkten Tampon auf den Tisch legte.

Noch einmal führte er seine Hand in die Vagina ein, griff nach dem Fremdkörper und zog ihn so vorsichtig heraus, als fürchte er, der Fisch könnte sich vom Fingerhaken lösen. Wie eine makabre Geburt, dachte er und erneut stieg Übelkeit in ihm auf.

Noverres Blick war mit einem Mal lebhaft und aufmerksam und sprühte vor Neugier. »Was ist es?«, fragte er gespannt.

»Ein verschnürtes ... Bündel«, beschrieb Germinal das Fundstück, das er soeben aus der Mine geborgen hatte. »Ein Säckchen ... aus Leder ...«

Noverre war neben ihn getreten, seine missgeformten Augen leuchteten. »Es ist ein Skrotum, ein Hodensack«, stellte er fest. »Und er sieht aus ... als stamme er von einem Menschen.«

»Er enthält etwas Hartes«, sagte Germinal tastend.

»Schnell, macht ihn auf.«

Germinal legte den Hodensack neben dem Mikroskop auf den Tisch und durchtrennte mit einem Seziermesser die Schnur.

»Knochen ...«, staunte Germinal. »Kleine Knochen.«

Noverre beugte sich neben Germinal über den Tisch. Sein verfärbtes Gesicht wurde bleich und für eine Sekunde stockte ihm der Atem.

»Und diese beiden Idioten wollten keine Obduktion!«, rief Germinal aufgeregt. »Doktor Noverre«, setzte er besorgt hinzu, »Ihr dürft mit niemandem darüber sprechen. Zumindest, solange wir nicht sicher wissen, ob tatsächlich der Mörder den Hodensack dort hinterlassen hat.«

»Inspektor«, entgegnete Noverre, nachdem er sich nach der überraschenden Entdeckung wieder gefasst hatte, mit ironisch hochgezogener Braue, was sein entstelltes Gesicht noch asymmetrischer erscheinen ließ, »ich weiß nicht, wie es die Damen in der Stadt halten ... aber seid versichert, hier bei uns werden Geheimnisse, die es natürlich gibt, nicht an solch intimer Stelle vergraben. Nur falls Ihr annehmt, die kleine Couze könne derart anstößige Gewohnheiten entwickelt haben.«

»Sprecht dennoch nicht darüber«, wiederholte Germinal.

»Sensationell«, murmelte Noverre abgelenkt. »Es scheinen Teile der Gliedmaßen eines Tieres zu sein. Tierische Knochen in einem aller Wahrscheinlichkeit nach menschlichen Skrotum.« Dann setzte er hinzu: »Wir haben nicht mehr viel Zeit. Legt den Tampon unter das Mikroskop, bevor er ganz austrocknet. Wir wollen doch sehen, ob der Mörder seine primitive Natur mit einer Vergewaltigung bestätigt hat.«

Während Noverre aufmerksam die Formen untersuchte, die das Instrument mit seinem starken Objektiv zum Vorschein brachte, fühlte Germinal, wie er erneut in den zuvor durchlebten Albtraum versank, der sich ihm nicht erschloss, ihn aber auch nicht losließ, sondern noch immer mit undeutlicher, qualvoller Stimme zu seiner Seele sprach. Er trat von der Leiche zurück und lehnte sich an die kühle Wand. Neben ihm stand ein ebenfalls weiß gestrichener Schrank. Ohne genau zu wissen, was er suchte, schaute er hinein.

›Chloralhydrat‹ war auf einem braunen Glasfläschchen inmitten zahlreicher anderer Medikamente zu lesen. Germinal wusste, dass es sich dabei um eine chemische Verbindung von neutraler Farbe und bitterem, leicht brennendem Geschmack handelte, die den Herzschlag verlangsamte und den Patienten in einen halb betäubten Zustand versetzte. Die Polizeiberichte wimmelten von Leuten, die durch eine unwissentliche Überdosierung den Tod gefunden hatten. Saronno hielt das Mittel wohl für die Angehörigen der Toten bereit, um mit einer Dosis von höchstens zehn Gran ihre Nerven zu beruhigen. Germinal warf einen Blick auf Noverre, der noch immer über das Mikroskop gebeugt stand. Urplötzlich musste er wieder an Ignés denken. Da nahm er das Fläschchen, ließ es in seiner Tasche verschwinden und kehrte zu der Leiche zurück.

»Entweder ist die arme Couze sehr gründlich gewaschen worden oder ich kann sagen, und das halte ich für wahrscheinlicher …«, meldete sich Noverre zu Wort und löste das größere Auge vom Objektiv, »nun, dass der Mörder sich allein damit vergnügt hat, sie zu beobachten, während seine Bestien sie zerfleischten.«

»Ihr meint, es waren Tiere, die ihr diese Verletzungen zugefügt haben?«, fragte Germinal, der sich durch das Fläschchen, das er in seiner Tasche verbarg, wie befreit fühlte.

»Was sonst?«, gab Noverre gleichgültig zurück. »Ihr habt

doch die Abdrücke gesehen. Zwei verschiedene Arten von Raubtieren. Vielleicht ein Steinmarder ... und ein Wiesel, nach den spitzen, ausgeprägten Fangzähnen zu schließen.«

»Wundert es Euch nicht, dass die Krallen der Tiere nicht einen einzigen Kratzer auf der Haut der Frau hinterlassen haben?«, fragte Germinal nach.

Nun sah ihn Noverre aufmerksam an.

»Es gibt drei Widersprüche«, fuhr Germinal mit gesenktem Kopf fort. »Der erste betrifft die Kratzer. Der zweite besteht darin, dass Frau Rinaud, die das Zimmer sauber gemacht hat, keinerlei Exkremente der vermeintlichen Raubtiere vorgefunden hat. Und drittens ist es zumindest ungewöhnlich, dass das Gesicht des Opfers von Bissen völlig verschont geblieben ist«, fasste Germinal nachdenklich zusammen und formulierte seinen Lösungsvorschlag als Frage: »Könnte der Mörder, nachdem er die Frau gefesselt hatte, die Tiere festgehalten und ihre Zähne gezielt in ihren Körper gelenkt haben?«

Noverre wollte gerade antworten, als seine Augen zornig aufblitzten. Er trat einen Schritt vor und starrte nach oben. Germinal drehte sich um und erkannte hinter dem einzigen Fensterchen des Raums ein derbes Gesicht, das sie beobachtete. Im hellen Schein der Wandlampen traten Zòlas Verwundungen noch stärker hervor. Kaum sah der Riese die Augen seines Herrn auf sich gerichtet, lief er rot an und flüchtete.

»Er ist schwachsinnig«, entschuldigte ihn Noverre und wackelte ein wenig mit den Stümpfen, worauf die Ärmel seines dicken Mantels wie zwei schwarze Gespenster umherflatterten. »Er wird nicht darüber reden. Er lebt bloß eine krankhafte menschliche Neigung aus, die auch seine vielen Erbschäden nicht unterdrückt haben. Vergebt ihm ...«

»Wie hat er sich all die Verletzungen zugezogen?«, erkundigte sich Germinal.

»Bei der Verfolgung eines Fuchses, der in den Hühnerstall eingedrungen war. Er wollte ihm durch das Loch im Zaun hinterherkriechen«, lachte Noverre, doch ganz ohne Spott, vielmehr mit derselben Gutmütigkeit, die er einem Kind gegenüber an den Tag gelegt hätte, dachte Germinal.

Gleich darauf jedoch konzentrierte er sich wieder auf seine Aufgabe und nahm sich die Abdrücke vor. Noverres Assistent hatte dazu die deutlichsten Wunden mit einer eher wässrigen Gipsmehllösung ausgegossen, der er durch den Zusatz von harzigem Tierleim eine elastische Festigkeit verliehen hatte. Die Abdrücke waren bis ins kleinste Detail präzise. Germinal konnte an den harten weißlichen Modellen genau erkennen, wo die Zähne endeten und die Haut des Opfers mit ihren klaffenden Poren begann. Noch immer grübelnd verstaute er die Abdrücke nacheinander wieder in der Tasche. Als fände er erst in dem Moment die Deutung für eine zuvor gemachte Beobachtung, holte er plötzlich den Abdruck mit der Nummer 27 erneut hervor, da ihm an der Nachbildung der inneren Wundstruktur etwas auffiel.

»Könnt Ihr mir sagen, von welchem Biss der stammt?«, fragte er Noverre aufgeregt.

Der Arzt betrachtete die Leiche und deutete dann auf einen seitlichen Riss in Höhe der Hüfte.

Germinal nahm eine Pinzette und überprüfte noch einmal den Abdruck. Seitlich war oberhalb der Umrisse eines spitzen Reißzahns eine deutliche Vertiefung zu erkennen, die weder präzise geformt war wie ein Zahn, noch ungleichmäßig abgerundet wie die klaffende Haut. Er beugte sich nun über die Wunde und spreizte die Ränder mit Daumen und Zeigefinger auseinander. Im Fleisch und im Hüftknochen verkeilt wie das Projektil eines Streifschusses blinkte ihm dort ein Metallsplitter entgegen. Mit der Pinzette zog er ihn heraus.

Triumphierend zeigte er ihn Noverre.

»Diese Tiere haben Eisenzähne«, sagte er, bevor er sich daranmachte, den Leichnam wieder zusammenzusetzen und zu vernähen.

Nachdem er beide Lampen gelöscht hatte, hörte er Noverre sagen: »Es wäre besser, Ihr würdet das Fläschchen dorthin zurückstellen, wo Ihr es gefunden habt. Diese Dummheit könnte uns verraten.«

Germinal zuckte zusammen und wurde im Schein der Öllampe, die er in der Hand hielt, plötzlich bleich.

»Ihr solltet einmal mit mir über Euer Problem sprechen«, fuhr Noverre ruhig und beherrscht fort. »Vielleicht kann ich etwas für Euch tun.«

»Wieso, verkauft Ihr Drogen?«, gab Germinal zurück, während er an ihm vorbei zum Ausgang des Bestattungsinstituts eilte.

XI

Der Gott hatte sich bereits früh am Morgen unter die Menschen gemischt, um in vollen Zügen die Verherrlichung seiner Ankunft zu genießen, die die ahnungslose Welt ringsum auf ihre Weise zu feiern begann: mit einem Begräbnis, das für den Gott ein Fest war.

Der Gott bebte vor Ungeduld in seiner sterblichen Haut. In der elenden Hülle, die er für seine Verkörperung bis zur Offenbarung erwählt hatte, bis er das Licht seiner Göttlichkeit unverstellt zeigen würde. Niemand in der Menge, die sich vor der Kirche zu versammeln begann, konnte sein überirdisches Wesen erkennen. Noch nicht. Denn um die Bestrafung fortsetzen zu können, wollte der Gott einer ihresgleichen sein.

Die Erste, die gelacht und gespuckt hatte, war in einen mit Intarsien reich verzierten und mit glänzender Seide ausgeschlagenen schwarzen Sarg gebettet. Noch bevor die Kirche sich füllte, hatte er, dessen Göttlichkeit für die anderen unsichtbar war, sich ihr als einer von vielen genähert. Wie zum letzten Gruß hatte er sich über ihr bleiches, regloses Gesicht gebeugt, dabei jedoch trunken den Duft des Fleisches eingesogen, das von seiner Orgie, von den Riten, in die er sie eingeweiht hatte, zersetzt und gequält war. Tief hatte er den beißenden Leichengeruch ihres Körpers eingeatmet, gegen den der Weihrauchduft der Kirche machtlos war. Er hatte sie gar auf die bleiche Wange geküsst, die sich bereits trocken und steif, nicht mehr samtig anfühlte, wie er sie noch in Erinnerung hatte, als er sie vor nur zwei Tagen gekostet hatte.

Danach war der Gott wieder auf die Straßen zurückgekehrt, die der Schauplatz seiner Ankunft waren und es auch weiter sein würden. Er hatte gelauscht, was die Menschen zu seiner Verherrlichung sagten, ohne dass jemand in ihm den Gott vermutet hätte. Der Gott, der Strafe schenkte, der den Kult wiedereinführen, der Rache und Triumph austeilen würde. Der die Frauen von ihren Spindeln vertreiben würde. Der alles in einen Rausch stürzen würde, bevor er sich schließlich in seinem reinsten, mystischen Wesen offenbarte. Tags zuvor hatte er dem flüchtigen Ritual beigewohnt, mit dem die Welt sich der drei Hindernisse entledigt hatte, die er, damit die Erste ungestört an seinen Weihen teilhaben konnte, aus dem Weg hatte räumen müssen. Drei Opfer, drei winzige Insekten, die ebenso kurz und knapp, wie der Gott sie ohne Zorn *abgefertigt* hatte, vom Pfarrer gesegnet und, wie es sich gehörte, in ein unrühmliches namenloses Massengrab geworfen worden waren.

Für die Erste dagegen, so wusste der Gott, würde sich ein hoher Prälat, der Bischof höchstpersönlich, bemühen. Die ganze Stadt wohnte dem Kult seiner Ankunft bei. Die Zeitungen berichteten darüber. Seit dem frühen Morgen waren unzählige Neugierige aus der Stadt und dem umliegenden Land in die sonst verlassene Kirche geströmt. Des Gottes, seiner Ankunft und der Ersten wegen, die die Gewänder seiner Weihen und Orgien getragen hatte. In den Augen aller las er Bestürzung über die erhabene Tat, die nur eines Gottes würdig war.

Und der Gott bebte vor Wut.

»Was habt Ihr getan?«, brüllte Kommissar Landau außer sich, nachdem Germinal ihn, ohne Noverres Beteiligung zu erwähnen, von der verbotenen Obduktion in Kenntnis gesetzt hatte. Die Uhr schlug halb zwölf. Der Kommissar rückte seine Schärpe zurecht, die ihm bei dem Satz, mit dem er hinter dem Schreibtisch aufgesprungen war, von der Taille gerutscht war. Er trug seine Galauniform. Nur noch wenige Minuten, dann musste er aufbrechen, um der Blaskapelle die letzten Anweisungen für ihren Auftritt auf dem Friedhof zu geben und sich pünktlich um zwölf Uhr zur Totenmesse für Frau Neef in der Kirche einzufinden. »Folgt mir«, befahl er Germinal und eilte voraus in den Innenhof, wo die Kapelle gerade mit Flöten und

Posaunen anstelle von Geigen ein Requiem im Marschrhythmus schmetterte. Kommissar Landau ging zum Kapellmeister, dem alten Gendarmen Gidon, der an zwei Kriegen teilgenommen, Aufstände zerschlagen und in einer Zeche im Norden des Landes auf streikende Bergleute geschossen hatte. Kurz sprachen die beiden leise miteinander, bis die Glocken des nahen Kirchturms zum Totengeläut anhoben und mit ihrem Solo das Requiem noch weiter verunstalteten. Mit verkniffener Miene sah sich Landau nach Germinal um.

Während die Kapelle nun aus dem Hof in Richtung Friedhof marschierte, erreichte Germinal ihn erhobenen Blickes.

»Ihr kommt mit mir zur Beisetzung«, herrschte der Kommissar ihn an, als der schlammige Platz menschenleer war. »Habt Ihr eine Ausgehuniform?«

»Kommissar Landau, Ihr erkennt die Tragweite meiner Entdeckung nicht …«, protestierte Germinal.

»Antwortet auf meine Frage.«

»Ich besitze keine Uniform«, knurrte Germinal und senkte, nicht aus Demut, sondern um sich seine Wut nicht anmerken zu lassen, ein wenig den Kopf. »Weder für den Dienst noch für besondere Anlässe.«

»Das erstaunt mich nicht im Geringsten«, bemerkte Landau verächtlich. »Dann kommt Ihr eben so mit und stellt Euch in der Kirche nach hinten.«

»Ich werde nicht dafür bezahlt, an Beerdigungen teilzunehmen.«

»Aber Ihr werdet bezahlen, wenn jemand herausfindet, was Ihr unter Missachtung meines eindeutigen Befehls mit Frau Neefs Leichnam angestellt habt. Ich will, dass man Euch für den angerichteten Schaden zur Rechenschaft zieht.«

»Ich würde mit den Beweisstücken zahlen«, entgegnete Germinal.

Landau sah ihn mit einem ironischen Lächeln an. »So würdet Ihr den Nachweis liefern, dass in dieser Bank ungültiges Geld kursiert«, urteilte er bitter.

»Und was gedenkt Ihr zu tun, wenn niemand etwas bemerkt?«, kam Germinal zum Wesentlichen.

Landau warf einen Blick auf seine Taschenuhr. Viertel vor zwölf.

»Das sage ich Euch nach der Beisetzung«, erwiderte er. »Gehen wir.«

Schweigend machten sich die Männer auf den Weg. Landau ging voraus, Germinal folgte ihm träge mit durch die zehn Gran Chloral vom Vorabend noch immer beschwerten Schritten und ging dabei in Gedanken die Erkenntnisse durch, die sich aus der Obduktion ergeben hatten. Der Metallsplitter, den Noverre später in der Anstalt in Ruhe mikroskopisch untersucht hatte, bestand, wie bereits vermutet, aus Eisen, was bedeutete, dass der Mörder Frau Neef nicht von wilden Raubtieren hatte töten *lassen*, sondern ihren Körper eigenhändig mit zwei unterschiedlichen Werkzeugen zerfetzt und sie so zu Tode gequält hatte. Die scharfen Prothesen hatten Abdrücke hinterlassen, die den Zähnen eines Steinmarders und eines Wiesels entsprachen. Von einem Wiesel stammten auch die Knochen im zweifellos menschlichen Hodensack. Wie Noverre herausgefunden hatte, bildeten die Knochen eine Pfote. Eine vollständige Pfote. Als der Graf ohne Ärmel über dieses Detail gesprochen hatte, war Germinal ein kurzes Zittern in seiner sonst so metallisch harten Stimme aufgefallen. Zudem hatte Noverre seinen Blick, der sich gewöhnlich geradezu herausfordernd in die Augen seines Gegenübers bohrte, durch den Raum schweifen lassen, um ihm nicht ins Gesicht sehen zu müssen. Hätte es sich um ein Verhör gehandelt, wäre Germinal zu dem Schluss gekommen, dass Noverre log – oder aber etwas verbarg.

Ringsum war der Ort in Aufruhr. Wären die Leute nicht überwiegend in Schwarz gekleidet gewesen, hätte man die Erregung, von der alle ergriffen waren, als geradezu freudig bezeichnen können. Tatsächlich sorgte neben der grauenvollen Tat auch die pompöse Beisetzung für Aufregung; die Ärmsten wogen sie in Geld auf und kamen dabei auf einen Betrag, der ihnen ein bis zwei Jahre lang volle Bäuche beschert hätte. Reiche und Arme, Männer und Frauen, Einwohner der Mignatta, Reporter und Schaulustige aus der Stadt – alle strömten in dieselbe Richtung und trafen wie viele kleine Gebirgsbäche, die sich zu einem Fluss vereinen, in immer belebteren Gassen aufeinander, bis der Zug schließlich in die Hauptstraße einmündete. Von dort wandte sich die spontane Prozession zum Kirchplatz, der seit der Frühe unter dem schwatzenden Gedränge der Versammelten erzitterte.

Um fünf vor zwölf nun reihte sich der Witwer in einer glänzenden schwarzen Kutsche, die von acht ebenfalls glänzenden schwarzen, mit violetten Federbüschen geschmückten Pferden gezogen wurde, in den Trauerzug ein. Ungeachtet der Kälte war die Kutsche offen, damit Neef den Niedersten, denen sich einzig diese flüchtige Gelegenheit zur Beileidsbezeugung bot, wie ein Provinzpontifex seinen Segen erteilen konnte. Hinter ihm bauten sich nacheinander die Kutschen der anderen Honoratioren in militärisch anmutender Halbkreisformation zwischen dem Witwer und dem Getümmel auf.

Inmitten der Menge, die ihn kannte, aber noch nicht erkannte, stand der Gott und beobachtete sie. Alle waren gleichzeitig eingetroffen wie in einer Parade. Wie ihm zu Ehren. Aus einer der Kutschen stieg die Zweite, die ebenso wie die Erste gelacht und gespuckt hatte; einer weiteren Kutsche entstieg die Dritte, die gelacht, gespuckt und hinzugesetzt hatte: »Beseitigen sollte man ihn«; aus wieder einer anderen Kutsche kam die Letzte zum Vorschein, die gelacht, gespuckt und bestätigt hatte: »Ja, man sollte ihn beseitigen«, worauf sie den Leib der Mutter mit ihrem bösen Fluch verbrannt und den Gott zur Unfertigkeit verdammt hatte, sodass er sich im Hoden des Vaters hatte entwickeln müssen.

Die Erste hatte der Zeit der Ankunft Ehre erwiesen.

Bald würde auch die Zweite ihr Ehre erweisen.

Die Zeit der Dritten und der Letzten dagegen war noch nicht gekommen.

Der Gott hatte jetzt nur Augen für die Zweite, betrachtete sie, während sie sich ahnungslos zum letzten Gruß vor der Ersten verneigte. Sie ahnte nicht, dass die blinden Pupillen und der gepeinigte Körper, in denen sie sich spiegelte, die trüben Gewässer ihrer nahen Zukunft, die Vorschau auf die Orgien und Weihen waren, die der Gott für sie bereithielt. Es war, als führe die Erste sie ihrem Schicksal zu, das von jeher geschrieben stand und sich bald endlich erfüllen würde; es war, als übergebe sie ihr das Staffelholz ihres ruhmvollen Endes.

Denn er war der Gott der verstörten Sinne, die Sirene der Instinkte, das Lärmen des Hasses. Der Gott war Keifen und Brüllen und Heulen und Tosen und Zischen und Kreischen. Er war der Gott der in all ihrer Herrlichkeit ausströmenden ruhmreichen Urgewalten. Er war der Gott der verborgenen Kräfte, die sich weder eindämmen noch bekämpfen lassen, die in unvorhergesehene Richtungen losbrechen und in grenzenloser Weise Schmerz und Verderben nach sich ziehen.

Er war Stier und Bock, Löwe und Schlange.

Sein erwähltes Blut ließ den Granatapfelbaum erblühen.

Er war Tod und Wiedergeburt.

Er war der zweimal Geborene, der Knabe der doppelten Tür.

Er war der Gott der Zauberei und Täuschung. Daher hatte er den letzten Akt vorbereitet, der dem Hochmut und der Blindheit der Menschen, die seinen Plan entschlüsseln mussten, Einhalt gebieten würde.

Germinal ließ seine im feuchten Halbdunkel violett aufblitzenden Augen rastlos durch den hinteren Teil der Kirche wandern. Die Arme eng hinter dem Rücken verschränkt, stand er eingezwängt und zugleich haltlos inmitten einer Menschenmenge, die wie ein im Passatwind wogendes Kornfeld in ständiger Bewegung war und nirgends Wurzeln zu schlagen vermochte, da hinter ihr unablässig ein weiterer Strom nachdrängte.

Altar und Bahre waren mit Blütenblättern bestreut, doch den leicht fauligen Geruch, den sie in die Weihrauchluft abgaben, nahm Germinal nicht wahr. Ringsherum überwogen die Ausdünstungen der Menge. Ein herber Geruch nach Schweiß und nach Kleidern, an denen die Mühsal klebte. Ein Geruch, der an Angst erinnerte.

Die Kirchenbänke standen in dreißig Reihen über drei Blöcke verteilt, einen zentralen und zwei seitliche, sodass neben den Säulengängen in den Seitenschiffen zwei Korridore im Mittelschiff zum Altar führten.

Alle waren gekommen. Die Honoratioren und hochstehenden Gäste des bunt gemischten Viertels – das ein wenig von allem war, Vorstadt und Land, Industriegebiet und Wohnviertel – hatten sich in den beiden vordersten Bänken jedes Blocks versammelt, nur die erste Bank in der Mitte stand seltsamerweise leer. Abgetrennt durch einen schmalen Durchgang, der in Wahrheit eine Grenze darstellte, saßen in den folgenden Reihen Kleinbürger, Reporter und Neugierige im Frack, wobei die Kleider nach hinten immer ärmlicher, der Schmuck der Damen spärlicher wurde. Die übrigen Anwesenden – Arbeiter, Bauern, Kleinhändler und andere, die von Taschendieben über Bettler bis zu schlichten Hungerleidern alles hätten sein können – hatten sich mit Ellbogen und Fäusten kreuz und quer in der Kirche verstreut einen Platz erobert, jedoch war ihr Vormarsch in Höhe der beiden ersten Bänke gleich vor Altar und Bahre von einer Gendarmenkette aufgehalten worden.

Germinal entdeckte die schlaffe Gestalt des Witwers Neef, der ein großes weißes, feinsäuberlich gebügeltes Taschentuch aus edlem Leinen durch seine Hände gleiten ließ, während er darauf wartete, dass ihm Tränen die noch trockenen Becken seiner Augen füllten. In seinen Banknachbarn vermutete Germinal weitere Aktionäre der Zuckerfabrik und deren Gattinnen. In der dritten Reihe erkannte er am stämmigen Nacken Landau, der in seiner Galauniform steif dasaß. Als er etwa in der Kirchenmitte den alten Mann bemerkte, den er am vergangenen Abend bei seiner Suche nach Ignés auf dem Hügel gesehen hatte, zuckte er zusammen. ›Die Nebelkönigin gehört für eine halbe Stunde Ihnen, meine Herren‹, tönte es in seinem Kopf, und er wurde von einer Hasswelle gegen den gelbsüchtigen Alten erfasst, der ihn mit seinem auffälligen Samtfrack an einen Zirkusdompteur erinnerte. Links neben ihm saß ein Mann mit langem, zu einem nahezu damenhaften Knoten gebundenem Haar, ganz in Schwarz und so elegant gekleidet, dass er ein wenig gekünstelt wirkte. Unvermittelt suchte Germinal die Menge nach Ignés ab, konnte sie jedoch nicht finden. Stattdessen entdeckte er inmitten des Gedränges im rechten Seitenschiff die Familie Rinaud. Der Arbeiter stützte sich im Bemühen, etwas zu sehen, auf die Schultern der vor ihm Stehenden; sein Sohn Berto, der wie üblich an den Nägeln kaute, warf den Menschen ringsum schiefe Blicke zu, als hätte er Angst, berührt zu werden, und sprach mit niemandem; Frau Rinaud schwatzte boshaft dreinblickend mit ein paar unscheinbaren Frauen, die ebenso kümmerlich gekleidet waren wie sie selbst.

»Ich sage euch, man hat sie zerfleischt«, berichtete Frau Rinaud und tat verschwörerisch. »Überall war Blut, und der Inspektor … da steht er, seht ihr ihn?« Dabei deutete sie vor ihren Zuhörerinnen auf Germinal, der zwar nicht wusste, worüber die Frauen sprachen, aber doch bemerkte, dass sie sich nach ihm umdrehten und mit dem Finger auf ihn zeigten. »Er hat es mir unmissverständlich zu verstehen gegeben. Die Neef, das Miststück, wurde nicht mit dem Messer abgestochen, sondern zerfleischt. Von wilden Tieren zerfleischt!« Da weitere Neugierige hinzukamen, fuhr Frau Rinaud in ihrer Erzählung fort, und die Geschichte wurde zunächst unter den Arbeiterfrauen, dann unter ihren Männern und Kindern weitergetragen, bis sie in Windeseile in aller Munde war.

Währenddessen bemerkte Germinal nicht weit hinter den Rinauds einen hageren jungen Mann mit dünnem blondem Haar und einem angenehmen Äußeren, in dessen Augen ein

Feuer loderte, und unversehens spürte er eine starke Verbundenheit mit diesem Unbekannten, der trotz seiner ärmlichen Kleidung nicht wie ein Arbeiter aussah.

Ein empörtes Gemurmel, das sich wie ein tödliches Geschwür ausbreitete und alle Anwesenden befiel, ließ ihn herumfahren. Es war der Empfang, den die Menge Doktor Noverre bereitete, dessen verspätetes Eintreffen seine Geringschätzung demonstrieren sollte. Kurz verharrte der entstellte Direktor der Stadt der Tiere auf der Schwelle zur Kirche, wie um den Blicken aller zu trotzen. Germinal fing seinen Blick auf, und ohne dass es eines sichtbaren Zeichens bedurfte, bestätigten sich die beiden Männer den Bund, den sie in der Nacht zuvor geschlossen hatten. Als Einzige kannten sie den tatsächlichen Zustand des zu Füßen des Altars aufgebahrten Körpers. Sie hatten mit seinem Fleisch gründlicher Bekanntschaft geschlossen als der Ehemann. In dem Moment erinnerte sich Germinal, Noverre und Zòla bereits am Morgen vom Fenster des Kommissariats aus in den Gassen der Mignatta und später, als er mit Landau eintraf, in der Nähe der Kirche gesehen zu haben. Und ihm wurde klar, dass sein verspäteter Auftritt alles andere als ein Zufall war.

Der Hüne Zòla, der Noverre wie üblich begleitete, schritt auf ein Zeichen seines Herrn voran. Mit seinem massigen Körper durchpflügte er die dicht gedrängte Menschenmenge, die ihnen einen Durchgang öffnete und sich gleich darauf wieder schloss wie eine vor Entrüstung nun noch heftiger brennende Wunde.

Germinal fiel auf, dass Noverre auf seinem Weg durch den Mittelgang plötzlich stutzte. Der Blick des Missgebildeten war auf den Alten gefallen, der Ignés verkaufte. Die beiden Männer musterten einander. Germinal konnte von seinem Platz aus das Mienenspiel beider verfolgen. Der Mann im Dompteurkostüm schien zunächst verlegen und zutiefst verunsichert. Als er jedoch Noverre die gleichen Emotionen vom Gesicht ablas, wandelte sich sein Ausdruck vollkommen und ein herausforderndes Grinsen umspielte seinen Mund. Noverre seinerseits gewann nach einer Schrecksekunde, die Germinal überraschte, seine Fassung wieder und setzte seinen Weg fort.

Germinal beobachtete weiter, wie Noverre sich schließlich in die erste Reihe in der Kirchenmitte setzte. Die Sitzbank, auf der zehn Personen Platz gefunden hätten, war merkwürdigerweise leer und blieb es auch, nachdem Noverre und Zòla sich dort niedergelassen hatten.

Wollte man diese Tatsache aus der Sicht derer betrachten, die sich nicht in die Bank setzten, hätte man behaupten können, niemand wolle neben Noverre Platz nehmen, dachte Germinal. Betrachtete man sie hingegen aus der Sicht der beiden, die dort saßen, konnte kein Zweifel daran bestehen, dass Noverre niemandem erlaubt hätte, dort Platz zu nehmen. Germinal wurde in dem Moment völlig bewusst, welch innere Kraft der Krüppel ausstrahlte, und er war tief beeindruckt. Ein Mann, für den bereits einfachste Tätigkeiten des täglichen Lebens unlösbare Aufgaben bedeuteten, bot alleine der gesamten Gemeinschaft die Stirn. Ein Mann, dem es unmöglich war, durch simples Drücken der Türklinke ein Zimmer zu verlassen – und der deshalb auf Zòla angewiesen war –, stemmte den Konflikt ganz alleine auf seine verstümmelten Schultern. Gerade wegen seiner Behinderung war jedes Unentschieden für ihn ein Sieg, so ungleich waren die Kräfte unter den beiden Mannschaften verteilt. Germinal begriff nun, dass er ihn bedingungslos bewunderte.

Erneut jedoch – so zumindest kam es Germinal vor – verließ Noverre für einen Moment die Kraft, als der gelbsüchtige Alte, der ihm gefolgt war, an ihn herantrat und ihn kurz begrüßte. Noverres missgebildete, aber würdevolle Gestalt schien noch einmal aus der Fassung zu geraten. An Zòla beobachtete Germinal eine noch heftigere Reaktion. Ganz nah rückte er an Noverre heran, doch schien er ihn nicht verteidigen zu wollen, sondern vielmehr selbst Schutz hinter seinem bemitleidenswerten Herrn zu suchen. Es war, als fürchteten sie den Alten mit dem Aussehen eines Dompteurs. Der beugte sich vor und flüsterte dem Direktor der Stadt der Tiere etwas ins Ohr. Noverre sprang daraufhin auf, fand zu seiner kurzzeitig verlorenen Würde zurück und warf dem Alten, die leeren Jackenärmel hin und her schwenkend, einige Worte an den Kopf. Der Alte setzte ein spitzes, boshaftes Lächeln auf, wandte den beiden den Rücken zu und kehrte zu seinem Platz deutlich weiter hinten in der hierarchischen Ordnung zurück. Dort tuschelte er kurz mit dem schwarz gekleideten, langhaarigen Mann und wartete dann, ebenso wie alle anderen, auf den Beginn der Zeremonie.

»Wer ist der Alte?«, fragte Germinal da einen Arbeiter neben ihm.

»Das ist Doktor Sciron, ein weltberühmter Wissenschaftler«, antwortete der Mann mit Respekt in der Stimme. »Er hat den Maschinenmann erschaffen.«

»Den Maschinenmann?«

»Er ist vor wenigen Tagen angekommen. Habt Ihr das Zirkuszelt auf dem Hügel hinter dem Friedhof nicht gesehen? Dort tritt er auf«, erklärte der Arbeiter mit nachsichtigem Kopfschütteln. »Der Maschinenmann ist ein Wunder der Wissenschaft. Halb Mensch, halb Maschine …« Wie um dessen riesenhafte Größe anzuzeigen, hob er die Hand. »Er kämpft in Scirons Zirkuszelt. Wer ihn besiegt, gewinnt einen Goldsovereign.«

»Ist er schon einmal besiegt worden?«

Der Arbeiter lachte. »Nein. Der Maschinenmann ist unbesiegbar. Er ist … die stärkste *Sache* der Welt.«

»Ich werde ihn mir anschauen«, sagte Germinal, während er daran dachte, dass auch Ignés dort als Tänzerin auftrat. Die Tänzerin des Maschinenmannes. Und Doktor Scirons Nebelkönigin.

Die Orgel stieß zum Auftakt eine geballte Folge tiefer, mächtiger Töne aus ihren Nüstern, bevor sie dann die Kirchengewölbe mit einer *Missa solemnis* erfüllte, die das morbide Geplapper verstummen ließ und sich mit ihrem schweren, leidenschaftlichen Atem über das Gemurmel der Frauen legte, die den Rosenkranz beteten. Derweil hielt der Bischof höchstpersönlich Einzug, eine Messdienerschar breitete ihm den Mantel aus und seine Arme ruhten auf Organzakissen, die von den beiden an seiner Seite schreitenden Priestern getragen wurden.

Die Zeremonie verlief vorschriftsmäßig, der Bischof sprach wohlbekannte, nichtssagende Worte, die das entsetzliche Geschehen verschwiegen, und der Witwer gedachte salbungsvoll der Tugenden seiner Gattin. Die Messe war bereits zu Ende, als Landau vor Germinal auftauchte und ihn am Ärmel zerrte.

»Kommt mit. Wir gehen vor zum Friedhof und bereiten die Blaskapelle auf ihren Einsatz vor«, sagte er zu ihm.

Mit den Ellbogen drängte sich Germinal hinter ihm durch die Menge, die ihm keinerlei Autorität zuerkannte und daher nur unwillig aus dem Weg ging. Auf dem Vorplatz angekommen stiegen sie die ausgetretenen grauen Stufen hinab, die unter den Sprüngen der Jungen brüchig geworden und von den schlurfenden Ledersohlen der Alten abgewetzt waren. Der Kutscher des Leichenwagens, der sich während des Wartens eine Zigarette angezündet hatte, ließ mit schuldbewusster Miene rasch den verbliebenen Stummel zu Boden fallen. Landau und Germinal gingen an ihm vorbei und bogen mit zügigen Schritten neben der Kirche in eine korridorartige Seitengasse ein, die über die gesamte Länge mit Backsteinbögen überspannt war und das Kirchengebäude mit der Novizenschule und dem Pfarrhaus verband. Erneut hallte an diesem trüben Tag Glockengeläut durch die schwere, rußige, nach Nebel und Kaminfeuer riechende Luft. Die Sonne war am Himmel nur als schwacher, umgrenzter Schein hinter dem dichten Wolkenvorhang zu erkennen. Und so waren auch die Schatten, die Landau und Germinal warfen, nur mehr verwaschen und undeutlich. Zwischen einem verklingenden Glockenschlag und dem nächsten war das lederne Klappern ihrer Schritte auf dem rutschigen Pflaster zu hören.

Plötzlich blieb Landau stehen und sah Germinal an. »Ich werde Euch von dem Fall abziehen«, teilte er ihm mit.

»Was? Das könnt Ihr nicht …«

»Schweigt, Germinal«, fiel ihm Landau ins Wort. »Natürlich kann ich. Ihr bekommt einen anderen Fall, der nicht dieses ermittlerische Feingefühl verlangt, über das Ihr rein gar nicht verfügt. Und ich dulde keine Widerrede.«

Germinal wollte gerade seinem Zorn Luft machen, als lautes Geschrei aus der Kirche ihn herumfahren ließ. Landau rannte los, Germinal folgte ihm. Ohne Rücksicht auf die drängenden Menschen, die sie ungestüm zur Seite stießen, immer zwei Stufen auf einmal nehmend, gelangten sie zurück zum Vorplatz. Der Tumult in der Kirche stieg zu beängstigender Lautstärke an.

Das hitzige Getümmel im Innern machte ein Durchkommen unmöglich. Daher schwang sich Germinal mit einem Satz über die hinterste Sitzreihe und kam schwankend auf der Holzbank zum Stehen, die unter seinen Stiefeln knarrte.

Von dort erkannte er den jungen Mann mit dem dünnen blonden Haar. Er stand schreiend im Kreise einiger Arbeiter – darunter auch der rauflustige Rinaud –, die ihn anfeuerten und wie ein Echo seine Parolen nachbrüllten.

»Es ist an der Zeit, die Rechte dieser Männer anzuerkennen!«, schrie er mit glühenden Augen. »Es ist an der Zeit, dass ihr in der Kirche nicht länger die Lämmer spielt, während ihr in euren Fabriken wie Wölfe über das Leben dieser Arbeiter herfallt und ihnen das Fleisch von den Knochen reißt!«

Ausgehend von den Arbeitern, die ihn umkreisten, dröhnte es bald darauf in der gesamten zum Bersten gefüllten Kirche: »Wölfe! Fabrikherren sind Wölfe! Wölfe und Schweine!«

»Nehmt ihn fest!«, schmetterte Landau mit seiner Baritonstimme den Gendarmen entgegen, die den Zugang zu den Bänken der Aktionäre versperrten. »Nehmt ihn fest!«

»Wölfe! Fabrikherren sind Wölfe! Wölfe und Schweine!«, lärmten die in die Kirche gezwängten Massen, während der

Bischof seinen Messdienern und den beiden Priestern ein Zeichen gab, den Rückzug zur Sakristei anzutreten.

Auf Landaus Befehl hin brach die Gendarmenkette auseinander und alle stürzten auf den jungen Sozialisten zu, der die kleine Revolte entfesselt hatte. Auf diese Weise jedoch blieben die beiden Aktionärsbänke schutzlos zurück.

Bedrohlich wogte die Menge, immer ohrenbetäubender und wütender wurde ihr Gebrüll. Germinal sah, wie sich die Arbeiter dem Ansturm der Gendarmen entgegenstellten, die ihre Schlagstöcke gezogen hatten und in der Luft kreisen ließen, um sich einen Weg zu bahnen. Zugleich aber stießen die nun von keiner Absperrung mehr aufgehaltenen Arbeitermassen in großer Zahl auch in den Teil der Kirche vor, in dem die Aktionäre saßen.

Ein eleganter Mann um die vierzig reagierte als Erster, blindlings schlug er mit der Faust auf eine Gruppe Arbeiter ein, packte seine Frau am Arm und zerrte sie am Altar vorbei zur Sakristei, in die der Bischof samt seinen Messdienern und Priestern geflohen war. Trotz ihrer zumeist beleibten, schlaffen Gestalt hasteten die anderen Aktionäre der Zuckerfabrik mit schreckensweiten Augen in Windeseile hinter ihm her.

Einzig Neef, der sich dem Rückzug zunächst angeschlossen hatte, drehte sich auf Höhe des Altars zu den tobenden Massen um, die nun weniger aus Zerstörungswut, sondern bedingt durch das Gedränge von hinten die Kirchenbänke umstürzten. Germinal beobachtete, dass Neef einen angsterfüllten Blick auf den Sarg mit der Leiche seiner Frau warf, kehrtmachte und sich mit ausgebreiteten Armen gleichsam als Schutzschild zwischen Sarg und Getümmel aufstellte. Geradezu heldenhaft.

»Sie ist zerfleischt worden, wie man uns zerfleischt!«, ließ sich eine Stimme aus dem Gedränge vernehmen. »Dasselbe macht ihr mit uns jeden Tag!«

Der junge Sozialist hatte derweil, von der Menge unterstützt, mit großem Vorsprung vor seinen Verfolgern die Kirchentür erreicht.

»Germinal, haltet ihn auf!« brüllte Landau.

Mit einem erneuten Satz sprang Germinal auf das Portal zu. Er prallte auf einen Mann, rappelte sich auf, stürzte vor und bekam den jungen Mann am Jackenkragen zu fassen. Mit Gewalt zog er ihn zu sich und hielt ihn fest. Aus der Nähe erschien er weniger jung, er war vielleicht um die dreißig und von engelsgleichem Aussehen. Seine Gesichtszüge wirkten unzweifelhaft edel. Die beiden Männer musterten sich. Germinal verstand nun, welche Art von Feuer im Blick des Sozialisten mit dem dünnen Haar loderte. Und seine spontan empfundene Sympathie wuchs noch, als er in seinen Augen nicht nur die Leidenschaft für ein Ideal, sondern auch völlige Furchtlosigkeit erkannte. Dieser Mann war ohne das geringste Zögern bereit, sich in einen Märtyrer zu verwandeln. Germinal bemerkte die Anstecknadel an seiner Jacke: Golden umrahmt zeigte sie zwei verschränkte Hände vor dem Hintergrund einer roten Fabrik.

Er lockerte seinen Griff. »Lauf«, sagte er.

Obwohl er bereits frei war, blieb der Sozialist noch eine Sekunde stehen und sah ihn an, bevor er sich umdrehte und aus der Kirche verschwand.

»Nein!«, schallte Neefs Schrei quer durch das Gotteshaus.

»Sie ist zerfleischt worden, wie ihr uns zerfleischt!«, schrie ringsum aufs Neue die Menge, die völlig außer Kontrolle geraten war. »Dasselbe macht ihr mit uns jeden Tag! Man hat uns gerächt! Rache! Rache!«

Die Bahre, die in der Hitze des Gefechts hin und her geschoben wurde, begann zu schwanken.

»Nein!«, brüllte Neef verzweifelt. »Nein!«

»Kommt zurück! Zurück!«, befahl Kommissar Landau, nachdem er das Verschwinden des jungen Sozialisten bemerkt hatte, den Gendarmen, die nun viel dringender an ihrem alten Platz gebraucht wurden. »Zurück! Zurück!«

Mit einem unheimlichen, dumpfen Krachen, das den Lärm der wie im Wahn rasenden Menge noch übertönte, stürzte der Sarg zu Boden.

Germinal erklomm nun erneut die letzte Bank und sprang mit weiten Sätzen Reihe für Reihe durch die Kirche in Richtung Altar.

Auf halbem Weg entdeckte er in nur einem Schritt Entfernung Sciron. Der Alte schien keine Angst zu haben. Unschlüssig, was er tun sollte, blickte er umher. Der langhaarige Mann in Schwarz war verschwunden. Germinal sprang zur nächsten Bank.

Gedämpfter, doch immer verzweifelter drangen die Schreie des Witwers Neef herüber. Die Gendarmen rückten unter Einsatz ihrer Schlagstöcke zu ihm vor.

»Sie ist zerfleischt worden, wie ihr uns zerfleischt!«, schrie die Menge. »Man hat uns gerächt!«

Germinal war nur noch wenige Meter vom Fuß der Treppe entfernt, auf der die Bahre sich überschlagen hatte, als er ein schwarzes Seidenkleid in die Höhe fliegen sah, es hatte feine Hornknöpfe, die auf den Spitzenbesatz an den Ärmeln abgestimmt waren, und einen engmaschigen schwarzen Spitzeneinsatz am Halsausschnitt. Das Kleid einer Toten, zerrissen, zerfetzt.

»Nein!«, schrie der Witwer Neef noch einmal, dann verstummte er.

Landau zog seine Pistole und schoss. Mitten in der Kirche.

Schlagartig wurde es still. Für einen Augenblick nur.

Die Wut der Menge verflog wie nach einem brüsken Erwachen. Die Raserei wich der Angst. Und wie ein Fluss bei Hochwasser alles mitreißend, was ihnen in den Weg kam, strömten die aufständischen Arbeitermassen auf die Kirchentür zu. Manch einer brach unter Knüppelhieben zusammen. Andere wurden von den Holzschuhen ihrer Kameraden niedergetrampelt.

Schließlich senkte sich Stille über die Kirche.

Und aus der Stille erhob sich, anfangs kaum hörbar, ein leises, schmerzliches Jammern. Der Witwer weinte. Zum ersten Mal, seitdem seine Frau niedergemetzelt worden war.

Germinal trat einen Schritt nach vorne. Noverre, der noch an seinem Platz saß, wandte ihm das Gesicht zu. Sein entstellter Mund war zu einer Grimasse verzogen, die beinahe einem Lächeln gleichkam. Neben ihm saß Zòla, der seinen Herrn kämpfend vor der Menge beschützt hatte. Zwei bewusstlos am Boden liegende Männer trugen die Spuren seiner Fäuste in ihren blutigen Gesichtern.

Germinal ging weiter.

Das Weinen des Witwers wollte nicht enden, langsam und unaufhaltsam floss es dahin wie Blut aus einer Wunde. Germinal konnte ihn inmitten der Menschentraube, die sich um ihn gebildet hatte, nicht sehen.

Hinter ihnen hallten Landaus Schritte durch die Kirche.

Als das Grüppchen sich spaltete, kam der Witwer zum Vorschein. In der Hand hielt er das schwarze Kleid, das kurz vorher durch die Luft geflogen war. Zerfetzt. Er hielt es in der Hand wie die zerschlissene Flagge eines besiegten Heeres. Noch immer weinte er. Als er aufschaute, begegnete er Germinals Blick und sagte: »Sie haben sie noch einmal getötet.« Mehr nicht. Dann begann er wieder zu weinen.

Neben der umgestürzten Bahre lag der nackte, gepeinigte Körper seiner Frau.

Sie hielt einen Stock in der Hand. Um den Stock rankte sich ein Efeutrieb.

Und plötzlich zuckte der Magnesiumblitz eines Fotoapparates auf.

XII

Der Regen hatte die Glasscherben, die den Mauerring um die Anstalt bedeckten, vom Staub befreit und ihre Kanten mit Licht geschliffen. Der spitze Glasteppich, aus dessen Farbspektrum ein gegen den finsteren Himmel smaragdartig schimmerndes Grün herausstach, schien im Rhythmus der über ihn hinwegziehenden Wolken wie ein Eismeer zu wogen.

Die Fäuste tief in den sich ausbeulenden Hosentaschen vergraben, ging Germinal mit Noverre über den Hof der Stadt der Tiere. In der rechten Hand hielt er das Chloralfläschchen, das er dem Leichenbestatter während der verbotenen Obduktion gestohlen hatte.

Im Abstand von etwa dreißig Schritten folgte ihnen stumm Noverres hünenhafter Gefolgsmann Zòla, der jeden Befehl seines Herrn ohne das geringste Zögern auszuführen bereit war. Sein stumpfer Blick, den nicht ein einziger Gedanke zu durchzucken schien, lag starr auf ihnen.

Bei ihrem Spaziergang über den Hof trafen Germinal und der verkrüppelte Direktor immer wieder auf Kinder, denen Noverre stets ein warmherziges Lächeln schenkte, und auch sein entstelltes Äußeres konnte die Menschlichkeit und Würde, die sich darin ausdrückten, nicht ins Lächerliche ziehen. Es waren Kinder mit leerem Blick und offen stehenden, stummen Mündern, deren Körper von einer launenhaften Natur und dem Erbe des elterlichen Alkoholismus gezeichnet waren, entstellte Kinder des Irrtums. Germinal folgte Noverre mit gesenktem Kopf, nur ab und an – wenn er einen grunzenden Laut hörte, ein Bein scharrend nachgezogen wurde oder ein feuchtkalter Windstoß durch die Glasscherben auf der Mauer des Schreckensgefängnisses pfiff – nur dann hob er den Blick und hielt die Faust fest um das Chloralfläschchen geschlossen.

»Die Stadt der Tiere versteckt und behütet, was die Gesellschaft nicht sehen will«, erklärte Noverre genauso ruhig, wie er mit einem seiner Kinder gesprochen hätte. »Wehrlose Ausgesonderte, deren Schuld in ihrem Unvermögen zu sprechen besteht, in ihren übergroßen, leblosen Augen, den ewig starren Händen, die nichts zu greifen vermögen, den Beinen, die wie wilde Peitschen umherzucken oder sich scheinbar gliederlos verbiegen wie die Tentakel eines Meeresbewohners, ihren nicht zu schließenden Mündern, die schamlos all ihren Schmerz hinausgeifern und keine Gewalt über die Zunge haben … Die scharfen Glassplitter dort oben dienen nicht einfach der Abschreckung … sie sind vielmehr das Symbol einer erbarmungslosen Ablehnung, die den Wunden, die sich die Natur ausgedacht hat und die bereits mehr als grausam sind, jederzeit neue hinzufügen kann. Sie stehen für die bewaffneten Blicke einer Welt, die das Ergebnis ihres eigenen unannehmbaren Fehlers niedermetzelt … Es sind Zähne, die jeden zerfleischen, der nicht gehorcht, der ausbrechen will. Ein Blutbad ohne Blutvergießen …«, und in die Augen des Direktors trat weniger Groll als vielmehr Wehmut, was seinem unter der grotesken Maske intelligenten Gesichtsausdruck einen angenehm menschlichen Zug verlieh. »Als ob es ein zivilisiertes Gemetzel geben könnte …«, schloss der Krüppel leise.

Die beiden Männer standen noch immer auf dem kiesbedeckten Hof vor dem Eingang zur Anstalt. Germinal begriff, dass Noverre absichtlich dort verweilte, als wolle er ihn noch nicht in das Herz seines Reiches vorlassen. Als unterziehe er ihn zunächst noch einer Prüfung. Von einem tief liegenden Gefühl der Nervosität und Angst erfasst wandte sich Germinal mit einem Kloß im Hals, die Faust fest um das Fläschchen geschlossen, nach dem geschmacklosen Gebäude um, das einmal ein Bordell gewesen war.

»Ich würde gern einige Überlegungen mit Euch durchsprechen und Eure Meinung dazu erfahren«, sagte Germinal.

»Worum geht es?«

Germinal blieb stehen und sah seinen Gesprächspartner an. »Um Raserei und Kaltblütigkeit«, sagte er nach kurzem Zögern. »Der Mörder ist in der Villa Neef auf zwei verschiedene Arten vorgegangen. Die drei Hausangestellten hat er schlicht … aus dem Weg geräumt, mit einer Kaltblütigkeit, als hätte er es nicht mit lebenden, sondern rein mechanischen Hindernissen zu tun gehabt … danach sein rasendes Vorgehen gegen Frau Neef … wobei er wiederum kaltblütig eine Botschaft versteckt hat … an solch … solch …«

»Solch intimer Stelle«, schloss Noverre. »Ja, Ihr habt recht. Auch mir ist diese Doppelnatur, wenn Ihr so wollt, aufgefallen. Aber findet Ihr nicht, dass bei diesem Mord selbst die Raserei noch etwas Kaltblütiges, Berechnendes hat? Man könnte auch sagen, etwas Theatralisches, Rituelles. Dagegen zeichnet sich Raserei doch gerade dadurch aus, dass sie gänzlich unkontrolliert ausbricht.«

»Ja … ich verstehe, was Ihr meint«, überlegte Germinal. »Es handelt sich weniger um Raserei als um Grausamkeit. Die Neef ist mit … mit Sorgfalt zerfleischt worden. Raserei ohne Fehler ist keine Raserei, sondern …«

»Sondern?«

»Plan.«

»Plan. So könnte man sagen.«

»Eine Raserei …«, fügte Germinal hinzu, »für die es einen Grund gibt.«

»Somit eine … logische Raserei«, lächelte Noverre. »So unlogisch dieser Schluss auch sein mag.«

»Genau das gibt mir zu denken. Ein Mörder ist im Allgemeinen bemüht, nicht in Erscheinung zu treten und seine Beweggründe für den Mord zu verbergen, da das Motiv die Ermittler auf eine heiße Spur bringen könnte. In diesem Fall dagegen hat er … und ich bin sicher, dass es der Mörder war … dem Leichnam während der Totenmesse einen Stock mit Efeu in die Hand gedrückt; das kann doch nur bedeuten, dass er uns mitteilen will, wer er ist.«

»Ein Mörder, der sich selbst anzeigt und beschreibt …«, grübelte Noverre. »Es sieht aus, als wolle er, dass wir ihn erkennen. Als müsse er sich selbst erkennen … sich spiegeln in dem, was er uns vorführt … Seine Raserei stellt etwas dar. Das Monster akzeptiert sich als solches.«

»Dann … zeigt er uns also auf diese Weise seine kranke Seele?« Germinal schüttelte den Kopf. »Ich weiß nicht … aber … nun, es gibt da eine ganze Reihe von Ungereimtheiten. Die Pfote, die er in dem Hodensack versteckt hat …«, Germinal sah Noverre an, doch der Direktor der Stadt der Tiere wandte plötzlich den Blick ab, »… seine Botschaften … sie scheinen nicht zusammenzupassen … Es scheint einen einzigen, noch verschwommenen Plan zu geben … einen Plan jedoch, der sich aus mehreren Teilen zusammensetzt und für uns zum jetzigen Zeitpunkt nur Chaos ergibt …«

»Interessant …«, urteilte Noverre. »Findet Ihr nicht auch? Ein Mörder dieser Art ist Euch gewiss noch nie untergekommen, habe ich recht?«

»Stimmt …«, antwortete Germinal nachdenklich. »Er ist ein neuer Typ Mörder … der mit dem neuen Jahrhundert geboren wurde.«

»Oh nein, da irrt Ihr Euch …«, widersprach Noverre. »Der Mörder wurde vom alten Jahrhundert hervorgebracht … im neuen Jahrhundert aber wird er sich feiern lassen.«

»Und der Hoden …« Germinal verstummte. Noverres Blick ausweichend verzog er den Mund zu einem gezwungenen Lächeln. Das entstellte Gesicht und die phokomelischen Armstümpfe, die sich in den Jackenärmeln regten, brachten ihn in Verlegenheit. Ständig wurde sein Verstand von krankhaften Vorstellungen über diesen Mann abgelenkt. Mit welchen praktischen Beschwerlichkeiten hatte er Tag für Tag zu kämpfen, sogar in den intimsten und erniedrigendsten Bereichen des menschlichen Lebens? Da Germinal von empfindsamer Natur war, empfand er Solidarität mit diesem Unglücklichen, der sich durch nichts von denen unterschied, die er beaufsichtigte und beschützte, und sich vollkommen in die Beispiele der Anstalt für menschliche Entartung einreihte. Doch sosehr er sich auch bemühte, empfand er zugleich eine instinktive Abscheu gegenüber Noverres entstelltem Aussehen, als flüstere eine ererbte Stimme ihm ein, hinter einem solch hässlichen Äußeren könne sich nur eine ebenso abstoßende Seele verbergen. Und noch immer hatte er das beharrliche Gefühl, Noverre unterziehe ihn einer Prüfung.

»Seht mal dort«, deutete Noverre auf eine Kiste mit der Aufschrift *Zerbrechlich*. »Das sind Geschenke Eurer Kollegen von der Kriminologie, die mich bitten, ihre hellsichtigen Vermutungen zu bestätigen ... da die Stadt der Tiere ja ein ... ›außerordentliches Versuchslabor‹ sei, wie sie schreiben.«

»Meine Kollegen?«, fragte Germinal verständnislos.

»Ja, moderne Ermittlungsbeamte, die sich bei der Wahrheitsfindung ganz auf die Wissenschaft verlassen. Vertraut Ihr der modernen Wissenschaft nicht?«

»Doch, absolut«, erklärte Germinal nicht ohne Stolz. »Was ist denn in der Kiste?«

»Instrumente zur anatomischen Vermessung«, antwortete Noverre mit zunehmender Bitterkeit in der Stimme. »Ein Kraniometer[2] nach Broca beispielsweise ... mit dem sich für statistische Zwecke das Maß der fliehenden Stirn bei Mikrozephalie[3] errechnen lässt oder festgestellt werden kann, ob eine Anomalie im Bereich des Hinterhauptknochens oder eine Vergrößerung der Augenhöhlen vorliegt ...« Sein Tonfall war nun scharf wie die Glasscherben auf der Grenzmauer. Er fuhr fort mit der Aufzählung von Fehlbildungen wie dem Eurygnathismus[4], der Oxyzephalie[5] und dem Auswuchs der Dolichozephalie[6], wobei sich all die wissenschaftlich benannten Abnormitä-

2 Instrument zur Schädelmessung

3 abnorme Kleinheit des Kopfes

4 Vorhandensein eines breiten Oberkiefers oder Jochbogens

5 Turmschädel

6 Langköpfigkeit

ten zum großen Teil an seinem eigenen deformierten Äußeren wiederfanden. »Ich könnte auch mit einem Hydrosphygmographen[7] unter Einsatz von Amylnitrit untersuchen, ob eine fehlende Errötung und eine geringe Gefäßreaktion bei Schmerzeinwirkung durch eine Art von Analgesie[8] im Hinblick auf Moral und Gefühle bedingt sind … und schließlich hat man mir ein elektromagnetisches Versuchsgerät geschenkt, um die Empfindlichkeit für Stromstöße und Magnetkraft zu messen und herauszufinden, wie stark die Werte bei anormalen Typologien von den üblichen Parametern abweichen …«

Germinal erstarrte unmerklich, während er ihm zuhörte. Er wusste, wer der Kriminologe war, mit dem Noverre ihn in Verbindung brachte. Das also war die Prüfung, die er zu bestehen hatte. Dennoch fehlten ihm zunächst die Worte. »Hört zu …«, brachte er schließlich hervor. »Ihr habt mich missverstanden … Unter modernen Methoden …«

»Teilt Ihr die Ansichten der Physiognomie nicht?«, fragte Noverre in liebenswürdigem Ton.

»Nein«, versicherte Germinal vehement.

»Es muss Euch nicht unangenehm sein«, sprach Noverre weiter und hob dabei einen Armstumpf in Richtung eines für sein Alter sehr groß gewachsenen, hageren und knochigen Jungen mit tiefen, finsteren Augenhöhlen, der hinter einem Birnbaum hervorlugte und sie beobachtete. »Seht Ihr seine wulstigen Lippen … sie deuten auf Wankelmütigkeit hin, nicht wahr? Und schaut Euch seine Hände an. Seine Daumen sind breit und eckig wie bei einem Gewalttäter, er könnte einen Menschen erwürgen. Zusammen mit seiner Wankelmütigkeit … Ja, er ist ein potenzieller Mörder. Er gehörte streng bewacht … seid Ihr nicht auch der Meinung?«

»Aber nein …«

»Kurz, wenn diese idiotischen Theorien sich durchsetzten«,

7 Pulsschreiber

8 Aufhebung der Schmerzempfindung

fuhr Noverre mit glühendem Blick fort, der seinen ruhigen Tonfall Lügen strafte, »bedeuteten sie Unheil bereits für jeden normalen Menschen, der wegen jeglicher als potenzielles Schuldmerkmal geltenden körperlichen Beschaffenheit den Lebenskampf sogleich mit einem Nachteil beginnen würde ... Eine breite Nase, krumme Ohren, eine vorspringende oder fliehende Stirn ... Doch wie begegnet die Wissenschaft dem Monstrum? Wie bewertet sie seine Missbildungen? Beispielsweise zwei unterschiedlich geformte Augen. Das eines Mörders und das eines Heiligen. Oder zwei Daumen an einer Hand. Der eine groß genug, jemanden zu würgen, der andere nicht größer als der kleine Finger. Wolf und Lamm in einer Hand vereint. Und was ist mit mir, der ich gar keine Hände habe? Schaut Euch seine Augen an ...« Noverre machte einen Schritt auf den Jungen zu, der sie hinter dem Birnbaum beobachtete. »Seht Ihr, wie ernst sie sind? Das ist keine Traurigkeit, wie Ihr vielleicht glaubt, auch kein Schmerz ... obwohl sich in diesen Mauern Unmengen von Traurigkeit und Schmerz sammeln. Doch wenn Ihr genau und aufmerksam hinschaut, sind seine Augen vor allem verstümmelte Augen. Die lebendigen, pulsierenden Spiegel von Verstümmelungen, die noch schwerer wiegen als die seines Körpers. Es sind Augen ohne Kindheit ... denn sie waren von Beginn an gezwungen, sich mit dem Monstrum auseinanderzusetzen, zu dem sie für immer gehören, dessen lebenslängliche Sklaven sie sind, das sie tagtäglich in einer Fensterscheibe, einer glänzenden Fläche, einem Spiegel aufspüren ... Von Beginn an sahen sie sich dem fleischgewordenen Albtraum gegenüber. Dem Elend höchster Unvollkommenheit. Einer Unvollkommenheit, die einen weder zum Menschen noch zum Tier macht. So ist das Monstrum. Und so sind meine Kinder ... niemals Kinder.«

Unfähig wegzulaufen klammerte sich der Junge mit den ernsten Augen an den Baum und begann, vor Angst leise zu weinen.

»Ich bin Ermittlungsbeamter, kein Scherge der Kriminalpolizei wie der Kerl, mit dem Ihr mich anscheinend gleichsetzt«, betonte Germinal, der, als er nicht mehr wusste, was er sagen sollte, sich dem noch immer wie versteinert dastehenden Jungen mit dem angstnassen Gesicht zuwandte. »Komm her ...«, rief er bewegt und streckte die Arme nach der unglücklichen Kreatur aus, wollte sie an sich drücken und sich so mit dem eigenen Wesen versöhnen.

»Bleibt weg von ihm!«, schrie Noverre.

Da Germinal jedoch sicher war, der Direktor wolle nach dem, wie er über ihn dachte, seinen jungen Schützling vor einer unzulässigen Kontaktaufnahme bewahren, hörte er nicht auf ihn und war bereits bei dem Jungen.

»Zòla! Zòla!«, brüllte Noverre. »Zòla!«

Kaum hatte Germinal den Jungen berührt, als sich dessen Gesichtsausdruck schlagartig veränderte. Seine Augen verengten sich zu schmalen Schlitzen und mit der Kraft und der Schnelligkeit eines Raubtieres ging er auf ihn los.

»Zòla! Zòla!«, schrie Noverre immer wieder, während sein hünenhafter Diener mit mächtigen Schritten herbeigelaufen kam.

Im Bruchteil einer Sekunde zerriss der Junge Germinal unter furchterregendem kehligen Gebrüll die Jacke, warf ihn zu Boden und versuchte, ihm mit den Nägeln die Augen auszukratzen. Germinal, den der mörderische Ausbruch völlig unvorbereitet traf, schien ihm bereits hilflos zu unterliegen, als Zòla den Jungen vom Boden aufhob und mit seinen muskelbepackten Armen bewegungsunfähig machte.

»Lass ihn jetzt los«, sagte Noverre zu Zòla, während er seinen Kopf an den des Heißsporns legte. Augenblicklich beruhigte der Junge sich. »Jota ... Hör mir gut zu, Jota. Der Name dieses Mannes ist Germinal. Er ist ein Freund, du brauchst keine Angst vor ihm zu haben. Warum pflückst du nicht im Garten ein paar Salatblätter und gibst sie den Kaninchen zu fressen? Würde dir das gefallen?«

So plötzlich, wie sich sein Gesicht in einem Anfall von Raserei verzerrt hatte, grinste der Junge nun gutmütig und voll Vorfreude auf die Kaninchen, die ihn so sehr faszinierten. Lachend lief er davon.

»Jota widerspricht den Theorien der Physiognomie zufälligerweise nicht«, sagte Noverre mit einer Art Lächeln zu Germinal, während der sich wieder aufrappelte. »Wie Ihr feststellen konntet, ist er tatsächlich gefährlich. Obwohl ich für meinen Teil sein Wesen nicht seinen Daumen und seinen Lippen, sondern einem Kretinismus zuschreiben würde, der dazu neigt, in ungebremste Aggressivität umzuschlagen, wenn er mit Unbekanntem konfrontiert wird … dessen Verkörperung Ihr in diesem Fall wart. Es ist, als würde eine Urgewalt ihn drängen, alles zu zerstören, was seine instabile … Stabilität, wenn Ihr mir das Wortspiel erlaubt, bedroht. Die Kaninchen sind jetzt seine besten Freunde. Doch als er zum ersten Mal eines gesehen hat, hat er ihm schreiend und weinend kurzerhand das Genick gebrochen. Ab jetzt hat er keine Angst mehr vor Euch und Ihr müsst keine vor ihm haben. Was die erste Begegnung überlebt und dem Zusammenprall mit seiner grundsätzlich gewalttätigen Natur standhält, wird danach vollkommen in die Alltagswelt seiner zweiten Persönlichkeit integriert, die ihn, das kann ich Euch versichern, zu einem folgsamen kleinen Jungen macht. Wolf und Lamm … erschütternd, nicht wahr?«

»Doktor, wie ich Euch bereits sagte, bin ich mitnichten ein Anhänger der Physiognomie …«, sagte Germinal in einer Mischung aus Verlegenheit und Zorn.

»Inspektor«, lächelte Noverre und Germinal glaubte eine völlige Wandlung im Tonfall des Anstaltsdirektors wahrzunehmen, als hätte er tatsächlich eine Prüfung bestanden, »nach dem Eifer, mit dem Ihr den Mann, der mir die Kiste geschickt hat, einen ›Schergen der Kriminalpolizei‹ genannt habt, bedarf es keiner weiteren Erklärungen … und auch keiner besseren Empfehlung.« Er hielt inne. »Wenn ich könnte, würde ich sie selbst aufheben, glaubt mir … Aber mein Zustand erlaubt es mir nicht. Ich muss Euch daher sagen, dass dort auf dem Boden ein Fläschchen Chloral liegt, das Euch aus der Hosentasche gefallen ist.«

Germinal fuhr herum, hob eilig das Fläschchen auf und steckte es wieder in die Tasche. Peinlich berührt schwieg er.

»Wenn Ihr wollt, können wir uns jetzt mit mehr Ruhe in meinem Sprechzimmer unterhalten. Folgt mir«, sagte Noverre, bevor er sich zu seinem hünenhaften Diener umdrehte.

»Ich habe keine Fragen mehr an Euch, Doktor«, gab Germinal streng zurück.

Noverre wandte ihm das Gesicht zu. »Es wäre mir eine Ehre«, sagte er in vollem Ernst.

Germinal schwieg, doch sein Gesicht nahm einen veränderten Ausdruck an.

»Darf ich das als Zustimmung auffassen?«, lächelte Noverre ihn an.

Kaum merklich nickte Germinal mit dem Kopf.

»Du brauchst nicht mitkommen«, sagte Noverre zu Zòla. »Der Herr hier wird mir helfen.« Darauf wandte sich der missgebildete Direktor der Stadt der Tiere zum Eingang der Anstalt.

Zòla blieb stehen, doch spürte Germinal von hinten den Blick des Riesen auf sich, der ihn zu überwachen schien, bis er im Innern des Gebäudes verschwunden war.

»Was hat Doktor Sciron neulich in der Kirche während der Totenmesse zu Euch gesagt?«, fragte Germinal unvermittelt, als sie vor dem Sprechzimmer angelangt waren.

Noverre fuhr herum. Sein verformtes Gesicht wirkte angespannt. Wie schon in der Kirche stellte Germinal fest, dass Sciron die von Noverre zur Schau gestellte Selbstbeherrschung brüchig werden ließ. *»Doktor?«*, gab der Missgebildete verächtlich zurück. »Dieser Scharlatan ist kein Arzt. Er ist von diesem Berufsstand ausgeschlossen worden … schon vor langer Zeit. Öffnet bitte die Tür.«

»Was hat er zu Euch gesagt?«, beharrte Germinal und hielt

mit der Hand an der Türklinke inne. »Ihr machtet einen verstörten Eindruck.«

»Ihr begeht einen Fehler«, sagte Noverre mit einem sarkastischen Lächeln.

»Wart Ihr etwa nicht verstört?«

»Davon spreche ich nicht, ich meine Eure Hand an der Klinke.« Noverre versetzte der Tür einen Fußtritt und sie sprang auf. »Glaubt Ihr etwa, ich könnte mich in meinem Zustand von jemandem erpressbar machen, der mir erst die Türen öffnet, wenn ich auf seine Fragen antworte? Die Klinken sind hier außer an den Schlafsälen der Kinder und am Seziersaal nur Attrappen.«

Germinal sah reglos zu, wie der Direktor der Stadt der Tiere in sein Sprechzimmer ging und die Tür hinter ihm durch einen Federmechanismus selbsttätig ins Schloss zurückfiel.

»Kommt herein«, lachte Noverre.

Mit hochrotem Kopf drückte Germinal die Tür auf und betrat das Zimmer. »Es tut mir leid … ich muss mich wohl bei Euch entschuldigen … es ist nur so, dass ich …«

»Ich weiß«, sagte Noverre von seinem Schreibtisch aus, »der Versuchung, gegenüber einem Krüppel die offensichtlichen Vorteile auszunutzen, ist nur schwer zu widerstehen. Außerdem seid Ihr wütend auf mich … weil ich Euch zwinge, in Euch hineinzublicken. Ihr seid ein guter Mensch, Inspektor. Bitte, nehmt doch Platz.«

Germinal ließ sich in einem eleganten Sessel aus noch fast glattem dunklem Leder nieder. Die gesamte Einrichtung des Raumes, der nicht im Geringsten den unpersönlichen und geschäftsmäßigen Eindruck eines reinen Arbeitszimmers machte, zeugte von einem guten Geschmack und bei anderer Gelegenheit hätte Germinal sich jedes Detail in Ruhe angeschaut. Jetzt aber fühlte er sich ganz der Autorität, der Kraft und dem Charisma im Blick des bemitleidenswerten Geschöpfes ausgeliefert, das er vor sich hatte. Er setzte sich und schwieg.

Prüfend hatte Noverre seine ungleichen Augen auf Germinal geheftet und wackelte mit dem großen, verformten Kopf.

Germinal fühlte sich immer weniger als Herr der Lage. Und obwohl nichts seinem Charakter mehr widersprach, wurde ihm bewusst, dass er einen solchen Kontrollverlust zugleich herbeisehnte. Plötzlich und gänzlich unerwartet überkam ihn die unbehagliche und doch willkommene Ahnung, dass er sich ihm anvertrauen würde.

»Um kurz auf die Morde zurückzukommen …«, rüttelte Noverre ihn sachte auf, »würdet Ihr mir sagen, welcher der vier Todesfälle Euch am meisten erschüttert hat? Persönlich, meine ich, nicht aus der Sicht des Ermittlers.«

»Der des jungen Dienstmädchens aus der Villa Neef«, war die spontane Antwort Germinals, der bereits ganz unter dem Eindruck stand, geleitet zu werden. »Der Schwangeren …«

Noverre zog die Brauen hoch. »Sie war nicht schwanger«, stellte er richtig. »Sie hatte eine Abtreibung hinter sich.«

»Ja … natürlich. Das wollte ich damit sagen …«

»Und warum erschüttert Euch ihr Tod?«

»Weil er … schändlich ist.«

»Im Gegensatz zu Frau Neef hat sie nicht gelitten. Zudem wurden die Köchin und der Butler auf die gleiche Weise getötet.«

»Das ist richtig, aber die beiden anderen … sie war …« Germinal fiel das Atmen schwer, als laste etwas auf seiner Brust, von dem er noch nicht wusste, was es war.

»Sie war nicht schwanger«, betonte Noverre, während er sich auffordernd zu Germinal vorlehnte.

»Nein, das war sie nicht … aber …«, stotterte Germinal, der sich weder seine Antwort noch den Grund erklären konnte, weshalb er offenbar so leicht aus der Fassung zu bringen war.

»Aber sie war es vorher schon einmal gewesen.«

»Ja …«

»Sie war schon einmal … schwanger. Ist es das, was Ihr sagen wollt? Welcher Zusammenhang besteht zwischen ihrer früheren Schwangerschaft und ihrer Ermordung?« Noverre rückte immer näher an Germinal heran.

Der sprang plötzlich auf, als wolle er sich auf diese Weise dem ihm äußerst unangenehmen Verhör entziehen. »Ich weiß es nicht, lasst gut sein, ich habe dummes Zeug geredet«, gab er schroff zurück.

Noverre beobachtete ihn, wie er mit gedämpften Schritten über einen in Türkis, Gold und Amarantrot gehaltenen kostbaren Orientteppich im Zimmer auf und ab lief. »Fühlt Ihr Euch auch wohl?«, vergewisserte er sich.

»Aber ja, natürlich«, antwortete Germinal ungehalten.

»Habt Ihr einmal überlegt, ob die Morde von einem Drogensüchtigen, der womöglich gerade auf Entzug war, verübt worden sein könnten?«, fragte Noverre und hinter der abstoßenden Maske, die ihm die Natur aufgesetzt hatte, erschien ein beinahe kindliches Lächeln.

Germinal erstarrte. »Nein, das glaube ich nicht. Jemand auf Entzug hätte weniger planvoll, noch sinnloser gewütet. Er hätte zufällig zugeschlagen … um seinem Schmerz ein Ventil zu geben«, erklärte er mit brüchiger Stimme.

»›Um seinem Schmerz ein Ventil zu geben‹, eine interessante Formulierung«, bemerkte Noverre wie zu sich selbst. »Also nehmt Ihr Drogen, um einen unerträglichen Schmerz zu betäuben, und nicht einfach, weil Ihr dem Laster anhängt.«

Germinal fuhr herum.

»Könnt Ihr wirklich nicht erklären, weshalb Euch der Tod des Dienstmädchens am meisten berührt?«, bohrte Noverre weiter, bevor Germinal etwas sagen konnte.

»Hört zu, Doktor …«, hob Germinal an, hielt dann inne und zuckte mit den Schultern.

Noverre hörte auf, ihn zu bedrängen, und schwieg eine ganze Weile, während Germinal unschlüssig, ob er sich setzen oder gehen sollte, erneut wie ein Tier im Käfig über den kostbaren Teppich auf und ab ging.

»Inspektor, würdet Ihr wohl das Kästchen dort öffnen?«, bat

Noverre ihn schließlich und deutete mit dem Kopf auf eine Fensternische, in der ein niedriger Wurzelholztisch mit zierlichen geschwungenen Beinen und kleinen Goldintarsien Platz gefunden hatte.

Auf dem auf Hochglanz polierten Tisch stand ein schwarzes Kästchen, dessen Deckel mit dem Relief eines Korallenflammen speienden Drachen aus Jade verziert war.

Damit sein Umherlaufen einen Sinn bekam, so sagte sich Germinal, ging er zum Tisch und öffnete das Kästchen. Es war mit lila Seide ausgeschlagen. Der Stoff umhüllte eine schimmernde, zur Hälfte mit einer bernsteinfarbenen Flüssigkeit gefüllte Spritze. Daneben lagen ein Venenstauband und sterile Watte bereit.

»Es hat keinen Sinn, auf Eure Art weiterzumachen«, sagte Noverre hinter ihm mit hypnotisierender Stimme. »Ihr braucht einen Arzt.« Stille. »Und eine Therapie.«

Germinal drehte sich nicht um, sondern starrte auf die schimmernde Spritze.

»Ihr müsst Euch schrittweise entgiften«, fuhr Noverres Stimme fort, Germinal in ihren Bann ziehend.

Germinal griff nach der Spritze.

»Wenn ich könnte, würde ich sie Euch setzen«, sagte Noverre und streckte dabei in einer hilflosen Geste die Stümpfe wie Geisterarme von sich. »Denkt Ihr, Ihr schafft es allein?«

Germinal gab keine Antwort. Er trug das chinesische Kästchen zum Schreibtisch, setzte sich Noverre gegenüber in den Sessel, ließ seine dicke Jacke auf den Orientteppich fallen, entblößte den linken Arm und band ihn ab. Dann nahm er die Spritze und setzte sie an die Vene, die bereits prall und gierig hervortrat.

»Ich habe sie heute Morgen aufziehen lassen, doch ohne ein Wort darüber zu verlieren, für wen sie bestimmt war. Seid unbesorgt, ich werde Euer Geheimnis wahren«, versicherte Noverre.

Die Nadel an der Vene zitterte.

»Heute Morgen?«, hakte Germinal nach und sah zu ihm auf. »Heute Morgen wusste ich doch selbst noch nicht, dass ich hierherkommen würde.«

Mit unbewegter Miene erwiderte Noverre sekundenlang seinen Blick. »Ach nein?«, bemerkte er schließlich mit wohldosierter Überraschung. »Ihr wisst jedenfalls, was zu tun ist, nicht wahr?«

Germinal nickte. Erneut näherte sich die Nadelspitze der Vene.

»Habt Ihr es noch nie selbst gemacht?«, fragte Noverre, wodurch er Germinal zwang, erneut den Kopf zu heben.

»Nein …«

»Stecht die Nadel behutsam hinein. Ihr werdet spüren, wie die Haut zunächst Widerstand leistet und dann plötzlich nachgibt, und kurz darauf seid Ihr in der Vene.« Er wartete, bis Germinal den Kopf wieder senkte, und fügte dann hinzu: »Erinnert Ihr Euch? Das Gleiche habt Ihr schon bei der Sektion der Neef erlebt. Diese anfängliche Gegenwehr und die darauf folgende Kapitulation des Gewebes. Doch nicht einmal der Gedanke an den Tod könnte Euch jetzt noch aufhalten … habe ich recht?«

Mit angehaltenem Atem durchstach Germinal Haut und Vene.

»Jetzt vergewissert Euch, dass Ihr in der Vene seid, indem Ihr ein wenig Blut ansaugt.«

Etwas Rotes trat in die bernsteinfarbene Spritzenflüssigkeit, ein sich ständig verändernder, lebhafter Streifen, der sich nur zögerlich mischte und umherschlängelte wie ein im Zeitlupentempo im Wind flatterndes rotes Band.

»Nun könnt Ihr vorsichtig mit der Injektion beginnen.«

Germinals Herz, das bereits beim Öffnen des Kästchens schneller geschlagen und bei der ersten Berührung mit der Spritze und beim Anblick der von ihr gehüteten zähflüssigen Verheißung anfallartig zu rasen begonnen hatte, beruhigte und verlangsamte sich nun wieder, zugleich wurden seine Lider schwer und die Muskelanspannung legte sich, sodass er widerstandslos immer tiefer in den Sessel sank. Ein Licht, das er als wohliges inneres Feuer wahrnahm, entführte ihn für einen Moment aus dem Zimmer, indem es ihn in die Luft hob und hoch über seinem Körper schweben ließ, aus dem ihn aber weiterhin die trägen, rauschhaften, teilnahmslosen Informationen der Droge erreichten, die sich inzwischen ausgebreitet hatte. Als er die Augen schloss, spürte er – ohne dass es ihm etwas ausmachte –, wie ein trüber, einladender Sog ihn langsam verschlang.

»Sagt mir, weshalb Euch der Tod des Dienstmädchens so erschüttert hat«, forderte Noverre ihn auf.

Als Germinal die Augen öffnete, erkannte er den Direktor der Stadt der Tiere, der nun neben ihm stand, nur in seinen missgeformten Umrissen. Vielleicht lächelte er. Vielleicht grinste er hämisch. »Vor fünf Monaten war ich kurz davor, den Kopf einer Verbrecherorganisation festzunehmen, die sich auf die Entführung von Kindern aus wohlhabenden Familien verlegt hatte«, begann er mit monotoner, emotionsloser Stimme zu erzählen. Sein gesamtes äußeres Wesen schien sich von seinen Worten zu distanzieren, war aber offenbar zugleich unfähig, den Redefluss aufzuhalten. »Er konnte entkommen und die Verfolgungsjagd endete in einer öffentlichen Latrine, in der nur wir beide waren. Er war weder groß noch kräftig gebaut … aber sehr schnell. Mit einer Hand zog er ein Messer aus der Tasche. Bevor ich es überhaupt bemerkt hatte, war ich schon getroffen. Doch als ich seinen Arm zu fassen bekam … da hätte ich es begreifen müssen … als ich seinen Arm zu fassen bekam … hätte ich … es war kein starker Arm … und als ich ihm das Messer in den Bauch stieß … mit einem Ruck nach oben … wollte ich ihn töten … weil ich selbst Angst hatte zu sterben … sein Arm aber war nur schnell, nicht stark … da hätte ich es begreifen müssen, aber … aber ich begriff es erst, als er den Mund aufriss und sein Hut zu Boden fiel und … und all das schwarze … lange Haar … und der schwache Arm …

erst da begriff ich, dass es eine Frau war … und all das Blut auf den weißen Kacheln, ich … ich wusste es nicht … ich konnte es nicht wissen …«

Noverre stand auf und ging zum Fenster, das auf den Hof zeigte. Mit einem Armstumpf schob er den Griff nach oben, ein Fensterflügel öffnete sich und Noverre atmete tief ein. »Kommt, kommt zu mir«, lockte er mit hypnotisierender Stimme, und als Germinal, der sich durch das Opiumalkaloid in seinen Venen nur schwerfällig bewegte, schließlich neben ihm stand, fuhr er fort: »Atmet die Freiheit, Milton … Ihr erlaubt doch, dass ich Euch beim Vornamen nenne? Ja … atmet die Freiheit … denn Ihr seid ein Sklave. Ihr seid der Sklave eines chemischen Prinzips, das im Buch in wenigen Formelreihen erklärt ist … ist es nicht so?«

Germinal nickte benommenen Blickes.

»Ist es so, werdet Ihr beherrscht?«, murmelte Noverre. »Wenn wir aber versuchten, die Sache aus einem anderen Blickwinkel zu betrachten … wäre es nicht denkbar, dass die Drogen gar nicht der Herr und Ihr zumindest nicht ganz und gar der Sklave seid? Wenn wir aufhörten, in althergebrachten Kategorien zu denken, könnten wir uns das Rauschgift nur als kleine Menge Sprengstoff in einem Riss vorstellen, der uns etwa in der Mitte durchzieht. An der Grenze zwischen Licht und Dunkelheit, wo der Tag endet und die Nacht beginnt. Durch eine Explosion kommt es an diesem ursprünglichen Riss zur Spaltung, der Mensch … ein Mensch wie Ihr, Milton … teilt sich auf in zwei Menschen. Die beiden tyrannisieren sich gegenseitig, jeder will sich durchsetzen. Der eine jedoch kämpft mit bloßen Fäusten … und das seid Ihr, wie Ihr immer zu sein glaubtet … der andere dagegen hat eine Waffe: den restlichen Sprengstoff, dieses aufregende Verpuffen und Auseinanderbrechen und Zerbersten und Öffnen und Spalten und Vervielfachen … und Beherrschenlassen. Den Wunsch, sich einem Befehl zu unterwerfen. Egal, ob er falsch ist. Moral ist nicht der Kern des Problems. Moral betrifft die Gemeinschaft. Wir sprechen hier von einem Einzelwesen. Das einzigartig ist. Originell. Unnachahmlich. Ein einzelner Mensch. Und sonst nichts. Kern des Problems ist somit die Unterwerfung unter einen Befehl. Wer erteilt ihn? Verlangen oder Bedürfnis? Besteht da ein Unterschied? Sind nicht beides Spielarten der Sklaverei? Der Sklaverei, um sich nicht zu entscheiden, den Preis für die eigene Freiheit zu bezahlen …« Noverre trat ganz nah an Germinal heran, bohrte seine Augen in die des Drogensüchtigen und zwang ihn dazu, ihm ins Gesicht zu sehen. »Milton, hört mir zu: Würdet Ihr die Drogen als Heilmittel nutzen … so wäre daran nichts Entwürdigendes. Wenn es Eure Absicht ist, einen Krieg zwischen den widerstreitenden Hälften Eures Wesens auszulösen, wenn mit anderen Worten der Zweck darin besteht, Euch selbst kennenzulernen … und dann eine Entscheidung zu treffen … so wirkt das Rauschgift, das Ihr Euch gespritzt habt, tatsächlich als Medizin. Von Eurer Ehrlichkeit hängt alles ab. Oder von Eurer Schwäche. Niemand kann in dieser Sache für Euch entscheiden.« Noverre erlaubte Germinal, den Kopf sinken zu lassen. »Was mich betrifft … ich bin nur dazu da, Euch beizustehen«, fügte er dann hinzu. »Hofft nicht auf eine Hilfe, die ich Euch nicht geben kann. Kopf hoch, Milton, schaut mich an.« Er ließ ihn nicht aus den Augen und trat noch ein wenig näher an ihn heran. »Habt Ihr mich verstanden?«, flüsterte er.

»Ja«, murmelte Germinal von fern, wo er sich verloren und doch sicher in der dunklen Höhle befand, die eine Spritze erschaffen hatte.

»Nun … dann erzählt es mir.«

»Ich konnte es nicht wissen … als ich sie tötete … ich konnte nicht wissen, dass im zerfetzten Bauch dieser Frau … ein Kind heranwuchs …« Germinal sackte in sich zusammen. Die Hände vor das Gesicht geschlagen ließ er sich auf den Teppich sinken.

»Und dieses Kind …«, sagte Noverre, »habt Ihr getötet.«

»Ja«, bestätigte Germinal, während er den Blick wieder hob

und den einzigen Menschen ansah, dem er je davon erzählt hatte. Dieses entstellte Monstrum, das nichts als Abscheu auslöste. Er kam sich lächerlich vor. Als er lachen musste, brachte er jedoch nur ein müdes, ersticktes Geräusch hervor, als quäle ihn ein Hustenreiz.

Und dann, beinahe schmerzfrei und unbeteiligt, begann er zu weinen.

XIII

Germinal war von Noverre ermahnt worden, vorsichtig mit dem Chloral umzugehen, besonders nachdem er sich das Diacetylmorphin, ein starkes Opiumalkaloid, gespritzt hatte, dessen Wirkung er zum ersten Mal in Singapurs düsterem Lokal erlebt hatte. Doch als ihn einige Stunden später der wirre Frieden der Droge verlassen hatte, brach eine Vielzahl von Gedanken über ihn herein, die er nicht zu knebeln vermochte und die ihn zu Überlegungen verleiteten, für die er nicht bereit war. Nachdem er wieder zu sich gekommen war, fragte er sich verwundert, wie er etwas derart Intimes wie sein Trauma einem Fremden hatte anvertrauen können. Nicht einmal mit Sergeant Londe, seinem besten Freund, hatte er offen darüber gesprochen. Er hatte es dem Hauptkommissar verschwiegen, dem Vater, dessen Sohn er gerettet hatte und der alles getan hätte, ihm zu helfen. Selbst den Prostituierten, in deren Körpern er, bis zur Besinnungslosigkeit betrunken, seine Verzweiflung zu stillen versucht hatte, hatte er nichts erzählt. Und er war auch jeder Auseinandersetzung mit sich selbst über das, was ihm widerfahren war, ausgewichen. Wie ein Sumpffieber, das ihn in Schüben immer wieder heimsuchte und bis ins Innerste erschütterte, hatte er seine häufigen Albträume ertragen und sie mit Drogen und Bewusstseinsverlust zu bekämpfen versucht.

Am Morgen hatte er sich nun einem monströsen Fremden gegenüber geöffnet und es als große Befreiung und unbeschreibliches Grauen zugleich empfunden. Als die Wirkung des Rauschgifts mehr und mehr nachließ – was zurückblieb, waren eine unbefriedigte geistige Erschöpfung und ein körperlicher Vorgeschmack auf die Gier, deren Sklave er bald wieder sein würde –, musste Germinal sich erneut dem stellen, was

Monate zuvor und an eben diesem Tag geschehen war. Und die beiden Erlebnisse verschmolzen für ihn zu einem Gefühl neuen Unbehagens und, auch wenn er es noch lange nicht zulassen konnte, neuen Wohlbefindens.

Nachdem er vollends wieder bei klarem Verstand war, begann er darüber zu grübeln, welche Macht Noverre besaß, dieser körperlich so unvollkommene Mann, der dafür jedoch eine außerordentliche geistige Kraft besitzen musste. Und je länger er nachdachte, umso deutlicher schien ihm, er habe den missgebildeten Direktor der Stadt der Tiere nicht, wie er gerne glauben wollte, aufgesucht, um seinen Rat für die Ermittlungen einzuholen, sondern um sein Leben, seine kranke Psyche in die Hände dieses Mannes ohne Hände zu legen. Als habe er geahnt, dass Noverre, der sich ständig in Monstrosität spiegelte – in seiner eigenen und der seiner Schützlinge –, auch ihm dabei helfen konnte, seine innere Monstrosität zu akzeptieren, den Mörder in sich anzunehmen. Er hatte eine Frau getötet. Er hatte ein Kind getötet. Einen Fötus … Jedes Mal, wenn er in Gedanken dieses Wort, ›Fötus‹, wiederholte, musste er gegen einen Brechreiz ankämpfen und eine neue, noch tiefere und verborgenere Verzweiflung überkam ihn. Als berge der schlichte, unselige Begriff ein Geheimnis, das sich ihm zwar noch nicht ganz offenbaren wollte, doch bereits danach drängte, zum Vorschein zu kommen. Geboren zu werden …

Am späten Nachmittag war er zunächst ins Kommissariat gefahren. Landau hatte ihn rufen lassen und in einem harten, feindseligen Ton mit ihm gesprochen.

»Ich habe den Hauptkommissar von Eurem Akt des Ungehorsams in Kenntnis gesetzt, Germinal«, teilte er ihm mit. »Ich habe ihn gebeten, Euch vom Dienst zu suspendieren, doch wie es scheint, ist Sanguinetis Verehrung für Euch über jede Gerechtigkeit erhaben … Er hat mein Ersuchen abgelehnt.«

Landaus Worte erreichten Germinal, dessen stolze Seele noch immer von der Droge betäubt war, nur von fern.

»Von jetzt an werdet Ihr Euch um diesen Fall hier kümmern«, fuhr Landau fort und hielt ihm eine dünne Akte hin, die nur aus drei Seiten bestand. »Irgendein armer Schlucker ist in der Hölle ermordet worden. Vermutlich war noch eine alte Rechnung offen. Vielleicht wollte man ihn auch ausrauben. Ich bin der Sache nicht nachgegangen, habe nicht einmal die Akte gelesen. Ich hatte schon Anweisung gegeben, sie als ungelöst abzulegen, denn wollten wir uns mit jedem Todesfall in der Hölle befassen, kämen wir zu nichts anderem mehr … Ihr wisst, was gemeint ist, wenn ich von der Hölle spreche?«

»Ja«, bestätigte Germinal, der sich an das halb verfallene Viertel erinnerte, in das er an seinem ersten Tag in der Mignatta geraten war, an den Mann mit den zwei Messern am Gürtel und seine Bande armer Teufel, an die alte Bettlerin, die mit ihrer Hündin den Abfall durchwühlte. »Ja«, sagte er noch einmal und ahnte, weshalb die Polizei der Mignatta sich nicht um den Todesfall gekümmert hatte. »Einer weniger«, hatte man vermutlich nur gedacht.

»Ihr findet hier den Ermittlungsbericht, die Zeugenaussage des Mannes, der die Leiche entdeckt und die Polizei gerufen hat, und natürlich das Ergebnis der Obduktion, die Euer Freund, der Graf ohne Ärmel, durchgeführt hat.« Landau musterte Germinal mit einem ironischen Grinsen auf dem dicken Gesicht. »Es heißt, Ihr habt Euch angefreundet …« Darauf lachte er und übergab seinem aufsässigen Untergebenen die Akte Juffridi. »Viel Spaß damit.«

Nachdem Germinal sein Motorrad mit der Plane abgedeckt hatte und in seine Mansarde im Stadtzentrum zurückgekehrt war, schleuderte er die Akte, die ihn von den Verbrechen in der Villa Neef ablenken sollte, achtlos zu Boden. Die Wirkung der Droge ließ nach. Germinal fühlte sich schwach und unruhig. Schon bald würde sich seine Sucht wieder bemerkbar machen. Er spielte mit dem Chloralfläschchen in seiner Hand, wohl wissend, dass wenige Gran des Beruhigungsmittels ihn vor seinen Albträumen und den Qualen des Entzugs bewahren würden.

Auf dem Fußboden verstreut lagen die drei armseligen Seiten über einen Toten, den alle für noch armseliger erachteten.

Germinal spürte Wut in sich aufsteigen. Er steckte das Fläschchen in seine Jackentasche und bemühte sich, um der Versuchung zu widerstehen, seine Gedanken auf die Ermittlungen zum Blutbad in der Villa Neef zu lenken, trotzdem Landau ihm den Fall entzogen hatte. Er überlegte, welche Anhaltspunkte sie in der Hand hatten. Unglücklicherweise waren es dank Landaus Unfähigkeit und Neefs Arroganz nur wenige. Alle Beweise waren vernichtet. Rings um die Villa hatte der Gärtner alle Abdrücke eingeebnet und die Spuren im Zimmer, in dem der Mord an Frau Neef – ehemals Fräulein Couze – geschehen war, waren von der Frau des rauflustigen Arbeiters Rinaud weggewischt worden. Dagegen hatte die verbotene Obduktion zwei entscheidende Fakten geliefert. Zum einen war das Opfer nicht von Tieren zerfleischt worden. Die Tiere, besser die Gebisse, bestanden aus Eisen. Noch bedeutsamer war die zweite Tatsache. Der Mörder hatte etwas hinterlassen, was Germinal als ›Botschaft‹ bezeichnete. Noch wusste er nicht mit Bestimmtheit zu sagen, ob es sich dabei um eine Botschaft für die Polizei oder den Ehemann oder einfach um einen Ritus handelte, durch den der Mörder erst Befriedigung erlangte. Doch in jedem Fall war es eine Botschaft. Und die Szenarien, die sich daraus ergaben, waren beängstigend und schauerlich. Aus zwei Gründen. Beängstigend war, wie kalt und rasend zugleich der Mörder vorgegangen war, was darauf schließen ließ, dass er den Ort und die Menschen, die er zu Opfern seines mörderischen Wahns bestimmt hatte, genau kannte, denn er war, ohne Schlösser aufzubrechen, ins Haus gelangt, hatte die drei Dienstboten wie belanglose Hindernisse aus dem Weg geräumt und sich mit ungemein geschickter Grausamkeit Frau Neef gewidmet, die zweifellos das eigentliche Ziel seiner Gewalt gewesen war. Dies alles war beängstigend, weil einer solchen Perfektion ein ausgeklügelter Plan zugrunde liegen musste. Schauerlich hingegen war der Hodensack eines

Menschen, den sie in der Vagina des Opfers gefunden hatten. Irgendwo musste demnach ein Mensch verstümmelt, wenn nicht getötet worden sein. Ein Mörder dieser Art war Germinal noch nie untergekommen, weder im wirklichen Leben noch in den Ermittlungsberichten. ›Er ist ein neuer Typ Mörder ... der mit dem neuen Jahrhundert geboren wurde‹, hatte Germinal am Morgen geurteilt. Doch Noverre hatte ihn berichtigt: ›Der Mörder wurde vom alten Jahrhundert hervorgebracht ... im neuen Jahrhundert aber wird er sich feiern lassen.‹ Dieses ›feiern‹ hatte Germinal in Schrecken versetzt. Und er ahnte, dass Noverre recht hatte. Es war zwar ungewiss, an wen sich die Botschaft richtete, die der Mörder so tief in Frau Neefs gepeinigtem Körper versteckt hatte, ganz sicher jedoch war der Stock mit der Efeuranke, der dem Leichnam inmitten des Tumultes während der Totenmesse in die Hand gedrückt worden war, eine zweite Botschaft des Täters. Eine Botschaft, mit der er nun zweifellos beabsichtigte, dass sie gesehen wurde. Dass sie gehört wurde. Eine Botschaft wie ein Schrei. Eine zweite Handlung von ritueller Bedeutung. Erneut fühlte sich Germinal unbehaglich bei dem Gedanken an das Wort, das Noverre gebraucht hatte: ›feiern‹.

Doch trotz des geistigen Nebels, durch den Germinal sich noch immer kämpfte, spürte er instinktiv, dass die Verwirrung, die in dem Fall herrschte, etwas mit Schweigen zu tun hatte. Wie im Traum erinnerte er sich an Noverres verstörtes Gesicht: nicht in dem Moment, als sie den Hodensack in Frau Neefs Vagina gefunden, sondern als sie die Knochen darin entdeckt hatten. Der Mann verfügte über ein solches Maß an Selbstkontrolle, dass diese Fassungslosigkeit äußerst ungewöhnlich war. Eine ähnliche Gefühlsregung hatte Germinal in der Kirche bemerkt, als Noverre dem Blick des alten Sciron begegnet war. Ein fassungsloses Erstaunen. Als hätte er einen Geist gesehen.

›Verheimlicht Ihr mir etwas, Doktor Noverre?‹, fragte er sich grübelnd, während sich der Abend finster über die Stadt senkte. Er rief sich in Erinnerung, dass der Direktor der Stadt der Tiere – ungeachtet seines lebhaften und scharfen Verstandes – nichts zur möglichen Bedeutung des Hodensacks und der Knochen gesagt, sondern gleich das Thema gewechselt hatte. Und erneut hatte Germinal das Gefühl, kontrolliert und an der Hand geführt zu werden. Von diesem unfertigen Mann ohne Arme. ›Wie konnte er wissen, dass ich zu ihm kommen würde?‹, fragte er sich wieder.

Dann aber setzte das Unbehagen wieder ein und lenkte seine Gedanken ab. Nach seinem Bekenntnis waren die Latrine und die blutbespritzten Kacheln nun kein Albtraum mehr, sondern grausame, erbarmungslose Wirklichkeit. Die Frau, die mit den Armen rudernd, als versuchte sie vergeblich, das ihr entgleitende Leben festzuhalten, blutüberströmt zusammenbrach, war nicht länger eine Gestalt aus der Welt der Träume und Vorstellungen. Nun, da er laut von ihr gesprochen und sich somit eingestanden hatte, ein Mörder zu sein, sah er sie unmittelbar vor Augen. Und durch die Wunde, die er mit seiner Stahlklinge gerissen hatte, konnte er das Kind schreien hören, das er im Bauch der Mutter getötet hatte. Den Fötus …

Er stand auf. Jederzeit war er zum Aufbruch bereit, als ob er allein durch die Bewegung seinen Schmerz hätte abschütteln können. Mit dem Motorrad fuhr er eine Stunde lang scheinbar ziellos umher, bis vor seinem Blick der Hügel auftauchte, der sich zwischen der Stadt und der Arbeitersiedlung erhob. Und hoch oben auf dem Hügel das Zirkuszelt, das mit seinen leuchtenden Farben wie ein greller Regenbogen wirkte, im Abendlicht jedoch zu einem undeutlichen Fleck verblasste.

»Ignés«, hörte er sich laut sagen. Und fand gleichzeitig sein Ziel.

Er bog ab auf den Weg hinauf zum Zelt, in dem der Maschinenmann und die Frau auftraten, die ihm Leib und Seele gefangen hielt.

Als er vor dem Zirkuseingang anhielt, warf der Kartenverkäufer einen neugierigen Blick auf das Motorrad.

»Beeilt Euch«, sagte er darauf zu ihm. »Die Vorstellung beginnt jetzt.«

Von drinnen ertönten die ersten Orchesterklänge.

Germinal verharrte einen Augenblick. Das Herz hämmerte ihm in der Brust. Plötzlich griff er mit einer ruckartigen Geste in seine Tasche, wandte sich vom Kartenverkäufer ab, holte das Chloralfläschchen, das er bei sich trug, hervor und schluckte eine Dosis des Beruhigungsmittels. Dann warf er vier Pence vor den Kartenverkäufer hin und betrat das Zelt.

Von mehreren Gaslampen angestrahlt, deren Licht über Spiegel gebrochen und verstärkt wurde, stand Ignés mitten auf der Bühne und bewegte sich sinnlich und außerordentlich leichtfüßig über die Bretter. Sie trug ein hochgeschlossenes und bis zu den Füßen reichendes schwarzes Kostüm aus einem im Scheinwerferlicht glänzenden Stoff.

Germinal bahnte sich einen Weg durch die Arbeitermassen bis fast vor die Bühne. Mehr und mehr machte sich die beruhigende Wirkung des Chlorals bemerkbar, er fühlte sich schwindlig und sah alles ein wenig getrübt. Unter den Zuschauern, die gerade unzufrieden über das Kleid, das Ignés' Reize verdeckte, zu murren begannen, zeigten viele auf Germinal und tuschelten miteinander. »Die Polizei ist hier«, flüsterte es in Windeseile überall im Publikum. Langsam wichen die Umstehenden vor Germinal zurück, bis um ihn herum ein freier Raum entstanden war, von dem er selbst jedoch nichts bemerkte. Denn Germinal hatte nur Augen für Ignés.

Genau in dem Moment entdeckte Ignés ihn. Mitten im Tanz zuckte sie zusammen, wirkte wie unentschlossen. All ihre Sicherheit war plötzlich verschwunden, ihre Knie wurden weich. Sie verspürte ein Stechen im Magen und ein Gefühl von Trunkenheit. Und Angst. Für eine Sekunde hielt sie inne und sah ihm in die Augen. ›Ich werde für Euch tanzen‹, dachte sie.

Germinal hatte ihren Blick aufgefangen. Und es war, als hätte er Ignés' Gedanken gelesen.

Mit geschlossenen Augen, wie in Hypnose, beugte sich

Ignés in einer Wellenbewegung vor und richtete sich wieder auf, als würde sie von langsamen Krämpfen geschüttelt. Auch ihre eng an den Körper gelegten Hände waren mit durchscheinendem Stoff bedeckt. Während die Musik zu Klängen anschwoll, die an ein leidenschaftliches Liebesspiel denken ließen, bog Ignés mit noch immer geschlossenen Augen Kopf und Rücken zurück und spannte ihren Körper lustvoll an, krümmte sich mit einem Mal wie nach einem Schlag in die Magengrube nach vorn, ehe sie sich schließlich in die Luft erhob.

Verblüfft wie das übrige Publikum beobachtete Germinal, wie sie weiter und immer weiter hinaufstieg. Als der Schwung aufgebraucht war und jeder erwartete, dass sie wieder zum Boden zurückkehrte, schlug Ignés ihre grauen Magnetaugen auf, und während ihre Beine noch höher stiegen – bis die Tänzerin sich in der Waagerechten befand –, breitete sie ihre Arme in voller Länge aus. Das Publikum, das ihren Aufstieg stumm verfolgt hatte, brach nun in bewunderndes Raunen aus.

Während der ersten Hälfte des Auftritts hatte Ignés ihr Kleid streng geschlossen gehalten, nun aber hatte es sich durch das Ausbreiten der Arme wie ein riesiger, an der Innenseite leuchtend bunt gemusterter Fächer geöffnet und es war, als spannten sich zwischen ihren Händen und Füßen durch zahlreiche dünne Stäbe gefestigte Schmetterlingsflügel auf. Und der Schmetterling begann über den Arbeitern im Zuschauerraum zu kreisen, senkte sich, stieg wieder auf, glitt über sie hinweg. Ignés zeigte sich nun in all ihrer Schönheit mit kerzengeraden weißen Beinen, in einem eng anliegenden roten Satinmieder, das ihre schmale Taille und ihren Busen betonte.

Der Beifall der begeisterten Menge schien nicht enden zu wollen. Hoch oben im Zelt entdeckte Germinal in der Dunkelheit eine Vielzahl von Flaschenzügen und Schienen, an denen Ignés verankert war und über die sie in der Luft gehalten und gelenkt wurde.

»Die Polizei ist hier«, berichtete ein Helfer hinter den Kulissen.

Sciron erstarrte. »Mach weiter«, befahl er dem Mann, der Ignés mittels einer komplizierten Vorrichtung aus Scheiben und Hebeln über den Zuschauern kreisen ließ. Dann spähte er an den Kulissen vorbei ins Publikum. Hinter ihm stand Stigle, der Chemiker.

»Da ist der neue Inspektor«, sagte Stigle, als er Germinal erkannte. »Er ermittelt im Mordfall Neef.«

»Und was will er hier?«, fragte sich der alte Sciron laut.

»Vermutlich ist er zur Vorstellung gekommen ...«, antwortete Stigle. »Vielleicht auch einzig wegen Ignés.«

Von ihrem Standpunkt aus hatten Sciron und Stigle einen guten Blick auf Germinal, der wie das übrige Publikum die Nase in die Höhe reckte und mit offenem Mund staunte. Er schwankte leicht und rieb sich hin und wieder die Augen.

»Ist er betrunken?«, fragte Sciron.

»So scheint es.«

Das Arbeiterpublikum hielt sich von Germinal fern.

»Wie ist sein Name?«, wollte Sciron wissen.

»Ich erinnere mich nicht«, erwiderte Stigle.

»Bist du bereit für deinen Auftritt?«, wandte sich Sciron nun an den Maschinenmann, der unbewegt neben ihnen hinter den Kulissen stand. Der Koloss aus Haut und Messing nickte quietschend mit dem Kopf.

»Lass sie herunter«, befahl Sciron nun dem Mann an der Hubvorrichtung, der augenblicklich eine Reihe von Hebeln betätigte.

Die dünnen Stahlseile, an denen Ignés hing, spulten sich langsam von ihren Rollen ab, sodass die Schmetterlingsfrau ganz sanft auf der Bühne landete, wo sie sich vor dem Publikum verneigte, dabei aber nur Germinal anblickte. Als wäre niemand sonst im Saal. Langsam und sinnlich, einen Arm nach dem anderen, einen Flügel nach dem anderen, verschloss sich Ignés – die mit ihren grauen Augen zu Germinal zu sprechen schien – wieder in ihr durchscheinendes schwarzes Kleid, das ihr Kokon gewesen war.

Die Zuschauer applaudierten begeistert. Germinal bemerkte den Lärm nicht. In seinem Kopf war nur Raum für den Namen Ignés. Er nahm alles ein wenig verschwommen wahr und seine Beine boten ihm keinen sicheren Halt mehr. Das Chloral war in den Blutkreislauf eingetreten.

»Beeil dich, Ignés«, rief Sciron, als das Orchester das Musikstück ausklingen ließ und ein Trommelwirbel den Auftritt des Maschinenmannes ankündigte.

Noch einmal verneigte sich Ignés vor Germinal, bevor sie verschwand.

Aus der Menge der Arbeiter trat nun ein stämmiger Mann mit einem von tiefen Narben gezeichneten Gesicht hervor. Er streifte seinen Leinenkasack ab und warf, als er mit nacktem Oberkörper vor der Bühne stand, eine halbe Krone vor die Füße des Maschinenmannes, der bei seinem Auftritt die Bühnenbretter mit seinen mächtigen Schritten hatte erzittern lassen.

Flüchtig betrachtete Germinal das Ungeheuer aus Haut und Messing, das größer war als jeder Mensch, den er bislang gesehen hatte, einmal abgesehen von Noverres Diener Zòla. In Wahrheit jedoch spähte er auf der Suche nach Ignés hinter die Kulissen. Er ging einen wankenden Schritt an der Bühne vorbei, doch ein Helfer hielt ihn auf.

»Ich muss Fräulein Ignés sehen«, brachte Germinal hervor.

»Das geht jetzt nicht«, wies ihn der Helfer ab.

Unterdessen war der vernarbte Arbeiter auf die Bühne gestiegen, wo die beiden Kontrahenten sich nun belauerten. Der Maschinenmann wartete auf den ersten Schlag des anderen. Plötzlich aber traf er den Arbeiter ohne Vorwarnung mitten ins Gesicht und streckte ihn zu Boden. Die Zuschauer brummten enttäuscht. Als der Arbeiter wieder auf die Beine kam, blutete seine Oberlippe stark.

»Wie es scheint, sammelt der Mann Narben«, sagte hinter Germinal eine raue Frauenstimme.

Milton drehte sich um. »Ignés«, rief er mit von dem Beruhigungsmittel belegter Stimme. »Ich bin gekommen, Euch tanzen zu sehen, aber Ihr … fliegt.«

»Es war keine gute Idee, Euch einzuladen«, erwiderte Ignés. »Ihr macht dem Publikum Angst.«

Da erst blickte Germinal sich um und bemerkte, dass die Arbeiter sich von ihm fernhielten. »Mache ich auch Euch Angst?«

»Vielleicht«, antwortete sie, hakte ihn unter und führte ihn nach draußen.

Die Abendluft war kalt und feucht. Aus dem Zelt schallte das Gebrüll der Menge, die den Maschinenmann anfeuerte. Schweigend standen Germinal und Ignés sich gegenüber. Dann gingen sie aufeinander zu. Ihr Atem kondensierte in der Luft zu einer einzigen milchigen Säule.

Germinal zog sie an sich. Ignés stieß ihn zurück und erwiderte gleichzeitig seine Umarmung. Ihre Hände glitten an seinem Gesicht hinab über Schultern, Oberkörper und Kleider. Beide waren außer Atem. Es war, als versuchten sie einander kennenzulernen, einander zu erspüren. Plötzlich hielt Germinal ihre Arme mit einer Hand hinter dem Rücken fest. Auf Ignés' Gesicht lag ein wilder Ausdruck. Germinal strich ihr das Haar aus den Augen.

»Ignés!«, ertönte hinter ihnen eine Stimme.

Germinal löste seinen Griff, ohne sich der Stimme zuzuwenden.

Auch Ignés wandte sich nicht um. Mit einem grimmigen und zugleich sinnlichen Ausdruck sah sie Germinal in die Augen. »Versucht es niemals wieder mit Gewalt«, zischte sie ihm zu.

»Ignés!«, wurde sie erneut gerufen.

»Fahrt nach Hause«, flüsterte Ignés mit sanfterer Stimme, während sie ihren Körper an Germinal schmiegte und ihre grauen Augen für einen Moment unter den geschminkten Lidern verschwanden.

»Warum?«, fragte Germinal mit kalter Häme. »Hat die

Nebelkönigin jetzt mit irgendeinem reichen Gutsherrn ins Bett zu gehen? Was muss man tun, um Euch zu buchen?«

»Ich gehe mit niemandem ins Bett«, gab Ignés in schneidendem Ton zurück und ihre Nasenflügel bebten vor Zorn. »Schon gar nicht mit Euch. Verschwindet.« Dabei stieß sie ihn heftig von sich.

Mit leicht schwankenden Schritten erreichte Germinal sein Fahrzeug, ließ den Motor an und fuhr davon. Die grauen Augen wie zwei Wunden in der Nacht zu schmalen Spalten verengt sah Ignés ihm nach. Als sie den Blick senkte, entdeckte sie im aufgeweichten Boden einen glänzenden Perlmuttknopf, der von Germinals Mantel abgerissen war. Sie hob ihn auf.

»Geh wieder hinein«, sagte Stigle, als er sie erreichte. »Mach Sciron keinen Kummer.«

Ignés warf ihm einen gleichgültigen Blick zu und ging Stigle voran zurück ins Zelt. Ihre Faust umschloss den Perlmuttknopf.

Unterdessen war Germinal am Fuß des Hügels angekommen und in einen schlammigen, finsteren Weg eingebogen, der vom Motorradscheinwerfer nur schlecht ausgeleuchtet wurde. Er verspürte Übelkeit und sein Blick trübte sich. An einer Biegung fiel das Scheinwerferlicht auf etwas, was einzig in Germinals Vorstellung existierte. Eine rote Mauer, undurchdringlich, tropfend. Er bremste, das Motorrad rutschte im Schlamm weg und stürzte um.

Auf dem Boden kniend sah Germinal vor sich noch immer die Blutmauer und hörte aus dem Dunkel ein leises Weinen. Dünn, misstönend. Unartikuliert. Das war nicht das Weinen eines Kindes, dachte er. Es war das Weinen eines … Das Blut tropfte jetzt von einem glänzenden Metalltisch. Vielleicht war es der Tisch, auf dem sie Frau Neef seziert hatten, oder ein anderer Tisch, der ihm bekannt vorkam, ohne dass er wusste, wo und wann er ihn gesehen hatte … und das Weinen dieses … nein, das war kein Kind, das war ein …

Germinal reckte die Arme zum Himmel und stieß einen

Schrei aus. Einen qualvollen, grausamen Schrei, der andauerte, bis die Luft in seinen Lungen aufgebraucht war. Er hielt sich die Ohren zu, doch der Schrei setzte sich unaufhörlich in seinem Innern fort.

Jetzt wusste er es.

Es war das Weinen eines Fötus.

Doch der Fötus lachte nun. Er lachte ihn aus. Und mit ihm lachte eine Frau, die er vor vielen Jahren einmal gekannt hatte.

XIV

GERMINAL RANNTE MIT suchendem Blick über den Hof der Stadt der Tiere. Dann betrat er das Anstaltsgebäude und lief eilig, immer zwei Stufen auf einmal nehmend, die Treppe hinauf. In einer Hand hielt er ein Blatt Papier mit dem Stempel des Kommissariats. Die andere war zur Faust geballt. Seine Augen glühten. Vor der Tür zu Noverres Sprechzimmer blieb er stehen.

»Geh zur Seite, lass mich durch«, herrschte er Zòla an.

Noverres hünenhafter Diener verzog keine Miene und rührte sich nicht vom Fleck. Germinal warf sich auf ihn und wollte ihn zur Seite drängen. Blitzschnell hatte der Riese ihn gepackt, ging in die Knie und schleuderte ihn mit Wucht gegen die Wand auf der anderen Seite des Flurs.

»Noverre! Noverre!«, brüllte Germinal, während er sich aufrappelte und erneut auf den Hünen losging.

Zòla hatte ihn bereits wieder fest im Griff, als Noverre mit dem Fuß die Sprechzimmertür aufstieß. »Was ist los?«, fragte er.

»Warum habt Ihr mir am Abend der Obduktion nichts gesagt?«, schrie Germinal, dass ihm die Augen aus den Höhlen traten, während er von Zòlas starken Armen zurückgehalten wurde. »Ihr wusstet es! Ihr wusstet Bescheid!«

»Beruhigt Euch«, erwiderte Noverre, bevor er seinen deformierten Schädel an Zòlas mächtigen Körper lehnte. »Lass ihn los«, sagte er zu ihm.

Zòla war unsicher, ob er gehorchen solle, und hielt Germinal vorsichtshalber noch fest, doch nun ohne Gewalt.

»Er will mir nicht wehtun«, versicherte ihm Noverre.

Da ließ der Riese Germinal behutsam frei.

»Kommt herein, Milton«, sagte Noverre, während er sich umdrehte und die Tür mit dem Fuß öffnete.

Nachdem Germinal seine Jacke zurechtgerückt und sein Hemd wieder in die Hose gesteckt hatte, folgte er dem Direktor der Stadt der Tiere unter Zòlas wachsamem Blick in sein Sprechzimmer.

»Habt Ihr Euch beruhigt?«, wollte Noverre wissen.

»Wie könnte ich mich beruhigen nach dem, was ich herausgefunden habe?«

»Werdet nicht laut, sonst glaubt Zòla, Ihr wollt mir wehtun«, ermahnte ihn Noverre. »Wollt Ihr Euch nicht setzen?«

Zitternd, die eine Hand zur Faust geballt und in der anderen das zerknüllte Papier mit dem Stempel des Kommissariats, blieb Germinal stehen.

»Ich bitte Euch ...«, forderte ihn Noverre erneut auf.

Wütend warf Germinal das Papier vor ihn auf den Schreibtisch und setzte sich. »Das habt doch Ihr geschrieben, nicht wahr?«, fragte er gereizt.

Noverre würdigte das Blatt keines Blickes. Seine missgebildeten und zugleich magnetischen Augen musterten Germinal. »Ich kann nicht schreiben, habt Ihr das vergessen?«, sagte er schließlich und schüttelte die leeren Jackenärmel.

»Ihr habt die Obduktion durchgeführt, oder etwa nicht?«, fuhr Germinal mit zorniger Stimme fort.

Noverre sah auf das Blatt hinunter. »Wenn ich lesen soll, was auf dem Papier steht, müsst Ihr es umdrehen«, bemerkte er ruhig, während sein Blick zu Germinal zurückkehrte. »Nicht einmal das kann ich, seht Ihr? Ich kann nicht einmal ein Blatt Papier umdrehen ...«

Germinal schnellte vor, drehte das zerknitterte Blatt herum und strich es mit beiden Händen glatt. Noverre wartete, bis Germinal sich wieder zurückgelehnt hatte, bevor er sich über das Blatt beugte.

»Ah ja ... die Obduktion habe ich durchgeführt«, stellte Noverre lakonisch fest.

»Würdet Ihr mir wohl vorlesen, was Ihr geschrieben habt?«

»Das ist nicht nötig, ich erinnere mich noch genau.«

»Lest!«, befahl Germinal.

Die Sprechzimmertür öffnete sich und Zòlas derbes Gesicht schaute herein.

Noverre lächelte ihm zu. »Es ist alles in Ordnung, Zòla«, beruhigte er ihn. »Sei unbesorgt, ich rufe dich, wenn ich dich brauche. Jetzt lass uns allein.«

Der Riese warf Germinal einen Blick zu und schloss dann die Tür.

»Lest«, sagte Germinal noch einmal.

»›Unter dem heutigen Datum, dem 29. Dezember 1899 …‹«

»Geht gleich zur Beschreibung des Zustandes der Leiche über.«

»›Juffridi wurde zunächst von einem scharfen, schweren Schneidewerkzeug getroffen, bei dem es sich vermutlich um das neben der Leiche gefundene Beil handelt‹«, las Noverre vor. Im Folgenden legte der Befund dar, wie der erste Schlag Juffridis Brustkorb der Länge nach gespalten hatte. Vermutlich war dieser Schlag nicht sofort tödlich gewesen. Danach hatte der Mörder ihn buchstäblich geschlachtet, von der Verbindung der Schlüsselbeinknochen am Halsansatz bis zum Unterleib. Man hatte ihn noch am Ort seiner Hinrichtung gefunden. Mit ausgebreiteten Armen und Rippen lag er rücklings auf einem schweren Holzblock, an den er mit einer von Schlachtern benutzten groben Ahle, die ihm die Schulter durchbohrte, festgenagelt war. Das sauber geschliffene Beil steckte in Höhe von Juffridis nach hinten herabhängendem Kopf seitlich im Holzblock. Die inneren Organe des Mannes fehlten. Dem Leichenbefund zufolge war die Resektion nicht chirurgisch vorgenommen worden. Man hatte die Organe mit der Hand entfernt. Herausgerissen. Das Fleisch, in das sie ihre Wurzeln geschlagen hatten, war durch die Trennung zerfetzt worden. »›Das Skrotum des Opfers‹«, las Noverre weiter, wobei er so tat, als wäre diese letzte Beobachtung nicht bedeutsamer als die vorherigen, »›wurde dagegen chirurgisch mit einem scharfen Instrument, vermutlich einem Skalpell, in einem sauberen, durchgehenden Schnitt kreisförmig von rechts nach links entfernt.‹«

»Und in Frau Neefs Vagina«, warf nun Germinal ein, der bis dahin geschwiegen hatte, »haben wir ein mit Tierknochen gefülltes Säckchen aus einem menschlichen Skrotum gefunden.« Germinal schüttelte ungläubig den Kopf und schlug mit der flachen Hand auf den Tisch: »Wie konntet Ihr mir ein so wichtiges Detail verschweigen?«

Noverre blickte ihn wortlos an. »Milton«, sagte er schließlich bedächtig, jedes Wort betonend, »ich konnte mir ein Bild von Eurer Intelligenz und auch von Euren Fähigkeiten als Ermittler machen, doch in Wirklichkeit … seid Ihr nur ein Drogensüchtiger. Bevor ich Euch ganz vertrauen kann, muss ich herausfinden, inwieweit die Drogen Eure Arbeit beeinflussen. Ich muss wissen, ob Ihr voll und ganz in der Lage seid, einen Fall zu untersuchen.«

Germinal konnte Noverres Blick nicht standhalten. Er wandte das Gesicht ab und schaute in Richtung Fenster. Dabei fiel sein Blick wieder auf den Tisch mit den zierlichen Beinen, auf dem das chinesische Kästchen stand, in dem er tags zuvor die mit Heroin gefüllte Spritze vorgefunden hatte.

»Möchtet Ihr es öffnen, Milton?«, flüsterte Noverre ihm zu.

»Die Drogen haben keinerlei Einfluss auf meine Ermittlungsarbeit«, entgegnete Germinal und stand abrupt auf.

»Möchtet Ihr es öffnen?«, fragte Noverre erneut mit hypnotisierender Stimme.

Germinal, der im Zimmer auf und ab ging, kam dem chinesischen Kästchen mit jedem Mal ein wenig näher.

»Na los«, wisperte Noverre wieder. »Öffnet es.«

Germinal stand in der entgegengesetzten Ecke des Zimmers. Der speiende Jadedrache schien ihn zu rufen. Wie ein vom Kampf mit dem Fischer erschöpfter Fisch an der Angel durchquerte er langsam den Raum, näherte sich Schritt für Schritt dem Kästchen. Sein Herz schlug schneller, als er schließlich den Deckel anhob.

Das Kästchen war leer.

Germinal schlug es zu und drehte sich zu Noverre um. »Na, habt Ihr Euch gut über mich amüsiert?«, fragte er aufgebracht.

»Nein, ich habe mich keineswegs über Euch amüsiert ...«, erwiderte Noverre, der aufstand und zu ihm ging. »Habt Ihr denn begriffen, dass mit diesem Drachen nicht zu spaßen ist? Dass Ihr keine Kontrolle mehr über ihn habt ... solltet Ihr sie überhaupt jemals gehabt haben?«

»Ich bin nicht in der Stimmung für Moralpredigten, Doktor Noverre.«

»Öffnet das Fenster, Milton.«

Germinal musterte ihn kurz, bevor er der Aufforderung nachkam.

»Und, habt Ihr nachgedacht? Habt Ihr Euch die Frage beantwortet, warum Ihr zu Drogen greift?«, hob Noverre an, den Blick auf die Ebene gerichtet, die sich vor ihnen erstreckte. »Wie jeder gewöhnliche Sterbliche seid Ihr von der Vollkommenheit, die Ihr zur Schau tragt, weit entfernt. Schaut Euch an, Milton, schaut Eurem Wesen ins Gesicht. Euch sind die Hände dafür gegeben, also betastet Eure Verstümmelung, erst sie macht Euch menschlich. Schaut Euch um, nehmt beispielsweise dort drüben die Pappeln, von denen wir und die Botanik glauben, sie hätten völlig gerade gewachsene Stämme. Betrachtet sie genau und dann sagt mir, ob auch nur eine von ihnen tatsächlich gerade ist. Versucht sie zu vervollkommnen, befreit sie von der Rinde und feuchten Stellen, beseitigt täuschende Schatten, schneidet alle Zweige ab und dann sagt mir: Sind sie nicht, wenn auch nur leicht, nach rechts oder links gebogen? Keine von ihnen ist gerade, Milton. Jede einzelne ist, wie wir alle ... verzogen. Vom Leben, von Ereignissen, von der Schwerkraft, von ihrem Wesen, das sich gegen die Geometrie unserer nach Vereinfachung strebenden Moral auflehnt. Die Natur wird Euch im Chor ihre Verachtung kundtun für die Vollkommenheit, die wir predigen. Die Natur hat ... für den Fall, dass es diese Seele gibt, von der die Schwarzröcke in der Kirche predigen … eine grausame, verzogene und lasterhafte Seele, die sich behauptet, indem etwas anderes sterben muss. Mit dieser vollkommenen Unvollkommenheit schärft die Natur ihre Waffen, damit sie überleben und sich fortentwickeln kann. Wenn uns Menschen, die wir glauben, der Natur überlegen zu sein, eine Schuld trifft, dann die, dass wir nicht unseren Instinkten folgen, dass wir nicht auf uns selbst hören, dass unser Leben nicht aus Leben, sondern aus Täuschungen besteht, nicht aus Taten, sondern aus Vermutungen, nicht aus Gegenwart, sondern aus Vergangenheit und Zukunft. Wenn uns eine Schuld trifft … dann die, dass wir sind, was wir nicht sind.«

Germinal drehte sich um und ließ Noverre stehen. Er nahm den Obduktionsbericht vom Schreibtisch, faltete ihn zusammen und steckte ihn ein. Er wusste, was Noverre ihm sagen wollte, er wusste selbst genau, dass ihn das Drachenkästchen augenblicklich vom Fall Juffridi abgelenkt hatte.

»Ich konnte sie Euch nicht wieder auffüllen, Milton«, sagte Noverre. »Was mich betrifft, so kommt Ihr nicht hierher, um Euch Rauschgift zu spritzen, sondern um Euch behandeln zu lassen. Um in Euch selbst eine Antwort zu finden. Habt Ihr über das nachgedacht, was Ihr mir beim letzten Mal gestanden habt?«

»Was gibt es denn da nachzudenken?«, brauste Germinal auf. »Ich habe ein ungeborenes Kind getötet. Punktum. Ich habe ein Kind getötet, so unbedeutend Euch das auch erscheinen mag …«

»Es erscheint mir keineswegs unbedeutend«, fuhr Noverre mit seiner ruhigen Stimme fort. »Doch womöglich ist es nicht alles.«

Germinal schüttelte wiederholt den Kopf, wie um damit gegen die Versuchung anzukämpfen, sich diesem Mann auszuliefern.

»Kommt her, Milton, ich möchte Euch noch etwas zeigen …« Noverre lehnte sich zu einer Azalee vor, die in einem Blumentopf auf der Fensterbank stand. »Seht Euch diese Pflanze an, schaut unter die Blätter und auf die Knospen … Seht Ihr die Schädlinge, diese winzigen Tierchen? Blattläuse nennt man sie, glaube ich. Ihr, der Ihr dazu in der Lage seid, nehmt eine davon zwischen Daumen und Zeigefinger … und zerquetscht sie. Ich bitte Euch, Milton … Bitte tut es für mich.«

Germinal war zurückgekehrt und berührte nun beinahe mit dem Gesicht die Pflanze. Behutsam näherte er sich mit der Hand dem Ansatz einer noch geschlossenen Knospe und wischte mit dem Zeigefinger ein winziges Tierchen ab, dessen Vielzahl an fast durchscheinenden Beinchen er nur noch mit Mühe erkennen konnte. Nachdem er den Daumen daraufgelegt hatte, blieb auf beiden Fingerkuppen ein rötlich grüner Fleck zurück.

»Es hat Euch keine Anstrengung gekostet, oder?«, hob Noverre wieder an. »Ihr könnt nicht behaupten, Energie verbraucht, Kraft aufgewendet zu haben. Es war eine Nichtigkeit. Tatsächlich ist dieses elende Tierchen ein Nichts. Ehe Ihr überhaupt merkt, dass Ihr es zerquetscht, ist es bereits tot. Und die Pflanze habt Ihr von einem Schädling befreit. Habe ich recht?«

Germinal nickte, während er auf die Spuren des winzigen Todes starrte, der an seinen Fingern klebte.

»Wollt Ihr aber behaupten, dass der Pflanze geholfen ist, wenn Ihr von den aberhundert Schädlingen, die an ihr haften, einen einzigen entfernt? Glaubt mir, größer als ihre Freude, einen Gast weniger auf ihren Blättern zu haben, war ihr Unbehagen, als Euer Fingernagel ihn abkratzte. Genau das, Milton, tut Ihr auch für Euch selbst, für Eure gequälte Psyche: nichts. Um dieser Pflanze, anders als Ihr es gerade getan habt, wirklich zu helfen, wird der Gärtner sie mit Seifenlauge besprühen. Von oben bis unten, ohne sich um jeden Schädling einzeln zu kümmern, denn einzeln sind sie bedeutungslos, existieren gar nicht. Durch die Seifenlauge werden sie sich zumindest größtenteils von der Pflanze ablösen. Die Knospen werden sich größtenteils entwickeln und aufblühen können. Die Blätter werden größtenteils wieder atmen. Und der Pflanzensaft wird nicht mehr größtenteils in die gefräßigen Mäuler dieser Horde von Eindringlingen wandern. Wasser und Seife, denkt nur. Vorausgesetzt jedoch … vorausgesetzt, die Schädlinge werden nicht einzeln, sondern in ihrer Gesamtheit betrachtet. Habt Ihr sie Euch jemals unter dem Mikroskop angeschaut? Es sind Ungeheuer, wie sie sich der menschliche Geist niemals hätte ausdenken können. Fabelwesen, die auf vielleicht einzigartige Weise den legendären Drachen ähneln. Genauso geht Ihr vor: Ihr betrachtet jeden Schädling für sich unter dem Mikroskop und verliert Euch in der Beobachtung dieses einzelnen, den Ihr in Verdrehung der realen Verhältnismäßigkeiten zu einem Drachen, einem Höllenwesen mythologisiert. Woran Ihr leidet, ist nichts weiter als ein Nervenschmerz Eurer Psyche. Ihr seid nicht gesund, doch auch nicht krank. Irgendwo dazwischen lebt Ihr in einer nicht existierenden Welt, gefangen in einem Labyrinth, das Ihr Euch Tag für Tag unter dem Mikroskop konstruiert. Euer Verstand ist weder gestört noch klar. Ihr seid nervenkrank, obwohl Euren Nerven nichts fehlt. Ihr seid geisteskrank, obwohl Euer Geist gesund ist. Eure Psyche hinkt, obwohl sie eigentlich in der Lage wäre, zu laufen und jedes Hindernis zu überspringen. Die Krankheit seid Ihr selbst mit Eurer mikroskopischen Betrachtungsweise. Wenn Ihr damit fertig seid, die elenden Schädlinge einen nach dem anderen abzukratzen, wird die Pflanze ihren Lebenszyklus beendet haben, ohne dass die Knospen aufgeblüht sind … Eurer grausamen, törichten Langsamkeit wegen werden die meisten Schädlinge sich nämlich vervielfacht haben, sodass sie letztlich siegreich aus der Schlacht hervorgehen. Euer Leben wird aus dem Kampf riesiger Fingerkuppen gegen mikroskopisch kleine Drachen bestehen und so oder so wird die Pflanze, die Seele, am Ende kümmerlich eingehen. Bestenfalls werdet Ihr nach einem Leben in Krankheit gesund sterben. Blickt auf, Milton, betrachtet das Gesamtbild. Ob das Leben gut oder verfehlt ist, hängt nicht von Einzelheiten ab … ebenso wenig, wie ein Gemälde durch einen einzelnen Pinselstrich schön oder hässlich wird …« Noverre wandte sich um und blickte in Germinals emotionsgeladenes Gesicht. »Ich konnte Euch die Spritze nicht wieder mit Rauschgift auffüllen … versteht Ihr das?«

Germinal schwieg.

»Wollt Ihr mir etwas erzählen?«, fragte Noverre.

»Ich habe einen Termin. Entschuldigt mich …«, sagte Germinal nur, kehrte dem Direktor der Stadt der Tiere den Rücken und verließ den Raum.

Dumpf hallten Ignés' Schritte über den Fußboden ihres Wohnwagens, als sie sich barfuß dem kleinen Fenster näherte. Durch das milchige Abendlicht hindurch betrachtete sie die Formen der Welt, die der Nebel wie ein feuchter Schlafrock einhüllte. Nichts kam ihrer Gemütsverfassung so nah wie dieser besondere Moment des Tages. Dieser Augenblick in der Schwebe zwischen einem Tag ohne Sonne und einer Nacht, die sich nicht mit einem einzigen Stern schmücken würde. Diese neblige Unbestimmtheit, in der die Konturen der Dinge verwischten, ohne dass ihnen etwas von ihrer schneidenden Schärfe genommen wurde, in der sich der Wechsel der Tageszeiten scheinbar grenzenlos vollzog als Verschmelzung zweier unterschiedlicher Nuancen der einen verschwommenen Wirklichkeit.

Nichts verkörperte so gut wie dieser besondere Moment des Tages Ignés' Traurigkeit. Still und namenlos war diese Traurigkeit, die sich nicht in eine pulsierende Wunde verwandeln wollte. Eine Schwermut, nicht mehr als ein blauer Fleck auf ihrer Seele, pochte dumpf, doch in weiter Ferne und nahezu ungehört in ihr. Erinnerungen an Vergangenes äußerten sich in einem Gefühl der Beklemmung. Eine immer gleiche Gegenwart ohne Überraschungen und Verheißungen schlug sich in trüber Freudlosigkeit nieder.

Ignés schloss die Fensterläden, worauf der Wohnwagen im matten Schein der neben dem Bett auf einem Schemel flackernden Kerze versank. In einer Art tröstlicher Umarmung hüllte sich Ignés eng in die Decke, die sie sich um die Schultern gelegt hatte, so als wollte sie die Wärme in sich einschließen, die beim Gedanken an Germinal augenblicklich in ihr aufgestiegen war.

Sie schlüpfte unter die Decke des Betts, in dem sie seit bald fünf Jahren Nacht für Nacht alleine schlief. Seit Sciron Stigle weggejagt hatte.

Ignés wusste, dass sie den Männern gefiel. Schon früh hatte sie das erkannt. Seitdem hatte sie sich vielen hingegeben. Doch keinem hatte sie je gehört. Auch Sciron nicht. Jetzt aber, so dachte sie, war – gewaltsam wie die schrecklichste aller Ängste – eine Hoffnung in ihrem Leben ohne Hoffnungen aufgetaucht.

Das Bett war weich und warm. Die vom Gedanken an Germinal hervorgerufene Wärme hütend kuschelte sich Ignés unter die Decke. Sie schob ihren Rock hoch und streichelte über die glatte Haut ihrer Beine. Ihre Finger glitten höher, knöpften das Mieder auf und legten ihre milchweißen Brüste frei.

Sie musste fortwährend an ihn denken. Seit dem Moment, als sie sich angesehen, als ihre Hände sich berührt hatten. Seitdem war sie nicht mehr dieselbe, auch wenn sie noch nicht wusste, wer sie war, geschweige denn, wer sie sein würde. Und obwohl sie wusste, dass sie für ihn vielleicht immer nur eine Hure bleiben würde.

Sacht berührte Ignés mit einer Hand ihre weiche weiße Brust. Dabei starrte sie ins Leere, aus Angst, die Augen zu schließen, aus Angst, schauen zu müssen, was sie nicht sehen wollte. Der Ring an ihrem Finger streifte ihre Brustwarze. Plötzlich ballte Ignés die Hand zur Faust, presste den Edelstein an ihren Busen und zerkratzte sich gewaltsam die Haut.

Den Ring hatte Sciron ihr vor vielen Jahren geschenkt, als er sie ihrem Vater entrissen hatte. Ignés kannte sich gut. Sie wusste, wie sie sich Lust bereiten konnte. Durch Schmerz. Sie zog den Ring ab und spuckte darauf. Durch Schmerz und Erniedrigung. Dann führte sie den Ring hinunter zum dichten, weichen Flaum zwischen ihren Beinen.

Gemeinsam mit ihren Eltern und den beiden Geschwistern arbeitete Ignés in einer Textilfabrik. Eines Tages, sie war dreizehn Jahre alt, hatte sie sich beim Zuschneiden der Stoffballen an der Hand verletzt. Während der Mittagspause lockte der Vater sie in eine drückend heiße Ecke. Er drängte sie gegen die Wand, lächelte sie an, wie er sie nie zuvor angelächelt hatte. Kohlesplitter zerkratzten ihre Haut, als er ihr während des hastigen Übergriffs mit seinen rußigen Heizerhänden über die Schultern streichelte. Seine raue Hand glitt hinab zu ihren gerade erblühten Brüsten, hob ihren Rock an, schob ihre Unterwäsche beiseite, und Ignés ließ es über sich ergehen, erduldete noch stehend mit einer Verwunderung, die ihr die Sinne trübte, diesen ersten fleischlichen Kontakt. Nachdem er sie zu Boden geworfen hatte, spürte sie einen Riss zwischen ihren Beinen. Eher brennend als warm. Schmerzvoll. Während der Heizer sie in aller Eile nahm, ließ Ignés wie unschlüssig, ob sie sich verteidigen solle oder nicht, ihre Hand sinken und ertastete in ihrer Tasche das Brot, das ihr Mittagessen sein sollte. Sie zog es hervor und wandte den Kopf, um es zu betrachten, wodurch der heiße Atem und die Grunzlaute ihres Vaters noch näher an ihr Ohr drangen. Während sie verwundert auf das Brot starrte, wurde ihr klar, dass sie, wenn es noch lange dauern würde, nicht mehr dazu käme, es zu essen. So biss sie hinein. Der Geschmack des zähen dunklen Roggenteigs, der ihr im Mund zerging, hatte eine beruhigende Wirkung. Nach und nach gewöhnte sie sich an den schmerzenden Riss. Sie biss noch ein Stück Brot ab und ergab sich dann mit geschlossenen Augen den Stößen, die ihr vorkamen wie gegen Felsen brandende Meereswellen.

Später am Nachmittag, als Ignés ihre Schicht beendet hatte, stellte sie auf dem Heimweg fest, dass die Wunde an ihrer Hand sich zu schließen begann. Auch aus der anderen Wunde zwischen ihren Beinen tropfte nicht mehr die schleimige Flüssigkeit, die nun auf der Haut ihrer Schenkel spannte. Sie hob den Blick zur Arbeitersiedlung und ging, ohne nachzudenken, auf den gefürchteten Ort zu. Ein Jahr lebte sie so unter einem Dach mit ihrem Vater. In dem Jahr wurde sie in gewisser Weise auch von der Mutter vergewaltigt, die sie als Tochter verstieß und in ihr nicht das Opfer, sondern die Rivalin sah.

Schließlich tauchte in der Nähe der Siedlung ein Wohnwagen auf. Sciron bemerkte sie, las ihr das Leid von den Augen ab und brachte sie fort. Ohne sich umzuschauen, stieg Ignés in den Wohnwagen und verschwand. Von Sciron wurde sie dann in die Liebe und den Tanz eingewiesen.

Jahre später versuchte Stigle, sie zu besitzen, da sie sich, wie er entdeckt hatte, vielen Männern hingab. Er ahnte jedoch nicht, dass sie es nur aus Rache an Sciron tat, der sie gerettet und verdammt hatte. Stigle jedoch gab sie sich nicht hin. Und als Sciron herausfand, dass Stigle der Frau nachstellte, die ihm gehörte, jagte er ihn fort.

Seit dem Tag war Sciron nicht mehr fähig gewesen, sie anzurühren.

Und seit dem Tag, der bald fünf Jahre zurücklag, hatte Ignés auch keinem anderen Mann gehört.

Nachdem Sciron sie in Ruhe ließ, war sie der Männer plötzlich zutiefst und in fast brutaler Weise überdrüssig geworden. Seit dem Tag berührte sich Ignés, wenn ihr junger Körper schwach wurde und danach verlangte, in ihrem Wohnwagen selbst und verletzte sich dabei in voller Absicht mit dem Ring. Die Lust am Schmerz sollte sie daran erinnern, wer sie war. Dabei stellte sie sich vor, zwischen ihren Beinen wäre Stacheldraht.

»Er wird dich wie eine Hure behandeln«, sagte sie leise, als sie sich auf dem Kissen krümmte und Scirons Ring in das Dunkel ihres zitternden Körpers stieß, und ihre Stimme wurde vor Angst brüchig. Es war die Angst eines Mädchens. Eine Angst, die sie, die nie ein Mädchen hatte sein dürfen, nie zuvor empfunden hatte. Angst, ihn zu verlieren. Oder niemals zu besitzen.

Allein schon dieser so vollkommen neue Gedanke ließ sie erschauern und sie spürte einen warmen, feuchten Schwall dort, wo der Ring sie mit seinem Stein quälte. Abrupt zog Ignés die Hand zurück und rollte sich auf der Seite zusammen. Sie warf den Ring weit von sich. Klirrend schlug er auf dem blanken Holzboden des Wohnwagens auf.

In dem Moment erinnerte sie sich an den Perlmuttknopf. Das Einzige, was sie von ihm besaß. Sie holte ihn aus der Tasche ihres Kleids hervor und betrachtete ihn. Dann drückte sie ihn fest in ihrer Hand. Nachdem sie die Faust wieder geöffnet hatte, begann sie ihn mit der anderen Hand sanft und bedächtig zu streicheln, als wäre er lebendig. Als verkörperte er ihn selbst. Oder als wäre es der Teil ihres Wesens, der nur Schmerz und die Marter des Stacheldrahts kannte. Und während sie mit dem Finger sorgsam an den Rändern entlangfuhr, den Rillen nachspürte, die vier kleinen Löcher ertastete, durch die der Faden geführt wurde, bewegte sich ihr ganzer Körper unter diesen Liebkosungen. Fühlte diese Liebkosungen. Sanfte Liebkosungen, die keine Schrammen verursachten, ihr Fleisch nicht verbrannten oder bluten ließen. Langsam, warm und sinnlich waren sie. Ihre Lider senkten sich, während ihr Finger immer schneller streichelte und ihr ganzer Körper in einem Strom nie zuvor empfundener Wärme unter der Decke wogte. Ihre Beine lagen ausgestreckt, die Muskeln ihrer Schenkel spannten sich rhythmisch an, ihr Rücken bog sich. Als sie ihre Augen schloss, sah Ignés weder Stacheldraht noch das gewalttätige Gesicht ihres Vaters, auch klangen ihr nicht Scirons Anstößigkeiten im Ohr und sie spürte nicht die Last all der Männer auf sich, denen sie sich hingegeben hatte, ohne je einem einzigen von ihnen zu gehören. Ihre Lider hoben sich leicht und Ignés sah einzig das sanfte, leidenschaftliche Gesicht des Mannes, in dem sie sich gleich bei ihrer ersten Begegnung wiedererkannt kannte. Als sie die Augen ganz öffnete, sah sie den Knopf im flackernden Kerzenlicht schimmern und ihr Finger fuhr über die glatte Perlmuttoberfläche, die frei von Kanten war, an denen sie sich hätte verletzen können. Und der Knopf wurde zu ihrem Körper, der, ohne Schmerz empfinden zu müssen, bebte und Lust empfand. Und ihr Finger wurde zu seinem, der sie liebkoste. Und sie sah ihn an … sah ihn an … sah ihn an …

Ignés erstarrte. Beinahe erschrocken riss sie die Augen auf und blickte auf den Finger, der rasend kreiste, während ihr Körper unter einer heißen Woge erschauerte, die in ihr brannte und ihr den Atem nahm. Sie öffnete den Mund, weil sie genau in dem Augenblick seinen Namen aussprechen wollte …

Ihr Kopf fiel auf das Kissen zurück. Ignés keuchte.

Und dann weinte sie. Doch nicht aus Schmerz.

»Ich habe dich nicht einmal gefragt, wie du heißt«, sagte sie, bevor sie den Knopf wieder mit ihrer Hand umschloss.

»Bis zum Gefängnis dauert es nur einen Augenblick«, ließ Sergeant Londe Germinal am Abend wissen.

»Du brauchst mich nicht zu begleiten«, entgegnete ihm Germinal.

Von fern ratterte bereits die elektrische Straßenbahn heran, die im wohlhabenden Teil der Stadt nahezu überall die Pferdebahn abgelöst hatte.

»Diese Bahn ist eine bemerkenswerte Erfindung. Ich würde gern eine Runde damit fahren«, lachte Londe. »Keine Sorge, ich will nicht auf dich aufpassen.«

Germinal wusste jedoch, dass Londe sich in Wahrheit Gedanken wegen des bevorstehenden Besuchs machte. Er war ein echter Freund, womöglich der einzige, den er hatte.

Nachdem die Straßenbahn angehalten hatte, stiegen sie ein und suchten sich im vorderen Teil des elektrischen Gefährts einen Platz.

»Nur noch menschliche Ausdünstungen«, versuchte Londe zu scherzen. »Kein Pferdemist mehr. Die Wissenschaft macht enorme Fortschritte.«

Zerstreut schenkte Germinal ihm ein mattes Lächeln, bevor er seinen Blick wieder der Zeitung zuwandte, die Londe ihm mitgebracht hatte. Die gesamte Titelseite war dem Blutbad in der Villa Neef und vor allem den Ereignissen während der zwei Tage zurückliegenden Beisetzung gewidmet. Zwar hatte die Polizei das Foto des nackten Opfers beschlagnahmt, doch die Reporter hatten sich alle Mühe mit einem lebhaften Bericht über das Geschehen gegeben. Vom geschändeten Körper über die Tränen des Witwers und den Arbeiteraufstand bis zum Schuss in der Kirche hatte man nichts ausgelassen, vielmehr wurde jedes kleinste Detail in eindringlicher Weise geschildert. Dreizehn Festnahmen, ein zur Fahndung ausgeschriebener sozialistischer Aufrührer, zweiundzwanzig Verletzte, eine machtlose Polizei. Selbst der Stock mit der Efeuranke in Frau Neefs Hand war einer Erwähnung im Bericht nicht entronnen.

Während die Straßenbahn über die Schienen ratterte, schwirrten Germinal unzählige Gedanken durch den Kopf. Vor den Fenstern zog ein Gesicht der Stadt vorbei, das ganz anders war als die Mignatta, doch er sah gar nicht hin. Seine gesamte Aufmerksamkeit konzentrierte sich beharrlich auf einen Satz im Zusammenhang mit dem Fall Juffridi, mit dem ihn Kommissar Landau ›degradiert‹ hatte. Der Mord war in der Hölle verübt worden, wo Juffridi gelebt hatte. Der Mann war schätzungsweise sechzig Jahre alt. Da keine Dokumente existierten, die sein Geburtsjahr mit Gewissheit hätten belegen können, war das Ergebnis der Leichenschau mit den Aussagen derer verglichen worden, die ihn gekannt hatten. Und in der Mignatta kannte man Juffridi von jeher. Er war Schmied von Beruf. Obwohl die Tat an einem Ort wie der Hölle begangen worden war, wo das Leben einen deutlich geringeren Stellenwert besaß als anderswo, handelte es sich nicht um einen gewöhnlichen Mord. Germinal konnte sich nicht vorstellen, dass Kommissar Landau von einem derart abscheulichen Vorgehen völlig unbeeindruckt geblieben wäre. So musste er immer wieder an den Satz denken, mit dem die Aufzählung der Schrecken im Obduktionsbericht endete: ›Das Skrotum des Opfers wurde chirurgisch mit einem scharfen Instrument, vermutlich einem

Skalpell, in einem sauberen, durchgehenden Schnitt kreisförmig von rechts nach links entfernt.‹ Wenn Landau sich denn dazu herabgelassen hätte, den Bericht auch zu lesen.

»Landau ist kein Polizist ... er ist ein Sklave. Ein abgestumpfter Sklave«, sagte Germinal halblaut zu Londe. »Alles ist noch viel schlimmer, als du es mir beschrieben hattest.«

Der Sergeant verzog mitfühlend das Gesicht.

»Am Tag, als ich ankam, verprügelten zwei Polizisten gerade ohne jeden Grund einen armen, wehrlosen Schwachsinnigen«, fuhr Germinal im Flüsterton fort, damit die anderen Fahrgäste ihn nicht hörten. »Es war offensichtlich, dass sie Spaß daran hatten und so etwas dort an der Tagesordnung ist. Mit dem Einverständnis des Kommissars. Alle verachten sie Noverre, den Arzt, nur weil er ein Krüppel ist ... dabei ist er dort der einzige Mensch mit Verstand, das kannst du mir glauben. Das hochgestellte Mordopfer aus der Villa Neef darf nicht angerührt werden ... die Frau darf nicht obduziert werden, weil der Witwer ein Aktionär der Zuckerfabrik ist ...«

»Du hast sie dennoch angerührt, soviel ich weiß.«

»Natürlich, Londe.«

»Alleine?«

»... Ja.«

»Also nein.«

»Darum geht es doch nicht. Wichtig ist nur, was wir herausgefunden haben.«

»Hüte dich davor, Milton, in die Ermittlungen jemanden einzubeziehen, der nicht zur Polizei gehört.«

»Hör mir zu. Ich kann dir sagen, die Mignatta ist ein Pulverfass, das kurz vor der Explosion steht. Und langsam denke ich, es würde nicht schaden, wenn es tatsächlich dazu käme ... Weißt du, was der Lieblingsspruch dieser Leute ist? ›Die Fabrik gibt allen zu essen, doch Gott sei Dank verschlingt sie selbst nur die Arbeiter.‹ Das riesige Gebiet der Mignatta wird von weniger als einem Dutzend feiner Herren ausgebeutet, deren Privatarmee die Polizei ist ...«

Londe legte ihm die Hand auf die Schulter und flüsterte noch leiser: »Milton, du steckst schon genug in Schwierigkeiten ... Lass dich neben den Drogen nicht auch noch auf den Sozialismus ein.«

»Ich bin kein Sozialist.«

»Bist du nicht?«

»Ich bin kein Sozialist, Londe ... Aber alle Bürger haben ein Recht darauf, in gleicher Weise von der Polizei geschützt zu werden.«

»Das ist Idealismus, Milton. Dagegen ist es vielleicht doch noch besser, Sozialist zu sein. Schau der Realität ins Auge ... und tu deine Arbeit.«

»Genau das versuche ich doch gerade, verflucht«, fuhr Germinal mit nur mühsam gedämpfter Stimme auf. »Genau das versuche ich gerade zu tun. Landau hat mir den Fall Neef entzogen und mir stattdessen den Fall Juffridi übertragen, um mich aus allem herauszuhalten, weil er sagt, mir fehle das ermittlerische Feingefühl ... Aber begreifst du den Zusammenhang zwischen Juffridi und Neef? Begreifst du, worauf ich hinauswill?«, fragte Germinal drängend.

»Aber sicher, darauf käme selbst ein Idiot. Der Mörder ist ein und derselbe.«

»Nicht nur das. Er will uns auch etwas mitteilen. In diesem Mord steckt eine Botschaft. Eine Botschaft, für die ein weiterer Mord nötig war. Es sind noch viele Fragen offen ... Hat er Juffridi nur wegen des Hodens getötet? Hätte er somit statt seiner auch einen beliebigen anderen Mann töten können? Oder war der Mord an ihm Teil eines größeren Plans? Ein mit Tierknochen gefüllter menschlicher Hodensack. Und dann der Stock mit dem Efeu bei der Totenmesse ... Er hat die Zeremonie verfolgt, verstehst du? Er war da, mitten unter uns ... Welche Bedeutung hat dieser Efeustock? Der Mörder war da, trug ihn bei sich, hat den Tumult abgewartet ... Dabei konnte er doch gar nicht wissen, was geschehen würde, oder? Aber wie hätte er sonst den Stock zurücklassen wollen? Dies ist ein höchst ungewöhnlicher Fall, Londe, ständig geht er mir im Kopf herum, ohne dass ich zu irgendeinem Schluss komme … und dann die Eisenzähne … Weißt du, was Landau dazu gesagt hat? ›Ich denke darüber nach.‹ Willst du wissen, was ich denke? Landau würde niemals eine Verbindung zwischen einer Dame der Oberschicht und einem armen Schlucker aus der Hölle herstellen. Vor lauter Angst würde er sogar den Mörder entwischen lassen. Deshalb brauche ich Sanguinetis Hilfe. In der Mignatta gibt es nämlich nicht einen einzigen Polizisten …«

Londe erhob sich von seinem Sitz: »Da ist es, wir müssen aussteigen.«

Bedrohlich überragte das mächtige Gebäude vor dem grauen Himmel einen ganzen Häuserblock. Das Zentralgefängnis.

Während Germinal und Londe die Straße überquerten, nahm die elektrische Bahn ganz ohne Pferde ihre Fahrt wieder auf, was die gesamte Stadt noch immer in Erstaunen versetzte.

Vor dem großen Panzertor hielt Londe Germinal auf: »Der Chef hat sich bereit erklärt, dich in jeglicher Weise zu unterstützen.«

»Ach, wirklich? Dann richte Sanguineti aus, es genügt mir schon, wenn er Landau die Hände bindet. Landau ist das Krebsgeschwür der Mignatta. Seine einzige Sorge ist es, den jungen Sozialisten zu finden, der seiner Meinung nach für die Unruhen verantwortlich ist … Er hat nur Ohren für die Fabrikherren …«

»Fabrikherren? Vorsicht, Milton, du magst ja kein Sozialist sein, aber reden tust du gerade wie einer.«

»Geh zum Teufel, Londe. Weißt du, was die Leute in der Kirche gebrüllt haben? Dass der Mord an der Neef ein Racheakt war. Genau das macht mir Angst und sollte auch den Aktionären Angst machen. Hast du eine Vorstellung davon, was passieren könnte, wenn die Arbeiter den Mörder zu ihrem Helden machten? Wenn der Mord auf einmal zu politischen Zwecken genutzt würde? Du hast nicht mit eigenen Augen gesehen, unter welchen Bedingungen die Arbeiter leben. Sie haben nichts zu verlieren, sie sind Lasttiere, nichts weiter. Hier geht es nicht um Sozialismus, sondern um gesunden Menschenverstand. Ich sage dir, das Ganze ist ein Pulverfass … und gefährlicher, als Landau und diese arroganten Dummköpfe von Aktionären glauben.«

»Gehen wir«, sagte Londe und öffnete das Tor. Dann steuerte er auf einen hinter dem Empfangstresen dösenden Gefängniswärter zu. »Wir müssen mit …«, er zog einen Notizzettel aus der Tasche, »mit dem Gefangenen Lucas Sideras sprechen.«

»Es ist schon spät. Habt Ihr überhaupt eine Besuchserlaubnis?«, entgegnete der Aufseher träge.

»Du sagst uns schleunigst, in welcher Zelle er sitzt, und lässt uns dorthin bringen«, herrschte ihn der Sergeant in einem Ton an, der keinen Widerspruch duldete. »Habe ich mich klar ausgedrückt?«

Der Wärter warf einen Blick in das Gefangenenverzeichnis und stand auf. »Vertrete mich am Eingang, ich muss zwei Besucher zu einem Gefangenen bringen«, rief er ins Nebenzimmer hinein, bevor er sich wieder Germinal und Londe zuwandte. »Folgt mir.« Während er in Richtung des Gefangenentrakts vorausging, murmelte er, wie um sich den Weg einzuprägen, vor sich hin: »Zelle 50/DF.«

»Lucas Sideras? Ich kannte seinen richtigen Namen gar nicht …«, bemerkte Germinal.

»Nun ja, das Interesse an deinem Experten war ja auch anderer Natur«, bemerkte Londe und schloss sich dem Aufseher an.

Germinal schwieg, während sie die dunklen, feuchten Gefängniskorridore entlangliefen. In seiner Tasche befand sich das noch genau halb volle Glasfläschchen mit Chloralhydrat, das er in der Nacht der verbotenen Obduktion gestohlen hatte. Diese Hälfte war für Lucas Sideras bestimmt, den Gefangenen aus Zelle 50/DF. Den Mann, den Germinal unter dem Namen Singapur kannte. Der ihm gezeigt hatte, wie er seine Albträume mit Opium und später mit dem neuen, stark verfeinerten Alkaloid, inzwischen allgemein als Heroin bekannt, erträglich machen konnte.

»Lass uns allein«, wies Londe den Aufseher an, als sie die Zelle erreicht hatten.

Nachdem der Wärter aufgeschlossen hatte, trat er einige Schritte zurück. Londe öffnete die Eisentür und stellte sich wachsam mit verschränkten Armen vor der Zelle auf.

Germinal ging mit zusammengekniffenen Augen hinein. Sie waren zuvor zwei Stockwerke hinabgestiegen. Aus einem schmalen Fenster in der Höhe drang nur bleiches, künstliches Licht. Es stank nach Schimmel und Urin. Auf einer Holzpritsche, die mit zwei Ketten an der feuchten, rissigen Wand befestigt war, lag schlotternd und zusammengekauert wie ein Fötus ein erschreckend ausgezehrter Mann, der nicht einmal den Blick hob, um zu sehen, wer hereinkam. Als Germinal näher herantrat und seine Augen sich langsam an die Dunkelheit gewöhnten, erkannte er, dass der Mann seine durch Austrocknung und Unterernährung aufgeplatzten Lippen bewegte. Erst da nahm er auch ein leierndes Gemurmel wahr.

»Singapur …«, sprach er ihn an. »Erkennst du mich wieder? Ich bin es, Germinal. Inspektor Milton Germinal. Erinnerst du dich an mich?«

Als Singapur den Namen hörte, blickte er auf und winkte Germinal mit zitternder Hand zu sich heran. Er schien beinahe zu lächeln. »Stellt Euch … ins Licht …«, flüsterte er kaum hörbar.

Germinal hielt sein Gesicht in den matten Lichtstrahl, der durch das kleine Fenster einfiel.

Singapur lachte leise. »Ihr …«, sagte er nur, doch in dem Hauch von Stimme, den er hervorzubringen vermochte, schwang Freude mit.

»Wasser, Londe«, rief Germinal in Richtung Zellentür. »Sag ihm, er soll Wasser bringen.«

»Hol uns Wasser!«, befahl Londe auf der Stelle dem Aufseher. »Sofort! Aber kein abgestandenes!«

Unterdessen hatte Germinal Singapur beim Aufsetzen geholfen und ihm den Arm um die Schultern gelegt. Dabei ertastete er nichts als Knochen. Schlotternde, von Fieber und Entzug ausgezehrte Knochen.

»Ich habe dir etwas mitgebracht«, flüsterte er ihm ins Ohr. »Chloral. Das ist alles, was ich habe. Es wird deine Schmerzen vorerst ein wenig lindern. Die Höchstdosis sind zehn Gran, aber in deinem Zustand wären die für dich tödlich. Ich gebe dir erst einmal nur fünf, das Fläschchen kannst du behalten. Singapur, schau mich an.« Er drehte Singapurs hageren Kopf in seine Richtung. »Geh sparsam damit um, ich weiß nicht, ob ich dir noch mehr besorgen kann.«

Singapur senkte zustimmend die Lider, doch aus seinen Augen las Germinal, was er Tag für Tag bei sich selbst und allen, die so waren wie er, feststellen konnte. Er wäre jeden Kompromiss eingegangen, hätte geschworen, was immer Germinal von ihm verlangte, nur um das Chloral zu bekommen. Als er den Wärter zurückkommen hörte, schraubte er das Fläschchen auf und ließ Singapur die vereinbarte Dosis schlucken. Singapur lächelte dankbar. Durch die Anspannung platzten die Krusten an seinen Schlangenlippen auf und brachten anstelle von Blut eine hellgelbe Flüssigkeit hervor.

»Geh wieder an deinen Platz«, sagte Londe zum Aufseher und trug einen Eimer in die Zelle, in dem ein Schöpflöffel klapperte. Er stellte ihn vor Germinal hin, warf einen Blick auf Singapur, der nur noch ein Schatten seiner selbst war, und ging wieder hinaus.

»Trink«, sagte Germinal zu Singapur, während er ihm mit dem Löffel einen Schluck Wasser einflößte.

Singapur trank gierig, bis ihn ein Brechreiz überfiel. Er hielt sich den Mund zu und unterdrückte ihn.

»Übergib dich ruhig, es macht mir nichts aus«, sagte Germinal.

»Nein, ich … will nicht …«, hauchte Singapur schwer atmend, »ich will nicht … das Chloral vergeuden …«, und wieder lachte er lautlos. Dann griff er nach Germinals Hand und drückte sie mit seinen knochigen Fingern. »Danke …«, sagte er.

»Hier, nimm«, hielt Germinal ihm das Fläschchen hin. »Versteck es gut.«

Singapurs Augen leuchteten für einen Moment auf, während er den wertvollen Schatz schnell in seiner Hosentasche verschwinden ließ. »Wie geht es Euch? Was ist mit … dem Vergessen? Habt Ihr es … nun gefunden?«

Germinal schwieg.

»Sie haben mir alle meine Bücher weggenommen …«, murmelte Singapur, der sich mit geschlossenen Augen an Germinal lehnte, während das Chloral sein Elend vorübergehend betäubte. »Sie haben mir … auch die Brille weggenommen … und hier gibt es kein Licht …«

Sanft strich Germinal ihm über die Schultern, die nur noch Haut und Knochen waren.

Singapur löste sich von ihm, schlug die Augen auf und ließ sie langsam umherschweifen, als müsse er sich erst erinnern, wo er sich befand. Dann sah er Germinal an. »Wasser … gebt mir Wasser …«, sagte er.

Germinal setzte ihm den Schöpflöffel an die Lippen und ließ ihn seinen Durst stillen.

Darauf nahm Singapur Germinals Gesicht in seine knochigen Hände. »Hört mir zu, Inspektor … erinnert … Ihr Euch noch, was ich Euch gesagt habe, als Ihr zuletzt bei mir wart … bevor … das alles geschehen ist?«

»Nein, Singapur.«

»Ich sagte … ich sei zuversichtlich … dass wenigstens Ihr die Kraft hättet aufzuhören … Erinnert Ihr Euch?«

»Ja«, log Germinal.

»Jetzt seht mich an … als würdet Ihr in einen Spiegel schauen … Ihr seid nicht gekommen, um mir zu helfen … sondern weil Ihr selbst Hilfe sucht, habe ich recht?«

Germinal schwieg. In der stinkenden Dunkelheit war plötzlich Ignés' Gesicht vor ihm aufgetaucht.

»Rückt mich näher ans Licht … ich möchte, dass Ihr mir in die Augen seht … Ich werde die Frage aussprechen, die mir zu stellen Ihr nicht den Mut habt …«

»Ich will dir keine Frage stellen«, widersprach Germinal schwach. Dennoch drehte er Singapurs schmalen Körper, bis Licht in seine Augen fiel.

»So ist es gut …«, sagte Singapur nun. »Schaut Euch an … was Ihr in mir sehen wolltet.« Ein schwacher Atemzug. »Wollt Ihr … die Antwort?« Noch ein schwacher Seufzer. »Habt Ihr … einen Grund … um … um aufzuhören?«

Erneut durchdrang Ignés' Gesicht die finstere Zelle und Germinals dunkle Gedanken. Für einen kurzen Moment erhellte sich sein Blick.

»Ja … Für Euch ist es noch nicht zu spät … Germinal … Es ist an der Zeit, eine Entscheidung zu treffen …«

»Singapur …«

»Habt Ihr gesehen … was Ihr sehen musstet? Habt Ihr Euch … im Spiegel gesehen?«

Germinal vermochte Singapurs Blick nicht standzuhalten und schlug die Augen nieder. Schließlich legte er dem Süchtigen eine Hand auf die Schulter, stand auf und machte sich auf den Weg zum Ausgang. »Wir müssen einen Weg finden, ihn hier herauszuholen«, sagte er im Vorbeigehen zu Londe.

›Ihr habt mich schon hier herausgeholt‹, dachte Singapur, während die Umdrehungen des Schlüssels, der die Zelle wieder absperrte, durch die Dunkelheit hallten. »Ihr habt mich schon hier herausgeholt …«, sagte er leise und griff mit zitternder Hand in seine Hosentasche. Er zog das Fläschchen mit dem Chloral hervor, schraubte es auf, schluckte den ganzen bitteren Inhalt und erwartete den Eintritt des Komas mit einem Lächeln auf den Lippen.

Zweiter Teil

XV

Gelb war zur auffälligsten Farbe an seiner äußeren Erscheinung geworden. Gelblich war das krause ergraute Haar, das ihm in wirren Büscheln vom Kopf abstand und zum Gesicht hin in einen breiten Backenbart überging, der wie angeklebt wirkte. Auch die weit auseinanderstehenden, starren Augen, die keinerlei Gefühl oder Verständnis erkennen ließen für das, was sie erblickten, waren bis auf die Iris gelb. Die gesamte Haut, die sich über seinem länglichen, wie von innen her ausgezehrten Gesicht spannte, war von Gelbsucht verfärbt und sah aus wie an einem feuchten, düsteren Ort gegerbtes Leder. Auch der Rest seines Körpers leuchtete phosphorgelb, wodurch er an eines der von der Natur speziell für einen stockfinsteren und für andere unergründlichen Lebensraum geschaffenen Tiefseeungeheuer erinnerte. Seine langen Zähne waren gelblich wie altes, unpfleglich behandeltes Elfenbein und ragten so unregelmäßig gezackt aus dem Zahnfleisch wie Stalaktiten aus einer Grottenwand. Seine Finger, dünn und zerbrechlich wie die Beine einer Albinospinne, bewegten sich rastlos und verwirrend unabhängig voneinander. Trotz alledem zeigten sich in Gabriel Sciron noch immer die Spuren einer vergangenen edlen Schönheit – besonders in seiner schmalen Adlernase und ganz allgemein in seiner stolz verschlossenen Art –, die ihm einst eine faszinierende Ausstrahlung verliehen haben musste.

Der alte Sciron betrachtete den Jungen, der nackt ausgestreckt auf dem Tisch lag. Knapp dreizehn Jahre war er alt und noch mischte sich eine kindliche Unschuld in seinen bäurisch derben Gesichtsausdruck. Er hatte breite Schultern, einen kräftigen, athletisch gebauten Oberkörper und muskulöse Arme. Alles in allem deutete seine gesamte Verfassung darauf hin, dass er sich von Geburt an immer hatte satt essen können. Für sein Alter war er überdurchschnittlich groß und unterschied sich nicht von den meisten Erwachsenen.

»Es wird nicht wehtun«, versprach Sciron dem Jungen, dem Schweißperlen auf die Stirn traten und dessen Blick von rechts nach links jagte, ohne dass er selbst wusste, wonach er suchte. Der Alte setzte ihm daraufhin eine vorsorglich aufgezogene Spritze in den Arm. Er blickte ihm geradewegs in die Augen und begann im Flüsterton langsam zu zählen.

»Hunderteins … hundertzwei … hundertdrei … hundertvier …«

Der Junge beruhigte sich und lächelte. Er lächelte und senkte ergeben seine Lider. Mit seinen langen Spinnenfingern hob Sciron sie ihm behutsam wieder an und zwang ihn für einige Sekunden, ihm in die Augen zu blicken. Dabei zählte er mit beschwörender Stimme weiter.

»Hundertfünf … hundertsechs … hundertsieben … hundertacht …«

Am Abend zuvor hatte Sciron plötzlich die Hand auf seinen Bauch gepresst und sich mit schmerzverzerrtem Gesicht gekrümmt. Als er sich wieder aufgerichtet hatte, schien sein gequältes, zerfurchtes Gesicht blutleer. Die dunklen Augen lagen noch tiefer als sonst in ihren Höhlen und die schwarze Theaterschminke, mit der er sie nach Art eines Schauspielers dünn umrahmt hatte, war ein wenig verwischt und hing in Tropfen an seinen spärlichen Wimpern.

»Mein Magengeschwür«, erklärte er der Frau, die ihm gegenüberstand, und bleckte lächelnd die obere Reihe seiner Elfenbeinzähne. »Es ruft sich gerne spürbar in Erinnerung. Wie bei einem Fisch, der dem Angler entwischt ist, aber den Angelhaken verschluckt hat.«

Sciron gab der Frau ein Zeichen zu warten und holte aus einer Anrichte eine schlanke Karaffe mit einem facettierten Stöpsel aus reinem Kristall hervor, der das matte Laternenlicht auffing und in Regenbogenfarben zurückwarf. Er goss ein wenig von der weißen Flüssigkeit in einen transparenten Kelch aus hauchzartem Glas.

»Milch.« Er hob der Frau das Glas entgegen. »Mein Magengeschwür ist ganz gierig nach Milch. Erlaubt mir, seinen Hunger zu stillen, Frau … Wie war Euer Name doch gleich?« Er trank einen großen Schluck.

»Lavaronne«, antwortete die Frau.

»Und Euer Mann … womit verdient er sein Geld?«

»Mein Mann und ich führen das einzig achtbare Wirtshaus hier in der Mignatta, die Geschäfte laufen gut …« Die Frau zögerte. »Wir können zahlen, Doktor Sciron.«

»Zunächst will ich mir den Jungen einmal ansehen«, fuhr Sciron, ihr den Rücken zuwendend, fort. »Ich muss mich vergewissern, ob er zäh genug ist, die Behandlung zu überstehen. Die Kraft kann ich ihm bei all meiner Fachkenntnis nicht geben. Sie muss in seiner Natur liegen, versteht Ihr?«

»Er ist stark«, warf Frau Lavaronne sofort ein. »Ich versichere Euch, mein Junge ist stark wie ein Ochse.«

»Bei allem Respekt für Eure Mutterliebe …«, sagte Sciron langsam und deutlich, »überlasst mir die Beurteilung. Nicht Liebe, sondern Wissenschaft ist der Maßstab für die Kraft, von der ich spreche.«

»Aber er ist stark …«, jammerte die Frau. »Ich sage Euch, er ist stark … er ist stark …«

Langsam trat Sciron an sie heran. Ebenso langsam beugte er sich mit seinem faltigen, vom nagenden Magengeschwür ausgezehrten Gesicht zu ihr hinunter. Sie roch nach Küche und Waschkeller, nach Bratensoße und Seife. »Ihr wollt, dass ich ihn operiere, selbst wenn ich nicht weiß, ob er stark genug ist?«, raunte er ihr ins Ohr.

»Ich will, dass mein Sohn …« Die Frau hielt inne. »Doktor Sciron, Ihr wisst nicht, was einer Mutter ihr Kind bedeutet …«, schluchzte sie auf.

»Wie alt ist der Junge?«

»Im März wird er dreizehn.« Die Frau hob den Kopf und

blickte flehentlich in Scirons gelbe Augen. »Aber er ist kräftig wie ein Zwanzigjähriger ... wäre da nicht ...«

»Kennt Ihr den Preis?«

»Nein, aber ...«

»Er ist hoch.«

»Das ist egal.«

»Ist Euer Mann derselben Meinung?«

»Mehr noch als ich. Er ist krank geworden wegen dieser ...«

»Dann wird er also bezahlen?«

»Wir werden bezahlen.«

Sciron fuhr herum. »Sagen wir morgen?«, fragte er.

Die Frau schlug die Hand vor die Brust und sah ihn mit großen Augen und offenem Mund an. »Morgen?«, wiederholte sie schwach.

»Ist es Euch nicht mehr eilig?«

»Oh doch, natürlich. Um Himmels willen, ja ...«, beeilte sich Frau Lavaronne zu versichern. Dann sackte sie in sich zusammen. »Wollt Ihr wissen, wie mein Junge heißt?«, fragte sie unvermittelt mit verwandelter, mädchenhafter Stimme. »Sein Name ist Jack.«

»Auf Wiedersehen, Frau Lavaronne«, entgegnete Sciron. »Bis morgen.«

Überwältigt von ihrem Schmerz hatte die Frau schließlich, ohne sich zu verabschieden, den Wohnwagen verlassen.

»Hunderteinundzwanzig ... hundertzweiundzwanzig ... hundertdreiundzwanzig ... hundertvierundzwanzig ...«, zählte Sciron noch immer. »Und ... hundertfünfundzwanzig. Schlaf ... schlaf, mein kleiner Jack.«

Sciron betrachtete die untere Körperhälfte des Jungen. Auf seinem rechten Oberschenkel, der kräftig und wohlgeformt war, traten die Muskulatur und der Ansatz der das Kniegelenk stützenden Bänder deutlich hervor; die Wade hatte die Form einer bauchigen Flasche und verschlankte sich bis hinunter zum kräftigen Knöchel, der den gewöhnlichen, dafür aber robusten und zuverlässigen Knochenbau eines Arbeitstieres aufwies. Ohne viel Aufhebens stieß Sciron dem Jungen eine lange Nadel in den linken Schenkel. Der Schenkel war mager, das Knie verdickt. An der nahezu verkümmerten Wade baumelte ein im Verhältnis zum Bein überproportional großer Fuß. Das Bein war kürzer als das andere, dem es nicht einmal entfernt ähnlich sah. Der Körper des Jungen zuckte leicht zusammen, als die Nadel quer durch den Schenkel drang.

»Ein bisschen wirst du schon spüren …«, bemerkte Sciron, bevor er sich zu einer dunklen Ecke des Wohnwagens wandte, mit dem er von Ort zu Ort zog, in dem er schlief und operierte.

»Hol sie herein«, sagte er in die Dunkelheit hinein.

Eine mächtige Gestalt zeichnete sich ab. Mit hölzernen Schritten ging der Maschinenmann zur Tür, öffnete sie und starrte die Frau grimmig an.

»Kommt herein, Frau Lavaronne«, rief Sciron. »Hier ist Euer Junge«, setzte er hinzu, während die Frau in den Wohnwagen stieg und sich mit besorgtem Blick ihrem Sohn näherte, der nur halb bei Bewusstsein war. »Er ist nun bereit für die Behandlung.«

Die Frau schlug die Hand vor den Mund.

»Habt Ihr das Geld?«, fragte Sciron sie.

Aus einem Ärmel zog die Frau ein klingelndes Ledersäckchen hervor und reichte es ihm. Der Alte schnürte es auf und schüttete die Münzen auf einem kleinen Schreibtisch aus. Flüchtig zählte er das Geld nach.

»Mach mehr Licht«, befahl Sciron dem Maschinenmann.

Der Riese zündete einige Laternen an, die zu beiden Seiten des Tisches bereitstanden. Zwei Spiegelbleche hinter jeder Laterne verstärkten das Licht und lenkten es auf die Operationsfläche. Der Junge lag nackt und regungslos da. Um seine Lippen spielte ein stumpfsinniges Lächeln.

Mit einem Fettstift markierte Sciron entlang des verkümmerten Schenkels und in der Wadenmitte eine Reihe von

Punkten. »Eine einmalige Anwendung wird nicht genügen, außerdem kann ich keinen absoluten Erfolg garantieren«, erklärte er der Frau. »Die Länge der Knochen bleibt nun einmal gleich, da hilft nur eine Prothese, wie ich sie für meinen unvergleichlichen Maschinenmann entwickelt habe. Dafür reicht allerdings die heutige Zahlung nicht aus.«

Entsetzt starrte die Frau auf den Maschinenmann. »Aber mein Sohn …«, stammelte sie. »Ich … ich will nicht, dass mein Sohn … dass er … eine Maschine wird.« Sie brach in Tränen aus.

Sciron ließ sein boshaftes, verächtliches Lachen hören. »Euer Sohn wird höchstens ein mechanisches Bein haben, Frau Lavaronne«, entgegnete er. Daraufhin suchte er den Blick des Maschinenmannes und nickte ihm zu.

Der Hüne umfasste den Jungen mit seinen Metallhänden und setzte ihn auf, bis seine Beine, das gesunde und das verkümmerte, knapp über dem Boden baumelten.

»Jack, kannst du mich hören? Ich will, dass du dein rechtes Bein bewegst«, sagte Sciron.

Der Junge spannte die kräftigen Muskeln seines gesunden Schenkels an und hob das Bein.

»Gut so, Jack. Jetzt mach das Gleiche mit dem linken Bein«, forderte er ihn auf.

Das verkümmerte Bein des Jungen bewegte sich kaum. Vor Verzweiflung schluchzte seine Mutter leise auf.

»Bring mir die Geräte«, befahl Sciron dem Maschinenmann.

Aus einer Kiste holte der Riese aus Haut und Messing eine große Kupferspule mit einer daran angeschlossenen komplizierten Vorrichtung aus Scheiben, Rädchen, Walzen und Rollen hervor, aus der am Rand eine Kurbel ragte. Von der Spule gingen wachsummantelte Kabel, ebenfalls aus Kupfer, mit Klemmen an den Spitzen ab. Der Maschinenmann stellte den Apparat auf dem Tisch neben dem Jungen ab. Dann reichte er Sciron ein Kästchen aus Kirschholz. Der Alte klappte es auf, nahm so viele Nadeln heraus, wie er Markierungen mit dem Fettstift aufgemalt hatte, und stach sie dem Jungen – während die Frau sich schaudernd die Hände vor die Augen hielt – eine nach der anderen in Schenkel und Wade. Danach klemmte er an jeder Nadel eines der wachsumhüllten Kabel fest. Als er fertig war, gab er seinem unmenschlichen Helfer ein Zeichen.

Mit hölzernem Eifer begann der Maschinenmann an der Kurbel zu drehen und erzeugte damit in der Spule elektrische Energie.

»Jetzt seht genau hin«, sagte Sciron zu der Frau. »Beweg das linke Bein, Jack«, befahl er und betätigte zugleich an der Vorrichtung einen Hebel.

Von Stromstößen durchzuckt fuhr das verkümmerte Bein des Jungen in die Höhe, während eine Kontraktion des Wadenmuskels seinen Fuß nach vorne schnellen ließ. Sciron unterbrach den Kontakt und das Bein kehrte in seine Ausgangsstellung zurück. Als er ihn wieder herstellte, schlug das Bein erneut elektrisiert aus.

Frau Lavaronne fiel auf die Knie und bekreuzigte sich. »Gott segne Euch, Doktor Sciron!«, rief sie, nun vor Freude weinend, griff nach der Hand ihres Wohltäters und küsste sie überschwänglich. »Gott segne Euch!«

»Im Moment wird die Bewegung des Beins noch durch einen äußeren Reiz stimuliert«, erklärte Sciron. »Der Junge scheint jedoch gut auf die Behandlung anzusprechen. Allerdings werden für einen sichtbaren Erfolg noch viele Anwendungen nötig sein. Meine elektrische Gymnastik ist zwar außergewöhnlich, aber Wunder kann auch sie nicht vollbringen.«

»Das hier ist doch bereits ein Wunder!«, widersprach die Frau, während sie sich vom Boden erhob und Sciron an sich drückte. »Er kann es bewegen! Er kann sein Bein bewegen!«

Ungehalten befreite sich Sciron aus der Umarmung. »Holt ihn in zwei Stunden ab und bringt ihn mir morgen wieder her. Was Ihr heute bezahlt habt …« – Sciron blickte hinter sich auf die schimmernden Münzen auf seinem Schreibtisch –, »entspricht dem Preis für zehn Sitzungen. Sollten weitere erforderlich sein … seid Ihr in der Lage, dafür aufzukommen?«

»Gewiss, Doktor Sciron. Ich würde alles tun, damit mein Jack beim Laufen nicht mehr das Bein nachziehen muss.«

Sciron wandte sich von ihr ab. Die Frau hörte, wie die Tür geöffnet wurde. Mit seiner undurchdringlichen Maske aus Haut und Messing forderte der Maschinenmann sie auf, den Wohnwagen zu verlassen. Die Frau warf einen letzten Blick auf ihren Sohn und ging.

Kaum waren sie allein, presste Sciron einen mit Chloroform getränkten Lappen auf das Gesicht des Jungen, der daraufhin die Augen verdrehte und einschlief. Sciron ließ sich mit erschöpfter Miene in einen samtbezogenen Sessel fallen.

Da tauchte auf der rückwärtigen Seite des Wohnwagens Ignés im Türrahmen auf. Auf ihrem Gesicht lag ein angespannter, rastloser Ausdruck. Sie entdeckte die Münzen auf dem Schreibtisch: »Du hast sie ja ordentlich geschröpft.«

»Nichts ist dem Gelehrten zuträglicher als die Unwissenheit der Leute«, lachte Sciron.

»Ich habe sie gesehen …«, bemerkte Ignés aufgebracht. »Sie scheint eine rechtschaffene Frau zu sein …«

»Dämpf das Licht, es fällt mir genauso auf die Nerven wie deine heuchlerischen Moralpredigten«, entgegnete Sciron kalt. »Und hilf ihm dabei, diesen nutzlosen Apparat wegzuräumen.«

Ignés trat an den Jungen heran, befreite ihn von den Kabeln, zog die Nadeln aus Schenkel und Wade und legte sie in das Holzkästchen zurück. Nachdem sie die Kabel aufgerollt hatte, sah sie sich nach dem Maschinenmann um, der sich gerade die weite Jacke aus schwerem dunkelgrünem Stoff aufknöpfte. »Warte«, sagte sie schroff zu ihm und zeigte auf die Kupferspule und die Vorrichtung aus Scheiben, Rollen, Zylindern und Zugfedern. »Das Ding ist zu schwer für mich. Räum du es weg.«

»Das Licht«, wiederholte Sciron.

Ignés dämpfte das Licht, worauf der Wohnwagen im Halbdunkel versank. Der Junge lag reglos und abwesend auf dem Tisch.

Mit Häme im Blick sah Sciron sie an: »Für heute habe ich zwei Privatvorstellungen organisiert ... meine Nebelkönigin. Eine findet jetzt gleich statt, die andere am Abend. Gib dein Bestes«, sagte er und lachte.

Ignés griff in einer Tasche ihres Kleides nach Germinals Perlmuttknopf. »Was bist du nur für ein altes Schwein.«

Wieder lachte Sciron. Beinahe vergnügt. »Ist das der Lohn dafür, dass ich dich vor deinem Vater gerettet habe?«

»Du hast mich mitgenommen, um mir genau das Gleiche anzutun wie er.«

»Aber ich war nicht dein Vater«, grinste Sciron.

Ignés musterte ihn mit hartem, grausamem Blick: »Nein, aber du warst damals schon älter als er.«

Sciron wirkte getroffen. »Dann bist du wohl froh, dass Stigle wieder bei uns ist? Zumindest ist er jung ...«

»Ich habe genug von deiner Verdorbenheit«, erwiderte Ignés und presste den Knopf in ihrer Hand.

»Dabei ist es deine eigene, die du nicht loswirst«, gab Sciron zurück.

Aus dem Protokoll ging hervor, dass der Mann, der Juffridis sterbliche Überreste gefunden hatte, in der Zuckerfabrik als Direktor für den Bereich Gärung zuständig war, und da Germinal dem allgemeinen Bericht nur sehr nüchterne Angaben entnehmen konnte, hatte er beschlossen, den Mann persönlich aufzusuchen. Manchmal ließ sich in der Erinnerung von Zeugen ein verborgenes Indiz aufspüren.

Germinal verließ das Kommissariat und setzte unter den neugierigen Blicken des Wachpostens sein Motorrad in Gang. Wieder hatte er am Vorabend eine Dosis Chloral geschluckt.

Während der Fahrt, nachdem er die dicken Mauern der Anstalt hinter sich gelassen hatte und die Türme der Zuckerfabrik noch nicht in Sicht waren, kehrten seine Gedanken erneut zu Ignés zurück. Als er anhielt, um den Fabrikwächter nach dem Weg zu fragen, war er gerade bei der Vorstellung ihres Gesichts angelangt, wie es im Schlaf oder kurz nach dem Erwachen aussehen musste, wenn ihre Wimpern zerdrückt und ihre Wangen von der Wärme des Betts gerötet waren. Er stellte sie sich nach dem Liebesakt vor, als Geliebte, die am Morgen danach nicht unerwünscht war. Bei diesem Bild vergaß er sowohl seine Albträume als auch Landau und wollte es auch dann nicht loslassen, als er schließlich einen holzüberdachten Bau aus Ziegelstein und Metall betrat.

Der Anbau war in jüngster Vergangenheit errichtet worden, davon zeugten noch helle Mörtelflecken an den Mauern. Zudem war das Eisen nur an den Stellen verrostet, wo es Regen und Feuchtigkeit am stärksten ausgesetzt war. In der Mitte dieser Durchgangshalle wärmten sich Arbeiter an dem Feuer, das in einem großen Kohlebecken brannte und dessen Qualm von einem schlichten, an vier schweren Ketten von der Decke pendelnden Rauchfang nach oben gesaugt wurde. Entlang der rechten Wand durchquerten zwei Gleispaare die Halle. Seitlich geschlossene Waggons ratterten – auf dem Hinweg hoch gefüllt mit Zuckerrüben, auf dem Rückweg leer – von kräftigen Wallachen gezogen auf kleinen Rädern über die Schienen. Die Pferde wurden von abgezehrten kleinen Jungen im Alter von vielleicht zehn bis höchstens zwölf Jahren, von denen einer dem anderen ähnelte, am Zaumzeug geführt. Germinal stieg drei tiefe Stufen hinab in einen großen, fensterlosen Raum, der von zwei gasbetriebenen Blakern, die das Licht zurückwarfen und verstärkten, taghell erleuchtet war. Der Raum lag etwa vier Fuß unterhalb der Halle, mit Ausnahme einer Plattform, auf der die Gleise eine Kurve beschrieben und in die entgegengesetzte Richtung zurückführten. Sobald die Waggons in der Kurve am äußeren Rand der Plattform hielten, entriegelten zwei betagte Arbeiter die Ladefläche und ließen sie nach unten aufklappen. Die nur grob von Blättern und Stielen befreiten

Zuckerrüben rollten auf einen flacheren, nicht auf Schienen laufenden Karren, der von den beiden Arbeitern in die Mitte des Raums geschoben und dort auf den Boden ausgeleert wurde. Mehrere Dutzend Arbeiterinnen fortgeschrittenen Alters putzten die Rüben mit Sichelmessern und warfen sie anschließend in zwei in den Boden eingelassene Eisenkörbe. Der eine war für größere Rüben in gutem Zustand bestimmt, aus denen man die Zuckerraffinade gewann, in dem anderen Korb landeten die wurmzerfressenen oder überreifen Knollen, die nur zu braunem Zucker weiterverarbeitet wurden.

Überall herrschte ein stechender Gärgeruch, der sich nur in Nuancen von Fäulnisgestank unterschied, und die Luft war drückend von feuchten, schweren Dämpfen.

Ab und an einen Arbeiter nach dem Weg fragend steuerte Germinal unsicheren Schrittes auf den Gärungsbereich zu, dessen Direktor er suchte. Die Fabrik war ein Labyrinth. Offenbar hatte man den verwinkelten Bau im Laufe der Zeit mit zunehmender Blüte des Geschäfts stetig vergrößert, war dabei jedoch einzig der Logik von Improvisation und Sparsamkeit gefolgt. So trafen Hallen von den Ausmaßen eines Kirchenschiffs auf niedrige Räume, die als Durchgang und Lager zugleich dienten. Wenn einmal nicht durchdringender Maschinenlärm durch das Gebäude hallte, waren die Schimpftiraden eines Arbeiters zu hören, der im Getriebe nach dem Rechten sehen musste.

Die Gärungshalle war von beeindruckender Größe. Durch den Eingang gelangte man geradewegs auf eine Galerie aus Eisen und Holz mit einer hohen, jedoch weitmaschigen Umzäunung, die den Blick auf eine Halle voll mächtiger, in den Boden eingelassener Druckkessel freigab. Der Gestank war nun unerträglich und die Feuchtigkeit stieg augenblicklich zu Kopf. Germinal bekam inmitten der Alkoholdämpfe kaum Luft und musste sich am Handlauf abstützen, während ein Arbeiter auf einen ebenfalls frei schwebenden Kontrollraum am Ende des Laufgangs auf der entgegengesetzten Seite der riesigen Halle deutete. Hinter rußgrauen Scheiben zeichnete sich die Gestalt des Bereichsdirektors ab; Germinal erkannte in ihm sofort den ganz in Schwarz herausgeputzten Mann mit dem im Nacken zu einem Knoten gebundenen langen Haar, der während der Totenmesse für Frau Neef neben dem alten Sciron gesessen hatte.

»Ich gehe wohl recht in der Annahme, dass Ihr der Direktor seid?«, öffnete Germinal mit einem Lächeln die Tür. »Der Weg zu Euch ist ja abenteuerlich.«

Offenbar nicht im Mindesten verwundert über den Besuch lächelte Stigle zurück, ehe er sich einem edlen rötlichen Kirschholzschrank zuwandte, in dem sich ein Manometer befand. »Und Ihr seid der neue Polizeikommissar, wenn ich nicht irre«, sagte er, ohne sich zu Germinal umzudrehen.

Möglicherweise weniger als Prestigeobjekt denn aus persönlicher Vorliebe hatte der Direktor über den Holzdielenboden einen chinesischen Teppich in Cremeweiß und Blau mit zartem rosa Blütenmuster ausgelegt, den die Arbeiter mit ihren schmutzigen Schuhen kaum zu betreten wagten. Sein massiver Mahagonischreibtisch glänzte rötlich. Die Lampe auf der mit dunklem Leder bezogenen Schreibfläche stellte eine schwebende Nymphe dar, die eine Getreidegarbe an die Brust presste, aus der wie ein skurriler Stamm ein Bronzearm mit einem Lampenschirm aus Buntglas aufragte, dessen zahlreiche Unregelmäßigkeiten und Bläschen im Gaslicht deutlich hervortraten.

»Ich bin nur Inspektor. Inspektor Milton Germinal.«

Nachdem Stigle die Kontrolle beendet hatte, verschloss er den Messingdeckel des Manometers mit einem kleinen Schlüssel, den er an einer Uhrkette bei sich trug, und wandte sich wieder seinem Gast zu. »Schade«, sagte er noch immer lächelnd in liebenswürdigem Ton. »Ich bin wohl nicht der Einzige, der Landau für einen peinlichen Fettwanst hält, wenn Ihr mir meine Offenheit gestattet.«

Germinal verkniff sich eine Bemerkung, innerlich war er jedoch hocherfreut über die Worte des Bereichsdirektors.

»Nehmt Platz, Germinal«, forderte Stigle ihn auf. »Alle halbe Stunde überprüfe ich den Hauptdruck«, erklärte er und zeigte auf das Manometer. »Von ihm hängt alles ab, wisst Ihr? Es kann den Prozess endlos vorantreiben, bei einem Druckabfall oder Überdruck aber auch bewirken, dass die Maschinen nicht mehr synchron arbeiten. Deshalb überlasse ich keinem anderen die Kontrolle. Mir selbst vertraue ich noch am meisten …« Er lachte und trat an die verrußte Scheibe, um einen flüchtigen Blick hinunter auf die hektische Betriebsamkeit seiner Arbeiter zu werfen. »Die Ereignisse der letzten Tage haben für eine gewisse Aufregung gesorgt«, bemerkte er.

Germinal betrachtete ihn schweigend. Stigle war von charismatischer Schönheit. Obwohl er von den Schuhen bis zur Schleife um seinen Hemdkragen ganz in strenges Schwarz gekleidet war, wirkte er freundlich und gesprächsbereit. Er war Germinal auf Anhieb sympathisch.

»Unter den Arbeitern geht das Gerücht um, Ihr hättet den jungen sozialistischen Aufrührer in der Kirche absichtlich laufen lassen«, sagte Stigle mit seinem bemerkenswert offenen Lächeln, während er sich hinter seinen Schreibtisch setzte.

»Da irren sie sich …«, behauptete Germinal. »Er ist mir entwischt.«

»In ihren Augen wärt Ihr ein Held. Oder ein … Genosse, wie sie einander nennen«, lachte Stigle.

»Dabei bin ich nur ein tollpatschiger Inspektor. Der Held des Tages, so schien es mir einen Moment lang, war ein anderer. Mehr noch als der junge Ignaszewsky.«

»Meint Ihr den unfassbaren Mörder?«, fragte Stigle. »Stimmt, den Eindruck hatte ich auch.«

»Beunruhigt Euch das nicht?«

»Mich? Wenn Ihr mir versichert, ihm auf der Spur zu sein, wüsste ich nicht, warum ich beunruhigt sein sollte«, gab Stigle zur Antwort.

Germinal sah ihn stumm an.

»Seid Ihr ihm etwa nicht auf der Spur?«, hakte Stigle nach.

»Dann habt Ihr vielleicht recht und ich muss mir Sorgen machen.«

»Wer weiß ... noch ist es schwer zu sagen.«

Stigle drehte einen Federhalter zwischen seinen säurezerfressenen Fingern. »Unter den Arbeitern gärt es ... wie in den Kesseln hier unter uns. Doch was sie hervorbringen könnten, ist alles andere als zuckersüß.«

»Wie steht Ihr denn zu dieser ganzen Sache? Gibt es einen Lösungsweg?«

»Die Aktionäre halten die sozialistischen Lehren für ein Geschwür, das die bürgerliche Gesellschaft vergiftet.«

»Ich wollte wissen, wie Ihr dazu steht«, beharrte Germinal.

Stigle zuckte die Schultern und spielte für einen Augenblick weiter mit dem Federhalter. »Das Problem sind immer die Löhne«, schnaubte er dann, den Blick nun fest auf Germinal gerichtet. »Wie ein klügerer Mann als ich einmal festgestellt hat, richten sich die Löhne nach einem eisernen Gesetz am unentbehrlichen Minimum aus. Am Allernötigsten, damit die Arbeiter sich lediglich von Brot ernähren und neue kleine Arbeiter in die Welt setzen können. Wird das Maß unterschritten, bedeutet das den Tod der Arbeiter ... und zwangsläufig steigen proportional zur Nachfrage nach neuen Arbeitskräften auch die Löhne. Ist das Lohnniveau jedoch zu hoch, entsteht ein Überangebot an Arbeitskräften und lässt die Löhne wieder sinken. ›Das auf leeren Bäuchen beruhende Gleichgewicht kommt der Verurteilung zu lebenslänglicher Freiheitsstrafe bei Hungerrationen gleich ...‹, so ähnlich hat es ein bedeutender Mann ausgedrückt. Aber ich kenne mich mit Politik nicht aus. Was ist mit Euch?«

»Ich ebenso wenig.«

»Dann kann ich wohl davon ausgehen, dass dies nicht der Grund Eures Besuchs ist«, grinste Stigle.

»Wieso habt ausgerechnet Ihr Juffridis Leiche gefunden?«, fragte Germinal daraufhin ohne Umschweife.

»Ach so ... darum geht es ...«, sagte Stigle mit düsterer

Miene und presste den Federhalter zwischen seinen Fingern. »Ich dachte, Ihr wärt mit dem Mordfall Neef befasst.«

Germinal blickte ihn schweigend an. »Erklärt mir doch bitte, was jemand wie Ihr in der Hölle zu tun hatte … so wird das Viertel doch genannt, nicht wahr?«, fragte er schließlich.

»Richtig, Hölle …«, nickte Stigle und ließ den Federhalter wieder kreisen. »Höllisch war ohne Frage auch das Schauspiel, das Juffridi bot. Er sah aus wie … ich musste an ein Ziegenopfer auf einem heidnischen Altar denken … oder an eine Hinrichtung im finsteren Mittelalter … Wie ich gelesen habe, wurden Verbrecher damals von ihren Henkern vor den Augen der Öffentlichkeit aufgeschlitzt und mussten noch bei lebendigem Leibe mit ansehen, wie ihre Eingeweide auf die Glut geworfen wurden. So wollte man Schrecken im Volk verbreiten. Und erschreckend war Juffridis Anblick allemal. Als ich ankam, begriff ich erst gar nicht, was geschehen war … nun ja, dass er tot war, begriff ich natürlich sofort, nicht jedoch, was genau man ihm angetan hatte. Ein abstoßendes Schauspiel. Ich erinnere mich noch gut an das Gebrumm der Fliegen, die ihn wie eine schwarze Wolke umgaben … und an die Katze, die das Blut vom Boden aufleckte. Bei all dem … *Fressen* … begnügte sie sich damit, das Blut aufzulecken. Ich weiß nicht, wieso, aber dieses Detail hat sich mir besonders eingeprägt.« Stigle blickte zu Germinal, der ihm mit unbewegter Miene zuhörte. »Aber Ihr wolltet wissen, warum ich dort war, entschuldigt. Juffridi war auf seine Art ein Künstler, wisst Ihr? Er war Schmied und Schleifer … Ließ sich von niemandem Vorschriften machen. Für kurze Zeit war er hier in der Fabrik als Mechaniker beschäftigt. Aber er konnte keine Hierarchien ertragen, er war ein vom Sozialismus ganz und gar erfüllter Querkopf … deshalb wurde er von der Fabrikleitung entlassen. Er war für die Reparatur der Maschinen zuständig. Es gab kein Teil, das er nicht perfekt hätte nachbauen können. Man könnte ihn als eine Art Fälscher bezeichnen. Er arbeitete leidenschaftlich gern mit Metall und hatte dafür ein wahrhaft großes Talent.

Stellt Euch vor, Inspektor, er hat Nachbildungen zahlreicher Foltergeräte aus der Zeit der Inquisition angefertigt. Ich habe keine Ahnung, woher er die nötigen Kenntnisse und Vorlagen zum Nachbau hatte, darüber haben wir nie gesprochen. Aber er hatte eine bedeutende Sammlung … und eine ausgefallene dazu, würde ich meinen. Wer will schon Folterwerkzeuge im Haus haben?«

»Wieso habt ausgerechnet Ihr ihn gefunden?«, fragte Germinal noch einmal.

»Immer, wenn irgendein Ersatzteil nicht zu bekommen war, wandte ich mich an ihn. Ich brachte ihm ein beschädigtes, unbrauchbares Maschinenteil und er baute es in Vollendung nach«, antwortete Stigle. »An besagtem Morgen hatte ich eine Blende mit doppelter Öffnung zur Leerung der Reinigungsbehälter für ihn … Und da lag er, hinter seiner Hütte … auf dem Hauklotz …«

Sekundenlang sagte keiner der beiden Männer ein Wort.

»Habt Ihr einen Verdacht, wer seinen Tod gewollt haben könnte?«, fragte Germinal schließlich.

»Dafür kannte ich ihn nicht gut genug …«, entgegnete Stigle. »Er hat immer Streit gesucht, aber ihn gleich derart abzuschlachten … auch lässt der Polizeischutz in der Hölle zu wünschen übrig … dennoch, warum muss man ihn auf diese Weise abschlachten? Das ist die entscheidende Frage. Die Frage nach dem Tathergang … so heißt es doch im Polizeijargon, nicht wahr?«

»Ja«, bestätigte Germinal nachdenklich. »Tathergang … Ist Euch nichts aufgefallen? Irgendetwas Merkwürdiges … Außergewöhnliches …?«

»Über das hinaus, was ich gesehen habe?« Stigle schüttelte den Kopf. »Nein, Inspektor, ich bedaure.«

»Was könnt Ihr mir denn über Herrn Neef sagen?«, wechselte Germinal das Thema. »Er ist einer der Aktionäre der Zuckerfabrik …«

»Ein Mensch wie jeder andere«, erwiderte Stigle achselzuckend. »Ein Fabrikherr, wie die Arbeiter sagen. Und Fabrikherren sind ... wie soll ich sagen ... sie sind nun einmal Fabrikherren.«

»Ist er bei den Arbeitern verhasst?«

»Arbeiter hassen Fabrikherren, Inspektor. Das ist eine der Grundregeln in diesem Spiel. Die Ausgebeuteten hassen ihre Ausbeuter.« Stigle grinste. »Doch richtet sich ihr Hass gegen die Fabrikherren als abstrakte ... oder, wenn Ihr so wollt, politische Größe. Neef ist genauso schlecht angesehen wie alle anderen Aktionäre ... soweit ich das beurteilen kann. Glaubt Ihr, Euer Mörder ist ein Arbeiter?«

»Leider glaube ich noch gar nichts.«

»Zwar weiß ich nur wenig über den Mordfall Neef«, fuhr Stigle fort, »doch erscheint mir die Vorgehensweise zu ausgeklügelt für einen Ar beiter. Ich war in der Kirche dabei, als Ihr den Stock mit Efeu in der Hand der Leiche gefunden habt ... Der Mörder hat ihn dort abgelegt, richtig? Haltet Ihr einen Arbeiter für so gewieft?«

»Ist denn der junge Sozialist, der den Tumult ausgelöst hat, gewieft genug?«

»Dann hättet Ihr ihn nicht entwischen lassen dürfen.«

»Ich habe ihn nicht entwischen lassen ...«

»Seid Ihr Sozialist, Inspektor?«, fragte Stigle.

Germinal zuckte mit den Schultern. »Diese Frage stellen mir in letzter Zeit viele.«

»Wenn viele die gleiche Frage stellen ...« – Stigle lächelte – »... bedarf es vielleicht gar keiner Antwort.«

Die beiden Männer musterten einander eine Weile schweigend.

»Inspektor.« Stigle erhob sich schließlich. »Wenn Ihr keine weiteren Fragen habt, muss ich Euch jetzt bitten zu gehen. Ihr kennt doch sicher das Sprichwort? Man soll keine Zeit vergeuden, die von Gott abgezählt und von Menschen bezahlt ist.«

Auch Germinal stand nun auf und schüttelte Stigles verätzte Hand. »Ich danke Euch ...«, sagte er.

»Wartet, ich komme mit Euch zum Ausgang, so könnt Ihr Euch wenigstens nicht verirren«, erbot sich Stigle.

Er öffnete die Tür, ging Germinal über die Galerie voran und lotste ihn dann durch die labyrinthische Fabrik. Germinal fiel auf, dass Stigle von den Arbeitern in einer Mischung aus Vertraulichkeit und Hochachtung als Chemiker angesprochen wurde.

»Sie nennen mich Chemiker, aber ich habe nicht studiert«, erklärte ihm Stigle draußen. »Das hier war meine Universität«, fuhr er fort und streckte seine verätzten Hände vor. »Angefangen habe ich als Geselle in einer Gerberei, bevor ich nach und nach hinter die Geheimnisse kam, wie Stoffe miteinander reagieren. Ich weiß, wie man Zucker destilliert … oder auch jede andere Substanz.«

Germinal lächelte ihn verlegen an. Die Wirkung des Chlorals war nahezu verflogen. Aufs Neue machten sich Magen und Beine mit unangenehmen Krämpfen bemerkbar. »Ich muss gehen«, sagte er schroff und steuerte auf sein Motorrad zu.

Stigle sah ihm nach und kehrte dann in die Fabrik zurück, wo er sich jedoch nicht hinauf an seinen Arbeitsplatz begab, sondern stattdessen eine schmale schwankende Treppe hinabstieg und im Schein einer Lampe immer weiter durch dunkle Flure und Hallen in die Eingeweide der Zuckerfabrik vordrang. Vor einer Eisentür blieb er stehen und drückte sie mit seiner säurezerfressenen Hand vorsichtig einen Spaltbreit auf. Das schäbige Altmetall war von Blasen übersät, aus denen schaumig roter Rost wie Blut über die Tür tropfte. Stigle horchte.

»… vielleicht werden wir so weit gehen müssen«, sagte eine Stimme im Raum. »Soziale Gerechtigkeit lässt sich nur über den Kampf des Proletariats erreichen, Genossen. Dieser Kampf muss der Unterdrückung durch die Fabrikherren ebenbürtig sein … dieser Kampf muss, wenn nötig, wütend und laut geführt werden wie eine Revolution …«

»Zurzeit ist es aber nicht nötig, Ignaszewsky«, trat Stigle in den Raum.

Die knapp zwanzig Arbeiter, die der Rede des polizeilich gesuchten jungen Sozialisten lauschten, fuhren erschrocken herum. Als sie Stigle erkannten, hellten sich ihre Mienen auf. Einige erhoben sich von ihren Plätzen. Rinaud nickte ihm zu.

Stigle lächelte in die Runde, doch kehrte sein Blick immer wieder zu Ignaszewsky zurück, während er das düstere ehemalige Lager durchquerte, das von wenigen Lampen nur schlecht beleuchtet war. Umgeben vom übelkeiterregenden Zuckergeruch, in den sich der beißende Gestank nach Feuchtigkeit und Schimmel mischte, saßen die Arbeiter auf morschen Holzkisten. Aus Stroh war in einer Ecke notdürftig ein Bett hergerichtet worden, daneben stand ein kleiner Spirituskocher. Auf dem Bett lagen zwei Decken, einige Bücher, ein Mantel und eine alte Pistole. Als Stigle sie entdeckte, nahm er sie an sich und steckte sie in seinen Hosenbund.

»Ich dulde keine Waffen in der Fabrik«, sagte er, den Blick noch immer auf den jungen Sozialisten geheftet. Dann drehte er sich zu den Arbeitern um. »Das gilt für euch alle: Keine Waffen in der Fabrik.«

»Wenn wir aber unsere Rechte nur mit Gewalt durchsetzen können«, wandte Ignaszewsky ein, »wie sollen wir dann kämpfen?«

»Niemand wird kämpfen«, erwiderte Stigle harsch und trat auf ihn zu. »Ihr seid keine Soldaten.«

»Aber wir sind Revolutionäre«, entgegnete Ignaszewsky stolz.

»Hört mir gut zu«, richtete darauf Stigle, dem jungen Sozialisten den Rücken zuwendend, das Wort an die Arbeiter. »Ich will nicht, dass ihr irgendwelche Dummheiten macht. Ein jeder von euch ist stellvertretend für seine Arbeitskameraden hier. Dazu habe ich euch ausgewählt. Und ihnen gegenüber steht ihr in der Pflicht. Ich sage euch, wann die Zeit reif ist. Macht keine Dummheiten.«

»Du redest wie ein Fabrikherr«, warf Ignaszewsky ein.

»Das Proletariat hat das Recht, sein Schicksal selbst zu bestimmen …«

»Schluss damit, Ignaszewsky«, fiel ihm Stigle ins Wort. »Es ist riskant für uns, dich hier zu verstecken. Zeig ein wenig Dankbarkeit. Zum jetzigen Zeitpunkt gibt es keine Anzeichen für eine Revolution, niemand würde sich hinter die Arbeiter stellen, sollten die Fabrikanten Polizei und Armee zu Hilfe rufen …«

»Wir wären mehr als fünfhundert, Chemiker«, wandte Rinaud ein.

Stigle blitzte ihn an. »Bist du dir sicher? Und selbst wenn es so wäre, die Hälfte davon sind Frauen und Kinder. Eine Armee besteht nicht aus Frauen und Kindern.«

»Wir können die Produktion lahmlegen, Chemiker«, schlug ein anderer Arbeiter vor. »Genosse Ignaszewsky sagt …«

»Hat der Genosse Ignaszewsky dir erzählt, Bertrand, wie der Streik in der Zeche ausgegangen ist, den er ständig erwähnt?« Stigle baute sich dicht vor ihm auf. »Lass es dir erzählen. Lass dir erzählen, was mit mehr als der Hälfte der Streikenden geschehen ist. Erzähl es ihm, Genosse!«

»Jedes Ideal braucht seine Märtyrer«, erwiderte der junge Sozialist.

»Märtyrer!«, rief Stigle aus. »Das also sind sie für dich. Über hundert Männer sind im Kugelhagel der Armee umgekommen! Dreihundert Bergleute wurden entlassen, dreihundert Familien ins Elend gestürzt! Du solltest die alberne Anstecknadel, die du allen zeigst, gegen eine andere austauschen. Kein solidarischer Handschlag, sondern die Leiche eines von der Polizei niedergemetzelten Arbeiters, das wäre das passende Symbol für dich!«

»Aber Genosse Ignaszewsky sagt, dass die Sache es erfordert …«, warf ein dritter Arbeiter ein.

»Genosse Ignaszewsky spricht von der Sache«, hob Stigle wieder an. »Aber weißt du, was das heißt, Portland? Es bedeutet, dass vielleicht auch du dein Leben lassen wirst. Und was geschieht dann mit deiner Frau? Und deinen Kindern? Wovon werden sie leben? Das bedeutet die Sache für den Genossen Ignaszewsky: er kann auf dich und deine Familie verzichten. Hast du nicht gerade eine Tochter bekommen, Portland?«

Der Arbeiter senkte den Blick.

»Was sollen wir dann tun, Chemiker?«, fragte Rinaud und reckte die Fäuste. »Sollen wir etwa weiterhin lammfromm mit ansehen, wie das Geld nie bis zum Ende der Woche reicht? Wir alle lassen im Laden anschreiben, dabei arbeiten wir wie die Maultiere bis zu vierzehn Stunden am Tag ...«

»Du Dummkopf«, schimpfte Stigle. »Wer hat denn gesagt, wir würden nichts tun? Ich verdiene so viel wie fünfzig von euch ... was glaubst du, warum ich mich für euch einsetze? Was kann ich gewinnen? Nichts. Ich habe alles zu verlieren. Doch tue ich es, weil ich an soziale Gerechtigkeit glaube. Von sinnlosen Opfern allerdings halte ich überhaupt nichts. Wir werden bekommen, was wir fordern ... und seid unbesorgt, zum richtigen Zeitpunkt werden wir auch laut und unmissverständlich auftreten. Aber die Zeit muss reif dafür sein ...«

Einige der Arbeiter blickten auf Ignaszewsky. Andere erhoben sich.

»Geht zurück an eure Arbeit«, forderte Stigle sie auf.

Langsam und mit gesenkten Köpfen strömten die Arbeiter vorbei an der rostigen Tür nach draußen.

Sobald sie alleine waren, trat Stigle an Ignaszewsky heran. »Ich war es, der dich hergeholt hat, vergiss das nicht«, sagte er zu ihm. »Du sollst ihnen begreiflich machen, wofür sie kämpfen ... um zu sterben oder entlassen zu werden, brauchen sie deine Hilfe nicht.«

»Chemiker«, entgegnete der junge Mann, »diese Männer müssen für ein Ideal kämpfen. Für sich selbst und das gesamte Proletariat.«

»Benutze sie nicht für deine Ziele.«

»Meine Ziele sind die des Volkes.«

»Aber deine Bedürfnisse sind andere. Du brauchst dir dein Essen nicht zu erarbeiten.«

»Ich bin als Sohn einer Hure auf der Straße geboren. Ich weiß, was Hunger ist.«

»Du hast es einmal gewusst«, berichtigte ihn Stigle. »Jetzt bist du ein Intellektueller, der sich um sein Essen keine Sorgen machen muss. Ich warne dich, tu nichts, was meinen Männern schaden könnte. Tu deine Pflicht. Tu das, wofür ich dich geholt habe, und überlass die Entscheidungen mir.«

»Merkst du, dass du wie ein Fabrikherr redest? Deine Männer, wie du sie nennst, hören auf mich und erkennen langsam, was richtig ist ... Chemiker.«

Stigle sah ihn eine Weile schweigend an, darauf tippte er ihm mehrmals mit dem Finger auf die Brust.

Schließlich wandte er sich zur Tür. Im Hinausgehen drehte er sich noch einmal mahnend zu Ignaszewsky um: »Du bist hier als mein Gast. Die Polizei ist hinter dir her, denk daran.«

»Die Polizei ist ständig hinter den Sozialisten her. Das bin ich gewohnt.«

»Tu nichts, was meinen Männern schaden könnte, ich warne dich«, sagte Stigle ein letztes Mal, bevor er ging.

Nachdem er am Fuß der Treppe, die zurück ans Tageslicht führte, die Pistole des jungen Revolutionärs in einer Nische versteckt hatte, verließ er das Fabrikgebäude, trug einem Jungen auf, den Kakerlak vorzufahren, peitschte auf das Pferd ein und raste davon.

An seinem Ziel angelangt, brachte Stigle gerade die Kutsche zum Stehen, als eine Frau mit einem taumelnden Jungen am Arm seinen Weg kreuzte.

Der Junge zog ein verkümmertes Bein durch den angefrorenen Morast nach und wirkte benommen. Stigle hörte die Frau zu ihm sagen: »Bald kannst auch du laufen, Jack.«

Mit dem Anflug eines Grinsens stieg Stigle die drei Stufen zu Scirons Wohnwagen hinauf und trat ein.

Der Maschinenmann fuhr erschrocken herum und bedeckte seine Brust. Als er ihn erkannte, beruhigte er sich und ließ die Arme wieder sinken, sodass seine aufgeknöpfte Weste zum Vorschein kam.

»Hallo«, begrüßte Stigle ihn.

»Hallo«, näselte der Maschinenmann mit dünner Stimme und zog sich auf eine Bank in einer dunklen Ecke des Wohnwagens zurück.

Hinter ihm hingen drei Metallhaken an Stricken aus der Wand. Die beiden äußeren Haken reichten ihm bis zu den Schultern, der mittlere bis an den Nacken.

»Hilf mir«, sagte der Maschinenmann zu Ignés.

Ignés warf einen kurzen Seitenblick auf Stigle, bevor sie Sciron ansah.

Stigle näherte sich dem gelbsüchtigen Eigentümer des Panoptikums, der noch immer in seinem breiten Sessel saß. »Ihr seht erschöpft aus«, bemerkte er besorgt und setzte sich zu ihm.

»Mein Magengeschwür lässt mir keine Ruhe«, entgegnete der Alte schwach. »Es frisst mich langsam auf.«

»Ihr solltet Euch ausruhen«, sagte Stigle.

»Hilf mir«, wandte sich der Maschinenmann erneut an Ignés.

»Na los, hilf ihm schon«, befahl Sciron ihr daraufhin gereizt.

Ignés sah den Alten einen Moment herausfordernd an, ehe sie die Augen niederschlug und zum Maschinenmann hinüberging.

Sciron ergriff Stigles Hand und betrachtete sie. »Mein Magen dürfte im Innern aussehen wie deine Hände. Wie ein alter, durchlöcherter Sack«, grinste er.

Unterdessen hatte Ignés die beiden äußeren Haken an den Schultern des Maschinenmannes befestigt. Den mittleren hängte sie in Höhe des Genicks in die eigens dafür vorgesehene Öse an einem seiner Messingwirbel ein. Danach knöpfte sie ihm die Weste ganz auf und schlug sie mitsamt der Lodenjacke zurück.

»Hol Luft, Tristante«, lachte Stigle. »Hol Luft.«

Obwohl das Gesicht des Liliputaners in der Brust des Maschinenmannes bereits blau angelaufen war, warf er Stigle ein Lächeln zu.

Mit den Händen näherte sich Ignés seinem Kopf.

»Nein, mach meine Arme los«, bestimmte der Zwerg.

Ignés krempelte die Ärmel seines Hemds auf.

Um jeden seiner zwergenhaften Unterarme waren zwei Eisenklammern mit Flügelschrauben festgespannt. Alle Finger steckten bis zum zweiten Glied in Eisenröhrchen, die aussahen wie lange Ringe und an denen zahlreiche metallene Zugstangen befestigt waren.

Ignés drehte zunächst die Schrauben los und lockerte die Klammern, die sich tief in den Unterarm gedrückt hatten.

Daraufhin zog sie nacheinander die Röhrchen ab, in denen die Finger der rechten Hand gefangen waren.

Der Liliputaner befreite nun seinen Arm aus dem eisernen Gefängnis, was am Prothesenende die Hand des Maschinenmannes wie tot erschlaffen ließ. Danach kam die linke Seite an die Reihe. Die Unterarme des Maschinenmannes bestanden aus einer Reihe von biegsamen, empfindlichen Stahlsträngen, die der Kleinwüchsige mit den Fingern steuern konnte, da ihre eigentliche Kraft anhand zahlreicher leichtgängiger Eisenübersetzungen vervielfacht wurde.

Stöhnend lockerte der Liliputaner seine steifen Gelenke. »Den Rest mache ich selbst«, sagte er und hob die Hände zum Gesicht.

Zunächst hakte er die dünnen Metallstäbe von den Ringen ab, mit denen seine Augenbrauen durchstochen waren, über die er, indem er die Brauen hob oder zusammenzog, die Lider des Maschinenmannes bewegen konnte.

Als Nächstes löste er die Ledermaske von seinem Kinn, von der zwei dickere Stäbe nach außen führten, die am Halsansatz wieder hervortraten und mithilfe zweier Bolzen dafür sorgten, dass der mechanische Mund sich öffnete und schloss. Schließlich löste er das einschnürende Lederband von seinem Kopf.

Er rieb sich die Stirn und öffnete dann nacheinander an Hals, Brust und Hüfte die übrigen Ledergurte, die ihn am Maschinenmannskelett verankerten. Tristantes gestauchter, verwachsener Rumpf war in Schweiß gebadet.

Nachdem der Zwergwüchsige seinen Oberkörper befreit hatte, knöpfte er seine Hose auf. Seine kurzen, stämmigen Beine waren, damit sie steif blieben, an den Knien abgebunden. In ihrer ganzen Länge bildeten sie die Oberschenkel des Maschinenmannes. Jeder Fuß steckte fest in einer Art kugelförmigem Schuh, der das Knie darstellte und in dem er über sein Fußgelenk, das von zahlreichen metallenen Stützkolben verstärkt war, die Unterschenkelprothese des Maschinenmannes steuerte.

Der Liliputaner entledigte sich nun ganz seines leblosen Gehäuses.

»Da ist ja unser Riese«, grinste Stigle, der noch immer bei Sciron saß. »Willkommen in unserer Mitte, Tristante. Als ich dich das letzte Mal gesehen habe, war dein Unterkiefer zertrümmert. Wie ich sehe, hat man ihn dir wieder angeschraubt.«

»Ich musste bis ans Ende der Welt laufen, um einen guten Schmied zu finden«, seufzte Sciron. »Juffridis Tod war wirklich ein Unglück.«

Tristante, der Zwerg, ging zu Sciron und legte wie ein abgerichteter Hund zum Zeichen seiner Zuneigung für einen Augenblick wortlos den Kopf an seine Schulter. Sein Blick aber lag auf Stigles schönem Gesicht.

»Über Juffridi habe ich eben erst mit der Polizei gesprochen … mit diesem neuen Inspektor, Ihr wisst schon …«, berichtete Stigle.

»Ah …«, stutzte Sciron. »Und was wollte er?«

»Nichts Besonderes«, antwortete Stigle. »Wieso? Wisst Ihr etwas, was die Polizei interessieren könnte?«

Sciron sah angespannt zu Tristante hinüber. »Ich gehe mich anziehen«, sagte der Zwerg und trippelte aus dem Wohnwagen hinaus zum Zelt, in dem er allabendlich auftrat.

»Beunruhigt Euch irgendetwas?«, wollte Stigle daraufhin wissen.

»Brauchst du noch etwas?«, fragte Ignés Sciron schroff.

Ohne eine Antwort zu geben, warf der gelbsüchtige Alte den Kopf zurück und schloss erschöpft die Augen.

»Gehen wir«, sagte Stigle und erhob sich. »Lassen wir ihn ausruhen.«

Die Augen noch immer geschlossen, tastete Sciron nach Stigles säurezerfressener Hand: »Nein, bleib du noch einen Augenblick hier.« An Ignés gewandt setzte er hinzu: »Und du, Nebelkönigin, denk an deinen Auftritt.« Er lachte.

Als Ignés die drei Stufen aus dem Wohnwagen hinabstieg, hob sie ihren Rock an und zeigte ohne Scham ihre schönen Beine.

»Tu mir einen Gefallen«, bat Sciron, »räum die Münzen vom Tisch in den Beutel, der dort am Haken hängt.«

Stigle sammelte die Münzen in seiner Handfläche. »Ich habe den Jungen gesehen, den Ihr … behandelt«, bemerkte er. »Ich bezweifle, dass er durch die Stromstöße irgendwann einmal laufen wird.«

»Wird er auch nicht …«, grinste Sciron. »Aber sei unbesorgt, bevor sie dahinterkommen, dass meine Behandlung völlig wirkungslos ist, bin ich schon über alle Berge. Bis dahin habe ich meine Zelte abgebrochen.«

Wehmütig sah Stigle ihn an. »Wäre es nicht schön, wenn Ihr eines Tages sesshaft werden könntet?«

»Die Chance habe ich vor vielen Jahren verpasst«, seufzte Sciron. »Ganz sicher aber würde ich nicht hier, in der Nähe des Grafen ohne Ärmel, bleiben.«

Stigle griff nach der Tasche, die an einem Haken von einem Deckenbalken baumelte. Während er sie öffnete, um Frau Lavaronnes Münzen hineinzuwerfen, und anschließend wieder schloss, betrachtete er sie eingehend. »Ist das der Beutel, mit dem Euer Wohltäter Euch gebeten hat hierherzukommen?«, fragte er.

Sciron nickte. »Früher habe ich einmal einen solchen Beutel besessen«, erzählte er seufzend. »Bis ich ihn einem hübschen Mädchen schenkte. Das Alter ... das Alter lässt einen melancholisch werden. Der Beutel war so groß wie dieser hier, so groß wie ...«

»Wie der Hoden eines Stieres«, lachte Stigle.

»Nein«, widersprach Sciron. »Wie eine Gebärmutter. Darin hätte ein Fötus Platz.«

»Hier drin könnte sich ein Mensch entwickeln?« Stigle schwenkte die Tasche schmunzelnd in seiner Hand. »Er würde sich von Gold ernähren.« Wieder lachte er.

Sciron sah ihn an. »Wie ich hörte, liegt dir das Schicksal der Arbeiter noch immer am Herzen«, sagte er schließlich ernst.

»Hat Ignés Euch das erzählt?«

»Wieso setzt du dich für diese Habenichtse ein? Wenn die Aktionäre das erfahren, bist du deinen Posten los«, sprach Sciron weiter.

»Sie brauchen jemanden, der besonnen ist und sie zu führen weiß«, erwiderte Stigle, der noch immer mit dem prallen Münzbeutel spielte. »Und die Aktionäre werden es nicht erfahren. An den Versammlungen nehme ich nicht teil und die Arbeiter wissen genau, dass ihr Erfolg auch von meiner Anonymität abhängt ... wenigstens zum jetzigen Zeitpunkt. Die Männer sind loyal.«

Sciron schüttelte den Kopf. »Stigle, du bist ein Idealist. Ein Habenichts ist niemals loyal. Er bringt es fertig, dich für weniger als dreißig Silberlinge zu verkaufen. Ein Hungerleider ist wie ein Drogensüchtiger.«

»Seid unbesorgt, die Lage ist unter Kontrolle.«

»Ich bin müde, Stigle«, murmelte Sciron.

»Ja, Ihr solltet Euch ausruhen«, sagte Stigle, erhob sich und ging.

Kaum war er draußen, als er am Rand des Hügels, vor dem sich in der hereinbrechenden Dunkelheit verschwommen die Großstadt abzeichnete, Ignés stehen sah. Stigle stellte sich neben sie.

»Hast du vor, dieser Tage einmal in die Stadt zu fahren?«, fragte er sie.

»Was willst du, Stigle?«

»Möglicherweise möchtest du jemanden besuchen.«

Ignés schwieg, den Blick noch immer starr auf die zitternden Lichter zu ihren Füßen gerichtet.

»Du hattest recht …«, fuhr Stigle in beiläufigem Ton fort. »Heute habe ich den neuen Inspektor kennengelernt. Er hat etwas Faszinierendes.«

»Das habe ich nie gesagt«, entgegnete Ignés.

Stigle wandte ihr das Gesicht zu. »Denk daran, du gehörst Sciron.«

»Du gehörst Sciron«, gab Ignés zurück.

»Stimmt, ich verdanke ihm alles«, bestätigte Stigle ernst. »Die Chemie und alles, was ich weiß, hat er mir beigebracht.«

»Ich gehöre niemandem«, sagte Ignés.

»Ignés … mein kleines verglühendes Feuer«, flüsterte Stigle. »Nur wer dich liebt, weiß, wonach du dich sehnst … und Sciron liebt dich, auf seine Art.«

»Ich gehöre niemandem«, wiederholte Ignés.

In dem Moment fuhr eine große schwarze Kutsche auf dem Zeltplatz vor. Der Mann, der gewöhnlich die Eintrittskarten verkaufte, eilte herbei, um die Tür zu öffnen. Sieben elegant gekleidete Männer stiegen heraus. Ein jeder drückte dem Kartenverkäufer Geld in die Hand.

»Gehörst du wirklich niemandem?«, lachte Stigle.

»Ich habe zu arbeiten«, sagte Ignés und ging auf das kleinere Zelt zu. Das Zelt der Nebelkönigin.

Stigle sah ihr eine Weile nach, bevor er sich wieder der Stadt zuwandte.

Da schälte sich eine kleine, krumme Gestalt aus der Dunkelheit. Wortlos stellte sich der Liliputaner neben Stigle und nahm seine Hand.

»Kümmere dich um ihn«, sagte Stigle nach einer Weile. »Er ist alt … und auch du hast ihm viel zu verdanken.«

»Stimmt«, erwiderte der Zwerg. »Er hat einen Riesen aus mir gemacht.«

Hand in Hand standen die beiden Männer still nebeneinander.

»Drück fester«, sagte Stigle nur.

Tristante verstärkte seinen Griff.

Dann schwiegen sie.

Während Stigle durch die anbrechende Nacht die Stadt betrachtete, verschleierte sich sein Blick mit qualvoller Schwermut, die in der Dunkelheit schimmerte.

XVI

Germinal schlug die Augen auf. Rings um ihn war es dunkel. Er hatte keine Ahnung, wo er war. Er wusste nur, dass er fror. Am Körper trug er nur ein weißes Hemd, dessen Ärmel bis zu den Ellbogen aufgekrempelt waren. Seine Muskeln fühlten sich kraftlos an, als wäre er bis zur völligen Erschöpfung gerannt. Zugleich waren sein Geist und jede darin bewahrte Erinnerung wie betäubt.

Er zwang sich aufzustehen und zog zum Schutz vor der Kälte die Bettdecke mit sich. Auf der Suche nach einem Anhaltspunkt, einem Zeichen, das ihm den Weg wies, tastete er sich vorwärts. Seine ausgestreckten Hände trafen auf einen Vorhang, der sich weich anfühlte wie Samt. Jäh zog er ihn zur Seite. Fahles Nachtlicht drang durch ein kleines Fenster. Als er es öffnete, hatte er den vertrauten Ausblick von seiner Mansarde auf die Stadt vor sich.

»Verflucht!«, schimpfte er lauthals. Er stürzte zurück zum Bett und zerwühlte die Laken auf der Suche nach dem Fläschchen mit Chloral, von dem er nach seiner Rückkehr am Nachmittag erneut eine betäubende Dosis geschluckt hatte. Er wollte es gegen die Wand schleudern, hielt jedoch plötzlich inne. Wütend drückte er das Fläschchen in seiner Faust, die er mit verkniffenem Gesichtsausdruck an die Stirn hielt. Als er die Augen wieder aufschlug, sprachen Verzweiflung und Niederlage aus seinem Blick. Er ließ sich aufs Bett sinken. Dann bückte er sich nach dem Zettel, den er bei seiner Rückkehr unter der Tür vorgefunden hatte und der nun zerknüllt am Boden lag. Er strich ihn auf der Bettkante glatt.

›Verzeih, Milton, ich wollte es dir persönlich sagen, aber du warst nicht da‹, las er zum wiederholten Male. ›Lucas Sideras, Singapur, ist heute Morgen tot in seiner Zelle aufgefunden worden. Auf dem Boden lag ein leeres Fläschchen. Möglicherweise Gift. Dein Londe.‹

»Gift …«, lachte Germinal auf und ließ das Fläschchen langsam aus der Hand auf das Bett rollen. Das Chloral, das er dem Bestattungsunternehmer gestohlen und dann mit Singapur wie in einem Todesversprechen geteilt hatte. Nun erst wurde ihm bewusst, dass er auf den ersten Blick den Tod in den Augen des Drogenhändlers gesehen hatte. In dem düsteren Spiegel, in den er voll Furcht, sich selbst wiederzuerkennen, geschaut hatte. »Gift …«, sagte er wieder.

Auf dem Boden stand eine graue Kiste mit Singapurs persönlichen Gegenständen; die Siegel des Zentralgefängnisses waren noch unversehrt. ›Er hatte niemanden‹, stand in Londes Schrift auf dem Kistenrand. ›Ich wusste nicht, wem ich die Sachen geben sollte. Wirf sie weg, wenn du sie nicht willst.‹ Auf dem Deckel klebte eine mit Stempel beglaubigte Liste, laut der die Kiste etwa zwanzig Bücher, eine Pfeife mit Terrakottakopf und langem Bambusrohr, eine Uhr und zwei Lesebrillen enthielt. Die Überbleibsel eines vom Dämon Droge zerstörten Lebens.

Da die Abendluft eisig war, schloss Germinal das Fenster wieder. Die Glocken einer nahe gelegenen Kirche läuteten zur vollen Stunde. Germinal zählte zehn Schläge.

Sein Blick fiel zurück auf das Chloral. Er rieb sich die Augen. Er war erschöpft, sein ganzer Körper schmerzte. Die Versuchung war groß, in irgendeinem tristen Vorstadtlokal nach Morphium zu fragen. Aber er hatte sich entschieden durchzuhalten. Der Grund war ihm nicht klar. Noch nicht. Singapurs letzte Worte klangen ihm noch in den Ohren. ›Habt Ihr einen Grund, um aufzuhören?‹, hatte er ihn gefragt, ihn mit dem Tod in den Augen angesehen und für ihn geantwortet. ›Ja. Für Euch ist es noch nicht zu spät, Germinal. Es ist an der Zeit, eine Entscheidung zu treffen.‹ Zwar wusste er nicht, was Singapur in seinen Augen gelesen hatte, doch es war tatsächlich an der Zeit, eine Entscheidung zu treffen. Germinal schlug sich die

Faust in den Schenkel. Seine Sehnen spannten, die Muskeln waren verkrampft. Ein unerträglicher Stich durchfuhr seinen Magen.

Da nahm er das Chloralfläschchen und schleuderte es mit Wucht gegen die Wand. Das Glas zerbrach, in spitzen Scherben verteilte es sich über einen alten braunen Teppich mit fleckigem Blumenmuster. Die Hände zu Fäusten geballt, wandte Germinal mit Verzweiflung im Blick sein verzerrtes Gesicht zur Tür. Er rührte sich nicht.

Dann entspannten sich seine Gesichtszüge, die Fäuste öffneten sich. Er schien beinahe zu lächeln. Im gleichen Zustand war er Ignés zum ersten Mal begegnet. Doch solange er in ihrer Nähe war, hatte er keine Entzugsqualen verspürt. Er hatte einfach nicht mehr daran gedacht.

Es war nicht von Bedeutung, wer sie war und was sie tat, sagte er sich, während er sich mit geradezu rasender Eile anzog. Er musste mit ihr reden. Sollte er nicht mit ihr sprechen können, würde es ihm schon reichen, sie zu sehen. Er würde zuschauen, wie sie tanzte.

Die Tür hinter ihm blieb offen, als er aus dem Haus stürzte. Draußen startete er das Motorrad und fuhr auf den Hügel zu, wo Ignés auftrat.

Als er schließlich vor Scirons Zirkuszelt anhielt, war es schon spät. Über die außerordentlichen Taten des Maschinenmannes staunend strömte das Publikum nach Hause. Nach und nach wurden die Lichter gelöscht. Germinal wandte sich an den Kartenverkäufer, der ein wenig abseits eine Zigarette rauchte.

»Wo ist Ignés?«, fragte er ihn.

»Die Vorstellung ist zu Ende«, gab der Mann zurück.

»Ich habe dich nach Ignés gefragt.«

»Ihr könnt sie jetzt nicht sehen, mein Herr … sie hat zu tun.«

Germinal schaute sich um. Hinter dem Zelt bemerkte er eine schwarze Kutsche, aus der gerade vier vornehme Herren in bester Laune ausstiegen. Sogleich wurden sie von Sciron empfangen und zum Zelt der Nebelkönigin geführt. Germinal steuerte auf das Grüppchen zu.

»Mein Herr, dort dürft Ihr nicht hin«, hielt der Kartenverkäufer ihn am Arm zurück.

Germinal befreite sich aus dem Griff. »Dann versuch doch, mich aufzuhalten«, sagte er herausfordernd.

»Wartet hier«, lenkte der Kartenverkäufer ein. »Ich werde sehen, was ich tun kann.« Während er zu dem kleinen Zelt hinüberlief, schaute er immer wieder zurück, um sich zu vergewissern, dass Germinal ihm nicht folgte.

»In Kürze werden Sie in den Genuss der Vorstellung kommen«, versicherte Sciron gerade den vier vornehmen Herren, die alle, kaum dass sie den Kartenverkäufer heraneilen sahen, instinktiv den Blick senkten und den Hut tiefer ins Gesicht zogen. Auch Sciron drehte sich zu ihm um. »Was willst du?« Er nahm ihn leise zur Seite.

Der Kartenverkäufer wirkte nervös. »Dort drüben ist ein Mann, der sich die Vorstellung ansehen will.«

»Sag ihm, wenn er nicht von allein verschwindet, helfe ich persönlich mit ein paar Fußtritten nach.«

»Es ist der Polizist von neulich Abend.« Die Stimme des Kartenverkäufers klang besorgt.

Sciron sah zu Germinal hinüber, ehe er sich den vier vornehmen Herren zuwandte: »Bitte sehr, meine Herren, mein Gehilfe wird Sie zu Ihren Plätzen führen.« Dem Kartenverkäufer flüsterte er zu: »In die Eins bis Vier. Um den Polizisten kümmere ich mich.« Er verbeugte sich mit einem Lächeln vor den Männern und steuerte auf Germinal zu. Auf halbem Weg bemerkte er Stigle und Tristante, die sich lachend unterhielten.

»Inspektor«, sagte Sciron zu Germinal, »wie ich höre, möchtet Ihr die Nebelkönigin sehen.«

»So ist es. Spricht etwas dagegen?«

»Seid Ihr dienstlich hier oder … privat, wenn ich fragen darf?«

»Privat«, antwortete Germinal. »Ich habe nicht vor, Euch Ärger zu machen.«

Scirons Miene hellte sich auf. »Doch Ihr versteht gewiss, dass die anderen Herren im Zelt … nun ja, die Anwesenheit eines Gesetzesvertreters könnte sie … wie soll ich sagen, einschüchtern …«

»Wieso das?«, fragte Germinal überrascht. »Sind wir … alle zusammen?«

»Oh, nein, nicht doch, jeder hat sein Separee, das ist es nicht …«, sagte Sciron auf der Suche nach einer diplomatischen Erklärung, »aber dennoch … wenn sie es herausfänden … Nun, ehrlich gesagt, ich halte es für keine gute Idee. Wenn Ihr unbedingt darauf besteht, könnte ich einen anderen Termin für Euch reservieren …«

»Jetzt.«

»Inspektor, Ihr bringt mich in eine unangenehme Lage …«

»Muss ich Euch erst drohen?«, sagte Germinal. »Das fällt mir nicht schwer. Und Eure vier Gäste würden nicht nur blitzschnell das Weite suchen, sondern es auch unter ihren Bekannten herumerzählen. Wollt Ihr das wirklich?«

Sciron senkte den Kopf. »Nein, das will ich nicht. Kommt mit mir.«

»Sagt mir zuerst, was ich Euch schulde.«

»Das geht auf Kosten des Hauses«, erwiderte Sciron und hielt auf das Zelt der Nebelkönigin zu. Nach einigen Schritten drehte er sich noch einmal um und setzte hinzu: »Unsere Preise sind nichts für den Geldbeutel eines Polizisten.« Als sie vor dem Zelt standen, sah er Germinal ins Gesicht: »Bitte verhaltet Euch leise.« Dann hob er die Zeltplane ein wenig an und ging ihm voran hinein. Germinal versuchte sich an die schwache Beleuchtung zu gewöhnen. Die Luft im Zelt war schwül und duftete. Ein enger Kreisgang führte um einige schmale, verzierte Holztüren herum, die in aufsteigender Folge mit Ziffern bemalt waren. Vor Tür sieben blieb Sciron stehen und legte einen Finger an die Lippen, bevor er sie öffnete.

Germinal trat in einen Raum, der nur je acht Fuß lang und breit, aber behaglich eingerichtet war. Eine Ecke war von einem Sessel mit Samtbezug ausgefüllt. Gleich daneben stand ein Garderobenständer, an der Wand gegenüber ein lackiertes Tischchen, auf dem sich ein Krug mit Wasser, eine Waschschüssel, ein Stück Seife und ein Handtuch befanden. Darüber ein Spiegel. Auf dem Boden ein kleiner Perserteppich. Die dünnen Holzwände waren mit einer dunklen Tapete verkleidet. Ihr rotgoldenes Muster wirkte schwülstig. Eine Öllampe verbreitete sanftes Licht.

»Ihr könnt das Licht löschen, wenn es Euch lieber ist«, flüsterte Sciron und deutete dann auf die Tür. »Sie lässt sich von innen abschließen. Aber seid versichert, niemand wird Euch stören.«

Germinal verstand nicht. Er starrte unentwegt auf den Sessel. »Ignés kommt also hierher?«, fragte er schließlich.

Sciron lachte leise und schüttelte den Kopf: »Was denkt Ihr denn, Inspektor? Die Nebelkönigin ist dort drüben.« Dabei zeigte er auf die Wand gegenüber der Tür, die mit einem Stück Stoff im Muster der Tapete verdeckt war. Als er an einer Zierkordel zog, hob sich der Stoff langsam wie ein Vorhang und enthüllte in der nicht aus Holz, sondern aus Segeltuch bestehenden Wand ein kleines, umsäumtes Loch. »Bitte sehr«, sagte er mit einladender Geste zu Germinal.

Germinal hielt ein Auge an die Wandöffnung. In der Zeltmitte befand sich ein kreisrunder, einzig mit einem Teppich geschmückter Raum, der aus allen Separees durch ein Guckloch einzusehen war. Germinal richtete sich auf und drehte sich zu Sciron um, der ihn amüsiert musterte.

»Kann ich sie denn nicht treffen?«

»Inspektor, die Nebelkönigin ist keine Prostituierte«, entgegnete Sciron. »Sie ist eine Künstlerin.« Und mit diesen Worten zog er sich zurück.

Während er über den Gang zurück zu seinem Wohnwagen lief, bereitete sich Ignés in Begleitung zweier Helfer, die jeder zwei Eimer kochend heißes Wasser trugen, auf ihren Auftritt als Nebelkönigin vor.

»Deine Zuschauer sind in der Eins bis Vier«, teilte Sciron ihr mit. »Viel Erfolg.« Dann rief er den Kartenverkäufer, der augenblicklich bei ihm war. »Sorg dafür, dass niemand etwas von dem Polizisten in der Sieben erfährt«, ermahnte er ihn. »Vor allem Ignés darf es nicht wissen.«

Im Separee war es drückend heiß. Germinal fühlte sich beengt wie in einem Käfig. Mehrmals war er an die Wandöffnung herangetreten. Der Bühnenraum war leer. Jetzt, wo er am Ziel angekommen war, hatte er auf einmal das Gefühl, Ignés zu hintergehen. Am liebsten hätte er sie gewarnt. Doch die Vorstellung, dass sie ihn nicht sehen konnte, erregte ihn zugleich. Das Warten selbst erregte ihn. In einem gewohnheitsmäßigen Reflex strich er über seine Beine, massierte seine Kniekehlen. Entzugskrämpfe verspürte er schon die ganze Zeit nicht mehr. Er füllte ein wenig Wasser in die Waschschüssel. Obenauf schwammen Rosenblüten. Er wusch sich das Gesicht und spähte darauf noch einmal durch das Guckloch. Nichts. Germinal ging zur Tür und warf einen Blick hinaus. Ein hagerer Mann um die fünfzig mit einem schmalen Schnurrbart stand im Gang und schaute umher. Sein eingefallenes Gesicht war auf der rechten Seite vom Auge bis zum Jochbein von einer auffälligen bläulich roten Narbe durchzogen. Er trug nur noch Hemd und Weste, die Jacke hatte er bereits abgelegt. Zwischen seinen Lippen steckte eine dicke Zigarre. Als er Germinal bemerkte, erstarrte er für einen Moment. Dann lächelte er verlegen und fragte: »Hättet Ihr vielleicht Feuer?«

»Bedaure, nein«, antwortete Germinal und zog sich in sein Separee zurück. Er hörte den Mann an eine Tür klopfen: »Arthur, gib mir mal Feuer.«

Gleich darauf wurde es still. Germinal blickte durch die Wandöffnung.

Der Raum erschien verwandelt. Gedämpftes Licht breitete sich aus. Die Luft war feucht vom Nebel, der sich in dichten

Schwaden nah über dem Boden hielt. Mitten im Raum posierte nun splitternackt eine dunkelhäutige Frau mit pechschwarzem Haar. Vor dem Gesicht trug sie eine schwarze Maske und einen durchsichtigen Schleier, der einen leicht geöffneten Mund mit vollen roten Lippen erahnen ließ. Die Haut der Frau leuchtete beinahe und sie stand unnatürlich reglos da.

Aber das war nicht Ignés, stellte Germinal enttäuscht fest.

Plötzlich reckte sich aus dem tief liegenden Nebel ein Arm in einem langen orangefarbenen Seidenhandschuh empor.

Germinals Herz schlug höher. Da war sie, dachte er.

In einer geschmeidigen, sinnlichen Schlangenbewegung versank der Arm wieder im Nebel. Nichts bewegte sich. Die nackte Frau stand völlig still. Kurz darauf kam an einem anderen Punkt im Raum ein leuchtend blau verhülltes Bein zum Vorschein.

Germinal betrachtete das lange, aufreizende Bein. Erneut klopfte sein Herz laut. Dies nun war die echte Ignés, dachte er.

Das Bein streckte sich fast bis zur Leiste in die Höhe und ließ ein orangefarbenes Strumpfband erkennen. Blau und Orange. Dann war das Bein urplötzlich verschwunden, wie vom Nebel verschluckt. Wieder Stille. Die nackte Frau in der Mitte hatte mit keinem Muskel gezuckt.

An anderer Stelle im Raum kam erneut ein Arm zum Vorschein. Dieser trug nun einen blauen Handschuh und eine lange Perlenkette zwischen den Fingern.

›Drei Frauen‹, zählte Germinal. Doch wusste er nicht mehr, welche davon Ignés war. ›Das hier ist sie‹, entschied er. ›Ja, das muss sie sein‹, denn wieder hatte ihm das Herz beim Anblick des Arms bis zum Hals geschlagen. Verbunden mit einem Gefühl, das er noch nie zuvor empfunden hatte.

Auch der blaue Arm tauchte zurück in den Nebel. Erneut regte sich für einen Augenblick nichts, bis sich an wieder anderer Stelle ein von einem orangefarbenen Strumpf verhülltes Bein emporstreckte. Der Strumpf wurde von einem blauen Strumpfband gehalten.

Germinal wusste nicht mehr, was er denken sollte. Vier Frauen, von denen jede Ignés hätte sein können. Obwohl er das Gefühl hatte, verrückt zu werden, war er unfähig, sein Auge von der Wand zu lösen.

Das orangefarbene Bein versank. Gleichzeitig kam jedoch ein Arm im orangefarbenen Handschuh zum Vorschein. Er gehörte ein und derselben Frau; sie lag am Boden, im Nebel verborgen. Und als der Arm verschwand, reckte sich ein Bein empor. Es war blau, und sogleich tauchte auch ein blauer Arm aus dem Nebel auf, ihm folgten ein orangefarbener Arm und ein orangefarbenes Bein. Und schließlich schnellte sie raubkatzenartig mit gewölbtem Rücken aus dem ringsum einsinkenden Nebel auf: Ignés. Sie war zur Hälfte blau, zur Hälfte orange gekleidet.

Germinals Herz raste. Jede der von ihm vermuteten vier Frauen war Ignés. Und jedes Mal hatte er sie erkannt.

Die Arme hinter dem durchgestreckten Rücken aufgestützt, saß Ignés eine Weile reglos in einer starren und zugleich dynamischen Haltung da, als würde sie auf dem Höhepunkt der Liebeslust innehalten.

Ihr Anblick erregte Germinal. Er wich für einen Augenblick von der Wandöffnung zurück und sah über seine Schultern zur Tür, als überlege er zu gehen. Stattdessen jedoch löschte er das Licht und beobachtete Ignés weiter aus der Dunkelheit.

Ignés trug ein Mieder, das vorn mit unzähligen im Licht funkelnden Perlenknöpfchen geschlossen war. Seit dem Moment, als sie sich ganz gezeigt hatte, war der Raum hell erleuchtet. Die eine Hälfte des Mieders, das ihr bis zum Hals reichte, war orange, die andere blau. Ignés tauchte erneut unter und wirbelte am Boden wie ein Sturmwind durch den Nebel auf die gegenüberliegende Seite des Raums zu. Mit dem Rücken zur Wand, die Hände über dem Kopf verschränkt, kam sie ganz allmählich zum Stehen. Zwei schmale Stoffstreifen, der eine blau, der andere orange, fielen vom Saum des Mieders hinab. Ignés ließ die Hände über ihren Körper bis hinunter zu den

Hüften gleiten. Aufreizend rieb sie sich an der Leinwand, bis sie sich schließlich an ihr entlangzurollen begann. Immer wenn sie dabei zur Wand schaute, kam ihr nackter Po zum Vorschein. Doch er war nur für einen kurzen Moment zu erkennen, er tauchte auf und verschwand sogleich wieder, während Ignés mit dem Körper an der Wand einmal durch den Raum kreiste.

Vor dem siebten Separee blieb sie stehen. Germinal konnte, während er zurückwich, ihren Duft riechen und die Kurven ihres Körpers erkennen, die sich in die Leinwand drückten. Sie keuchte vor Anstrengung. Ohne Ignés zu berühren, zeichnete Germinal mit der Hand ihre erregenden Formen nach.

Da löste sich Ignés von der Wand.

Germinal hielt sein Auge wieder an das Guckloch. In der Leinwand zeichneten sich die Hände der anderen vier Männer in den Separees ab. Geisterhände, die sein Blut in Wallung brachten. Hände, die Ignés ebenso begehrten wie er selbst.

Derweil hatte sich Ignés von hinten an die reglos in der Mitte des Raums stehende Frau herangeschlängelt. Sie ließ ihre Hände von deren Po über den ebenholzgleichen Rücken bis hinauf zum Hals gleiten. Die Frau zuckte nicht einmal. Vom Hals fuhr Ignés mit den Fingern in das lange schwarze Haar, das einen starken Kontrast zu ihrem eigenen Goldschopf bildete.

Plötzlich löste sich der Kopf vom Rumpf.

Germinal hörte die vier vornehmen Herren in ihren Separees verblüfft murmeln.

Ignés hielt den Puppenkopf in ihren Händen, drehte ihn mit dem Gesicht zu sich und drückte ihm sanft einen sinnlichen Kuss auf die Lippen. Daraufhin warf sie ihren Kopf in einem Ausdruck von Lust zurück, während sie den Kopf der Puppe an ihre Brust und über den flachen Bauch hinab in ihren Schritt presste. Wie befriedigt hielt sie ihn schließlich von sich weg und setzte ihn zurück auf den Rumpf der Schaufensterpuppe.

Nun streifte sie ihren orangefarbenen Handschuh ab und

zog ihn der schwarzen Frau über den rechten Arm. Ebenso hüllte sie behutsam das rechte Puppenbein in ihren orangefarbenen Strumpf und das dazugehörige blaue Strumpfband. Mit der unverhüllten Hand knöpfte sie daraufhin langsam ihr Mieder auf, bis sie es sich schließlich mit einem Ruck vom Körper riss. Zur Hälfte nackt, zog sie nun der Puppe die orangefarbene Miederhälfte über, bis sie aussah wie ihr Spiegelbild, außer dass die eine blau, die andere orange gekleidet war.

Germinal stockte der Atem, beinahe verängstigt war er von Ignés' Schönheit, von ihren vollen, milchweißen Brüsten, die er berühren, von ihrem weichen Bauch, den seine Lippen liebkosen wollten. Wie ein Ast in der gewaltsamen Strömung eines Hochwasser führenden Flusses fühlte er sich von widerstreitenden Gefühlen hin- und hergerissen. Seine Erregung verwandelte sich in Wut, die Wut erlag dem Verlangen, das Verlangen wurde zur Eifersucht, als er daran denken musste, dass auch die anderen vier Männer sie so sehen konnten. Das Loch in der Wand war zu klein, am liebsten hätte er es mit einem Messer aufgeschlitzt. Doch schon im nächsten Augenblick erschien es ihm zu groß und er fürchtete, entdeckt zu werden. Er wollte ihren Namen hinausschreien, während er sich zugleich den Mund zuhielt, damit sein Atem ihn nicht verriet.

Noch bevor die Vorstellung zu Ende war, stolperte Germinal, im Dunkeln gegen den Wasserkrug stoßend, zur Tür und lief davon.

Der Lärm aus dem vermeintlich leeren Separee drang bis zu Ignés. Ihre Augen blitzten auf. Kurz darauf glaubte sie fern in der Nacht das Dröhnen eines Motorrads zu hören.

XVII

»Verflucht! Es ist fast ein Uhr!«, hatte Landau, nur mit einem Nachthemd bekleidet, wütend gebrüllt.

»Beeilt Euch mit dem Befehl«, hatte Germinal kühl erwidert. »Danach könnt Ihr ja wieder zu Bett gehen, wenn Ihr wollt.«

Unentwegt vor sich hin fluchend hatte Landau sich angezogen. Im Kommissariat angekommen, hatte er dann einem Sergeanten befohlen, einen Einsatztrupp zu bilden und die Kutsche vorfahren zu lassen.

Die Männer des Kommissars waren über Germinals Vorhaben ganz und gar nicht erfreut, hatten jedoch dem Befehl ihres Vorgesetzten wohl oder übel Folge zu leisten. Auch Landau selbst bebte noch immer vor Zorn, doch hatte der Fall inzwischen großes Aufsehen erregt und Hauptkommissar Sanguineti hatte sich unmissverständlich ausgedrückt: Der Polizist mit der größten Ermittlungserfahrung in der Mignatta war Germinal. Daher hatte er ihm den Fall übertragen und Landau verpflichtet, ihm alle Unterstützung zu gewähren, die er benötigte.

Germinal war in Gedanken noch immer beim Auftritt der Nebelkönigin. Die widerstreitenden Gefühle, die Ignés' Striptease in ihm ausgelöst hatte, verwirrten ihn. Und noch immer arbeitete sein Geist nur träge unter dem Einfluss der Droge, die er am Nachmittag geschluckt hatte und die nun, einer Schlammdecke gleich, als Gefühl der Schwäche auf ihm lastete. Sie lähmte seinen natürlichen Tatendrang und schläferte seinen Willen ein. Die verführerisch verschleiernden Nebel hatten ihm allerdings vor Augen geführt, dass er suchen musste. Noch genauer suchen. Womöglich verbarg sich etwas unter der Oberfläche.

Weniger als eine halbe Stunde später hielt die gepanzerte Kutsche mit knirschenden Rädern auf der Schotterstraße.

»Beeilen wir uns, Germinal. Strapaziert meine Geduld nicht bis zum Äußersten«, brummte der Kommissar, während er besorgt umherblickend ausstieg. »Dass Sanguineti mich zwingt, Euch wieder in den Fall einzubeziehen ... wegen eines unglücklichen Zufalls ...«

»Unglücklicher Zufall nennt Ihr es«, brauste Germinal sogleich auf, »dass Frau Neef und Juffridi, wie ich dank der Obduktion, die Ihr verhindern wolltet, herausgefunden habe, von ein und demselben Täter ermordet wurden?«

»Germinal, treibt es nicht zu weit.«

»Doktor Noverre ist auch der Meinung ...«

»Der Graf ohne Ärmel ist wohl zu Eurem treuesten Verbündeten geworden?«, fiel Landau ihm ins Wort. »Dieses Monstrum ist kein Polizist. Deshalb interessiert mich auch seine Meinung nicht. Bringen wir jetzt rasch diesen neuerlichen Unsinn hinter uns«, knurrte Landau und sah sich um. »Die Hölle gefällt mir nicht. Schon gar nicht bei Nacht.« Seinen Männern befahl er, alle Reflektorlampen anzuzünden.

Germinal wandte den Blick von seinem Vorgesetzten ab und betrachtete die düstere Umgebung, in die er auf seiner ersten Fahrt zum Kommissariat der Mignatta versehentlich geraten war, diese trostlose Welt aus halb verfallenen alten Häusern neben planlos errichteten Holzbaracken. In der Luft lag überall ein beißender Geruch nach Schmutz und Armut und der Gestank des Harns von Katzen und Mäusen. Alles schien leblos und ausgelöscht.

Nicht weniger nervös als die Männer, die sie führten, erkundeten die Lampen der Polizisten die Finsternis. Die Polizeikutsche hatte vor einem ehemals vermutlich fünfstöckigen Haus gehalten, dessen Dach jedoch inzwischen eingestürzt war. Mit beunruhigter Miene und das Gewehr im Anschlag streiften die vier Männer, die Landau mitgenommen hatte, unablässig umher. Ansonsten schien die Hölle menschenleer.

Germinal winkte, während er sich um die eigene Achse drehte, viermal ins Nichts.

»Wen grüßt Ihr denn da?«, wollte Landau wissen.

»Alle, die uns gerade beobachten«, antwortete Germinal. Dann wandte er sich dem Haus zu und fragte: »Hier also hat er gewohnt?«

»Ja.«

»In welchem Stock?«, erkundigte sich Germinal weiter, während er den Blick über die Fassade schweifen ließ, die wie verwundet schien mit all ihren Mauerrissen und klaffenden Fensteröffnungen.

»In welchem Stock!«, wiederholte Landau laut genug, dass seine Männer ihn hören konnten, und fing an zu lachen.

Die Polizisten lachten mit ihm. Doch ihr Gelächter hatte nichts Fröhliches; Germinal konnte ihre ganze Anspannung heraushören.

»Gehen wir«, sagte Landau schließlich und steuerte auf das Haus zu. Vor der Tür teilte er die Polizisten ein: »Ihr beiden kommt mit uns hinein. Ihr anderen bleibt hier. Haltet die Augen offen und eure Gewehre schussbereit.« Dann stieß er die Eingangstür auf, die in ihren rostigen Angeln quietschte.

Die Lampen leuchteten in das Hausinnere.

Da verstand Germinal, weshalb die anderen über seine Frage, in welchem Stock Juffridi gewohnt habe, gelacht hatten. Bis auf die Außenmauern war das gesamte Haus in sich zusammengefallen und bot einen verstörenden Anblick. Wie in einem mächtigen, nach oben offenen Turm herrschte über eine Höhe von vier und mehr Stockwerken gähnende Leere, in die nur wenige herabhängende Geschossbruchstücke, Gebälkteile und die Überreste einer Treppe ragten, die nach dem ersten Stock abbrach und dann unerreichbar wieder vom dritten in den vierten Stock hinaufführte. Mehr war nicht geblieben. Ein Großteil der Trümmer war an einer Seitenwand aufgetürmt worden. Übrig blieb ein öder, schmutziger Platz, auf dem sich wie wucherndes Unkraut ein wüstes Durcheinander an Abfällen aus verschiedensten Materialien ausbreitete: lange, krumme Eisenbalken mit Rostbelag; schwere, zerbrochene Maschinenteile; morsche, bei Unfällen gesplitterte Holzwagenräder mit verbogenen Metallbeschlägen; Pfähle, an denen spinnwebenartig Reste von Maschendraht hingen. Eine alte Schubkarre war zu einem fahrbaren Schleifstein umgebaut worden, mit dem man zum Messerschleifen von Haus zu Haus ziehen konnte. Ein ganzer Haufen verschimmelter Tücher und Lappen ließ an eine Pestepidemie denken.

Undeutlich war in der nebligen Dunkelheit mitten auf dem Platz eine mit Holzbrettern gedeckte Hütte zu erkennen. Eine Hütte im Haus. Die Tür hing schief aus den Angeln. Etwas weiter seitlich lag eine lange Eisenkette mit einem Halsband aus einem Stück Strick am Boden.

»Der Hund war nicht aufzufinden«, sagte Landau, auf die Kette deutend.

Germinal leuchtete nach rechts auf eine leere Umzäunung, die als Hühnergehege gedient haben mochte.

»Auch die Hühner sind verschwunden«, setzte Landau hinzu. »Da hat es in der Hölle wohl einmal ein ordentliches Festessen gegeben.«

Einer der Polizisten hinter ihnen lachte.

Im Hintergrund ragten die breiteren Umrisse eines Schuppens auf.

Germinal folgte Landau in die Hütte, deren Einrichtung aus einem Tisch, einer Anrichte und einem Bett bestand. Über den festgestampften Boden verteilt lagen die Scherben eines Keramiknachttopfes, weiter hinten eine umgestürzte Zinkwaschschüssel mitsamt ihrem einst blau lackierten Eisendreifuß. Vom Lampenstrahl aufgescheucht suchte eine dicke Feldmaus durch einen Spalt in der Bretterwand das Weite. Zurück blieben eine angenagte trockene Schwarzbrotrinde und der ausgehöhlte Chitinpanzer eines Kakerlaks. Obwohl alles offen stand, lag ein unerträglicher Gestank nach Schimmel, Tod und Exkrementen in der Luft.

»Hier entlang.« Der Polizist, der sie begleitete, führte sie durch eine niedrige Tür in den unmittelbar angrenzenden Schuppen, eine vollständig eingerichtete Werkstatt mit Blasebalg, Esse, Schleifsteinen und sonstigen Gerätschaften zum Schmelzen und Formen von Metall. »Dort«, sagte der Polizist nur und leuchtete mit der Lampe auf einen schweren Hauklotz.

»Dort habt ihr ihn gefunden?«, vergewisserte sich Landau.

Der Polizist nickte.

Germinal trat näher. Das Holz war an der Oberfläche schwarz vom getrockneten Blut des Scherenschleifers. Das Beil, mit dem man ihn zerschmettert hatte, befand sich zusammen mit anderen Beweisstücken im Keller des Kommissariats.

»Glaubt Ihr denn wirklich, Ihr findet etwas, was meinen Männern entgangen ist?«, fragte Landau.

Germinal gab keine Antwort. Während er sich umsah, versuchte er sich vorzustellen, wie der Ort wohl ausgesehen haben mochte, als er noch bewohnt war. Ganz ähnlich wie jetzt, überlegte er.

»Der für den Gärungsbereich zuständige Direktor der Zuckerfabrik hat mir erzählt, er habe Juffridi gelegentlich mit Maschinenreparaturen beauftragt und bei seinen Besuchen sei ihm eine ganze Sammlung von Foltergeräten aus der Zeit der Inquisition aufgefallen«, berichtete Germinal. »Ich sehe sie hier nicht …«

»Wahrscheinlich wurde sie gestohlen«, bemerkte Landau.

»Von wem, vom Mörder?«

»Möglich. Wer kann das schon sagen?«, erwiderte der Kommissar gleichgültig.

Ohne präzise Vorstellung, wonach er eigentlich suchte, ging Germinal aufs Geratewohl stöbernd durch den Schuppen. Er öffnete eine Seemannskiste, die an einer Seite von Feuchtigkeit zerfressen war, und durchwühlte die rostigen Werkzeuge. Dann widmete er sich einer alten Kommode, zu der wahrscheinlich einmal eine Marmorplatte gehört hatte. Einige Bruchstücke lehnten nicht weit entfernt an der Wand. In den Schubladen befand sich ein buntes Durcheinander aus Schutzkleidung und Kleinwerkzeug zur Metallbearbeitung; Feilen, Grabstichel, Eisenfräsen und Meißel schimmerten im Laternenlicht.

»Habt Ihr den jungen Sozialisten gefunden?«, erkundigte sich Germinal, während er alles inspizierte.

»Nein, noch nicht.«

»Habt Ihr Euch einmal die Frage gestellt, ob zwischen dem Aufruhr in der Kirche und dem Efeustock, den man Frau Neef in die Hand gedrückt hat, ein Zusammenhang bestehen könnte?«

»Nein, Germinal, die Frage habe ich mir nicht gestellt«, gab Landau zurück.

»Habt Ihr denn eine Ahnung, was er bedeuten könnte?«

»Nein.«

»Könnte es Eurer Meinung nach eine Botschaft der Arbeiter und nicht des Mörders sein?«, fuhr Germinal fort. »Hat ein Stück Holz mit einer Efeuranke für die Arbeiter eine besondere Bedeutung? Ist es ein Arbeitersymbol?«

»Würdet Ihr Euch wohl beeilen, Germinal? Es ist mitten in der Nacht und ich erfriere hier noch wegen Euch.«

Germinal wandte sich einem Stapel Holzkisten zu, die er eine nach der anderen herunterhob und durchsuchte.

»Was Ihr da tut, haben meine Leute bereits alles erledigt«, bemerkte Landau ungeduldig. »Habe ich recht?«, fragte er einen der Polizisten.

Das Gewehr über die Schulter gehängt bestätigte dieser: »So ist es, wir haben jede Kiste ausgeleert. Nichts.«

Stur setzte Germinal seine Suche bis zur letzten Kiste fort.

»Zufrieden?«, fragte Landau schließlich sarkastisch.

Nachdem Germinal auch den Plunder aus der letzten Kiste geleert hatte, versetzte er ihr einen Tritt. Die nun leichte Kiste ruckte ein wenig zur Seite. Mit einem breiten Grinsen drehte sich Germinal zu Landau um.

»Eure Leute haben aber nicht gegen die unterste Kiste getreten, oder?« Mit einem Grinsen leuchtete er auf den Boden.

Landau trat näher.

»Der Schlag soll mich treffen …«, murmelte einer der hinzukommenden Polizisten.

Unter der Kiste verbarg sich eine Falltür, die Germinal nun ganz freilegte. An dem Eisendeckel waren keine Griffe zu sehen, sondern ein auf den ersten Blick recht solide wirkendes Schloss.

»Helft mir«, sagte Germinal, während er die Laterne auf dem Boden abstellte und ein schweres Brecheisen zur Hand nahm, das er zwischen die eiserne Umrandung und die Falltür zu stemmen versuchte. Nach zahlreichen vergeblichen Versuchen bewegte sich das Metall mit ohrenbetäubendem Lärm.

Sogleich stürzte von draußen einer der Polizisten, die zur Bewachung der Kutsche abgestellt waren, mit dem Gewehr im Anschlag herbei: »Was ist los, Kommissar?«

»Ihr seid ein Haufen Idioten, das ist los!«, schimpfte Landau.

Finster tat sich zu ihren Füßen ein unterirdischer Raum auf.

»Gib mir die Laterne, du Schwachkopf«, befahl Landau einem anderen Polizisten.

»Wahrscheinlich ist es ein Zugang zum Keller des Hauses«, sagte Germinal, während er hinabstieg.

Landau reichte ihm die Laterne. »Könnt Ihr etwas erkennen?«, fragte er.

Der warme Schein der Öllampe wurde immer schwächer, je weiter Germinal in die Gänge vordrang.

»Ja, es muss der alte Keller sein, der beim Einsturz unversehrt geblieben ist«, antwortete Germinal.

»Ja, und? Habt Ihr etwas gefunden?«

»Da sind sie ja!«, rief Germinal aus.

»Was denn?«

»Die Folterwerkzeuge.«

»Sonst noch etwas?«

»Zeichnungen …« Germinal zögerte.

»Zeichnungen?«

»Ja, Zeichnungen, Entwürfe, Pläne für …« Ganz plötzlich brach Germinals Stimme ab.

»Germinal? Germinal?«

Aus dem flackernden Lichtschein im Keller drang von fern Germinals Stimme schwach und ungläubig durch die Luke: »Gütiger Gott!«

XVIII

Die Erste hatte der Zeit der Ankunft Ehre erwiesen.

In dieser Nacht nun war die Zeit der Zweiten gekommen.

Denn in dieser Nacht würde er sie allein in ihrem Bett vorfinden.

Lautlos war der Gott des Dröhnens durch die Dunkelheit bis zur Villa gehuscht. Durch ein aufgebrochenes Fenster war er in das Haus eingedrungen. Er hatte den Sack, der schwerer wog als beim ersten Mal, auf einem Sessel abgelegt, das heilige Werkzeug hervorgeholt und war, nachdem er ein anderes Wesen angenommen hatte, in die Mansarde hinaufgestiegen, wo die vier Hausangestellten schliefen.

Denn der Gott vereinte zwei Wesen in sich. Er war zugleich Mann und Frau, Adliger und Hure, wahr und doch falsch. Er war der zweimal Geborene, der Knabe der doppelten Tür. Und er war auf zwei Arten todbringend. Den vier Auserwählten, die an seinen Orgien teilhaben und die heiligen Gewänder seiner Riten tragen sollten, zeigte er sich als der Gott. Für die anderen, die Diener, die seinen ruhmreichen Weg behinderten, war er der Mörder.

Als Mörder stieg er die Treppe zu den Dienstbotenkammern hinauf. Mit dem heiligen Werkzeug in der Hand. Denn nicht einmal der Mörder durfte diese profanen Körper berühren.

Als Erste starb die Köchin. Geräuschlos. Der Mörder spannte das heilige Werkzeug um ihren Kopf, drückte zu und drehte. Die Halswirbel brachen mit einem leisen Knacken. Als Zweiter starb der junge Stallbursche, der für die Pferde und den Garten zuständig war. Er schnarchte laut, neben seinem Bett stand eine leere Bierflasche. Die kräftigen Muskeln des Jungen spannten sich und leisteten Widerstand, als der Mörder das heilige Werkzeug um seinen Kopf legte. Nur mit Mühe schnappten die Klauen zu. Ihm das Genick zu brechen war dann ein Leichtes. Der Griff des heiligen Werkzeugs drehte sich leichtgängig auf einer Scheibe und der innere Mechanismus vervielfachte die Kraft, mit der der Mörder drehte. Nicht einmal ein Ochse hätte diesem Druck standhalten können. Als er spürte, wie mit einem letzten, kaum merklichen Atemzug alles Leben aus seinem Opfer wich, ließ er den Kopf auf das Kissen fallen und befreite ihn aus dem Klammergriff. Der Junge öffnete den Mund, aber nun schnarchte er nicht mehr. Als Nächstes betrat der Mörder die Kammer des Dieners, fand sie jedoch leer vor. Da hörte er ein knarrendes Geräusch aus dem Nebenzimmer. Er trat hinaus auf den niedrigen, dunklen Flur der Dienstbotenetage und horchte an der Tür: Holz knarrte, jemand atmete stoßweise. Behutsam drückte er die Klinke und öffnete die Tür einen Spaltbreit, bis er ins Zimmer sehen konnte. Der Diener wandte ihm den breiten Rücken zu, während er sich, die Arme gestreckt neben dem Kopf des Hausmädchens aufgestützt, rhythmisch und keuchend bewegte. Die Frau hatte ihre Beine um seine Hüften geschlungen. Ihr rotes Haar erinnerte den Mörder an eine Frau, die er vor sechzehn Jahren zum letzten Mal gesehen hatte.

Suchend blickte er im Flur umher. Dort gab es nichts, was ihm hätte dienlich sein können. Zwar trug er ein scharfes Rasiermesser bei sich, doch der Gott würde ihm nicht gestatten, Blut zu vergießen, das nicht für seine heiligen Riten bestimmt war. Leise ging er hinunter in die Küche und fand, was er suchte. Als er zurückkam, ging der Atem des Liebespaares noch keuchender. Der Mörder trat die Tür auf, stürzte zum Bett und streckte den Diener mit einem blitzschnellen Hieb gegen die Stirn rücklings auf das Laken nieder. Dann spannte er das heilige Werkzeug um den Kopf des schreienden Hausmädchens und drehte daran. Die Frau verstummte. Auf der Stirn des Dieners bemerkte der Mörder eine schwarze Beule. Betrübt schüttelte er den Kopf: Er hatte ihn nicht entstellen wollen. In aller Ruhe brach er ihm anschließend das Genick.

Der Mörder kehrte zurück ins Erdgeschoss, verstaute das heilige Werkzeug und wurde wieder zum Gott. Nun schulterte er den Sack, ging über die herrschaftliche Treppe hinauf zum Schlafzimmer der Zweiten, zog sie aus und fesselte sie nackt ans Bett. Dann riss er einen Stoffstreifen vom Laken ab und verschloss ihr damit den Mund. Noch war es zu früh, das Ruhmeslied des Gottes zu singen. Er ließ den Sack, in dem die scharfen Gebisse seiner Bestien rasselten, zu Boden sinken und verließ das Zimmer.

Eine halbe Stunde später war alles bereit.

Der Gott begann mit seinen Orgien.

Die scharfen Reißzähne seiner grausamen Priesterinnen schnellten in den Körper der Zweiten, verbissen sich in ihrem makellosen Fleisch.

Blutspuren trübten den Glanz des Metalls.

Als Germinal und Landau die Villa betraten, zitterte der Mann noch immer vor Entsetzen. Er wollte sich zur Begrüßung aus seinem Sessel erheben, sackte jedoch sofort wieder in sich zusammen, ohne sie auch nur angesehen zu haben. Trotz der frühen Stunde standen vor ihm auf dem niedrigen Rauchertisch eine Kristallflasche und ein Glas. Der Mann schenkte sich ein und kippte den Alkohol in einem Zug hinunter.

Germinal erkannte ihn sofort wieder. Eine Welle unbändigen Hasses durchströmte ihn.

»Sie … sie liegt oben …«, stammelte der Mann. »Ich … ich …«

»Versucht Euch zu beruhigen, Herr Finnegan«, trat Landau fürsorglich an ihn heran. »Inspektor Germinal und ich sehen gleich selbst nach. Ihr braucht jetzt nicht zu reden.«

»Ich war geschäftlich unterwegs …«, fuhr Finnegan dennoch in einem Ton übertriebener Rechtfertigung fort. »Als ich im Morgengrauen zurückkehrte … war … war niemand da … und so … so … fing ich … fing ich an …«

»Beruhigt Euch.«

»... ich fing an zu schreien ... rief nach den Dienstboten ... beschimpfte sie ...« Er schenkte sich noch einmal nach und trank gierig. »Ich habe sie beschimpft, versteht Ihr? Faulenzer habe ich sie genannt ... und wollte sie ... wollte sie hinauswerfen ... vielleicht hatte ich etwas zu viel Brandy getrunken, aber ich ... Und dann ... dann ging ich nach oben ...«

Landau legte ihm eine Hand auf die Schulter. »Beruhigt Euch, Herr Finnegan«, sagte er noch einmal.

Der Mann griff nach einer Zigarre. Mit zitternden Händen steckte er sie in den Mund. Er war um die fünfzig, trug einen schmalen Schnurrbart und war erschreckend hager. Sein eingefallenes Gesicht war auf der rechten Seite vom Auge bis zum Jochbein von einer auffälligen bläulich roten Narbe gezeichnet. Germinal griff nach den Streichhölzern auf dem Tisch, zündete eines an und hielt es vor die Zigarre. Der Mann blickte nicht auf.

»Welche Marke ist das?«, fragte Germinal ihn leise. »Nebelkönigin?«

Finnegan fuhr hoch. Auch er erkannte Germinal wieder. Er bewegte die Lippen, brachte jedoch kein Wort heraus.

Vor seinen Augen blies Germinal das Streichholz aus und warf es in den Aschenbecher. Dann verließ er den Raum.

Landau drehte sich nach einem Polizisten um, der mit verlegener Miene steif in der Ecke stand. »Bleib bei Herrn Finnegan«, befahl er ihm. »Germinal, wartet auf mich.«

Die beiden Männer stiegen die Treppe des Herrschaftstrakts hinauf. Schweigend und ohne Eile. Worte waren überflüssig. Während der Fahrt hatte Landau Germinal davon unterrichtet, dass Finnegan ebenfalls Aktionär der Zuckerfabrik war. Auch über den Fund der Zeichnungen in Juffridis Versteck hatten sie bereits zur Genüge gesprochen. Über die Zeichnungen und den Verdacht, den sie geweckt hatten.

Vor Frau Finnegans Schlafzimmertür blieben die beiden stehen. Germinals Hand lag auf dem Türgriff. Er musste daran denken, dass die Frau womöglich noch leben würde, hätte ihr

Mann sie in dieser Nacht nicht betrogen. Mit Ignés. Eine neue Welle der Wut stieg in ihm hoch.

»Ich bin bereit«, bemerkte Landau.

Vielleicht aber hätte auch er sterben müssen. Germinal tat einen tiefen Atemzug. Er musste sich beruhigen. Er durfte die Dinge nicht vermischen, musste Privates aus seiner Arbeit heraushalten. Noch einmal atmete er tief durch. Durch die Tür hindurch roch es süßlich nach Blut. Langsam drückte Germinal die Klinke herunter und betrat das Zimmer.

Die Frau war vielleicht Anfang vierzig. Ihre Hände waren an die Säulen ihres Himmelbetts gefesselt. Erschlafft saß sie mit ausgebreiteten Armen da. Ihre Augen standen offen. Der transparente Baldachin war auf der linken Seite eingerissen, von dort hatte der Mörder sie vermutlich angegriffen. Ihr Blut jedoch klebte überall.

Wie unter Hypnose schritten Germinal und Landau durch das Zimmer, den Blick unablässig auf die Frau gerichtet, die sie stumm schreiend anzustarren schien. Die Stricke um Hände und Füße hatten sich tief in ihr Fleisch gegraben. Ihr Körper war von unzähligen Bissen verwüstet. Genau wie die Leiche der Neef. Das Bett war blutverschmiert. Die Wand war blutverschmiert. Der Boden mit den kostbaren Teppichen war blutverschmiert. Der Körper der Frau war von oben bis unten rot.

Am Fußteil des Bettes stand eine mit Wasser gefüllte weiße Porzellanschüssel auf dem Boden, daneben lagen zwei Handtücher und ein paar Mullbinden. Alles makellos. Bis dorthin war das Blut nicht gespritzt.

Als Germinal sich umsah, bemerkte er zu seiner Linken eine Spiegelkommode.

»Gütiger Gott …«

Der Spiegel zeigte vier Frauen mit gleichmütigen Gesichtern.

Germinal fuhr herum. An der Wand gegenüber stand ein Sofa. Und auf dem Sofa saßen nebeneinander vier Frauen, die ihre Augen auf das Bett zu richten schienen, in dem Frau Finnegan zu Tode gequält worden war.

»Die da …«, brachte Landau stockend hervor, »die … der da ist keine Frau.«

»Der Dritte auch nicht«, murmelte Germinal, während er sich dem Sofa näherte.

»Sind das die Dienstboten?«, fragte Landau.

Die erste Frau, von rechts beginnend, war ein junger Mann. Man hatte ihm ein Satinkleid mit tiefem Ausschnitt angezogen, durch den sein Brusthaar hervorschaute. Auf dem Kopf trug er eine hässliche blonde Lockenperücke. Hals und Schultern waren von einem krausen Ziegenfell bedeckt. Eine Hand lag auf der Armlehne und hielt einen mit Efeu umwickelten Stock. Sein Mund trat durch einen leuchtend roten Lippenstift hervor. Die Gesichtshaut war bis auf einen Hauch Rouge auf den Wangen mit Bleiweiß überzogen. Die Augen hatte der Mörder ihm in Schwarz und Weiß mit Kajalstiften auf die geschlossenen Lider gemalt.

Neben ihm saß eine dicke Frau. Sie steckte in einem viel zu engen Amazonenkleid. Ihre Hände lagen gefaltet im Schoß, auch sie hielt einen Stock mit Efeu, auch um ihre Schultern hing ein Ziegenfell, auch ihre Augen waren auf die geschlossenen Lider gemalt und ihre Lippen übertrieben rot geschminkt wie die einer Prostituierten.

Auf die dicke Frau folgte ein weiterer Mann um die dreißig in einem schwarzen Seidenkleid, mit einer billigen Blondhaarperücke auf dem Kopf, weiß geschminktem Gesicht, Lippenstift, aufgemalten Augen und einem Ziegenfell um die breiten, muskulösen Schultern. Auf seiner Stirn prangte ein von der Schminke nur leicht aufgehellter Bluterguss. Eine Hand umklammerte den Efeustock. Die andere war Finger für Finger mit der Hand des vierten Opfers verschränkt, bei dem es sich um ein junges Mädchen handelte, dessen über die Schulter wallende rote Locken schlangengleich von grünen Samtbändern durchzogen waren. In der freien Hand hielt sie den Efeustock. Ihr hatte der Mörder blaue Augen gemalt. Nur ihr.

Germinal hob ein Lid der jungen Frau an. Die Iris war unauffällig braun. »Warum bloß?«, fragte er laut. »Warum hast du blaue Augen?«

Da bemerkte er auf dem Boden einen ausgefransten rosa Leinenfetzen. Er hob ihn auf. Der Stoff war noch feucht. Germinal suchte das Bett ab und entdeckte einen Riss im rosafarbenen Laken. »Er hat sie geknebelt«, sagte er langsam. »Er wollte verhindern, dass sie schrie, während er ... die vier Dienstboten zurechtmachte. Aber er wollte, dass sie sah, was sie erwartete. Dass sie sich vorstellte, wie wir sie finden würden. Und anschließend hat er den Knebel entfernt und sie ... zerfleischt.«

Landau schluckte.

Germinal sah ihn an. »Ich will, dass keiner in diesem Raum etwas anrührt«, sagte er bestimmt, »bis ein Fotograf alle für die Ermittlungen notwendigen Aufnahmen gemacht hat.« Er hielt inne und musterte den Kommissar streng. »Außerdem will ich die Erlaubnis zur Obduktion aller ... aller Leichen.«

Landau schwieg.

»Der Ehemann wird sich nicht widersetzen, das versichere ich Euch«, fuhr Germinal fort. »Und Ihr ebenso wenig, sonst gehe ich geradewegs zu Sanguineti und sorge dafür, dass man Euch des Amtes enthebt.«

Noch immer schwieg Landau. Er starrte die vier Leichen an, die mit geschlossenen und doch wie offen wirkenden Augen nebeneinander auf dem Sofa saßen.

»Sie sehen aus wie ... Zuschauer ...«, murmelte er. Aus seiner Stimme klang Furcht. »Es ist ... ungeheuerlich ...«

»Ja, wir haben es mit einem Ungeheuer zu tun«, sagte Germinal leise.

XIX

»Jasper, halt deine Finger an die Blutergüsse«, sagte Noverre. Der junge Gehilfe, befangen durch Germinals Anwesenheit im Seziersaal, der sich im Kellergeschoss der Anstalt befand, gehorchte. Er legte dem Diener vor ihm auf dem glänzenden Seziertisch den linken Zeigefinger an die Schläfe und den rechten an eine zuvor rasierte Stelle auf der anderen Seite des Schädels. Der Diener trug noch immer die weiße Schminke im Gesicht, seine Wangen und Lippen waren rot. Die Augen, die der Mörder auf die geschlossenen Lider gemalt hatte, schienen sie anzustarren.

»Versteht Ihr, was ich meine?«, wandte sich Noverre darauf an Germinal. »Es sieht aus, als verwende er, um den Opfern das Genick zu brechen, ein Werkzeug, das ich allerdings nicht näher zu beschreiben wüsste.«

»Richtig«, entgegnete Germinal und sah Noverre eindringlich an. »Es sieht aus, als wolle der Mörder seine Hände nicht benutzen.«

Noverre erwiderte seinen Blick für einen Moment, ehe er wieder mit dem Kinn auf den Kopf des Dieners deutete. Jasper hielt unverändert seine Finger an die Schläfen der Leiche.

»Das Werkzeug, das er benutzt«, fuhr Noverre in seiner Erklärung fort, »drückt sich sehr fest in den Schädel. Irgendetwas bewirkt dann eine ungemein kraftvolle Drehung. Dasselbe ist mir bereits an den drei Opfern in der Villa Neef aufgefallen. Die Wirbel waren einer wirklich enormen Torsion ausgesetzt. Entweder verfügt der Mann über außergewöhnliche Kräfte, oder …«

»Oder?«

»Oder das Werkzeug, das er benutzt, erhöht seine Kräfte um ein Vielfaches.«

»Wie das?«

»Ich weiß es nicht«, antwortete Noverre. »Doch die Vermutung liegt nahe, dass es in dem Fall einen inneren Mechanismus gibt, der sich eine Hebelwirkung zunutze macht.«

»Er tötet seine Opfer auf zwei verschiedene Arten, die in beiden Fällen, in der Villa Neef und der Villa Finnegan, jeweils identisch sind«, fasste Germinal mit einem kurzen Blick auf den Sack zusammen, den er mitgebracht und unter dem Seziertisch abgestellt hatte. »Für die Dienstboten verwendet er ein Werkzeug, wie Ihr sagt. Bei den beiden Frauen kamen dagegen Eisengebisse zur Anwendung. Nur eines haben die beiden unterschiedlichen Tötungsarten gemein.«

»Und das wäre?«, fragte Noverre.

»Das sagte ich doch bereits, Doktor. Hört Ihr mir nicht zu?« Germinals Ton war gereizt. »Der Mörder scheint seine Hände nicht benutzen zu wollen. Wieso nicht, was glaubt Ihr?«

Wortlos sah Noverre ihn an. Jasper hielt noch immer seine Finger an die Schläfen der Leiche.

»Können wir unter vier Augen reden?«, fragte Germinal schließlich. »Es gibt da einige Details, die ich gern mit Euch alleine besprechen würde.«

Noverre drehte sich zu Jasper um. »Lass uns allein«, sagte er zu ihm.

Der Gehilfe löste seine Finger vom Schädel des Dieners und verließ den Seziersaal. In einer Ecke des Raumes waren unter weißen Tüchern die anderen drei Leichen aufgebahrt. Frau Finnegans gewaschener Körper lag nackt auf dem zweiten Operationstisch. Ein tiefer Einschnitt in Form eines Ypsilons öffnete sie in der Mitte. Der Witwer Finnegan hatte sich ihrer Obduktion nicht widersetzt. In einem vertraulichen Gespräch hatte Germinal ihm sein Anliegen unterbreitet und ihm dabei zu verstehen gegeben, dass, sollte er sich einverstanden erklären, niemand von seinem nächtlichen Ausflug zur Nebelkönigin, dem vermutlich ein Bordellbesuch gefolgt war, erfahren würde. Kommissar Landau hatte auf eine Teilnahme an der

Obduktion verzichtet. Und nun waren Noverre und Germinal unter sich.

»Also, Inspektor, wollt Ihr mir jetzt erklären, worum es geht?«, hob Noverre an, als Jasper die Tür hinter sich geschlossen hatte.

»Fassen wir zunächst noch einmal alles zusammen, wenn Ihr nichts dagegen habt«, gab Germinal zurück. »Wollt Ihr nicht Platz nehmen?«

Noverre ließ sich in dem angesichts der aseptischen, schaudererregenden Umgebung so eigentümlich wirkenden Blümchensessel nieder. Germinal sah sich um, holte dann den Stuhl vom Schreibtisch, an dem Jasper die Befunde mitschrieb, und stellte ihn dem Direktor der Stadt der Tiere gegenüber.

»Der Tathergang ist bei beiden Verbrechen grundsätzlich identisch«, begann Germinal. »Würdet Ihr mir nun sagen, worin die Unterschiede bestehen?«

Noverre kniff ein wenig die Augen zusammen, während er sich konzentrierte. »Nach der Obduktion von Virginia Caldwell …« Er bemerkte, dass Germinal die Stirn runzelte. »Verzeiht, ebenso wie ich Frau Neef besser als Cynthia Couze kenne, ist mir auch bei Frau Finnegan der Mädchenname geläufiger. Sie hieß Virginia. Virginia Caldwell …«

»Würdet Ihr fortfahren?«

»Ja, natürlich …« Vielleicht war es ein Lächeln, das um die Lippen des entstellten Direktors spielte. »Als erster Unterschied wäre festzuhalten, dass der Mörder, anders als im Fall Couze, weder an … noch in Virginia Caldwells Körper eine Botschaft hinterlassen hat.«

»Richtig.«

»Es ist außerdem anzunehmen, dass er nicht auf eine weitere Gelegenheit setzt, uns seine Botschaft zu übermitteln«, sprach Noverre weiter. »Nach allem, was sich während der Beisetzung der Couze ereignet hat, wird ihm bewusst sein, dass die Polizei jeden, der sich dem Sarg nähert, genau im Auge haben wird. Meint Ihr nicht auch?«

Germinal betrachtete Doktor Noverre aufmerksam. Er bewunderte die Intelligenz dieses äußerlich so abschreckenden Mannes. Des Mannes, dem er sein Geheimnis anvertraut hatte. Jedoch war sein Blick streng. Etwas hatte sich verändert.

»Der zweite entscheidende Unterschied«, fuhr Noverre fort, »liegt in dem Gebrauch … wenn Ihr mir den Begriff durchgehen lasst … den er von den Dienstboten gemacht hat. Im ersten Fall hat er sie nur getötet. Man kann wohl davon ausgehen, dass sie seinem Plan im Wege standen. Im zweiten Fall benötigte er sie als Zuschauer für das Schauspiel, das er inszenieren wollte. Er hat sie in Frauenkleider gesteckt und geschminkt, allen gab er einen Stock mit Efeu in die Hand … dieselbe Botschaft, die er auch bei der Totenmesse für die Couze hinterlassen hat … es scheint fast so etwas wie seine Unterschrift zu sein … zudem hängte er ihnen ein Ziegenfell um. Einen Pelz.«

»Es fragt sich nur: War das Schauspiel für uns oder für ihn selbst gedacht?«, fragte Germinal.

»Da habt Ihr recht, Inspektor. Für uns oder für ihn? Oder für beide?«, fügte Noverre mit aufleuchtendem Blick hinzu. »Könnte es nicht sein, dass er das Schauspiel für seine eigenen Zwecke benötigt, darin aber zugleich seine Botschaft an uns versteckt?«

Während Germinal über die Aussage nachdachte, sah er hinüber zu dem Sack, den er auf dem Boden abgestellt hatte. Dann wanderte sein Blick hinauf bis an den Rand des glänzenden Metalltisches. Als er sein Spiegelbild darin zu sehen glaubte, wandte er sich sogleich verstört ab.

»Stimmt etwas nicht?«, erkundigte sich Noverre.

»Nein, nein … es ist nichts.«

Eine Weile schwiegen beide.

»Haltet Ihr den Mörder für ein Ungeheuer?«, fragte Germinal dann.

Ernst sah Noverre ihn an. »Ja. Meines Wissens hat es einen wie ihn noch nie gegeben.«

Germinal war nachdenklich. »Ich habe neulich mit dem Mann gesprochen, der Juffridis Leiche gefunden hat … Ach übrigens, kanntet Ihr Juffridi?«

Für einen Moment schien Noverre zu erstarren. »Jeder kennt hier jeden, Inspektor«, antwortete er.

»Demnach also nicht näher.«

»Nein, nicht näher.«

»Er soll ein sehr tüchtiger Schmied gewesen sein. Ein Künstler. Habt Ihr ihn mit den Arbeiten an der Anstalt beauftragt?«

»Nein …«

»Wieso nicht?«

»Warum interessiert Euch das?«

»Lasst gut sein. Reine Neugierde«, erwiderte Germinal nur. »Ich sprach von dem Mann, der Juffridis Leiche entdeckt hat. Er sagte mir, der Anblick habe ihn an Hinrichtungen im finsteren Mittelalter erinnert, als man den Verurteilten noch bei lebendigem Leibe die Gedärme herausriss und sogleich auf einen Rost warf, damit sie vor ihrem Tod mit ansehen mussten, wie ihr eigenes Fleisch gegrillt wurde. Könnt Ihr Euch den Blick dieser Unglücklichen vorstellen? Ich habe lange darüber nachgedacht. Es konnte wohl kaum im Sinne der Gerechtigkeit sein, einen zum Tode Verurteilten derart zu quälen, nur um ihn zu bestrafen. Ich denke vielmehr, die Botschaft richtete sich dabei an die anwesende Zuschauermenge. Man wollte Furcht verbreiten … und damit für Abschreckung sorgen. Die Hinrichtung war in gewisser Weise eine Investition für die Zukunft. Und ein Zeichen für die Zuschauer, dass die Gerechtigkeit keine Gnade kennt. Auch in unseren beiden Fällen scheint mir der Tod des Opfers zweitrangig zu sein gegenüber der Botschaft, die der Mörder durch seine Grausamkeit herausschreit. Der Mörder schreit uns zu, auch er sei gnadenlos und gerecht. Dieses … Ungeheuer … ist der Überzeugung, eine Lektion in Gerechtigkeit zu erteilen. Es geht ihm nicht einfach um Rache, um einen simplen Mord. Und wahrscheinlich … aber hier wage ich mich ins Nebulöse vor ... wahrscheinlich zieht er daraus keinen materiellen Vorteil, den wir in irgendeiner Weise ... wie soll ich sagen? ... begreifen, teilen könnten ... Er stiehlt nichts. Er erbt nichts ... Er straft.«

»Er straft ... und feiert sich selbst«, setzte Noverre hinzu.

»Doch was straft und was feiert er?«, ereiferte sich Germinal. »Handelte es sich bei den Frauen vielleicht um Ehebrecherinnen? Meine Nachforschungen deuten nicht darauf hin.« Er sah Noverre an. »Welche Bedeutung hat der Stock mit Efeu? Was bedeuten die Knochen in einem menschlichen Skrotum, das wiederum in einer Vagina versteckt ist? Was bedeutet ... wie sagtet Ihr? ... der Pelz? Was feiert er?«

»Es sieht ganz nach einem heidnischen Ritus aus, meint Ihr nicht?«

»Was verschweigt Ihr mir alles, Doktor?«, fragte Germinal unvermittelt und erhob sich.

»Wie bitte ...?«

»Warum nennt man Euch den Grafen ohne Ärmel?« Germinals Stimme klang streng und gereizt.

Doktor Noverre blieb gefasst. Er bewegte die Armstümpfe. Die leeren Jackenärmel flatterten hin und her.

»Kanntet Ihr Juffridi? Ja oder nein?« Germinal war nun dicht bei ihm. Die Hände neben Noverre auf die Sessellehnen gestützt, den Kopf nah an dem entstellten Gesicht des Direktors der Stadt der Tiere, hielt er ihn auf seinem Platz gefangen.

»Lasst mich aufstehen«, sagte Noverre. »Unser Gespräch ist hiermit beendet.«

»Nein! Sagt mir endlich die Wahrheit!«, brüllte Germinal und lief zur Tür, um sie abzuschließen.

Mehrmals wurde von außen am Türgriff gerüttelt. Dann krachte es, als versuchte ein Stier durch die Tür zu brechen.

»Euer Riese kann Euch nicht retten!«, schrie Germinal aufgebracht, öffnete den Sack und holte eine Metallprothese hervor. Einen mechanischen Arm mit einer angedeuteten Hand.

Er legte sie Noverre in den Schoß und hielt ihn im Sessel fest. »Seht Euch diesen Arm an! Seht ihn Euch an! Erkennt Ihr ihn wieder?«

Noverre war bleich geworden. Mit entsetztem Blick starrte er auf die Prothese.

»Der Mörder scheint seine Hände nicht benutzen zu wollen«, hob Germinal wieder an. »Warum nicht? Etwa, weil er gar keine Hände hat? Antwortet! Wollt Ihr leugnen, Juffridi zu kennen? Wollt Ihr es immer noch leugnen?«

Unter Zòlas gewaltigem Aufprall ächzte die Tür in den Angeln.

Germinal atmete schwer.

»Nehmt dieses grauenvolle Ding von mir weg …«, wisperte Noverre. »Ich bitte Euch …«

Germinal musterte ihn kurz, nahm dann den künstlichen Arm und schleuderte ihn wutentbrannt in die Ecke.

»Lasst Zòla herein …«, sagte Noverre mit noch immer schwacher Stimme. »Lasst ihn herein oder er wird wahnsinnig vor Schmerz.«

»So wie die beiden armen Frauen vor Schmerz wahnsinnig geworden sind?«, schrie Germinal und griff erneut in den Sack. Er zog eine Zeichnung heraus und legte sie Noverre auf den Schoß. »Den Arm und die Skizzen habe ich letzte Nacht bei Juffridi gefunden.«

Noverre senkte den Blick auf die Zeichnung, die auf seinen Beinen lag. Aus seinen Augen sprach unendliche Traurigkeit. Die Skizze zeigte die Prothese an einem Armstumpf.

»Ich verstehe nicht, was Ihr damit sagen wollt …«, brachte Noverre mit vor Schmerz brüchiger Stimme hervor.

Knirschend erbebte die Tür unter Zòlas wütendem Aufprall.

»Ihr versteht nicht?«, fragte Germinal mit brennendem Zorn im Blick. Er packte Noverre an der Jacke, streifte sie ihm von der Schulter und krempelte die Ärmel seines Hemds auf, bis der Armstumpf herausragte. Er war von Narben gezeichnet, die exakt den Markierungen auf der Skizze entsprachen. »Versteht Ihr jetzt? Nein? Immer noch nicht?«

»Lasst Zòla herein … ich bitte Euch …«

Germinal zog den Sack zu sich heran und holte weitere Zeichnungen hervor. Er rollte das erste Blatt auf Noverres Beinen aus. Mit rotem Fettstift waren dort die Werkzeuge skizziert, die sie sich bislang nur vage hatten vorstellen können. Noverres Augen glitten über die Striche. Das zweite Blatt zeigte einen angedeuteten Tierschädel, von dem einzig das Gebiss hervorgehoben war. Unterhalb der Skizze war es nummeriert und in Bereiche unterteilt. Das dritte Blatt verdeutlichte den Entwurf im Detail. Das Gebiss mit furchterregenden Fangzähnen und spitzen Backenzähnen war auf zwei Schienen nachgebildet, die in einen goldfarben glänzenden Schädel eingesetzt wurden. Über eine bewegliche Bolzenverbindung ließen sie sich auf- und zuklappen. Eine Reihe von Federn und Zugstangen endeten in einem Ring, der um den Arm gespannt und mit Lederriemen gesichert wurde. Detailliert beschrieben die Skizzen die einzelnen Konstruktionsschritte und in ungelenker Schrift an den Rand gekritzelte Anmerkungen erläuterten, was aus den Entwürfen nicht hervorging, wie etwa die Widerstandsfähigkeit des Materials und die zu verwendenden Metall-Legierungen. Als Ergebnis entstand ein Maul, das bereit war zum Biss.

»Das ist es, was Juffridis Mörder gesucht hat«, sagte Germinal, das Gesicht nur eine Handbreit von Noverres verformtem Kopf entfernt. »Deshalb musste Juffridi sterben.«

»Lasst Zòla herein …«, wiederholte Noverre mit gequältem Blick.

Germinal musterte ihn noch einen Moment, ehe er sich zur Tür wandte und sie aufschloss.

Wie eine Furie stürmte Zòla herein und warf sich auf ihn.

»Zòla! Zòla …«, rief Noverre ihn zurück. »Er hat mir nichts getan.«

Der Hüne näherte sich seinem Herrn und betrachtete ihn.

»Träne«, sagte er mit dumpfer, kehliger Stimme und deutete mit seinem mörderischen Finger auf Noverres Augen.

»Lass uns wieder allein, Zòla«, forderte Noverre ihn auf. »Es ist alles in Ordnung.«

Der Riese bewegte sich nicht von der Stelle.

»Er wird mir nichts tun«, beruhigte ihn Noverre. »Ich verspreche es dir.«

Zòla blickte auf den Armstumpf seines Herrn, krempelte ihm die Ärmel herunter und half ihm liebevoll wieder in die Jacke, bevor er sich zu Germinal umdrehte und ihn von Kopf bis Fuß musterte. Dann ging er hinaus. Germinal wollte die Tür hinter ihm schließen, doch Zòla hielt sie auf.

»Offen«, beharrte er.

Germinal ging zurück zu Noverre. »Euer Diener wäre bereit, für Euch zu töten«, sagte er zu ihm.

»Nennt ihn nicht Diener. Darum hatte ich Euch schon einmal gebeten. Zòla ist nicht mein Diener.«

»Was ist er denn?«

»Zòla ist mein Körper … Er ist … meine Arme und Hände.«

Germinal ließ sich auf den Stuhl fallen. »Außerdem ist er ungemein stark.«

»Verdächtigt Ihr mich?«, fragte Noverre da. »Glaubt Ihr wirklich, ich wäre der Mörder, den Ihr sucht?«

»Gebt mir nur einen Grund, warum ich Euch nicht verdächtigen sollte«, erwiderte Germinal.

»Verstehe«, murmelte Noverre und senkte den Blick.

»Ihr habt mich von Anfang an belogen«, sagte Germinal vorwurfsvoll.

Noverre schloss die Augen. Als er sie aufschlug, schien er wieder der Alte zu sein. »Nein. Ich habe Euch nur nicht alles erzählt«, gab er zurück.

»Dann ist es jetzt an der Zeit, es zu tun, Doktor Noverre.«

»Bin ich verhaftet?«

Germinal antwortete nicht.

Der monströse Direktor der Stadt der Tiere sah ihn lange schweigend an. »Für den Fall, dass ich nicht verhaftet bin, kommt morgen zu mir, Milton … und ich werde Euch erzählen, was Ihr wissen wollt.« Er stand auf. »Ich nehme an, Ihr habt auch kein Chloral mehr. Habe ich recht? Ich werde Eure Spritze für Euch bereithalten.«

Germinal warf einen letzten Blick auf die beiden aufgedeckten Leichen. »Ihr steht unter Arrest, Doktor Noverre«, sagte er streng. »Ich habe die Überwachung der Anstalt angeordnet. Zwei Männer stehen vor dem Haupteingang, zwei weitere bewachen den Hinterausgang. Sie werden Euch aufhalten, falls Ihr versuchen solltet, das Gebäude zu verlassen. Und zählt nicht auf Zòlas Kraft. Ich habe Befehl gegeben, notfalls auch zu schießen. Verschlimmert Eure Lage nicht noch mehr«, schloss er kühl, bevor er den Seziersaal und kurz darauf die Anstalt verließ.

Als er aus dem Tor trat, sah er die schwarze Polizeikutsche in einer nahe gelegenen Gasse stehen. »Ich will euch hier vor der Einfahrt sehen«, brüllte er wütend.

Die beiden Polizisten sprangen aus der Kutsche und eilten mit geschulterten Gewehren vor das Tor.

Germinal startete sein Motorrad und folgte der mächtigen hohen Mauer, von der die Stadt der Tiere umgeben war, bis zu einer morschen Tür auf der Gebäuderückseite. Die beiden Wachposten vor dem Hinterausgang nickten ihm zu.

Germinal warf ihnen, ohne ihren Gruß zu erwidern, einen Blick zu, gab Gas und fuhr davon. Kaum dass der Fahrtwind die Schrecken des Seziersaals aus seinem Kopf zu vertreiben begann, kehrten seine Gedanken zu Ignés zurück. Er musste sie sehen.

Nachdem Noverre Jasper beauftragt hatte, sich um die Überführung der Leichen an den alten Totengräber Saronno zu kümmern, teilte er ihm mit, er werde sich in seine Privaträume zurückziehen und wolle auf keinen Fall gestört werden. Darauf bedeutete er Zòla, ihm zu folgen. In seinem Sprechzimmer bat er ihn, ihm beim Ankleiden zu helfen. Er zog einen warmen Mantel und eine Pelzmütze über.

»Gehen wir«, sagte er zu Zòla.

Zurück im Erdgeschoss wandte sich Zòla bereits dem Haupteingang zu, als Noverre ihn aufhielt.

»Ich habe keine Lust auf Gesellschaft«, erklärte er dem Schwachsinnigen und betrat die große Bibliothek im Erdgeschoss. »Schließ die Tür ab«, befahl er ihm und erwartete ihn vor einer riesigen Bücherwand aus dunklem Nussbaumholz. »Wir nehmen diesen Ausgang«, sagte er.

Zòla schob drei schwere Bücher in rotem Ledereinband beiseite, steckte seinen riesigen Arm in das so entstandene Loch und drückte auf einen Knopf. Augenblicklich drehte sich die Bücherwand um die eigene Achse und legte einen Geheimgang frei.

XX

SCIRON SCHENKTE SICH gerade aus der Kristallkaraffe ein Glas Milch ein, als die Wohnwagentür ohne Vorankündigung aufgestoßen wurde. Der Maschinenmensch baute sich zwischen der Tür und Sciron auf. »Welch eine Überraschung.« Sciron versuchte sich sein Unbehagen nicht anmerken zu lassen. »Der Graf ohne Ärmel beehrt mich mit seinem Besuch.«

Zòla hielt die Tür auf. Die Armstümpfe ein wenig angehoben, um das Gleichgewicht halten zu können, stieg Noverre die losen Stufen zum Wohnwagen hinauf.

Im hinteren Teil des Wagens zog Ignés gerade einen Jungen an. Sie war weder überrascht noch abgestoßen, als sie Noverre sah. Der Junge, der halb nackt auf dem Tisch saß, wandte den Kopf, warf dem verkrüppelten Direktor der Stadt der Tiere einen benommenen Blick zu und lachte. Noverre bemerkte sein verkümmertes Bein und erkannte die Male der Stromnadeln wieder.

»Hast du ihm Drogen gegeben?«, fragte Noverre und sah Sciron prüfend in die Augen.

»Ich danke Euch für Euren Besuch, Graf«, entgegnete Sciron, »aber Ihr habt den falschen Zeitpunkt gewählt. Ich habe zu tun.«

Der Maschinenmann machte einen Schritt auf Noverre zu.

»Du hast ihm Drogen gegeben.«

»Ich habe ihn nur betäubt.«

»Genauso, wie du es mit mir gemacht hast«, bemerkte Noverre voll Verachtung.

»Nein«, lachte Sciron hämisch. »Bei dir … Verzeihung, bei *Euch* … war eine entschieden höhere Dosis notwendig.«

»Frau Lavaronne«, rief Noverre nun durch den Wohnwagen in Richtung Ausgang.

Die Mutter des hinkenden Jungen erschien in der Tür.

»Bringt Euren Jungen von hier fort«, sagte Noverre zu ihr. »Dieser Scharlatan wird ihn ebenso wenig zum Laufen bringen, wie er mir hat Arme wachsen lassen.«

Widerstreitende Gefühle spiegelten sich im Gesicht der Frau. »Aber ... ich habe es doch selbst gesehen ... er hat das Bein bewegt«, stammelte sie verwirrt.

»Das ist alles nur Betrug«, erklärte Noverre. »Euer Sohn hinkt und wird es sein Leben lang tun.«

»Das ist nicht wahr!«, fuhr Frau Lavaronne mit Tränen der Wut in den Augen auf. »Das ist nicht wahr! Jack ist nicht wie ... wie ... er ist nicht wie Ihr.«

»Nein, er ist nicht wie ich. Zu seinem Glück hat er nur ein lahmes Bein«, erwiderte Noverre warmherzig. »Es tut mir leid ...«

»Macht es Euch Spaß, die Frau zu quälen?«, warf Sciron in seiner Bedrängnis ein.

»Frau Lavaronne«, sagte Noverre wieder, »zieht Euren Jungen an und bringt ihn nach Hause.« Dann sah er Sciron ins Gesicht. »Und du gibst ihr das Geld zurück, das du ihr gestohlen hast, oder ich rufe die Polizei.«

Sciron verzog plötzlich vor Schmerz das Gesicht. Eine Hand auf seinen Bauch gepresst trank er das Glas Milch in einem Zug leer und knallte es wortlos auf den Tisch.

Bewundernd blickte Ignés auf Noverre. Sie lächelte unmerklich. Dann zog sie den Jungen fertig an, unterstützt von Frau Lavaronne, die leise vor sich hin jammerte: »Jack ... Jack ... mein Junge ...«

»Gib ihr das Geld zurück«, verlangte Noverre erneut.

Drohend kam der Maschinenmann einige Schritte näher.

Der Wohnwagen schwankte, als Zòla mit seiner gewaltigen Körpermasse die erste Stufe hinaufstieg, um zu sehen, was vor sich ging.

Mit herausforderndem Blick auf Sciron holte Ignés den Lederbeutel vom Haken und entnahm ihm mehrere Geldstücke, die sie Frau Lavaronne in eine Tasche ihres Kleides steckte. Einen Arm stützend um ihren Sohn gelegt ging die Frau mit gesenktem Kopf hinaus. Zòla stieg von der Treppe, um ihr Platz zu machen, ließ seinen Herrn jedoch keine Sekunde aus den Augen.

»Ist der Rächer der Unterdrückten und Verkrüppelten nun zufrieden?«, fragte da Sciron. »Habt Ihr Euren heiligen Kreuzzug gegen mich noch immer nicht beendet?«

»Weshalb bist du zurückgekehrt?«, wollte Noverre von ihm wissen.

»Wollt Ihr mir selbst das verbieten?«

Mit verächtlicher Miene musterte Noverre den Maschinenmann. »Das also ist das ganze Ergebnis deines Könnens«, bemerkte er. »Ein armer Tropf in einem Haufen Blech. Du bist genauso jämmerlich wie dein Ungeheuer.«

Der Maschinenmann fuhr den Arm aus und stieß Noverre zu Boden.

»Hör auf, Tristante!«, befahl Sciron.

Zòla aber hatte sich bereits wie eine Furie auf den Maschinenmann gestürzt. Ungeahnt behände angesichts seiner Massigkeit packte er ihn an der Weste, ging in die Knie und schleuderte ihn Richtung Ausgang. Mit einem dumpfen Scheppern purzelte der Maschinenmann unbeholfen die Stufen hinunter. Jacke und Weste waren aufgerissen, sodass in seiner Brust nun das schmerzverzerrte Gesicht des Liliputaners Tristante zum Vorschein kam. Blut rann ihm ins Auge: Eine Zugstange hatte den Brauenring, an dem sie befestigt war, aus dem Fleisch gerissen.

»Bleib stehen, Zòla!«, brüllte Noverre.

Ungeachtet seines Alters sprang der Riese mit einem Satz aus dem Wohnwagen, in seinen für gewöhnlich ausdruckslosen Augen brannte wütende Mordlust. Noverres Rufe verhallten ungehört. Der Maschinenmann hatte sich mühsam wieder aufgerichtet. Mit wildem Gebrüll schlug Tristante blind zu. Zòla wich dem Hieb aus, die mächtige Metallhand krachte in die Wohnwagenwand und ließ das Holz splittern. Mit einem Sprung zur Seite forderte nun Zòla den Maschinenmann heraus.

Derweil hatte Ignés Noverre vom Boden aufgeholfen. Der Missgebildete sah ihr ins Gesicht, bevor er die Stufen hinabstieg und auf die beiden hünenhaften Kontrahenten zuwankte. »Hört auf damit!«, schrie er.

Lachend stand Sciron in der Tür: »Seht sie Euch an, sind sie nicht wunderbar? Unsere beiden Titanen fechten unseren uralten Streit aus. Wie zwei Paladine!«

Mehrere Zirkushelfer wurden von dem Geschrei aus dem Zelt herbeigelockt.

Die beiden Kolosse umkreisten sich wie angriffslustige Stiere, als Noverre sich vor Zòla stellte. »Hör auf damit!«, befahl er ihm kreischend. »Ruhig, Zòla!«

Der Schwachsinnige sah seinen Herrn an. »Zòla ruhig«, versicherte er mit kehliger, ausdrucksloser Stimme.

»Komm weg von hier«, sagte Noverre, während er an ihm vorbei auf Scirons Wohnwagen zuging.

Zòla drehte sich um und wollte ihm folgen.

Tristantes verkrampftes Gesicht schaute grollend aus der Brust des Maschinenmanns hervor. Er ging Zòla hinterher und stieß ihm mit voller Wucht seine Metallfaust in den Rücken.

»Zòla!«, schrie Noverre.

Zòla rollte die Augen, seine Beine wurden schwach. Eine Schlammwelle spritzte vom Boden auf, als er mit seiner gewaltigen Masse bewusstlos zusammenbrach.

»Elender Feigling!«, schrie Noverre Tristante an.

Der Maschinenmann streckte den Arm aus, um ihn an der Kehle zu packen.

»Hör auf jetzt«, befahl ihm da Sciron.

Tristante hielt inne. Reglos sah er Sciron an.

»Der halbe Mann da«, erklärte der ihm, »ist im Besitz eines Wappens, das ihm einen zu großen Vorteil uns gegenüber verschafft.«

Noverre kniete neben seinem hünenhaften Diener nieder. »Zòla … Zòla … so helft mir doch!«, blickte er Hilfe suchend um sich.

Weitere Helfer hatten sich dem Platz genähert. Einige lachten.

Der Liliputaner im Maschinenmannkörper grinste höhnisch, drehte sich um und verschwand.

»Feigling«, rief ihm Ignés mit verächtlichem Blick hinterher, ehe sie neben Noverre niederkniete.

»Besorgt einen Eimer Wasser für Zòla, bitte«, sagte Noverre zu ihr.

»Du da, geh Wasser holen. Schnell«, wies Ignés einen der Helfer an.

Der Mann machte sich auf den Weg zurück ins Zelt.

»Jetzt habt Ihr Eure Lektion bekommen, Graf«, sagte Sciron.

»Ihr werdet im Gefängnis enden, du und dein Zwerg«, drohte Noverre.

»Ich habe ja nun wirklich nichts getan«, entgegnete Sciron herablassend.

»Weißt du, dass Juffridi tot ist?«, fragte Noverre unvermittelt in scharfem Ton.

Sciron wurde bleich und sah ihn fragend an: »Was wollt Ihr von mir, Graf?«

»Hast du etwas mit seinem Tod zu tun?« Noverre erhob sich und ging auf ihn zu.

Fasziniert beobachtete Ignés Noverre, der schlammverschmiert und gedemütigt, aber nicht besiegt war. Und erneut erkannte sie Furcht in Scirons Blick.

»Redet keinen Unsinn …«, murmelte Sciron.

In dem Moment drehten sich alle nach einem dröhnenden Geräusch um. Germinal stellte sein Motorrad ab. Hinter ihm traf eine schwarze Polizeikutsche ein, aus der Kommissar Landau und fünf Polizisten stiegen. Ein weiterer Polizist saß mit dem Gewehr im Arm neben dem Kutscher.

»Und was weißt du über das Blutbad in der Villa Neef?«, drängte Noverre weiter mit lauter Stimme und rückte noch näher an Sciron heran.

Der gelbsüchtige Alte blickte zuerst auf Germinal, dann auf Landau und die Polizisten. »Was wollt Ihr von mir? Habt Ihr mir denn nicht schon genug angetan?«, fragte er Noverre nun weinerlich.

»Was ist hier los?«, fragte Germinal, der mit zorniger Miene zu ihnen stieß. »Doktor Noverre, wie habt Ihr es geschafft ...?«

»Der Mörder hat eine Botschaft im Körper der armen Couze versteckt ...«, fuhr Noverre, noch dichter an Sciron herantretend, unbeirrt fort.

»Doktor Noverre ...«, sagte Germinal wieder.

»›Durchsucht die Vagina dieses Flittchens nach den Knochen, die meinem Sohn fehlen ...‹«, zischte Noverre dem alten Sciron ins Gesicht. »Sagt dir dieser Satz etwa nichts? Nur du kanntest ihn. Nur du kannst die Knochen in die ...«

»Doktor Noverre!«, schrie Germinal. »Kein Wort mehr!«

Noverre rang nach Atem und musterte Sciron mit zornigem Blick.

»Ich weiß nicht, wovon ...«, stotterte Sciron, an Germinal gewandt, »ich weiß nicht, wovon er redet, Inspektor ... Dieser Mann verfolgt mich, aber ich ... ich habe nichts zu tun mit ... Er will sich rächen ... Ich weiß gar nichts ... ich ...«

»Bist du Gabriel Sciron?«, schaltete sich Kommissar Landau ein.

»Ja ... aber ich ...«

»Spar dir deinen Atem für später auf. Im Kommissariat wirst du genügend Zeit haben, uns alles zu erklären«, schnitt Landau ihm augenblicklich das Wort ab. »Wir haben Skizzen bei Juffridi gefunden, für die du uns einige Erklärungen schuldig bist.« Er wandte sich nach den Polizisten um und befahl ihnen, ihn festzunehmen.

»Ich weiß nicht, wovon Ihr sprecht ...«, protestierte Sciron.

»Nehmt ihn fest«, wies Landau seine Männer erneut an.

Zwei der Polizisten nahmen Sciron in den Zangengriff und zogen ihn fort.

»Das alles ist eine Intrige dieses verfluchten Krüppels!«, brüllte Sciron. »Ich habe nichts getan!«

»Du kannst uns alles im Kommissariat erklären«, sagte Landau und fügte an die neugierig herbeiströmenden Helfer gewandt hinzu: »Und ihr geht zur Kutsche und hinterlasst dort eure Personalien. Den Ersten, der zu entwischen versucht, lasse ich wegen Beihilfe einsperren. Na los, bewegt euch.«

Die kleine Menschenmenge, die kurz zuvor noch gelacht hatte, machte sich mit gesenkten Köpfen und sorgenvollen Blicken auf den Weg zu der schwarzen Polizeikutsche, wo der Polizist auf dem Kutschbock, der Landaus Befehl gehört hatte, sie mit Papier, Tintenfass und Federhalter gewappnet erwartete.

»Auch du mechanische Missgeburt bist verhaftet«, sagte Landau darauf. »Steig aus dieser Rüstung.«

»Alleine komme ich da nicht heraus«, erwiderte Tristante.

»Keine Sorge, wir helfen dir«, versetzte Landau. »Monk, verhilf dem Zwerg wieder zu seiner wahren Größe«, befahl er einem der Polizisten mit einem spöttischen Lachen.

Mit stampfenden Schritten ging der Maschinenmann dem Polizisten zu Scirons Wohnwagen voraus.

»Er wollte Zòla töten«, klagte Noverre.

»Seid still, Noverre«, brummte Landau und wandte sich zu der Polizeikutsche.

»Ich werde ihn anzeigen!«

»Vergesst nicht, auch Ihr steht unter Verdacht!« Germinals Stimme wurde laut, während er Noverre wutentbrannt musterte. »Hofft nicht darauf, dass Euer Rang Euch über den gebotenen Respekt hinaus schützt.«

Noverre erstarrte, wandte sich von ihm ab und näherte sich Zòla, der noch immer am Boden lag und die ersten unverständlichen Laute von sich gab. Der Mann, der Wasser holen gegangen war, hatte den Eimer neben ihm stehen lassen.

Ignés trat zu Germinal. Ihre Finger griffen an seinem Wollmantel nach einem abgerissenen Faden, an dem einmal ein Knopf gehangen hatte. Besorgnis lag in ihren grauen Augen.

»Stell dich in die Schlange zu deinen Freunden, Schätzchen«, sagte Landau abfällig zu ihr.

»Ich kenne sie«, antwortete Germinal an ihrer Stelle. »Für sie garantiere ich.«

»Natürlich, ebenso wie Ihr es für Doktor Noverre getan habt, nicht wahr?«, höhnte Landau.

Germinal streifte Ignés' Hand. »Geht«, flüsterte er ihr zu. »Es ist nur eine Formalität.«

Ignés ließ den Faden an seinem Mantel los. »Ich habe Euren Knopf«, sagte sie und holte den Knopf aus ihrer Tasche hervor.

Wortlos sah Germinal sie an. Er wollte sie küssen, sie in die Arme nehmen.

»Beweg dich, Mädchen!«, schrie Landau wieder.

Ignés ließ den Knopf wieder in der Tasche verschwinden und machte sich auf den Weg zur Kutsche.

Nun ging Germinal mit langen, wütenden Schritten zu Noverre, der neben Zòla kniete. »Wie habt Ihr die Anstalt verlassen können?«, fragte er ihn aufgebracht.

»Helft mir«, bat ihn Noverre. »Schüttet ihm etwas Wasser über den Kopf.«

Germinal kippte lieblos den Eimer über Zòla aus, der daraufhin benommen die Augen öffnete. Sein Gesicht lag noch immer im Schlamm.

»Wie habt Ihr die Anstalt verlassen können?«, fragte Germinal erneut.

»Reißt mir den Jackenärmel ab und verbindet ihm damit die Wunde«, sagte Noverre. »Er verliert sehr viel Blut.«

Germinal blieb einen Moment lang reglos stehen und versuchte seiner Wut Herr zu werden, ehe sein Blick auf das in den Schlamm rinnende Blut fiel, woraufhin er sein Hemd aus der Hose zog und ein Stück Stoff herausriss. Er befeuchtete den Lappen und presste ihn dem Riesen oberhalb des Nackens an den Hinterkopf. Aus schmalen Augen musterte er darauf wieder Noverre. »Ich hatte Euch unter Arrest gestellt«, knurrte er.

»Wir hatten noch eine alte Rechnung zu begleichen.«

»Und er zahlt nun den Preis dafür.«

»Ich habe versucht, sie aufzuhalten. Er hat ihn hinterrücks angegriffen.«

»Ihr hättet gar nicht erst hier sein dürfen!«, schrie Germinal.

Die um die Polizeikutsche versammelten Männer drehten sich nach ihnen um.

»Helft mir«, bat Noverre. »Streicht ihm die Haare aus der Wunde.«

Am Schädel klaffte ein tiefer Riss.

»Ein wenig weiter unten wäre der Schlag tödlich gewesen«, urteilte Germinal. »War es das wert?«

Zòla regte sich und versuchte, sich aufzustemmen. Sein Ellbogen knickte ein, er fiel auf die Seite. Verdutzt blickte er auf Noverre und sagte mit der belegten Stimme eines Schwachsinnigen: »Zòla ruhig.«

»Ja, ich weiß. Wir fahren jetzt nach Hause …«, sagte Noverre liebevoll, bevor er sich an Germinal wandte: »Haltet die Wunde zu … ich bitte Euch.«

»Wie seid Ihr bis hierher gekommen?«, wollte Germinal wissen.

Noverre deutete auf einen Bauernkarren.

In Handschellen trat unterdessen Tristante aus Scirons Wohnwagen, dicht gefolgt von dem Polizisten, der ihm geholfen hatte, sich aus der Maschinenmannrüstung zu befreien. Das Gesicht des Liliputaners war verschmiert von dem Blut, das unablässig aus seiner aufgerissenen Braue sickerte.

Germinal stand auf und ging den beiden entgegen. »Lass ihn während der Fahrt nicht mit dem anderen sprechen«, wies er den Polizisten an, der den Kleinwüchsigen in Handschellen gelegt hatte. »Und sperrt sie in weit voneinander entfernte Zellen.« Während er den Karren zu dem am Boden liegenden Zòla lenkte, winkte er zwei andere Polizisten heran. »Helft mir, ihn aufzuladen.«

Als es ihnen unter großer Anstrengung gelungen war, Zòla auf die Ladefläche des Karrens zu hieven, wurden die Polizisten von Landau zurückgerufen.

Noverre sah Germinal mit verlorenem Ausdruck an. »Ich kann die Zügel nicht halten …«

»Ihr habt erneut mein Vertrauen missbraucht, Doktor Noverre«, erwiderte Germinal grollend. »Euer Rang erlaubt es Euch nicht, über dem Gesetz zu stehen.«

»Helft mir, Germinal … Zòla geht es schlecht … Ich kann nicht …« Hilflos deutete er mit den Armstümpfen auf das Pferd. »Ich kann nicht …«

»Natürlich könnt Ihr nicht.« Germinal war ungehalten. »Ich begleite Euch und fahre dann hierher zurück.«

»Lasst mich hinten aufsteigen und legt mir Zòlas Kopf auf den Schoß, er darf nicht noch weiteren Erschütterungen ausgesetzt werden«, sagte Noverre. »Jasper wird mir in der Anstalt helfen, ihn zu behandeln und zu vernähen.«

»Landau hat Euch nur aufgrund Eurer gesellschaftlichen Stellung nicht verhaftet«, bemerkte Germinal.

»Dann verhaftet Ihr mich.«

Germinal musterte ihn mit stechendem Blick. »Ohne Hilfe seid Ihr nicht einmal in der Lage, das Leben Eures Dieners zu retten«, stellte er zornig fest. »Nicht einen Tag würdet Ihr im Gefängnis überleben.«

»Aus Mitleid also nehmt Ihr mich nicht fest?« Auf Noverres entstelltem Gesicht lag ein stolzer Ausdruck.

Germinal sah ihn schweigend an.

»Versteckt Euch nicht hinter meiner Behinderung. Das passt nicht zu Euch«, sagte Noverre. »Wenn Ihr mich nicht festnehmt, dann weil Ihr mich nicht für Euren Mörder haltet.«

»Ist stattdessen Sciron der Mörder?«

Der Direktor der Stadt der Tiere gab keine Antwort.

Germinal half Noverre auf den Karren, hob Zòlas schweren Kopf an und bettete ihn auf die Beine des Missgebildeten. Damit die Wunde noch besser geschützt war, legte er ihm den mit Wasser und Blut getränkten Hemdfetzen unter den Kopf. Schließlich stieg er auf den Kutschbock und trieb das Pferd an. Im Vorbeifahren warf er Ignés einen tiefen Blick zu. Und Ignés blickte ebenso glühend zurück.

Mitten auf dem holprigen Weg den Hügel hinab sagte Noverre plötzlich: »Sie ist wunderschön.«

»Ihr standet unter Arrest!«, brach nun all die aufgestaute Wut und Frustration aus Germinal heraus, er schrie, dass seine Halsadern anschwollen, und fuhr mit zornentbranntem Blick zu Noverre herum. »Ihr standet unter Arrest und habt ein weiteres Mal Euer Spiel mit mir getrieben!«

Die schweren Wagenräder zermalmten unter sich die Steine im Morast.

»Wie habt Ihr die Anstalt verlassen können?«, fragte Germinal noch einmal.

»Die Stadt der Tiere war einmal ein Bordell. Ihr glaubt doch nicht, die Prostituierten hätten sich für den Fall einer Razzia allein auf die offiziellen Ausgänge als Fluchtwege verlassen?«

Germinal drehte sich wieder um und starrte auf den aufgeweichten Weg, der vor ihnen lag. Der Himmel war düster und bedrückend. Am Horizont die beiden Fabrikschlote. In der Luft der ekelerregend faulige Geruch des raffinierten Zuckers.

»Danke, Milton«, sagte Noverre, bevor er seinen missgeformten Kopf zu Zòla hinabsenkte. »Hab keine Angst«, flüsterte er ihm zu.

XXI

Als Germinal, der zuvor Noverre und Zòla in die Anstalt zurückgebracht und einen Polizisten zur Bewachung des Geheimgangs abgestellt hatte, im Kommissariat eintraf, fand er Sciron nicht in einer der Zellen im Erdgeschoss, sondern im Keller des Gebäudes mit Handschellen an einen in der Wand befestigten Eisenring gekettet vor. Drei Polizisten räumten gerade die letzten Aktenbündel und losen Hefte aus einer der seit langem unbenutzten Zellen, in denen man einst Gefangene in Isolationshaft untergebracht hatte. Die zumeist angeschimmelten Akten, deren Deckblätter von der feuchten Luft gewellt und fleckig waren, wurden von einem dicken Polizisten, der, jedes Mal wenn er sich bücken musste, schnaufte wie eine Lokomotive, auf einen Karren gehäuft. Als der Karren voll war, lehnte ein alter Beamter mit tiefen Furchen in den Wangen sein ganzes Gewicht gegen die Lenkstange und schob ihn an Sciron, dem er knapp vor die Füße spuckte, vorbei zur nächsten Zelle. Das Abladen übernahm ein dritter, junger Polizist, der ein Volkslied vor sich hin pfeifend die Akten zu wahllosen Stapeln aufhäufte.

Das aus dick vergitterten kleinen Fenstern in der Höhe einfallende Tageslicht breitete sich schräg über den grauen Mörtelboden aus und leuchtete auf den Staub, der in der Luft hing.

»Warum behandelt Ihr mich wie einen Verbrecher?«, beschwerte sich Sciron, sobald er Germinal sah. »Ich habe nichts getan.«

Germinal würdigte ihn keines Blickes. »Und wo ist der andere?«, fragte er stattdessen den jungen Polizisten.

»Oben. Ihr hattet doch Befehl gegeben, sie voneinander zu trennen«, gab der zur Antwort.

»Seid ihr hier fertig?« Germinal deutete auf die Zelle.

»So Gott will, ja«, krächzte der Alte, der den Karren schob, und spuckte erneut unweit von Scirons Schuhen entfernt auf den Boden.

»Dann macht ihn los und bringt ihn hinein«, ordnete Germinal an.

Der junge Polizist nahm noch immer pfeifend den Schlüsselbund vom Gürtel, löste Sciron die Handschellen und stieß ihn in die Zelle. »Setz dich«, sagte er und zeigte auf die staubige Pritsche, auf der sich zuvor die Akten gestapelt hatten.

»Bringt mir einen Stuhl und einen Tisch«, befahl Germinal.

»Einen Tisch? Woher sollen wir denn hier einen Tisch nehmen?«, brummte der dicke Polizist. »Wenn es überhaupt einen gibt, dürfte er unter Papierkram begraben sein.«

»Dann eben zwei Stühle«, beendete Germinal das Thema. Darauf ging er in einen breiteren Kellerraum, der sich jenseits der Isolationszellen hinter einem rostigen Metallgitter auftat, und suchte in den Regalen nach dem, was er brauchte. Als er in die Zelle zurückkehrte, standen die gewünschten Stühle schon bereit. Er setzte sich Sciron gegenüber und schob den zweiten Stuhl zwischen sich und den Häftling. Langsam legte er nun mit auf Wirkung bedachter Geste auf dem Stuhlsitz ein Beil ab, an dessen Klinge geronnenes schwarzes Blut klebte. Mit schweigender Aufmerksamkeit beobachtete er, was in Scirons Gesicht vor sich ging.

»Was ist das?«, brach Sciron das Schweigen.

Germinal sah ihn prüfend an. »Wisst Ihr das denn nicht?«

Sciron fühlte sich sichtlich unwohl, sein gelbsüchtiges Gesicht verzog sich unter den Krämpfen, die ihm sein Magengeschwür verursachte. »Ich habe nichts getan«, beteuerte er.

»Kanntet Ihr den Schmied Juffridi?«

»Aber sicher kannte ich ihn. Er hat meinen Maschinenmann gebaut.«

»Nicht nur den, soviel ich weiß.«

»Was meint Ihr damit?«

»Treibt keine Spielchen mit mir, Sciron. Ihr wisst genau, was ich meine.«

»Sprecht Ihr von … Noverres Armen?«

»Sagt Ihr es mir«, entgegnete Germinal lakonisch und musterte ihn mit seinem bohrenden Blick.

»Das ist eine alte Geschichte, die fast vierzig Jahre zurückliegt …«, klagte Sciron. »Habe ich nicht schon genug gebüßt? Was will dieser verfluchte Krüppel denn noch von mir?«

»Beruhigt Euch.«

»Er hat mein Berufsverbot erwirkt … hat mir gestohlen, was mir zustand … hat mich in jeder erdenklichen Weise verfolgt …«

»Beruhigt Euch, habe ich gesagt!«

Sciron ließ den Kopf hängen und hatte Mühe zu atmen. »Mir geht es schlecht, Inspektor … ich bin alt«, sagte er schließlich leise. »Ich bitte Euch, lasst mir etwas Milch bringen.«

»Wenn wir hier fertig sind.«

»Fertig … womit?« Scirons Blick ging ins Leere.

Ganz langsam zog Germinal eine Papierrolle aus der Innentasche seines Überrocks, breitete sie aus und betrachtete sie eine ganze Weile. »Was hat es mit dem Satz auf sich, den Doktor Noverre Euch in dem Moment an den Kopf warf, als wir zu Eurer Festnahme eintrafen?«, fragte er ihn, ohne vom Blatt aufzuschauen. »›Durchsucht die Vagina dieses Flittchens nach den Knochen, die meinem Sohn fehlen‹, richtig?«

»Den Satz hat sein Vater gesagt, als er ihn kurz nach der Geburt sah … als er sah, dass er ein Monstrum zum Sohn hatte«, antwortete Sciron. »Aber in welchem Zusammenhang steht das alles mit …«

»Ist Euch bekannt, was die Obduktion der verstorbenen Frau Neef ergeben hat?«

»Das wissen alle. Ich war bei der Totenmesse dabei. Man hat sie zerfleischt, nicht wahr?«

»Abgesehen davon wisst Ihr also nichts?«

»Wovon sprecht Ihr …?«

»Wisst Ihr denn zumindest, wer sie zerfleischt hat?«
»Tiere, hieß es in der Kirche …«
»Tiere …«, wiederholte Germinal und drehte ihm das Blatt zu, das er in der Hand hielt. »Tiere … wie diese?«
Sciron starrte auf Juffridis Skizze. Die Metallgebisse schienen auf dem Papier zu glänzen. »Gütiger Gott …«
»Ich bewundere Eure Bestürzung. Gut gespielt«, fuhr Germinal fort und wies mit einem Finger auf die Darstellung des Mechanismus, der die furchterregenden Beißwerkzeuge zuschnappen ließ. »Würdet Ihr Euch das einmal genauer ansehen, Sciron? Bemerkt Ihr die Ähnlichkeit mit gewissen Vorrichtungen, die Euch bestens bekannt sein dürften?«
Kopfschüttelnd breitete Sciron die Arme aus.
»Wollt Ihr etwa die außerordentliche Ähnlichkeit mit den Vorrichtungen leugnen, die Eurem erstaunlichen Maschinenmann das Öffnen und Schließen der Hände ermöglichen?«
»Ich … ich …«
»Wollt Ihr leugnen, dass diese Skizzen Grund genug gewesen wären, Juffridi zu töten, den Mann, der die Gebisse gebaut hat?«
»Inspektor …«
»Seht genau hin!«, schrie Germinal, während er aufsprang und die Zeichnung dicht vor Scirons gelbliches Gesicht hielt. »Schaut Euch diese Gelenke an! Gleichen sie nicht vollkommen den Armgelenken des Maschinenmannes? Könnte man seine Arme etwa nicht durch diese Tiere ersetzen?«
Sciron ließ den Kopf nach hinten sinken, bis er die rissige Mauer berührte. Mit einer Hand hielt er sich den Magen. Seine Lippen waren angespannt und blutleer.
»Wollt Ihr mir erzählen, dass Ihr keinen Groll … abgrundtiefen Groll … gegen Doktor Noverre hegt?«
»Ich habe den Krüppel schon gehasst, als er noch ein Kind war!«, schrie Sciron. »Ich hasse ihn, weil er alles bekommen hat und ich nichts. Ich hasse ihn, weil sein Titel ihm erlaubt hat, mich zu verfolgen … Rache zu nehmen … Und ich

wünschte, er wäre tot. Ja, ich wünschte, er wäre tot … oder vielmehr wünschte ich, er müsste all das erleiden, was er mich hat erleiden lassen, nachdem seine Mutter, die Gräfin, gestorben war … aber … aber …«

»Frau Neefs Mörder hat eine Botschaft hinterlassen«, unterbrach ihn Germinal, der nervös in der Zelle auf und ab ging. »Eine Botschaft, von der Ihr vorgeblich nichts wisst. Er hat einen menschlichen Hoden … Juffridis säuberlich abgetrennten Hoden in der Vagina des Opfers hinterlassen. In diesem Hodensack befanden sich Knochen. Einzelne Glieder, die zusammen eine Tierpfote ergaben. Und eine Pfote gleicht … einer Hand. Doktor Noverre hat mir alles erzählt. Begreift Ihr jetzt, warum jener Satz, den Ihr kanntet, von zentraler Bedeutung für die Lösung des Falls ist?« Germinal näherte sich Scirons Gesicht. »›Durchsucht die Vagina dieses Flittchens‹«, zitierte er langsam, »›nach den Knochen, die meinem Sohn fehlen.‹«

»Ich bin nicht der Einzige, der ihn kannte …«, murmelte Sciron schwach.

»Nein, natürlich nicht«, gab Germinal zu. »Doch Ihr hegt als Einziger einen so tiefen Groll … vielmehr Hass, wie Ihr selbst sagtet … gegen Doktor Noverre. Ihr wollt ihn leiden sehen, richtig? Ihr wollt seinen Tod.«

»Ich …«

»Ja?«

»Ich …«

»Ihr seid der Erfinder des Maschinenmannes. War es das, was Ihr sagen wolltet? Und zufälligerweise passen die Gebisse, die bereits zwei Menschen … Frau Neef und Frau Finnegan … getötet haben, diesem Maschinenmann haargenau.«

»Ich hatte keine Ahnung von diesen … diesen Gebissen …«

»Ihr habt das Motiv, Sciron. Und Ihr habt das Werkzeug für die Verbrechen. Hat Euer Zwerg sie für Euch ausgeführt? Wenn Ihr gesteht, könnte sich das strafmildernd auswirken.«

»Ich weiß gar nichts. Wenn es Tristante war …«

»Wollt Ihr mir sagen, es war … Tristante, ist das der Name des Zwergs?«

»Nein … ja … er heißt Tristante, aber ich weiß nicht, ob er es war …«

»Weshalb hätte er es tun sollen? Welches Motiv hat Tristante? Ihr steckt bis zum Hals in dieser Sache, Sciron. Ihr solltet besser reden. Warum habt Ihr die Aktionärsgattinnen ausgewählt? Dachtet Ihr, dass, wenn Euer Plan fehlschlüge und nicht Doktor Noverre angeklagt würde, unser Verdacht auf die Arbeiter fiele?«

»Ich habe nichts damit zu tun«, krümmte sich Sciron zusammen, die Hand noch immer auf den Magen gepresst. »Ihr habt Ignés' Auftritt gesehen … Ihr kennt meine Gäste. Von den Arbeitern, diesen Hungerleidern, werde ich gewiss nicht reich. Ihr habt gesehen, wie viele Leute nötig sind, um den Zirkus am Leben zu erhalten … aus welchem Grund sollte ich die umbringen, an denen ich verdiene?«

»Wieso habt Ihr Eure Zelte dann gerade in einer armen Gegend wie dieser hier aufgeschlagen?«

»Ein Mann hat mir einen Beutel voll Goldmünzen zukommen lassen. Aber mehr weiß ich nicht, ich habe ihn nie gesehen und weiß nicht, wer er ist …«

Schweigend sah Germinal ihn an. Der Alte lag zusammengekrümmt auf der staubigen Pritsche. »Einen Beutel voll Goldmünzen? Was meint Ihr damit, Ihr wisst nicht, wer er ist?«

»Dass ich nicht weiß, wer er ist …«

»Wie seid Ihr an den Beutel gekommen?«

»Er hat einen Jungen damit zu mir geschickt … zusammen mit einer Nachricht … sie lautete … ungefähr so: ›Baut Euren Zirkus zwei Tage vor Neujahr auf dem Hügel gegenüber der Zuckerfabrik auf, dann gehört dieses Geld Euch.‹«

»Habt Ihr den Jungen gefragt, wer ihm den Auftrag gegeben hatte?«

»Nein …«

»Würdet Ihr den Jungen wiedererkennen?«

»Nein, ich glaube nicht. Er ist gleich weggerannt, nachdem er mir den Beutel übergeben hatte …«

»Habt Ihr denn eine Vermutung, wer dieser Wohltäter sein könnte?«

»Nein, das sagte ich doch schon …«

»Die ganze Geschichte erscheint mir ziemlich aus der Luft gegriffen. Glaubt Ihr an Märchen?«

»Nein … ich … ich … Stigle meint, es könne ein Aktionär gewesen sein, der sich Sorgen wegen der Unruhen macht … er habe so vielleicht die Arbeiter von den sozialistischen Lehren ablenken wollen …«

»Der Maschinenmann soll die Macht haben, einen Streik zu verhindern? Redet keinen Unsinn …«, hielt Germinal dagegen.

»Eine Tasche voll Goldmünzen reicht mir … ich habe mir keine großen Fragen gestellt …«

»Ihr werdet sie Euch stellen müssen, wenn Ihr hier herauskommen wollt«, sagte Germinal. »Zudem werdet Ihr meine beantworten müssen. Und zwar überzeugend.«

Der Alte schwieg, zusammengekrümmt stöhnte er vor sich hin.

Germinal machte sich mit den beiden Stühlen, dem Beil, das Juffridi getötet hatte, und der Skizze der Beißwerkzeuge, von denen die Aktionärsfrauen zerfleischt worden waren, auf den Weg zum Ausgang. »Bring ihm Milch«, befahl er einem Gefängniswärter, bevor er die Zelle verschloss.

»Inspektor …«, richtete sich Sciron da zum Sitzen auf und näherte sich mit seinem schmerzverzerrten Gesicht den rostigen Gitterstäben. »Noverres Vater war der Gründer der Zuckerfabrik. Später verkaufte die Gräfin sie zu einem Spottpreis. Ihr Sohn … Noverre, dieses verfluchte Monstrum … ist derjenige, der die Aktionäre hasst.«

Lautlos von Schatten zu Schatten huschend gelangte er unentdeckt in den Gärungsbereich. Unter ihm erstreckten sich die riesigen Kessel, in denen, über ein kompliziertes Druckluftsystem gesteuert, die gereinigten, grob zerteilten Zuckerrüben bei einer gleichbleibenden Temperatur von achtzig Grad kochten. Die Luft war mit Dampf gesättigt und roch faulig. Um keinen Fehler zu begehen, warf er zum wiederholten Mal einen prüfenden Blick auf die Leitungsskizze. Sein Plan erforderte Perfektion. Mit angehaltenem Atem machte er sich dann auf den gefährlichsten Abschnitt seines Wegs, der ihn etwa fünfzehn Meter über eine offene Galerie aus Eisen und Holz ohne jede Versteckmöglichkeit führte. Sobald jemand in seine Richtung sah, würde er ihn entdecken. Damit würde sein ganzes Vorhaben zunichtegemacht. Das Herz schlug ihm bis zum Hals, als er die erste Wartungstreppe erreichte. Keuchend kauerte er sich auf der obersten Stufe nieder und wartete. Ein Großteil war geschafft, dachte er.

Er würde ihnen zeigen, wozu er fähig war.

Er würde ein neues Zeitalter einläuten.

Und auf einmal fühlte er eine ungemeine Kraft in sich reifen. Eine Kraft, die dem Wissen um seinen großartigen Plan entsprang. Die Zeit blieb stehen. Sein vergangenes Leben, all die Demütigungen, Mühen und Entbehrungen, die ganze Finsternis seines Daseins bröckelten dahin angesichts der ihm bevorstehenden ruhmreichen Zukunft.

Mit einem Gefühl von Leichtigkeit und Erregung schlich er vorsichtig Stufe für Stufe hinab. Die Luft wurde drückender, feuchter, wärmer. Doch nun vermochte ihn kein Hindernis mehr zu schrecken, geschweige denn aufzuhalten. Die Hölle, in die er hinabstieg, bedeutete für ihn das Paradies. Sie war der Beginn. Sie war der Mutterleib, in dem er zu neuem Leben erwachen würde.

Am Fuß der Treppe angelangt sah er sich um. Niemand. Noch einmal nahm er die Skizze hervor und versuchte, sich zu orientieren. Die mächtigen Kessel ragten bedrohlich über ihm auf wie dampfende Felsblöcke. Dicht an der Mauer entlang stieß er weiter bis zur Nordseite vor. Dort traf er auf die in der Skizze eingezeichnete erste Reihe von Leitungen. Vor ihm lagen vier Sperrschieber und sieben Ventile. Er verschloss zunächst anhand der Schieber die beiden Abflussrohre. Darauf zog er drei lange Stahlnägel aus der Tasche und bohrte sie nacheinander in die oberen drei Ventile. Der Dampf pfiff einen Moment lang furchterregend, bis sich mit einem dumpfen Knall die Metallklappen in den Ventilen schlossen.

Wieder hielt er sich dicht an der unverputzten, porösen Ziegelsteinmauer, die lose an den Rändern des riesigen Schachts aufgeschichtet worden war, und erreichte die Südseite. Er öffnete drei Sperrschieber und verschloss weitere zwei. Schließlich blockierte er vier Ventile.

Nun ging es einzig noch darum, auch auf dem Rückweg unentdeckt zu bleiben. Über die Wartungstreppe erreichte er wieder die Galerie und spähte hinab. Niemand. Er rannte los und brachte eilends den fünfzig Fuß langen Abschnitt ohne Deckung hinter sich. Atemlos drückte er sich in den Schatten.

»Geschafft?«, fragten sie ihn.

»Geschafft«, erwiderte der Genosse Ignaszewsky stolz. »Und jetzt in den Reinigungsbereich.«

In seinem über den riesigen Dampfkesseln des Gärbereichs schwebenden Büro öffnete Stigle den edlen rötlichen Kirschholzschrank und warf einen prüfenden Blick auf das Druckmessgerät. Alles verlief normal. Der Druck war konstant. Er verschloss den Deckel des Manometers, kehrte an seinen Schreibtisch zurück, trug die Schichtplanung für die folgende Woche in ein dickes schwarzes Buch ein und widmete sich dann der Zeitungslektüre.

Die Zuckerverbrechen prangte als Überschrift über dem Artikel, in dem der Reporter mit schwülstiger Sensationslust die Ereignisse der letzten Zeit noch einmal aufrollte. Neben den Fotos der beiden Villen, in denen sich die Bluttaten ereignet hatten, war in Großaufnahme ein etwa fünfzigjähriger Mann mit einem schmalen, gepflegten Schnurrbart abgebildet. Dabei handelte es sich, wie aus der Bildunterschrift hervorging, um Hauptkommissar Edward Sanguineti, den Polizeichef.

Auf den Bericht folgte ein Interview, in dem der Hauptkommissar versicherte, die Ermittlungen leite ein zwar junger, doch sehr erfahrener Inspektor mit hervorragendem ermittlerischem Gespür, ein Held, der eine geplante Serie von Kindesentführungen vereitelt habe. Milton Germinal habe Sanguinetis eigenen Sohn gerettet, indem er die Kidnapperbande gestellt und deren Anführerin persönlich zur Strecke gebracht habe. Sämtliche Behörden, so versicherte Sanguineti weiterhin, seien mit den neuen, abscheulichen Verbrechen befasst, die bislang noch ungeklärt seien. Der Hauptkommissar gab sich jedoch überzeugt, man werde in Kürze zu einer Lösung gelangen. In einem Kommentar zum Interview äußerte sich der Reporter überaus skeptisch. Sanguinetis Worte, so schrieb er, seien nur ›Geschwätz‹. Seinen Quellen – verlässlichen Quellen aus Polizeikreisen – zufolge hätten die Morde einen politischen Hintergrund, der in einer tiefen Unzufriedenheit der Arbeiter der Zuckerfabrik zu suchen sei. Auch ohne offizielle Bestätigung seitens der Polizei wagte der Reporter die Vermutung, einer der Hauptverdächtigen sei ein junges Mitglied der sozialistischen Internationalen, der die Arbeiter zum Aufstand anstifte und von ihnen gedeckt werde. ›Die Menschen auf der Straße‹, schrieb er abschließend, ›sind der festen Überzeugung, dass diese grauenvolle Verbrechensserie von einem Vorkämpfer des Proletariats in der Absicht verübt wurde, mit seinen Taten – die man als Terrorakte bezeichnen könnte – die unsinnigen und utopischen Rechte durchzusetzen, die den Arbeitern von einem Ideologen im Wahn gepredigt wurden. Sollte dies der Fall sein, was immer wahrscheinlicher wird, wäre es die Pflicht der Polizeibehörden, mit allen erforderlichen Mitteln – auch unter Einsatz der Armee – dieses Krebsgeschwür zu beseitigen, das die bürgerliche Gesellschaft zu zersetzen droht.‹

Stigle schüttelte den Kopf und faltete die Zeitung zusammen. Er sah auf die Uhr, holte das Schlüsselchen für das Druckmessgerät aus der Westentasche und stand auf.

In dem Moment brach in der gesamten Zuckerfabrik Sirenengeheul los. Zwei kurz aufeinanderfolgende Signale, dann eine Pause und weitere zwei Signale. Es war die Warnung vor einem Austritt von Schwefeldioxid im Reinigungsbereich der Fabrik. Die Abteilung war zu evakuieren, für die anderen Fabrikbereiche galt der Alarmzustand.

Nach einem raschen Blick auf das Manometer rannte Stigle hinaus. Am anderen Ende der Galerie aus Eisen und Holz traf er auf Ignaszewsky und eine Gruppe von Arbeitern, darunter auch Rinaud, die ihre Köpfe zusammensteckten.

»Was geht hier vor?«, schrie Stigle sie an.

»Verschwinde von hier, Chemiker, irgendwo tritt Schwefeldioxid aus«, gab Rinaud zurück.

»Was redest du da, Rinaud?«, fragte Stigle, dem ein Verdacht kam. »Für uns hier besteht nicht die geringste Gefahr.«

»Verschwinde von hier, sage ich dir«, beharrte Rinaud mit kurzem Seitenblick auf Ignaszewsky.

Stigle trat auf ihn zu und sah ihm ins Gesicht. »Was geht hier vor, Rinaud?«, fragte er noch einmal. Darauf wandte er sich zu den übrigen Arbeitern, die seinem Blick auswichen. »Was verheimlicht ihr mir?«

»Verschwinde von hier, Genosse«, sagte nun Ignaszewsky. »Der Austritt von Schwefeldioxid ist gefährlich, er könnte uns alle vergiften …«

»Was zum Teufel weißt du denn von Schwefelung? Entweicht Gas oder Flüssigkeit?«, trat Stigle an ihn heran.

Ignaszewsky blickte zu den Arbeitern, die neben ihm standen.

»Flüssigkeit oder Gas?« Stigle packte ihn am Jackenkragen. »Tritt der Verlust in den Sulfitometern auf? Ist es während der Reinigung dazu gekommen?«

»Keine Ahnung! Aber die Fabrik muss evakuiert werden!«

»Wieso seht ihr dann nicht zu, dass ihr hinauskommt? Was

macht ihr noch hier? Ist dieses Leck euer Werk?« Stigle ließ Ignaszewsky los. »Heraus mit der Sprache, Rinaud!«

Plötzlich ertönte ein unheilvolles metallisches Knirschen und gleich darauf ein Knall, gefolgt von einem durchdringenden Pfiff. Stigle eilte auf die Galerie zurück, lehnte sich über die schwankende Brüstung vor zu den Dampfkesseln. »Was habt ihr angerichtet?«, brüllte er und rannte auf die Wartungstreppe zu.

»Haltet ihn auf!«, befahl Ignaszewsky und stürzte selbst hinter ihm her.

Alles warf sich auf Stigle.

Rinaud war am schnellsten und bekam ihn am Arm zu fassen. »Bleib stehen, Chemiker!«, fuhr er ihn mit alkoholgesättigtem Atem an. »Gleich wird alles in die Luft fliegen!«

»Nichts wird in die Luft fliegen!« Stigles Faust traf Rinaud mitten ins Gesicht.

Rinaud taumelte nach hinten und wäre um ein Haar ins Leere gestürzt. Doch zwei Arbeiter fingen ihn auf. Derweil stürmte Stigle mit großen Sätzen die Treppe hinunter. Seine dünnen Ledersohlen hallten auf den Metallstufen wider.

»Bleib stehen, Chemiker!«, schrie Ignaszewsky.

Ein junger Arbeiter rutschte auf dem Treppengeländer hinab, holte Stigle ein und verpasste ihm einen Fußtritt. Stigle hielt sich im Fallen am Geländer fest. Er kam gerade wieder auf die Füße, als der junge Arbeiter und Ignaszewsky ihn erreichten und sofort festhielten.

»Ist das dein Werk?«, fragte Stigle außer sich und warf einen wutentbrannten Blick auf Ignaszewsky.

»Die Sabotage der industriellen Produktion ist ein Kampfmittel des Proletariats«, antwortete der Sozialist keuchend.

»Niemand handelt hier, bis ich es sage!«, schrie ihm Stigle ins Gesicht.

»Helft uns, ihn wegzubringen«, forderte Ignaszewsky die hinzukommenden Arbeiter auf.

»Hört mir zu, auf diese Weise werden wir eure Probleme

nicht lösen«, beschwor Stigle die Männer. »Nicht, indem ihr einen Fanatiker unterstützt …«

Stigle stockte der Atem, als der aus der Nase blutende Rinaud ihm einen Schlag in die Magengrube versetzte.

Von der Nordseite der Kesselhalle drangen erneut ein metallischer Knall und gleich darauf der schrille Pfiff herüber, mit dem der Dampf durch ein weiteres gesprengtes Rohr austrat.

Stigle versetzte dem jungen Arbeiter, der ihn festhielt, einen Kopfstoß, trat nach Rinaud, dass der zurücktaumelte, und rannte die Treppe hinunter.

»Spiel nicht den Helden, es wird alles in die Luft fliegen!«, schrie Rinaud ihm nach.

Stigle gab keine Antwort. Er strauchelte und rappelte sich wieder auf, während er mehrere Eisenstufen auf einmal hinabsprang.

Aufs Neue nahm Ignaszewsky die Verfolgung auf.

»Wo willst du hin, Genosse?«, rief Rinaud. Da der junge Sozialist nicht auf ihn reagierte, lief er eilig zurück nach oben. »Weg von hier«, warnte er die übrigen Arbeiter, die sich ihm sogleich anschlossen.

Unterdessen hatte Stigle die Treppe hinter sich gelassen und war auf dem Weg zur Nordseite. Ignaszewsky rannte hinter ihm her. Als Stigle die Druckkontrolltafel erreicht hatte, machte er sich daran, die verschlossenen Sperrschieber zu lösen. Gewaltiger Dampf schoss aus den geplatzten Rohren. Ignaszewsky versuchte, sich dem vor Schmerz schreienden Stigle zu nähern, doch gelang es ihm nicht, die Wand aus siedend heißem Dampf zu durchbrechen. Durch die Schwaden hindurch konnte er Stigle mit der Hitze und den glühenden Sperrschiebern kämpfen sehen.

Die Kessel über ihnen bebten bedrohlich. Die Bolzen begannen sich zu lockern und aus den Fugen schäumte bereits eine klebrige Flüssigkeit.

»Du bist ein Sklave der Fabrikherren!«, schrie Ignaszewsky hilflos.

Stigle drehte sich um und sah ihn kurz an. Sein Gesicht war vor Anstrengung verzerrt. Er verbrannte sich die Finger, als er die drei Nägel aus den blockierten Ventilen herauszog. Dann versperrte er die Zuflussrohre. Nach und nach wurde der Dampfstrom aus den Leitungen schwächer. Erschöpft sank Stigle zu Boden.

Die Fabriksirenen ertönten siebenmal in Folge.

Grinsend sah Stigle zu Ignaszewsky. »Der Schwefeldioxidverlust ist unter Kontrolle. Dein Plan ist gescheitert. Selbst wenn du die Abflüsse auf der Südseite blockiert hast … und das hast du getan, richtig? … sind die Kessel außer Gefahr.«

Atemlos starrten die beiden Männer sich an. Stigles verätzte Hände bluteten.

»Chemiker, du begreifst nicht …«, hob Ignaszewsky an.

»Ich begreife sehr viel mehr, als du glaubst«, fiel ihm Stigle ins Wort, während er aufstand und vor ihn trat. »Ich begreife, dass du ein gefährlicher Fanatiker bist. Du hast das Leben der Arbeiter aufs Spiel gesetzt, für die du zu kämpfen vorgibst. Weißt du, was ein übermäßiger Austritt von Schwefeldioxid anrichten kann? Weißt du, was ein Lungenödem ist?«

»Die Fabrikherren müssen begreifen …«

»Was müssen sie begreifen?« Stigle ging auf ihn los. »Dass du bereit bist, deiner Sache die gesamte Fabrik zu opfern? Dass du bereit bist, die Arbeiter in den Tod zu schicken?«, brüllte er, während er ihn am Jackenkragen packte und heftig schüttelte, um ihn schließlich mit Wucht gegen einen Kessel zu schleudern.

Ignaszewskys Anstecknadel löste sich und fiel zu Boden.

Die Eisentreppe dröhnte unter den schweren Tritten Rinauds und der anderen Arbeiter, die nun, da sie die Explosionsgefahr gebannt wussten, wieder herbeigerannt kamen. Wutentbrannt wandte Stigle sich zu ihnen um. Ignaszewsky hob die Anstecknadel auf und machte sie keuchend wieder an seiner Jacke fest.

»Und auch ihr!«, schrie er. »Ist es das, was ihr wollt? Eure

Kameraden in den Tod schicken für eine lächerliche Lohnerhöhung?«

»Ich bin nicht mehr sicher, Chemiker, ob du auf unserer Seite stehst«, kam Rinaud näher. »Ich glaube langsam, der Genosse Ignaszewsky hat recht. Du gibst nur vor, auf unserer Seite zu stehen, aber in Wahrheit wirst du von den Fabrikherren bezahlt.«

»Rinaud, red keinen Unsinn …«, sagte Stigle darauf.

»Du predigst ständig, dass der Zeitpunkt kommen wird, dabei kommt er nie!«

»Der Zeitpunkt wird kommen!«, kreischte Stigle. »Er kommt! Er kommt!«

»Wann?«, fragte Rinaud herausfordernd.

»Wenn die Zeit reif ist, Rinaud«, zischte ihm Stigle ins Gesicht. »Wenn alle Arbeiter das richtige Bewusstsein entwickelt haben, wenn alle bereit sind, ihre Stimme zu erheben und ihre Rechte geltend zu machen. Und nicht auf Befehl eines skrupellosen Fanatikers mit der Unterstützung eines … eines Säufers wie dir. Sondern wenn die Gesellschaft bereit ist, die Gründe für euer Handeln zu verstehen …

»Welche Gesellschaft?«, warf Ignaszewsky ein. »Dieselbe Gesellschaft, die hinnimmt, dass die Arbeiter in Fabriken und Bergwerken beinahe wie Leibeigene behandelt werden?«

»Wie hoffst du denn, die Gesellschaft auf eure Seite zu ziehen? Wie willst du sie denn von euren berechtigten Forderungen überzeugen?«, fauchte ihn Stigle an. »Indem du die Frauen der Aktionäre umbringst?«

Ignaszewsky erstarrte. Mit bleichem Gesicht wich er einen Schritt zurück. »Du willst doch wohl nicht …«

»Die Polizei hat den Täter schon«, sagte Rinaud.

Stigle wandte sich zu ihm um.

»Die von der zweiten Schicht haben es erzählt«, fuhr Rinaud fort. »Man hat den Kerl mit dem Maschinenmann verhaftet.«

XXII

Germinal betrat Landaus Büro, das im ersten Stock des Kommissariats lag.

»Hat der Zwerg geredet?«, fragte Landau.

Germinal schüttelte den Kopf. Dunkle Ringe umrahmten seine Augen.

»Setzt Euch«, sagte der Kommissar.

Germinal ließ sich auf den Stuhl fallen. »Danke«, brummte er.

»Nun?«, drängte Landau.

»Er hat nichts zugegeben«, seufzte Germinal. »Er lässt sich nicht einschüchtern, zeigt keine Angst. Während ich ihn zu den Morden in der Villa Neef und der Villa Finnegan verhörte, ließ er nicht die geringste Unsicherheit erkennen. Erst als … ja, mir schien, als hätte ich ein … ein Blitzen in seinen Augen gesehen, als ich schließlich auf Juffridis Skizzen zu sprechen kam. Ich sagte, der Mörder habe eine Dummheit begangen, als er sie zurückließ, und da schien es mir, als zucke er ein wenig zusammen. Es dauerte jedoch nur einen Augenblick. Ich habe ihm weitere Fragen dazu gestellt, aber … nichts. Dennoch bin ich mir sicher, er verheimlicht etwas … wie alle anderen in diesem Fall auch. Aber was?« Germinal hielt inne, rieb sich die müden Augen. »Doktor Noverre und Sciron beschuldigen sich gegenseitig. Sie hassen sich … aber das geht auf eine alte Geschichte zurück. Wir drehen uns im Kreis, kommen nicht vom Fleck. Was wir in der Hand haben, überführt in Wahrheit keinen von ihnen … weder Sciron noch Noverre … und schon gar nicht den Zwerg.«

»Sind Juffridis Zeichnungen etwa nichts?«, bemerkte Landau mit hochgezogener Braue. »Soll das ein Scherz sein? Sowohl der Graf ohne Ärmel als auch der andere Scharlatan …«

»Nein, Kommissar«, unterbrach ihn Germinal. »Das möchten wir gerne glauben ... weil es alles ist, was wir haben. Seien wir ehrlich: Zwar basieren die künstlichen Arme Noverres und des Maschinenmannes auf denselben Mechanismen wie die Gebisse, die Frau Neef und Frau Finnegan zerfleischt haben, aber jeder könnte diese Gebisse in Auftrag gegeben haben. Die Ähnlichkeit könnte darauf beruhen ... nein, sie beruht sogar zweifellos vornehmlich darauf, dass sie vom selben Mann gebaut wurden, von Juffridi nämlich, der seine Kenntnisse der Mechanik auf zwei verschiedene ... Aufträge angewandt hat. Dieselbe Technik, unterschiedliche Anwendungsgebiete. Was wir bis jetzt haben, sind einzig Verdachtsmomente aufgrund von Ähnlichkeiten. Keine Beweise.«

»Und was ist mit den Knochen in ... in der Vagina der Neef?« Landau rutschte auf dem unter seinem Gewicht ächzenden Sessel hin und her. »Welche Erklärung habt Ihr dafür? Wollt Ihr behaupten, sie hingen nicht eng mit dem zusammen, was bei Noverres Geburt geschehen ist?«

»So könnte man meinen ...«, gab Germinal zu. »In der Tat ist der Zufall sehr ungewöhnlich ... wenn es denn ein Zufall ist. Aber was folgern wir daraus?«

»Beispielsweise, dass Sciron den Verdacht auf Noverre lenken wollte. Das ist doch ganz logisch.«

»Tatsächlich?«

»Ja, tatsächlich.«

»Aber wäre es Scirons Absicht gewesen, Doktor Noverre zu belasten«, gab Germinal zu bedenken, »hätte er uns dann nicht auch beim zweiten Mord einen Beweis hinterlassen? Einen eindeutigeren Beweis?«

Landau wandte achselzuckend den Blick ab.

»Überlegt doch einmal, Kommissar«, fuhr Germinal fort. »Ihr wollt die Schuld auf Doktor Noverre lenken, hasst ihn so sehr, dass Ihr Unschuldige dafür tötet, und lasst nicht einen einzigen Beweis zurück, der ihn überführt? Nein, diese Geschichte hat weder Hand noch Fuß. Warum geht Ihr außerdem das Risiko ein, vier Menschen in der Villa Neef und fünf in der Villa Finnegan zu töten? Es würde Euch doch reichen, irgendeine arme Seele, eine Bettlerin zu töten …« Germinal sah Landau an. »Vergesst nicht, diese vermeintliche Anklage im Körper der Neef wäre völlig unbemerkt geblieben, hätte ich nicht Euren Befehl missachtet.«

Landau machte ein verdrießliches Gesicht.

»Hätte der Mörder dagegen die Gewissheit einer Obduktion haben wollen«, stellte Germinal mit aller Härte fest, »wäre ihm, so wie die Dinge hier gehandhabt werden, eine Bettlerin viel gelegener gekommen.« Für einen Moment schwieg Germinal. »Nein, Kommissar. Ihr wart in der Villa Finnegan dabei. Erinnert Ihr Euch an die vier Dienstboten? Die Zuschauer, die als vornehme Damen zurechtgemacht das Verbrechen beobachteten? Der Mörder kann nicht einfach nur vom Wunsch geleitet sein, Doktor Noverre der Taten zu bezichtigen. Er hat seine Opfer mit Bedacht gewählt. Er hat sie ausspioniert. Er kannte ihre Gewohnheiten. Frau Neef und Frau Finnegan … und nicht zwei beliebige Frauen … sollten sterben. Und zwar exakt auf diese Weise. Aber warum? Welche Bedeutung hat der Stock mit dem Efeu? Solange wir auf diese Fragen keine Antwort finden …«

»Eurer Meinung nach handelt es sich also um unbedeutende Zufälle?«, unterbrach Landau ihn gereizt. »Demnach müssten wir Sciron, den Zwerg … Noverre auf freien Fuß setzen?«

»Eine Ahnung sagt mir, dass sie etwas mit dem Fall zu tun haben. Aber ich bin nicht der Überzeugung, dass einer von ihnen der Mörder ist«, erwiderte Germinal grüblerisch. »Es ist nur so ein Gefühl, mehr nicht. Es ist, als wären sie … womöglich ohne es selbst zu wissen … Teil des Plans, den dieses Ungeheuer verfolgt. Als hätte ein Teil ihrer Geschichte zufällig … ich weiß nicht, ich kann es nicht … Es ist, als wäre ein Teil ihrer Geschichte mit der Person des Mörders verbunden. Als hätten sie … vielleicht nur Doktor Noverre … vielleicht auch nur Sciron … oder doch beide … als nähmen sie eine Rolle in seinem Stück ein. Ja, eine Rolle. Versteht Ihr?«

»Wollt Ihr Sciron, den Zwerg und den Grafen ohne Ärmel freilassen?«, wiederholte Landau stur.

»Nein, noch nicht. Aber wir werden sie freilassen müssen, sollten wir nichts Überzeugenderes finden, was sie belastet.«

»Man sitzt uns im Nacken, Germinal!«, rief der Kommissar aus. »*Ihr* versteht nicht! Wir brauchen einen Schuldigen, sonst ziehen sie uns den Stuhl unter dem Hintern weg!« Landau senkte die Stimme. »Es muss Sciron gewesen sein. Oder der Zwerg. Aber wenn es keiner von beiden war … muss es jemand anderes sein. Ich hätte da auch eine Idee …«

Steif saß Germinal auf seinem Stuhl. Er war die Ignoranz dieses Mannes leid. »Kommissar …«, hob er langsam, fast mühevoll an, als suche er nach Worten. Da entdeckte er die Zeitung auf Landaus Schreibtisch. Er griff danach. »Kommissar … dieser Reporter behauptet, aus Polizeikreisen erfahren zu haben, die Verbrechen hätten einen politischen Hintergrund.«

»Ich kann lesen«, bemerkte Landau und riss ihm die Zeitung aus der Hand. »Ja und?«

»Kommissar, ich weiß nicht, wer mit diesem Reporter gesprochen hat.« Germinal war bemüht, seine Stimme ruhig klingen zu lassen. »Ich weiß nicht, wer es war, und will es auch gar nicht wissen. Aber es ist ein schwerer Fehler, die Verbrechen auf diese Weise einzuordnen. Wir wissen doch beide, dass die Lage in der Zuckerfabrik kritisch ist.«

»Wollt Ihr damit andeuten, ich sei es gewesen?«, fragte Landau verärgert.

»Ich will gar nichts andeuten.« Für eine Sekunde zitterte Germinals Stimme. »Aber ich möchte, dass Ihr über meine Worte nachdenkt … und auch Euren Männern untersagt, Erklärungen abzugeben, die jeder ermittlerischen Grundlage entbehren.«

»Jetzt reicht es mir aber mit Eurem Vorzeigeermittlergetue, Germinal!« Landau sprang polternd auf. »Diese Sozialisten werden uns noch das Leben schwer machen. Je eher wir sie loswerden, umso besser. Und unter uns gesagt, ich erachte die

Festnahme dieses Ignaszewsky als vorrangige Aufgabe meines Bezirks.«

Mit hochrotem Kopf stand auch Germinal auf und trat seinem Vorgesetzten gegenüber. »Handelt es sich dabei um eine Aufgabe Eures Bezirks oder einen Befehl Eurer Herren?«

»Man hat mir schon gesagt, dass Ihr Sozialist seid.« Landau grinste.

»Ich bin kein Sozialist!«, schrie Germinal und schlug mit der Faust auf den Schreibtisch. »Aber der Blödsinn, den ich mir hier anhören muss, macht mich noch zu einem!«

Schweigend musterte ihn Landau, auf dessen schlaffem Eulengesicht noch immer der Anflug eines Grinsens lag. Dann ließ er sich bedächtig wieder in seinem Sessel nieder. »Haltet Ihr es für ausgeschlossen, dass Ignaszewsky der Mörder ist?«

»Wir haben noch keine heiße Spur, Kommissar«, erwiderte Germinal. »Zurzeit könnte es jeder sein.«

»Auch Ignaszewsky?«

»Auch Ignaszewsky.«

»Gut. Ihr seht also, es schadet nichts, ihn zu fassen.« Landau grinste sarkastisch.

Germinal war kurz davor zu explodieren. Mit geballten Fäusten wandte er sich dem Ausgang zu. »Es wäre zumindest angebracht, bewaffnete Wachposten vor den Häusern der Aktionäre aufzustellen.« Er drehte sich in der Tür noch einmal zu Landau um. »Wenn Ihr nicht genügend Männer habt, können wir Verstärkung anfordern.«

»Wollt Ihr mich damit vielleicht daran erinnern, wie groß Euer Einfluss auf den Hauptkommissar ist?«, fragte Landau ironisch.

»Zum Teufel mit Euch!«

»Treibt es nicht zu weit, Germinal«, warnte ihn der Kommissar mit tiefer Stimme. »Auf alle Fälle werde ich die Überwachung verfügen. Genügen Euch zwei bewaffnete Männer vor jedem Haus? Habt Ihr noch einen Wunsch?«

Germinals größter Wunsch war der nach einer heroingefüllten Spritze, um diesem Ort augenblicklich zu entkommen. »Ich fahre zu Doktor Noverre«, sagte er im Hinausgehen und schlug die Tür zu.

Wieder im Erdgeschoss angekommen bemerkte er eine elegante schlanke Gestalt, die lebhaft gestikulierend mit der Wache am Eingang sprach. Sogleich erkannte er das lange Haar wieder, das in beinahe weiblicher Manier im Nacken zusammengebunden war und im Licht der untergehenden Sonne rötlich schimmerte.

»Guten Abend«, sagte er und trat zu dem Mann.

Stigle fuhr mit verstörtem Blick herum. »Ist das wahr?«

»Was meint Ihr?«

»Bitte, Inspektor, das ist nicht der richtige Zeitpunkt für Spielchen.« Seine Stimme klang ernsthaft besorgt. »Habt Ihr Sciron verhaftet? Haltet Ihr ihn für den Mörder? Was habt Ihr für Beweise?«

»Beruhigt Euch, Stigle«, beschwichtigte ihn Germinal. »Ihr wirkt betroffen …«

»Das bin ich auch. Sehr sogar.«

»Ich hatte keine Ahnung, dass Sciron Euch so nahe steht.«

»Was wollt Ihr wissen? Kommt zur Sache, Inspektor«, sagte Stigle. »Fragt mich alles, was Ihr wollt, und dann lasst mich mit ihm reden.«

»Ich habe ihm bereits gesagt, dass der Gefangene keinen Besuch empfangen darf«, mischte sich die Wache ein.

Ohne ihn anzusehen, bedeutete Germinal ihm mit erhobener Hand zu schweigen. Sein Blick lag auf Stigle. »Erzählt Ihr mir etwas, ohne dass ich Fragen stellen muss.«

»Ich verdanke diesem Mann alles«, begann Stigle. »Ich schäme mich nicht, es zuzugeben. Er hat mich zu sich genommen, als ich noch ein halbes Kind war. Und alles, was ich weiß, verdanke ich ihm. Ich bin nur da, wo ich heute bin, weil er all sein Wissen an mich weitergegeben hat. Ich bin ihm zu unendlichem Dank verpflichtet … Genügt Euch das? Kann ich jetzt mit ihm reden?«

Germinal sah ihn schweigend an. Darauf winkte er den Polizisten heran, der die Tür zu den Zellen im Untergeschoss bewachte. »Bring ihn zu dem Gefangenen«, befahl er ihm.

»Danke«, murmelte Stigle im Weggehen.

»Gibt es eine Stelle, von wo aus ich sie ungesehen belauschen kann?«, fragte Germinal die Wache, kaum dass Stigle verschwunden war.

»Das Zellenfenster hat keine Scheiben und geht zum Hof.«

»Zeig es mir.«

Der Wachposten geleitete Germinal durch einen Gang, an dessen Ende eine Flügeltür auf den Hof hinausführte. Er öffnete sie, stieg drei Stufen hinab und zeigte Germinal nach wenigen Schritten um das Gebäude herum ein schmales, auf Bodenhöhe eingelassenes Fenster. Germinal legte einen Finger an die Lippen und bedeutete der Wache, sich zurückzuziehen. Dann kauerte er sich an die Wand und spitzte die Ohren.

Sciron lag ausgestreckt auf der Pritsche, als er seinen Namen rufen hörte. Er drehte sich um. »Stigle …«, sagte er mit schwacher, verzagter Stimme. Sein Gesichtsausdruck verriet tiefe Furcht.

»Schließ auf«, forderte Stigle den Polizisten auf, der ihn begleitete.

»Das darf ich nicht«, gab der zurück.

»Dann lass uns wenigstens allein«, sagte Stigle darauf.

Der Polizist zögerte einen Augenblick, bevor er zurücktrat.

Unterdessen hatte Sciron sich genähert. »Stigle …«, sagte er wieder.

»Wie geht es Euch?«, erkundigte sich Stigle.

»Schau mich an …«, lächelte Sciron kraftlos.

»Ich hole Euch hier heraus«, sagte Stigle und legte seine verätzten Hände an die des Alten. »Ihr werdet sehen, ich hole Euch hier heraus.«

»Wie denn?«, seufzte Sciron mit Verzweiflung in der Stimme.

»Ich hole Euch hier heraus. Verlasst Euch darauf.« Stigle sprach mit zorniger Entschlossenheit.

»Sie haben auch Tristante verhaftet …«

»Seid unbesorgt, er ist stark. Ich bin sicher, sie haben nichts gegen Euch in der Hand.«

»Sie haben Juffridis Skizzen …«

»Vergesst die Skizzen.« Stigles Stimme klang plötzlich hart. »Ich bin Euch mehr verbunden, als Ihr glaubt«, sagte er dann in sanfterem Ton, als rezitiere er eine alte Weise. »Einem Wohltäter taten diese Polizisten Unrecht … blind vor Hass und Wut … ließen sie fesseln ihn … und höhnten ihn mit frechen Worten …« Stigle hielt inne und warf Sciron einen bedeutungsvollen Blick zu. Als er weitersprach, war sein Ton wieder bestimmt. »Ich hole Euch hier heraus. Allein daran solltet Ihr denken.«

»Du bist ein seltsamer Mensch, Stigle«, sagte Sciron wie zu sich selbst. »Du warst wie ein Sohn für mich …«

Stigle senkte den Blick.

»Dennoch wolltest du mir Ignés wegnehmen …«

Germinal, der neben dem Fenster kauerte, zuckte zusammen und ballte die Fäuste.

»Vor der Geschichte mit Ignés … weißt du … ich dachte … ich war überzeugt, du machtest dir nichts aus Frauen«, flüsterte Sciron lächelnd. »Und jetzt bist du hier … du bist hier und … und sprichst wieder wie ein Sohn … Ich habe dich nie wirklich verstanden, Stigle. Manchmal glaube ich, du hast noch weniger Herz als ich. Dann wieder finde ich heraus, dass du deine Stellung in der Fabrik riskierst, um diesen jämmerlichen Arbeitern zu helfen … ich … nein, ich habe dich nie verstanden …«

Germinal konnte nicht alles hören, was Sciron sagte. Horchend beugte er sich noch tiefer zum Fenster hinunter. Dabei schlitterte sein Fuß über den Kies.

Stigle hörte das Geräusch. Er warf einen kurzen Blick auf das Zellenfenster. Noch einmal drückte er Scirons Hände. »Ich hole Euch hier heraus«, wiederholte er leise. Zornig. Dann drehte er sich um und ging.

Vom Hügel aus, der sowohl die Stadt als auch die trostlose Ebene der Mignatta überragte, sah Ignés die Sonne hinter dem Horizont versinken.

Ein Jahr lang hatte sie weiter mit ihrem Vater unter einem Dach gelebt. Dann hatte Sciron sie fortgebracht und sie den Tanz und die Liebe gelehrt. Einige Jahre später hatte auch Stigle sie besitzen wollen, da er herausgefunden hatte, dass sie sich vielen Männern hingab. Ihm jedoch hatte sie sich nicht hingegeben. Und Sciron war, nachdem er Stigle fortgejagt hatte, nicht mehr fähig gewesen, sie anzurühren. Seit jenem Tag vor beinahe fünf Jahren hatte Ignés keinem Mann mehr gehört.

»Er wird dich wie eine Hure behandeln«, sagte sie leise zu sich selbst, während sie mit der Fußspitze einen Reifenabdruck nachzog, den Germinal mit seinem Motorrad im aufgeweichten Boden hinterlassen hatte. Plötzlich verwischte sie die Spur und machte sich auf den Weg hinunter in den unheimlichsten Teil der Stadt, um erneut zu finden, was sie noch immer gefunden hatte, damals, als sie den alten Sciron betrog.

Sie ging, ohne ein bestimmtes Ziel zu haben, denn sie wusste, dass sich ihr das, wonach sie suchte, von ganz alleine zeigen und sie es gleich erkennen würde. Sie ging ohne umherzuschauen, erwiderte nicht die Blicke der wenigen entgegenkommenden Passanten. Mit jedem Schritt loderte die Flamme in ihr höher, verfestigte sich ihr Entschluss, verstummten ihre Zweifel. Es war, als könne ein Brand nur durch einen anderen bekämpft werden. Als spende ihr das Feuer Nahrung, anstatt sie aufzuzehren. Sie ging schnell, eilte geradezu dem entgegen, was sie fünf Jahre zuvor aufgegeben hatte und noch genauso in sich vorfand, wie es damals war, wie es ihr ganzes kurzes Leben über gewesen war, das ihr von Tag zu Tag gelebt endlos lang erschien. Mit ausgebreiteten Armen tauchte sie in das schwarze Herz der Stadt ein, erfüllt von einer Wut, der sie keinen Namen zu geben wusste, getrieben vom Verlangen, dem Tod nahezukommen, den sie in sich trug. Es war ein Tod mitten im Leben, durch Selbstverachtung, Demütigung, Qual. Ein Tod, der aus ihr selbst bestand, der, hätte sie hineinbeißen können, nach ihrem Körper geschmeckt und nach ihrer Seele gerochen hätte, wenn sie ihn hätte einatmen können.

Sie ging so lange, bis sie von einer düsteren Trümmerwelt aus Schmutz und Armut umgeben war, in der kotgejauchte Erde die Luft verpestete. »Geht nicht dorthin, mein Fräulein«, hatte wenig zuvor eine Händlerin sie gewarnt. »Das ist die Hölle.«

Das erste Mal war es durch Zufall geschehen. Genau wie ihr Vater hatte Sciron sie in seinem Wohnwagen mit Gewalt genommen. Danach war Ignés weggerannt. Ziellos war sie umhergelaufen, so zumindest hatte sie geglaubt. Sie war in eine Schenke eingekehrt, bestellte Bier und betrank sich. Lachte, während ihr die Tränen in den Augen standen. Alle Männer starrten sie an. Sie fühlte ihre Blicke auf sich wie gierige Hände, die ihr die Kleider vom Leib rissen. Während sie jeden einzelnen von ihnen musterte, sah sie immer wieder das Gesicht ihres Vaters vor sich. Und Scirons von Gelbsucht verfärbtes Gesicht. Dann plötzlich entdeckte sie ihn. Er saß in einer Ecke, seine Nase war geschwürzerfressen und vernarbt, eine Hasenscharte legte seine krummen, durchlöcherten Zähne bloß. Sie entdeckte ihn und spiegelte sich augenblicklich in dem Monstrum. Sie sah sich selbst, so wie sie war. Nicht den Vater, nicht Sciron, sondern sich selbst, wie sie sich selbst wahrnahm. Schmutzig, entstellt, verabscheuungswürdig. Wie ihr Vater und Sciron sie gewollt hatten. Sie verließ die Schenke und wartete versteckt in der Dunkelheit auf das Monstrum. In einer Gasse passte sie ihn ab und ließ sich von seiner Verunstaltung beschmutzen, ihren Hals mit Geifer besudeln, seine zerfressene Nase an ihren verborgensten Stellen schnüffeln, seine verfaulten Zähne in ihr Fleisch beißen.

»Geht nicht dorthin, mein Fräulein. Das ist die Hölle«, hatte die Händlerin sie gewarnt.

»Ja, die Hölle«, sagte Ignés nun laut. Denn die Hölle war es, die sie suchte. Die sie über Jahre hinweg gesucht und gefunden hatte. Stigle hatte nie verstanden, weshalb sie ihn nicht wollte. Seine verätzten Hände waren Ignés nicht genug. Stigle hätte nicht weiter von einem Monstrum entfernt sein können. Er war der Inbegriff der Schönheit. Von ihm hätte sie sich nicht beschmutzt, geschändet, erniedrigt gefühlt. In ihm hätte sie sich nicht gespiegelt und die eigene Abscheulichkeit gesehen. Und das Gesicht ihres Vaters wäre wieder vor ihr aufgetaucht. Und Scirons Gesicht. »Ja, die Hölle«, schrie sie beinahe den Augen zu, die sie aus der Dunkelheit beobachteten, die sie auf ihrem Körper spürte, der nach fünf Jahren wieder bereit war, sich beschmutzen zu lassen, doch aus Angst nun, denn seit einigen Tagen fürchtete sie sich vor einem Polizisten, der kein Monstrum war. In dem faszinierenden Mann auf seinem Motorrad hatte sie nie ihren Vater oder Sciron gesehen. Und beim Blick in seine Augen hatte sie ein Bild ihrer selbst entdeckt, das sie nicht kannte und vor dem sie sich noch mehr fürchtete als vor dem entstellten Geschöpf, an das sie sich gewöhnt hatte. Bei diesem Mann nämlich fühlte sie sich nicht schmutzig.

Plötzlich traten zwei finstere Gestalten aus der Dunkelheit hervor. Sie spürte ein Messer an ihrem Hals, als sie sich auf sie warfen und sie mit ihren heftig an ihr zerrenden schmutzigen Händen gegen eine raue Mauer stießen. Ignés tat nichts, sie ließ sich wie von einer unausweichlichen Welle mitreißen und ergab sich den Misshandlungen, durch die sie sich, von jeglicher Illusion befreit, auf ihr wahres Wesen besinnen würde. Sie hörte, wie ihre Kleider zerrissen, und fühlte die Messerspitze in ihrem Fleisch. Sie hörte die beiden Männer grunzen. Sie wehrte sich nicht, als sie sie an den Haaren zogen, zu Boden warfen, ihren Rock hochschoben, ihre Brüste kneteten. Sie wehrte sich nicht, als einer von beiden ihr lachend die Arme über dem Kopf zusammenhielt, während der andere seine

Hose öffnete. Sie trat nicht um sich, schrie nicht, schloss nicht die Augen. ›Genau das bist du‹, dachte sie nur. ›Abfall.‹

»Hört auf!«, rief da eine raue Frauenstimme, noch ehe die beiden Vergewaltiger in sie eindringen konnten.

Gleich darauf ertönte ein knurrendes Gebell. Dann ein Fluch.

»Verdammte Töle!«, schimpfte einer der beiden Männer, während er mit dem Messer vor einer räudigen Hündin herumfuchtelte, die sich in seinen Knöchel verbissen hatte. »Sag ihr, sie soll mich loslassen, oder ich bring sie um!«, brüllte er dann einer alten Frau entgegen, die langsam näher kam, eine Hand auf einen wackligen Karren gestützt, in der anderen eine brennende Fackel.

»Chloe, aus«, befahl die Alte und fuchtelte mit dem Stock, um den ein ölgetränkter, brennender Lappen gewickelt war.

Der Hund ließ los, kläffte und knurrte die Männer jedoch weiterhin an.

»Lasst sie gehen«, sagte die Landstreicherin, auf Ignés deutend.

»Alte Spinnerin«, brummte der Mann, der gebissen worden war, und rieb sich den Knöchel.

»Lass uns in Frieden, wenn wir uns nicht stattdessen deine Hündin vornehmen sollen«, sagte der andere und lachte. Die Fackel leuchtete auf seinen zahnlosen Mund.

Ignés lag noch immer mit zerrissenen Kleidern am Boden. Schmutz klebte an ihrem Busen.

»Lasst sie gehen«, wiederholte die Alte und schwang ihre Fackel.

Auf einmal schnellte einer der Männer vor und entwaffnete sie. Der Hund sprang ihn an, doch der Mann versetzte ihm einen Hieb mit der Fackel. Der Hund jaulte auf und wich unter wütendem Gekläff zurück.

»Was ist hier los?«, sagte plötzlich eine Männerstimme hinter ihnen.

Der Angreifer mit der Fackel fuhr herum.

Vor ihm stand ein Mann mit ungewaschenen, zerzausten grauen Haaren, einem wilden Bart und blauen Augen, die wie Edelsteine aus seinem schwarz verschmierten, hageren, eingefallenen Gesicht hervorstachen. In seinem Gürtel steckten zwei Messer. Alte Messer mit abgestoßener Klinge. »Was ist hier los?«, fragte er noch einmal.

Schwanzwedelnd lief der Hund auf ihn zu und strich um seine Beine.

»Die hier gehört uns«, entgegnete einer der beiden Vergewaltiger hörbar unsicher. Mit der Fußspitze versetzte er Ignés einen Tritt gegen die Hüfte.

»Ja, wir haben sie gefunden, sie gehört uns ...«, setzte der andere in ängstlichem Ton hinzu.

Der Mann mit den zwei Messern blickte kurz auf Ignés.

»Gib mir die Fackel zurück«, mischte sich die Alte ein.

»Gib sie ihr«, befahl der Mann mit den zwei Messern.

Aus den dunklen Gassen war unterdessen eine kleine zerlumpte Menge aus Alten und Kindern, Frauen und Männern herbeigeströmt, die das Geschehen neugierig verfolgten.

Die Fackel gelangte in die Hände der Alten zurück.

»Was ist hier los, Teresya?«, wandte sich der Mann mit den zwei Messern nun an die Alte und streichelte dabei den Hund.

»Ich hatte einen Traum, Lipset«, antwortete die Landstreicherin. »Darin kam sie vor.« Sie deutete auf Ignés.

»Woher weißt du, dass sie es war? Du konntest sie doch gar nicht sehen«, hielt der Mann, der am Knöchel gebissen worden war, dagegen.

»Halt den Mund«, sagte Lipset. Seine blauen Augen leuchteten im Fackelschein.

Der Hund bellte.

»Ich weiß, dass sie es war, weil ich von ihr geträumt habe«, sagte die Alte.

»Was hast du geträumt?«, wollte Lipset von Teresya wissen.

»Dass wir ihr nichts Böses antun dürfen.«

»Teresya«, sagte Lipset, »du bist eine alte Spinnerin, das weißt du selbst, nicht wahr?«

Die Landstreicherin sah ihn nun schweigend an.

»Und eine elende Lügnerin bist du auch.«

Die Landstreicherin lachte. Mit freudigem Schwanzwedeln kroch die Hündin unter ihre zerschlissenen Röcke.

»Verschwinde von hier, Mädchen«, sagte Lipset nun zu Ignés. Dann wandte er sich nach der zerlumpten Menge um. »Livido, bist du hier irgendwo?«, rief er in die Finsternis.

Ein Junge von vielleicht dreizehn Jahren trat einige Schritte aus dem Dunkel hervor. Seine Haut war mit olivbraunen Flecken überzogen.

»Geh mit ihr«, befahl ihm der Mann mit den zwei Messern. Dann trat er zu Ignés und streckte ihr die Hand entgegen. »Verschwinde von hier, Mädchen«, sagte er noch einmal und half ihr auf.

Ignés blickte zuerst auf die Alte, dann auf den Mann mit den zwei Messern. Livido winkte sie heran und ging los. Ignés hielt sich das zerrissene Kleid vor die nackte Brust und folgte ihm.

Nach wenigen Schritten drehte der Junge sich um und rief: »Teresya, nachher erzählst du mir aber eine Geschichte!«

Niemand antwortete ihm.

Noverre kniete neben Zòla, der schlafend auf einem Strohlager zu Füßen des Betts seines Herrn lag, und hob den Kopf von dessen Brust. »Ich konnte ihn nie dazu bewegen, in einem richtigen Bett zu schlafen. Seit wir Kinder waren, ist er es so gewöhnt«, erzählte er lächelnd, »und war nicht mehr davon abzubringen.«

Germinal betrachtete den blutgetränkten Verband um den Kopf des schwachsinnigen Hünen. »Wie geht es ihm?«, erkundigte er sich.

»Er ist so stark, wie sein Aussehen vermuten lässt«, antwortete Noverre mit väterlichem Stolz. »Seine Konstitution ist außergewöhnlich. Es wird ein wenig dauern, bis die Wunde sich schließt, doch Ihr werdet sehen, morgen früh ist er schon wieder auf den Beinen. Wenigstens für heute musste ich ihn mit einer Dosis Schlafmittel ruhigstellen, die für einen Stier ausgereicht hätte. Sein Herz schlägt aber normal.«

Mit einem Gefühl von Unbehagen nickte Germinal.

»Danke«, sagte Noverre. »Ich wüsste nicht, was ich ohne Zòla tun sollte.«

Germinal half dem Verkrüppelten auf. Er wusste nun alles über ihn. Noverre hatte ihm eine Stunde lang von seiner Geburt, vom alten Grafen, der Anstalt, in der er aufgewachsen war, und seiner Begegnung mit Zòla erzählt. Er wusste von dem Hirsch, den sein Vater ihn hatte töten und essen lassen, wusste von der gebrochenen Rippe und dem jungen Anstaltsarzt Gabriel Sciron. Er wusste von der Gräfin und ihrer zügellosen Affäre mit dem ehrgeizigen Arzt. Er wusste von der Miniaturgottmaske aus Pappmaschee und den geschnitzten Holzarmen, die den kleinen Noverre gedemütigt hatten. Er wusste von den Versuchen, Operationen und Torturen, von den mechanischen Gliedmaßen und dem Strom, von Juffridi und dem Handschuhmacher. Und er wusste von dem Morphium.

»Kommt, gehen wir hinüber in mein Sprechzimmer«, sagte Noverre zu ihm. Noch einmal warf er einen prüfenden Blick auf Zòla. »Lassen wir ihn ausruhen.« Gemeinsam mit Germinal ging er durch eine Schiebetür ins Nebenzimmer. »Würdet Ihr sie nur halb schließen?«, bat er ihn.

Germinal ließ zwischen den beiden Türflügeln einen Spalt offen, durch den Noverre Zòlas Schlaf überwachen konnte.

»Und wie geht es Euch, Milton?«, fragte Noverre ihn, während er sich an seinem Schreibtisch niederließ. »Wie schreitet Euer Kampf gegen die Drogen voran?«

Germinals Blick wurde unweigerlich von dem schwarzen Kästchen mit dem Korallenflammen speienden Jadedrachen angezogen.

»Ja, sie liegt für Euch bereit«, sagte Noverre. »Zunächst aber nehmt Platz.«

Germinal sah ihn an. Dann ließ er sich in den Sessel fallen.

»Weshalb seid Ihr Polizist geworden?«, fragte ihn Noverre.

»Weil ich an Gerechtigkeit glaube.«

»Falsche Antwort«, stellte Noverre fest. »Ein Philosoph glaubt an Gerechtigkeit. Und ein Heiliger lebt sie vielleicht. Ein Polizist aber entlarvt und bestraft ganz einfach den, der gegen das Gesetz verstößt ... wobei das Gesetz eine recht bedingte und strittige Form von Gerechtigkeit ist. Ein Polizist übt im Namen der Gesellschaft Rache für ein Unrecht. Daher seid Ihr nichts anderes als ein Rächer, Milton. Wie jeder Mensch. Wie auch der Mörder, nach dem Ihr sucht. Wie er habt Ihr eine verzerrte Vorstellung von Gerechtigkeit ... und ich beziehe ohne Zögern auch mich selbst mit ein. Jeder von uns kann sich mit einer Missbildung rechtfertigen. In meinem Fall zeigt das Fehlen des einen Arms an, dass ich keine Kraft habe, das Schwert zu führen, doch durch das Fehlen des anderen Arms bin ich zugleich entschuldigt, wenn ich die Waage der Gerechtigkeit nicht hochhalte. Euer Mörder leidet an einer Missbildung der Seele. Ich habe Rache an Sciron genommen. Er hatte sich zuvor an mir gerächt. Der Mörder übt Rache an diesen Frauen ... weswegen, das müsst Ihr herausfinden, wenn Ihr ihn fassen wollt. Dann werdet Ihr wiederum im Namen der Gesellschaft Rache an dem Mörder üben. Doch worin besteht Eure Missbildung? Wofür musstet Ihr Rache nehmen, als Ihr Euch entschieden habt, Polizist zu werden?«

»Ich bin in einem Polizeiwaisenhaus aufgewachsen«, antwortete Germinal. »Ich konnte gar nichts anderes als Polizist werden.«

»Seid Ihr eine Waise?«

»Mehr oder weniger ...«, gab Germinal mit Unbehagen zurück und stand auf. Sein Blick fiel erneut auf das Kästchen mit der Spritze. Abrupt drehte er sich um und kehrte der Versuchung den Rücken.

»Mehr oder weniger«, wiederholte Noverre und ein Lächeln umspielte seine Lippen. »Welch zweideutige Antwort. War Euer Vater Polizist und ist bei einem Einsatz umgekommen?«

»Ich weiß nicht, wer mein Vater ist ... Aber ich möchte nicht darüber reden.«

Während Germinal im Zimmer auf und ab ging, versuchte er nicht auf das Kästchen mit dem Heroin zu schauen.

»Eurer Mutter aber seid Ihr begegnet, nicht wahr?«, bohrte Noverre weiter.

»Ich sagte doch schon, ich möchte nicht darüber reden.« Zorn gärte in Germinals Stimme.

Noverre sah ihn eine Weile schweigend an. »Wisst Ihr noch, was ich Euch bei unserem letzten Gespräch gesagt habe?«

»Nein.«

Nachsichtig wie ein Lehrer seinen Lieblingsschüler lächelte Noverre ihn an. »Ich riet Euch, das Gesamtbild zu betrachten.«

»Ach ja?«

»Habt Ihr das getan?«

»Hört zu, Doktor Noverre«, entgegnete Germinal schroff, »es ist grotesk, dass ich gerade mit einem Tatverdächtigen über mein Leben spreche. Ich hatte Fragen an Euch ...«

»Die ich beantwortet habe«, unterbrach ihn Noverre und sah ihn eindringlich an. »Lasst Euch von der Situation nicht irreleiten, Milton. Ich habe Euch geantwortet, obwohl Ihr mich nie für den Mörder gehalten habt. Ihr wart verletzt von meiner Verschwiegenheit ... oder von dem, was Ihr dafür hieltet. In Wahrheit bin ich ebenso wie Ihr jetzt davor zurückgeschreckt, über mein Leben zu sprechen, weil ... weil es sehr schmerzhaft ist. Das habt Ihr doch verstanden. Habe ich recht?«

Germinal bejahte brummend.

»Würdet Ihr Euch wohl wieder setzen, Milton?«

Germinal rührte sich nicht.

»Setzt Euch und hört auf, um die Spritze herumzuschleichen.«

Das schöne Gesicht zu einem zornigen und zugleich schuldbewussten Ausdruck verzogen setzte sich Germinal abrupt und beinahe trotzig wieder hin.

»Was hat Euch traumatisiert?«, fragte ihn Noverre, dessen absonderlich geformte, magnetische Augen ihn nicht aus dem Blick ließen.

»Das wisst Ihr doch. Ich habe Euch davon erzählt.«

»Glaubt Ihr wirklich, Euer Trauma bestünde darin, in Notwehr eine schwangere Kriminelle erstochen zu haben?«, hakte Noverre beharrlich nach und lehnte sich auf den Armstümpfen über den Schreibtisch vor.

»Ich habe ein unschuldiges Kind getötet! Und dessen Mutter! Ist das nicht traumatisierend genug?«

Noverre sah ihn schweigend an. »Nein, Milton ... nein«, sagte er leise. »Euer Blick verrät es mir auch jetzt. Da ist noch etwas anderes, das Ihr zu verbergen sucht ... als könntet Ihr es leugnen, indem Ihr es verschweigt ...«

»Unsinn!«

»Ich habe Euch genau beobachtet«, fuhr Noverre fort. »Die Sprache der Gesten ist besonders für jemanden wie mich, der sie nicht einsetzen kann, äußerst aussagekräftig. Bei der Obduktion sowohl von Cynthia Couze als auch von Virginia Caldwell habt Ihr es vermieden, den Operationstisch zu berühren. Mehr noch, irgendwann während der zweiten Obduktion habt Ihr Euer Spiegelbild in der Stahlfläche des Tisches erkannt und wart danach zutiefst verstört ...«

Germinal wand sich voll Unbehagen auf seinem Sessel.

Noverre stand auf, ging um den Schreibtisch herum und stellte sich hinter ihn. »Zudem ist mir aufgefallen, dass es Euch nicht sonderlich schwerfiel, die Leiche der armen Couze mit Sägen und Seziermessern zu traktieren, wohingegen Ihr bei einer entschieden weniger grausamen Handlung, nämlich als Ihr den Tampon in ihre Vagina einführen solltet, gezaudert habt. Dabei habe ich Eure Verlegenheit nicht einfach als Bigotterie oder sexuelle Phobie abgetan. Ihr wirkt auf mich nicht wie jemand, der Hemmungen hat, eine Frau anzufassen. Warum also? An genau der Stelle müsst Ihr nach Eurem Trauma suchen. Nach Eurer Missbildung. Mit den Worten eines Polizisten: Das sind die Indizien. Ein stählerner Operationstisch. Eine Vagina … Wessen Vagina? Die Eurer Mutter?«

Mit schreckgeweiteten Augen drehte sich Germinal abrupt weg. Er wollte Noverre nicht hören. Er wollte sich nicht anhören, was er ihm da sagte.

Doch Noverre sprach weiter. »Als Euch in jener Nacht klar wurde, dass Ihr Euer Messer in den Leib einer Schwangeren gerammt hattet … wen glaubtet Ihr getötet zu haben? Ihr habt eine Mutter und ihr Kind getötet. Aber wen habt Ihr in Wahrheit getötet, Milton? Eure Mutter oder Euch selbst … das Kind, das niemals hätte geboren werden sollen? Erzählt mir von den wenigen frühen Jahren, die Ihr mit Eurer Mutter verbracht habt. Diese wenigen Jahre tragt Ihr bis zum Lebensende in Euch wie ein unheilbares Krebsgeschwür. Diese wenigen Jahre haben Euch das Sterben gelehrt. Diese wenigen Jahre haben Eure Hingabe an den Tod hervorgerufen. Woran ist der kleine Germinal damals gestorben? Ihr unterscheidet Euch nicht von all den Monstern, die hier in der Stadt der Tiere leben.« Noverre hielt seinen verformten Mund an Germinals Ohr. »Erzählt mir von diesem … Schmerz …«, flüsterte er.

»Da ist kein Schmerz«, wandte Germinal sich brummend ab.

»Damals … so wie es jedem von uns irgendwann im Leben ergangen ist … hättet Ihr an einer Falltür, die sich vor Euch auftat und Euch eine Offenbarung versprach, unbeirrt vorbeigehen können«, sagte Noverre darauf mit seiner hypnotisierenden Stimme. »Dann wäre jetzt alles anders …«

Wie von einem Rasiermesser getroffen warf Germinal den Kopf zur Seite.

»Ihr dagegen habt die Falltür geöffnet, nicht wahr?«, bohrte Noverre weiter.

Germinal spürte, wie seine Augen sich mit Tränen füllten. ›Heul nicht‹, befahl er sich selbst. Sofort wurden seine Augen trocken. Dabei konnte er Äderchen aufplatzen hören, die dem Augapfel das rissige Aussehen in der Sonne getrockneten Schlamms verliehen. »Es war keine Falltür. Es war … eine Zimmertür«, sagte er, während das Herz ihm bis zum Hals schlug und ihm den Atem raubte.

»Eine Zimmertür. Und was für ein Ungeheuer habt Ihr hinter dieser Tür gesehen?«, fragte Noverre weiter.

Germinal war ein kleiner Junge, er reichte kaum an die Türgriffe heran. An eine Klinke erinnerte er sich genau. Sie war aus Messing und stellte ein Ebermaul mit spitz aufragenden Hauern dar.

»Ich sah … meine …«

»Sprecht es aus.«

»… Mutter …« Germinal sackte im Sessel zusammen. Sein Atem beruhigte sich. Das Herz kehrte an seinen Platz zurück und verschaffte seinem Hals Luft. Es war still. Auch in seinem Innern.

»Eure Mutter, ich verstehe …«, bemerkte Noverre Erstaunen heuchelnd. Mit einem Unterton, der ironisch, fast spöttisch klang. »Der Tod des Vertrauens«, sagte er dann ernst und leise.

Germinal wischte sich über die Augen, die von ganz allein zu weinen begonnen hatten, als gehörten sie nicht zu ihm.

»Sprecht weiter, Milton.«

»Lasst mich in Frieden!«, brauste Germinal plötzlich wütend auf.

»Begreift Ihr denn nicht, dass sich unsere neue Welt genau darum dreht?«, ereiferte sich Noverre. »Es ist, als wären all unsere Frauen dem Wahnsinn verfallen. Und als hätten all unsere Mütter ihre Söhne in den Wahnsinn getrieben. Eine Spur aus Intimsäften eint uns, als hingen wir an einer einzigen, abnormen Nabelschnur, die uns nicht nur auf ewig an unsere Geburt fesselt, sondern auch alle miteinander verbindet …«

»Ich habe Euch nichts zu sagen!«, brüllte Germinal und schlug mit der Faust auf den Tisch.

»Was wollt Ihr denn? Die Spritze?«, herrschte Noverre ihn an.

»Die Spritze, genau die!«, schrie Germinal.

»So nehmt sie doch, worauf wartet Ihr?«

Germinal sprang ohne Zögern auf, als hätte er nur auf einen Befehl gewartet. Ganz besonders auf diesen. Er sprang auf wie eine Puppe, die zwar Bedürfnisse verspürte, deren Hirn jedoch aus Stroh bestand. Bedürfnisse ohne ein gedankliches Sprungbrett, die in Instinkt und Taubheit versanken. Bedürfnisse frei von Projektionen oder Vorstellungen. Bedürfnisse, die so grundlegend waren, dass sie an Sklaverei grenzten. Animalische Triebe. Die Scharniere brachen heraus, als er wutentbrannt den Deckel des Kästchens aufriss. Er griff nach der Spritze. »War es das, was Ihr sehen wolltet?«, schrie er Noverre an, während die Tränen auf seinen Wangen trockneten. »Ihr werdet es nicht sehen«, setzte er hinzu und steckte die Spritze ein. »Ich werde Euch nicht die Genugtuung verschaffen, mein Elend mit anzusehen.«

»Oder Euren Schmerz«, trat Noverre vor ihn.

»Schmerz?« Germinal verzog verächtlich das Gesicht.

»Schmerz, natürlich«, wiederholte Noverre mit seiner hypnotisierenden Stimme. »Er ist die typische Krankheit des Menschen. Die einzig wahre, große, entscheidende, unüberbrückbare Kluft zwischen Mensch und Tier. Ein Tier leidet nicht umsonst, so wie wir.« Dann wurde sein schiefer Blick streng. Und seine Stimme hart. »Geht jetzt, Milton … Geht und weint anderswo. Was seid Ihr bereit, für die Drogen zu opfern? Was Ihr zahlt, sind Tränen … was verleitet Euch zu dem anmaßenden Glauben, sie seien ein Tauschmittel? Für so wertvoll haltet Ihr Euch? Salzwasser soll mein Lohn sein? Glaubt Ihr nicht, mir zumindest ein wenig Ehrlichkeit zu schulden?«

Hinter der Schiebetür warf Zòla sich in den Fängen eines Albtraums ächzend von einer Seite auf die andere.

Germinal stieß den Direktor der Stadt der Tiere wie rasend von sich und floh geradezu aus dem Sprechzimmer.

Ignés saß in ihrem Wohnwagen still zusammengesunken auf der Bettkante, die Hände auf dem Schoß, das Kleid über der Brust zerrissen, über den Schultern eine Decke zum Schutz gegen die feuchtkalte Abendluft. Sie dachte an nichts. Ihr Verstand war wie gelähmt. Ihre Sinne waren betäubt. Starr hielt sie den Blick auf ihren flackernden Schatten gerichtet, den der schwache Lichtschein einer hinter ihr brennenden Kerze hervorrief. Ein lebloser Geist. Sie konnte weder weinen noch wehklagen. Es gelang ihr nicht zu fluchen und niemand hatte sie je gelehrt zu beten. Sie konnte weder weiterlaufen, noch hatte sie länger die Kraft, sich zu verstecken.

So saß sie einfach reglos auf dem Bett. Als habe sie keinen Einfluss darauf. Als hinge nun nichts mehr von ihr ab. Dem Schweigen ergeben, das sich in ihr ausgebreitet hatte. Als wäre es nicht ihr eigenes.

Als sie das Dröhnen des Motorrads hörte, hob sie nicht den Kopf. Einzig ihr Atem stockte für einen Moment. Doch sie blieb sitzen, fand nicht die Kraft, aufzustehen und den Schmutz abzuwaschen, den die Hände der beiden Landstreicher aus der Hölle auf ihrem Gesicht und ihrer Brust hinterlassen hatten.

Erst als die Tür ohne vorheriges Anklopfen mit Gewalt aufgerissen wurde – als würde ihre abgetriebene Seele leckschlagen –, erst da blickte Ignés auf und wurde sich ihrer selbst bewusst. Und was sie fühlte, war ein formloser Klumpen aus Wut und Schmerz.

Sie stemmte die Füße gegen den Boden, als wollte sie sich dort verwurzeln, stand auf und trat mit wildem Blick dem Mann entgegen, der die Tür aufgerissen hatte. Der gleich bei ihrer ersten Begegnung das Leck geschlagen hatte, das sie ausbluten ließ und zugleich ihren Durst löschte. Die Decke glitt zu Boden.

Germinal stand reglos im Türrahmen, das Gesicht im Schatten. Er atmete schwer, sein Mund war leicht geöffnet, die Lippen glänzten feucht. Seine Nasenflügel bebten. In der Tasche trug er die Heroinspritze, die er in Noverres Sprechzimmer eingesteckt hatte. Seine Hände waren zu Fäusten geballt. Als wollte er sie schlagen. Nachdem er den ganzen Weg zu ihr gehetzt war, fühlte er sich nun wie versteinert, unfähig, die wenigen Schritte zu überbrücken, die sie voneinander trennten, unfähig, etwas zu sagen.

Schweigend stand Ignés ihm gegenüber. Ihr Gesicht war schmutzig, ihre Brust mit Erde beschmiert, die Haare klebten ihr in der Stirn. Noch immer spürte sie um ihre Handgelenke den Griff des Landstreichers, der sie festgehalten hatte. Ebenso die Kälte an den Beinen, als der andere ihren Rock hochgeschoben hatte. In der Nase hatte sie noch den Gestank der beiden Körper, die ihr helfen sollten, dem Mann, der nun vor ihr stand, zu entkommen. Sie war unfähig, auf ihn zuzugehen. Unfähig, ihn wegzuschicken. In der Tasche trug sie den Perlmuttknopf.

Germinal machte einen Schritt auf sie zu.

»Bleib stehen«, befahl ihm Ignés wütend.

Germinal sah sie lange und eindringlich an, bevor er sich zur Tür umdrehte.

»Mach sie zu«, sagte Ignés da.

Germinal schloss die Tür und blieb mit dem Rücken zu Ignés stehen. Vor ihm warf das Kerzenlicht ihren Schatten an die Wohnwagenwand. Er streckte die Hand aus und berührte den flackernden Geist an der Schulter. Nachdem Germinal Hals und Arm der Schattengestalt nachgezeichnet hatte, fuhr er mit der Hand wieder hinauf bis zum Busen und streichelte ihn mit den Fingerspitzen. Seine Nägel kratzten über das Holz. Mit der anderen Hand streifte er Ignés nun das Schattenkleid von der Schulter, ging in die Knie und ließ es langsam zu Boden gleiten. Er streichelte die Hüften des Schattenbildes und presste die Lippen an den Bauch, während seine Hände hinaufglitten und sich um die Brüste legten. Die Hände des Schattens näherten sich denen des Geliebten. Germinals Fingernägel gruben sich kreischend in die Wand.

Als er aufstand und sich umdrehte, stand Ignés nackt vor ihm und rote Kratzspuren überzogen ihren Busen.

Hitzig warfen sich die beiden aufeinander wie gegnerische Kämpfer. Nägel zerkratzten weiter das Fleisch und Münder zeigten Zähne, noch bevor sie sich zum Kuss fanden. Hände rissen wütend an Kleidern und packten grob die Körper. Atemstöße verschmolzen zum Fauchen eines wilden Tieres. Sie umklammerten sich und stießen sich zurück, rochen aneinander, wuschen mit Küssen, was mit Erde beschmutzt war, und beschmutzten mit Körpersäften, was rein war. Auf halbem Weg zwischen Tür und Bett stürzten sie zu Boden, wälzten sich mit geröteten Schultern über den rauen Holzboden, versuchten, die Oberhand zu gewinnen, den anderen zu besitzen, zu besiegen. Er nahm sie mit Wut, sie zwang ihn mit ebensolcher Wut, sie zu nehmen. Ihre verzerrten Münder bissen und wurden gebissen. Ihre Finger wanden sich durch die Haare des anderen wie Schlangen in einem Schlangennest. Ihre Blicke aus vor Wut und Lust, Kampf und Verlangen weit aufgerissenen Augen waren ineinander verschränkt. Ihre sich biegenden Rücken kamen einander entgegen, stießen, empfingen, entfernten sich. Ihre Beine traten und umschlangen sich, ihre Köpfe prallten voneinander ab und suchten sich.

Plötzlich versteiften sich ihre Körper, die Nasen weiteten sich, die Münder verzerrten sich zu einer animalischen Fratze, die Augen schlossen sich fest. Germinal drückte Ignés' ausgebreitete Arme gegen den Boden. Er schrie. Ignés schrie. Germinal sank auf sie, vergrub das Gesicht in ihrem Haar. In der neuerlichen Stille war nur ihr Atem zu hören.

Schließlich stand Germinal wortlos auf und zog sich an.

Ignés hielt den Kopf von ihm abgewandt. Vor ihr lag sein Hemd. Sie griff danach und reichte es ihm, ohne ihn anzusehen. Als sie ihn hinausgehen hörte, schloss sie die Augen und blieb reglos liegen.

XXIII

Für den Gott war die Nacht nicht finster. Denn der Gott war das Licht. Der am hellsten leuchtende Stern am Götterhimmel. Und in dieser Nacht erstrahlte der Gott glanzvoller denn je im gleißenden Licht seines Zorns.

In Ketten hatte man ihn legen wollen. Sie hatten ihn in den Stall geführt, wo der Gott ihre Sinne verwirrt hatte. Im Glauben, es wären die heiligen Hände des Gottes, hatten sie ihre Fesseln um die Hufe eines Stieres gelegt. Unter Wutgelächter hatte der Gott sie beobachtet. Er war die Sirene der Instinkte, das Lärmen des Hasses. Er war Keifen und Brüllen und Heulen und Zischen und Kreischen. Er war der Gott der in all ihrer Herrlichkeit ausströmenden ruhmreichen Urgewalten. Er war der Gott der verborgenen Kräfte, die sich weder eindämmen noch bekämpfen lassen, die in unvorhergesehene Richtungen losbrechen und in grenzenloser Weise Schmerz und Verderben nach sich ziehen.

Er war Stier und Bock, Löwe und Schlange.

Sein erwähltes Blut ließ den Granatapfelbaum erblühen.

Er war Tod und Wiedergeburt.

Er war der zweimal Geborene, der Knabe der doppelten Tür.

Und der Gott bebte vor Ungeduld in seiner sterblichen Haut. In der elenden Hülle, die er für seine Verkörperung bis zur Offenbarung erwählt hatte. Ein irdisches Äußeres, zu dem der Gott sich erniedrigte, damit er strafen konnte. Bis er das strahlende Licht seiner Göttlichkeit unverstellt zeigen würde.

Er empfand keine Liebe für seine Mutter, den Hurenanteil an seiner Göttlichkeit. Er liebte nur sich selbst. Trotzdem war er in die Welt hinabgestiegen, um seine Mutter zu rächen, denn indem sie seine Mutter gekränkt hatten, hatten sie auch ihn gekränkt.

Er war der Gott der ewigen Wiederkehr. Der Zwittergott. Nun war der Gott auf die Welt gekommen, um Rache zu üben und Lüge und Verleumdung mit Schmerz zu vergelten.

In dieser Nacht, die für ihn, für ihn allein, nicht finster war, würde er all seinem Zorn freien Lauf lassen. Er würde allen zeigen, wozu der Gott des Hasses fähig war. Und er würde die Stimme der Gerechtigkeit erschallen lassen.

Den ganzen Tag lang war die Polizei in der Fabrik umhergestreift. Zwei Patrouillen aus je zwei Beamten mit umgehängten Gewehren und Schlagstöcken in der Hand. Wie Wachhunde, mit forschenden Blicken, bereit zuzuschnappen, ohne nach einem Grund zu fragen. Weil sie nichts als tumbe Wachhunde waren. Sie durchstreiften jeden einzelnen Fabrikbereich im festen Glauben an das, was die Macht sie glauben ließ: dass schon allein die Anwesenheit der Polizei die Arbeiter zum Schweigen bringen würde; dass ein Gewehr, ein Schlagstock und eine grimmige Miene die Kraft hätten, die Kluft der sozialen Ungerechtigkeit, die das neue Jahrhundert nicht länger hinzunehmen bereit war, zu schließen.

Bedächtigen Schrittes waren sie durch die Fabrik spaziert, als könnten sie sich durch Schwerfälligkeit Geltung verschaffen, hatten mit einem aufgesetzt überheblichen Ausdruck in ihren plumpen Sklavengesichtern Fragen gestellt, als wäre Anmaßung mit Gerechtigkeit gleichzusetzen, hatten den Arbeitern gedroht, als verliehen Einschüchterungen ihnen die Befugnis, Fesseln anzulegen und zu lösen.

Am Abend schließlich, nachdem die Fabrikleitung entschieden hatte, die Nachtschicht auf unbestimmte Zeit einzustellen, waren die vier Polizisten von nur zwei anderen abgelöst worden, die allein die Überwachung der gesamten Fabrik übernommen hatten. Einer hatte vor dem Haupteingang Stellung bezogen, wo die frisch geernteten Zuckerrüben angeliefert wurden, der andere vor dem Bereich, wo der fertige Zucker verladen wurde.

Die Luft war kalt und feucht. Der gefrierende Boden knirschte unter den Füßen der bewaffneten Wachposten. Beide hatten die Erlaubnis erhalten, ein Feuer anzuzünden.

›Wie zwei Huren‹, dachte Ignaszewsky, der sich unbemerkt vergewissert hatte, dass die Polizisten ihre Posten bezogen hatten, bevor er sich nun ungestört im Innern der menschenleeren Fabrik bewegte. »Wie meine Mutter.«

Er hätte sie von hinten angreifen und niederschlagen können. Gern hätte er das getan. Die Polizei war ihm verhasst. Macht war ihm verhasst. Er war in einem Armenviertel geboren, als Sohn einer Frau, die zur Prostitution gezwungen worden war. Tag für Tag hatte er sie sterben sehen. Getötet von Freiern und Zuhältern. Von Polizisten, die ab und an, so zyklisch wie Malariaschübe, mit ihren schwarzen Kutschen im Viertel auftauchten, prügelten und verhafteten, in Ketten legten und Gewalt ausübten. Ja, er hätte sie beinahe mit Freuden niedergeschlagen. Gewiss voll Wut. Bereits lange bevor er den Lehren des Sozialismus anhing, hatte er gewusst, dass Polizisten den Feind verkörperten. Doch musste er erst die komplexe hierarchische Gesellschaftsordnung durchschauen, um zu begreifen, dass sie nur Sklaven waren. Nicht sie stellten die Macht dar, wie er als kleiner Junge gedacht hatte, wenn er mit ansehen musste, wie sie seine Mutter an den Haaren fortzogen. Die Macht verkörperten diejenigen, die sich nicht die Hände schmutzig machten. Sie waren es, die er nun mit Leib und Seele, mit dem Feuer der Gerechtigkeit, das in ihm loderte, bekämpfte.

Er hob ein schweres Metallrohr vom Boden auf. Er war bereit, sich die Hände schmutzig zu machen. Von jeher war er dazu bereit gewesen. Auch ohne Vorwand, nur um seine Wut herauszulassen. Doch nun gab es einen Anlass, einen Grund. Einen Plan. Ein Schicksal, das es zu erfüllen galt. Er legte das Metallrohr zurück auf den Boden. Dann trat er an die großen Milchglasfenster des mit Säcken für die Reichen gefüllten Lagers, das auf halbem Weg zwischen dem An- und Auslieferungsbereich, zwischen dem Mund und dem After dieses Ungeheuers lag, das Zuckerrüben und arme Teufel verschlang und reinen weißen Zucker ausschied. Genau zwischen den beiden Wachposten.

Die Aufgabe, die er in dieser Nacht zu erfüllen hatte, war weitaus wichtiger, als zwei Polizisten auszuschalten.

Vorsichtig drückte er eines der Schwingfenster auf und verschwand ungehört und ungesehen aus der Fabrik. Eine Meile legte er quer über gefrorene Felder zurück, bevor er das Risiko auf sich nahm und über die Straße weiterging. Kurz bevor der Weg sich gabelte und in der einen Richtung in die Stadt, in der anderen zur Arbeitersiedlung führte, bog er auf einen kaum sichtbaren Pfad und erreichte nach etwa zwanzig Schritten eine nur zehn Fuß im Quadrat messende Holzhütte mit eingefallenem Dach und morschen Wänden, die ehemals von den Bauern als Geräteschuppen genutzt worden war. Er vergewisserte sich, dass niemand in der Nähe war, öffnete mit einem Knarren die nur noch in einer rostigen Angel hängende Tür und fand seinem Plan gemäß unter einem Strohhaufen versteckt das Fahrrad.

Die Straßen im Stadtzentrum lagen verlassen da. Straßen, die noch am Abend gereinigt wurden, damit die Reichen nicht den unangenehmen Geruch ihres eigenen Abfalls ertragen mussten. Baumgesäumte Straßen im Schatten von Palästen mit gepflegten Fassaden, die von jahrhundertelanger Geschichte und Arroganz kündeten. Paläste von Königen. Usurpatoren. Fabrikherren.

Ignaszewsky bewegte sich behände, wie ein Schatten in der Dunkelheit, ein heller Punkt im Licht. Die Gerechtigkeit würde vor niemandem haltmachen. Die Augen der Gerechtigkeit sahen auch im Dunkeln.

Er beobachtete, wie die Gestalt, der er bis in das Reichenviertel gefolgt war, sich nun einem massiven verzierten Holzportal näherte. Er beobachtete, wie die Gestalt sich vorsichtig vergewisserte, dass niemand in der Nähe war, und dann das Tor aufdrückte, das einzige Tor, durch das sie nicht hätte gehen, das sie nicht offen hätte vorfinden dürfen. Doch das Tor – das eine Tor, das sie überführte – stand offen. Mitten in der Nacht.

Während die Gestalt ins Haus schlüpfte, rannte Ignaszewsky los. Ohne länger darauf zu achten, kein Geräusch zu machen, überquerte er die Straße. Er erreichte das Tor genau in dem Moment, als die Gestalt es leise wieder anlehnte. Mit der Schulter warf er sich dagegen. Der Schein der Kerosinlaterne drang in den Hausflur und fiel auf das Gesicht der Gestalt, der er bis hierher gefolgt war.

»Wusste ich es doch«, rief Ignaszewsky zornig. »Ich wusste, du machst mit den Fabrikherren gemeinsame Sache.«

Stigle fuhr herum und stürzte auf ihn zu, um ihm den Mund zuzuhalten. »Hör auf zu schreien«, ermahnte er ihn. Seine starre Miene verriet keine Gefühlsregung. »Ignaszewsky«, fragte er, »was hast du hier zu suchen?«

»Die Frage ist vielmehr, was du hier zu suchen hast, Chemiker.« Ignaszewskys Stimme hallte durch den Flur.

»Sprich leise.«

»Ich wusste, du treibst ein doppeltes Spiel«, fuhr Ignaszewsky hitzig fort, packte Stigle beim Kragen seiner schwarzen Jacke und stieß ihn gegen die Wand. »Ich wusste, man kann einem Vorgesetzten nicht trauen.«

Die Laterne leuchtete durch das offene Tor genau auf den jungen Sozialisten, der Stigle im Schatten an die Wand gedrückt hielt.

»Du bist ein Idiot, Ignaszewsky.« Stigles Stimme klang kalt.

»Du hintergehst die Arbeiter«, hob der junge Revolutionär wieder an, während er Stigles Jacke in seinen Fäusten zerknüllte. »Du lässt sie glauben, du würdest nur auf den richtigen Moment warten … aber es wird niemals einen Streik geben, nicht wahr? Der Moment wird niemals kommen. Was zahlen dir die Fabrikherren, du Judas?«

»Mein Lohn übersteigt die Vorstellungskraft eines solchen

Nichts wie du«, sagte Stigle unsichtbar aus der Dunkelheit, jedes einzelne Wort betonend.

Ignaszewsky, von Stigles Sicherheit verwirrt, musterte ihn beunruhigt, während sein Griff sich zu lockern begann. »Ich werde dich ihnen gegenüberstellen«, sagte er schrill. »Dann wirst du denen, die du hintergehst, erklären … was du um diese Uhrzeit im Haus eines der wichtigsten Aktionäre der Zuckerfabrik zu suchen hattest. Ich weiß, wer hier wohnt. Ich weiß es ganz genau.«

»Du glaubst es tatsächlich zu wissen?« Stigles Stimme war tief, beinahe heiter und doch schneidend.

»Man hat das Tor für dich offen gelassen … mitten in der Nacht …« Verunsichert ließ Ignaszewsky ihn los und wich zurück.

»Auch das Eckfenster steht offen.« Stigle trat in den einfallenden Lichtschein hinein auf Ignaszewsky zu und blickte ihm ins Gesicht.

»Sie erwarten dich? Du gibst es also zu …«

»Sie haben vor zweiunddreißig Jahren beschlossen, mich zu erwarten«, erwiderte Stigle lächelnd.

»Was redest du da?« Ignaszewsky wich einen weiteren Schritt zurück.

Erneut näherte sich ihm Stigle. »Und doch wissen sie nicht, dass sie mich erwarten.«

»Es wird dir nicht gelingen, mir einzureden, was du willst.« Das Gespräch verstörte Ignaszewsky. »Ich habe dich entlarvt …«

»Alles ist Täuschung. Und die Finsternis ist heilig«, sagte Stigle, während er immer näher an den jungen Sozialisten heranrückte. »Was du siehst … ist nicht das, was es zu sein scheint.«

»Du wolltest mich benutzen, um den Arbeitern weiszumachen, du ständest auf ihrer Seite«, zischte Ignaszewsky ihm entgegen, in der Wut neue Sicherheit suchend. »Um sie leichter hintergehen zu können! Aber ich habe dich entlarvt!«

»Du bist ein Idiot, Ignaszewsky.« Stigles Ton war nun hart. Seine Augen blickten starr und kalt. Mit einer schnellen, sinnlichen Handbewegung löste er den Knoten, der sein dünnes langes Haar zusammenhielt.

»Ich werde allen sagen, was du bist!«, schrie Ignaszewsky. »Ich sage ihnen …« Seine Stimme brach ab und der glühende Zorn in seinem Blick wich einem verblüfften Ausdruck.

Stigle hatte ihn im Nacken gepackt, zu sich herangezogen und ihm die Lippen auf den Mund gepresst. Plötzlich schnellte sein rechter Arm vor gegen Ignaszewskys Bauch. In neuem brennendem Erstaunen riss der junge Sozialist die Augen auf. Darauf löste Stigle seine Lippen von Ignaszewskys Mund und trat lächelnd einen Schritt zurück. Sein engelsgleiches, von wallendem Haar umrahmtes Gesicht schien das eines Mädchens.

»Ich sage ihnen …«, flüsterte Ignaszewsky, der eine Hand wie Halt suchend nach Stigle ausstreckte, während er die andere auf den Bauch gepresst hielt, »… dass …« Mit schmerzverzerrter Miene senkte er den Blick. »… dass …« Seine Hand auf dem Bauch griff in der Dunkelheit nach etwas. Taumelnd drehte sich Ignaszewsky um die eigene Achse. »Dass du … ein Verräter bist …« Auf seinen Kleidern breitete sich ein im Laternenlicht schimmernder roter Fleck aus. Seine Faust hielt ein Messer umschlossen. Das Messer steckte in seinem Körper.

Geschmeidig wie eine Katze kam Stigle auf ihn zu, trat dann einen Schritt zurück und zog ihm dabei mit einem Ruck die Klinge aus dem Bauch. Blut spritzte bis zum Tor.

Ignaszewsky blickte auf seine blutüberströmte Hand und stürzte mit einem dumpfen Aufprall zu Boden.

Sie hatten ihn gezwungen, vor der Zeit zu handeln. Daher war sein Zorn nun umso gewaltiger. Sie hatten ihn gezwungen, seinen perfekten Plan zu ändern. Und nun würde der Gott es ihnen mit seiner Münze heimzahlen. Mit Rache und Wut.

Um keine Spuren zu hinterlassen, hielt Stigle sofort die Wunde zu, die Ignaszewsky getötet hatte. Er zog ihm die Jacke aus und wischte damit das Blut von Tor und Boden auf. Dann schulterte er den Leinensack mit seinen furchterregenden heiligen Beißwerkzeugen und schleifte, die blutgetränkte Jacke auf die Wunde pressend, den leblosen Körper des jungen Mannes durch den Hausflur. Zu seiner Linken führte eine Treppe hinauf in den ersten Stock zur Wohnung der Dritten, derjenigen, die gelacht, gespuckt und hinzugesetzt hatte: »Beseitigen sollte man ihn.« Der Gott ging an der Treppe vorbei bis zum Ende des Flurs. Im nur vom fahlen Mondlicht beschienenen gepflasterten Innenhof sah er sich um. Rechts hinter den Beeten bemerkte er eine kleine Tür. Seine Hände in Handschuhen aus feinem Ziegenleder arbeiteten geschickt. Nur kurze Zeit später gab das Schloss nach. Er öffnete die Tür und stieß Ignaszewskys Leiche die steile Kellertreppe hinab. Während der leblose Körper in die Finsternis stürzte, erstickten seine Kleider das Geräusch von Knochen und Fleisch, die sich auf den Stufen überschlugen. Stigle ließ den Sack zu Boden gleiten und stieg im Lichtschein eines Feuerzeugs in den dunklen Keller hinab. Dort schleppte er die Leiche bis zur hintersten Tür, brach das Schloss auf und versteckte Ignaszewsky hinter einem Stapel Hausrat, der vergessen vor sich hin moderte. Sie durften ihn nicht finden, er war nicht Teil seines ruhmreichen Plans. Schließlich kehrte er im matten Schein des Feuerzeugs zurück nach oben, verschloss die Tür, drückte sich in den Schatten und lauschte. Nichts, offenbar hatte ihn niemand gehört. Er schulterte den Sack und kletterte, von seiner Wut angespornt, mühelos zum Eckfenster hinauf. Die Fensterläden waren nur angelehnt. Sie wurden von einem Riegel zusammengehalten, den er nur auszuhaken brauchte, um sie ganz zu öffnen. Auch das Fenster stand offen. Wie er es Ignaszewsky vorausgesagt hatte. Er wurde erwartet und auch das Dienstmädchen glaubte zu wissen, weshalb Stigle in die Wohnung kam. Dabei irrte sie ebenso wie Ignaszewsky. Denn er war nicht der, für den sie ihn hielten, sie waren von ihren Sinnen getäuscht, von der elenden Menschengestalt verwirrt, die der Gott angenommen hatte, um Aufruhr über die Stadt zu bringen und seine Rache und sein Schicksal zu vollziehen. Denn er war der Gott der Zauberei und Täuschung.

Stigle schlüpfte in die Wohnung. Er kam auf einem weichen Wollteppich auf, der das Geräusch seiner Schritte und das Rasseln der Metallgebisse im Sack dämpfte. Er sah sich um. Über eine Zimmerwand verteilt hingen zahlreiche mittelalterliche Waffen. Die gegenüberliegende Wand zierte ein Gobelin mit einer Schlachtenszene. Vor einem Marmorkamin standen in der Mitte des Zimmers drei breite Sofas mit Überwürfen aus orientalischen Stoffen, wie sie bei den Reichen in Mode waren. Zur Rechten des Gottes lag hinter einer geschlossenen Tür das erste Zimmer, das er aufsuchen würde. Eine weitere Tür zu seiner Linken führte in die Eingangshalle. Durch die Doppeltür vor ihm gelangte man in zwei gegensätzliche Korridore. Versteckt hinter einem geblümten Vorhang verlief ein schmaler Gang an der Küche vorbei bis zu den Dienstbotenzimmern. Der andere breite Flur war mit Wandbehängen ausgekleidet und führte zum Zimmer der Hausherrin, der Dritten.

Der Gott zog das heilige Werkzeug aus dem Sack.

Plötzlich öffnete sich die Tür, auf die er zuging, von innen. Auf der Schwelle erschien ein Mann mit einer Lampe in der Hand. Er war um die fünfzig und hatte ein bereits erschlafftes Gesicht mit hängenden Wangen.

»Mama, bist du das?«, fragte der Mann schläfrig, während er sich enger in den seidenen Morgenrock hüllte und die Lampe hochhielt. Mit einem Mal trat Verwunderung in seinen Blick. Gleich darauf Angst.

Ohne zu zögern, sprang Stigle vor und zielte dabei mit dem heiligen Werkzeug auf den Kopf des Mannes, der im Zurückweichen den Mund aufriss, ohne jedoch einen Laut hervorzubringen. Der Gott setzte ihm den metallenen Schraubstock um den Kopf. Die Lampe fiel zu Boden und die Flamme griff um sich.

»Nein …«, stieß der Mann hervor.

Der Gott spannte den Mechanismus seines heiligen Werkzeugs. Knackend rasteten die Vorrichtungen ein, die Falle schnappte um die Schläfen des Mannes zu. Der Gott zog den Hebel herunter und drückte ihn kraftvoll nach links. Während die Triebfedern des Werkzeugs entgegengesetzt nach rechts schnellten, stierte der Mann seinen Mörder mit schreckgeweiteten Augen an. Seine Wirbel knirschten schauerlich. Gewaltsam wurde der Kopf verdreht, bis der Körper des Mannes leblos zu Boden sackte.

Stigle wandte sich um und riss eine Decke vom Sofa, mit der er die Flammen erstickte, die sich rings um die Lampe ausgebreitet hatten. Dann zog er dem Mann in aller Ruhe das heilige Werkzeug vom Kopf, der nach dem Bruch der Halswirbel zur Seite hing. Er rückte ihn gerade, damit er in die starren Augen blicken konnte.

»Mama …«, hauchte er, als wolle er sich das Wort auf der Zunge zergehen lassen.

Er streifte sich die feinen Ziegenlederhandschuhe ab und streichelte mit seinen säurezerfressenen Händen über das schlaffe Gesicht des Sohns der Dritten, derjenigen, die gelacht, gespuckt und hinzugesetzt hatte: »Beseitigen sollte man ihn.«

»Dich mache ich zu meinem Pentheus«, sagte der Gott lächelnd. »Und deine Mutter wird meine Agaue sein.«

Nachdem er der Leiche ein weiteres Mal sanft über das Gesicht gestreichelt hatte, stand Stigle auf und verstaute das heilige Werkzeug im Sack.

»Nun kann der Gott seinem Zorn freien Lauf lassen«, sagte er, während er sich der Wand voll mittelalterlicher Waffen zuwandte. Er entschied sich für einen Streitkolben und begab sich damit zu den Dienstbotenzimmern.

Das Mädchen, das Stigle in der Woche zuvor verführt hatte, damit er die Wohnung der Dritten erkunden konnte, schreckte im Bett hoch, als der Gott, ohne auf Lautlosigkeit bedacht zu sein, die Tür aufstieß. Dann erkannte sie ihn und lächelte ihm aus dem Halbdunkel entgegen. »Du bist es …«, rief sie erregt.

»Ja, ich bin es.«

Zweimal ging der Streitkolben auf ihren Schädel nieder.

In dem Moment, als Stigle das Zimmer des Hausmädchens verließ, trat der Diener aus seinem Zimmer. Der erste Schlag traf ihn mitten ins Gesicht und ließ ihn ins Zimmer zurücktaumeln. Während er noch am Boden kniete, zerschmetterte der zweite, tödliche Schlag seine Wirbelsäule. Doch der Gott holte noch ein weiteres Mal mit dem Streitkolben aus und zertrümmerte ihm den Schädel. Denn der Gott war wild in dieser Nacht. Und seine Wildheit verlangte nach Blut.

Mit der Waffe in der Hand kehrte Stigle in den Raum zurück, in den er eingestiegen war. »Bald wird Mama Agaue dich in ihre Arme schließen, mein Pentheus«, sprach er zu der Leiche mit dem gebrochenen Genick. Er nahm den Sack und bog in den Flur ein, der zum Zimmer der Dritten führte. Mit zwei Stricken in der einen und einem Stofflappen in der anderen Hand trat er leise ein.

Deutlich nahm er den Geruch der alten Frau wahr, den der Talkumpuder nicht zu überdecken vermochte. Stigle näherte sich dem Bett und deckte die Dritte auf.

»Eunice Fairfirth«, sagte er, »mach dich bereit für meine Weihen.«

Die alte Frau riss erst die Augen, dann ihren zahnlosen Mund auf. Die trockene, runzlige Haut spannte sich über ihr Gesicht. Stigle steckte ihr den Lappen als Knebel in den Mund. In dieser Nacht würde er nicht den Schreien seines Opfers lauschen können. Die Gefahr, dass man ihn hörte, war zu groß.

»Aber ich werde dir dabei in die Augen sehen«, sagte er zu der Frau.

Während er mit einer Hand ihre welke Brust gegen die Kissen drückte, schob er langsam ihr Nachthemd bis unter die Brust hoch und spuckte auf ihren Bauch. »›Den Bastard sollte man beseitigen‹«, zitierte er. »Erinnerst du dich?«

Ein Zucken durchfuhr die schreckgeweiteten Augen der Alten.

»Ja, jetzt erinnerst du dich.«

Grob wand Stigle ihr in raschen, geschickten Handgriffen einen Strick um die Arme und fixierte sie am Kopfende des Bettes. Als Nächstes fesselte er ihre knochigen Fußgelenke und machte sie an einem Bettpfosten fest. Dann riss er ihr Nachthemd auf, bis die alte Frau schließlich nackt dalag.

»Dein Sohn war kein Bastard so wie ich … und doch ist er es, der am Ende beseitigt wurde«, sagte Stigle im Hinausgehen.

Die Frau wand sich in ihren Fesseln. Vor Entsetzen und Schmerz traten ihre Augen aus den Höhlen. Ihr schwaches Stöhnen wurde durch den Lappen in ihrem Mund erstickt.

Als Stigle mit den furchterregenden Beißwerkzeugen in der Hand zurückkehrte, bemerkte er auf dem Nachttisch ein Glas mit einem Gebiss.

»Du wirst ohne Zähne sterben müssen, ich bedaure, Eunice Fairfirth …« Er lachte, bevor er den ersten Biss in das welke Fleisch rammte.

Dritter Teil

XXIV

Eine Kerze auf der Kommode tauchte das Zimmer in dämmriges Licht. Neben ihr schimmerte die Spritze aus Stahl und Glas, die Germinal, während er zurückgelehnt, doch mit vor Anspannung schmerzenden Muskeln in einem Sessel saß, reglos anstarrte. Zu seinen Füßen stand noch versiegelt der Karton aus dem Zentralgefängnis, der Singapurs persönliche Habe enthielt. Die Überbleibsel eines vom Dämon Droge zerstörten Lebens. Germinal hatte jedoch allein Augen für die Spritze. Um sie zu erreichen, müsste er sich nur ein wenig vorbeugen und den Arm ausstrecken. Und wenn er sie dann in der Hand hatte, bräuchte er nur noch über ein Rädchen den Kolben zu entsichern. Einen einzigen Blutstropfen aus einer winzigen Einstichwunde würde es ihn kosten, die honigfarbene Flüssigkeit in seine Blutbahn strömen zu lassen.

Ein einfacher Stahlstich in seine Vene ließe ihn nicht mehr an Ignés denken, die ihn wenige Stunden zuvor erst vor dieser Spritze bewahrt hatte. Die Last, wütend und feige Rettung in ihrem Körper gesucht und aus seinem Verlangen eine klägliche Flucht gemacht zu haben, fiele von ihm ab. Er musste nur nach der Spritze greifen und sich das Heroin injizieren. Eine kleine Wunde, die sich bald wieder schließen und keine Narben an seinem Körper hinterlassen würde, brächte Noverres Stimme zum Schweigen, die ihm wieder und wieder dieselbe Frage stellte: ›Als Euch in jener Nacht klar wurde, dass Ihr Euer Messer in den Leib einer Schwangeren gerammt hattet … wen glaubtet Ihr, getötet zu haben?‹ Die Rauschgiftspritze würde ihn vor der Antwort bewahren, die ihm bereits auf der Zunge lag. Sie würde die Erinnerungen ausschalten und seinen Schmerz lindern. Unbeteiligt würde er aus weiter Ferne auf seine Seele blicken, die nicht mehr wüsste, dass sie existierte. Die ganze Welt würde sich in eine Treppe verwandeln, die nicht länger nach oben oder unten führte. Völlige Gleichgültigkeit, auch gegenüber seiner eigenen Person, ließe alles dem Vergessen anheimfallen. Er müsste sich nicht mehr schämen, wenn er sich eingestand, dass es Angst war, die ihn vor Noverre hatte fliehen lassen. Dass er sich aus Angst zu Ignés geflüchtet hatte, nur um auch vor ihr wegzulaufen. Getrieben von der Angst eines kleinen Jungen, der vor vielen Jahren eine Tür geöffnet hatte, die besser verschlossen geblieben wäre. Denn die Wahrheit verhieß nicht Erleichterung und Frieden. Nicht ihm. Noch nicht.

Die Kerze war bereits zur Hälfte abgebrannt, doch Germinal saß noch immer vor der Spritze. ›Wen habt Ihr in Wahrheit getötet, Milton? Eure Mutter oder Euch selbst … das Kind, das niemals hätte geboren werden sollen?‹, hörte er Noverre im Geiste erneut fragen. Je deutlicher die Stimme wurde, umso beharrlicher starrte Germinal auf das Rauschgift, denn er war entschlossen, es sich zu injizieren, sobald er spürte, dass seine Gegenwehr zusammenbrach und die gefürchtete Antwort ihm wie ein unangenehmes Aufstoßen mit Gewalt über die Lippen kommen wollte, sobald er einsehen musste, dass er sie nicht mehr in seinem Innern ersticken konnte. Reglos saß er da, als könnte die kleinste Bewegung sein empfindliches Gleichgewicht, diese von Stimmen erfüllte Stille zerstören, und ließ dabei die schimmernde Spritze nicht aus den Augen. Jedes Detail war ihm vertraut. Der Ring am oberen Ende des Kolbens, in den bequem der Daumen passte. Die kleine Mutter am unteren Ende, die durch einfaches Aufdrehen den Mechanismus freigab. Die beiden Stahlflügel, an die Zeige- und Mittelfinger gelegt wurden, um dem Daumen Widerstand zu geben, wenn er den Spritzeninhalt in die Vene pumpte.

Mit derselben Rastlosigkeit wie seine Seele tanzte die Spritze, die Germinal in Noverres Sprechzimmer eingesteckt hatte, im flackernden Kerzenschein auf der Kommode. Dennoch bewegte sie sich nicht, ebenso wenig wie er. Er blieb standhaft, während sie ihn weiter in Versuchung führte. Und auch in Germinals so starrem Blick zeigte sich flackernd ein Widerschein des in ihm lodernden Kampfes zwischen dem Willen durchzuhalten und dem Wunsch aufzugeben.

Als könne die kleinste Bewegung den Kampf beeinflussen und dafür sorgen, dass er das Gleichgewicht verlor und in den Abgrund stürzte, vor dem er bereits allzu lange stand, wandte Germinal auch dann nicht gleich den Blick von der Kerze ab, als er hörte, wie die Wohnungstür, die er nie abschloss, geöffnet wurde. Die Feuerzunge, die den Kerzentalg zum Schmelzen brachte, bäumte sich im plötzlichen kalten Luftzug auf, um sich dann knisternd zur Seite zu neigen.

Erst als er die Tür zurück ins Schloss fallen hörte, wandte Germinal den Kopf zu dem kleinen Flur.

Im gleichen Moment wusste er, dass sie es war, die dort stand.

Ignés rührte sich nicht. Noch immer hatte sie ihre Hand am Türgriff, als wäre er das Einzige, was sie aufrecht hielt. Ihre grauen Augen waren an Dunkelheit gewöhnt. Das warme Kerzenlicht warf immer neue Schatten auf Germinals Gesicht, die ihn zugleich älter und jünger erscheinen ließen und ihr plötzlich die Illusion vermittelten, ihn schon von jeher zu kennen. Dabei kannte sie ihn doch überhaupt nicht, dachte Ignés, während ihr Kleid bei jedem ihrer Atemzüge, die vom Treppensteigen und der Furcht vor der eigenen Bedenkenlosigkeit beschleunigt waren, über dem Busen spannte. Dem aufreizenden milchweißen Busen, den sie eine Stunde zuvor im Kommissariat dem schmalzgesichtigen Polizisten am Empfangsschalter entgegengestreckt hatte, damit er ihr die Adresse von Polizeiinspektor Milton Germinal verriet.

Ohne einen Plan im Kopf zu haben, war Ignés mitten in der Nacht durch einsame Straßen bis zu ihm gelaufen. Aus einer Vorahnung heraus. Einem Verlangen ausgeliefert, das Angst und Zweifel ihr nun töricht erscheinen ließen. Getrieben von der Wut und Leidenschaft, die in ihr loderten, seit sie sich nur wenige Stunden zuvor so gewaltsam hingegeben und Germinal sie ebenso gewaltsam genommen hatte. Nun, da sie bei ihm war, konnte sie plötzlich weder einen Schritt vor noch zurück machen, während ihr der steif geraffte Ausschnitt ihres Kleides bei jedem tiefen Atemzug die Brust einschnürte.

Germinal sah sie. Er hörte sie. Er wusste, nur sie konnte dort im Dunkel des Flurs stehen. Er konnte sie riechen mit ihrem besonderen weiblichen Geruch, der ihm schon bei ihrer ersten Begegnung in der Arbeitersiedlung aufgefallen war und sich am Abend nun seiner Nase und seiner Seele unauslöschlich eingeprägt hatte. Sie war es. Ignés. Er lächelte. Ein erschöpftes, offenes Lächeln. Ohne zu wissen, ob sie ihn sehen konnte. Doch er hatte keine Worte.

Der Kerzenschein fiel auf Germinals weiße Zähne. Ignés konnte sie im Halbdunkel schimmern sehen. Ihre Hand löste sich von dem stützenden Türgriff. Da auch sie keine Worte fand, näherte sie sich ihm schweigend. Langsam, doch nicht mehr so unsicher, wie sie zuvor die Treppe bis zur Mansardentür hinaufgestiegen war, betrat sie den Raum. Sie lächelte. Nunmehr ohne Wut, Waffen oder Schutzpanzer. Ein Lächeln, das nicht von Krieg und Kapitulation sprach. Ein Lächeln zwischen zwei Welten, die erstmals eine wirkliche Annäherung zuließen. Ein Lächeln ohne Worte. Als sie hinter Germinal am Sessel vorbeiging, fuhr sie mit der Hand über die Rückenlehne, als wäre er es, den sie streichelte. Als wäre es eine ganz alltägliche Heimkehr. Dann schlüpfte sie aus den Schuhen und legte sich auf das ungemachte Bett.

Germinal wandte den Kopf. Für eine Sekunde streifte sein Blick erneut die Spritze, doch verweilte er nicht auf ihr, sondern schwenkte weiter, bis er Ignés wiederfand. Mit einer Vertrautheit, die ihn erstaunte, aber nicht beunruhigte, streckte er zärtlich die Hände aus, die er bis dahin still gehalten hatte, und wärmte ihre steif gefrorenen Füße. Ganz bedächtig, als wäre die Zeit stehen geblieben, als hätten die Uhrzeiger aufgehört, sich im Kreis zu drehen, als wäre kein Sand mehr in der Sanduhr. Sie ließen sich nicht aus den Augen. Dann glitt Germinal mit den Händen über ihre Fußgelenke und weiter hinauf und entblößte ihre langen weißen Beine, die ihm wenige Stunden zuvor verborgen geblieben waren; als wolle er nun all die Geheimnisse aufdecken, die ihm bei ihrer ersten brutalen Vereinigung entgangen waren, versuchte er sich jeden Leberfleck, jede Narbe, jedes besondere Merkmal, jede Falte ihrer straffen, makellosen Haut einzuprägen und beugte sich vor, um ein kleines hellbraunes Muttermal gleich über dem linken Knie zu küssen.

Mit derselben Behutsamkeit folgte Ignés, die ihn einfach gewähren ließ, mit dem Blick seinen Händen, streichelte sie, lauschte dem leisen Rascheln, mit dem seine Finger über ihre Beine glitten. Der Klang von Haut auf Haut, leise säuselnde Liebkosungen. Atem, der nicht stockte, Leidenschaft, die das Liebespaar nicht mit Geschrei verwirrte. Ineinander verschränkte Hände, um herauszufinden, ob ihre Finger sich vereinten und ineinander aufgingen. Ineinander verschränkte Blicke, in denen sie nicht mehr sich spiegeln, sondern den anderen erkennen wollten. Erst nach einer langen Erzählung aus Liebkosungen vereinten sich ihre Lippen, wie um ihr langes Erkunden zu besiegeln und zu bestätigen. Sie wollten ihren Durst löschen, anstatt sich zu betrinken, ihren Schmerz lindern, anstatt ihn zu vergrößern, dem anderen Nahrung geben und nicht den eigenen Hunger stillen. Nach diesen Küssen, die mehr vermochten als jedes Wort, jeder Schwur, knieten sie sich auf das Bett und begannen langsam, Stück für Stück, ihre Kleider abzulegen, nicht um sich auszuziehen, sondern als wollten sie sich weitaus tiefer entblößen, sich dem anderen darbieten und ihm zeigen, wie leicht ihre harte Panzerschale sich in samtige, leicht zu pflückende Blütenblätter verwandeln konnte. Schließlich umschlangen sie einander und wälzten sich in den zerknitterten Laken. Dabei gab es kein Nehmen und Genommenwerden, kein Empfangen und Eindringen, kein Erobern und Unterworfensein, keinen Jäger und keine Beute, niemanden, ckte, während der andere sich festklammerte. Sie verzen so übergangslos, wie ein Fluss eins mit dem Meer Einzig mit einem sanften, unbegrenzten Kräuseln, wo und Salzwasser bereits nicht mehr voneinander zu trennen sind. Keiner von beiden schrie, keiner von beiden keuchte. Ihre Augen waren weder geschlossen noch aufgerissen. Sie zogen sich nicht an den Haaren, hielten jedoch ihre Hände darin vergraben. Weder bissen sie sich noch lösten sich ihre Lippen auch nur einen Augenblick voneinander.

Der Höhepunkt der Lust schließlich ließ ihre Körper nicht ohne Leben zurück und löschte dennoch alles aus, was vor ihrer Begegnung gewesen war. Und als sie nackt, er noch immer in ihr, auf dem zerwühlten Bett lagen, folgten in ihrem ersten wahren Zusammensein ganz natürlich die Worte, als entblätterten und entblößten sie sich noch weiter.

»Siehst du die Spritze auf der Kommode?«, fragte Germinal.

»Ja«, erwiderte Ignés.

»Du hast gar nicht hingesehen«, lachte Germinal. »Wie kannst du da ja sagen?«

»Ich sehe sie mit deinen Augen.«

Germinals Gesicht nahm einen schmerzlichen Ausdruck an. Er runzelte die Stirn. »Ich wünschte, ich hätte keine Augen.«

»Ich bin bereit, alles zu sehen, was du siehst …«, flüsterte Ignés und streichelte ihm über die Stirn. »Aber bitte mich nicht, dich blind zu machen.«

Wie von fern lächelte Germinal ihr zu, während ein Sog ihn mit sich fortzureißen schien. Undeutlich brummten die langen Gespräche mit Noverre in seinen Ohren und noch tiefer in ihm, wo durch sein Zusammensein mit Ignés etwas aufgebrochen war. Ihm war, als gelinge es ihm nun endlich, das Gesamtbild zu betrachten. Und er begriff, dass er die auf ihm lastende Wahrheit nicht länger zurückhalten und knebeln durfte, wollte er nicht die lebendige, gegenwärtige Wahrheit in Gestalt von Ignés infrage stellen. »Ich habe eine Frau getötet«, begann er.

Ignés, die noch immer seine Stirn streichelte, hielt kurz inne. »Du musst mir nichts erzählen ... aber wenn du es wirklich willst«, versicherte sie darauf, »werde ich allem ins Gesicht sehen und mich nicht abwenden.«

»Und in ihr habe ich ihr ungeborenes Kind getötet.«

»Ja ... ich kann es sehen ...«

»Stirbst du bei dem Anblick nicht auch ein wenig selbst?«

»War es so für dich? Bist du dabei gestorben?«

»Als Kind habe ich einmal eine Tür geöffnet. Ich war erst vier Jahre alt ... an die Klinke kam ich kaum heran ... sie machte mir Angst ... weil sie aussah wie das Maul eines Ebers, mit spitzen Hauern, die in die Handfläche stachen ... Ich öffnete die Tür und sah ... sah meine Mutter, die über und über mit Blut bespritzt war. Sie ... sie drehte sich nach mir um und zeigte mir ihre Hände. Sie waren voll Blut ...« Germinal weinte nicht, auch seine Angst war verschwunden. Aber er griff nach Ignés' Händen und drückte sie fest. »Im Zimmer war noch eine Frau, sie lag auf einer Stahlliege ... und schrie ... und weinte ... auch sie war blutüberströmt ... Meine Mutter ... tötete Kinder. Sie tötete Kinder, die nicht zur Welt kommen sollten ... Sie führte Abtreibungen durch. Ich stand da ... und ... und konnte mich in der blanken Kante der Liege erkennen ... ich sah mein entsetztes Gesicht inmitten all des Blutes ... sah mich zwischen den Beinen dieser Frau ... und ich dachte ... ich dachte ...« Germinal schloss die Augen.

»Dass deine Mutter gerade dich tötete«, sagte Ignés sanft.

Germinal schlug die Augen wieder auf, atmete tief durch. Er nahm Ignés in die Arme und zog sie an sich. »Einen Monat später tauchten Polizisten bei uns auf und führten sie ab. Sie brachten auch mich fort. Aber nicht zu ihr, sondern in ein Polizeiwaisenhaus. Meine Mutter habe ich nie mehr wiedergesehen. Ich weiß nicht, warum. Vor einigen Jahren erfuhr ich, dass sie gestorben ist ...«, erzählte Germinal, während er Ignés über das seidige Haar streichelte und ihre Stirn küsste, denn sie war der einzige Mensch auf der Welt, dem er einen solch tiefen Einblick in seine Seele gewährt hatte. Dem er die schreckliche Wahrheit offenbart hatte, die er sich selbst nie hatte eingestehen wollen, die für sie jedoch aus den Tiefen seines Unterbewusstseins aufgestiegen war. Er zog sie noch fester an sich, suchte ihre Wärme, um mit ihrer Hilfe die eisige Kälte zu bekämpfen, die ihn ergriffen hatte. Nachdem er lange geschwiegen hatte, fuhr er schließlich fort: »Doktor Noverre hat mich vor einigen Tagen gefragt, ob ich glaubte, mit der schwangeren Frau in der Latrine meine Mutter, die Kindermörderin, getötet zu haben oder mich selbst als Kind, das nie hätte geboren werden sollen.«

»Und wie ist deine Antwort? Wen hast du getötet?«

»Ich habe diese Frau und ihr Kind mit einem Messer getötet … und mich mit einer Spritze … Ist das nicht dasselbe?«

»Und jetzt? Bist du tot?«

Germinal spürte Ignés' warmen Atem an seiner Brust.

»So leicht stirbt man nicht.«

»Nein, so leicht stirbt man nicht«, murmelte Ignés und schmiegte sich noch enger an ihn. Während sie ihn mit ihren nackten Beinen umschlungen hielt und seinen glatten, muskulösen Oberkörper streichelte, zogen die abstoßenden Gesichter all der Männer vor ihr auf, denen sie sich auf der Flucht vor sich selbst hingegeben hatte, um immer wieder ihre Verdorbenheit bestätigt zu finden, die ein Teil von ihr war, seitdem ihr Vater sie das erste Mal missbraucht hatte. »Auch ich habe ein ungeborenes Kind getötet«, drängte es beinahe aus ihr heraus, während sie sich aus der Umarmung löste, sich seitlich mit dem Ellbogen in die Kissen stützte und Germinal ins Gesicht sah. »Es wäre zugleich mein Sohn und mein Bruder gewesen. Sein Vater war mein Vater und mein Mann.« Ungeachtet der Missbilligung in Germinals Blick sah Ignés den Geliebten unverwandt an. »Ich kann keine Kinder mehr bekommen. Sciron hat es mir gesagt, nach … dem Eingriff.«

Liebkosend strich Germinal ihr eine Haarsträhne, die sich in ihrem leicht geöffneten Mund verfangen hatte, aus dem Gesicht. Gegen Ignés' anfänglichen Widerstand zog er sie sanft und entschieden wieder an sich. Mit dem Finger folgte er dem Profil ihres Gesichts über ihre Lippen bis hinunter zu dem schlanken Hals.

»Vielleicht haben wir uns aus diesem Grund im anderen wiedererkannt. Wir sind beide tot«, sagte Ignés und senkte die Lider.

Ohne darauf etwas zu erwidern, fuhr Germinal fort, sie zu streicheln. Als die Kerze neben der Spritze schließlich erlosch, versank das Zimmer in völliger Dunkelheit. Und in Stille. Es gab nichts mehr zu sagen. Keine unausgesprochenen Erinnerungen konnten sie mehr quälen. Sie lagen nur eng aneinandergeschmiegt da, während sich langsam ein bislang unbekannter Frieden in ihnen ausbreitete. So lange, bis sie den eigenen Körper nicht mehr von dem des anderen zu unterscheiden vermochten.

›Du hast mich nicht wie eine Hure behandelt‹, dachte Ignés, ganz in ihre Empfindungen versunken, beinahe lächelnd, während sie in den Schlaf sank.

Da riss sie plötzlich in der Dunkelheit die Augen auf. Voller Schrecken.

Langsam drang träges Morgenlicht durch die schweren Vorhänge der Dachwohnung und die ersten Karren der fliegenden Händler ächzten über das Straßenpflaster der Stadt, als es laut an der Tür klopfte. Mehrmals. Germinal fuhr aus dem Schlaf hoch. Mit umschlungenen Beinen saß Ignés nackt im Sessel und betrachtete ihn still.

»Ich komme!«, rief Germinal, stand auf und hüllte Ignés in eine nachtblaue Decke. Er hockte sich vor sie und sah sie lächelnd an.

Ignés lächelte nicht zurück. Sie streckte die Hand nach ihm aus und streichelte ihm ernst über das Gesicht. Ihre nebelgrauen Augen wirkten unnahbar, wie von einer kalten Flamme verbrannt.

Erneut klopfte es mit Nachdruck.

Germinal erhob sich und öffnete nackt die Tür.

»Sergeant Londe möchte …«, hob ein alter Polizist in Uniform an, hielt jedoch vor Überraschung über Germinals Nacktheit sogleich inne und musterte ihn amüsiert. »Ich bin hier, um Euch abzuholen, Inspektor. Ich soll Euch zum Schauplatz eines Verbrechens führen.«

»Was für ein Verbrechen?«

»Es betrifft Euren Zuständigkeitsbereich, sagt Sergeant Londe. Mehr weiß ich nicht«, antwortete der alte Polizist. »Im Hause Fairfirth. Nur wenige Blocks von hier entfernt.«

Germinal wandte sich zum Schlafzimmer um. Ignés sah ihm entgegen. »Ich ziehe mich an, dann komme ich«, sagte er daraufhin zu dem alten Polizisten und wollte die Tür schließen.

»Mit Verlaub, Inspektor«, warf dieser ein, »draußen ist es bitterkalt. Könnte ich nicht vielleicht bei Euch einen heißen Kaffee bekommen?«

»Nein«, gab Germinal schroff zurück. »Wenn dir kalt ist, warte hier oben auf mich.« Er schloss die Tür.

Zurück im Schlafzimmer zog er sich schweigend an und genoss es, Ignés' graue Augen auf sich zu spüren. Schließlich schlüpfte er in seinen Mantel und trat zu ihr hin.

Ignés streckte die Hand nach dem Mantel aus und begann mit dem abgerissenen Faden zu spielen. »Ich habe deinen Knopf immer noch«, flüsterte sie.

Germinal lächelte. »Die Küche ist dort drüben«, erklärte er ihr. »Es müsste noch Kaffee da sein.«

Ohne Germinal anzusehen, wickelte Ignés immer noch den Faden um ihren Finger.

»Ich muss gehen«, sagte er.

Ignés sagte nichts. Ihre Hand ließ jedoch den Faden los.

Germinal strich ihr das Haar aus der Stirn und ging dann zur Tür. Er hatte sie bereits geöffnet, als er stehen blieb und sich zu Ignés umwandte. »Ich muss gehen …«, sagte er noch einmal.

»Ich weiß …«

Darauf verließ Germinal die Wohnung und ging nach unten, wo er, bevor er in die vor dem Haus auf ihn wartende Polizeikutsche stieg, um sich wieder mit dem Anblick des Todes konfrontieren zu lassen, noch einmal hinauf zu seinem Schlafzimmerfenster blickte, in der vergeblichen Hoffnung, Ignés stünde hinter der Scheibe und schaute ihm nach.

Wenige Minuten später bog die Kutsche in eine breite Straße ein, aus deren großzügigen Gehwegen in gleichmäßigen Abständen mächtige, kahle Platanen aufragten. Auf halbem Weg bemerkte Germinal einen großen Menschenauflauf. Als sie sich ihm näherten, drängten drei Polizisten die Neugierigen zurück, um Platz für die Kutsche zu machen, die hinter einem anderen schwarzen Zweispänner anhielt, aus dem Germinal Hauptkommissar Sanguineti aussteigen sah. Durch das düstere Licht des noch jungen Tages zuckte der Magnesiumblitz eines Fotoapparats.

»Haltet gefälligst die Fotografen fern!«, schrie der Hauptkommissar einen Polizisten an. Dann bedeutete er Germinal, ihm zu folgen, und ging ihm voran durch ein bemaltes Portal. »Eunice Fairfirth«, erklärte er ihm, während sie über den glänzenden Marmorboden des Hausflurs schritten. »Eine Aktionärin der Zuckerfabrik.«

Germinal fühlte das Blut in seinen Adern gefrieren.

Ein kleiner Mann in roter Portiersuniform mit goldenen Tressen lugte durch die Scheibe einer Doppeltür, die sich in der Mitte des Flurs zu ihrer Rechten befand. Er öffnete den Mund, um etwas zu sagen, doch Germinal und Sanguineti gingen achtlos an ihm vorbei auf die breite Treppe zu, deren ausgetretene flache Stufen zu den prachtvollen Wohnungen des Gebäudes hinaufführten.

»Er hat nicht die Treppe genommen«, rief ihnen ein junger Polizist vom Ende des Flurs zu, hinter dem sich der Innenhof des Gebäudes auftat. »Er ist dort eingestiegen.«

Sanguineti und Germinal machten kehrt und traten zu dem

Polizisten, der auf ein Eckfenster deutete. Der geometrisch geformte Innenhof war mit Pflastersteinen ausgelegt. Vier gepflegte Beete bildeten zusammen ein Kleeblatt, in dessen Mitte ein moosbedeckter Nymphenbrunnen sprudelte. Auf der rechten Seite war eine schmale, grün gestrichene Tür zu erkennen. Das Fenster, auf das der Polizist zeigte, befand sich gegenüber im ersten Stock des linken Hausflügels. Hauptkommissar Sanguineti kehrte um und stieg die mit einem roten Läufer ausgelegte Treppe zur Wohnung hinauf. Germinal hingegen näherte sich dem Fenster und suchte die Umgebung ab. Sofort fiel ihm dabei rechts neben der kupfernen Regenrinne ein dunkler Fußabdruck an der hellen Hauswand auf. Er stemmte seinen linken Fuß gegen den Abdruck und zog sich an der Rinne hoch. Sein rechter Fuß fand wie von selbst genau neben einem weiteren Abdruck Halt. Mühelos kletterte Germinal weiter hinauf bis zum Fenster und stieß es von außen auf, was einen Polizisten in der Wohnung erschrocken herumfahren ließ. »Nur die Ruhe«, sagte Sergeant Londe zu ihm. Darauf wandte er sich an Germinal: »Jemand muss es offen gelassen haben. Sowohl das Fenster als auch die Läden. Es wurde nichts aufgebrochen.«

Wortlos schwang sich Germinal auf den Teppich. Auf jedes Detail achtend ließ er seinen Blick durch den Raum schweifen. Nun erschien auch Sanguineti in der Tür. Die beiden Männer warfen sich einen kurzen Blick zu. Sergeant Londe ging daraufhin in eine Zimmerecke und zeigte auf eine halb verbrannte orientalische Decke, die einen beißenden Kerosingestank verströmte. Als er die Decke anhob, kam eine zerbrochene Lampe zum Vorschein. Germinals Aufmerksamkeit richtete sich jedoch vielmehr auf einen Fleck mitten an der gegenüberliegenden Wand, an der zahlreiche mittelalterliche Waffen hingen. Rot tropfte es von einem Streitkolben.

»Er hat ihn nach Gebrauch wieder zurückgehängt«, bestätigte Londe und setzte hinzu: »Ich weiß, was du denkst … es entspricht nicht seiner üblichen Vorgehensweise. Aber ein Blick auf die Frau im anderen Zimmer wird deine Zweifel zerstreuen. Sie ist … genau wie die anderen. Es war dein Mann.«

Germinal drehte sich zu Hauptkommissar Sanguineti um. »Ich habe einen Fehler gemacht«, bekannte er leise. »Die Häuser aller Aktionäre, die in der Mignatta leben, wurden unter Bewachung gestellt … doch ich hätte nicht gedacht, dass er auch in der Stadt zuschlagen würde.«

»Konzentriert Euch auf den Fall«, erwiderte Sanguineti.

»Hier entlang«, wies Londe ihnen nun den Weg zu den Dienstbotenzimmern.

Sanguineti und Germinal folgten ihm schweigend. Auch die anderen Polizisten in der Wohnung verstummten, als sie an ihnen vorbeigingen.

»Er war in Rage«, bemerkte Germinal wie zu sich selbst, während er die Leichen des jungen Hausmädchens und des Dieners betrachtete. »Er hat sie massakriert, weil ihn etwas aufgebracht hat … Es stimmt, er hat sich anders verhalten als sonst …« Er wandte sich an Londe: »Und wo ist sie?«

Dicht gefolgt von Germinal und Sanguineti machte der Sergeant kehrt und führte die beiden durch den mit Wandbehängen ausgekleideten Gang bis vor eine geschlossene Tür. Auf der Tür stand zu lesen: ›Drum jagte ich sie aus den Häusern fort, im Wahnsinn‹.

»Das ist Blut«, stellte Londe fest.

»Er beginnt … zu uns zu *sprechen*«, sagte Germinal und öffnete langsam die Tür.

Mit dem Rücken am Kopfende saß die Frau in gemessener Haltung auf ihrem Bett, ein Ziegenfell bedeckte ihren von Bissen zerschundenen Körper. Ihr stark geschminktes Gesicht, das sie wie eine Mischung aus Prostituierter und Besessener aussehen ließ, war verzerrt. Mit aufgerissenem Mund schien sie stumm zu schreien.

»Sie ist alt!«, rief Germinal überrascht aus und wandte sich sofort von dem Anblick ab, damit er ihn nicht von den Gedanken, die sich auf einmal in seinem Kopf überschlugen, ablenken konnte. »Das ergibt keinen Sinn …«, murmelte er. »Die ersten beiden Frauen waren schön … ich dachte …« Germinal fuhr sich mit der Hand über die Augen. Ihm war klar, dass er sich nun auf die Untersuchung des Zimmers konzentrieren musste. Für seine Überlegungen bliebe später noch Zeit. Jetzt musste er genau hinschauen. Das Grauen in sich aufnehmen. Und was er bereits entdeckt hatte, erschien ihm beängstigender als die eigentlichen Verbrechen. »Ja, er beginnt zu uns zu sprechen«, wiederholte er, ehe er sich weiter umsah.

Die hellblaue Tapete an den Zimmerwänden trug ein Muster aus schmalen Goldstreifen und zarten Blumen in verschiedenen Farbtönen von Rosa bis Lila. Es hätte das Zimmer eines jungen Mädchens sein können. Das Bett stand der Tür genau gegenüber mitten an der Wand. Die rosa Bettwäsche und die Wand zur Linken des Opfers waren über und über mit Blut bespritzt. Einige Spritzer hatten auf dem Nachttisch das Wasser im Glas mit Eunice Fairfirths Zähnen rot gefärbt.

Über dem von zwei schmalen dunklen Säulen mit edlen Goldkapitellen eingerahmten Kopfteil des Bettes aus hellem Nussbaumholz befand sich jedoch etwas, das Germinals ganze Aufmerksamkeit gefangen nahm. Dort stand erneut etwas in Rot geschrieben.

Nichts Finsteres, Bedrohliches. Keine Verwünschung.

›Ich freue mich, ja, weil ich Großes, so Großes vollbracht, vor aller Augen, mit diesem Fang!‹

Mit angehaltenem Atem näherte sich Germinal der als Hure geschminkten alten Frau. Ihr von Bissen verwüsteter, welker Oberkörper war von dem Ziegenfell bedeckt. Die Beine lagen unter der blutgetränkten Bettdecke. Beide Handgelenke waren tief aufgeschürft. Wie all die anderen hatte er auch sie gefesselt. Dieses Mal jedoch hatte er die Stricke wieder abgenommen. Das Schauspiel erforderte nämlich, dass sie die Hände frei hatte. In ihrer Rechten hielt sie einen kurzen Stock, um den eine Efeuranke geschlungen war. Mit der linken Hand hingegen stützte sie in ihrem Schoß den abgeschlagenen Kopf eines etwa fünfzigjährigen Mannes. In Schwarz und Weiß hatte der Mörder ihm Augen auf die geschlossenen Lider gemalt.

»Das ist ihr Sohn«, sagte Londe voller Unbehagen. »Der Rest … also, sein Körper … liegt unter dem Bett.«

Mit einem tiefen Atemzug suchte Germinal seiner Bestürzung Herr zu werden. Er wandte den Blick nach links. Quer über einem Aquarell mit der Darstellung einer Schäferszene entdeckte er einen dritten blutroten Schriftzug: ›Loser Mund und gesetzesverachtende Torheit führen zu bitterem Ende.‹

»Doktor Vestris ist jetzt da«, meldete von draußen ein Polizist mit gesenktem Kopf, um die blutige Szenerie nicht ansehen zu müssen.

»Mit der Obduktion muss Doktor Noverre betraut werden«, wandte sich Germinal, noch ganz von den Wandsprüchen gefangen, unwillkürlich an den Hauptkommissar.

»Der für diese Gegend zuständige Gerichtsmediziner ist Doktor Vestris«, erklärte Sanguineti schroff.

»Mir wäre es lieber …«

»Ich will nicht, dass es zu Kompetenzstreitigkeiten kommt«, fiel ihm Sanguineti ins Wort.

Schweigend sah Germinal ihn an. »In Ordnung«, gab er nach.

Sanguineti wartete, bis der Polizist sich entfernt hatte, dann trat er an Germinal heran und sah ihm ins Gesicht. »Inspektor, seid Ihr auch in der Lage, die Ermittlungen zu führen?«, fragte er ihn.

Germinal erstarrte. Ohne eine Antwort zu geben, erwiderte er den Blick seines Vorgesetzten mit geballten Fäusten.

Sanguineti wandte sich von ihm ab und verließ den Raum.

Londe sah Germinal an. Er hätte ihn gern gefragt, wie es ihm ging, wollte ihm helfen. Doch er sagte nichts.

»Er hat recht«, brach Germinal das Schweigen. »Es ist alles meine Schuld.«

Londe, eingezwängt in seine Uniform, blickte ihn noch einen Moment an, bevor auch er hinausging.

Germinal konnte hören, wie er seinen Männern Anweisungen erteilte. Schließlich erkannte er auch Landaus unangenehme Stimme. Er schloss die Tür, um sich von allen Geräuschen abzuschotten. Der Mörder sprach zu ihm, schrie seine wahnsinnigen Beweggründe heraus, und er war unfähig, ihn zu hören.

Er zog die Bettdecke von den Beinen der Frau. Erschrocken wich er einen Schritt zurück. Wieder sprach die entsetzliche Stimme des Mörders zu ihm. Atemlos beugte sich Germinal über die gierig zerbissenen Beine. Um die Bisse im linken Schenkel wand sich wie eine Schlange ein Satz: ›Denn auch ich, ein Gott …‹ Hier brach der Satz ab, um auf dem rechten Schenkel mit einer weiteren giftigen roten Buchstabenschlange fortgeführt zu werden: ›… ward schwer von euch gekränkt.‹

»›Denn auch ich, ein Gott, ward schwer von euch gekränkt‹«, wiederholte Germinal laut.

Verstört wandte er sich ab. Voll Sehnsucht nach Ignés' Umarmung schlang er Zuflucht suchend selbst die Arme um sich, bevor er sich zu Boden sinken ließ. Er war erschöpft. Besiegt. Sein Blick fiel auf die unter dem Bett liegende Leiche des Sohns von Eunice Fairfirth. Behaarte Beine schauten nackt unter einem schwarzen Seidenrock hervor. Man hatte ihn in Frauenkleider gesteckt. Der Schatten des Betts verbarg den Rand seines Halses, von dem der Kopf abgeschlagen war. Die Nägel des Mannes waren mit Blut lackiert.

Germinal stand vom Boden auf, als ohne vorheriges Anklopfen die Tür geöffnet wurde und Doktor Vestris, gefolgt von einem Fotografen, ins Zimmer trat.

Der Gerichtsmediziner hatte eine dünne Zigarette im Mundwinkel stecken, vor deren aufsteigendem Rauch er schützend die Augen zusammenkniff wie ein Kurzsichtiger ohne Brille. Sein weißes Haar war vom Nikotin gelblich verfärbt. »Da fängt der Tag ja gut an«, brummte er an Germinal gewandt, während er sich über den Leichnam der alten Frau beugte. Als er husten musste, fiel ein Aschekrümel knisternd in eine der Bisswunden. Der Arzt zuckte die Achseln, betrachtete den abgetrennten Kopf mit den gemalten Augen und bemerkte: »Ein Mörder und Maler.« Seine eingerosteten Gelenke verwünschend ging er daraufhin in die Knie und schaute unter das Bett.

Germinal gewährte dem Fotografen mit seinem Stativ den Vortritt und verließ dann das Zimmer. Auf dem Flur begegnete ihm Kommissar Landau, an dem er jedoch bis auf einen knappen Gruß, der wie ein Knurren klang, wortlos vorbeiging. Zielstrebig verließ er die Wohnung und flüchtete sich in den Innenhof, wo er sich gegenüber der Hauswand, die der Mörder erklommen hatte, neben der grünen Tür auf den Boden setzte. Er brauchte frische Luft. Das Atmen fiel ihm schwer. Draußen vor dem Portal lärmte die neugierige Menge. Hinter den Fenstern im ersten Stock konnte er die Polizisten dabei beobachten, wie sie die Wohnung in der Hoffnung durchsuchten, der Mörder habe irgendeine Spur hinterlassen. Der Mörder, den Germinal unterschätzt hatte. Das Ungeheuer, dessen Plan er noch immer nicht zu entschlüsseln vermochte. Das kranke Hirn, in das er sich nicht hineinversetzen konnte. Germinal schloss die Augen und ging die grässliche Mordserie noch einmal chronologisch durch.

Mit Juffridi hatte alles begonnen. Sein Tod war gewissermaßen notwendig gewesen. Der Schmied wusste, wer der Mörder war. Mit derselben Notwendigkeit hatten, dem grausamen Denk- und Handlungsmuster folgend, auch die Dienstboten der Opfer sterben müssen.

›Neun!‹, dachte Germinal mit Schrecken.

Neun Menschen waren allein aus dem Grund getötet worden, weil sie dem Ungeheuer im Weg standen. Es verschlug Germinal den Atem, mit welcher Kälte und Gleichgültigkeit man sie ausgelöscht hatte. Die ersten drei waren schlichtweg beseitigt worden, weitere vier hatten dem Mörder als Zuschauer in einem von ihm inszenierten Todesschauspiel gedient. Die beiden letzten hatte er schließlich massakriert. Wild massakriert. Irgendetwas hatte ihn dazu veranlasst, sein Verbrechensmuster zu ändern. Der Sohn des dritten Opfers stand sozusagen in der Mitte der Hierarchie. Offensichtlich war er nicht das eigentliche Ziel des Mörders, hatte jedoch zugleich keine so passive Rolle inne wie die Zuschauer im zweiten Mordfall. Er war ein wesentlicher Bestandteil des Schauspiels. Er sah nicht zu. Er sollte gesehen werden. Im Schoß seiner Mutter.

›Als wäre er gerade geboren?‹, fragte sich Germinal und erschauerte.

Ein Gefühl wie ein Stromschlag. Dieser schwache Reiz war ihm vertraut, erregtes Zittern wie nach einem leichten Stromschlag war bislang immer ein Zeichen dafür gewesen, dass er der Wahrheit nahekam. Und mit dem Thema Geburt konnte er sich nun nach seinem Bekenntnis vor Ignés ohne Scheuklappen befassen. Nahezu angstfrei. Denn das gefürchtete Geheimnis seiner Mutter, das so schwer auf ihm gelastet und viele Jahre in den finstersten Winkeln seiner Seele vergraben gelegen hatte, war an die Oberfläche hervorgedrungen. Als Kind hatte er sich selbst in dem Blutsee gespiegelt gesehen. Er hatte die Bedeutung jenes Todes gefühlt, der ihn geprägt und treuer als sein eigener Schatten ein Leben lang verfolgt hatte. Die Angst, abgelehnt zu werden, nicht gewollt zu sein. Diese schmerzliche Erkenntnis hätte er niemals alleine aushalten, geschweige denn überwinden können; mit Ignés jedoch war es ihm gelungen. Mit Ignés hatte er den Schritt tun können, auf den Noverre ihn während ihrer psychoanalytischen Sitzungen vorbereitet hatte. Obwohl die jahrelang unterdrückte Erinnerung quälend war, fühlte er sich jetzt frei. Frei, die übergeordneten Zusammenhänge zu betrachten.

›Als wäre er gerade geboren …‹, wiederholte er im Geiste, während seine Gedanken zum Kopf des Sohnes im Schoß der Mutter zurückkehrten. In der Vagina seines ersten Opfers hatte der Mörder einen menschlichen Hoden – gleichsam einen Uterus im Uterus – versteckt, in dem sich Knochen eines Wiesels befanden. Sie ergaben eine vollständige Pfote. ›Durchsucht die Vagina dieses Flittchens nach den Knochen, die meinem Sohn fehlen‹ – durch diesen Ausruf des alten Grafen hatten sie sich auf eine falsche Fährte leiten lassen. Die Botschaft konnte sich ebenso gut auf eine andere Geburt beziehen. Wieso der Mörder zur Darstellung des weiblichen Uterus unbedingt einen männlichen Hoden gebraucht hatte, war noch unklar, doch gewiss hatte auch dies eine ganz bestimmte Bedeutung. Die Tatsache, dass er weder die Dienstboten noch die Frauen mit seinen eigenen Händen ermordet hatte, hing zweifellos mit der einen Fötus verkörpernden Pfote zusammen. Die Pfote stand für eine Hand. Die Hand wiederum symbolisierte ein Kind. Da alle Morde darüber hinaus eine deutliche Geschlechtssymbolik erkennen ließen, mussten Hände für den Mörder eine vorrangig sexuelle Bedeutung haben. ›Es ist, als wären all unsere Frauen dem Wahnsinn verfallen. Und als hätten all unsere Mütter ihre Söhne in den Wahnsinn getrieben. Eine Spur von Intimsäften eint uns, als hingen wir an einer einzigen, abnormen Nabelschnur, die uns nicht nur auf ewig an unsere Geburt fesselt, sondern auch alle miteinander verbindet‹, hatte Noverre gesagt.

»Ja, etwas fesselt dich an deine Geburt«, wiederholte Germinal laut und blickte hinüber zum Fenster, über das der Mörder sich Zugang zur Wohnung seines letzten Opfers verschafft hatte. Dann betrachtete er die kupferne Regenrinne, an der das monströse Kind hinaufgeklettert war wie an einer steifen Nabelschnur, die ihn zurück zu seiner Mutter führte. »Kehrst du jedes Mal zu deiner Mutter zurück?«, fragte sich Germinal laut und deutlich.

Und plötzlich entdeckte er auch im zweiten Mordfall das Symbol, das ihm fehlte. Vor dem Fußende des Bettes hatten sie am Boden eine mit Wasser gefüllte weiße Porzellanschüssel gefunden. Daneben zwei makellos weiße Handtücher. Und saubere Mullbinden. Bei all dem Blut im Zimmer war das Weiß unbefleckt geblieben. Germinal hatte es für einen Zufall gehalten. Doch nichts war zufällig bei diesen Verbrechen. Ebenso hatte er irrtümlich angenommen, die Utensilien dienten der

Frau zur Körperpflege. Dabei waren es die Symbole einer Geburt. Und die Mullbinden waren zum Wickeln des Neugeborenen gedacht. ›Denn auch ich, ein Gott, ward schwer von euch gekränkt‹, hatte er der alten Frau auf die Schenkel geschrieben. Auf die Schenkel. Nah der Geburtsöffnung. Der Mörder hatte Gewalt erleiden müssen, als er zur Welt kam. Ihm war bei seiner Geburt ein Unrecht geschehen. Die Antwort auf alle Fragen war in seiner Geburt zu suchen. Das also war es, was er feierte, wie Noverre es genannt hatte.

»Ja, etwas fesselt dich an deine Geburt«, sagte Germinal noch einmal. »Und viele andere hängen mit an deiner Nabelschnur …«

Germinal hörte Schritte auf dem Hof. Er schaute auf und sah einen Polizisten auf sich zukommen. Sogleich senkte er den Blick wieder, um sich nicht von seinen letzten Überlegungen abbringen zu lassen. Er spürte, dass er kurz vor einer wichtigen Entdeckung stand, dass er kurz davor war, den Mörder zu begreifen. Ein Gefühl von Euphorie erfasste ihn. Der Schlüssel lag in der Vergangenheit. In einer Geburt, die einen tatsächlichen oder symbolischen Bezug zu den drei von dem Ungeheuer auf ebenso grausame wie rituelle Weise ermordeten Frauen hatte. Seinem Instinkt folgend kam Germinal zu dem Schluss, dass er, wäre die dritte Frau den ersten beiden in Alter und Aussehen ähnlich gewesen, vielleicht der Symboltheorie den Vorzug gegeben hätte. Die Wahl eines dritten Opfers, das so alt, so anders, so wenig Mutter, eher Großmutter war, deutete für ihn jedoch zwangsläufig darauf hin, dass die gegenwärtige Wirklichkeit, die sich aufsehenerregend und abscheulich darstellte, ihre Wurzeln in einer vergleichbaren vergangenen Wirklichkeit mit ebenso albtraumhaften Zügen hatte. Es hatte ein traumatisches Ereignis gegeben, das Germinal vielleicht würde rekonstruieren können, gerade weil es tatsächlich und mit ihm bekannten Personen stattgefunden hatte. ›Der Mörder wurde vom alten Jahrhundert hervorgebracht, im neuen Jahrhundert aber wird er sich feiern lassen‹, hatte Noverre gesagt. Demnach war dies nun die Feier, an der sie alle teilhatten. Doch beschrieb diese Feier vermutlich bis ins Detail die Vergangenheit, die den Mörder hervorgebracht hatte. Ja, alles musste mit einer Geburt zusammenhängen. Und die drei Frauen hatten bei seiner tragischen, leidvollen Ankunft auf der Welt eine Rolle gespielt.

»Inspektor«, riss der herantretende Polizist Germinal aus seinen Gedanken, »Doktor Vestris lässt fragen, ob die Leichen abtransportiert werden können, damit …« Mitten im Satz brach er ab, um nachzuschauen, was beim letzten Schritt unter seinen schweren Militärstiefeln geknirscht hatte. Er bückte sich und hob einen kleinen Gegenstand vom Boden auf.

»Ja, ja … er soll sie wegbringen«, antwortete Germinal gereizt.

Aber der Polizist rührte sich nicht, sondern betrachtete das Fundstück in seiner steif gefrorenen Hand von allen Seiten.

»Nun? Was gibt es denn?«, fragte Germinal mit wachsender Ungeduld.

Der Polizist trat auf ihn zu und hielt ihm etwas Metallenes hin. Es war eine Anstecknadel. Golden umrahmt zeigte sie zwei verschränkte Hände vor dem Hintergrund einer roten Fabrik.

»Germinal, wir gehen jetzt«, rief in dem Moment Sanguineti, der sich mit Londe näherte.

Germinals Blick hing an der Anstecknadel. Nur ein einziges Mal war ihm diese auffällige Nadel begegnet, an der Jacke eines Mannes, den er bereits ergriffen, dem er dann jedoch zur Flucht verholfen hatte.

»Was hast du gefunden?«, fragte Londe.

Germinal sah ihn verdrossen an. Nach der Erregung, die er noch wenige Augenblicke zuvor gespürt hatte, breitete sich nun wieder ein Gefühl der Niederlage in ihm aus. Sein Blick fiel auf den ebenfalls herannahenden Landau. »Diese Anstecknadel …«, stammelte er beinahe, »gehört … sie gehört … Ignaszewsky …«

»Ignaszewsky?«, warf Landau ein. »Gebt her, Germinal.« Er riss ihm die Anstecknadel aus der Hand. »Wo habt Ihr die gefunden?«

Germinal blickte zu Sanguineti hinüber.

Der Hauptkommissar musterte ihn mit unergründlicher Miene. »Ignaszewsky, ist das nicht ...«, hob er an.

»Der Mann, den ich gleich nach dem ersten Mord im Verdacht hatte«, fiel ihm Landau ins Wort. »Ein Aufrührer, der für die Verbreitung der kriminellen sozialistischen Ideen mordet. Die Anstecknadel am Tatort ist der Beweis.« Er zeigte auf Germinal. »Euer bester Mann ist schuld, Herr Hauptkommissar! Hätte er ihn nicht entkommen lassen ... hätte er sich nicht beharrlich gegen offensichtliche Tatsachen gesträubt ... wie viele Tote gäbe es nun weniger zu beklagen?«

›Neun Tote weniger‹, dachte Germinal und es versetzte ihm einen schmerzhaften Stich. ›Fünf anstelle von vierzehn Toten‹, zählte er verzweifelt.

»Ihr seid an ihrem Tod schuld, Germinal!«, schrie Landau.

»Nun beruhigt Euch, Landau«, schaltete sich Sanguineti ein, der Germinals Blick auswich. »Ab jetzt leitet Ihr wieder die Ermittlungen. Setzt alle nötigen Kräfte auf die Ergreifung dieses Sozialisten an.«

Befriedigt warf Landau sich in die Brust und konnte ein gehässiges Grinsen nicht unterdrücken.

»Geht jetzt«, befahl Sanguineti schroff. Als Landau fort war, wandte er sich seinem Schützling zu. »Nehmt Euch eine Weile frei, Germinal«, sagte er betrübt und wandte sich zum Gehen.

Germinals Blick war niedergeschlagen. Seine aufrechten Schultern sackten in sich zusammen, wodurch er kleiner und schmaler wirkte. Die leere, seelenlose Hülle eines Mannes.

»Beeil dich, Londe!«, befahl Sanguineti, ohne sich umzudrehen.

»Ich muss gehen ...«, sagte Londe verlegen.

Laut hallte dieser Satz in Germinal wider. Noch vor weniger als einer Stunde hatte er sich mit denselben Worten von Ignés verabschiedet. Erst in dem Moment wurde ihm bewusst, dass ihm etwas an ihren nebelgrauen Augen aufgefallen war. Sie schienen sich im Vergleich zur Nacht verändert zu haben. Doch erst in dem Moment, da die ganze Welt für ihn zusammenbrach, beschlich ihn das Gefühl, er werde auch sie verlieren.

»Ich muss gehen …«, sagte Londe noch einmal und wandte sich ab.

»Ich weiß …«, murmelte Germinal.

XXV

»RUNTER DAMIT!«, SCHRIE ein glatzköpfiger Mann mit einem breiten Seehundsschnurrbart.

Die beiden Helfertrupps machten gleichzeitig mehrere lange, durch Wind und Wetter nachgedunkelte Zugseile los. Das riesige Zelt bebte kurz, als die dicken Hanfseile durch die Sicherungsringe sausten. Schließlich zerfiel die Plane mit den breiten Längsstreifen in zwei Hälften, die zu Boden rauschten, bis Scirons Zirkuszelt nur noch als hölzernes Skelett dastand.

Nackt wie eine Galgenplattform ragte in der Mitte des dichten Pfahlgerüsts die Bühne für den Auftritt des Maschinenmannes auf.

Sciron und Tristante, die man am Morgen freigelassen hatte, schauten ein wenig abseits an einen Wohnwagen gelehnt zu. An Scirons gelbsüchtigem Gesicht ließen sich die Qualen der Haft ablesen. Der Alte löste sich von der Wohnwagenwand und ging auf die beiden Helfertrupps zu, die damit begonnen hatten, die Zeltplanen auszubreiten, um sie dann zusammenzufalten und zu verpacken.

»Ihr müsst euch beeilen«, mahnte er den glatzköpfigen Mann mit dem herabhängenden Schnauzbart. In seiner müden Stimme klang Besorgnis an.

»Ja, natürlich«, erwiderte der Vorarbeiter. »Aber wir werden den heutigen Tag und wahrscheinlich auch noch morgen früh dafür brauchen. Vor dem Nachmittag werden wir wohl nicht aufbrechen können.«

»Ich will keinen Tag länger an diesem gottverdammten Ort bleiben«, sagte Sciron. »Wenn ihr euch beeilt, gibt es den doppelten Lohn für alle. Und eine Kiste Gin.«

»Ich danke Euch«, grinste der Mann überrascht. »Gebt uns die Kiste Gin jetzt, dann arbeiten wir die ganze Nacht durch.«

»Geh sie nur holen«, ermächtigte ihn Sciron und deutete auf den Wagen mit den Vorräten.

»Doppelter Lohn!«, rief der Schnauzbärtige seinen Männern zu. »Und eine Kiste Gin gegen die Kälte!«

Die Arbeiter brachen schreiend und pfeifend in Jubel aus.

»Aber morgen früh müssen wir zum Aufbruch bereit sein!«, rief der Schnauzbärtige noch, bevor er sich auf den Weg zum Proviantwagen machte.

Sciron verfolgte mit dem Blick, wie die Zimmerleute auf das Zeltgerüst kletterten, wandte sich dann nach Tristante um, der dem Schnauzbärtigen unter den vergnügten Pfiffen der Arbeiter die Kiste Gin tragen half, bis er plötzlich Ignés bemerkte, die wie aus dem Nichts einsam mit verschränkten Armen am Rand des Hügels stand, vor dem sich in der Ferne die Großstadt ausbreitete. Quer über den Platz, wo alles lärmte und Befehle hin und her gebrüllt wurden, ging er zu ihr.

Ignés hörte seine müden, unsicheren Schritte herannahen, aber sie drehte sich nicht um. Sciron stellte sich neben sie, bewunderte ihr ebenmäßiges Profil und bemerkte die tiefe Schwermut in ihrem Blick.

»Wie oft haben wir schon die Zelte aufgebaut und wieder abgebrochen?«, fragte Ignés.

»Du bist heute Nacht nicht zurückgekommen«, bemerkte Sciron und ließ seinen Blick über die Stadt zu seinen Füßen schweifen auf der Suche nach dem, was Ignés sah.

So standen sie eine Zeit lang schweigend da, Seite an Seite und doch weit voneinander entfernt.

»Ich bin froh, dass sie dich freigelassen haben«, sagte Ignés schließlich.

Überrascht sah Sciron sie an. Beinahe erschrocken. Misstrauisch. »Ich habe vieles falsch gemacht … aber ich habe nie einen Menschen getötet.«

Ignés hielt ihren Blick noch immer fest auf die Stadt gerichtet, als wüsste sie genau, wohin sie schauen musste. Sie deutete ein Lächeln an, presste jedoch zugleich die Lippen zusammen, wie um all die Schwermut zurückzuhalten, die ihr aus den Augen strömte. »Man kann einem Menschen das Leben nehmen, auch ohne ihn zu töten.«

»Wärst du dazu fähig?«

Da wandte Ignés den Kopf. Ihre grauen Augen kreuzten Scirons müden Blick, ohne ihn jedoch wahrzunehmen. Wortlos ließ sie ihn stehen und kam an der Schaufensterpuppe vorbei, die sie bei ihrem Auftritt als Nebelkönigin benutzte. Die steife Puppe lehnte schräg an einem Stapel Bretter. Ein Arm baumelte ausgerenkt herab. Ignés ging weiter zu ihrem Wohnwagen und schloss die Tür hinter sich.

Sciron blickte ihr nach, bevor er inmitten des anonymen Dächermeers der Stadt erneut nach dem Haus des Mannes Ausschau hielt, der ihm Ignés wegzunehmen drohte. Er drehte sich zu den Männern um, die bei der Arbeit sangen, lachten und Gin tranken. Das Dachgerüst war bereits abmontiert und wurde mithilfe von Seilwinden zu Boden gelassen; die Zimmerleute zerlegten die Bühne und schichteten die Bretter ordentlich zu hohen Stapeln auf; die Reflektoren waren abgehängt und in stabilen, strohgefüllten Holzkisten verstaut worden, um sie auf der Reise vor Erschütterungen zu bewahren; die Plakate, die von den Taten des Maschinenmannes kündeten, wurden aufeinandergelegt und gefaltet; die Gerätschaften für den Flug der Schmetterlingsfrau wurden frisch geölt verpackt; lange Stahlkabel mussten noch sorgfältig auf nummerierte Trommeln gerollt werden. Wie immer zerbrach Scirons gesamte Zauberwelt in tausend Teile, von denen ein jedes für sich genommen unbedeutend und doch wesentlich war.

Als Sciron die Tür zu Ignés' Wohnwagen öffnete, stand sie da, als hätte sie ihn erwartet, den Blick ins Leere gerichtet, die Hände vor dem Schoß verschränkt.

»Ich bin alt. Ich bin krank. Wir sind schon ein gutes Stück Weg gemeinsam gegangen«, sagte er von draußen zu ihr.

»Ich habe mich nie von der Stelle bewegt«, murmelte Ignés, die in ihre eigenen Gedanken versunken schien.

»Ich bin alt. Ich bin krank. Du könntest niemals einen Menschen töten. Du … bist ein gutes Mädchen«, ließ Sciron mit schmeichelnder Stimme einen Satz wieder aufleben, mit dem er sie einst immer gelobt hatte, damals, als er sie zu sich genommen und vor den Zudringlichkeiten ihres Vaters gerettet hatte, um sie selbst zu seiner Geliebten zu machen.

Noch immer reglos, den Blick starr auf den vor ihr stehenden alten Mann gerichtet, begann Ignés mit stillen Tränen ihre ganze Vergangenheit zu beweinen, die sie ein weiteres Mal dort festhielt, wo sie war.

Mit seinen langen, dünnen, zerbrechlichen Fingern umklammerte Sciron noch immer den Türpfosten. In seine kalten Augen, die weder Gefühl noch Verständnis erkennen ließen, trat mit einem Mal ein ebenso ungewöhnliches wie unmerkliches Leuchten, das der Ausdruck einer verzerrten Form von Liebe sein mochte. »Wir sind gleich, du und ich«, sagte er schließlich in einem Ton, der auf erschreckende Weise väterlich und begehrlich zugleich klang. »Du und ich, wir können nur überleben, wenn wir uns vor der Krankheit hüten, unter der all die Leute leiden, die zu uns kommen, um ihr Elend zu vergessen.« Er löste seine langen Arme von der Tür und trat in den Wohnwagen. »Das Wort Liebe wird überbewertet. Es bedeutet nichts weiter als ewig gleiche Tage, ohne dass irgendwer sich noch daran erinnert, wie es angefangen hat.« Die Holzdielen knarrten, als er einen weiteren Schritt tat.

»Ich brauche ihn …«, brachte Ignés schwach hervor.

»Glaubst du denn, er braucht dich?«

Erneut brach Ignés in Tränen aus.

Da trat Sciron zu ihr. Er legte den Arm um sie, zog sie an sich. Und grob wie einer, der schon allzu lange nicht mehr eine im Grunde so einfache Geste vollzogen hat, küsste er sie auf den Mund. Wie er es seit vielen Jahren nicht mehr getan hatte. Er zerbiss ihr beim Kuss die Lippen und schob sich in die feuchte Höhle ihrer vergangenen Vertrautheit vor. Er tat es weder aus alter, wiedererwachter Leidenschaft noch aus der neuen Angst heraus, sie zu verlieren. Ihn trieb schlicht der gleiche niedere, besitzergreifende Instinkt, mit dem ein Hund sein Revier markiert.

Während der schreckliche Mund eines Liebhabers, der wie ein Vater war, auf ihren Lippen brannte, wurde Ignés, obwohl sie sich dem Kuss weder verweigerte noch hingab, mit einem Mal wieder bewusst, wer sie war und wer sie für immer sein würde. Und sie fühlte, dass sie unrettbar der erbärmlichen Vergangenheit angehörte, die der Alte in seinen Spinnenhänden hütete.

»Für mich … warst du nie schmutzig«, wisperte ihr Sciron ins Ohr.

Eine Schar Polizisten fiel mit Waffen in der Hand in die Fabrik ein. Vier Beamte bauten sich mit erhobenen Gewehren vor dem Haupteingang auf, weitere vier vor dem hinteren Tor, von wo aus sie auch das Ver- und Entladelager im Blick hatten. Alle hatten den Befehl, auf jeden zu schießen, der zu entkommen versuchte. Jeweils unter der Führung eines Sergeants teilten sich drei siebenköpfige Trupps auf die Fabrikbereiche auf und durchkämmten gewissenhaft jeden Raum.

Von zwei bewaffneten Polizisten eskortiert betraten Kommissar Landau und die Aktionäre Boamorte und Montague als Vertreter der Fabrikeigentümer das Direktionsbüro, in das sie auch die Direktoren der drei Fabrikbereiche Gärung, Reinigung und Lagerung bestellten.

»Herr Direktor, ich muss Euch mitnehmen.« Ein Polizist betrat Stigles Büro.

Ohne eine Miene zu verziehen, erhob sich Stigle von seinem Schreibtisch. Beiläufig legte er eine Hand an die rechte Tasche seiner glänzenden schwarzen Jacke, die eng an seinem schlanken Körper anlag, und zog in der Faust versteckt ein Rasiermesser heraus. Während er langsam auf den Polizisten zuging, ließ er die Klinge aufschnappen. Sein eisiger Blick war starr auf den schutzlosen weißen Hals des Beamten gerichtet.

Er legte ihm seine verätzte linke Hand auf die Schulter, damit er ihn festhalten konnte, wenn er ihm die Kehle durchschnitt.

»Bitte beeilt Euch«, sagte der Polizist in dem Moment. »Die anderen beiden Direktoren sind sicher schon im Direktionsbüro. Kommissar Landau benötigt Eure Mithilfe.«

Abrupt klappte Stigle das Rasiermesser zu. Er lächelte. »Na, dann mal los«, sagte er jovial.

Als Landau alle drei Direktoren um sich versammelt hatte, teilte er ihnen mit, dass die Polizei nach Ignaszewsky fahndete, dem Urheber der Gemetzel in der Villa Neef, der Villa Finnegan sowie, gerade in der Nacht erst, an Frau Fairfirth, ihrem Sohn und den beiden Dienstboten.

»Wer der Polizei wichtige Hinweise, die zur Ergreifung des Mörders beitragen könnten, verschweigt«, erklärte Landau drohend, »wird sofort angeklagt und im Schnellverfahren wegen Beihilfe verurteilt.« Während er sprach, suchte der Kommissar mit einem grimmigen und zugleich befriedigten Ausdruck in seinem schwammigen Eulengesicht immer wieder Zustimmung heischend den Blick der beiden Aktionäre. Schließlich forderte er die drei Direktoren auf, die Arbeiter ihres jeweiligen Verantwortungsbereichs zur größtmöglichen Kooperation zu bewegen.

»Gestattet mir eine Frage«, meldete sich Stigle zu Wort. »Wie könnt Ihr sicher sein, dass tatsächlich Ignaszewsky der Mörder ist, den Ihr sucht?«

»Welche Schlüsse wir aus unseren Ermittlungen ziehen, geht Euch eigentlich nichts an, Stigle. Tut Ihr Eure Arbeit, wir wissen schon, wie wir die unsere zu tun haben«, gab Landau großspurig zurück. »Ausnahmsweise will ich Euch jedoch verraten, dass ich mir aus gutem Grund sicher sein kann. Der Mörder hat einen Fehler begangen«, fuhr er fort, wobei er sich wie ein Truthahn aufplusterte und vor den Aktionären auf und ab stolzierte. »Höchstpersönlich habe ich am Tatort des jüngsten Verbrechens eine sehr ungewöhnliche Anstecknadel gefunden, die mir bereits bei der Totenmesse für Frau Neef an diesem Sozialisten aufgefallen war, als er, wie wir wohl alle noch wissen, den kleinen Aufstand ausgelöst hat.«

»Zwei verschränkte Hände vor dem Hintergrund einer roten Fabrik?«, hakte Stigle nach.

»Richtig. Ich stelle fest, Ihr seid ein ebenso guter Beobachter wie ich.« Und erneut blickte Landau mit triumphierendem Gehabe auf den kleinen Montague und den ihm ins Gesicht gähnenden Boamorte.

»Ich danke Euch«, sagte Stigle mit einem flüchtigen Kopfnicken. »Es ist beruhigend zu wissen, dass Ihr bald einen gefährlichen Verbrecher seiner gerechten Strafe zuführen werdet.«

»Dem Galgen, meint Ihr wohl.«

»Dem Galgen, natürlich ...«, lächelte Stigle. »Gut gemacht.«

»Nun ja ...«, wehrte Landau mit falscher Bescheidenheit ab, »vergesst nicht, zur Lösung eines Falls gehört immer auch eine gewisse Portion Glück.«

»Das Glück ist mit dem Tüchtigen. So heißt es doch, nicht wahr?« Wieder lächelte Stigle ihm zu.

»Wenn die Herren genug geplaudert haben«, mischte sich Boamorte gelangweilt ein und strich sich eine schwarze Haarsträhne aus der Stirn, »würde ich vorschlagen, wir fahren fort und bringen dieses Treffen zu einem Ende. Sie ...« – er wandte sich den drei Direktoren zu – »werden alles in Ihrer Macht Stehende tun, um die Polizei zu unterstützen ... nach Möglichkeit, ohne dass die Tagesproduktion davon allzu sehr beeinträchtigt wird. Und Ihr, Kommissar, stellt sicher, dass Eure Männer die Fabrik bis in den hintersten Winkel durchsuchen. Wie Ihr schon sagtet, war bislang alles eine Frage des Glücks. Macht es daher nicht durch Unfähigkeit zunichte.« Und er musterte Landau schweigend mit einem strengen Ausdruck in seinem Gesicht, dessen schimmernder Teint die Farbe sonnengetrockneten Tabaks hatte. »Was mich betrifft, so ist meine Anwesenheit hier wohl nicht mehr erforderlich. Kommst du mit, Spencer?«, wandte er sich abschließend dem anderen Aktionär zu.

Boamorte war bereits auf dem Weg zur Tür, als Stigle zu ihm trat und ihm ins Gesicht sah. »Erlaubt Ihr, dass ich den Kommissar durch die Fabrik führe?«, fragte er ihn halblaut, aber mit fester Stimme, als würde er den Mann seit ewiger Zeit kennen. »Wenn man mit diesem Labyrinth nicht vertraut ist, findet man sich nur schwer darin zurecht. Und sollte es wichtige Neuigkeiten geben, werde ich Euch unverzüglich informieren.«

»Tut, was Ihr für richtig haltet, Stigle«, erwiderte der Aktionär gleichgültig und verließ, gefolgt von dem kleinwüchsigen Herrn Montague und den Direktoren der Bereiche Reinigung und Lagerung, den Raum.

»Was bildet sich dieser … dieser Mischling eigentlich ein?«, wetterte Landau, kaum dass er mit Stigle allein war. »Und seine Mutter war noch dunkler als er. Seine Familie hat in den Kolonien ein Vermögen gemacht, aber es würde mich nicht überraschen, wenn sie von irgendeinem Sklaven abstammte. Versteht mich nicht falsch, ich habe nichts gegen Schwarze … aber …« Der Kommissar fuchtelte mit den Armen und suchte vergebens nach Worten.

»Aber auch Geld macht sie nicht weiß«, grinste Stigle.

»Nein, zum Teufel, so ist es«, lachte Landau zufrieden, dass sie einer Meinung waren. »Nun denn, tun wir unsere Pflicht.« Er folgte Stigle aus dem Direktionsbüro hinein in das pochende Herz der Fabrik, in Begleitung der beiden Polizisten, von denen der eine sein Gewehr im Anschlag hielt, während der andere mit einer Kerosinlampe jeden dunklen Winkel ausleuchtete und durchsuchte.

»Dann wird man Sciron und Tristante also wieder auf freien Fuß setzen?«, fragte Stigle, während sie eine wacklige, verrostete Treppe hinabstiegen.

»Sie wurden bereits freigelassen«, erwiderte Landau, der vor Anstrengung ganz außer Atem war. »Ich habe nie geglaubt, dass der Mörder ein alter Mann oder ein Zwerg sein könnte. Mir war gleich nach dem ersten Mord klar, dass es der sozialistische Aufrührer sein musste. Doch leider lag der Fall auf Befehl von oben in den Händen eines Unfähigen …«

»Meint Ihr Inspektor Germinal?«

»Genau den …«, schnaufte Landau, als er die letzte Stufe erreicht hatte. »Wisst Ihr, es ist eigentlich nicht meine Art, schlecht über einen Kollegen zu reden … aber diese junge Generation ist ganz besessen von … mit einem Male halten alle unsere seit Jahrhunderten erfolgreichen Ermittlungsmethoden für falsch. Sie faseln etwas von Psychologie … von der Analyse von Fingerabdrücken und ähnlichem Unfug.«

»Hier entlang, Kommissar«, sagte Stigle und stieß die von Rostblasen zerfressene Tür zum ehemaligen Lagerraum auf, in dem Ignaszewsky sich versteckt gehalten hatte.

Landau lugte in die vom flüchtigen Lichtschein der Handlampe schlecht beleuchtete Finsternis. Der ekelerregende Zuckergestank, in den sich ein von morschen Holzkisten ausgehender beißender Geruch nach Feuchtigkeit und Schimmel mischte, stieg ihm in die Nase. Von dem Strohlager, der Decke und dem Spirituskocher, die Ignaszewsky zum Schlafen und Essen gedient hatten, war nichts mehr zu sehen.

»Lasst gut sein. Wir gehen«, sagte er, vom Gestank angewidert, zu seinen Männern. »Nicht einmal ein Sozialist könnte in einem solchen Misthaufen überleben«, setzte er hinzu und lachte selbstgefällig über seinen Scherz.

»Demnach ist Inspektor Germinal nicht davon überzeugt, dass Ignaszewsky der Mörder ist?«, hakte Stigle scheinbar beiläufig nach.

Landau zuckte die Schultern. »Die Anstecknadel ist ein eindeutiger Beweis.«

»Schon, aber verstehe ich recht, dass Inspektor Germinal ohne die Nadel nicht die Jagd auf Ignaszewsky eingeleitet hätte?«

»Germinal ist ein Wichtigtuer«, machte Landau nun seinem Groll Luft. »Er ist überzeugt, nur von Trotteln umgeben zu sein. Tatsache ist jedoch, dass ich die Anstecknadel gefunden habe. Der Hauptkommissar persönlich hat ihm daraufhin den Fall entzogen und zugeben müssen, dass ich von Anfang an recht hatte ... und unter uns gesagt, er hat sich sogar im Namen der gesamten Einheit bei mir entschuldigt.«

Während sie sich unter dem Lärm der Zuckerrübenwaggons, die in den Schälkorb geleert wurden, dem Vorderausgang näherten, fing Stigle Rinauds Blick auf. »Entschuldigt mich kurz«, bat er Landau und trat an den Arbeiter heran. »Warte hier. Sobald sie weg sind, muss ich mit dir reden«, raunte er ihm zu.

»Stimmt es, was man sich erzählt?«, fragte Rinaud.

»Später«, entgegnete Stigle schroff und kehrte gerade rechtzeitig zu Landau zurück, um zu hören, wie dieser seinen Männern den Befehl gab, in die Kutschen zu steigen und zur Arbeitersiedlung zu fahren, wo sie jedes Haus akribisch durchsuchen sollten.

»Eine letzte Frage noch«, wandte sich Stigle an den Kommissar. »Werden die Häuser der Aktionäre weiter bewacht?«

»Natürlich, solange Ignaszewsky noch auf freiem Fuß ist«, antwortete Landau. »Ich weiß Eure Kooperationsbereitschaft zu würdigen, Chemiker. Ich werde mich zu gegebener Zeit daran erinnern.«

Stigle nickte zum Dank leicht mit dem Kopf und wartete, bis alle Polizisten abgefahren waren. Dann machte er kehrt, gab Rinaud ein Zeichen, ihm zu folgen, und stieg erneut die Treppe zum verlassenen Lagerraum hinab.

»Der Moment, auf den wir so lange gewartet haben, ist gekommen«, sagte er, am Fuß der Treppe angelangt, in der Dunkelheit zu ihm.

»Aber stimmt es, was die Polizei erzählt?«

»Ja, Ignaszewsky ist ein Mörder.«

»Ich wusste doch, dass er ein Held ist, Chemiker. All die Säue hat er umgebracht. Er ist ein echter Revolutionär ...«

»Red keinen Unsinn!«, unterbrach ihn Stigle und packte ihn am Kragen seiner dünnen Jacke. In seinen Augen lag ein unheilvolles Glühen. In seiner Stimme die Befehlsgewalt des

Herrschers. Der Gott, der in ihm war, drängte danach, sich zu offenbaren und diesen Sklaven, dieses Nichts, zu zerquetschen. Doch brauchte der Gott ihn noch, um seinen strahlenden Plan zur Vollendung zu bringen. »Ignaszewsky war ein gemeiner Dieb«, sagte Stigle mit Menschenstimme, den Gott, der in ihm war, zum Rückzug zwingend.

»Ein Dieb?«

»Natürlich, er hat euch als Tarnung missbraucht. Ihr wart ihm vollkommen gleichgültig und beinahe hätte er unsere ganze Arbeit zunichtegemacht.« Stigle schob ihn in eine noch dunklere Ecke. »Hör mir gut zu. Ich will, dass Ignaszewsky mit keinem Wort mehr erwähnt wird. Gib das deinen Kameraden weiter. Wenn man uns mit Ignaszewsky in Verbindung bringt, werden Polizei und Fabrikherren auch uns als Diebe und Mörder hinstellen. Und alle werden es ihnen sofort abnehmen. Ist dir klar, was das heißen würde? Ist dir das klar, Rinaud? Man würde ihnen erlauben, auf uns zu schießen ... man würde die Armee rufen, um den Streik zu beenden. Ist das klar?«

»Beruhige dich, Chemiker«, wehrte sich der Arbeiter. »Alles klar, ich habe verstanden. Was sollen wir tun?«

»Haltet euch heute Nacht bereit. Sag allen Bescheid. Aber sei vorsichtig. Niemand darf Verdacht schöpfen. Bei dem Plan, den ich im Kopf habe, kommt es auf den Überraschungseffekt an.«

»Aber die Polizei ...?«

»Ich sagte doch, ich habe einen Plan«, entgegnete Stigle in eisigem Ton. »Kümmer du dich nur darum, dass heute Nacht alle bereit sind.«

Rinaud senkte den Kopf und ging zurück nach oben.

Sobald Stigle allein war, erlaubte er dem Gott, von ihm Besitz zu ergreifen und die Freude über den glücklichen Zufall auszukosten, der den Verdacht der Polizei auf den nutzlosen Ignaszewsky gelenkt hatte. Daran bestätigte sich, dass sein erhabener Plan von einem höheren Schicksal begünstigt und gesegnet war.

Er war der zweimal Geborene, der Knabe der doppelten Tür. Im sterblichen Uterus der Mutter empfangen und aus dem göttlichen Hoden des Vaters geboren.

Der Gott holte nun aus einer Nische unterhalb der Treppe die Pistole hervor, die er Ignaszewsky wenige Tage zuvor abgenommen hatte. Er steckte sie hinter dem Rücken in den Hosenbund, knöpfte seine Jacke zu, fuhr mit einer Hand prüfend über das in seinem Nacken zusammengebundene heilige Haar, die Schlangenkrone, und stieg schließlich die Treppe hinauf.

Als er den wärmsten Bereich der Fabrik genau unterhalb der beiden riesigen Ziegelschornsteine erreicht und sich vergewissert hatte, dass ihn niemand beobachtete, deckte er zwei unter einer schmutzigen, mörtelverkrusteten Plane verborgene Stromkabeltrommeln auf, deren Drähte sich hoch oben in der Dunkelheit verloren. Er rollte die Trommeln bis vor eine Lüftungsanlage in der hinteren Fabrikaußenmauer. Dort wickelte er auch noch das restliche Kabel ab, blockierte mit einer Stange den Ventilator und schob die Drähte durch die Öffnung in der Wand. Danach kehrte er zurück zu den Schloten, versteckte die Kabel zwischen den umlaufenden Rohren und warf schließlich die beiden Holztrommeln in einen Heizkessel. Vorbei an dem aufgeschütteten fertigen Zucker ging er durch die Lagerhalle nach draußen, erreichte die Fabrikrückseite, sammelte die Kabel ein und zog sie durch Gestrüpp und lichtes Gebüsch hindurch bis zu einer niedrigen Holzhütte, deren Tür mit einem schweren Vorhängeschloss gesichert war. Mit einem Schlüssel, den er in der Tasche seiner schwarzen Weste bei sich trug, öffnete er das Schloss und schlüpfte mit den Kabeln in der Hand in die Hütte.

Aus einer Holzkiste holte er zwei Sprengstoffzünder hervor und klemmte jeweils einen Pol der beiden Stromkabel daran fest.

»›Erhabene Göttin, die du die Erde erschütterst!‹«, murmelte er.

Am Boden neben den beiden Zündern lag ein aufgeschnürter Jutesack. Er enthielt die furchterregenden mechanischen Gebisse, mit denen der Gott seine Opfer verschlang.

Als Germinal in seine Mansarde zurückkehrte, war Ignés nicht mehr da, um auf ihn zu warten. In der ganzen Wohnung suchte er nach Spuren ihrer Anwesenheit, um herauszufinden, was sie getan haben mochte, während er im Hause Fairfirth dem Geruch des Todes nachgespürt hatte. Er hoffte auf ihren Abdruck im Sesselpolster, schnupperte am Kopfkissen nach ihrem Duft. In der Küche nahm er alles in die Hand, von dem er annahm, sie könne es berührt haben. Doch es schien ganz so, als wäre Ignés niemals da gewesen. Nichts deutete auf ihre Anwesenheit hin, an nichts konnte Germinal die Gewissheit festmachen, ihren Besuch nicht nur geträumt, sich nicht alles nur eingebildet zu haben.

Mit dem bedrückenden Gedanken an sein Versagen bei den Ermittlungen ließ sich Germinal in den Sessel fallen. ›Ich konnte mir ein Bild von Euch als Ermittler machen ... aber in Wirklichkeit seid Ihr nur ein Drogensüchtiger‹, hatte Noverre zu ihm gesagt. Und beharrlich rief sich Germinal immer wieder selbst in Erinnerung, dass der Tod von neun unschuldigen Menschen verhindert worden wäre, wenn er Ignaszewsky damals in der Kirche während der Totenmesse für Frau Neef, dem ersten Opfer, nicht die Flucht ermöglicht hätte. Aber war es wirklich so? Wieso wollte es ihm trotz des untrüglichen Beweises, dass der junge Sozialist sich im Hause Fairfirth aufgehalten hatte, nicht gelingen, in ihm den Mörder zu sehen, nach dem sie fahndeten? Aus Stolz? Missachtete er aus Stolz einen eindeutigen Schuldbeweis? Wollte er einfach nur nicht zugeben, dass er sich geirrt hatte? Oder widersetzte er sich der Vorsehung, die Landau zum Helden bestimmt hatte? Der Vorsehung, die den törichten, aus der Luft gegriffenen Vorurteilen des Kommissars recht gegeben hatte? ›In Wirklichkeit ... seid Ihr nur ein Drogensüchtiger.‹ Das also war der Grund, dachte Germinal.

Unwillkürlich wanderte sein Blick hinüber zu der Kommode, zu der Spritze, die er am Vorabend so lange angestarrt hatte, dass er sie aus dem Gedächtnis bis ins kleinste Detail hätte beschreiben können. Und plötzlich wusste er, dass Ignés kein Traum gewesen war. Er sprang aus dem Sessel und näherte sich dem Instrument aus Stahl und Glas mit der Diacetylmorphinlösung, die ihn gelockt hatte. Mit einem Lächeln näherte er sich der Spritze. Hätte er sie nicht so ausgiebig betrachtet, wäre es ihm vielleicht gar nicht aufgefallen. So aber hatte er die Gewissheit, dass Ignés in der Nacht bei ihm gewesen war. Die Spritze lag nämlich an einer anderen Stelle. Vielleicht hatte Ignés sie in die Hand genommen, um sie aus der Nähe zu betrachten, und dabei an ihn gedacht. Danach hatte sie nicht darauf geachtet, sie exakt wieder so zurückzulegen, wie sie sie vorgefunden hatte. Mit einem Lächeln schaute Germinal auf die Spritze, denn obwohl er wusste, dass Ignés die Nacht mit ihm verbracht hatte, brauchte er ein handfestes Zeichen ihrer Gegenwart, jetzt, da die ganze Welt für ihn zusammenbrach. Und so stellte er sich, während er auf die Spritze blickte, ihre Augen vor.

Schlagartig überkam ihn ein neues banges Gefühl, als ihm klar wurde, dass er sich nicht mehr an Ignés' Blick erinnern konnte, während er sie gestreichelt hatte, auch nicht, während sie sich geliebt oder miteinander geredet hatten. Das Einzige, was er sich ins Gedächtnis zurückrufen konnte, war ihr von unsagbarer Schwermut verschleierter Blick beim Abschied am Morgen, als er aufbrechen musste, um dem Geruch des Todes nachzuspüren, jenes Todes, dem er nicht zu entrinnen vermochte, der ihn von jeher verfolgte wie sein Schatten. Ihm wurde wieder bewusst, dass er in ihren Augen eine Veränderung im Vergleich zur Nacht wahrgenommen hatte. Und in dem Moment überkam ihn erneut die Gewissheit, auch sie zu verlieren. Es war wie eine Vorahnung. Als würde er die Witterung des Todes aufnehmen.

In zunehmender Mutlosigkeit rammte er die Spritze ohne

Wut in die Kommode, wo sie lautlos vibrierend im Holz stecken blieb, und streckte sich auf dem Bett aus, den Blick starr an die Decke gerichtet. Er hatte keine Zukunft mehr.

Er erstarrte, als er das Geräusch der Wohnungstür hörte. Aber er stand nicht auf. Über den Flur näherten sich Schritte. Er zählte sie. Es waren neun. Ebenso viele Opfer gäbe es jetzt weniger, hätte er Ignaszewsky nicht laufen lassen. Auf die neun Schritte folgte Stille. Sie war es. Sie war im Zimmer. Germinal erkannte sie an ihrem weiblichen Geruch, der sich ihm schon bei ihrer ersten Begegnung eingeprägt hatte. So tief, dass er ihn nie mehr würde vergessen können.

»Beinahe wäre ich einfach weggelaufen«, sagte Ignés.

Noch immer lag Germinal reglos auf dem Bett und starrte an die Decke. Er wollte sie nicht sehen, wollte nicht in ihren Augen lesen, was er aus ihrer Stimme hörte.

»Ich bin feige«, sprach Ignés weiter. »Beinahe wäre ich weggelaufen … aber wenigstens habe ich noch die Kraft gefunden … zu dir zu kommen, um es dir zu sagen …«

Stocksteif lag Germinal da. Er hatte nur Angst, sie könne zu ihm kommen und ihn berühren.

»Ich gehe fort.« Ignés' Stimme wurde immer schwächer. »Ich ziehe mit Sciron weiter … und werde nicht zurückkehren.«

Germinal fühlte das Blut in seinen Adern gefrieren, blieb jedoch bewegungslos liegen, versuchte, selbst den Lidschlag zu unterdrücken.

»Ich habe nie erfahren, was Liebe ist …« Eine tiefe, aufrichtige Qual sprach aus Ignés' Stimme. »Ich habe nie … ich weiß nicht, wie sie sich anfühlt … Vielleicht ist es Liebe, die mir die Kraft gegeben hat, zu dir zu kommen … und nicht wegzulaufen, nicht einfach ohne ein Wort zu verschwinden … ich weiß es nicht … Aber es reicht nicht, mich zum Bleiben zu bewegen, weil ich … nicht weiß, was Liebe ist … weil ich so bin, wie ich bin … Ich gehöre nicht hierher … das wollte ich dir sagen …«

Da plötzlich fuhr Germinal auf. Er sprang wie rasend aus dem Bett, packte Ignés am Arm und zerrte und drängte sie zur Tür. »Verschwinde, worauf wartest du?«, schrie er sie an. »Verschwinde! Feige bist du? Das ist mir egal … es ist mir egal!« Er riss die Tür auf. »Du musst gehen? Dann geh! Es ist mir egal, mit wem du fortgehst! Du musst mir nicht sagen, mit wem du fortgehst … Du musst mir nicht sagen, weshalb du fortgehst! Ich will es nicht hören … Was willst du von mir? Was willst du? Geh! Verschwinde!« Seine Augen waren weit aufgerissen, die Stimme heiser, sein ganzer Körper angespannt, als er sie gewaltsam ins Treppenhaus hinausstieß.

Ignés tat nichts. Wie ein lebloser Sack hatte sie sich mitschleifen lassen. Als Germinal sie losließ, tastete Ignés nur nach ihrem Arm, an dem er so heftig gezerrt hatte. Aber sie schwieg. Mit hängenden Schultern lehnte sie reglos am Treppengeländer und blickte zu Boden.

Schwer atmend sah Germinal sie an und wollte schon die Tür schließen. Dann jedoch hielt er inne und trat auf sie zu.

Ignés, die mit einer Ohrfeige rechnete, hob schützend eine Hand vor ihr Gesicht.

Da nahm Germinal sie in die Arme und drückte sie an sich. »Geh«, flüsterte er und küsste ihr Haar. »Geh.« Er kehrte zurück in die Wohnung und schloss langsam und leise die Tür hinter sich. Er fühlte nur Schmerz. Die Wut war verflogen.

Ignés sackte tonlos zu Boden. Nur ihr Kleid raschelte. Sie verbarg ihr Gesicht in den Händen. Und plötzlich erbebte sie unter einem langen, schmerzlichen Seufzer, der aus unergründlichen Tiefen an die Oberfläche zu drängen schien. Ein Seufzer nur, der alle Tragik eines Abschieds in sich einschloss. Mühsam zog sie sich schließlich an dem Treppengeländer hoch und stieg, auf den abgeblätterten Handlauf gestützt, ganz langsam Stufe für Stufe hinab. Jedoch kam es ihr so vor, als würde sie einen Berg erklimmen.

Sie war im zweiten Stock angelangt, als sie hörte, wie die Mansardentür erneut aufgerissen wurde.

»Wir beide sind keine Toten!«, schallte Germinals Stimme durch das Treppenhaus. »Zusammen sind wir nicht tot!«

Ignés ließ das Geländer los und drückte sich mit dem Rücken an die Wand, als wolle sie sich verstecken. Vor Angst war sie wie versteinert. Seine Worte kamen ihr vor wie scharfe Klingen, die ihre Seele zu zerfetzen drohten. Die ihren Wunden noch weitere hinzufügen konnten. Die noch mehr in ihr abzutöten vermochten.

»Zusammen sind wir nicht tot, du und ich!«, rief Germinal. »Wir können es schaffen! Wir sind noch nicht tot!«

Ignés presste sich die Hand auf den Mund und erstickte einen Schrei. Dann hastete sie die abgrundsteile Treppe hinunter und lief davon, so schnell sie eben konnte, wobei sie sich nun die Ohren zuhielt, damit sie nicht hören musste, wie der Mann, den sie liebte, in verzweifeltem Flehen ihren Namen rief.

»Hier bin ich, wie du befohlen hast«, sagte Tristante.

»Es ist Zeit für die Ankunft«, erwiderte der Gott und lauschte dem Widerhall der göttlichen Stimme in seinem Innern.

Stigle erhob sich von dem Bett, auf dem er verkrampft mit dem Rücken an der feuchten Hüttenwand gelegen und gewartet hatte, bis er von dem heiligen Wesen des Gottes erweckt wurde. Bis er in der Lage war, sich seiner Gottheit zu besinnen. Denn die Erinnerung war die Mutter aller Taten, so hatte es ihn der Gott, der in ihm war, gelehrt.

»Komm mit«, sagte er zu Tristante und verließ die Hütte.

Und noch einmal wurde ihm bewusst, dass sein ruhmreiches Schicksal sich nun erfüllen würde. Bis in alle Einzelheiten. So wie der Gott, der in ihm war, es immer gespürt hatte, so wie es seit Urzeiten in goldenen Lettern in dem heiligen Buch geschrieben stand, das von seiner Geschichte handelte. Dem Buch, das erzählte, beschrieb, verkündete, weissagte. Dem Buch der Erkenntnis am Ende der Leiter, die in einen dunklen Sternenhimmel führte. Und der Gott bebte, denn endlich war der Augenblick da, für den er auf die Welt gekommen war, für den er in dieser elenden sterblichen Hülle Gestalt angenommen hatte, für den der Gott, der in ihm war, sich zu den Menschen herabgelassen hatte. Nun war der Moment gekommen, Lüge und Verleumdung mit Schmerz zu vergelten.

Am Gehege betrachtete Stigle seine Priesterinnen – Wiesel, Marder und Füchse –, die unablässig an der rostigen Umzäunung entlangstreiften. Mit ihrer Grausamkeit priesen sie den Gott und seine Raserei.

Tristante stand neben ihm. Voll Verehrung.

»Wirst du alles tun, worum ich dich bitte?«, fragte Stigle den Liliputaner mit beschwörender Stimme wie in einer bewährten, doch verdrehten Liturgie, der Abfolge von Fragen und Antworten, die um Punkt zwölf Uhr in jener Neujahrsnacht vor sechzehn Jahren, in der er die Geburt des Gottes in sich gespürt hatte, ihre unauflösliche Verbindung besiegelt hatte.

»Ja«, antwortete Tristante dem Ritus getreu. Immer wieder aufs Neue bewegt.

»Ohne jemals zu zögern?«

»Ja.«

»Dann nimm meine Hand. Und drück sie ganz fest, Tristante.«

»Aber ich werde dir wehtun, Stigle …«

»Ohne zu zögern. Du hast es versprochen.«

Der Zwerg nahm Stigles Hand in seine.

»Drück fester.«

Der Zwerg verstärkte seinen Griff.

»Noch fester …«

Der Zwerg musste an das Blut denken, das sechzehn Jahre zuvor den Verband um Stigles verletzte Hand rot gefärbt hatte. Doch wie damals drückte er mit der ganzen Kraft seiner missgebildeten kleinen Finger zu.

Stigle senkte ein wenig die Lider. Er war in den Schmerz hineingeboren. Er selbst war Schmerz. Und es gab keine Qual, die er nicht hätte lieben können.

Dann sperrte er das Gatter am Gehege seiner heiligen Tiere

auf und trat gemeinsam mit Tristante einige Schritte zurück. »›Voller Durst nach dem Blut des getöteten Bocks ... voll Gier, sich zu laben an rohem Fleisch ...‹ Auf, meine Priesterinnen, ihr seid frei!«, rief er aus. »Euhoi ... euhoi!«

Der Reihe nach näherten sich die Raubtiere der Öffnung im Zaun und verharrten einen Moment, um im nächsten Augenblick zurückzuzucken und sich in die finstersten Winkel ihres Käfigs zu verkriechen. Gleich darauf jedoch tauchten sie erneut vor dem Spalt zur Freiheit auf, der sie das Leben kosten konnte, und nach langem Zögern sprangen sie schließlich geifernd und zähnefletschend, mit gesträubtem Fell und aufgestelltem Schwanz nacheinander schnappend, auf spitzen Krallen flink und verstohlen in die verlassene Umgebung davon.

Als das Gehege leer war, lag in der aufgewirbelten feuchtkalten Luft noch immer der Gestank nach verdorbenem Fleisch, mit dem Stigle den Hunger seiner Bestien gestillt hatte, und erinnerte ihn daran, dass er aufs Neue bereit war, den Tod zu bringen.

Nun schlug die Stunde der Letzten, derjenigen, die gelacht, gespuckt und bestätigt hatte: »Ja, beseitigen sollte man ihn«, worauf sie den Leib der Mutter mit ihrem bösen Fluch verbrannt und den Gott zur Unfertigkeit verdammt hatte, sodass er sich im Hoden des Vaters hatte entwickeln müssen.

Zuallererst galt es jedoch, sämtliche Spuren zu vernichten.

Er führte Tristante zu zwei mit Petroleum gefüllten Metallkanistern. Während er einen davon aufschraubte, sagte er zu dem Zwerg: »Kümmer du dich draußen um alles.« Darauf ging er in die Hütte, die nicht Stigles Wohnstatt, sondern das Versteck des Gottes war, und verschüttete den Brennstoff über Tisch, Wände, Türen und die einfache Pritsche, auf der er zusammengerollt gewartet hatte, bis der Gott, der in ihm war, ihn erweckte. Am Fenster lief Tristante vorbei, der um die Hütte herum den zweiten Kanister leerte. Stigle trat hinaus. Auch hinter dem baufälligen Schuppen war die Luft von giftigen Dämpfen verpestet. Als der Liliputaner ihn erreichte, nahm er ihm den leeren Kanister aus der Hand und warf ihn in die Hütte. Er entfernte sich ein paar Schritte und setzte einen petroleumgetränkten Lappen in Brand. Kurz bevor die Flamme auf seine säurezerfressene Hand übergreifen konnte, warf er den Lappen gegen die morschen alten Bretter.

Blitzschnell loderte das Feuer auf und tauchte den frühen Nachmittag, der so unheilvoll und düster war wie ein sterbender Tag, in einen bedrohlichen Schein.

»›Das Grabmal meiner Mutter, die der Blitz erschlug, erblick ich …‹«, deklamierte er wie in einer Grabrede, die er sechzehn Jahre zuvor nicht gehalten hatte, »›… und ihres Hauses Trümmer …‹« Die Bilder des anderen Brandes, mit dem die Geburt des Gottes und der Tod der Mutter gefeiert worden war, zogen vor ihm auf. »›… sie rauchen heut noch, Glut des Zeus …‹« Und ihm klang erneut der Name in den Ohren, den das Schicksal für den Mann bereitgehalten hatte, in dessen Gestalt sich der Gott erniedrigt hatte, um seinen ruhmreichen Plan zur Vollendung zu bringen.

In andächtigem Schweigen, die Gesichter von der Hitze gerötet, betrachteten Stigle und Tristante, wie immer seit jener Neujahrsnacht vor sechzehn Jahren Seite an Seite, den vor ihnen liegenden Scheiterhaufen und lauschten den knisternden Schreien des sich biegenden und zerberstenden Holzes; regungslos standen sie wie ein Brautpaar Hand in Hand da und erzitterten beim krachenden Einsturz der Hütte, die sich am Boden langsam in Rauch auflöste; mit feuerroten Augen blickten sie der Glut nach, die schwerelos durch die Luft wirbelte, ehe sie zu Asche wurde.

»Sciron will morgen früh aufbrechen«, sagte Tristante, als von der Hütte nur noch einige prasselnde Holzscheite geblieben waren.

»Er wird nicht aufbrechen. Die Zeit ist noch nicht reif«, erwiderte Stigle, den Blick starr auf die letzten Feuerzungen gerichtet. »Er muss noch die Ernte einfahren. Danach werden wir fortgehen. Alle zusammen. Wir drei.«

Ein Hüttenpfeiler stürzte zu Boden und wirbelte eine Wolke aus Rauch und Asche auf.

»Du musst es noch einmal tun«, sagte Stigle.

»Ich bin bereit.«

»Hat es dir Freude bereitet, Juffridi zu töten?«

Tristante war kein Mensch. Noch war er je ein Mensch gewesen. Er war ein Zwerg. Er war ein Fötus. An einem fernen Abend vor sechzehn Jahren, als er Stigle begegnet war, war der Fötus zu neuem Leben erwacht und hatte sein gesamtes Wesen in sich entdeckt. Ein von Hass und Rache erfülltes Wesen. Und von Liebe. Dem Gott allein geweiht. Denn der Gott erzählte eine Geschichte, die auch ihm gefiel und beschrieb, wonach er sich sehnte. War doch in der Geschichte des Gottes auch seine eigene kleine Geschichte enthalten. Der Gott hatte ihm in Sciron einen Herrn geschenkt. Sciron hatte ihm die Kraft des Maschinenmannes geschenkt. Und dieser Kraft hatte der Gott einen Sinn verliehen.

Tristante blickte auf Stigle, seinen vollkommenen Gott. Seine vollkommene Liebe. »Es hat mir Freude bereitet, dir zu gehorchen«, sagte er.

»Du musst es noch einmal tun.«

»Ich bin bereit.«

»Und zwar mit mir gemeinsam.«

»Das macht es noch schöner.«

Da zog Stigle eine Efeuranke aus der Tasche, kniete vor Tristante nieder, sodass sein makelloses Antlitz auf Augenhöhe mit dem makelbehafteten Gesicht des Zwergs war, knöpfte ihm den Hemdkragen auf und knotete den Efeu um seinen Hals. Dann holte er ein schmales, mit einem Lederriemen gesäumtes Ziegenfell hervor, das er ihm ebenfalls um den Hals band. »›Der Gott lässt auch die Zukunft schauen, denn der Rausch des Bakchosfestes weckt Prophetengeist in Fülle …‹«, rezitierte er und presste dabei den Daumen an die Lippen des Liliputaners. »›Durchdrang der Saft des Gottes kraftvoll erst den Leib … zwingt den Berauschten er, die Zukunft zu verkünden … Am Werk des Ares auch nimmt teil der Gott.‹« Zu guter Letzt schloss er den Kragen wieder und verbarg Efeu und Fell unter dem Hemd.

Tristante umarmte ihn.

Da erhob sich Stigle. »Nimm den alten Karren«, sagte er zu ihm. »Hol deine Rüstung und komm gegen Abend wieder her.«

»Und was wirst du tun?«

»Ich werde auf dich warten.«

XXVI

Die Nadel der Spritze, die Germinal in die Kommode gerammt hatte und nun wieder herauszog, war an der Spitze irreparabel verkrümmt. Als er sie sich in den Arm stach, zerriss sie ihm mit einem brennenden Schmerz die Haut. Aber er ließ sich nicht aufhalten, sondern stieß den stumpfen Rammsporn noch tiefer hinein, bis er in der Vene war. Schon bald würde der Schmerz nur noch eine ferne, verblasste Erinnerung sein. Über das Blut würde sich das Rauschgift in Windeseile in ihm ausbreiten. Es würde ihn betäuben, seinen künstlichen Schleier über den schmerzenden Arm breiten und den bitteren Nachgeschmack der gescheiterten Ermittlungen mildern. Vielleicht würde es sogar seine Verzweiflung über den Verlust von Ignés, gerade als er sie gefunden zu haben glaubte, verstummen lassen.

Vorsichtig zog Germinal den Kolben ein wenig heraus, um sich zu vergewissern, dass er die Vene getroffen hatte. Sofort mischte sich etwas Rotes in die bernsteinfarbene Flüssigkeit. Sein Blut. Sein Leben. Das, was davon übrig war.

»Nein!«, schrie Germinal plötzlich wütend und zerrte an der Spritze. Wie ein Angelhaken durchschlug die gekrümmte Nadel das Gewebe.

Die Spritze flog quer durch das Zimmer und klirrte gegen die Wand. Er würde nicht so sterben wie Singapur, dachte Germinal. Die Heroinlösung strömte aus dem zerbrochenen Glaszylinder. Wild entschlossen zertrümmerte Germinal mit dem Stiefelabsatz auch noch den stählernen Rest der Spritze. Es war die Stunde der Entscheidung. Aufgebracht hob er den Karton mit den Stempeln des Zentralgefängnisses an, der alles enthielt, was von Singapurs jämmerlichem Leben geblieben war, und schleuderte ihn mit Wucht auf den Boden. Beim Aufprall brachen die Siegel aus Wachs und Blei auseinander, die Kistenränder knickten ein, der starre Deckel sprang auf und der ganze Kartoninhalt verteilte sich über den Fußboden. Singapurs Uhr zersplitterte. Seine Lesebrillen wurden von einem Stapel Bücher zerdrückt. Germinal hob die lange Pfeife auf und warf sie weit von sich. Dann versetzte er den Büchern einen Tritt und stürzte wie von Sinnen den Sessel und die Kommode und den Kleiderschrank um. Mit einem Schrei zog er die Matratze vom Bett, in dem er Ignés geliebt hatte, und schleuderte sie durch den Raum. Er hob den Teppich an und riss alles, was sich darauf befand, wie eine gewaltige Welle mit sich. Zu guter Letzt brach er keuchend zusammen und fiel zu Boden.

Um ihn herum Singapurs Bücher, aufgeschlagen, mit ausgerissenen Seiten und abgelöstem Einband.

Und plötzlich entdeckte er sie.

Er entdeckte eine farbige Illustration auf einem der Buchdeckel. Sie zeigte einen jungen Mann mit beinahe mädchenhaften Zügen. Aus seinen Haaren ragten die Hörner eines Ziegenbocks. Schlangen wanden sich durch seine Locken. Eine Schar nur mit Pelzumhängen bekleideter Frauen umringte den Mann in ekstatischem Tanz, in der Hand hielten alle einen efeuumkränzten Stab.

Mit klopfendem Herzen setzte Germinal sich auf und griff nach dem Buch. *Die Bakchen* lautete der Titel. Er zeichnete mit dem Finger die Felle auf den Schultern der Frauen und die mit Efeuranken umwickelten Stäbe nach. »Die Bakchen«, sagte er laut, noch ohne den Grund dafür zu kennen. Er schlug das Buch auf und begann zu lesen.

»›Hier bin ich nun, in Theben, ich, der Sohn des Zeus, Dionysos, den einst des Kadmos Kind, Semele, in eines Blitzes Feuerstrahl zur Welt gebracht …‹« Germinals Blick überflog die Verse des Dichters auf der Suche nach einer Bestätigung dessen, was das Titelbild ihn vermuten ließ. »›Als erste Griechenstadt erfüllte Theben ich mit Jubel, warf ein Hirschkalbfell ihr um und reichte den Thyrsos ihr, den Speer, den Efeulaub umrankt ...‹« Schaudernd hielt Germinal inne. Er sah das letzte Opfer vor sich, dem, ebenso wie den vier Dienstboten im Hause Finnegan, ein Fell um die Schultern gelegt worden war. Und alle Leichen hatten einen Stock mit Efeu in der Hand gehalten. Den Thyrsos des Dionysos. Aber warum? Noch ergab es keinen Sinn. Konnte es reiner Zufall sein? Warum nur? Er las weiter: »›... weil meiner Mutter Schwestern, gerade sie!, behaupten, ich, Dionysos, sei kein Kind des Zeus; Semele sei Mutter nur durch einen Sterblichen und habe des Fehltritts Schuld auf Zeus gewälzt ...‹« Die Opfer jedoch hatten keine Schwestern. Noch waren sie untereinander verwandt. »›... daher habe Zeus sie umgebracht – so lästern sie! –, weil sie den Ehebund erlogen ...‹« Germinal verstand nicht. Es ergab keinen Sinn. Nichts von dem, was er da las, ergab einen Sinn. Er ging zum nächsten Vers über: »›Drum jagte ich sie aus den Häusern fort, im Wahnsinn ...‹« Atemlos hielt Germinal inne, las den Vers noch einmal. »›Drum jagte ich sie aus den Häusern fort, im Wahnsinn ...‹«

Dieselben Worte hatte der Mörder an die Zimmertür seines letzten Opfers, Frau Fairfirth, geschrieben. In blutiger Handschrift.

Germinal vertiefte sich wie gebannt wieder in die Lektüre der Tragödie. Sie erzählte vom Gott Dionysos, der nach Jahren der Verbannung in die Stadt zurückkehrte, wo er von Zeus mit Semele, einer Sterblichen, gezeugt worden war. Seine Mutter Semele war daraufhin durch verleumderische Lügen der Schande preisgegeben worden. Die Einwohner Thebens, allen voran Semeles Schwestern, hatten sie zur Hure erklärt, die ihre Verbindung mit Zeus nur erfunden habe, um ihren sündigen Liebesakt mit einem gewöhnlichen Mann zu vertuschen. Um dem Zorn und der Eifersucht seiner Gattin Hera zu entgehen, hatte der höchste aller Götter Semele mit seinem Blitz getötet, jedoch den Sohn, den sie noch im Schoße trug, in seinen göttlichen Hoden eingeschlossen, wo der Fötus sich bis zur Geburt entwickeln konnte. Und so kehrte Dionysos nach Theben zurück, um das von der Mutter erlittene Unrecht zu sühnen und durch die Einführung seiner orgiastischen Riten seine Göttlichkeit zu beweisen. Er war kein Bastard, wie alle behaupteten. Zum Auftakt trieb er die Frauen in den Wahnsinn und scheuchte sie von Herd und Webstuhl fort in die umliegenden Berge, wo er sie zu seinen Priesterinnen machte, die mit einem Hirschkalbfell über den Schultern und dem efeuumkränzten Thyrsosstab in der Hand besessen tanzten.

Atemlos gespannt hielt Germinal erneut inne, als er auf Seite vierzig die unheilvollen Verse des Chores las. »›Loser Mund und gesetzesverachtende Torheit führen zu bitterem Ende …‹« Dieselben Worte hatte der Mörder auf dem Aquarell in Frau Fairfirths Zimmer hinterlassen. Germinal hüllte sich in eine Decke. Die erste Berührung mit dem Wahnsinn des Mörders ließ ihn vor Kälte erstarren. Doch er las weiter.

Der alte Kadmos, König von Theben zu der Zeit, als Dionysos gezeugt worden war, hatte inzwischen zugunsten von Pentheus, dem Sohn der Agaue, einer der Schwestern Semeles, abgedankt. In den Wahnsinn getrieben hielt Agaue sich nun in den Bergen vor der Stadt auf, wo der Gott sie zur Anführerin seiner heiligen Priesterinnen, der Bakchen, erwählt hatte. Der Einzige, der sich Dionysos widersetzte, war Pentheus, der ihn nicht als Gott anerkannte und sich nicht nur weigerte, ihn durch Teilnahme an seinen Riten zu ehren, sondern vielmehr Jagd auf ihn machte. Nachdem Dionysos gefasst war, wollte Pentheus ihn in Ketten legen, doch der Gott des Lärms und der Täuschung verwirrte die Sinne des Königs derart, dass er statt seiner einen Stier fesselte. Derweil erreichten ihn schreckliche Neuigkeiten aus den Bergen, wo einige Schäfer in der Gewissheit, einer Schar Frauen überlegen zu sein, die Bakchen hatten gefangen nehmen wollen.

Fasziniert von der Geschichte verschlang Germinal die Verse. »›Da schrie sie gellend auf: ‚Hier, meine flinke Meute, sind Männer, die uns greifen wollen! Folgt mir, auf, folgt mir, den Thyrsos in der Faust statt einer Lanze!‘ …‹«, wurde

Pentheus von einem Hirten Agaues berichtet. »›Nur Flucht ersparte uns das Schicksal, von den Bakchen zerfleischt zu werden. Dafür stürzten sie sich auf das Weidevieh, mit ihren waffenlosen Händen! Und manche sah man eine Kuh mit vollem Euter, die kläglich brüllte, kraftvoll auseinanderspreizen, und wieder andre rissen Färsen wild in Stücke. Da sah man Rippen, sah gespalt'ne Hufe wirbeln nach hier, nach dort. Und an den Tannen blieb es hängen und ließ, blutüberströmt, die Tropfen niederrinnen …‹« Germinal war, als beschrieben die grausamen Verse das Gemetzel, das der Mörder an seinen Opfern verübt hatte. Dies also war der Ritus, von dem Noverre gesprochen hatte. Er diente nicht zur Feier eines Mörders, sondern zur Lobpreisung eines Wahnsinnigen, der sich für einen mythologischen Gott hielt. Daher die kaltblütige Grausamkeit der Morde, deren Motiv in einem Geschehen aus der Vergangenheit und einem Verlangen nach Rache lag, die ganz offensichtlich einen Bezug zu dieser griechischen Tragödie hatten.

Auf Seite dreiundachtzig angekommen, stockte Germinal erneut vor Überraschung der Atem. Dionysos hatte Pentheus dazu gebracht, sich als Frau zu verkleiden, um unauffällig die orgiastischen Riten der Bakchen beobachten zu können. Da ihm durch das Werk des Gottes aufs Neue der Verstand getrübt war, hatte sich der König in seiner erniedrigenden Verkleidung vor den Augen der Stadt lächerlich gemacht und war in die Berge gezogen. Jedoch hatten ihn die besessenen Frauen entdeckt und getötet. Als seine Mutter Agaue im Siegeszug nach Theben zurückkehrte, zeigte sie, ohne ihn wiederzuerkennen, allen den abgetrennten Kopf ihres Sohnes. Sie trug ihn vor sich, wie Frau Fairfirth den Kopf ihres Sohnes gehalten hatte. »›Ich freu mich, ja …‹«, sagte Agaue auf Seite dreiundachtzig des Buches, »› … weil ich Großes, so Großes vollbracht, vor aller Augen, mit diesem Fang!‹« Derselbe Satz, der in Frau Fairfirths Zimmer an der Wand geprangt hatte, über dem von zwei schmalen dunklen Säulen mit edlen Goldkapitellen eingerahmten Kopfteil des Bettes aus hellem Nussbaumholz. Dieselbe wahnsinnige Freude einer Mutter, die den abgeschlagenen Kopf des Sohnes im Schoß hielt.

Aus Germinals Augen sprach namenloses Grauen, während er immer weiter in der unheilvollen Geschichte des Dionysos las. Ohne länger überrascht zu sein, hielt er noch einmal inne, als er auf Seite zweiundneunzig den vierten und letzten Satz wiederfand, den der Mörder hinterlassen hatte. Die Tragödie ging bereits ihrem finsteren Ende entgegen. Agaue erwachte aus dem Albtraum, den Dionysos über sie gebracht hatte, und erkannte das Antlitz des geliebten Sohnes wieder. Im Land regierte nun kein König mehr, sondern ein neuer Gott, und die von ihrer Schuld gebrochene Agaue musste gemeinsam mit ihrem alten Vater Kadmos die Stadt verlassen. »›Denn auch ich, ein Gott, ward schwer von euch gekränkt‹«, erklärte ihr Dionysos. Der Mörder hatte diesen einen Vers auf die beiden Schenkel der Fairfirth aufgeteilt. Er hatte sich zu erkennen gegeben. Und er hatte das Motiv für seine blutrünstigen, symbolträchtigen Verbrechen aufdecken wollen: Rache. Gerechtigkeit.

Germinal schlug das Buch zu. Hinter Dionysos sollte sich also der junge Sozialist verbergen, dem er selbst zur Flucht verholfen hatte? Ignaszewsky war folglich ein irrer Serienmörder, der sich hinter einem hohen Ideal versteckte, um auf solch grauenvolle Weise Rache üben zu können? Wie war es möglich, fragte er sich, dass er den Keim dieses Wahnsinns nicht in seinem Blick wahrgenommen hatte, während er ihn festhielt? Wie hatte er so blind sein können? Germinal betrachtete die Überreste der Spritze am Boden. Und die kleine Heroinpfütze rund um die Glasscherben. Der Versuch zu lächeln missriet zu einer grässlichen Fratze, als er den Blick wieder dem Buch zuwandte. Dionysos war der Gott des Weines, des Rausches. Der Drogen. ›Ihr seid nur ein Drogensüchtiger‹, hörte er erneut Noverres Stimme sagen.

»Nein …«, sagte Germinal leise.

In diesem Fall war nichts, wie es schien. Dionysos, wenn das die Rolle war, die der Mörder sich in seinem wahnsinnigen

Plan zugedacht hatte, war der Gott der Täuschung. Er war der Gott der verwirrten Sinne. Er war ein Zauberer und die Wirklichkeit nicht so, wie sie zu sein schien.

Germinal schloss die Augen, vergegenwärtigte sich ein weiteres Mal den Verlauf dieses beispiellosen Falls. Juffridi. Die erste Bluttat in der Villa Neef. Die verbotene Obduktion mithilfe Noverres und der Fund des mit Knochen gefüllten Hodensacks in der Vagina. Der Thyrsosstab, der inmitten des Tumults bei der Totenmesse in der Hand des Leichnams aufgetaucht war …

Germinal erschauerte, als würde ihm ein Stromschlag über den Rücken laufen. Ignaszewsky war nicht mehr in der Kirche gewesen, als der Sarg umgestürzt und Frau Neefs Leiche von den Massen entblößt worden war. Er hatte sich zu keiner Zeit, auch nicht bei Ausbruch der Unruhen, in der Nähe der Bahre aufgehalten. Demnach konnte er es nicht gewesen sein, der dem Leichnam den Stock mit Efeu in die Hand gedrückt hatte. Aber wer dann?

Germinal dachte noch einmal über die Reihenfolge der Ereignisse nach. Zunächst war Juffridi getötet worden. Danach geschahen die Morde in der Villa Neef. Dann die verbotene Obduktion mit dem Fund des Hodensacks …

»Der Hodensack, natürlich«, sagte Germinal laut. Der Hoden des Zeus, in dem Dionysos bis zur Geburt herangereift war. Alles hing mit einer Geburt zusammen, dessen war er sich nun sicher. Und die Wieselpfote im Hodensack symbolisierte Dionysos. Dionysos, der Mörder, wiederum sah sich in einer Pfote verkörpert. In einer Hand. Einer Hand, die er bei seinen Morden zu benutzen vermied.

Germinal konzentrierte sich wieder auf den Ablauf der Ereignisse. Zunächst die Obduktion und das folgende Auftauchen des Thyrsos bei der Totenmesse. Danach die zweite Gräueltat, mit den als Frauen oder vielmehr, wie er nun wusste, als Bakchen verkleideten Dienstboten in der Rolle von Zuschauern. Juffridis Skizzen. Der Argwohn gegenüber Noverre. Scirons

Verhaftung. Dann das dritte Verbrechen, bei dem der Mörder ihnen zahlreiche rituelle Erklärungen hinterlassen hatte. Zu guter Letzt der zufällige Fund der Anstecknadel. Der Mörder, der niemals einen Fehler beging, hatte törichterweise seine Anstecknadel verloren.

»So weit entfernt von der Stelle, an der er in die Wohnung eingestiegen ist.« Germinal dachte laut nach, wie um eine andere Person im Raum zu überzeugen. »Wie konnte die Anstecknadel, über die Beete und den Brunnen hinweg, auf die entgegengesetzte Seite des Innenhofs gelangen?«

Germinal rieb sich die Schläfen. Irgendetwas musste er übersehen haben. Einen Hinweis, den er nicht erkannte, obwohl er ihn unmittelbar vor Augen hatte. Es war zwar nur ein Gefühl, aber da musste noch etwas anderes sein. Irgendetwas stimmte nicht an seiner Rekonstruktion des Geschehens. Ein entscheidendes Teilchen schien zu fehlen und lag vielleicht in seinem Unterbewusstsein vergraben, ein Hinweis darauf, wer …

Und dann schlug er die *Bakchen* noch einmal auf. Zuvor war er beim Lesen kurz über einen Satz gestolpert, der ihm bekannt vorgekommen war, obwohl es keiner der vier Sätze war, die der Mörder im Hause Fairfirth hinterlassen hatte. Mit zitternden Fingern blätterte er durch die Seiten. Im Ablauf der Ereignisse folgte auf die Verhaftung Scirons nicht sogleich der dritte Mord.

Ganz unten auf Seite neunzig fand Germinal, was er suchte. Im Gefängnis hatte Sciron Besuch von Stigle bekommen. Germinal hatte draußen vor dem Zellenfenster ihr Gespräch belauscht. Zunächst war er der Meinung gewesen, die beiden hätten nur Belanglosigkeiten ausgetauscht. Nun jedoch erinnerte er sich ganz genau daran, was Stigle in psalmodischem Ton zu Sciron gesagt hatte: ›Einem Wohltäter taten diese Polizisten Unrecht … blind vor Hass und Wut … ließen sie fesseln ihn … und höhnten ihn mit frechen Worten …‹ Trotz der für eine normale Unterhaltung übertrieben schwülstigen Sprache hatte Germinal den Worten in dem Moment keine Bedeutung beigemessen. Doch damit hatte er sich geirrt. Auch wäre ihm der Satz, der auf die Situation zugeschnitten schien, wohl nicht so genau in Erinnerung geblieben, hätte er ihn nun nicht unten auf Seite neunzig der *Bakchen* wiedergefunden.

Es war Dionysos, der die Worte sprach: ›Einem Wohltäter tat er Unrecht … blind vor Hass und Wut … ließ fesseln ihn und höhnte ihn mit frechen Worten …‹

Germinal rannte aus dem Haus.

»Ich muss Herrn Boamorte sprechen.«

Die beiden Polizeiwachen vor der Villa ergriffen hastig ihre Gewehre und fuhren herum. Im Schein des kleinen Feuers, das sie, während am Horizont die Sonne genau zwischen den beiden Schloten der Zuckerfabrik unterging, zum Schutz gegen die Kälte des anbrechenden Abends angezündet hatten, wirkten ihre Gesichter angespannt. Verängstigt.

»Ich hatte Euch gar nicht kommen hören«, sagte einer von beiden aufatmend und ließ das Gewehr sinken.

»Ihr hättet Euch eine Kugel einfangen können, Chemiker«, bemerkte der andere angriffslustiger.

Durch das Eingangstor warf Stigle einen Blick auf die Villa, deren Fenster bereits in warmem Licht erstrahlten. »Ich muss Herrn Boamorte sprechen«, sagte er noch einmal.

»Wir haben den Befehl, niemanden hineinzulassen.«

»Niemanden«, bekräftigte der andere Polizist.

»Es geht um die Fabrik«, beharrte Stigle.

Unschlüssig sahen die Polizisten sich an.

»Hat man euch nicht informiert, dass dieser Sozialist der Mörder ist?«, fragte Stigle daraufhin. »Euch hält man wohl nicht auf dem Laufenden?«

»Sein Name ist Ignaszewsky«, erwiderte der angriffslustigere Wachhabende gereizt. »Wir wissen Bescheid.«

»Gut. Mein Name ist nicht Ignaszewsky«, bemerkte Stigle mit einem sarkastischen Lächeln. Dann wurde sein Blick streng. »Ich habe Herrn Boamorte einige wichtige Mitteilungen zu machen, tu mir deshalb den Gefallen und sag ihm, dass ich da bin.«

»Wartet hier«, schnaubte der Polizist und machte sich auf den Weg zum Haus.

Stigle wandte sich um und pfiff eine kurze Melodie zu einem finsteren, undurchdringlichen Waldstück hinüber. Er wiederholte den Pfiff. Dann sah er den Polizisten an, der bei ihm geblieben war. »Dein Kollege scheint mir ein wenig nervös zu sein«, sagte er mit einem gewinnenden Lächeln.

Der Polizist zuckte die Achseln. »Die Schichten sind lang. Und am schlimmsten ist die Nachtwache. Vor allem, wenn man eine Verlobte hat.« Der Junge lachte. »Verständlich, dass er nervös ist, oder?«

»Stimmt ... Wann werdet ihr denn abgelöst?«, fragte Stigle, als er die Haustür aufgehen sah.

»Zwei Stunden vor Tagesanbruch.«

»Herr Boamorte lässt bitten«, verkündete der Polizist auf dem Rückweg von seiner Unterredung mit dem Aktionär und winkte Stigle mit seinem Gewehr heran.

Ohne die beiden eines weiteren Blickes zu würdigen, ging Stigle auf die Villa zu. In der Tür erwartete ihn bereits die dunkle Silhouette des Aktionärs.

»Verzeiht, wenn ich Euch um diese Uhrzeit störe«, sagte Stigle, als er ihn erreicht hatte.

»Hat man ihn gefasst?«, fragte Boamorte, ohne sich zu rühren.

»Leider nicht, Herr Boamorte«, antwortete Stigle. »Darf ich hereinkommen?«

Mit einem ungehaltenen Ausdruck auf seinem Gesicht, dessen schimmernder Teint die Farbe sonnengetrockneten Tabaks hatte, trat der Aktionär ein wenig zurück. »Schließt die Tür«, befahl er Stigle und bog ihm voran nach rechts in einen kurzen Flur ein. »Nun?«, fragte er, nachdem sie ein behagliches, von Büchern überquellendes Arbeitszimmer betreten hatten.

Stigle sah sich um und musste an eine andere Bibliothek

denken, an deren tiefblauer Zimmerdecke unzählige goldene Sterne funkelten. Dort war das Buch der Erkenntnis für ihn aufbewahrt gewesen.

»Das ist neuerdings Mode«, bemerkte Boamorte und deutete auf die alten Bücher in den Regalen.

Stigle sah ihn fragend an.

»Es sind Attrappen«, erklärte der Aktionär nicht ohne Stolz. »Ein Innenausstatter kam auf die Idee, Bücher aus Holz als Dekoration zu verwenden.« Zufrieden lachend trat er an eines der Regale heran und zog an einem Buchrücken. Hölzern quietschend bewegte sich die gesamte Buchreihe, die nur etwa zwei Zoll tief war. »So spart man auch Platz. Einfach und praktisch«, sagte der Aktionär, während er den Regalinhalt wieder zurechtrückte. »Nun?«, fragte er dann unwirsch.

Um die Verachtung zu verbergen, die ihm ins Gesicht geschrieben stand, wandte Stigle sich ab und begutachtete mit geheucheltem Interesse die gesamte Scheinbibliothek. Als er sich dem dunkelhäutigen Aktionär wieder zuwandte, hatte er ein liebenswürdiges Lächeln aufgesetzt. »Leider muss ich Euch mitteilen, dass der befürchtete Arbeiterstreik kurz vor dem Ausbruch steht.«

»Wie bitte …?«

»Ich bedauere, es besteht kein Zweifel. Meine Informanten sind vertrauenswürdig«, fuhr Stigle fort. »Dieser Ignaszewsky ist nicht nur ein Mörder, sondern außerdem tatsächlich ein sozialistischer Aufrührer. Er hat die Gemüter der Arbeiter derart erhitzt, dass sie auch ohne ihn in Streik treten wollen.«

»Was gedenkt Ihr dagegen zu tun?«, fragte der Aktionär wild gestikulierend. »Habt Ihr einmal überschlagen, wie hoch unser finanzieller Verlust wäre? Die Fabrik muss unbedingt von der Polizei besetzt werden … nötigenfalls auch von der Armee.«

»Angeblich wollen sie in der nächsten Woche losschlagen, aber …«

»Aber …?«

»Aber gebt mir ein wenig Zeit, die Gerüchte zu überprüfen

und zu sehen, ob der Lage mit einer weniger drastischen Maßnahme als einer bewaffneten Besetzung beizukommen ist«, erklärte Stigle. »Ich denke da an ein kleines Ablenkungsmanöver ... solltet Ihr es gutheißen, müsste ich Euch allerdings um ein wenig Geld bitten ...«

»Worum geht es?«

»Außerdem kann ich nicht für den Erfolg garantieren ...«

»Worum geht es?«

»Die Arbeiter, Herr Boamorte, sind schlichte Gemüter ...«, wich Stigle noch immer aus. »Sie sind wie Kinder ...«

»Jetzt redet schon«, verlor Boamorte die Geduld. »Spannt mich nicht auf die Folter. Wir werden all unsere Möglichkeiten ausschöpfen.«

»Nun ... habt Ihr von der Jahrmarktsattraktion gehört, die neuerdings das Interesse des einfachen Volkes auf sich zieht?«, fragte Stigle. »Man nennt ihn den Maschinenmann.«

»Meine Interessen sind nicht die des Volkes.«

»Halb Mensch, halb Maschine: So bewirbt ihn sein Impresario, ein gewisser Sciron. In Wahrheit ist alles ein findiger Trick. Es handelt sich um ein mechanisches Gerüst, das im Innern von einem Zwerg aus Fleisch und Blut ... sagen wir ... gesteuert wird ...«

»Kommt zum Punkt.«

»Mir schwebt vor, ihn für eine Art Vorführung zu engagieren, die in der Fabrik für Verblüffung und Angst sorgen soll«, erläuterte Stigle. »Selbstverständlich würde der Maschinenmann dabei in ganz anderer Weise eingesetzt als von seinem Impresario. In der Vorführung, die ich im Sinn habe, müsste das Blechungetüm nicht kämpfen, sondern ... arbeiten.«

»Arbeiten?«

»Ganz genau. Ihr seid ein Mann mit Weitblick, der zweckmäßige Neuerungen zu schätzen weiß«, Stigle deutete auf die fingierten Bücher der Bibliothek. »Unsere Gesellschaft wird zunehmend automatisiert. Vor allem, wenn die Streiks noch weiter um sich greifen, wird der nächste Schritt der Wissenschaft aller Wahrscheinlichkeit nach dahin gehen, den Einsatz der denkenden ... und essenden ... Massen als Arbeitskräfte auf ein Mindestmaß zu reduzieren und stattdessen gefügigere Helfer zu entwickeln, eine Technologie, die den Arbeiter überflüssig macht. Ich denke, Ihr seid mit mir einer Meinung: Seit der Abschaffung der Sklaverei hängen Produktivität und Gewinn leider in immer stärkerem Maße von den Löhnen und Arbeitszeiten der Arbeiter ab ... Könnt Ihr mir folgen?«

»Sprecht weiter«, antwortete Boamorte gebannt, der seinen Untergebenen, dem er bis eben noch Verachtung entgegengebracht hatte, plötzlich mit anderen Augen sah. »Wollt Ihr etwas trinken? Ich kann Euch einen vorzüglichen Brandy anbieten. Nehmt doch bitte Platz.«

»Ich danke Euch«, sagte Stigle und ging zielstrebig auf den Sessel hinter dem Schreibtisch zu, von dem aus gewöhnlich der Hausherr über die Angestellten herrschte, die er empfing.

Verwirrt von diesem unerwarteten Schachzug fügte Boamorte sich widerspruchslos und nahm auf dem unbequemen Stuhl Platz, auf dem sich eigentlich seine Besucher niederen Rangs unerwünscht und unbehaglich fühlen sollten. »Sprecht weiter.«

»Wie wir natürlich beide wissen, wurde nach heutigem Stand der Dinge eine solche Technologie, deren unzweifelhafter Vorteil darin bestünde, dass nach einer anfänglichen Investition nur noch die regelmäßigen Wartungskosten anstelle des Arbeiterlohns anfielen, noch nicht erfunden«, fuhr Stigle fort. »Doch was heißt das schon? Wissen es auch die Arbeiter? Die Antwort ist Nein. Sie wissen es nicht. Engagieren wir deshalb den Maschinenmann. Lassen wir ihn zu Vorführungszwecken in der Fabrik arbeiten. Zeigen wir den Aufrührern, dass sie jederzeit ersetzbar sind durch einen, der zehnmal so stark ist wie sie, nicht essen muss und keinen Lohn verlangt ... Streuen wir das Gerücht aus, die Aktionäre wollten im Falle eines Streiks Dutzende von Maschinenmännern ordern. Geben wir ihnen zu verstehen, dass wir ohne sie auskommen können, Herr

Boamorte.« Stigle legte eine kurze Pause ein. »Sie werden wieder folgsam sein wie die Lämmer, dessen bin ich mir sicher. Es ist nur ein Zaubertrick …«

»Ein Zaubertrick!«, rief Boamorte entzückt.

»So ist es.« Stigle sah ihn durchdringend an. »Eine Täuschung. Magie.«

Lachend schlug sich Boamorte vor Begeisterung auf den Schenkel.

Stigle musterte ihn mit einem kaum merklichen Lächeln. Die Ankunft stand bevor. Auch für die Vierte war nun der Augenblick der Abrechnung gekommen. Für die Letzte, die schwarze Hexe, die gelacht, gespuckt und bestätigt hatte: »Ja, beseitigen sollte man ihn«, worauf sie den Leib der Mutter mit ihrem bösen Fluch verbrannt und den Gott zur Unfertigkeit verdammt hatte, sodass er sich im Hoden des Vaters hatte entwickeln müssen.

»Was wird uns das kosten?«, wollte Boamorte wissen.

»Viel …« Stigles Stimme klang düster.

Die Erste hatte der Zeit der Ankunft Ehre erwiesen. Ebenso die Zweite. Und die Dritte. Nun war es an der Zeit für die Letzte.

»Wie geht es übrigens Eurer Tochter?«, erkundigte sich Stigle in freundlicherem Ton. »Ich habe vom vorzeitigen Ableben Eurer Gattin erfahren müssen. Das Kind hat sicher am allermeisten darunter gelitten …«

Boamorte zuckte zusammen. Unter anderen Umständen hätte er seinem Untergebenen deutlich zu verstehen gegeben, dass seine Privatangelegenheiten ihn nichts angingen. Doch hatte ihn die Idee, die Arbeiter mit dem Maschinenmann hinters Licht zu führen, derart begeistert, dass er sich zu einer beinahe freundschaftlichen Vertraulichkeit hinreißen ließ. »Obwohl meine Frau schon seit langem krank war …«, sagte er seufzend, »und keine Aussicht auf Heilung bestand … hat mein kleines Mädchen nie die Hoffnung aufgegeben und war von ihrem Tod zutiefst getroffen …«

»Kleines Mädchen?«, unterbrach Stigle ihn erstarrend.

Boamorte lachte. »Eine Tochter bleibt für ihren Vater ein Leben lang das kleine Mädchen ... Ihr kennt das sicher, nicht wahr? In Wahrheit ist sie schon fast eine Frau. Übermorgen wird sie sechzehn.«

»Sechzehn ...«, murmelte Stigle. »Welch schöne Zahl.«

»Welch schönes Alter, meint Ihr wohl«, verbesserte ihn der Aktionär verwundert.

Schweigend blickte Stigle ihn an. Sechzehn Jahre. So alt war er gewesen, als der Gott sich zum ersten Mal in ihm verkörpert hatte. Ebenso viele Jahre hatte er seither, in der sterblichen Gestalt Stigles schlummernd, geduldig abgewartet, bis das Zeitalter für die Ankunft reif war.

»Dann gestattet, dass ich Eurer bezaubernden Tochter, Fräulein ... Boamorte, ein Geschenk mache«, verkündete Stigle mit einem rätselhaften Lächeln.

Als der Gott Jahre zuvor seine Ankunft geplant hatte, war er mit der Unvorhersehbarkeit des Lebens – und des Todes – konfrontiert worden. Von den vier Frauen, die seine Mutter, und in ihr den Gott selbst, gekränkt und erniedrigt hatten, lebte nur noch eine: Die Dritte, Frau Fairfirth, die durch Zufall eine der reichsten Frauen aus dem Kreise der Aktionäre war. Frau Couze, die Erste, hingegen war verstorben, jedoch hatte sie eine Tochter, die mit dem Zuckerfabrikaktionär Neef verheiratet war. Dieser Tochter hatte sie ihre zu büßende Schuld vermacht. Dasselbe galt für Frau Caldwell, die so umsichtig gewesen war, dem Gott nach gleich drei Söhnen noch eine Tochter, Virginia, zu schenken, die wiederum Herrn Finnegan, Schürzenjäger und zufällig ebenfalls Aktionär der Fabrik, geheiratet hatte. Die Vierte schließlich, die Letzte, die Hexe Boamorte, hatte einzig den unnützen Sohn zur Welt gebracht, der ihm gegenübersaß. Doch wachten die Sterne über den Weg des Gottes. ›Keiner braucht zu leiden, was ihm nicht beschieden ist‹, sagte das Buch der Erkenntnis. So hatte ihm sein ruhmreiches Schicksal mit der Enkelin nicht allein ein Opfer als Ersatz für die Hexe Boamorte beschert, sie war sogar, wie er nun erfahren hatte, vor genau sechzehn Jahren geboren und somit eigens für ihn, für den Tag seiner Rache erschaffen worden.

»Was für ein Geschenk?«, fragte Boamorte argwöhnisch.

»Wisst Ihr« – Stigle erhob sich aus dem Hausherrensessel –, »ich kannte Eure Mutter ... aus den Erzählungen meiner Mutter.«

»Waren sie befreundet?«

»Mehr noch«, murmelte Stigle. »Sie waren wie ... Schwestern.«

»Wie war denn der Name Eurer Mutter?«

»Semele.«

»Ein ungewöhnlicher Name ...«, wunderte sich Boamorte. »Ich kann mich nicht erinnern, ihn je aus dem Mund meiner Mutter gehört zu haben.«

»Aber ja ... vor zweiunddreißig Jahren ... war der Mund Eurer Mutter ganz nah am Bauch der meinen ... und an mir, der ich darin heranwuchs. Sie hat uns beiden ein Geschenk hinterlassen ...«

»Ein Geschenk?« Boamorte wurde unbehaglich zumute, als er Stigle um den Schreibtisch herum auf sich zukommen sah.

»Auch aus diesem Grund bitte ich Euch darum, Eurer Tochter ebenfalls ein Geschenk machen zu dürfen.«

»Aber ... worum handelt es sich dabei?«

»Kommt mit mir«, nahm Stigle ihn beim Arm und zog ihn zur Haustür. »Kommt schon«, sagte er noch einmal und schob den Aktionär zur Tür hinaus durch den gepflegten Vorgarten, der von den letzten Strahlen der zwischen den Schloten der Zuckerfabrik untergehenden Sonne in rötliches Licht getaucht war. Er führte ihn bis zum Tor, wo die beiden Polizisten sich bei ihrem Anblick erhoben und ungelenk salutierten. »Würdet Ihr wohl den beiden Trotteln befehlen, ihren Eifer zu zügeln und nicht zu schießen?«, flüsterte er Boamorte ins Ohr. »Ich möchte Euch jemanden vorstellen. Dieser Jemand ist mein Geschenk an Eure Tochter.«

»Aber …« Boamorte war völlig verstört. »Also gut … Ihr beiden, schießt nur auf meinen Befehl hin.«

Der Gott gab in schneller Folge drei verschiedene kurze Pfiffe von sich. »Dort drüben.« Er zeigte auf ein kleines Waldstück.

Unversehens wurde die abendliche Stille von stampfenden Schritten durch knisterndes Laub und knackendes Geäst durchbrochen, bis sich vor dem karminrot gefärbten Himmel eine mächtige Gestalt abzeichnete, die sich mit hölzernen Bewegungen näherte.

»Gott steh mir bei …«

»Wenn er bereits Euch so beeindruckt«, sagte Stigle lachend, »bin ich ganz zuversichtlich, dass der Plan gegen die Arbeiter aufgehen wird.«

»Das … ist er?«, fragte Boamorte erregt.

»Jawohl, das ist er«, antwortete Stigle stolz. »Der Maschinenmann.«

»Unglaublich!«, rief der Aktionär aus, als der Koloss aus Haut und Metall neben ihm zum Stehen kam. »Nehmt die Gewehre herunter, ihr Idioten«, befahl er den beiden Polizisten, bevor er seinen Blick wieder dem Maschinenmann zuwandte. »Er ist phänomenal!«

»Nun, Herr Boamorte«, erklärte Stigle, »wie ich fand, solltet Ihr Euch selbst ein Bild davon machen, ob mein Plan gegen den Streik gewisse Erfolgsaussichten haben könnte …«

»Gewisse Erfolgsaussichten? Aber das hier … das ist ein Wunder! Dafür werde ich mich erkenntlich zeigen, seid gewiss. Eure Idee ist brillant! Brillant!« Boamorte trat nun an Stigle heran und fragte ihn flüsternd: »Dann stimmt es also, was Ihr sagtet? Wo verbirgt sich der … Zwerg? Dürfte ich ihn sehen?«

Stigle warf einen Blick auf die beiden Polizisten und gab Boamorte ein Zeichen.

»Ihr beiden, dreht euch um«, befahl der Aktionär ihnen augenblicklich.

Die Polizisten gehorchten.

»Zeigt ihn mir.«

»Seht selbst nach«, gab Stigle zurück. »Knöpft ihm die Weste auf.«

Mit zitternden Händen öffnete Boamorte behutsamer, als er es je mit den Kleidern seiner Frau getan hatte, einen Knopf nach dem anderen. Dann schlug er die Weste ein wenig auseinander und schrak zurück. »Gütiger Gott!«, stieß er hervor, ehe er sich dem Maschinenmann wieder annäherte und vorsichtig in die Weste hineinlugte.

Tristantes entstelltes Gesicht blickte ihm gleichmütig entgegen.

»Guten Abend …«, hauchte Boamorte unbeholfen.

»Guten Abend«, entgegnete Tristante ebenso leise mit übertriebener Mimik. Der Kiefer des Maschinenmannes bewegte sich synchron zu den Mundbewegungen des Liliputaners.

»Sensationell!«, murmelte der Aktionär verzückt.

»Was haltet Ihr von einer Kraftprobe des Maschinenmannes?«, fragte daraufhin Stigle, während er Tristante, der ihn voll Anbetung ansah, wieder hinter der Weste versteckte. »Wir könnten Eurer Tochter aus dem Stegreif eine kurze Vorführung zum Geburtstag schenken.«

»Hervorragend. Martha wird begeistert sein.« Boamorte war sofort einverstanden. »Wie wollt Ihr vorgehen?«

»Gibt es Dienstboten im Haus?«

»Drei.«

»Lasst sie kommen. Sie sollen Laternen mitbringen, damit wir den Vorgarten erleuchten können. Danach brauche ich sie gemeinsam mit Euch und Eurer Tochter als Zuschauer, denn Ihr müsst wissen, die Wirkung ist umso größer, je zahlreicher das Publikum ist.«

»Die Täuschung … die Zauberei …« Der Aktionär zwinkerte ihm aufgeregt zu.

»Ganz richtig, Herr Boamorte«, fuhr Stigle fort. »Wenn Ihr dann auch noch die beiden Polizisten dazu überreden könntet, bei der Vorführung ... mitzuwirken, werden wir gewiss etwas Vergnügliches auf die Beine stellen.«

»Ich soll sie überreden?« Boamorte schlug den beiden Polizisten auf die Schultern. »Ihr tut, was der Herr Direktor sagt«, befahl er ihnen. »Ich hole unterdessen Martha und die Dienstboten.« Mit diesen Worten eilte der dunkelhäutige Mann zum Haus.

»Ihr werdet gegen den Maschinenmann kämpfen«, kündigte Stigle den Polizisten an. Dann grinste er. »Natürlich tut ihr nur so als ob. Und Herrn Boamorte werde ich vorschlagen, Euch eine Flasche zu spendieren, damit die Nacht nicht so kalt wird.« Mit zufriedenem Gelächter begutachteten die beiden Polizisten den Maschinenmann neugierig von allen Seiten und klopften ihm gegen den Metallpanzer.

»Wir sind so weit«, rief der Aktionär, als ein Teil des Vorgartens hell erleuchtet war.

Stigle näherte sich der Gruppe mit einem liebenswürdigen Lächeln. Gleich hinter Boamorte erkannte er eine Frau um die fünfzig, zweifellos die Köchin, ein junges Hausmädchen und einen fülligen Mann mit kräftigen, knorrigen Händen. Stigle versuchte abzuschätzen, ob er ihm gefährlich werden konnte. Schließlich richtete er den Blick auf die Aktionärstochter und Enkelin der schwarzen Hexe Boamorte, die für die Rolle der Letzten auserwählt worden war. Das Lächeln auf seinen Lippen erstarb.

»Sie müsste doch schwarz sein«, ärgerte sich der Gott.

»Wie bitte ...?«, fragte Boamorte verwundert.

»Wie kommt es, dass ihr Haar nicht schwarz ist wie das ihrer Großmutter?«, fragte der Gott und verzog missmutig das Gesicht.

Verstört errötend blickte das Mädchen zu Boden. Blonde Locken fielen ihr über das Gesicht.

»Sie hat das wunderschöne Haar ihrer Mutter geerbt«, entgegnete der Aktionär gekränkt. Wiedergewonnener Standesdünkel lag in der Stimme. »Was ist los mit Euch, Stigle?«

Der Gott verkroch sich wieder ins Dunkle. Noch war es für ihn nicht an der Zeit, sich in all seiner Macht zu zeigen.

Stigle schenkte Boamorte ein Lächeln, ehe er sich an das Mädchen wandte: »Verzeiht mir, mein Fräulein. Eure Großmutter hat eine sehr wichtige Rolle in meinem Leben gespielt …«

»Wollen wir weitermachen?«, unterbrach ihn der Aktionär, der hingegen das schwarze Haar und die dunkle Haut der Hexe Boamorte geerbt hatte.

»Sehr gut«, sagte Stigle daraufhin an die Polizisten gewandt. »Zunächst einmal müsst ihr eure Gewehre ablegen.«

Nach kurzem Zögern lehnten die beiden ihre Waffen gegen die Hauswand. Dann stellten sie sich mit ulkigen Verrenkungen und erhobenen Fäusten gegenüber dem Maschinenmann auf.

Das Mädchen klatschte in die Hände. Wie gebannt verfolgten die drei Dienstboten die Szene und die Bewegungen des Maschinenmannes. Boamorte blickte zwischen dem Pantomimenkampf und seiner Tochter hin und her. Etwas abseits legte Stigle seine Hand hinter dem Rücken an den Hosenbund.

Nachdem die beiden Polizisten spaßeshalber einige Schläge ausgeteilt hatten, wehrten sie sich nicht, als der Maschinenmann mit seinen riesigen Händen aus gegerbtem Leder und Metall nach ihren Köpfen griff. Seine mechanischen Finger drückten sich in ihre Schläfen und hielten sie gepackt.

»He, du Ungetüm, nicht so fest«, lachte einer der Polizisten laut, während er sich zu befreien versuchte.

Das Mädchen jauchzte begeistert. Ihr Vater hatte nur noch Augen für ihr Glück. Die drei Dienstboten applaudierten.

»Es ist Zeit für die Ankunft«, sagte der Gott.

Immer stärker drückte der Maschinenmann zu. Die Gesichter der Polizisten verzerrten sich vor Schmerz.

Während die lachenden Mienen der Zuschauer erstarrten und ein Ausdruck erstaunten Unbehagens in ihre Augen trat, zerquetschten die Metallfinger die Knochen der beiden Schädel mit einem zweifachen Knall, der in der plötzlichen Stille des Abends widerhallte.

Ein Blutschwall überzog die Gesichter der Polizisten. Leblos sanken ihre Körper zu Boden.

Das Mädchen schrie vor Entsetzen.

Stigle zog seine Pistole, richtete sie auf den kräftigen Dienstboten und zielte ihm aus kurzer Entfernung ins Herz. Gleich darauf erschoss er auch das Zimmermädchen und die Köchin.

Das Mädchen hatte die Hände vor das Gesicht geschlagen und schrie immer lauter, schaffte es jedoch nicht wegzulaufen, sondern drehte sich hysterisch im Kreis.

»Weißt du, was deine Mutter meiner zum Geschenk gemacht hat?«, sprach der Gott zu Boamorte. »Das hier.« Und er spuckte ihm ins Gesicht, auf die nun nicht mehr so dunkle, sondern vielmehr einem gebleichten Lederlappen ähnelnde Haut. »Und dann bestätigte deine Mutter: ›Ja, den Bastard sollte man beseitigen.‹« Er hielt ihm die Pistole an die rechte Wange und drückte ab.

Währenddessen hielt der Maschinenmann das Mädchen mit bluttriefenden Metallfingern am Hals gepackt.

Der Gott fesselte ihr nun die Hände hinter dem Rücken. Dann griff er in ihren blonden Schopf und kam ihr mit seinen vor göttlicher Wut lodernden Augen ganz nah. »*Mala suerte*«, hauchte er ihr ins Gesicht.

Das Mädchen weinte und schrie.

Der Gott lachte. »Wirf die Leichen ins Haus, nimm die Gewehre mit und komm mir nach«, befahl er dem Maschinenmann, während er das Mädchen zum Tor drängte.

Zwischen den Schloten der Zuckerfabrik blinzelte noch immer die Sonne hervor.

»Es ist nicht Ignaszewsky, lasst es Euch doch gesagt sein«, wiederholte Germinal beharrlich, während er sich, die Arme auf den Schreibtisch gestützt, zu Landau vorbeugte. »Es ist Stigle.«

»Nehmt die Hände von meinem Tisch.«

»Glaubt mir, Ihr begeht einen schweren Fehler.«

»Nehmt die Hände von meinem Tisch, habe ich gesagt!«, sprang Landau schreiend auf.

Zornig richtete Germinal sich auf und trat ein wenig zurück. Er sah dem Kommissar ins Gesicht. »Hört mir zu, unser Mörder hält sich für einen mythologischen Gott, für Dionysos … Die Sätze, die er hinterlassen hat, der Efeustab, die Männer in Frauenkleidern … all das entstammt haargenau einer griechischen Tragödie mit dem Titel *Die Bakchen* …«

»Demnach hält sich Ignaszewsky für Dionysos. Sehr gut, hervorragende Arbeit.«

»Es ist nicht Ignaszewsky!«, rief Germinal aufgebracht. »Wann begreift Ihr das endlich? Ich habe selbst gehört, wie Stigle vor Sciron einen Satz aus diesem Buch zitiert hat! Er ist es! Nicht Ignaszewsky.«

»Ihr würdet wohl alles tun, um zu beweisen, dass Ihr recht habt«, grinste Landau höhnisch. »Und was ist mit der Anstecknadel? Hat die etwa keine Bedeutung?«, fragte er dann. »Ein Satz, den nur Ihr gehört habt … Ihr allein … soll gewichtiger sein als ein eindeutiges Beweisstück?«

»Die Anstecknadel kann Stigle doch selbst dort zurückgelassen haben, um uns in die Irre zu führen, damit wir genau das tun, was wir gerade tun …« Vor Wut bebend wandte Germinal sich mit geballten Fäusten ab. »Zum Teufel, wie könnt Ihr nur so ignorant sein!«, schrie er. »Ich werde mit Sanguineti reden«, sagte er dann finster und musterte seinen Vorgesetzten noch einmal eindringlich, ehe er das Büro verließ.

Germinal war noch auf der Treppe, als Landau an der Brüstung auftauchte. Die Eingangshalle des Kommissariats war überfüllt mit Polizisten, die nach und nach von den Hausdurchsuchungen in der Arbeitersiedlung zurückkehrten.

»Geht nur zu Sanguineti!«, brüllte Landau.

Sämtliche Polizisten blickten zu ihm hinauf. Germinal blieb auf halber Treppe stehen. Sein Gesicht war von Müdigkeit gezeichnet. Und in seinen Augen lag der Schmerz über den Verlust von Ignés.

»Geht nur, geht zu Sanguineti«, höhnte Landau. »Er wird Euch dasselbe sagen, was er mir gesagt hat. Dass er Euch nicht mehr vertraut. Dass Ihr am Ende seid!« Der Kommissar wandte sich an seine Männer, die sich unten an der Treppe versammelt hatten. »Wollt ihr wissen, weshalb der brillante Inspektor Milton Germinal in dieses Drecksloch versetzt wurde?«, rief er, an das Treppengeländer im ersten Stock gelehnt, zu ihnen hinab, wobei sich ein triumphierendes Grinsen auf seinem feisten Eulengesicht ausbreitete. »Weil er drogensüchtig ist! Das ist der Grund! Oder ist es etwa nicht so? Sagt uns, dass ich unrecht habe, Inspektor …«

Alle Blicke wandten sich nun Germinal zu.

»Ihr seid nichts als ein jämmerlicher, widerwärtiger Drogensüchtiger!«, schrie Landau.

Todesstille umgab Germinal, als er die restlichen Stufen hinabstieg. Sämtliche Polizisten starrten ihn an, und während sie zurücktraten, um ihm einen schmalen Durchgang zwischen zwei undurchdringlichen Mauern aus Körpern zu öffnen, sah er die Verachtung in ihren Augen.

»Ihr seid am Ende!«, brüllte Landau ihm hinterher, als Germinal zur Tür des Kommissariats hinaustrat.

»So bist du nun vollkommen«, sprach der Gott flüsternd zu Martha Boamorte.

Er ließ den Schildpattkamm fallen und trat, während er sich mit einem Lappen die schwarze Schmiere von den Händen wischte, einen Schritt zurück, um wie ein Maler die Wirkung seines Kunstwerks zu begutachten.

Das Mädchen war an Händen und Füßen gefesselt und zudem geknebelt. Ihr Haar schimmerte im warmen Schein der Lampe, die der Gott hochhielt. Es war schwarz. Schwarz wie das Pech, mit dem der Gott es bestrichen hatte, während er das Mädchen sorgfältig so zurechtgemacht hatte, dass es seiner Großmutter ähnelte. Der schwarzen Hexe. Der Letzten.

»Vollkommen«, bekräftigte der Gott. Dann verließ er den

Lagerraum, in dem sie einst den Genossen Ignaszewsky versteckt hatten, und verschloss die rostige Tür mit einem Vorhängeschloss.

»Erzähl erst einmal keinem von dem Mädchen«, ermahnte Stigle Rinaud, während sie über die schwankende Treppe nach oben stiegen. »Nur du weißt von ihr. Und nur du darfst von ihr wissen.«

»Verlass dich auf mich, Chemiker«, stieß der Arbeiter mit alkoholgetränktem Atem hervor.

»Das Mädchen ist unser Passierschein für den Streik«, fuhr Stigle fort, als sie oben in den verlassenen Fabrikhallen angekommen waren. »Bei einer so wertvollen Geisel werden die Polizisten es sich zweimal überlegen, ob sie das Feuer eröffnen.«

Rinaud lachte. »Aber wie hast du das geschafft?«, fragte er. »Es hieß doch, die Aktionärsvillen ständen unter Bewachung.«

»Es war bei Sonnenuntergang, doch für sie wurde es urplötzlich Nacht. Sie haben nichts bemerkt«, lächelte Stigle geheimnisvoll. »Ich bin der Gott der Täuschung …«

Wieder lachte Rinaud laut auf. »Und die Gewehre? Woher hast du die?«

»Man hat sie mir geschenkt. Versteck sie und dann …«

Am Fuß der Treppe kroch der alte Jones aus der Nische hervor, in der er sich versteckt gehalten hatte, um zu lauschen. Doch nun konnte er nicht mehr verstehen, was sie sprachen. Daher hinkte er vorsichtig hinüber zum ehemaligen Lager. Er bemerkte das Vorhängeschloss. Leise klopfte er mit seinen Gichtfingern an die Eisentür. »Fräulein … könnt Ihr mich hören?«, fragte er mit leiser Stimme und hielt ein Ohr an die Tür.

Aus dem Lager drang nur ein ersticktes Jammern.

»Fräulein …«, versuchte es der alte Jones noch einmal, »seid unbesorgt … ich werde einen Weg finden, Euch zu befreien.« Und er horchte erneut an der rostigen Tür.

Wieder vernahm er nur ein schwaches, unverständliches Wimmern.

»Ich muss jetzt gehen, Fräulein«, verabschiedete sich der alte Jones und stieg, mit dem gesunden Bein voran, das hinkende nachziehend, bedächtig die Treppe hinauf.

Auf dem Weg zum Ausgang war er ganz in seine Erinnerungen versunken. Er war damals noch ein Junge, als der erste Eigentümer, der alte Graf von Noverre, die Zuckerfabrik gegründet hatte. Jones war einer der fünfundzwanzig Arbeiter, die dort beschäftigt waren. Vom ersten Tag an. Der Graf persönlich hatte ihn eingestellt. Als der mit Rüben beladene Waggon aus den Gleisen gesprungen war und ihm das Bein so stark zertrümmert hatte, dass er für den Rest seines Lebens nur noch hinken konnte, hatte der Graf von Noverre ihn zu Hause bei der Mutter besucht und ihm versprochen, ihn nicht zu entlassen, wenn er den Unfall überlebte. Seit mehr als vierzig Jahren arbeitete Jones nun schon als Nachtwächter in der Zuckerfabrik. Dies verdankte er nur dem alten Grafen von Noverre, dem Vater des Monsters, das die Stadt der Tiere leitete. Seit jener lange zurückliegenden Zeit hatte sich in der Fabrik so vieles verändert, dass der alte Jones bisweilen Zweifel hatte, ob es noch dieselbe war, die er als Junge gekannt hatte. Aus fünfundzwanzig Arbeitern waren mehr als fünfhundert geworden. Es waren so viele, dass er jeden Abend bei Schichtwechsel ein neues, nie zuvor gesehenes Gesicht entdeckte. Rinaud jedoch kannte er gut. Er hatte ihn von Anfang an nicht gemocht. Gleich bei ihrer ersten Begegnung hatte er ihn als das eingeschätzt, was er war, ein Taugenichts nämlich. Er, seine Frau und sein Sohn. Und das Gleiche galt auch für den Chemiker. Einem für den Gärungsbereich zuständigen Direktor, der sich kleidete wie ein feiner Herr, war nicht zu trauen. Einem, der hinter dem prächtigen Schreibtisch eines Fabrikanten saß und Teppiche in seinem Büro ausgelegt hatte, wie sie sich nur die Reichen leisten konnten.

Vor dem Fabrikausgang musste sich der alte Jones durch eine aufgeregte Arbeitermenge kämpfen. In der Mehrzahl waren es Männer, doch mischten sich viele Frauen und selbst Kinder darunter, die gerade einmal zwölf Jahre alt waren.

Der Himmel wirkte düster und bedrohlich.

»Verhaltet euch heute Nacht noch ruhig. Wartet, bis ich zurück bin«, sprach Stigle durch ein Megafon zu den Arbeitern. »Der Genosse Rinaud wird euch in Gruppen einteilen. Jede Gruppe bestimmt einen Anführer, der in ständigem Kontakt zu mir steht, damit wir, wenn nötig, unser Handeln untereinander möglichst schnell abstimmen können. Von nun an seid ihr wie eine Armee. Und ich kämpfe mit euch.«

Aus nahezu allen Arbeitergesichtern ringsum las der alte Jones Anspannung und Furcht.

»Was machen wir, wenn die Polizei die Gewehre auf uns richtet?«, wollte eine Frau wissen.

»Ja, Chemiker, was machen wir dann?«, schloss sich eine andere Stimme an. »Ich habe gehört, dass Polizei und Armee ohne jedes Erbarmen auf die Streikenden schießen.«

Aus der Menge erhob sich beipflichtend ein besorgtes Gemurmel.

»Seid unbesorgt.« Stigles durch das Megafon dröhnende Stimme ließ das Getuschel verstummen. »Wenn ich zurück bin, verrate ich euch meinen Plan, der alle eure Zweifel und Befürchtungen hinwegwischen wird. Wie ein General seine Armee bitte ich euch im Augenblick noch, mir zu vertrauen. Doch ehe ich aufbreche ... um die letzten Details unseres Unterfangens, das in die Geschichte eingehen wird, zu klären ... möchte ich euch etwas zeigen.« Bedächtig schritt er zu seinem schwarzen Gefährt, dem Kakerlak, an den sich hinten eine mächtige, von Kopf bis Fuß mit schwarzem Stoff verhüllte Gestalt klammerte. Stigle fasste an den Stoff. »Ich möchte euch unseren neuen Verbündeten vorstellen«, sagte er und enthüllte den Maschinenmann.

Ein verblüfftes Raunen ging durch die Menge.

»Er wird uns in unserem Kampf zur Seite stehen!«, rief Stigle. Die Arbeiter jubelten.

»Er soll unser Symbol sein«, setzte Stigle hinzu. »Der Unbesiegbare! So unbesiegbar wie wir!«

Während der alte Jones den Ausgang zu erreichen versuchte, wurde er von der aufgeregten Menge hin und her gestoßen.

»Von diesem Moment an befinden wir uns offiziell im Streik!«, schrie Stigle ins Megafon. Dann kletterte er in den Kakerlak, gab dem Pferd die Peitsche und verschwand in einer Staubwolke.

Die Arbeiter ließen den Maschinenmann in Erinnerung an die Taten, die sie ihn in Scirons Zelt hatten vollbringen sehen, begeistert hochleben.

Gemeinsam mit seiner Frau und seinem Sohn Berto machte sich Rinaud daran, Schnapsflaschen zu verteilen.

In der Hoffnung, dass niemand auf ihn achtete, drückte sich der alte Jones entlang der Fabrikmauer an der Menge vorbei und hinkte davon.

»Streik!«, brüllten die Arbeiter, während die Schnapsflaschen von Hand zu Hand gingen. »Streik!«

Angst hatte niemand mehr.

XXVII

»Warte hier, du würdest zu viel Lärm machen«, sprach der Gott zum Maschinenmann.

Unter den geschickten Händen des Gottes gab das Schloss rasch nach. Mit einem leisen Quietschen von Eisen auf Eisen ließ sich das kleine Hintertor öffnen. Vorbei an Kaninchenkäfigen und umzäunten Gemüsebeeten gelangte der Gott zu dem seltsamen Gebäude, das sein Ziel war. Im fahlen Licht der sternenlosen Nacht wirkten die Umrisse der Türmchen wie mit unsicherer Hand herausgemeißelt. Die Gitterbrüstungen der kleinen Balkone erinnerten an klapprige Tiergerippe. Undeutlich und finster wie Dämonen zeichneten sich die geflügelten Gipsamoretten ab, die ihren Pfeil schussbereit im Bogen gespannt hielten. Die aus der großen Muschel aufragende nackte Venus schien eine alternde Hure ohne Freier, die im Begriff war, sich aus dem Fenster zu stürzen. Und die Zierpflanzen, die an den Mauern emporwuchsen, traten nur als dunkle Maserung hervor, als wäre das ganze Gebäude in einem riesigen Spinnennetz gefangen.

Der Gott brach mit seinen Dietrichen das Portalschloss auf und betrat die Stadt der Tiere.

Als er lautlos in den ersten Stock gelangt war, hörte er in einem nahe gelegenen Schlafsaal eines der in der Anstalt lebenden Ungeheuer im Schlaf stöhnen. Hinter einer angelehnten Tür sah er im Vorbeilaufen einen Pfleger mit weit geöffnetem Mund und einem aufgeschlagenen Buch auf dem Bauch auf einer Liege schlafen. Auf Zehenspitzen schlich er weiter bis an die Tür, die zu den Privaträumen des Grafen von Noverre führte. Als er behutsam gegen einen der Türflügel drückte, schmatzten die gut geölten Scharniere nur leise.

Der Gott zog den Revolver aus dem Bund seiner schwarzen

Hose und schlüpfte in Noverres Schlafzimmer, das in den bleichen Schein einer auf kleinster Flamme brennenden Lampe getaucht lag. Der Gott näherte sich dem Bett. Auf dem Boden erkannte er die mächtigen Umrisse des auf einem Strohlager schlafenden Dieners.

Er drückte Noverre den kalten Pistolenlauf ins Gesicht.

Der Direktor der Stadt der Tiere fuhr aus dem Schlaf hoch.

Brummend öffnete Zòla die Augen, sprang sofort auf und streckte seine Würgehände nach dem Eindringling aus.

Der Gott löste die Waffe nicht von Noverres Gesicht, während er auf das Bett sprang und den Missgestalteten als Schutzschild nahm. »Einen Schritt weiter und ich bringe ihn um«, zischte er.

»Ruhig, Zòla«, beschwor ihn Noverre. »Ruhig, ruhig …«

Das derbe Gesicht zu einer aggressiven Fratze verzerrt machte der Riese einen Schritt auf das Bett zu.

Der Gott spannte den Hahn des Revolvers.

»Ruhig, Zòla«, stieß Noverre hervor. »Ruhig …«

Zòla zögerte. Doch aus seinen Augen sprach der Instinkt, seinen Herrn um jeden Preis zu retten.

»Ruhig, Zòla, bleib stehen«, sagte Noverre langsam und bestimmt. »Wenn du nicht gehorchst, wird der Mann mir wehtun …«

Zòla bebte.

»Bleib stehen … Erinnerst du dich noch, was passiert ist, als das Pferd, das du so gern mochtest, angefangen hat zu lahmen?« Noverre sprach mit ihm, als müsse er ein Kind beruhigen. »Wenn du nicht stehen bleibst, macht der Mann das Gleiche mit mir. Ich werde wie das Pferd, das du so gern mochtest … Erinnerst du dich, dass du ihm nach dem Schuss mit dem Gewehr keinen Hafer mehr geben konntest? Ruhig, Zòla. Ruhig …«

Eine Träne trat in das Auge des Hünen. Er ließ die Hände sinken. Im Raum war für einen Moment nur Zòlas Keuchen zu hören, mit dem er seinen inneren Kampf fortsetzte.

»Gut so, Zòla«, lobte Noverre.

»Jetzt befiehl ihm, sich fesseln zu lassen«, verlangte der Gott.

»Wer seid Ihr? Was wollt Ihr?«, fragte Noverre und versuchte, seinen unförmigen Kopf zu drehen.

»Tu, was ich dir sage.« Der Gott drückte ihm die Pistole noch fester in die Wange. »Er soll sich mit den Händen hinter dem Rücken umdrehen.«

»Hast du gehört, Zòla?« Noverre versuchte, dem Schwachsinnigen Ruhe und Autorität zu vermitteln. »Dreh dich um und nimm deine Hände hinter den Rücken ... Na los, hör auf mich.«

Zòla starrte seinen Herrn an. Mit einem Finger deutete er auf die Pistole, konnte jedoch seine Besorgnis nicht in Worte fassen.

»Hör auf mich, Zòla ...«

Langsam drehte der Riese sich um und nahm die Hände hinter den Rücken.

Der Gott holte einen Strick hervor und beugte sich über das Bett, um die vorbereitete Schlinge um Zòlas kräftige Handgelenke zu spannen. Mehrmals noch wickelte er den Strick so straff um die Hände des Riesen, dass die Haut bleich wurde, und verknotete ihn schließlich. »Dreh dich um«, befahl er ihm nun.

Zòla rührte sich nicht. Seine muskulösen Arme zerrten an den Knoten.

»Dreh dich um, Zòla«, sagte Noverre.

Der Hüne drehte sich um.

»Sag ihm, er soll sich hinlegen.«

»Leg dich hin, Zòla.«

Mit ängstlichem Blick sah der Diener seinen Herrn an. Langsam beugte er die stämmigen Beine und streckte sich auf dem Strohlager aus.

Der Gott fesselte ihn mit einem weiteren Strick an den Füßen. Schließlich stopfte er ihm einen Knebel in den Mund. »Zieh dich an«, befahl er darauf Noverre.

Der Missgebildete wackelte mit den Armstümpfen. Die leeren Ärmel seines Nachthemds flatterten wie zwei Fahnen im Wind. »Dazu brauche ich Hilfe«, sagte er.

Der Gott schaute sich um. In Griffweite entdeckte er einen Mantel. »Steh auf«, befahl er Noverre, bevor er ihm unsanft den Mantel überzog. »Setz dich.« Und er band ihm die Schuhe zu.

»Wohin bringt Ihr mich?«, erkundigte sich Noverre gefasst.

»Zu Sciron. Dort wirst du dich deinem Schicksal stellen«, erwiderte der Gott. Da begegnete er dem Blick des vor hilfloser Wut bebenden Zòla. »Du bist doch Arzt«, wandte er sich an Noverre. »Dann hast du gewiss auch Chloroform. Wo ist es?«

Der Direktor der Stadt der Tiere schwieg.

»Entweder so«, drohte der Gott, »oder ich zertrümmere ihm den Schädel. Du hast die Wahl.«

»Nebenan im Sprechzimmer. Im Holzschränkchen an der Wand hinter dem Schreibtisch.«

»Los, beweg dich, zeig es mir.« Der Gott zog ihn an einem Armstumpf mit sich.

Zòla wälzte sich stöhnend auf seinem Strohbett.

Mit der Chloroformflasche in der Hand kehrte der Gott ins Schlafzimmer zurück. Er riss ein Stück Stoff aus dem Laken, tränkte es mit der Flüssigkeit und presste Zòla, der sich heftig wehrte, den Lappen vor die Nase.

»Hab keine Angst«, versuchte Noverre, ihn zu beruhigen, doch seine Stimme klang besorgt. »Bleib ganz ruhig … es wird alles gut …«

Schließlich sackte Zòlas schwerer Kopf auf das Stroh, seine Augen verdrehten sich nach hinten und fielen zu.

»Gehen wir«, sagte darauf der Gott. »Und keinen Mucks, wenn du nicht willst, dass ich jemanden umbringe.«

Als sie das Hintertor der Anstalt erreicht hatten, sah Noverre seinem Entführer ohne Furcht ins Gesicht. »Ich kenne Euch«, sagte er zu ihm. »Ihr seid Stigle.«

Der Gott lächelte. »Du irrst dich. Ich bin Dionysos.«

»Wohnt hier Stigle?«, fragte Germinal die Frau, die ihm mitten in der Nacht nach langem Klopfen verschlafen und besorgt die Haustür öffnete.

»Wer seid Ihr?«

»Polizei. Antwortet mir. Wohnt hier Stigle?«

»Der Herr ist nicht zu Hause«, brummte die Frau, die eine Wollhaube auf dem Kopf trug. Sie zog den Morgenmantel enger um sich und wollte die Tür schon wieder schließen.

Germinal hielt sie mit der Hand auf. »Tretet zur Seite. Lasst mich herein«, befahl er entschieden.

»Ich sagte doch, der Herr ist nicht zu Hause.«

»Geht aus dem Weg«, sagte Germinal und betrat das Haus.

»Was ist geschehen?«, fragte die Frau nun ängstlich.

»Wie heißt Ihr?«, wollte Germinal wissen.

»Ruth. Ich bin die Haushälterin ...«, antwortete die Frau, die um die sechzig sein mochte.

»Zündet alle Lichter im Haus an, Ruth. Ich muss es durchsuchen.«

»Aber was ist denn geschehen ...?«

»Tut, was ich Euch sage. Sofort!«, schrie Germinal sie an.

Die Haushälterin bekreuzigte sich, ehe sie im ersten Zimmer zu ihrer Linken verschwand.

Germinal blickte nach draußen. Im Schein vereinzelter Laternen lag die Straße verlassen da. Die Reihenhäuser zu beiden Seiten glichen fast bis ins Detail dem, in dem Stigle wohnte. Es waren schmale Einfamilienhäuser mit zwei oder drei Stockwerken und einem kleinen Vorgarten mit einem niedrigen Zaun zwischen Haustür und Gehweg. Die Fenster waren dunkel. Alles schlief in diesem kleinbürgerlichen Wohnviertel.

Germinal schloss die Tür.

Die Zimmer links und rechts von ihm waren erleuchtet. Ebenso ein Raum am Ende des schmalen Flurs, vermutlich die Küche. Leise schimpfend stapfte die Haushälterin gerade mit ihren Filzpantoffeln über den zerschlissenen Treppenläufer, der die Holzstufen schonen sollte, in den ersten Stock hinauf.

Germinal betrat das linke Zimmer. Was er suchte, wusste er selbst nicht. Er war nun ganz auf sich allein gestellt. Landau zufolge hatte sich auch Sanguineti von ihm abgewendet. Er sah sich um. Der Raum war ein schlichtes, nur mit dem Nötigsten eingerichtetes Arbeitszimmer. Ein Schreibtisch, ein Stuhl. Eine Wandlampe. Auf dem Boden ein Wollteppich. Ein Kerosinöfchen. Er durchsuchte die Schubladen. Sie waren leer. Unter dem Fenster ein Heizkörper.

Als Germinal vom Kommissariat wegfuhr, hatte er kurz darüber nachgedacht, ob er sich Sergeant Londe anvertrauen sollte. Doch seine Angst, auch noch den letzten Freund zu verlieren, war zu groß.

Zurück am Eingang hörte er die Haushälterin in den zweiten Stock schlurfen.

Er sah sich das rechte Zimmer an. In der Mitte der Wand ein schlichter, mit Quadersteinen eingefasster Kamin. Auf dem Holzboden wieder ein Wollteppich, dazu ein zweisitziges Sofa und zwei Sessel. Unter dem Fenster bemerkte er einen weiteren Heizkörper.

Nachdem er das Zimmer verlassen hatte, ging er über den kurzen Flur in die Küche. Bei einem raschen Blick in Schubladen und Schränke entdeckte er nur Geschirr, Töpfe und Lebensmittelvorräte.

So kehrte er wieder zurück und nahm sich nun den ersten Stock vor. Dort befanden sich exakt über den Zimmern des Erdgeschosses weitere drei Räume. Der Küche entsprach das Bad, zweckmäßig, aber keineswegs luxuriös ausgestattet. Über dem Arbeitszimmer lag Stigles Schlafzimmer. An einer Wand standen ein Einzelbett, ein geräumiges Nachtkästchen und ein schlichter hoher Kleiderschrank mit zwei Türen, in dem drei identische schwarze Anzüge bester Machart hingen. An der anderen Wand eine Kommode mit heller Marmorplatte, in der ordentlich gefaltet und getrennt voneinander Hemden, Kragen, Manschetten, schwarze Krawatten, schwarze Jabots, schwarze Westen, Unterwäsche und seidene Einstecktücher aufbewahrt waren. Unter dem Fenster eingelassen sah er einen Heizkörper mit einer gusseisernen Klappe in der Mitte, hinter der sich eine Warmhalteplatte verbarg.

Auf der anderen Seite des Flurs entsprach dem kleinen Salon im Erdgeschoss ein leeres, ungenutztes Zimmer ohne Kamin. Germinal musste daran denken, wie sehr ihn Stigles Büro beeindruckt hatte, mit seinem massiven Edelholzschreibtisch, dem erlesenen Teppich und dem eleganten Kirschholzschrank, der die Manometer zur Kontrolle des Kesseldrucks enthielt.

Stigle liebte das Haus nicht. Er nutzte es. Mehr nicht.

Vermutlich würde er nichts finden, dachte Germinal, während er die Stufen zum zweiten Stock hinaufstieg, wo die Haushälterin ihn eng in ihren Morgenmantel gehüllt erwartete.

»Ist das etwa eine Zeit, zu der man rechtschaffene Bürger belästigt?«, murrte die Frau.

Germinal fiel auf, dass sie die Wollhaube abgenommen und ihr seltsam rot gefärbtes, künstlich wirkendes Haar frisiert hatte. Ihrem Alter zum Trotz war sie offenbar noch eitel. Und unverheiratet.

»Es tut mir leid, Ruth«, sagte er mit sanfterer Stimme zu ihr. »Ich bin gleich fertig.«

Er sah sich um. Eine schmale Tür mit einem Einsatz aus geschliffenem Glas führte in ein kleines Bad. An den Wänden hingen gerahmte Kreuzstichstickereien, die Schafe, Früchtekörbe und die Köpfe eines Hundes und einer Katze darstellten. Danach betrat er ein mit schlechtem Geschmack und billigem Mobiliar eingerichtetes großes Zimmer. Jedes Tischchen quoll über von bunt bemaltem Nippes aus Glas und Keramik. Und jeder noch so kümmerliche Gegenstand war mit einem Häkeldeckchen unterlegt. Germinal sah einen Schaukelstuhl, über dessen Armlehne eine Wolldecke in buntem Schottenmuster hing, ein Fußbänkchen, einen kleinen Kamin, einen Weidenkorb mit Holzscheiten, einen mit einer Stickdecke verhängten Heizkörper, auf dem ein metallener Wasserkrug stand, zwei niedrige Vitrinen mit Goldfüßen, die unzählige weitere Tierfiguren aus Glas und Keramik enthielten, und auf dem Boden einen alten, fast gänzlich verblichenen Wollteppich. Auf einem dreibeinigen Tisch mit zwei unterschiedlichen Stühlen lagen aufgeschlagene Frauenzeitschriften. Neben einem der Stühle stand ein Nähkorb.

Als Germinal wieder hinausging, stand die Haushälterin mit verschränkten Armen vor einer geschlossenen Tür.

»Was ist das für ein Zimmer?«, erkundigte sich Germinal.

»Mein Schlafzimmer«, antwortete die Frau und rührte sich nicht.

»Ich muss auch dort einen Blick hineinwerfen.«

»Wieso?« Die Frau verzog grimmig das Gesicht.

»Ruth, ich bitte Euch, es dauert nur einen Augenblick.«

Abrupt drehte sich die Haushälterin um und stieß wütend die Tür auf.

Sich am Türrahmen abstützend streckte Germinal den Kopf ins Zimmer. Das Bett war aufgeschlagen. Unter der Decke bemerkte er eine kohlegefüllte Wärmflasche, auf dem abgenutzten Bettvorleger die Schuhe der Haushälterin, über einem Stuhl ihr Arbeitskleid. Der nur eintürige Kleiderschrank hatte einen Spiegel und ein Schubfach unter der Tür. Auf einem an das Bett herangerückten schmalen Tischchen, das zugleich als Nachttisch diente, standen eine Lampe und ein Drehspiegel. Daneben fanden sich eine Bürste, eine Brennschere, eine Flasche Färbemittel, ein Kamm und eine Schüssel. Unter dem Tischchen ein halb voller Nachttopf. An den Wänden weitere gerahmte Stickbilder, größer als die im Bad und mit detailreicheren Szenerien.

»Das ist das schönste Zimmer im ganzen Haus«, lobte Germinal. »Habt Ihr diese wunderbaren Bilder gestickt?«

Kurz leuchteten Ruths Augen zufrieden auf, ehe sie sich auch schon wieder hinter ihrer Feindseligkeit verschanzte.

»Kennt Ihr Euren Herrn schon lange?«, erkundigte sich Germinal.

»Seitdem er mich eingestellt hat«, gab die Haushälterin zur Antwort.

»Und wann war das?«

»Als er hier eingezogen ist.«

»Ich verstehe«, sagte Germinal. »Gut, dann bin ich hier fertig.«

»Das wurde auch Zeit«, brummte die Frau und machte sich auf den Weg nach unten.

»Kommt es häufiger vor, dass er über Nacht wegbleibt?«, fragte Germinal, während er ihr folgte.

»Immer dann, wenn es vorkommt.«

»Nicht mehr und nicht weniger, richtig?«, kapitulierte Germinal vor ihren Ausflüchten.

»Sie sagen es.«

»Könntet Ihr es auch nicht annähernd in Zahlen fassen?«

»Kein rechtschaffener Mensch, der zu nachtschlafender Zeit aus dem Bett geworfen wird, könnte auch nur einen klaren Gedanken fassen.«

»Natürlich nicht ...«, seufzte Germinal, als sie schließlich im Erdgeschoss ankamen.

Die Haushälterin hielt ihm die Tür auf. Ein eisiger Windstoß wehte die Wollfalbel ihres Morgenmantels auf. Sie zog sich hinter die geöffnete Tür zurück. »Gute Nacht«, sagte sie.

Germinal blickte hinaus auf sein Motorrad, das am Straßenrand geparkt war. Er hatte nichts gefunden. Nichts, was darauf hindeutete, dass Stigle ein Privatleben hatte. Nach der Einrichtung in diesem Haus zu schließen schien er gar nicht zu existieren. Enttäuscht wandte er sich bereits zum Gehen, als er plötzlich stutzte. »Ich habe Heizkörper gesehen«, sagte er zu Ruth. »Wo ist denn der Heizkessel?«

Die Haushälterin schlug die Tür wieder zu. Unverständliche Verwünschungen vor sich hin brummend schlurfte sie den Flur zur Küche entlang. Auf halbem Weg drückte sie unterhalb der Treppe mit der flachen Hand gegen die Holztäfelung, die sich nach einem Knacken in zwei Scharnieren drehte und einen dunklen, schwülwarmen Abstellraum freilegte.

»Da habt Ihr ihn, Herr Polizist«, knurrte die Frau unfreundlich. »Kennt Ihr Euch mit Heizkesseln aus?«

»Ich hoffe es«, erwiderte Germinal. »Gebt mir eine Lampe.«

Die Haushälterin schob ihn beiseite und holte Streichhölzer und eine alte Öllaterne, an der das Glas fehlte, aus einem Regal im Abstellraum hervor. Sie richtete den Docht auf, zündete die Lampe an und befestigte sie mit einem Stück Draht an einem Haken, der in der niedrigen Decke steckte. »Sonst noch etwas?«

Germinal schlüpfte in den Abstellraum. Der gusseiserne Heizkessel wurde über einen Kohleofen gespeist, durch den das Wasser erhitzt wurde. Eine ebenfalls an den Ofen angeschlossene Dampfpumpe sorgte für die Verteilung des Wassers. An den rußgeschwärzten Wänden des Raums hingen Werkzeuge zur Wartung und Reinigung der einzelnen Bestandteile. Etwas weiter hinten bemerkte Germinal einen Hängeschrank aus Holz. Die Schranktür war mit einem Vorhängeschloss gesichert.

»Habt Ihr den Schlüssel dafür?«, fragte Germinal die Haushälterin.

»Nein. Den trägt der Herr an seiner Uhrkette bei sich.«

Germinal nahm einen langen, massiven Schraubenzieher von der Wand.

»Was habt Ihr vor?«, fragte die Frau besorgt.

Germinal trieb das Werkzeug zwischen die verschlossenen Ösen und hebelte eine davon aus dem knirschend zersplitternden Holz.

Der Schrank enthielt im unteren Fach mehrere verschnürte Geldscheinbündel. Im oberen Fach lag ein in glänzenden schwarzen Stoff eingeschlagenes rechteckiges Päckchen. Als Germinal es herausnahm, fühlte es sich zugleich hart und weich an. Vorsichtig schlug er die schwarze Seidenhülle auf. Zum Vorschein kam ein Ziegenfell.

»Ich werde Meldung machen …«, hob die Frau protestierend an.

»Haltet den Mund«, unterbrach Germinal sie harsch und mit glühendem Blick angesichts seines Fundes.

Das Seidentuch fiel raschelnd zu Boden, während er zum Arbeitszimmer hinüberging. Dort legte er das Fell auf den Schreibtisch. Es enthielt einen rechteckigen, harten Gegenstand und war über Kreuz mit einem Lederband verknotet. Germinal löste den Knoten und faltete das Fell auseinander. Es enthielt ein altes, zerlesenes Buch mit rotem Einband. *Die Bakchen.* Mit angehaltenem Atem schlug er das Buch auf. Die erste Seite trug den Stempel der Bibliothek, in die es einmal gehört hatte.

»›Privatbibliothek Seiner Hochwohlgeboren des Grafen von Noverre, Buch Nummer 12.904‹«, las er flüsternd.

»Er gehört dir«, sagte Stigle, als er den Wohnwagen betrat, und stieß Noverre vor Scirons Bett zu Boden.

Der Missgebildete streckte im Fallen, wie es jeder Mensch mit seinen Armen getan hätte, instinktiv seine Stümpfe vor, prallte jedoch mit dem Gesicht gegen die Bettkante und schlug sich die Unterlippe auf.

»Was geht hier vor?«, schrie Sciron verwirrt, weil man ihn aus dem Schlaf gerissen hatte. Seine gelben Augen bohrten sich in die Dunkelheit. Er rückte in seinem Bett zurück und kauerte sich mit dem Rücken an die Wand.

Im Wohnwagen flammte ein Streichholz auf und eine Lampe wurde angezündet. Stigle nahm sie von der Wand und näherte sich. »Er gehört dir«, wiederholte er, auf Noverre deutend.

»Stigle …«, murmelte Sciron noch immer benommen. Dann beugte er sich über die Bettkante. Noverre sah zu ihm auf. Eine dunkelrote Spur zog sich von der Lippe über sein Kinn. »Graf …« Scirons Blick kehrte augenblicklich zu Stigle zurück. »Was geht hier vor?«, fragte er mit nun weniger angstvoller Stimme, die jedoch immer noch nichts Gebieterisches an sich hatte. Knochige dünne Beine mit verdickten knotigen Knien kamen unter der Bettdecke hervor. Er stand auf. Nach einem weiteren Blick auf den am Boden liegenden Noverre trat er energisch auf Stigle zu. »Was geht hier vor?« Seine Stimme wurde nun entschiedener. »Was ist denn in dich gefahren, Stigle?«

»Ich bringe dir deinen Feind«, erklärte der Gott.

Ruckartig streckte Sciron den mageren alten Arm aus und packte Stigle mit seinen gelblichen Spinnenhänden beim Kragen. Sein Griff war jedoch schwach und unsicher. Im Lampenschein erkannte er nun Stigles eisigen, gleichmütigen Blick. Da erst wurde ihm klar, dass er sich von jeher vor ihm gefürchtet hatte. So wie man sich vor einem Fremden fürchten kann, vor jemandem, den man nicht versteht. Er ließ ihn los. Den Blick starr, wie hypnotisiert, auf Stigle gerichtet wich der alte Impresario zurück. Dabei fiel ihm auf, dass Stigle ihn nicht mehr mit ›Ihr‹ angesprochen hatte, sondern zu einem beunruhigend vertraulichen ›Du‹ übergegangen war, bei dem er sich unbehaglich fühlte und das ihn erschreckte. Er zog Noverre an einem Armstumpf vom Boden hoch und wich dann einen weiteren Schritt zurück.

Stigle stand noch immer regungslos da und hielt mit ausgestrecktem Arm die Lampe in die Höhe, deren Schein beunruhigende Muster aus Licht und Schatten auf sein makellos schönes Gesicht warf.

Plötzlich schwankte der Wohnwagen. In der Tür zeichneten sich finster die mächtigen Umrisse des Maschinenmannes ab.

»Was willst du, Stigle?«, fragte Sciron mit brüchiger Stimme.

»Ich will dich an meinem Schicksal teilhaben lassen«, entgegnete der Gott leise. »Ich will dir geben, was dir gehört. Und ich will, dass du mir gibst, was mir gehört.«

Furchtlos betrachtete Noverre den Mann, dessen Namen er nun kannte. Und im rötlichen Lampenschein erkannte er in seinen Augen das Leiden, das ihn innerlich verbrannte. Es glich einer eisigen Flamme, vor der es kein Entrinnen gab.

»Ich verstehe nicht … was willst du? Geld?« Sciron griff

nach dem zerschlissenen Lederbeutel von der Größe eines Stierhodens, der randvoll mit Münzen war, und warf ihn Stigle vor die Füße.

»Das Geld habe ich dir geschickt …«, sagte der Gott. »Wer könnte sich mehr gewünscht haben als ich, dich in seiner Nähe zu haben?«

»Du …?«

»Ich habe dir den Beutel geschickt. Sieh ihn dir genau an. Er hat nicht nur Ähnlichkeit mit dem, den du aus deiner Jugend kennst, als du glücklich sein und die Welt beherrschen konntest …« Die Stimme des Gottes bebte. »›Doch hatte ihn sogleich Zeus, der Kronide, zu sich genommen an Mutterleibs statt … verbarg ihn im Schenkel … umschloss ihn mit goldenen Spangen …‹ Sieh ihn dir an. Das ist der Beutel. Derselbe Beutel, verschlossen mit einem roten Band, wie damals.«

»Was redest du da, Stigle?«, fragte Sciron mit zitternder Stimme.

»Er ist dein Sohn, Sciron. Hast du das noch immer nicht begriffen?«, sagte Noverre. »Seine Mutter ist Penny … die du und meine Mutter vor zweiunddreißig Jahren, nachdem ihr von ihrer Schwangerschaft erfahren hattet, aus dem Haus geworfen habt.«

»Penny …«, flüsterte Sciron, der sich wie von einem Sog in die Vergangenheit versetzt fühlte.

»Das ist nicht Stigle«, sprach Noverre weiter. »Das ist Dionysos.«

»Du hast mir das Buch der Erkenntnis gegeben«, trat der Gott mit einem Lächeln zu Noverre.

»Jetzt wird mir alles klar … Frau Couze, Frau Caldwell, Frau Fairfirth …«, murmelte Noverre und sah ihn eindringlich an, während ein lange zurückliegendes Ereignis in seiner Erinnerung aufstieg, das sich zugetragen hatte, als Dionysos noch nicht geboren und er selbst noch ein Junge war. »Sie alle waren da … zusammen mit meiner Mutter … an dem Tag, als Penny fortgejagt wurde …«

»… und gedemütigt«, sprach der Gott mit seiner furchterregenden Stimme.

In Noverres Blick zuckte ein Gedanke auf. Er presste die Lippen zusammen, um sich nicht zu verraten.

Der Gott brach in Gelächter aus. »Ja, du erinnerst richtig, es war noch jemand dabei. Die Letzte. Ihre Stunde hat bereits geschlagen.«

Sciron ließ sich auf sein Bett fallen. Den Blick ins Leere gerichtet. Eine Hand auf dem Magen. Den Mund leicht geöffnet.

»Du hast mir das Buch gegeben, das meine Geschichte erzählt«, sagte der Gott zu Noverre. »Es war für mich an der höchsten Sprosse der Dionysosleiter aufbewahrt.« Er streichelte ihm mit seiner verwundeten Hand über das entstellte Gesicht. »Wenn du nur zu mir gehörtest …« Der Gott schüttelte seufzend den Kopf. Dann wurde seine Stimme hart. »Dein Schicksal ist jedoch mit ihm verbunden … mit ihm, dem du den Titel des Göttervaters entrissen hast.« Er zog Noverre an den Haaren, versetzte ihm einen Tritt in die Kniekehlen und stieß ihn vor Sciron nieder. »Ich schenke dir sein Leben, Vater. Die Entscheidung liegt bei dir.«

Nicht mehr weit von den ersten Häusern der Mignatta entfernt, schleppte sich Jones, der alte Wachmann der Zuckerfabrik, erschöpft voran, das lahme Bein nachziehend und nur durch das Versprechen aufrechterhalten, das er dem in dem verlassenen Lagerraum als Geisel gehaltenen Mädchen gegeben hatte.

Bei jedem Schritt legte ihm die nächtliche Dunkelheit einen Stein oder einen Graben in den Weg, die ihm auch noch die letzten Kräfte raubten. Das alte Herz hämmerte wie verrückt gegen seinen Rippenkäfig. Jones musste lächeln, während er daran zurückdachte, wie sein Herz, als er jung war, bei der ersten Begegnung mit der Frau, die er nur wenige Monate darauf geheiratet hatte, ebenso heftig geschlagen hatte. Doch das Lächeln auf seinen Lippen erstarb rasch wieder, da die Anstrengung ihm auch die schönsten Erinnerungen trübte und sein Herz nicht mehr jung war wie damals.

»Es ist nicht mehr weit«, spornte er sich an.

Sein Mund verzerrte sich vor Schmerz, zwischen seinen spärlichen Zähnen quoll Speichel hervor und ergoss sich über das schlecht rasierte Kinn und den runzligen Hals. Der alte Jones griff sich ans Herz und blieb keuchend stehen. In der Dunkelheit suchte er angestrengt nach den Lichtern der Mignatta.

»Es ist nicht mehr weit.«

Auf einmal nahm er hinter sich das Geratter von Wagenrädern wahr. Als er sich umdrehte, sah er zwei durch die Nacht wogende Laternen, die sich ihm näherten. Dann hörte er einen Peitschenknall, Pferdegewieher und die anfeuernden Rufe eines Mannes.

»Anhalten! Anhalten!«, schrie der alte Jones mit der wenigen Luft, die ihm in den Lungen verblieben war. »Anhalten! Anhalten!« Als er nunmehr aus der Nähe die dunklen Umrisse einer Polizeikutsche erkannte, schrie er noch lauter, fuchtelte mit den Armen und hüpfte auf seinen wackligen Beinen. »Anhalten! Anhalten!«

Nah an seinem Gesicht spürte er den heißen Atem, den die Pferde aus den Nüstern stießen. Er hörte ihre stampfenden Hufe, die Steine zermalmten und im aufgeweichten Boden unter sich begruben. Und er fühlte, wie ihm die Radnabe im Vorbeifahren einen Schlag gegen das Knie versetzte, der ihn in die Bewässerungsrinne am Rand des Zuckerrübenfeldes schleuderte. »Anhalten …«, rief er nochmals schwach, während die Kutsche ihre rasende Fahrt durch die Nacht fortsetzte.

Die beiden Polizisten auf dem Kutschbock hatten jedoch weder Augen noch Ohren für ihn. Ihre Augen waren geblendet vom blutigen Grauen, das sie hatten schauen müssen. Ihre Ohren waren taub vom Schweigen der Leichen, die sie aufgefunden hatten.

»Man hat sie getötet! Alle wurden getötet!« Schreiend stürzten sie ins Polizeirevier.

In der Eingangshalle fuhr der wachhabende Polizist, der mit dem Kopf auf dem Empfangsschalter eingenickt war, erschrocken auf.

»Man hat sie alle umgebracht! Alle miteinander!«

»Wen denn? Wen?«, fragte der Wachbeamte, während er hinter dem Schalter hervorkam und einem seiner beiden Kollegen beruhigend den Arm um die Schultern legte.

»Was geht hier vor?«, rief ein anderer Polizist, nur mit langen Unterhosen bekleidet, vom Treppengeländer im zweiten Stock herab. Er war binnen kurzer Zeit von weiteren Kollegen umringt, die sich ebenso verschlafen wie er im Mannschaftsraum von ihren Feldbetten erhoben hatten. »Was ist passiert?«

»Nathan ...«, wimmerte einer der beiden Polizisten, die kurz zuvor die Kutsche gelenkt hatten. »Nathan ...« Immer wieder nannte er den Namen seines Freundes.

»Wir sind hingefahren, um sie abzulösen ...«, hob der zweite Polizist an und ließ sich in der Halle auf eine Bank fallen.

»Warte, was sagt er?«, fragten die Polizisten durcheinander, die nun hellwach, teils in langen Wollunterhosen, teils in ihre Uniformjacken schlüpfend, die Treppe ins Erdgeschoss hinuntergelaufen kamen.

»Seid ruhig!«, schrie der Wachbeamte sie an, und während sich alle um die Bank versammelten, drehte er die Flamme in allen drei Lampen höher, um in der Halle besser sehen zu können. »Lasst ihn reden«, sagte er dann, umfasste das Gesicht desjenigen der beiden, der noch klarer bei Verstand schien, und ermunterte ihn: »Na los, erzähl schon.«

Der Polizist warf einen Blick auf seinen verstört vor sich hin stierenden Kameraden. »Wir sind hingefahren, um sie abzulösen ...«

»Wohin?«

»Ruhe!«

»Zur Villa ... zur Villa Boamorte ...« Die Stimme des Polizisten wurde schwach. »Sie sind tot ... Alle ermordet ... Das Halbblut und die drei Dienstboten ... wurden erschossen ... Aber ... Nathan und Lloyd ...« Er schluchzte, schloss die Augen und schüttelte dann den Kopf, als wollte er leugnen, was er gesehen hatte, als wollte er den Anblick aus seinen Gedanken vertreiben. »Mein Gott ... Gott Allmächtiger ...«

»Nathan ...«, ließ sich erneut der andere Polizist vernehmen, der sich weinend abseits hielt, ohne dass ihm jemand Beachtung schenkte. »Nathan. Nathan ...«

»Was denn?«

»Was ist mit Nathan und Lloyd passiert?«

»Ja, was?«

Mit einem Ausdruck des Grauens in den Augen fuhr sich der Polizist auf der Bank mit beiden Händen an den Schläfen ins Haar, umklammerte seinen Kopf und biss die Zähne zusammen, ehe er auf einmal die Finger explosionsartig nach außen schnellen ließ. »Man hat ihnen den Schädel zerquetscht!«, schrie er.

Seine umstehenden Kameraden wichen alle gleichzeitig einen Schritt zurück. Und alle wurden gleichzeitig blass und verstummten.

In der Stille waren nur ein leises Weinen und wieder und wieder ein Name, Nathan, zu hören.

Mit hektischen Schritten steuerte der wachhabende Beamte auf den Schalter zu, auf dem aufgeschlagen die Einsatzpläne lagen, und fuhr mit tintenverschmiertem Finger über die Namen der zwei zur Nachtschicht vor der Villa Boamorte abkommandierten Polizisten. Immer wieder wischte er über die beiden Namen, die er aus der Liste der Einsatzkräfte würde streichen müssen.

»Sagtest du nicht gerade, das Halbblut und die drei Dienstboten?« Ihm war plötzlich etwas aufgefallen. Wieder näherte er sich dem auf der Bank zusammengesunkenen Polizisten. »Und das Mädchen? Sieh mich an! Sieh mich an! Habt ihr nicht auch Boamortes Tochter gefunden? Antworte mir!«

Mit Tränen und Furcht in den Augen blickte der Polizist zu ihm auf und bewegte wiederholt schweigend den Kopf hin und her.

»Nein?«

»Nein …«

»Das Mädchen war nicht dabei?«

»Nein …«

»Was steht ihr hier herum?«, brüllte da der Wachhabende seine Kollegen an, die sich in der Eingangshalle drängten. »Zieht euch an! Schnell! Schnell! Ich will euch im Nu einsatzbereit sehen! Bewegt euch! Bewegt euch!«

Noch immer verstört drängten die Polizisten stolpernd die Treppe hinauf und verschwanden im Mannschaftsraum.

Der wachhabende Polizist wandte sich nun wieder dem jungen Beamten auf der Bank zu. »Wir müssen den Kommissar informieren«, sagte er zu ihm. Er gab ihm eine Ohrfeige. »Steh auf, verdammt! Steh auf und gib dem Kommissar Bescheid. Sag ihm, wir holen ihn gleich ab. Lauf schon!« Mit Gewalt zog er ihn von der Bank hoch und schubste ihn in Richtung Ausgang. Dann ging er zu dem anderen Polizisten und richtete ihn auf. »Mach die anderen Kutschen bereit«, schrie er ihn an. »Weck die Stallburschen, spann die Pferde an! Los, beeil dich!« Er schob ihn auf die Tür zu, die auf den Innenhof führte. Als er schließlich allein war, griff er nach dem Heft mit den Einsatzplänen und schleuderte es gegen die Wand.

»Verflucht sollst du sein!«, schallte es dem alten Jones aus der Eingangshalle des Kommissariats entgegen, während er mit vor Anstrengung weit aufgerissenen Augen und offenem Mund atemlos die Stufen hinaufhinkte. Kurz darauf schrillten die Pfiffe einer Trillerpfeife durch die Luft.

Als er das Polizeirevier betrat, stürmten gerade sämtliche Polizisten mit Schlagstöcken am Gürtel und Gewehren in der Hand die Treppe hinunter.

»Halt! Halt!«, rief er.

»Geh aus dem Weg«, riss ein Polizist ihn mit sich.

»Zu den Kutschen«, schrie der wachhabende Polizist und blies erneut in die Signalpfeife. »Zu den Kutschen!«

»Herr Wachtmeister ...« Der alte Jones klammerte sich an seinen Arm. »Herr Wachtmeister ... hört mich an ...«

»Zehn Männer hier herüber! Zur Kutsche hier vorn!«

»Herr Wachtmeister, bitte, hört mich doch an ...«

»Ich habe jetzt keine Zeit für dich, alter Mann«, knurrte ihn der Wachhabende an. »Wo lauft ihr hin, ihr Idioten? Hier herüber! Hier herüber!« Und er trieb die Polizisten mit einem erneuten Pfiff an.

Der alte Jones hielt sich die Ohren zu. »Ein Mädchen wurde entführt!«, brüllte er mit geschlossenen Augen und der wenigen Luft, die ihm verblieben war.

»Welches Mädchen?«

Der alte Jones öffnete die Augen. Das Gesicht des Wachbeamten war nur wenige Fingerbreit von seinem entfernt. »Sie ist in der Fabrik. Ich habe sie gesehen ... mit meinen eigenen Augen ... ich kenne sie. Es ist Fräulein Boamorte ... Sie wird als Geisel gehalten ...«

Zòla öffnete die Augen. Er schloss sie wieder. Ihm wurde übel. Erneut riss er die Augen auf. Er wollte nach Luft schnappen, doch der Knebel drückte ihm auf den Mund. Er versuchte, sich zu bewegen. Da glomm in dem ausdruckslosen Blick des Schwachsinnigen ein Funke aus Wut und Entschlossenheit auf. Gedämpft drang ein finsterer Laut durch den Knebel, als er wie ein wildes Tier knurrte. Er kauerte sich auf seinem Lager vor dem Bett zusammen, um dann mit einem Ruck seinen mächtigen Körper anzuspannen, den Brustkorb zu weiten und seine kräftigen Arme nach außen zu ziehen. Knirschend schnitten die Seile in seine Handgelenke und Knöchel. Wieder kauerte er sich zusammen, knurrte wütend und spannte abrupt mit aller Kraft die Muskeln an, um sich zu befreien. Während sich die Stricke blutrot färbten, ächzten die Hanffasern noch immer, bis sie plötzlich mit einem Knall zersprangen. Zòla riss sich den Knebel aus dem Mund und löste die Fessel von seinen Fußgelenken. Er schlüpfte in seine schweren Stiefel und warf sich den Mantel über. Dann stürmte er durch die Tür. Mit einem einzigen Gedanken im Blick rannte er über den Korridor, brummte dabei zunächst leise und mit zunehmender Nähe zum Ausgang immer lautere unverständliche Worte vor sich hin, bis er, kaum war er draußen in der verblassenden Nacht, die beinahe schon den Tagesanbruch ankündigte, einen unmenschlichen Schrei ausstieß.

Und wie als Antwort auf diesen nur ihnen allein verständlichen Ruf wurden die jungen, entrechteten Bewohner der Stadt der Tiere in ihren Schlafsälen wach und bildeten nach und nach alle gemeinsam einen urzeitlichen Chor, der mit seinem beängstigenden Geheul Zòla anzutreiben schien, schneller und schneller seinem Ziel entgegenzulaufen.

Als Germinal – fest entschlossen, von Noverre eine Erklärung dafür zu verlangen, wie ein Buch aus seiner Bibliothek in die Hände eines gefährlichen Mörders gelangen konnte – auf seinem Weg zur Anstalt den hünenhaften Diener vor sich die Straße überqueren sah, bremste er sein Motorrad scharf ab. »Zòla!«, rief er ihm hinterher. »Zòla!«

Doch der Riese schien ihn nicht zu hören. Mit gesenktem Kopf wie ein angriffslustiger Stier, die Hände zu Fäusten geballt, die Nasenflügel gebläht und den Mund vor Anstrengung geöffnet, polterte Zòla, ohne stehen zu bleiben, mit seinen mächtigen Füßen über das Pflaster.

Germinal legte den Gang ein, gab Gas und fuhr langsam neben ihm her. »Zòla!«, sprach er ihn an. »Zòla, wo willst du hin? Was ist passiert? Zòla, Zòla! Antworte mir!«

Als wäre er taub, lief der Hüne grunzend weiter.

Germinal beschleunigte und schnitt ihm mit einer Vollbremsung den Weg ab. Beinahe hätte Zòla ihn umgerannt. Germinal bekam ihn am Mantel zu fassen und brachte ihn dazu, ihn anzusehen. »Wo willst du hin?«, schrie er ihm ins Gesicht. »Wo ist Noverre? Wo willst du hin? Sag es mir.«

»Sciron«, erwiderte der Riese bloß und streckte den Arm zum Hügel aus, der sich dunkel vor dem ersten Dämmerlicht am Himmel abzuzeichnen begann. Schon wollte er wieder loslaufen.

»Steig auf«, sagte Germinal da zu ihm und deutete auf den hinteren Motorradsitz.

Zòla zögerte, während sein zurückgebliebener Verstand eine Entscheidung zu fällen suchte.

»Es ist schneller als du Riesenvieh«, erklärte Germinal. »Damit kommst du eher zu Noverre. Na los, Zòla, steig schon auf.«

Der Hüne kletterte hinter Germinal auf das Motorrad. Die Stoßdämpfer ächzten.

»Halt dich an mir fest«, sagte Germinal und gab Gas. Der Motor heulte stockend auf, bevor er in Fahrt kam und das Motorrad sich in Bewegung setzte, über die Straße raste und dann den Hügel erklomm, auf dem Scirons Zirkuszelt gestanden hatte.

Als Germinal den Motor abschaltete, sah er in dem kurz vor Tagesanbruch bläulichen Dämmerlicht das Lager abgebaut vor sich liegen. Überall stapelten sich zerlegte und verpackte Zeltteile, die nur noch aufgeladen werden mussten.

Zòla stieg vom Motorrad ab und rannte los.

»Zòla! Bleib stehen!«, schrie Germinal ihm nach.

Doch der Riese hörte ihn nicht mehr. Er reckte im Laufen die Nase in die Höhe und blähte die Nasenflügel, als wittere er in der Luft den Geruch seines geliebten Herrn.

In Scirons Wohnwagentür drehte sich der Maschinenmann zu ihm um, stieg die drei Stufen hinab und bereitete sich auf den Zusammenstoß vor.

»Zòla, nein!«, brüllte Germinal wieder.

Vom Lärm aufgeschreckt schauten müde die ersten Helfer mit verschlafenen Gesichtern aus ihren Wohnwagen hervor.

Der Maschinenmann ging in die Knie, breitete die Arme aus und schloss sie, als Zòla ihn fast erreicht hatte, vor der Brust.

Die beiden Körper prallten krachend gegeneinander. Der Maschinenmann schwankte. Zòla stürzte, war jedoch augenblicklich wieder auf den Beinen, als hätte er den fürchterlichen Aufprall gar nicht wahrgenommen.

Germinal zog die Pistole mit dem Perlmuttschaft und feuerte in die Luft. »Bleib stehen, Tristante, oder ich schieße!«, schrie er, während er sich den beiden riesigen Kontrahenten näherte, die für einen Moment innegehalten hatten.

»Bleib du stehen!«, befahl eine Stimme. »Wirf die Pistole weg!«

Germinal wandte sich um.

Die Waffe auf Noverres Schläfe gerichtet kam Stigle aus Scirons Wohnwagen hervor. »Wirf sie weg!«, befahl der Gott erneut. »Wirf sie weg!«

Mit bleichem Gesicht tauchte hinter ihnen Sciron in einem seidenen Morgenrock auf.

Germinal warf die Pistole vor Stigles Füße.

Stigle stieß Noverre zu Boden und hob die Waffe mit einem Lächeln auf, das Germinal unsicher vorkam, wie von aufziehender Müdigkeit erstickt. Vor ihm stand ein blutrünstiges Ungeheuer, der erbarmungsloseste Mörder, der ihm je untergekommen war, und dennoch war seine Reaktion eine andere, als er erwartet hatte, er empfand weder Hass noch Verachtung noch den leidenschaftslosen Trieb des Polizisten, ihn zu verhaften. Es war, als lese er in Stigles makellos schönem Gesicht tiefe Betrübnis über das Blutvergießen, als wäre das engelsgleiche Antlitz durch seine eigenen wahnsinnigen Verbrechen entstellt. Es war, als könne Stigle selbst all das Böse nicht mehr ertragen, dachte Germinal.

Unterdessen war Zòla, kaum hatte er seinen Herrn am Boden gesehen, vorgestürzt, um ihm zu helfen, als ihn ein gewaltiger Hieb des Maschinenmannes in den Rücken traf. Zòla heulte vor Schmerz auf. Er drehte sich um und ging im Gegenzug mit gesenktem Kopf auf den Bauch seines Gegners los. Der Maschinenmann aber, der auf einen solchen Angriff gefasst gewesen war, hatte bereits die Hände erhoben und ließ sie wie einen Hammer auf Zòlas Schulter niedersausen, sodass Zòla nach dem krachenden Zusammenstoß von Metall und Knochen mit dem Gesicht voran in den Schlamm stürzte.

Die Waffe auf Germinal gerichtet begann Stigle zu lachen. Düster, unheilvoll, verbittert. Als er bemerkte, dass die Helfer sich näherten, bedrohte er sie mit dem einen Revolver, während er mit dem anderen Germinal in Schach hielt. Sein Blick verhärtete sich wieder, seine Stimme klang herrisch. »Bleibt, wo ihr seid! Der Erste, der sich bewegt, ist tot!«

Unerwartet behände für seine Masse konnte Zòla dem nächsten Schlag des Maschinenmannes ausweichen, rollte sich zur Seite und stand wieder auf.

Ignés war aus ihrem Wohnwagen gekommen und bahnte sich nun langsam einen Weg durch die Männermenge. Auch sie schien den Kampf zu verfolgen, doch in Wahrheit ging ihr Blick über die kämpfenden Kolosse hinweg zu Germinal. Ignés blieb stehen. Wie von einem Magnet angezogen verloren sich ihre grauen Augen in Germinals Blick, als würden sie unaufhaltsam in ihn, in sein gesamtes Wesen hinabstürzen. Als gäbe es nichts anderes um sie herum.

Stigle sah sich nach Sciron um. Der stand in der Tür seines Wohnwagens. Zitternd, einsam, alt. »Dein Platz ist nicht bei ihm!«, schrie er Ignés mit sich vor Wut überschlagender Stimme an und richtete die Pistole auf sie. »Komm zu deinem Herrn zurück!«

Ignés stand reglos, von seinen Worten ungerührt da. Nicht einmal ihre Lider zuckten. Die Augen in Germinals Blick versunken. Ohne jede Spur von Furcht. So entschlossen, als lasse das eindringliche, leidenschaftliche Versprechen in ihrem Blick keinen Raum für andere Gefühle.

»Geh«, gab Germinal ihr mit den Lippen zu verstehen.

Während Ignés, ohne den Blick von Germinal abzuwenden, an den beiden Rivalen vorbei auf Sciron zuging, bekam Zòla, nachdem er einem Schlag hatte ausweichen können, den Kopf des Maschinenmannes zu fassen, quetschte ihn zwischen seinen riesigen Händen und drehte ihm brüllend wie ein wildes Tier mit einem blitzschnellen, kräftigen Ruck den Hals um. Die Messingwirbel knirschten bedrohlich, ehe sie mit blechernem Getöse zersprangen.

Der Kopf des Maschinenmannes rollte über den Boden.

Ein Schmerzensschrei ertönte. Im Zurückweichen umklammerte der Maschinenmann mit seinen Metallfingern die Weste über seinem Bauch und zerriss sie. Gleich darauf kam Tristantes blutüberströmtes Gesicht zum Vorschein. Die Zugstangen, die zum Kopf des Maschinenmannes führten, hatten ihm beim Bruch die Augenbrauen bis tief ins Fleisch zerschnitten. Trotz des Blutes in seinen Augen warf sich Tristante schreiend mit der Kraft des Maschinenmannes auf Zòla.

Der enthauptete Koloss aus Eisen und gegerbtem Leder traf seinen Gegner in die Seite, versetzte ihm einen Kinnhaken und eine Gerade gegen die Brust, bevor er ihm schließlich mit einem Hieb ins Gesicht einen klaffenden Riss unter dem Auge verpasste.

Noverre war aufgestanden und verfolgte den Kampf mit hilflosem Blick.

Nach all den Schlägen torkelte Zòla nur noch benommen, unfähig, zu reagieren, geschweige denn, sich zu verteidigen. Als ihn ein weiterer Faustschlag am Hals traf, knickten seine Beine ein, er fiel auf die Knie und starrte mit leerem Blick auf seinen kopflosen Gegner, der mit verschränkten Händen zum Todesstoß ausholte.

»Nein!«, schrie Noverre verzweifelt. Er bekam mit den Armstümpfen einen langen, abgebrochenen Holzstab zu fassen, der an den Enden spitz war wie ein Speer, und rannte, den Stab gegen die Brust gestemmt, taumelnd auf den Zwerg zu, der im Begriff war, Zòla zu töten. »Nein!«

Der Maschinenmann drehte sich um. Auf Tristantes blutigem Gesicht erschien ein hämisches Grinsen.

In dem Moment schloss Noverre die entstellten, ungleichen

Augen und warf sich mit seiner schwankenden Waffe und der ganzen Kraft der Verzweiflung gegen ihn. Schmatzend bohrte sich die gesplitterte Stabspitze in Tristantes knorpeligen Hals, durchschlug seine Luftröhre und blieb in den Halswirbeln stecken. Der grinsende Gesichtsausdruck des Liliputaners verzog sich zu einer verwunderten Grimasse, als er noch den Mund aufriss und nach Luft zu schnappen versuchte, die ihm das gesplitterte Holz für immer genommen hatte.

Scheppernd fiel der Maschinenmann schließlich als leere Rüstung in sich zusammen.

Noverre wankte.

Sprachlos vor Entsetzen beobachteten die Helfer das Geschehen.

Als hätte sein Herz noch vor seinen Beinen ausgesetzt, fiel Stigle auf die Knie. Er hob die Pistole und zielte auf Noverres Rücken.

Germinal stürzte vor.

»Keine Bewegung!«, befahl ihm Stigle mit schmerzerfüllter Stimme und bedrohte ihn mit dem zweiten Revolver. Dann stand er auf und ging langsam mit vorgehaltener Waffe von hinten auf Noverre zu, der noch immer auf wankenden Beinen vor Zòla stand und dabei mit ausgebreiteten Armstümpfen die leeren Ärmel herabbaumeln ließ, als wolle er ihm etwas zeigen.

Sciron schüttelte unmerklich den Kopf. Sein gesamtes vergangenes Leben zog rasch an seinen gelbsüchtigen Augen vorüber. »Deine Mutter war doch nur ... ein Dienstmädchen ...«, sagte er leise mit tonloser Stimme, während er durch Stigle hindurch ins Leere stierte und fortwährend den Kopf schüttelte. »Sie war ein Nichts ... ein Flittchen, das nur Tanzen im Sinn hatte ...«

Stigle blieb stehen, ohne sich zu ihm umzuwenden.

»Ich ... ich erinnere mich nicht einmal an die Farbe ihrer Augen ...«, fuhr Sciron, ganz in die Vergangenheit versunken, getragen fort. »Sie war ganz einfach ... die Jüngste unter den

Dienstmädchen … Ich habe ihr einen Tanz bezahlt … mehr musste ich nicht tun, um sie zu bekommen … Es … es war eine Kleinigkeit …«

»Sie hatte blaue Augen«, flüsterte Stigle, ohne seinen Vater anzusehen. »Und rotes Haar …«

»Einen Tanz … einen Tanz habe ich ihr bezahlt … und schon gehörte sie mir … es war eine Kleinigkeit …« Sciron sprach immer leiser. »Auch was in ihrem Bauch heranwuchs, wäre nur eine Kleinigkeit gewesen … hätte sie es mir rechtzeitig gesagt … Ich hätte ihn ihr aus dem Bauch geschabt … den Bastard …«

Während ihm der Arm, der die Pistole hielt, wie unter einer untragbaren Last einknickte, drehte sich Stigle zu seinem Vater um. »Du hast ihr doch einen Beutel voll Gold gegeben, damit sie mich aufziehen konnte …«

»Ich hatte Angst, die Gräfin würde mich fortjagen … fort aus dem schönen Haus …«, sagte Sciron zu sich selbst. Mit seinem langen, dünnen Finger deutete er auf Stigle. »Du bist nicht mein Sohn …«

Stigle wurde bleich. Augenblicklich schien er zu einem kleinen Junge zu werden, dem ein unschuldiger, kindlicher, quälender Schmerz die Tränen in die Augen trieb. Auf der Stelle erkannte er seine unendliche Einsamkeit. Und ihm wurde klar, dass sein Schicksal hier zu Ende wäre. Er fühlte, wie die durch das Gotteshaar streichenden Schlangen erschlafften und an seinen Schläfen der harte Panzer der Ziegenbockhörner bröckelte. Das Lärmen des Hasses dröhnte nicht aufs Neue in seinem göttlichen Körper. Die ruhmreichen Urgewalten begannen nicht wieder in all ihrer Herrlichkeit auszuströmen. Er war nicht mehr Tod und Wiedergeburt. Der Gott entwich aus seinem Körper und seinen säurezerfressenen Fingern gelang es nicht, ihn aufzuhalten.

Und er fürchtete sich. Zum ersten Mal in seinem Leben fürchtete er sich. Er, der weder Stigle noch Dionysos war. Er fürchtete sich vor sich selbst. Vor dem, der er nicht war.

Er blickte in Tristantes blutüberstömtes Gesicht. Und in das des alten Mannes, der nicht mehr sein Vater war. Keinen von beiden kannte er mehr. Er blickte in die umstehende Menge, die ihn beobachtete, schweigend und furchterfüllt, wie er selbst es war, und suchte nach einem bekannten Gesicht. Niemanden erkannte er wieder. Da fiel sein Blick auf Germinal. Während er auf ihn zuging, betrachtete er ihn prüfend. Ja, das war der einzige Mensch, den er noch kannte. Der einzige, der ihm zu einem Sinn würde verhelfen können. Er hielt Germinal die Pistole an das Gesicht, das schön war wie sein eigenes. Um ihn besser betrachten zu können, neigte er den Kopf ein wenig zur Seite. In Germinals Augen fand er jedoch nicht seine eigene Einsamkeit wieder. Der Gott war nun in ihm.

»Könnte ich noch ein Kapitel meines Schicksals wählen …«, flüsterte er ihm zu, als wäre es eine Liebeserklärung, »würde ich mir wünschen, dass Ihr es mit mir zusammen schreibt.«

Er richtete die Pistole auf Germinals Motorrad und drückte ab. Beim dritten Schuss explodierte der Tank und fing Feuer. Niemand bewegte sich. Niemand wagte zu atmen. Stigle sprang auf seine schwarze Kutsche, peitschte das Pferd, bis es blutete, und fuhr in den rötlichen Schein der Morgendämmerung davon.

Germinal stürzte vor zu einem Hauklotz, in dem ein langes Hornmesser steckte, zog es heraus und rannte dann hinüber zu einem Pferd, das noch vor einen Wagen gespannt war.

In dem Moment trat Ignés zu ihm, fasste ihn am Arm und sah ihm tief in die Augen. »Ich warte auf dich«, sagte sie, bevor sie ihre Hand zurückzog.

Germinal schnitt das Pferd von dem ledernen Zaumzeug los, schwang sich auf seinen ungesattelten Rücken, stieß ihm die Stiefel in die Flanken und preschte im Galopp davon.

»Doktor«, ließ sich nun schwach eine kehlige Stimme vernehmen.

Ignés wandte sich um. Auch die Helfer und Zimmerleute wandten sich um.

Zòla trug Noverre in seinen Armen. Und hielt ihn Sciron entgegen. »Doktor«, sagte er wieder.

Noverres Gesicht war bleich und schmerzverzerrt. In Zòlas Armen wirkte er schmächtig wie ein Kind. In der Mitte seines Rumpfes, an der Stelle, wo er den Holzstab aufgestützt hatte, breitete sich ein blutroter Fleck über sein weißes Nachthemd aus.

Matt lächelte Noverre Sciron an. »Am Ende hat er recht behalten …«, murmelte er mit schwindender Stimme und sah seinem alten Feind in die Augen. »Mein Leben liegt in deiner Hand …« Dann verlor er das Bewusstsein.

Nun lag Ignés' Blick auf Sciron.

»Beweg dich, Ignés«, sagte da Sciron entschieden, der urplötzlich die Kraft und die Gesinnung wiederfand, die er viele Jahre zuvor verloren hatte. »Mach Wasser heiß und sieh nach, ob noch Gin übrig ist. Dann such Verbandstoff und koch ihn aus. Und besorg mir ein paar Nadeln und einen festen Faden.« Er zerriss Noverres Nachthemd und untersuchte die Wunde. Dann schaute er auf zu Zòla. Er sah ihn noch als Kind vor sich. Als riesiges Kind. Nun war sein Haar an den Schläfen ergraut. Doch seine Augen blickten noch wie damals. Es waren die Augen des Kindes, das nie erwachsen geworden war. »Er kommt durch, sei unbesorgt. Es ist nicht schlimm«, beruhigte er ihn und drehte sich um. »Trag ihn hinein, worauf wartest du, Dummkopf?« Er stieg in seinen Wohnwagen.

Am Horizont färbten sich die beiden düsteren Fabrikschlote rot, als jenseits des Hügels über der Stadt die Sonne aufging.

XXVIII

»Da! Da ist er!«, rief der alte Jones und deutete mit seinem Gichtfinger auf eine heranrasende Kalesche, die sich schwarz gegen den blutrot gefärbten Wolkenhimmel abzeichnete, hinter dem gerade die Sonne aufging. »Das ist der Chemiker!«

Auf dem weitläufigen Vorplatz der Zuckerfabrik, der säuberlich gejätet und tagtäglich mit unzähligen Wagenladungen Flusssand bestreut wurde, um den in der regenreichen Gegend allgegenwärtigen Schlamm zu verfestigen, waren soeben fünf geschlossene Polizeikutschen vorgefahren. Mehr als fünfzig Beamte in Uniform waren mit Schlagstöcken am Gürtel und Gewehren in der Hand ausgestiegen und hatten sich in zwei geordneten Reihen zur Erstürmung der Fabrik aufgestellt. Ein jeder hatte den Befehl zu schießen, sobald ein Arbeiter Widerstand leistete.

»Wendet die Kutschen! Schnell! Wendet die Kutschen!«, brüllte Kommissar Landau und verfolgte mit dem Blick Stigles Einspänner, der in einer Fontäne aus Wasser und Morast über die einzige, schmale Zufahrtsstraße auf die Zuckerfabrik zupreschte. »Versperrt ihm den Weg! Schnell! Schnell! Macht schon! Stellt die Kutschen mitten auf die Straße!«

Die Kutschführer stiegen auf und schnalzten alle gleichzeitig mit den Zügeln, worauf die Pferde scheuten und die Wagen gegeneinanderprallten. Zwei Kutschen verkeilten sich mit den Rädern ineinander.

»Idioten! Was seid ihr nur für Idioten!«, schrie Landau mit blau angelaufenem Gesicht. »Zehn Männer hierher! In zwei Reihen! Fünf am Boden und fünf dahinter in Stellung! Schnell! Schnell!«

Zehn Polizisten rannten quer über den Platz und gingen an der Straßeneinmündung in Schussposition.

»Nicht schießen! Noch nicht!«, befahl Landau dem Trupp, während Stigle bereits so nah war, dass der Boden unter dem Hufschlag seines Pferdes, dem der Schaum vor dem Maul stand, erbebte. »Wartet auf meinen Befehl! Legt an!«

Stigle hielt sich, halb auf dem Trittbrett, halb im Kakerlak stehend, an den Zügeln fest und kauerte sich zusammen. Er zog eine Pistole aus dem Gürtel und begann auf die Gruppe zu schießen, während er das Pferd zu noch schnellerem Lauf antrieb.

»Feuer!«, schrie Landau.

Die zehn Gewehre feuerten gerade noch ihre Salve ab, ehe die Kalesche in die Gruppe hineinraste und sie mit sich riss. Der Kakerlak tat einen Satz, als seine eisenbeschlagenen Räder über zwei Männer hinwegrollten. Wiehernd sprang das Pferd zur Seite und rannte weiter bis auf den Platz. Dort stockte das Tier plötzlich mitten im Galopp, seine sehnigen Beine verloren ihren Rhythmus, versteiften sich und wurden langsamer. Die Kalesche jedoch war noch in voller Fahrt und prallte von hinten gegen das taumelnde Pferd, an dessen Brust und Hals sich ein blutiger Fleck auf dem vor Schaum und Schweiß glänzendem Fell ausbreitete.

»Feuer! Feuer!«, brüllte Landau dem übrigen Einsatztrupp zu.

Als das Pferd sich überschlug und zusammenbrach, bohrten sich die Wagendeichseln in den Boden, verbogen sich und katapultierten, bevor sie mit einem lauten Krachen zerbrachen, den Kakerlak und mit ihm Stigle in die Höhe.

Während Stigle aus der Kalesche geschleudert wurde und zwischen zwei Kutschen landete, eröffneten die Polizisten das Feuer. Sofort war er wieder auf den Beinen, schoss einem Polizisten mitten ins Gesicht, sprang auf den Kutschbock einer Polizeikutsche, peitschte die Pferde und jagte auf den Fabrikeingang zu, von wo aus Gewehrsalven gegen die Polizisten losbrachen, die keine andere Wahl hatten, als sich auf den Boden zu werfen und in Deckung zu gehen.

Die Polizeikutsche mit Stigle an Bord raste ungebremst in die erste Fabrikhalle hinein. Die scheuenden Pferde versuchten, ihren Lauf zu bremsen, und durchbrachen, als sie sich aufbäumten, eine Rauchglaswand.

An den Fenstern schossen Rinaud und die anderen Arbeiter unentwegt weiter. Unterdessen hatten sich die Polizisten neu formiert und erwiderten mit ihren Waffen das Feuer.

Die Kutsche schlug mit dem linken Vorderrad gegen eines der Waggongleise und kippte zur Seite, wobei ein Arbeiter mitgerissen wurde und ein anderer mit dem Bein unter die schwere Seitenwand geriet. Zwei Kameraden befreiten ihn und brachten ihn sofort in Sicherheit.

Mit blutig aufgerissener Stirn kletterte Stigle von der Kutsche. »Rinaud!«, schrie er, während er über den Boden kroch, um den Polizeigeschossen auszuweichen, die Lampen und Maschinen zerschlugen, an den Waggons abprallten und dumpf zischend in den Rübensäcken stecken blieben. »Rinaud! Leg das Gewehr weg, hol das Mädchen und bring es ins Direktionsbüro«, befahl er ihm und warf ihm den Schlüssel für das Vorhängeschloss zu.

Rinaud drückte seinem Sohn Berto das Gewehr in die Hand. »Knall sie alle ab, die Schweine!«, sagte er mit alkoholgetrübtem Blick zu ihm, bevor er die wacklige Treppe hinunter zu dem verlassenen Lagerraum lief.

»Richtet die Lautsprecher im Entladebereich nach draußen!«, rief Stigle zwei jungen Arbeitern zu und lief hinauf zum Direktionsbüro im Obergeschoss der Zuckerfabrik.

»Chemiker, was hast du vor?« Der Direktor des Reinigungsbereichs trat ihm entgegen. In der Hand hielt er eine Pistole.

Stigle streckte ihn aus nächster Nähe nieder. Dann ging er zum Mikrofon, über das der Entladevorgang koordiniert wurde, und schaltete es ein.

In den Lautsprechern rauschte es. Ein schrilles Pfeifen folgte. Schließlich gellte der Schrei einer Frau über den verwüsteten Platz.

»Lasst das Feuer einstellen, Landau!«, brüllte Stigle darauf ins Mikrofon. »Stellt das Feuer ein! Wir haben Boamortes Tochter als Geisel! Stellt das Feuer ein oder Ihr seid für ihren Tod verantwortlich!«

Stigle wandte sich zu Rinaud um, der dem verängstigten, tränenüberströmten Mädchen ein spitzes Messer an den Hals hielt. Zäh und schwarz rann das Pech, mit dem ihr Haar gefärbt war, über ihre Schultern. Mit einer Hand hielt sie ihr zerrissenes Kleid über der Brust fest. Aus der Schramme unter ihrem linken Auge sickerte Blut. Stigle nickte Rinaud zu und hielt das Mikrofon vor das Mädchen. Die Messerspitze legte sich an Martha Boamortes linkes Auge.

Aus den Lautsprechern tönte ein weiterer durchdringender Schrei.

»Halt! Halt! Nicht schießen!«, befahl Landau und ging hinter einer Kutsche in Deckung.

Kaum hatten die Polizisten das Feuer eingestellt, erhob sich Jubelgeschrei aus der Zuckerfabrik. Das Siegesgebrüll einer Armee mit sieben Gewehren, darunter fünf alten doppelläufigen Jagdflinten.

»Die Fabrik ist besetzt!« Stigles Stimme dröhnte verzerrt über den Platz. »Keine Tricks! Wir werden Euch unsere Forderungen mitteilen!«

Die Arbeiter jubelten noch immer, fielen einander um den Hals und reichten die Schnapsflaschen herum, mit denen sie ihre Angst vertrieben. »Wir haben gesiegt!«, brüllten sie. »Jetzt sollen sie uns kennenlernen! Schweine! Scheißkerle!«

Stigle übergab Rinaud seine Pistole.

Das Mädchen starrte entsetzt auf den toten Bereichsdirektor, der auf der Seite am Boden lag und aus weit aufgerissenen trüben Augen ins Leere stierte.

»Schieß auf jeden, der einzudringen versucht«, sagte Stigle im Hinausgehen zu Rinaud. Dann machte er sich auf den Weg nach unten, huschte aus einem der hinteren Fenster, lief zur Hütte auf der Fabrikrückseite, schloss die Tür auf und befestigte auch den zweiten Pol der beiden Stromkabel an den Zündern.

»›Erhabene Göttin, die du die Erde erschütterst …‹«, murmelte er leise.

Doch es war nicht mehr die Stimme des Gottes.

»›Erhabene Göttin, die du die Erde erschütterst …‹«, versuchte er es erneut mit lauterer Stimme.

Doch es war nur ein aus dem Gedächtnis heruntergeleierter Spruch ohne Bedeutung. Da spürte er, dass all sein neuer Schmerz, der so sterblich war, dem kein ruhmreiches Schicksal mehr einen höheren Sinn verlieh, ihm aus den Augen zu strömen drohte. Er, der noch nie geweint hatte, nicht einmal, als er zur Welt gekommen war; er, der göttlicher Schmerz gewesen war; er, für den es keine Qual gegeben hatte, die er nicht hätte lieben können, weil sein Schmerz ein guter Schmerz gewesen war, musste nun erkennen, dass er kurz davor war zu weinen. Denn die Marter, die sein elender Körper ertrug, war nun kein Triumph mehr. Auch keine Verherrlichung. Ebenso wenig der vom Schicksal ausersehene Weg, ihm ein ruhmreiches Leben zu schenken.

Er, der weniger war als nichts, den der Gott, der sechzehn Jahre lang in ihm herangewachsen war, verlassen hatte, war nun allein. Die furchterregende Welt, die der Gott ihm erschaffen, und die Albträume, die er hervorgerufen hatte, kehrten sich nun gegen ihn. Er konnte hören, wie der Gott ihn mit seinen unzähligen Stimmen auslachte. Denn der Gott, der ihn nun quälte, war der Herrscher über die verborgenen Kräfte, die sich weder eindämmen noch bekämpfen ließen, die in unvorhergesehene Richtungen losbrachen und grenzenloses Verderben nach sich zogen. Auch für ihn, der er doch einmal selbst der Gott gewesen war.

Stigle steckte eine Hand in den Sack aus Grobleinen, der aufgeschnürt neben den beiden Zündern lag, und fütterte die erbarmungslosen heiligen Gebisse mit seinem Fleisch, bis die Marter ihn den Schmerz vergessen ließ.

»›Erhabene Göttin, die du die Erde erschütterst …‹«, sprach er wieder und lächelte, denn konnte er schon nicht länger der Gott sein, so wollte er ihm zumindest dienen.

Er riss nun ein Stück Leinen heraus, legte es als Verband um seine zerfetzte Hand, schulterte den Sack, sperrte die Hütte zu, kehrte zur Fabrik zurück und betrat erneut das Direktionsbüro.

»Geh zurück zu deinen Leuten«, sagte er zu Rinaud. »Haltet die Polizisten auf Abstand. Wenn sie die Fabrik stürmen wollen, schießt sie nieder. Das Mädchen kommt mit mir.« Er packte Martha Boamorte am Handgelenk und zog sie mit sich fort. In der Tür blieb er stehen und sah Rinaud an. »Die Fabrik gehört jetzt euch«, sagte er. »Macht damit, was ihr wollt.«

Während Stigle die Leiter hinaufstieg, die aus dem Innern auf das Fabrikdach und darüber hinaus bis auf eine Galerie auf halber Höhe der beiden glühenden Schlote führte, von wo aus er diesen ganzen Teil der neuen, in Aufruhr befindlichen Welt beherrschen würde, sah er unter sich die aufgeregt lärmenden Arbeiter. Trunken waren sie, wie es dem Willen des Gottes entsprach, dem nun auch er diente. Wie der Gott es vorschrieb, feierten sie seine Orgien.

Einige Arbeiter trugen bereits Eisenstangen in der Hand und zerschlugen, was ihnen in den Weg kam. Eine andere Gruppe Hitzköpfiger wütete gegen eine der Kochwannen. Nachdem sie die Verankerungsstifte gelöst und die Bolzen gesprengt hatten, kreischte die Wanne bedrohlich in ihren Scharnieren und begann mit dem unheilvollen Knirschen eines Schiffes kurz vor dem Untergang zu schwanken, bis sie schließlich umstürzte und den Boden mit dem süßlich schlammigen Meer überspülte, das in ihren dicken Metallwänden eingeschlossen war.

Nachdem die erste Welle gebrochen war, sprangen die Jüngsten hinein und bespritzten sich unter Geschrei und Gelächter gegenseitig wie an einem Festtag. Von ihrer Ausgelassenheit angesteckt, zogen die alten Frauen ihre Schuhe aus, hoben die

Röcke an und tauchten von einem Mauervorsprung herab ihre steif gefrorenen Füße in den warmen Sumpf.

Derweil hatte Rinaud den toten Direktor des Reinigungsbereichs auf die Galerie im Obergeschoss geschleift und zeigte ihn stolz seinen Kameraden. Dann stieß er ihn über das Geländer.

Im Herangaloppieren sah Germinal die Polizisten hinter den über den Fabrikvorplatz verteilten Kutschen und rostigen Waggons Schutz suchen.

Die beiden Polizisten, die der Straße am nächsten standen, hörten ihn kommen und richteten die Gewehre auf ihn.

»Nicht schießen, das ist einer von uns!«, schrie ein Sergeant.

Germinal ritt an ihnen vorbei hinter die erste Kutsche und sprang vom Pferd. »Was geht hier vor?«, fragte er den Sergeant.

»Sie sind bewaffnet«, antwortete der und zeigte auf das Fabrikgebäude. »Außerdem haben sie eine Geisel. Die Tochter eines Aktionärs. Sie drohen, sie zu töten, sollten wir die Fabrik stürmen.«

Germinal sah sich um. Hinter der übernächsten Kutsche entdeckte er Landaus gedrungene Gestalt. Im Zickzack rannte er mit eingezogenem Kopf über den freien Platz und begab sich neben dem Kommissar wieder in Deckung.

»Er hat heute Nacht ein weiteres Blutbad angerichtet«, informierte ihn Landau, ohne den Blick vom Fabrikeingang abzuwenden. »Boamorte, die drei Dienstboten … und zwei meiner Männer … zwei Jungs …«

»Es ist nicht Ignaszewsky«, sagte Germinal. »Es ist Stigle.«

»Das weiß ich, verdammt!«, brauste Landau auf und funkelte Germinal wutentbrannt an.

Schweigend musterten sich die beiden Männer.

»Ich habe soeben erfahren, dass der Portier der Fairfirths Ignaszewskys Leiche im Keller gefunden hat«, erklärte Landau, der Germinal weiter fest in die Augen sah.

»Ist Stigle da drin?«

»Ja.«

Mit einem nachdenklichen Ausdruck in seinen Eulenaugen sah Landau zur Zuckerfabrik hinüber. Dann wandte er sich wieder zu Germinal. »Was wollt Ihr? Soll ich mich entschuldigen?«

»Wo halten sie das Mädchen gefangen?«, fragte Germinal ihn stattdessen und richtete den Blick über die unruhig mit dem Schwanz schlagenden Pferde hinweg auf den Fabrikeingang.

»Keine Ahnung.«

»Wie wollt Ihr vorgehen?«, erkundigte sich Germinal.

Landau gab keine Antwort. Er blickte umher und bemerkte, dass aller Augen auf sie gerichtet waren.

»Ist hier jemand, der sich gut in der Fabrik auskennt?«, fragte Germinal.

»Der Nachtwächter«, antwortete Landau und deutete auf einen alten Mann, der auf dem Boden saß und seinen zerschlissenen Hut zwischen den Fingern drehte.

Germinal trat aus der Deckung und lief zu dem alten Jones hinüber. Ein Schuss wirbelte vor seinen Füßen eine kleine Wolke aus feuchtem Sand auf. Germinal warf sich nieder und kroch über den Boden bis zu dem Waggon, hinter dem sich der Wachmann versteckte.

»Ich bring euch um, ihr Schweine!«, brüllte der Arbeiter, der den Schuss abgegeben hatte.

»Sie sind alle sturzbetrunken«, schüttelte der alte Jones den Kopf.

Germinal lehnte sich neben ihm mit dem Rücken an das rostige Wrack. »Habt Ihr eine Ahnung, wo sie das Mädchen gefangen halten?«, fragte er ihn.

»Hört ihr das?«, gab der Alte zurück. Dumpfer Lärm drang aus der Fabrik. »Sie schlagen alles kurz und klein … Was versprechen sie sich nur davon?« Der Wachmann sprach mit leiser, schmerzerfüllter Stimme. »Wir waren fünfundzwanzig, als der Graf die Fabrik gründete … jeder kannte jeden …«

»Wo, glaubt Ihr, halten sie das Mädchen gefangen?«, fragte Germinal ihn erneut.

»Heute Nacht in einem verlassenen Lagerraum«, antwortete der Alte. »Anschließend müssen sie sie ins Direktionsbüro gebracht haben, dort sind nämlich die Mikrofone ... Was mag denn bloß in sie gefahren sein ...?«

»Wo ist das Direktionsbüro?«

Der Alte wandte sich um und wies auf einen kleinen gemauerten Dachvorsprung mit einem breiten Fenster auf dem Fabrikhauptgebäude.

Germinal prüfte gerade die möglichen Zugangswege, als sein Blick auf die beiden Schlote fiel. Auf halber Höhe der Türme entdeckte er auf einer schmalen, von einer Brüstung gesicherten Brücke einen schwarz gekleideten Mann. Er erkannte ihn sofort. Und neben Stigle bemerkte er eine zweite, zierlichere Gestalt in einem flatternden Rock, die sich ihm zu entwinden versuchte.

»Früher nannten wir uns alle beim Namen ... und heute kenne ich nicht einmal ihre Gesichter ...«, sprach der alte Jones zu sich selbst.

Germinal rannte zurück zur Kutsche, hinter der Landau Schutz suchte. »Dort oben ist er«, deutete er auf die Schlote.

Soweit zu erkennen war, hatte Stigle das Mädchen gezwungen, über die Brüstung zu klettern, und band es nun hoch über dem Abgrund an dem Eisengerüst fest. Etwas oberhalb an der Schornsteinmauer prangte ein großes Paket. Ein zweites Paket hing an der Wand des Zwillingsschlotes.

»Habt Ihr ein Fernglas?«, fragte Germinal beunruhigt.

»Ein Fernglas!«, rief Landau seinen Männern zu.

Aus der Fabrik erhob sich Gesang. Mehr als hundert Stimmen fielen ein und grölten ein altes, derbes Volkslied.

Ein Polizist kam herbeigelaufen und hielt Landau ein Fernglas hin. Der Kommissar wollte es schon an die Augen setzen, reichte es dann jedoch an Germinal weiter.

Während das Arbeiterlied über den Platz schallte, richtete

Germinal das Fernglas auf Stigle hoch oben auf der Galerie. Er trug die schrecklichen Metallgebisse am Arm, mit denen er bereits drei Frauen zerfleischt hatte. Das Mädchen starrte entsetzt auf den Abgrund, der sich zu seinen Füßen auftat. Germinal suchte mit dem Fernglas die Schornsteinwand ab. An einem in die Ziegelsteine geschlagenen Metallstift entdeckte er ein ganzes Bündel Dynamitstangen. Abrupt richtete er das Fernglas auf den anderen Turm. Auch dort hingen Sprengladungen bereit.

»Er will alles in die Luft sprengen«, sagte er zu Landau.

Erneut betrachtete er die Dynamitpatronen durch das Fernglas. Von beiden Ladungen gingen Kabel ab, die in Höhe der Galerie zusammenliefen und unsichtbar hinter den Schloten hinabführten.

Ohne ein Wort zu verlieren, stürzte Germinal hinter der Kutsche hervor und rannte im Schutz der Büsche um die Fabrik herum, robbte, wo sich ihm keine Deckung bot, über den Boden voran und hielt dabei hin und wieder auf dem Rücken liegend inne, um mit dem Fernglas den Verlauf der Stromkabel zu verfolgen. Als er sich der Rückseite des Gebäudes näherte, stellte er fest, dass die Kabel im Fabrikdach verschwanden. Er lief bis zu einer Holzhütte und vergewisserte sich mit einem Gefühl der Machtlosigkeit noch einmal von dort aus, dass er recht gesehen hatte. Er ließ das Fernglas sinken. Um die Sprengladung zu entschärfen, würde er in die Fabrik eindringen müssen. Entmutigt betrachtete er die Ziegelsteinmauer, als er plötzlich die Kabel wiederentdeckte, die aus einem Lüftungsschacht austraten. Er ging um die Hütte herum und sah, dass sie unter der mit einem schweren Vorhängeschloss gesicherten Tür hindurch ins Innere verliefen. Wieder hinter der Hütte blickte er sich suchend um und entdeckte eine rostige Eisenstange, mit der er die Hüttenrückwand aufzubrechen begann. Ein Brett nach dem anderen hebelte er heraus und öffnete sich einen Durchgang. Im Innern der Hütte fand er zwei Zünder. Vorsichtig unterbrach er die Kontakte und zertrümmerte die Zünder schließlich mit der Eisenstange.

»Ich brauche ein starkes Seil. Und sehr lang muss es sein«, sagte er zu Landau, als er heil zu der Kutsche zurückgekehrt war.

»Woher soll ich denn ein Seil nehmen?«

Germinal blickte hinüber zu dem alten Jones, der noch immer mit dem Hut in der Hand hinter dem umgestürzten Waggon saß. »Ihr müsst mir helfen«, sagte er, als er ihn erreicht hatte. »Wo finde ich ein langes, reißfestes Seil?«

»Die Seile sind im Lager«, erwiderte er kopfschüttelnd. »Da drin.« Er deutete mit dem Daumen hinter sich auf die Fabrik. Plötzlich blitzte es in seinen müden Augen auf. »Da wären noch die alten Zugseile für die Waggons ...«, sagte er aufgeregt. »Lang sind sie auf jeden Fall ... und früher waren sie auch reißfest, aber jetzt ...«

»Wo sind sie?«

»In den Kästen.« Der Alte drehte sich auf den Knien um und zeigte auf zwei schwere, angelaufene Metallbehälter, die neben einem breiten Fenster mit zerschlagenen Scheiben aus der Fabrikwand ragten.

»Wie hoch ist es vom Boden bis zu den Plattformen an den Schloten?«, erkundigte sich Germinal.

»Exakt fünfzig Yards.«

»Und wie lang mögen die Zugseile sein?«

»Was habt Ihr vor?«

»Wie ich gesehen habe, gibt es noch einen weiteren Zugang zu den Schloten.«

»Über die alte Wartungsleiter«, erklärte der Wachmann. »Aber die hat schon seit über zwanzig Jahren niemand mehr benutzt ...«

»Wie lang sind die Zugseile?«

»Mindestens doppelt so lang. Über hundert Yards«, antwortete der Alte. »Wartet. Die Deckel der Kästen sind aus Gusseisen. Alleine schafft Ihr das nicht.«

»Danke«, lächelte Germinal ihm zu. Dann wandte er sich zu Landau um, der ihn beobachtete. »Ich brauche Verstärkung«, rief er, die Hände an den Mund gelegt, zu ihm hinüber.

Landau deutete auf den Mann, der neben ihm stand. Germinal nickte, gab dem Polizisten ein Zeichen, ihm zu folgen, und gelangte im Schutz der Waggons bis auf etwa dreißig Fuß an die Aluminiumkästen heran. Als der junge Polizist sich außer Atem neben ihn hockte, konnte er die Angst in seinem Blick lesen.

»Es wird alles gut gehen«, beruhigte ihn Germinal. »Komm.«

Er stürzte auf die Fabrik zu und duckte sich mit dem Rücken zur Mauer gleich neben den Kästen unter das breite Fenster mit der zerbrochenen Scheibe. Der Polizist lief hinter ihm her.

»Heb du den Deckel an. Ich kümmere mich um die Seile. Danach schleichen wir uns zurück«, raunte er ihm zu.

Der junge Beamte nickte und stemmte mit aller Kraft die schwere gusseiserne Abdeckung in die Höhe. Die Taue rochen modrig. Einige waren mit Metallsträngen verlängert worden. Germinal begann, die Seile herauszuziehen, die ihm am längsten schienen.

Auf einmal sah der Polizist am Fenster das Gesicht eines Arbeiters auftauchen. Erschrocken ließ er den Deckel los, der lärmend herabfiel und dabei das Seil einklemmte, das Germinal erst zur Hälfte herausgezogen hatte.

»Sie versuchen hereinzukommen!«, brüllte Berto.

Germinal packte ihn an den Schultern und zog ihn durch das Fenster nach draußen, wo er mit einem Überschlag auf dem Boden landete. Dann hieb er ihm mit der Faust ins Gesicht. »Heb den Deckel hoch!«, schrie er den vor Angst erstarrten Polizisten an. »Heb ihn hoch!«

Der junge Mann raffte sich auf und wuchtete den Deckel so weit nach oben, dass Germinal das Seil ganz herausziehen konnte.

»Weg von hier!«, warnte er den Polizisten, als er weitere Arbeiter hinzukommen hörte.

»Schweine!«, brüllte Rinaud, der mit der Pistole in der Hand am Fenster auftauchte. Er zielte und drückte ab.

Stöhnend brach der junge Polizist zusammen. Germinal, der bereits den ersten Waggon erreicht hatte, ließ die Stricke auf den Boden fallen, lief zu ihm zurück und zog ihn am Arm mit sich fort, während Rinauds Kugeln an ihnen vorbei in den feuchten Sand einschlugen. Als beide in Sicherheit waren, hörten sie an einem knackenden Geräusch, dass das Magazin der Pistole leer war.

»Schweine!«, schrie Rinaud noch aufgebrachter. »Gebt mir ein Gewehr! Gebt mir ein Gewehr!«

Germinal sah, dass der Polizist am Bein getroffen war. »Steig da hinein«, sagte er zu ihm und deutete auf den Waggon.

Der junge Beamte zog sich an der Metallwand hoch und ließ sich in den Waggon fallen. Germinal hob das Seil auf und reichte es ihm. Während er dann den Waggon auf die Polizeikutschen zuschob, wurde die gepanzerte Seitenwand von Gewehrsalven getroffen.

Hinter Landaus Kutsche halfen zwei Polizisten ihrem verletzten Kollegen aus dem Waggon und legten ihn auf den Boden. Sie zogen ihm den Stiefel aus, rissen das Hosenbein auf und versorgten seine Wunde.

»Was habt Ihr vor?«, wollte Landau von Germinal wissen, der unterdessen das Seil auf Armlängen abmaß.

»Ich muss da hinauf«, antwortete Germinal mit Blick auf die Schlote.

»Das wird Euer Tod sein.«

»Entweder ich oder das Mädchen«, gab Germinal entschlossen zurück, wickelte das Seil auf und hängte es sich über die Schulter. »Lenkt sie ab, bis ich hinter der Fabrik bin. Wenn sie Euch im Auge behalten, achten sie vielleicht nicht auf mich.«

Landau nahm das Megafon und lief schwerfällig hinüber zu einer Kutsche auf der gegenüberliegenden Seite des Platzes. »Hört mich an!«, rief er den Arbeitern zu, die ihn hinter den eingeschlagenen Fabrikfenstern beobachteten. »Noch ist es früh genug für euch aufzugeben!«

Die Arbeiter beschimpften ihn.

»Ihr deckt einen Mörder!«, schrie er in das Megafon. »Das hier ist kein Streik mehr!«

Germinal rannte in die entgegengesetzte Richtung los. Kaum war er um die Ecke des Gebäudes gebogen, warf er sich ins Gebüsch. Schallend drang aus der Ferne die Stimme Landaus herüber, der das Geschrei der Arbeiter zu übertönen versuchte. Germinal stand auf und lief weiter bis zu der Hütte, in der er die Zünder gefunden hatte. In einer Ecke bemerkte er eine Holzleiter. Er lehnte sie an die Wand und kletterte auf das unterste Blechdach. Einer Reihe von Nägeln vorsichtig folgend, die auf einen darunterliegenden Querbalken hinwiesen, stieg er weiter hinauf. In der Mitte des Daches begann das Holz plötzlich bedrohlich zu knarren. Das tragende Gebälk unter dem Blech war morsch. Es würde ihn nicht lange aushalten. Auf allen vieren kroch er daraufhin längs über das Dach, um es über den nächsten Querbalken zu versuchen. Ächzend bog sich das Blech unter seinem Gewicht. Einige der Nägel, mit denen es am Holzgerüst befestigt war, sprangen heraus. Germinal hielt den Atem an. Schließlich erreichte er den Querbalken, richtete sich wieder auf und gelangte auf das nächsthöhere Dach, das vielleicht zehn Fuß über dem ersten lag. Während er sich an den Armen nach oben zog, drang immer deutlicheres Geschrei an sein Ohr.

Nachdem er sich hinaufgeschwungen hatte, erkannte er, dass es sich bei dem Dach in Wirklichkeit um ein großes Deckenfenster handelte. Durch die Scheibe erkannte er in der Fabrikhalle unter sich etwa fünfzig Arbeiter, die sich gegenseitig die Schnapsflaschen streitig machten. Sollten sie ihn entdecken, gäbe es für das gekidnappte Mädchen keine Rettung mehr. Es führte jedoch kein anderer Weg zu den Schloten als der schmale Mauerstreifen, in den das Fenster eingelassen war. Mit ausgestreckten Armen balancierte Germinal mit der Last des Seils auf seinen Schultern behutsam voran. Nach wenigen unsicheren Schritten trat er gegen einen Mörtelklumpen, der sich aus dem Mauerrahmen löste und geräuschvoll über die Fensterscheibe hinabrollte.

Als die Arbeiter ihre Nasen in die Höhe reckten, konnten sie niemanden erkennen.

Germinal, der am Mauerrand festgekrallt in der Luft hing und sich die Finger an dem rauen Mörtel aufschürfte, wartete kurz ab, ehe er wieder auf den schmalen Rahmen kletterte und wie ein Seiltänzer einen Fuß vor den anderen setzte, bis er wohlbehalten die alte Wartungsleiter an den Schloten erreichte.

Die Leiter bestand nur aus einfachen Sprossen, die rostig und verwittert aus der Schornsteinmauer ragten. Germinal hangelte sich eine nach der anderen hinauf. Die Galerie lag in weiter Ferne über ihm. Er hatte das Gefühl, schon seit einer Ewigkeit zu klettern, als er feststellte, dass er noch nicht einmal die Hälfte des Anstiegs geschafft hatte. Viele Sprossen wackelten oder verbogen sich unter seinem Gewicht.

Während er neuen Atem schöpfte, versuchte eine bleiche Sonne mühsam die Wolken zu durchdringen. Die Luft war eisig. Seine Hände bluteten, seine Finger waren steif vor Anstrengung und Kälte. Er blickte nach unten. Ein Aufprall aus dieser Höhe würde ihn zerschmettern.

Da raffte Germinal sich auf. Er hob den einen Arm zur nächsten Sprosse, ließ die andere Hand los und drückte sich gleichzeitig mit den Beinen ab. In dem Moment gab das Metall krachend nach. Er prallte mit dem Gesicht gegen die Mauer und schlug Halt suchend um sich. Als er blind eine Sprosse an seiner Hand fühlte, klammerte er sich mit aller verbliebenen Kraft an ihr fest. Er betete, sie möge halten. Ein reißender Schmerz fuhr ihm in die Schulter, doch seine Finger ließen nicht los. So hing er mit blutender Nase und baumelnden Beinen an einem Arm über dem Abgrund. Ächzend versuchte er, seinen Körper durch eine Schaukelbewegung zu drehen, und bekam mit der freien Hand eine zweite Sprosse zu fassen. Schließlich fanden seine Füße wieder Halt.

»Das schaffe ich nie.«

Ihm war, als höre er das Mädchen weinen.

Er sah nach oben. Ein süßlicher Blutgeschmack erfüllte seinen Mund. Eine nach der anderen erklomm er nun die restlichen Sprossen bis zur Galerie.

Er hörte das Weinen des Mädchens. Dazu Stigles entrückte Stimme. Doch er konnte nicht verstehen, was er sagte. Es klang wie ein undeutlich gemurmeltes Gebet.

Unterhalb der Eisenplattform hielt er inne, um wieder zu Atem zu kommen. Er war völlig erschöpft, musste neue Kraft schöpfen. Die Zugangsluke zur Galerie, die nicht mehr als zwei Schritt breit war, befand sich gleich über ihm. Hoffentlich, so dachte Germinal, war sie nicht allzu verrostet. Wenn er eine Chance gegen Stigle haben wollte, durfte der ihn erst bemerken, wenn er selbst bereits auf der Plattform stand. Ließe er sich noch auf den Sprossen überraschen, hätte er keine Möglichkeit, sich zu verteidigen. Vorsichtig drückte er mit der Hand gegen die Luke, um herauszufinden, ob er sie geräuschlos würde öffnen können. Die Eisenklappe bewegte sich nicht. Er wandte ein wenig mehr Kraft auf. Die rostigen Scharniere quietschten leise.

Germinal erstarrte und lauschte. Das Mädchen weinte und flehte seinen Entführer um Gnade an. Stigles Stimme jedoch war nicht mehr zu hören. Reglos hielt Germinal den Atem an. Durch das Fernglas hatte er die Metallgebisse an Stigles Unterarmen gesehen. Zwar waren sie gefährliche Waffen, aber zumindest konnte er auf diese Weise seine Pistole nicht gebrauchen, dachte Germinal.

Sein Blick wanderte zurück zu der Luke. Sie leise zu öffnen war unmöglich. So blieb ihm nur ein Weg. Er stieg auf die oberste Sprosse und kauerte sich mit dem Rücken gegen die Eisenklappe zusammen. Wenn er sich nun mit aller Kraft nach oben stemmte, würde die Luke lärmend, aber hoffentlich blitzschnell aufklappen. Und er befände sich bereits halb auf der Galerie. Zwar könnte er Stigle nicht hinterrücks überraschen, doch mit ein wenig Glück würde es ihm vielleicht gelingen, vor dem ersten Angriff sicher auf der Plattform zu stehen. Er musste das Risiko eingehen.

Er holte tief Luft und schnellte mit einem Schrei in die Höhe.

Die Luke öffnete sich leichtgängiger, als er gedacht hatte. Germinal schoss geradezu in einem Satz nach oben und verlor für einen Moment das Gleichgewicht.

Im selben Augenblick traf ihn Stigle, der ihm seit dem Knarren der Luke aufgelauert hatte, mit einer seiner stählernen Waffen am Kopf.

Germinal stürzte gegen das Eisengeländer, öffnete jedoch rechtzeitig die Augen, um den zweiten Schlag auf sich zukommen zu sehen. Instinktiv duckte er sich zur Seite weg und konnte dem Hieb ausweichen. Er klammerte sich mit beiden Händen an die Brüstungsstreben, zog die Beine an und stieß sie Stigle mit solcher Wucht in den Oberkörper, dass der zurückgeschleudert wurde und zu Boden ging. Obwohl Germinal von dem Schmerz in seiner Schläfe ganz benommen war, blieb ihm Zeit, sich aufzurichten. Er warf das Seil zu Boden.

Das Mädchen schrie sich nun die Seele aus dem Leib.

Stigle kam wieder auf die Füße und stellte sich breitbeinig zum Angriff auf. Knallend schnappten die scharfen Beißwerkzeuge in der Luft zu.

Die Gesichter beider Männer waren blutverschmiert. Durch die tiefe Platzwunde an seiner Stirn hatte Stigle einige Haarsträhnen eingebüßt. Germinal strömte Blut aus Nase und Schläfe. Keuchend starrten sie einander an. Weder drohte der eine, noch riet der andere zur Aufgabe. Es gab nichts zu sagen. Zwischen ihnen gab es keine Worte. Nur den stolzen Blick zweier Männer, die einander im Kampf gegenübertraten. Die Fabrik, der Streik, die Arbeiter, die Polizei, alles um sie herum verschwand. Nicht einmal die qualvollen Schreie des

Mädchens hörten sie mehr. Noch achteten sie auf die Sprengladungen über ihren Köpfen.

Stigle schnellte als Erster vor und ließ mit einem Schlag das Stahlgebiss zuschnappen. Die spitzen Klingen bohrten sich in Germinals Schulter. Mit der anderen Waffe zielte Stigle nun auf den Hals. Vor Schmerz stöhnend ging Germinal ein wenig in die Knie, packte Stigles Arm, ließ sich nach hinten fallen, rammte seinem Gegner dabei den Stiefel in den Bauch und schleuderte ihn gegen die Brüstung.

Die eisernen Verankerungen in der Ziegelmauer brachen aus ihrem bröckelnden Zementbett. Bedrohlich wogte das Mädchen in der Luft. Sie schrie verzweifelt, während sich die Bolzenverbindungen zwischen Brüstung und Plattform zu lösen begannen. Die Querstreben verbogen sich daraufhin wie ein sich windendes Schlangenknäuel. Halb über dem Abgrund schwebend hing das Mädchen an dem ächzenden Metall. Die letzten Bolzen, die sie noch an der Galerie festhielten, vibrierten und knarrten unheilvoll. Da hörte das Mädchen plötzlich auf zu schreien. Stumm starrte sie in die Tiefe.

Germinal stürzte sich auf Stigle, packte ihn am Kopf und stieß ihn, ankämpfend gegen den Schmerz in seinem Rücken, in den sich der stählerne Rachen verbissen hatte, mit Gewalt gegen die Mauer. Dann hob er eine abgebrochene Geländerstrebe von der Stärke eines Schürhakens vom Boden auf und brachte Stigle mit einem Schlag gegen die Knie zu Fall. Er holte erneut aus und ließ die Stange mit Wucht auf seinen Nacken niedersausen.

Mit einem dumpfen Stöhnen brach Stigle zusammen und blieb reglos liegen.

»Helft mir … bitte …«, wisperte da das Mädchen.

Gegen einen Mauervorsprung gestemmt fasste Germinal sie an den Armen, durchtrennte die Fesseln und zog sie sicher auf die Galerie.

»Ich muss Euch jetzt noch einmal festbinden«, sagte er zu ihr und hob das mitgebrachte Seil auf. Er befestigte ein Seilende an einer sicher in den Schornstein gemauerten Verankerung, führte das andere Ende ein weiteres Mal hindurch und wickelte das Seil um sich und das Mädchen. »Haltet Euch mit beiden Armen an mir fest, hier, am Hals.«

Das Mädchen nickte. Sie war fast noch ein Kind, dachte Germinal. Er streichelte ihr über das Haar und stellte fest, dass es unter dem Pech blond war.

»Wie heißt Ihr?«, fragte er sie.

»Martha …«

»Wir haben es fast geschafft, Martha«, sagte er und bemühte sich zu lächeln.

Das Mädchen schloss die Augen und legte den Kopf an seine Brust.

Germinal warf einen prüfenden Blick auf Stigle, der am Boden lag. Das aus der Wunde in seinem Nacken strömende Blut bildete eine Lache auf der Metallplattform.

»Seid Ihr bereit, Martha?«, fragte er, während er das restliche Tau in die Tiefe warf.

»Ja …«

Germinal zog das Seil um sie beide fest und ließ sich langsam hinab. »Schließt die Augen, Martha«, sagte er. »Schaut nicht nach unten.«

Stigle bewegte leicht den Kopf. Ein Zucken ging durch seine Beine. Seine Augen öffneten sich. Er hustete, spuckte Blut. Dumpf dröhnten die Beißwerkzeuge auf dem Metallboden, als er sich aufstützte und sich aufzurichten versuchte.

Germinal hörte es. Auch Martha musste etwas bemerkt haben, denn sie sah ihn mit Entsetzen im Blick an.

»Wir sind fast unten«, beruhigte Germinal sie. Doch er wusste genau, dass das nicht stimmte. Als er nach oben blickte, sah er Stigle, der sich über die Galerie vorbeugte. Er strich dem Mädchen mit der freien Hand über das Haar, wechselte die Hand und fuhr auch mit der anderen über das Pech. »Macht Euch keine Sorgen, wenn ich schreie, Martha«, sagte er zu ihr und glitt, so schnell er konnte, an dem Seil hinab, wobei das

Pech sich rasch abrieb und der Strick ihm daraufhin die Hände verbrannte.

Stigle sah, dass der Strick in der Verankerung heiß lief. Zum Aufstehen hatte er nicht die Kraft. Daher schleppte er sich zum Plattformrand, hielt eines seiner Metallgebisse in die Tiefe und ließ es um das Seil zuschnappen. Plötzlich spürte er einen heftigen Ruck, die Riemen, mit denen das Beißwerkzeug an seinem Arm befestigt war, schnitten sich in sein Fleisch und zerrissen. Das Gebiss stürzte in den Abgrund.

Germinal sah die stählerne Waffe um Haaresbreite an ihnen vorbei hinabsausen. Kurz darauf schlug sie seitlich unterhalb des großen Dachfensters auf dem Blechdach auf. Er blickte hinunter und erkannte, dass es bis dort noch mindestens zwanzig Yards waren.

Stigle war es gelungen, sich aufzusetzen. Mit aller Kraft stemmte er gleich neben der Verankerung seinen Fuß gegen das Seil, das sich daraufhin langsamer abwickelte. Nun schlug er die scharfen Zähne des zweiten Gebisses in die Hanfstränge, die einer nach dem anderen zerfaserten und sich wie Spiralen in die Luft kringelten.

Kaum war Germinal aufgefallen, dass sie langsamer wurden, hatte er den Blick zur Plattform gehoben. Seine Hände, die das Seil umklammert hielten, nahmen eine immer stärkere Schwingung wahr, bis er plötzlich einen Knall hörte, der kein Echo hervorrief. Für einen endlos langen Augenblick glaubte er, in der Luft zu stehen, während das gespannte Seil, an dem sie hingen, sich schlagartig lockerte und in weichen Schlingen auf sie herabfiel.

Er hörte das Mädchen schreien.

Und auch er schrie.

Nach einem atemlosen Fall prallte er mit dem Rücken auf das Blech, das sich unter ihrem Gewicht auftat wie ein gefräßiger, scharfzähniger, metallisch brüllender Schlund.

Mit dem sicheren Tod rechnend, der sie beim Aufprall auf den Boden erwartete, schloss Germinal die Augen.

Der Zuckerberg, der noch auf Säcke verteilt werden musste, explodierte zu einer weißen Wolke, als Germinal und Martha Boamorte hineinstürzten.

Als Germinal unverletzt die Augen aufschlug, blickte er als Erstes in einen Gewehrlauf.

»Steh auf, du Mistkerl«, fuhr ihn Rinaud an, der auf seinen kurzen Beinen torkelnd vor ihm stand.

Germinal sah nach Martha. Auch das Mädchen lebte. Sie wirkte wie ein Engel. Ihr Haar war fast weiß. Zuckerkristalle hatten sich über das Pech gelegt und glitzerten im frühen Morgenlicht, das durch die Fenster der Lagerhalle einfiel.

»Hoch mit dir, du Schwein!«, brüllte Rinaud wieder.

Germinal befreite sich und das Mädchen vom Seil. Dann half er ihr beim Aufstehen.

»Jetzt haben wir schon zwei Geiseln!«, rief Rinaud den anderen Arbeitern lachend zu.

Die Männer pfiffen und grölten.

Germinal blickte sie wortlos an, während er das Mädchen fest im Arm hielt.

Auf dem Blechdach schepperte es und kurz darauf landete Stigles letztes Metallgebiss vor Germinals Füßen im Zucker. Alle sahen nun nach oben, wo der Spalt im Dach den Blick auf die beiden Schlote freigab.

Schwankend an die Überreste der Brüstung geklammert streckte Stigle den Arm aus und schrie ihnen etwas zu.

»Was hat er gesagt?«, fragte ein Arbeiter.

Doch niemand hatte etwas verstanden.

Stigle blickte aus der Höhe des Turms, der seinen Triumph hätte verherrlichen sollen, auf sie hinab. Er sah sie als das, was sie waren: kleine, unbedeutende Menschen, deren Leben nicht ein Tausendstel des Gottes wert war. Doch nun, da der Gott ihn verlassen und damit auch den letzten Akt seines Plans zum Scheitern gebracht hatte, sah Stigle in ihnen zugleich das Abbild seines eigenen unbedeutenden Daseins. Der Gott hatte sich einen anderen Tempel gesucht. Er war nun in Germinals

Körper eingetreten. Seine Augen hatten es ihm bereits verraten. Er hatte ihn so unsterblich werden lassen, wie er es selbst einmal gewesen war. Und er hatte ihm die Kraft geschenkt, ihm die Letzte und mit ihr die Erfüllung seiner Rache zu nehmen.

Denn der Gott hatte seinen Plan geändert.

Denn der Gott hatte ihn verstoßen.

Denn mit seinen tausend Stimmen dröhnte der Gott in seinem Kopf: »Bastard! Bastard!«

Da hielt Stigle sich die Ohren zu und begriff mit einem Mal, was er schon immer gewusst hatte. Er liebte diesen grausamen Gott nicht, der sein Herz zu Stein hatte werden lassen. Der ihm die Augen ausgetrocknet hatte. Der sich seiner Hände und seines Lebens bemächtigt hatte. Der ihn zum Sklaven seiner schändlichsten Begierden, seiner abstoßendsten Instinkte gemacht hatte.

Er begriff, dass er diesen Gott verabscheute, der sich in seinem Körper und seinem Geist und seiner Seele wie ein Krebsgeschwür eingenistet hatte.

Das war es, was Stigle den kleinen, unbedeutenden Menschen entgegenschrie, die vom Fuß des Zuckerberges mit offenen Mündern zu ihm heraufstarrten.

Er schrie ihnen zu, dass er seinen eigenen Wahnsinn verabscheute.

Er kramte in seiner Tasche. Seine Hand stieß an etwas Kaltes. Aus Angst, der Gott könne als letzte Täuschung einen weiteren Trick anwenden, zog er die Hand ganz langsam heraus. Bewundernd betrachtete er den funkelnden Lichtschein. Nein, der Gott würde nicht siegen. Er würde ihn mit seinen eigenen Waffen, auf eigenem Boden schlagen, indem er seinen Plan, der sich nun gegen ihn gewendet hatte, zu Ende führte.

»Seht nur, was hat er vor?«, rief ein Arbeiter beunruhigt und deutete auf den Dachspalt.

Mit einem Male hatte sich der Himmel verdunkelt. Und gegen das unnatürliche Dunkel zeichnete sich oben an den Türmen eine leuchtende Flamme ab.

»Ich habe die Zünder zerstört …«, sagte Germinal leise, ohne den Blick von der Galerie zu wenden. »Er kann nicht …«

»Er steckt die Zündschnüre in Brand!«, schrie Rinaud.

»Er wird uns alle umbringen! Raus hier! Raus hier! Schnell!«

Die Arbeiter stürmten zum Ausgang. Germinal sah Stigle über die schmale Verbindungsbrücke zwischen den Galerien der beiden Schornsteine laufen. Gleich darauf schlugen Flammen und Rauch an der Wand des ersten Turms hoch, Ziegelsteine zersplitterten und stürzten hinab.

Germinal packte Martha Boamorte am Arm und zog sie aus der Lagerhalle. »Lauft!«, schrie er, während das Blechdach unter dem hereinbrechenden Schutthagel furchterregend donnerte.

Stigle klammerte sich an der Brüstung fest. Durch die Druckwelle war er gegen die Wand des zweiten Schlotes geschleudert worden. Er zog sich hoch. In der Tiefe sah er die Arbeiter mit einem verwunderten Ausdruck im Gesicht fliehen.

Sie schrien nicht.

Keiner von ihnen schrie.

Warm strömte es über seinen Hals. Im glänzenden Spiegel des Feuerzeugs, das er in der Hand hielt, erkannte er, dass Blut aus seinen Ohren rann. Er horchte in diese neue Welt hinein, die plötzlich ganz still war. Lächelnd legte er die Hände auf seine bei der Explosion ertaubten Ohren.

Auch die tausend Stimmen des Gottes waren verstummt.

Er hatte gesiegt. Am Ende hatte er gesiegt, dachte er, als er die Zündschnur der zweiten Sprengladung in Brand setzte, bevor er sich umwandte und am Horizont über der Stadt den Anbruch seines letzten Tages betrachtete.

Ziegelspeiend barst die Mauer des zweiten Turmes. Rauchend und glühend wie ein Vulkan. Der erste Schlot begann hin und her zu schwanken. Dann neigte er sich gegen seinen Zwilling und gemeinsam brachen die beiden Türme über der Fabrik zusammen.

Entsetzt schrien die Arbeiter wild durcheinander und drängten auf den Ausgang zu. Rinaud trug sein Gewehr vor sich und schoss auf jeden, der ihm in die Quere kam. Germinal sah ihn als Ersten hinausstürmen.

Ein Kugelhagel ließ die Arbeiter zurückschrecken. Durch ein Fenster konnte Germinal beobachten, wie Rinaud plötzlich ins Stolpern geriet, mit den Armen ruderte und sich nicht mehr auf den Beinen halten konnte. Schließlich brach der Arbeiter tot zusammen.

»Nicht schießen! Nicht schießen!«, brüllten die Arbeiter, ohne sich jedoch vorzuwagen, während angesichts des von Explosionsschutt bombardierten Daches immer mehr Männer von hinten nachdrängten.

»Nicht schießen!« Germinal bahnte sich einen Weg durch die Menge und zeigte sich den Polizisten. »Nicht schießen!«

»Nicht schießen! Nicht schießen!«, schrie Landau. »Stellt das Feuer ein!«

Unter niederhagelndem Schutt und von einer dichten schwarzen Staubwolke erstickt trampelten sich die Arbeiter gegenseitig nieder und strauchelten, als sie voller Schrecken vor den hinter ihrem Rücken donnernd einstürzenden Schornsteinen aus der Fabrik flohen, die ihr Leben gewesen war.

Germinal hielt Martha Boamorte im Arm und schob sie durch die Menge, um sie in Sicherheit zu bringen. Sein Blick trübte sich. Sein Körper schien vor Schmerzen zerspringen zu wollen. Blut verklebte ihm das Gesicht und ließ ihn kaum atmen. »Geht jetzt …« Am Ende seiner Kräfte angelangt ließ er sie los.

Hilflos blieb das Mädchen mit dem Zuckerhaar stehen.

»Geh!«, schrie Germinal sie an, während seine Knie schwach wurden.

Das Mädchen rannte los und verschwand in der Menge.

Germinal blieb atemlos taumelnd stehen. Allein. Umgeben von einer dunklen Staubwolke. Mit ausgebreiteten Armen. Die vom Einsturz aufgewirbelte, erhitzte Luft zerzauste sein

Haar und zerrte an seinem Körper. Wie zerrissene Fahnen flatterten seine Kleider im Wind.

Dann wurde alles um ihn herum schwarz. Die Welt versank unter ohrenbetäubendem Getöse in einer letzten Staubflut.

Und in der Dunkelheit, in der sich der bittere Geschmack von Mörtel mit der Süße des Zuckers mischte, die nach geschundenen Körpern und geschmolzenem Eisen schmeckte, in der ein Geruch von Hass und Angst lag, inmitten dieser Dunkelheit wurde ihm bewusst, dass er es geschafft hatte. Er hatte gesiegt.

Über das Heroin, den blutrünstigen Gott, die Geister der Vergangenheit.

Über sich selbst.

Und während er im sich lichtenden Staubnebel zu Boden sank, sah er sie zwischen den Polizisten stehen.

Er sah Ignés.

Die sechzehn Sprossen

Die erste Sprosse

13. Dezember 1854

Der alte Mann peitschte sein geliebtes Pferd blutig und rammte ihm die Sporen in die Flanken, so eilig hatte er es, nach Hause zu kommen.

»Euer Kind kommt zur Welt!«, hatte ein Diener über die Felder gerufen, während der alte Mann auf der Jagd war. »Es kommt gerade zur Welt!«

Sein Leben lang wartete der Alte schon auf einen Nachkommen. Er hatte mit dreißig Jahren geheiratet und dank seiner sozialen Stellung und seines beachtlichen Vermögens eine Perle aus höchsten gesellschaftlichen Kreisen zur Frau nehmen können. Jedoch war diese Perle, nachdem sie fünfzehn Jahre lang vergeblich versucht hatte, ihm einen Erben zu schenken, weit vor ihrer Zeit an einer Lungenentzündung gestorben. Noch im selben Jahr heiratete der Witwer erneut, doch war er nun nicht mehr unter den Juwelen der Gesellschaft, sondern vielmehr unter den Gebärfreudigsten, soweit zumindest ihr Stammbaum darauf hoffen ließ, auf Brautschau gegangen. So hatte er sich für die junge Tochter eines reichen Getreidehändlers entschieden, die zwar dumm und geizig, aber breit in den Hüften und außerdem die siebte unter zehn Geschwistern sowie die Enkelin einer Frau war, die gar zwölf Kinder zur Welt gebracht hatte. Nach weiteren zehn Jahren geduldiger Versuche ließ er sich von der Gebärfreudigen scheiden. Der Wunsch, einen Nachkommen, einen Erben zu zeugen, war ihm über fünfundzwanzig lange Jahre hinweg, die ihm Gesicht, Haar und Glieder vorzeitig hatten altern lassen, zur schmerzlichen Besessenheit geworden. Jeder andere hätte aufgegeben, wäre vielleicht niedergeschlagen oder verbittert gewesen, hätte sich aber in sein Schicksal gefügt. Seine Besessenheit verlieh dem Mann jedoch einen brennenden Willen, und was ihm an körperlicher Kraft fehlte, machte er durch Nervenstärke wett. Da er die Möglichkeit, nicht seine Gefährtinnen, sondern er selbst könne unfruchtbar sein, gar nicht erst in Erwägung zog, pflegte er in seinem dritten Lebensabschnitt einen zügellosen Umgang mit Frauen und vertraute ganz auf das statistische Prinzip der Chancenausweitung in der Hoffnung, aus einem dieser Betten ohne kirchlichen Segen möge wenigstens ein Bastard entspringen. Die Erste, die eine Schwangerschaft vortäuschte, wurde die dritte Ehefrau des Mannes, der um jeden Preis einen Sohn wollte. Zu der Zeit war der Mann bereits sechzig Jahre alt. Nach der Hochzeit ließ die neue Gattin eine Woche verstreichen, ehe sie eines Morgens ein Unwohlsein vortäuschte und mit arglistigem Geschick ein Häufchen Hühnerklein ausstieß, das sie am Abend zuvor aus der Küche entwendet hatte. Der alte Mann schöpfte keinerlei Verdacht. Ganz im Gegenteil fühlte er sich durch die theatralische Fehlgeburt noch in seiner Wahl bestärkt. Diese Frau hatte mehr getan als jede andere zuvor: Sie hatte ihm ein blutiges Klümpchen Hoffnung geschenkt. So ließ sich der Alte von seinen Ärzten einige Wundermittel verschreiben, die seinen sexuellen Appetit stärken sollten, und erfüllte daraufhin zwei Jahre lang mit zwanghafter Regelmäßigkeit seine eheliche Pflicht. Als außer ihm selbst niemand mehr, am allerwenigsten seine Frau, auch nur die geringste Hoffnung hegte, als seine nächsten Verwandten ernsthaft zu studieren begannen, welche Auswirkung auf die Erbfolge das Fehlen eines Nachkommens hätte, nach gut zweiunddreißig Jahren vergeblicher Versuche klagte die Frau eines Tages über Übelkeit. Zudem war ihre Periode überfällig. Eilig wurden die bedeutendsten Ärzte herbeigerufen, die sie, als sie von der Fehlgeburt hörten, unwissentlich für ihren Betrug büßen ließen, indem sie ihr Bettruhe während der gesamten Schwangerschaft verordneten und sie mit Speisen und Wundermitteln vollstopften. Sieben Monate lang.

»Er kommt zur Welt«, dachte der Alte nun, während er nach Hause galoppierte. »Jetzt schon. Fast zwei Monate zu früh«, sagte er sich immer wieder beunruhigt. Sein einziger Sohn, auf den er so viele Jahre vergeblich gewartet hatte, würde endlich geboren werden. Doch zwei Monate zu früh.

Vor dem großen Portal sprang der Alte vom Pferd, trug achtlos den Jagdschmutz und das Blut der im Flug getöteten Fasane mit ins Haus und lief, so schnell seine alten Beine es ihm erlaubten, hinauf in den ersten Stock. Als er das Schlafzimmer seiner Frau beinahe erreicht hatte, hörte er einen Schrei. Nicht den Schmerzensschrei einer Gebärenden. Einen Schrei des Entsetzens.

Er öffnete die Tür. Von hinten sah er, dass die beiden Dienstmädchen sich bekreuzigten. Der Arzt stand mit offenem Mund da. Die Hebamme sagte: »Das ist kein Mensch.« Seine Frau lag in einer Blutlache und war nicht einmal mehr fähig zu weinen.

Nur das Neugeborene weinte, sich selbst überlassen lag es auf der Bettdecke inmitten des sich ausbreitenden Blutsees. Es hatte einen violett verfärbten, deformierten Kopf. Und zwei unfertige Arme, keine Hände, nur zwei Stümpfe, die es hin und her schwenkte.

»Es ist ein Junge«, sagte der Arzt, als er den Alten bemerkte.

Doch niemand wagte, das Neugeborene zu berühren.

»Durchsucht die Vagina dieses Flittchens nach den Knochen, die meinem Sohn fehlen!«, schrie der alte Graf von Noverre.

Die zweite Sprosse

15. Dezember 1854–13. Mai 1860

Der an Phokomelie leidende Säugling wurde, nachdem sein Vater sich – nach zwei Tagen nur – der nicht zu leugnenden Tatsache gebeugt hatte, ein Monster zum Sohn zu haben, in die Obhut einer Amme gegeben, die das Doppelte ihres üblichen Lohns dafür verlangte, den entstellten Mund an ihrer milchgefüllten Brust saugen zu lassen. Zudem bestand sie darauf, dass seine erschreckend unvollständigen Ärmchen jedes Mal abgebunden wurden, bevor sie ihn anlegte, damit die abstoßenden Stümpfe ihre prallen weißen Brüste nicht berührten.

Sobald das monströse Kind abgestillt war, brachte man es von zu Hause fort in eine teure städtische Anstalt, in der missgebildete Kinder aus höheren Kreisen in sicherer Entfernung von den Augen ihrer Familien aufgezogen wurden.

So verlebte der kleine Junge seine Kindheit, ohne seine Eltern, von deren Existenz er wohl wusste, je kennenzulernen. Er schlief ein mit dem Gedanken an den Tag, an dem seine Arme geboren würden, und suchte beim Aufwachen nach seinen Händen. Während er heranwuchs, gewöhnte er sich an die grobe Betreuung durch die Anstaltsdiener, mit der sie ihm jedes Mal, wenn sie ihm die Hose aufknöpfen, ihn ins Bad begleiten oder zudecken mussten, seine Unvollständigkeit zum Vorwurf machten. Ihm wurde bewusst, dass er dazu verdammt war, sich füttern zu lassen oder wie ein Tier mit dem Mund vom Teller zu essen. Er spürte sehr bald, wie sehr er sich von einem menschlichen Wesen, das diesen Namen verdiente, unterschied. Seine Natur erlaubte ihm nicht einmal, sich die Tränen zu trocknen, es sei denn, er wischte sein Gesicht am Kissen ab. Von klein auf wusste er, dass er anders war. Und er vermochte einzuschätzen, welches Leid dieses Anderssein für ihn bedeutete. Es würde ihm niemals ein unabhängiges Leben ermöglichen. Am schlimmsten daran war, dass er sich nicht verstecken, nicht in eine unbewohnte Gegend fliehen und darauf hoffen konnte, in sicherer Entfernung von den Blicken der Menschen zu überleben. Denn seine Behinderung machte ihn von Menschen abhängig. Von Menschen mit Händen.

Zugleich führte ihm die kleine Welt, in der er ausgesetzt worden war, weitere Formen der Andersartigkeit vor, die eine nicht weniger große Benachteiligung bedeuteten. Das Anstaltsvolk – einmal abgesehen von der Direktorin, ihrer Stellvertreterin, den Damen des Wohltätigkeitskomitees, insgesamt etwa zehn Anstaltsdienern und Erzieherinnen, zwei Krankenschwestern, einem Arzt, einer Köchin und drei Küchenhilfen – setzte sich ausnahmslos aus Anomalien der Natur zusammen. Dem Kind, das einmal den alten Grafen von Noverre beerben sollte, fehlte ein Großteil seiner Arme und sein verformtes Gesicht war scheußlich anzuschauen; andere hatten keine Beine oder zu viele Finger an einer Hand; wieder anderen war die Gabe des Verstandes versagt worden, sodass sie ihr Leben damit zubrachten, ins Leere zu stieren und langsam zu verfallen; manchen hingegen waren zahlreiche Persönlichkeiten mitgegeben, ihr Leben wurde in Stücke gerissen und unter den vielen Geistern aufgeteilt, die durch ihre Köpfe spukten; einigen fehlten Augen, Ohren oder innere Organe; manche hatten gar keine Stimme, andere wiederum konnten nur unartikuliert schreien; wieder andere hatten zu lange Rücken, zu große Schädel, zu viele Knochen oder waren ganz einfach nur zu verschieden von einem normalen Menschen. Während sich der Kleine so an das Grauen anderer gewöhnte – das in der Anstalt die Norm war –, gewöhnte er sich nach und nach auch an das Grauen vor sich selbst, der höchsten Strafe, die dem Monster durch die eigene Monstrosität auferlegt wird. Der Junge sah in diesem Heer der Ausgestoßenen sein Volk, seine Familie, da sie sich in ihrem Unglück so glichen, dass es keine Unterschiede gab, die nicht akzeptiert werden konnten. Anfangs zumindest gab den

Kindern jedoch nicht ein Gefühl der Solidarität Zusammenhalt, vielmehr trieb ein tierischer Instinkt sie in die Nähe ihrer Leidensgenossen. Sie erkannten sich wieder, suchten sich aber nicht bewusst, was dem Jungen ohne Arme hingegen Jahre später gelingen sollte.

Sein Verstand war außerordentlich scharf und seinem Alter weit voraus. Die Menschen mit Händen jedoch ließ der Junge, wiederum seinem Instinkt und keiner bewussten Entscheidung folgend, nichts von seiner Begabung, seiner in der abstoßenden Schale verborgenen Schönheit wissen. Auf solch verinnerlichte Weise entwickelte sich seine Intelligenz frei von einschränkenden Klischees. Schnell erlernte er die von der Anstaltsleitung aufgestellten Regeln, begriff sofort, was von ihm erwartet wurde, und verhielt sich der Form halber entsprechend. Er lernte, seine körperlichen Bedürfnisse über das Menschenmögliche hinaus zurückzuhalten, denn er hatte begriffen, dass er seine Schwäche, keine Hände zu haben, durch eine wachsende Körperbeherrschung immer mehr schwächen konnte. Er urinierte dann, wenn sich ein Anstaltsdiener an ihn erinnerte, bat jedoch niemals von sich aus um Hilfe. Wenn ihn niemand sah, trank er im Hof aus einer Pfütze, um nicht von einer Hand abhängig zu sein, die ihm das Glas hielt. Fiel er hin, so blieb er nicht mit zuckenden Stümpfen wie ein lahmes Insekt liegen, sondern stemmte den Kopf in den schmutzigen Boden und richtete sich wie ein verwundeter Soldat unter Schmerzen alleine wieder auf. Bei Kälte fragte er nie nach einem Mantel, den er sich ohne Hilfe nicht hätte anziehen können, während er im Sommer lieber schwitzend im Schatten ausharrte, als einen Anstaltsdiener zu bitten, ihm aus der Jacke zu helfen. Da der Junge eine zarte und empfindsame Seele hatte, verwandelte sich die Kraft, die er in seinem Innern entwickelte, niemals in Wut oder Frustration. Er war einfach ein Kind, das nicht auffallen wollte. Das Monster hatte begriffen, dass es weniger monströs wirkte, wenn es die anderen nicht ständig durch seine Bitten auf sich und seine Behinderung aufmerksam machte. Der Junge setzte die in seinem Innern entwickelte Kraft nicht zum Kampf ein, sondern um zu verschwinden.

Mit fünf Jahren hatte er bereits zwischen Schwachsinnigen und Missgestalteten zu unterscheiden gelernt und die Missgestalteten – zu denen er, wie er wusste, selbst gehörte – auf ihre Verstandeskraft hin verglichen. Mit nur fünf Jahren war er so völlig selbstständig zu dem Schluss gekommen, der klügste Kopf des ›Abfallvolkes‹ zu sein, wie er es getauft hatte. All dies waren keine rationalen Überlegungen im engeren Sinn, schließlich war der Junge noch ein Kind, doch entstammten sie zweifellos einem weit entwickelten Verstand.

Zu der Zeit schrumpfte die Population der missgebildeten Gäste aus gutem Hause bedenklich zusammen, was die Anstaltsleitung vor ernsthafte Schwierigkeiten stellte. Der Direktorin blieb nichts anderes übrig, als sich schweren Herzens mit den Behörden darauf zu einigen, die Anstalt für Behinderte aus anderen Gesellschaftsschichten zu öffnen. Der Zuschuss jedoch, den die Behörden für jedes neue Monster aus niederen Kreisen leisteten, war bei weitem nicht so hoch wie der Unterhalt, den die begüterten Familien für Abkömmlinge zahlten, deren sie sich schämten. Die Direktorin entschied daher, in ihrem Reich zwei unterschiedliche Herrschaftsformen walten zu lassen. Der große Speisesaal wurde abstrakt in zwei Bereiche aufgeteilt. In einem wurden Fleisch und Wurst aufgetragen, im anderen Rüben und Kartoffeln. Die Monster aus reichem Hause schliefen nachts in nach Wesensart voneinander getrennten Gruppen zu höchstens zehn Kindern unter Wolldecken in einem Schlafsaal mit Heizofen, der den ganzen Abend lang brannte; in genauso großen Räumen drängten sich die Monster aus dem Volk, ob sie miteinander auskamen oder nicht, zu dreißigst oder mehr, ohne Heizofen und nur von dünnen Decken gewärmt. Die Kleiderordnung sah für die erste Gruppe zwei verschiedene Arten von schlichten Uniformen vor, eine winterliche aus Wolle und eine aus Leinen für den Sommer. Die Neuankömmlinge hatten dagegen nichts als einen einfachen Anzug aus Sackleinen, der im Winter von einer Jacke im gleichen Stoff ergänzt wurde. Die einen trugen im Winter Strümpfe und Stiefel. Die anderen hatten nur ein Paar Holzschuhe und waren, wenn nicht ihre Familien für Strümpfe sorgten, zu Frostbeulen verdammt.

Diese kleinen Abänderungen der bestehenden Regeln führte dem Jungen vor Augen, dass es selbst im Abfallvolk eine soziale Rangfolge geben konnte und einige Missbildungen monströser waren als andere. Zumindest schien es außer einer Behinderung an Körper oder Geist noch einen weiteren unaussprechlichen Makel zu geben: Armut.

Mit seinem scharfen Verstand erkannte der Junge, dass diese Unterschiede ihm eine Möglichkeit eröffneten, sich von den Anstaltsdienern zu befreien. Unter den Neuankömmlingen war ihm sofort ein etwa gleichaltriges Kind aufgefallen, das erstaunlich groß und kräftig war, jedoch mit dem leeren Blick eines Schwachsinnigen vor sich hin stierte. Sein Blick wirkte trübe und zugleich gutmütig. So zog der Junge eines Tages beim Mittagessen das große Steak, das er nicht essen konnte, da niemand es für ihn in Stücke geschnitten hatte, mit den Zähnen vom Teller und ließ es in seine Jackentasche fallen. Nach dem Essen ging er auf dem Hof zu dem Schwachsinnigen hin.

»Hier in der Tasche«, sagte er zu ihm, »habe ich ein schönes großes Steak. Wenn du mir beim Essen hilfst, bekommst du die Hälfte davon ab.«

Mit ausdruckslosen Augen sah der Schwachsinnige ihn an.

»Hol das Steak aus meiner Tasche«, fuhr der Junge fort, »und hilf mir.«

Der Schwachsinnige steckte eine Hand in die Tasche des Kindes und zog das mittlerweile kalte Steak heraus. Kaum hatte er es gesehen, stopfte er es schon ganz in seinen Mund und schluckte es nach zwei Bissen hinunter.

Der Junge ließ ihn stehen, ohne ein Wort zu sagen. Am Tag

darauf jedoch kam er mit einem neuen Steak in der Tasche zu ihm zurück.

»Gestern hast du alles allein aufgegessen«, sagte er mit entschiedener Stimme und festem Blick zu ihm. »Wenn du das noch einmal machst, bekommst du nie wieder ein Steak und wirst verhungern. Du musst immer tun, was ich dir sage, dann werde ich gut zu dir sein. Nimm jetzt das Steak und teil es in zwei Hälften.«

Der Schwachsinnige gehorchte und verharrte reglos mit den beiden Fleischstücken in der Hand.

»Iss nun deinen Teil«, befahl der Junge, worauf der Schwachsinnige sich die eine Hälfte des Fleischs in den Mund schob. »Und jetzt reiß meinen Teil in kleine Stücke und steck sie mir in den Mund.«

Der Schwachsinnige lachte zufrieden, während er den Jungen fütterte. Und auch der Junge, der nie mehr einen Anstaltsdiener um Hilfe würde bitten müssen, lachte. Als er aufgegessen hatte, ließ er sich von dem Schwachsinnigen ein Glas Wasser bringen und brachte ihm dann bei, ihm die Hose aufzuknöpfen und beim Urinieren zu helfen. Im Gegenzug gab der Junge ihm einen Namen, was zu tun sich bislang niemand die Mühe gemacht hatte. Fortan hieß er Zòla.

Nach wenigen Monaten wurde die Direktorin von Anstaltsdienern auf die immer engere symbiotische Beziehung aufmerksam gemacht. Nachdem auch sie die beiden eine Weile beobachtet hatte, nahm sie eines Tages den Jungen auf dem Hof zur Seite und sagte im Beisein des einfältig grinsenden Schwachsinnigen zu ihm: »Wie es scheint, hast du die Arme gefunden, die dir fehlten. Ab sofort bist du für deinen Diener hier verantwortlich, als wäre er dein Körper.« Von da an erlaubte sie den beiden, im selben Schlafsaal zu schlafen, allerdings musste sich der Schwachsinnige mit einem Strohlager auf dem Boden vor dem Bett des Jungen begnügen. Zudem bekam er weder bessere Verpflegung noch wurden seine Kleider wärmer. Doch immer, wenn Zòla, wie er nun hieß, bei dem Jungen war, lächelte er, aß die Hälfte seines Fleisches und wurde nicht müde, ihm die Hose aufzuknöpfen und ihn zu waschen, denn er hatte nichts anderes zu tun. Ohne dass es ihm bewusst war, hatte sein Leben nun, da er den ihm fehlenden Geist gefunden hatte, einen Sinn.

Die dritte Sprosse

18. Oktober 1861–25. Januar 1862

Der Junge hatte keine Erinnerung an seinen Vater, der ihn nur am Tag seiner Geburt und danach nie wieder angeschaut hatte. Doch zu den persönlichen Gegenständen, die er im Schlafsaal aufbewahren durfte, gehörte auch ein kleines Porträt seines Vaters in jungen Jahren. In diesem Gesicht verkörperte sich für das verkrüppelte Kind die väterliche Gestalt.

Als der Graf von Noverre zum ersten Mal die Anstalt besuchte, erkannte der Sohn seinen Vater in dem spindeldürren alten Mann nicht wieder. Der Junge war sieben Jahre alt. Urplötzlich war der Vater aufgetaucht und hatte ihn, jede Berührung und jeden Blick vermeidend, in eine Kutsche gesetzt. Um sich zu beschäftigen, kraulte der Graf seinen alten Hund. Der Junge blickte nicht aus dem Fenster. Die Welt war ihm gleichgültig. Auch seinen Vater sah er nicht an, da er gelernt hatte, dass sein Blick die Menschen in Verlegenheit brachte. Er saß diesem so vertrauten Fremden gegenüber und starrte auf seine Füße, die nicht bis auf den Wagenboden reichten und von der schnellen Fahrt hin und her geschüttelt wurden.

Als die Kutsche auf einer breiten Lichtung am Rand eines dichten Eichenwalds hielt, sagte der Vater zu ihm: »Ich werde dich niemals die Kunst des Handkusses lehren können, verstehst du?«

Der Junge nickte, da er wusste, dass genau das von ihm erwartet wurde.

»Aber wir Noverres waren von jeher große Jäger«, fuhr sein unbekannter Vater fort. »Und wenigstens einmal im Leben sollst auch du ein Jäger sein. Ein Noverre.«

Da tauchten vier Männer am Waldrand auf. Sie zerrten einen an Hals und Hinterhufen gefesselten mächtigen Hirsch mit königlichem Geweih herbei.

Der Vater winkte seinen monströsen Sohn hinter sich her. Ein Diener folgte ihnen mit einem Sack in der Hand. Als sie den Hirsch beinahe erreicht hatten, verbeugten sich die vier Männer vor dem Grafen, warfen einen flüchtigen Blick auf das entstellte Kind und blieben dann reglos stehen, während das gefangene Tier schäumend mit den Hufen stampfte.

Der Diener reichte dem Grafen ein Gewehr. Der Alte brachte daraufhin seinen Sohn in Stellung: Mit einem Lederriemen band er ihm den Gewehrlauf an dem verstümmelten linken Unterarm fest, sicherte den Kolben am rechten Armstumpf und knotete eine Schnur um den Abzug. Der Junge zitterte vor Aufregung über den körperlichen Kontakt mit seinem Vater. Der alte Graf zeigte nun auf den Gewehrhahn.

»Den wenigstens musst du als ein Noverre selbst spannen«, sagte er zu ihm.

Der Junge öffnete den Mund, stützte die krummen Zähne gegen das kalte Metall und riss sich das Zahnfleisch blutig, während er am Hahn zog. Schließlich legte ihm der alte Graf die Abzugsschnur in den Mund.

»Jetzt«, erklärte er ihm, »richte das Gewehr auf das Herz des Hirschs und bediene über die Schnur in deinem Mund den Abzug. Töte ihn wie ein richtiger Jäger. Wie ein Noverre.«

Der Junge sah das Tier nicht. Seine Augen waren verschleiert, so ergriffen war er von der Berührung des Mannes, der ihn gezeugt hatte und ihn beim Namen seines Geschlechts nannte. Er riss an der Schnur. Der Rückstoß warf ihn mit einer gebrochenen Rippe zu Boden. Das Projektil schoss heiß durch den Waffenlauf – der an dem Stumpf brannte –, traf das Tier in die Seite und streckte es nieder, ohne es zu töten.

Da befreite der Vater den Jungen von dem Gewehr und griff nach einem langen Hirschfänger, den er mit dem Schaft wie ein Bajonett am rechten Armstumpf befestigte mit den Worten: »Gib ihm den Gnadenstoß, mein Sohn«, und nachdem er seinen monströsen Nachkommen wieder auf die Beine gestellt hatte, hob er ihn hoch, drückte ihn fest an sich und stürzte sich auf den Hirsch, der röchelnd und noch immer in den Stricken gefangen am Boden lag. »Durchbohr ihm das Herz«, sagte er und lenkte, während er ihn in der Luft hielt, wie ein Vater sein geliebtes Kind im Arm getragen hätte, seinen Armstumpf mit der Spitze in einem Stoß in das zähe Tierfleisch.

Und während der Hirsch für immer die Augen schloss, brach der Junge in Tränen aus, er weinte vor Freude, weil sein Vater ihn lobte: »Gut gemacht, mein Sohn, mein tüchtiger unglücklicher Sohn, gut gemacht, jetzt weiß ich, dass du ein Noverre bist«, und bevor er ihn wieder absetzte, bevor er die makabre Umarmung beendete, küsste er ihn auf den verformten Schädel. Nun weinte der Junge, weil es der erste Kuss war, den er in seinem Leben bekommen hatte.

Während der Fahrt zurück zur Anstalt schenkte der Vater seinem Sohn keine Beachtung mehr und wandte sich wieder dem Hund zu. Der Junge starrte auf den Hirschkopf, der leblos vom Kutschendach herabhing. Mit leicht geöffnetem Maul, gebleckten Gebiss, trübem Auge und gegen die Tür klopfendem Geweih. Aus seiner Schnauze rann Blut.

»Den hat mein Sohn erlegt«, erklärte Graf Noverre der Direktorin und deutete auf den Hirsch, der gerade abgeladen und in die Küche getragen wurde. »Ich will, dass er von seiner Beute kostet, er soll wissen, was die Noverres essen. Es ist nicht für Euch oder für andere Kinder bestimmt. Das Fleisch gehört ihm allein.«

Dann drehte er sich um, stieg in die Kutsche und fuhr davon, ohne das Monster, das er erschaffen hatte – und am Nachmittag bei der Jagd neu erschaffen hatte – noch einmal anzusehen. Denn obwohl der alte Graf ein unerschrockener und erbarmungsloser Jäger war, konnte er diesen Anblick des Grauens nicht ertragen.

Am Abend bekam der kleine Noverre Hirschfleisch zu essen und teilte es trotz des väterlichen Verbots mit Zòla. Er aß auch am folgenden Tag und noch die ganze Woche lang davon, bis es von Würmern befallen und den streunenden Hunden auf der Straße überlassen wurde. Den Hirschkopf mit dem prächtigen Geweih ließ man auf Geheiß des Grafen ausstopfen und hängte ihn im Speisesaal an die Wand.

Niemandem fiel die gebrochene Rippe des Jungen auf und er selbst verschwieg sie, da die Schmerzen ihm Freude bereiteten. Die Freude, die ihm die erste und einzige Umarmung seines Lebens unauslöschlich eingeprägt hatte. Die Umarmung seines Vaters.

Eines Tages spuckte er plötzlich Blut.

Da lernte er zum ersten Mal den kurz vor dem Examen stehenden Chirurgen kennen, der in der Anstalt als Arzt praktizierte. Der Name des jungen Mannes war Sciron. Doktor Gabriel Sciron.

Während Doktor Sciron dem Jungen einen Stützverband um die Rippen legte, konnte er die Augen nicht von den Armstümpfen abwenden. ›Eines Tages kann ich ihm vielleicht Hände wachsen lassen‹, dachte er bei sich.

Drei Monate später teilte die Direktorin dem Jungen mit, dass der alte Graf Noverre gestorben war.

Doktor Sciron erbot sich, das Kind zum Begräbnis zu begleiten, um der Witwe im Namen der Anstalt einen Beileidsbesuch abzustatten.

Die vierte Sprosse

27.–29. Januar 1862

»Er kann nicht mit den Gästen am Tisch essen«, waren die ersten Worte der Mutter, als sie den Jungen sah. Ihren Sohn. Das Monster, dem sie seit seiner Geburt nicht mehr begegnet war. »Er kann nicht gemeinsam mit uns essen«, beharrte sie und wandte rasch den Blick ab, bevor der Junge auf die Idee kommen konnte, sie zu begrüßen. Geiferte. Lallte. Auf sie zustolperte, während er sie zu umarmen versuchte. ›Aber womit sollte er mich umarmen?‹, dachte angewidert die Mutter, die Witwe des alten Grafen von Noverre.

»Gestattet, dass ich mich vorstelle. Mein Name ist Doktor Sciron, ich bin Chirurg«, ergriff der junge Mann, der das Kind begleitete, das Wort. »Wenn Ihr in der Küche am Dienstbotentisch zwei Gedecke auflegen lassen könntet, kümmere ich mich darum … dass Ihr nicht gestört werdet.«

Da erst wandte die Witwe ihm den Blick zu und erkannte im selben Moment – für einen Moment – in seinem schmalen, schönen, ausdrucksstarken Gesicht das Bild eines Ehemannes und eines Sohnes, wie sie ihn sich gewünscht hätte. Leichter Schwindel befiel sie und ließ eine rotblonde Haarsträhne aus ihrer kunstvoll aufgesteckten Frisur über die schneeweiße Stirn fallen, die kaum sichtbar von den Mimikfalten einer Vierzigjährigen durchzogen war. Augenblicklich bezifferte sie mit dem vielen Frauen eigenen Geschick den Altersunterschied zwischen ihnen auf etwa fünfzehn Jahre. Und vergaß ihn sofort wieder.

Noch nie war ihr so etwas passiert. Schlagartig fühlte sie eine große Erleichterung über den Tod ihres alten Ehemannes. Schlagartig wurde ihr bewusst, dass sie jahrelang, während der Graf von Noverre ihr jeden Tag aufs Neue die Schuld an der Geburt eines Monsters gab, in der Furcht gelebt hatte, von ihm fortgejagt zu werden. Eine intime körperliche Empfindung machte ihr nun schlagartig klar, dass niemand sie mehr würde verstoßen können. Von nun an gehörte alles ihr. Und sie würde bekommen, was immer sie sich wünschte.

»Es ist nicht einzusehen, warum ein Chirurg bei den Dienstboten sitzen sollte«, sagte also die Gräfin von Noverre. »Welche Anweisungen soll ich der Küche geben? Muss man … ihn füttern?«

»Es genügt, wenn die Speisen klein geschnitten auf dem Teller liegen«, antwortete der Arzt. »Dann kann er alleine essen.«

»Wie … ein Hund«, bemerkte die Mutter, ohne ihren Sohn anzusehen. Dann lächelte sie. »Ihr müsst von der Reise erschöpft sein, vielleicht möchtet Ihr Euch vor dem Abendessen ein wenig frisch machen. Ich werde Euch auf Euer Zimmer führen lassen. Sagt dem Hausmädchen Bescheid, wenn Ihr etwas braucht.«

Der junge Doktor Sciron wurde in ein geräumiges lichtdurchflutetes Zimmer geführt, dessen Wände mit einer hellen Atlastapete verkleidet waren. Unentwegt lief das Hausmädchen treppauf und treppab, um die Wanne zu füllen, in der sich Badesalze mit Ambraduft auflösten.

»Deine Herrin sagte, du würdest bleiben, um mir den Rücken zu waschen«, bemerkte der junge Arzt, als das rundliche Hausmädchen den letzten Eimer warmes Wasser ausgeleert hatte. Das Mädchen kicherte, errötete und verließ mit gesenktem Kopf das Zimmer.

Nachdem Sciron aus der Wanne gestiegen war und sich abgetrocknet hatte, fand er auf dem Bett einen eleganten schwarzen Abendanzug vor, frisch gebügelt und duftend. Dazu ein Hemd mit gestärktem Kragen und eine schimmernde Seidenschleife. Vor dem Bett entdeckte er ein kaum abgetragenes Paar schwarze Schuhe aus geschmeidigem Glanzleder, in denen zusammengerollt feine, weiche Wollsocken steckten. Beim Anziehen schien ihm die vornehme Garderobe wie maßgeschneidert. Zufrieden betrachtete sich Gabriel Sciron im Spiegel und dachte, wie gern er doch viele solcher Anzüge und Schuhe besessen hätte. Ebenso hätte es ihm gefallen, jede Nacht in einem solch schönen Zimmer zu schlafen. Und sich jeden Tag von einem rundlichen Hausmädchen ein Bad bereiten zu lassen. Doch wusste er nicht, wie seine Anstellung in der Anstalt ihm zu all dem verhelfen sollte, was er, wie ihm plötzlich klar wurde, begehrte. Im Spiegel bemerkte Sciron seinen veränderten Gesichtsausdruck. Hart und zynisch war nun sein Blick. Voll Verachtung. Für sich selbst, da er nie bekommen würde, was er sich wünschte. Aus seinem Blick sprach Hass.

Ein Klopfen an der Tür rief ihn zum Essen und augenblicklich kehrte das Lächeln auf Scirons Gesicht zurück. Als hinterließe der Gallefluss, der seine Züge verhärtet und ihm schmerzhaft den Magen zusammengezogen hatte, keinerlei Spuren auf seinem schmalen, schönen Gesicht, das wieder ausdrucksvoll und anziehend wirkte. Sein Lächeln geriet gar zu einem Strahlen, als er feststellte, dass ihm bei Tisch der Platz zur Rechten der Witwe zugedacht war.

»Setzt Euch hierher … junger Herr«, wies der Butler dem Jungen einen Platz am großen Küchentisch zu.

Der Junge setzte sich und starrte, ohne dem Fremden in Livree zu danken oder ihn auch nur anzusehen, auf den Teller und das silberne Besteck vor sich. Auch der Butler sah auf das Besteck und zögerte, ob er es abräumen sollte. Schließlich beugte er sich über den Teller und schnitt die Scheibe Krustenbraten, die man dem Jungen serviert hatte, in kleine Stücke.

»Ich habe jetzt im Saal zu tun, junger Herr«, sagte er, als er seine Aufgabe erfüllt hatte. »Aber falls Ihr etwas braucht, wendet Euch getrost an einen von ihnen.« Und er zeigte auf die übrigen Dienstboten, die am anderen Ende des Tisches bereits beim Essen saßen.

Gleichzeitig blickten die Diener zu dem Jungen auf. Das rundliche Hausmädchen versuchte ein Lächeln. Dann senkte sie wie alle anderen den Blick wieder auf den Teller.

Der Junge hatte noch flüchtiger aufgeschaut. Er wartete, bis der Butler die Küche verlassen hatte, beugte sich über den Krustenbraten und begann zu essen. Die Dienstboten verstummten und er nahm an, dass einige von ihnen, vielleicht auch alle, ihn erneut beobachteten. Doch er blickte nicht auf. Er aß den Teller leer und blieb dann reglos mit gesenktem Kopf sitzen.

Niemand in der Küche sagte ein Wort. Das einzige Geräusch war das Klappern der Schöpfkellen und der Messer und Gabeln auf den Tellern. Plötzlich fuhr der Junge auf. Dann noch einmal. Und wieder.

»Ihr habt einen Schluckauf, junger Herr, trinkt etwas«, sagte das rundliche Hausmädchen.

Der Junge blickte der Stimme entgegen. Alle beobachteten nun, wie sein unförmiger Kopf im Rhythmus des Schluckaufs hüpfte. Zwischen ihm und den anderen stand ein mit Wasser gefüllter Kristallkelch. Für seine Armstümpfe unerreichbar. In diesem Moment wurde es auch allen Dienstboten bewusst. Die meisten senkten daraufhin den Blick wieder. Wer gerade trank, stellte sein Glas ab. Niemand jedoch rührte sich. Einzig das rundliche Hausmädchen stand schließlich auf und ging zu ihm hin. Eine Dienstmagd bekreuzigte sich.

»Trinkt, junger Herr«, sagte das rundliche Hausmädchen und führte ihm den Wasserkelch an die schiefen Lippen.

Der Junge trank das Glas leer und vermochte sich vor Scham nicht einmal zu bedanken. Sein Schluckauf legte sich, das Hausmädchen kehrte an seinen Platz zurück und nach und nach taten alle wieder so, als wäre er nicht da. Lautlos stand der Junge vom Stuhl auf und näherte sich der Tür, die in das übrige Haus führte. In einer dunklen Ecke wartete er reglos ab, bis einer der im Saal servierenden Diener hereinkam, um das nächste Gericht zu holen, und huschte hinaus. Er hatte nicht vor zu spionieren, er wollte einfach nur allein sein. Doch das fröhliche Stimmengewirr aus dem Speisesaal lockte ihn wie Sirenengesang unwiderstehlich an. Nachdem er den Flur hinter sich gelassen hatte, durchquerte er die Eingangshalle und schlüpfte in eine mit Büchern überfüllte dunkle Bibliothek, an deren tiefblauer Zimmerdecke sämtliche Sterne des Firmaments funkelten. Einzig vier Kerzen verbreiteten einen matten Schein rings um einen intarsienverzierten schwarzen Sarg mit glänzenden Goldgriffen und orangefarbenem Samtfutter. Im Sarg das starre, wachsbleiche Gesicht seines Vaters. Da sah er ihn zum zweiten Mal in seinem kurzen Leben. Das erste Mal lag erst drei Monate zurück. Damals hatte er den Hirsch erlegt. Sich die Rippe gebrochen. War umarmt und ›mein Sohn‹ genannt worden. Hatte seinen ersten und einzigen Kuss bekommen.

Der Junge beugte den Kopf über den Toten und legte die Stirn an seine erkalteten Lippen. Er schloss die Augen und stellte sich mit einem Schmatzgeräusch vor, der Vater würde ihn noch einmal küssen.

Durch einen Türspalt sah er die Gäste bei Tisch den Tod seines Vaters feiern. Und während er – mit der Leiche des Vaters im Rücken – seine Mutter betrachtete, glaubte er, noch nie eine so schöne Frau gesehen zu haben.

Er beobachtete die reiche Tischgesellschaft, die anlässlich der Totenwache ausnahmslos in Schwarz gekleidet war. Er sah sie essen, reden, lachen. Angeregt gestikulieren. Er beobachtete sie, still bis auf das unangenehme Gurgeln seines Speichels, den er bei jedem Atemzug einsog. Und er sah, wie seine schöne, unbekannte Mutter dem Anstaltsarzt zulächelte und einmal sogar seine Hand berührte.

Er beobachtete all die Gäste in dem Bewusstsein, sich so sehr von ihnen zu unterscheiden, dass er niemals mit ihnen am Tisch würde sitzen können. Es sei denn, seine Stellung würde es ihm erlauben, sie zu zwingen. Doch davon würden ihm keine Arme und Hände wachsen, dachte der Junge. Mit denen er hätte gestikulieren können. Mit denen er, wenigstens für einen kurzen, intimen Augenblick, die Hand seiner Mutter hätte berühren können.

Als ihm dies bewusst wurde, durchquerte er sein Haus, in

dem er nicht zu Hause war, in entgegengesetzter Richtung vom Speisesaal zur Küche, vom pulsierenden Mund bis zu den Eingeweiden, als würde er sich zum ersten Mal vollständig verdauen. Bei allem Schmerz über seinen unglückseligen Zustand erkannte er dabei auch die kärglichen Vorzüge der Anstalt, in der er aufgewachsen war. So dachte er auf dem Weg zur Küche mit einem Gefühl von Sehnsucht und Liebe an das Abfallvolk, zu dem er bald zurückkehren würde.

Beinahe lächelnd schlüpfte er wieder in die Küche, wo die Köchin gerade mit dem Rücken zum Herd stand. Alle anderen hörten im Sitzen oder an die Wand gelehnt gebannt zu, wie sie von der Geburt des Monsters erzählte. Am Ende der Geschichte angekommen sagte die Köchin: »Da schrie der Graf: ›Durchsucht die Vagina dieses Flittchens nach den Knochen, die meinem Sohn fehlen!‹«

So erfuhr der Junge, dass sein Vater, der Tote, dem er kurz zuvor einen Kuss geraubt hatte, ihn zuvor schon einmal seinen Sohn genannt hatte. Sein Herz quoll über vor Ergriffenheit. Lautlos und im Verborgenen begann er zu weinen. Er weinte vor Freude, einen Vater gehabt zu haben, und vor Kummer, dass er ihn verloren hatte. Er weinte, weil der Vater ihn nunmehr einzig in seiner Erinnerung seinen Sohn nennen würde.

»Was bedeutet Vagina?«, fragte das verkrüppelte Kind auf der Fahrt zurück zur Anstalt den neben ihm sitzenden Sciron.

»Ich würde dir eins auf den Mund geben, wenn es mir nicht zu widerlich wäre, ihn zu berühren«, gab der junge Arzt ihm eisig zur Antwort.

Der Junge spürte das Verlangen, dem Mann herausfordernd ins Gesicht zu sehen. Doch wollte er seine Monstrosität nicht in Scirons Blick gespiegelt sehen. So hielt er den Kopf gesenkt und sprach kein Wort mehr.

Derweil war der junge Sciron, ohne zu bemerken oder auch nur zu ahnen, was das stolze Herz des Jungen in Aufruhr versetzte, bereits wieder in Gedanken versunken. Er dachte zurück an die Gräfin von Noverre, an ihre Gastfreundlichkeit, an die Aufmerksamkeiten, die sie ihm zugedacht hatte. Angefangen bei dem eleganten schwarzen Anzug. ›Seid mir nicht böse wegen des Anzugs, Doktor‹, hatte die Witwe zu ihm gesagt, kaum dass er neben ihr am Tisch Platz genommen hatte. ›Ich dachte nur, dass Euch vielleicht, da Ihr Euch um dieses ... Kind kümmern musstet, nicht genügend Zeit blieb, Euer Gepäck vorzubereiten. Ihr habt genau die Figur meines Mannes ... als er jung war.‹ Der Anzug des Ehemannes. Des jungen Ehemannes. Womöglich hatten die Dienstboten den Anzug wiedererkannt, überlegte der junge Anstaltsarzt und fuhr mit der Hand über das Lederköfferchen, ein Geschenk der Witwe, in dem sorgsam zusammengefaltet jener Anzug lag, den er am ersten Abend beim Essen mit all den Gästen, tags darauf zur Beisetzung und erneut beim Abendessen allein mit der Gräfin getragen hatte. ›Hätte ich die Geschenke gekränkt zurückweisen müssen?‹, stellte er sich hin und wieder die Frage, die er aber sogleich mit Nein beantwortete, denn die Vorstellung, sich vom schönsten Anzug, den er je besessen hatte, wieder trennen zu müssen, war ihm unerträglich.

Zudem machte sich bereits seit dem ersten Abend ein Gedanke in seinem Kopf breit.

Die Gräfin hatte ihn bei Tisch gleich herzlich aufgenommen, ihn über seinen Beruf ausgefragt und alles, was ihn in ein gutes Licht setzte, an die Tischgesellschaft weitergetragen. Im Laufe des Abends hatte der junge Chirurg schließlich alle Scheu abgelegt und seine Stimme erhoben, damit alle ihn hören konnten. Von seinem Beruf vor allem hatte er gesprochen, denn wie er bemerkt hatte, waren die Damen – wenn sie sich auch der Form halber bestürzt gaben – in Wahrheit begierig darauf, in allen ungeschminkten Einzelheiten zu erfahren, was beim Öffnen eines Körpers geschah. Die Herren wiederum stellten ein kühles wissenschaftliches Interesse zur Schau, dabei erging es ihnen nicht anders als ihren Frauen.

Dem jungen Sciron war bewusst geworden, wie gerne diese Leute über das Grauen redeten, solange es ihnen nur nicht im eigenen Haus begegnete. Und während er von unwahrscheinlichen Operationen berichtete, hatte Sciron begriffen, dass ein Arzt, noch bevor er überhaupt ein Skalpell in der Hand hielt, bereits Ruhm und Achtung erlangen konnte. In seinem Redeschwung hatte er sich so zu dem Versprechen hinreißen lassen, schon bald werde die Wissenschaft alles, was die Natur sich an Entstellungen und Absonderlichkeiten ausdenke, korrigieren können. ›Ich will die chirurgische Kunst so verfeinern, dass sie der Feier des Schönen dient‹, hatte er gesagt. ›Wie ein Bildhauer wird sie unvollkommenes Rohmaterial ausformen. Die Anomalien werden unser Versuchsgebiet sein, damit wir eines Tages in der Lage sind, aus einem schönen Gesicht ein noch schöneres zu machen.‹ Dabei hatte er jede Frau am Tisch einzeln angesehen. ›Und aus einem begehrenswerten Körper einen noch begehrenswerteren. Die Chirurgie wird der Ästhetik geweiht sein und ewige Jugend garantieren‹, hatte er abschließend gesagt.

Vielleicht angeregt durch seine improvisierten Ausführungen bar jeder wissenschaftlichen Grundlage oder auch, weil der Duft des Luxus ihm noch in der Nase lag, senkte der Chirurg Gabriel Sciron den Blick auf die Armstümpfe des Jungen. ›Eines Tages kann ich ihm vielleicht Hände wachsen lassen‹, dachte er.

Nachdem er ihm das Abendessen verwehrt hatte, ließ er ihn die Nacht ohne Decke, Zòlas tröstender Gegenwart beraubt, in einem großen, kalten Raum auf einem Strohlager verbringen, um ihn zu lehren, dass es Wörter gab, die ebenso monströs waren wie er selbst, Wörter wie ›Vagina‹.

Womöglich aber auch als Vorgeschmack auf das, was er noch würde erleiden müssen.

Die fünfte Sprosse

20. August 1862

Am Abend zuvor war dem Jungen nicht entgangen, dass die Anstaltsdirektorin und Doktor Sciron im Speisesaal die Köpfe zusammensteckten und dabei immer wieder zu ihm herüberschauten. Dann war die Direktorin aufgestanden, hinausgegangen und kurz darauf mit einem Geldbeutel, einem Blatt Papier und einem Füllfederhalter in der Hand zurückgekehrt. Sie hatte sich wieder hingesetzt, Sciron sieben große und drei kleine Münzen in die Hand gezählt und ihn anschließend mit dem Federhalter auf dem Blatt Papier unterschreiben lassen. Nachdem sie über die Tinte gepustet hatte, damit sie das Blatt zusammenfalten konnte, hatte sie die Erzieherin, der das verkrüppelte Kind anvertraut worden war, zu sich herangewinkt und ihr etwas ins Ohr geflüstert. Die Erzieherin hatte immerzu genickt und den Jungen ebenfalls offen und unverschämt angestarrt.

Und so war der Junge, obwohl man ihn unangekündigt und erbarmungslos bei Tagesanbruch weckte, nicht überrascht, dass nun geschah, was sich am Abend abgezeichnet hatte, und ließ sich anziehen, ohne eine einzige Frage zu stellen. Viele Kinder im Schlafsaal wurden wach und schauten ebenso schweigend und tatenlos zu.

In der Küche zog man ihm eine frisch gewaschene leichte Jacke über, deren Ärmel bis zu seinen Armstümpfen aufgekrempelt und mit einer Sicherheitsnadel festgesteckt wurden, derweil flößte ihm eine Erzieherin in einem Zug eine Tasse süßen schwarzen Kaffee ein, der so heiß war, dass er sich die Zunge verbrannte, während sie ihm ein Lätzchen unter das Kinn hielt, damit der Kaffee nicht auf seine helle Jacke tropfte. Als er für den Aufbruch bereit war, ohne dass ihm jemand erklärt hatte, was vor sich ging, erschien Doktor Sciron in einem nagelneuen Anzug, den er bei einem Schneider von der Stange gekauft hatte. Ein Anstaltsdiener trug eine abgestoßene kleine Reisetruhe aus dünnem Holz, die auf halber Höhe mit Beschlägen ausgebessert war, hinter ihm her. Der junge Arzt steuerte auf den Ausgang zu, wo bereits die Direktorin auf ihn wartete und ihm nach einer förmlichen Umarmung die Tür öffnete. Die für die Gegend typische verschleierte Augustsonne durchflutete die Eingangshalle und fiel auf den Jungen, der schützend die Stümpfe vor die Augen hob, während er von der Erzieherin, die am Abend zuvor die Anweisung erhalten hatte, aus der Tür geschoben wurde. Hinter ihnen ragte auf den Schultern des Dieners Scirons Reisetruhe auf.

Man setzte den Jungen in eine geschlossene schwarze Kutsche mit Samtvorhängen in dunklem Orange vor den winzigen Fenstern und Polstersitzen mit ausziehbaren Armlehnen im selben Farbton. Als die Tür zu war, wurde es in der Kutsche dunkel, einzig durch die Vorhänge drang ein orangefarbener Schein. Er erinnerte den Jungen an den Sarg, in dem sein Vater gelegen hatte. Der einzige Mensch, der ihn je geküsst hatte. Und er fühlte sich getröstet. Beschützt.

Sie waren etwa eine halbe Stunde unterwegs, als sich Doktor Sciron, der ihm im Dunkeln gegenübersaß, von seinem Sitz vorbeugte. Sein vornehmes Profil färbte sich orange. Er kramte in seiner Tasche und zog ein Blatt Papier heraus, faltete es auseinander und hielt es sich nah vor die Augen. Plötzlich schob er mit einer solch wütenden Geste einen Vorhang zur Seite, dass ein Ring herausriss. Er hielt das Blatt in den einfallenden Lichtstrahl und ganz ruhig, als hätte es den kurzen Ausbruch nicht gegeben, begann er zu sprechen.

»Ein unglückseliger Entschluss des Grafen von Noverre bringt seine Witwe, die Gräfin, in eine noch unglückseligere Lage«, sagte Sciron und blickte auf das Blatt. »Im Testament deines Vaters steht: ›Zum rechtmäßigen Erben meines Vermögens sowie des Grafentitels von Noverre bestimme ich meinen unglücklichen Sohn … und verfüge seine sofortige Rückkehr in den Stammsitz der Familie. Bis zu seinem achtzehnten Geburtstag wird er der Vormundschaft seiner Mutter unterstellt, der Frau, die ihn missgestaltet, wie er ist, zur Welt gebracht hat. Meiner Frau hinterlasse ich aus ehelicher Pflicht, die so unvollständig ist wie die Frucht ihrer ehelichen Pflicht, ein Wohnrecht im Hause meines Sohnes unter der Bedingung, dass sie für ihn sorgt. Sowohl die Nutznießung des Hauses als auch die festgelegte Leibrente werden rechtskräftig ausgesetzt, sobald die Mutter versuchen sollte, meinen Sohn fortzugeben‹ … So, nun weißt du, wie die Dinge stehen. Seit zwei Monaten tauschen deine Mutter und ich uns in langen Briefen über die Ansichten der berühmtesten Anwälte zu dieser Frage aus. Es gibt keine Möglichkeit, dich loszuwerden … auf rechtlichem Wege. Ich an der Stelle der Gräfin würde keinen Augenblick zögern. Bei deiner schwachen Konstitution könntest du im nächsten Winter leicht an einer Lungenentzündung sterben. Und ich wüsste schon, wie ich dir zu einer Lungenentzündung verhelfen könnte. Der Zufall aber will es, dass mir ganz im Gegenteil daran gelegen ist, dich lange leben zu lassen, denn mit dir werde ich mein Glück machen. Freu dich also«, und Sciron lachte. Dann öffnete er die beiden Sicherheitsnadeln an der Jacke und ließ die Ärmel wie zwei Zöpfe herab. Er sah dem Jungen ins Gesicht und sagte: »Du willst doch sicher nicht, dass man dich den ›Graf ohne Ärmel‹ nennt, oder?«, und wieder lachte er.

Während Sciron den Vorhang zuzog und sich erneut orangefarbene Finsternis über die Kutsche senkte, drückte sich der Junge auf seinem Sitz ganz hinten in den Schatten und vergoss ein paar Tränen der Rührung. ›Sohn‹ hatte ihn der Vater genannt. Rasch ließ die Wärme die Tränen auf seiner Haut verdunsten und das Monster lauschte still dem Hufgetrappel auf der Straße, dem Knarren der Kutschfederung, den ratternden Rädern und den tiefen, regelmäßigen Atemzügen Scirons, der schlief, bis sie am Ziel waren.

»Ich freue mich sehr, dass Ihr eingewilligt habt, die Anstalt zu verlassen, um … ihn zu betreuen«, begrüßte die Gräfin den jungen, attraktiven Arzt, als die Kutsche knirschend auf dem Kiesplatz vor der Villa hielt.

Wieder dachte der Junge, dass sie die schönste Frau war, die er je gesehen hatte; sie jedoch warf ihm nur einen flüchtigen Seitenblick zu. Die Augen der Gräfin hafteten an dem jungen Mann, der nun auf Dauer in die Villa einziehen würde.

»Wenn ich richtig verstehe, kommt er nicht allein zurecht«, fuhr die Gräfin fort. »Dann muss ich ihm wohl jemanden zuweisen?«

»Über diese Frage habe ich während der Fahrt nachgedacht«, erwiderte Sciron. »Wenn Ihr mir die Bemerkung erlaubt, werte Gräfin, einen Diener dafür zu bezahlen, wäre meiner Meinung nach eine Verschwendung …«

»Eine Verschwendung. Ganz richtig …«, bemerkte die Frau ohne Rücksicht darauf, dass der Junge mithörte. »Aber da ich ihn nun einmal ertragen muss, brauchen wir eine Lösung für das Problem.«

»Aus diesem Grund würde ich Euch raten, einen Umstand für Euch zu nutzen, der sich in der Anstalt zufällig ergeben hat. Euer Sohn …«, Sciron unterbrach sich, als er den Unmut in den Augen der Frau bemerkte, »er …«, verbesserte er sich sogleich und der Blick der Gräfin wurde sanft, »hat eine Beziehung aufgebaut, die … wie soll ich sagen? Nun ja, einer der Jungen, ein armer Teufel, nach dem niemand je fragen wird, ist wie selbstverständlich zu seinem Diener geworden. Würdet Ihr gestatten, dass auch er hierherkommt, könnte er sich Tag und Nacht um ihn kümmern … ohne irgendwelche Ansprüche zu stellen.«

Das Herz des Jungen schlug höher. Doch seinem entstellten Gesicht war nichts anzumerken.

»Noch ein Ungeheuer in diesem Haus? Kommt überhaupt nicht infrage«, lehnte die Gräfin entschieden ab.

»Er ist kein Ungeheuer. Im Gegenteil, körperlich ist er sehr gut entwickelt. Er ist nur geistig zurückgeblieben. Aber er ist harmlos und fällt niemandem zur Last. Zwischen den beiden hat sich eine Art Symbiose entwickelt. Der eine ist der Körper, der andere der Geist.«

»Soll das etwa heißen, er ist intelligent?«, fragte die Gräfin mit skeptischem Unterton. Da Sciron nickte, drehte sie sich nach dem Sohn um, den sie nicht als solchen anerkannte. »Dann begreift er also, was wir sagen?«, fragte sie mit Blick auf das Monster, das sie durch seine Geburt zur Qual verdammt hatte, wegen dem sie jahrelang unter dem Groll ihres alten Ehemannes hatte leiden müssen. »Umso besser, wenn er es begreift. Und begreift, wer er ist.« Sie sah Sciron an. »Der Schwachkopf soll kommen.«

Der Junge hielt den Atem an. »Zòla«, dachte er nur.

»Ich habe Euch ein Zimmer im zweiten Stock mit Bad und Arbeitszimmer gleich daneben herrichten lassen, Doktor«, fuhr die Gräfin in unvermittelt herzlichem Ton fort, während sie Sciron zur Villa vorausging. »Ich hoffe, die Unterbringung wird Euch zusagen.«

»Die größte Freude wird ohnehin sein, Euch begegnen zu dürfen, Gräfin«, gab Sciron lächelnd zurück und sah ihr tief in die Augen.

Die Frau erwiderte sein Lächeln und verweilte mit ihrem Blick länger auf dem schönen Gesicht des Arztes, als die Anstandsregeln es erlaubten. Als sie sich schließlich umwandte, sah sie den Jungen reglos mitten auf dem großen kiesgedeckten Platz stehen, der von einer niedrigen, frisch gestutzten Buchsbaumhecke gesäumt war. »Nun komm schon, worauf wartest du?«, trieb sie ihn in schneidendem Ton an. »Dir fehlen die Arme, nicht die Beine.«

Gesenkten Blickes setzte sich der Junge in Bewegung. »Zòla«, dachte er.

»Wann werdet Ihr damit beginnen, ihn zu verbessern?«, fragte die Gräfin Sciron.

»Bald. Sehr bald …«

Die sechste Sprosse

21. August 1862–14. Dezember 1862

Alles in der großen Villa wirkte Angst einflößend. Alles wirkte feindselig. Doch mehr als alles andere fürchtete der junge Graf von Noverre die Menschen ringsum, die so anders waren als er. Niemand ähnelte ihm auch nur entfernt. Keines der monströsen Anstaltskinder war in der Nähe. Niemand, der war wie er. Niemand, der die Blicke der Gäste und der Dienerschaft von ihm ablenkte.

Wenige Tage nach seiner Ankunft wurde ihm eine Maske aufgesetzt. Um sein Gesicht zu verbergen. Um die Schädelverformung zu verbergen. Ein Helm aus Pappmaschee. Mit Löchern für Augen, Nase und Mund. Ein immer lächelndes Gesicht mit rosa Pausbacken und blau getönten Lidern. Und blonden Locken, die weich über Stirn und Ohren fielen. Das wachsglänzende Gesicht eines Miniaturgottes. Seine Mutter setzte ihm die Maske auf und verbot ihm, sie sich abzunehmen.

Eines Tages rutschte ihm die Maske vom Kopf. Die Gräfin entdeckte ihn atemlos geifernd in seinem Zimmer, während er verängstigt versuchte, seinen Schädel wieder in den Helm zu stecken. Die Armstümpfe schafften es nicht, ihn festzuhalten, konnten ihn nicht greifen. Die Gräfin ließ daraufhin den Handwerker kommen, der die Maske angefertigt hatte: einen Flickschuster, der zu Karneval die Maskenwagen gestaltete. Er versah den Helm mit Lederriemen und zurrte sie unter den Armstümpfen des Jungen fest, der nicht fähig war, die Maske auf dem Kopf zu behalten.

Auch Arme legte man ihm an. Die beiden hölzernen Fortsätze endeten mit starren, zerbrechlichen Händen, deren gepflegte Fingernägel niemals wuchsen. Hände, deren Haltung der Schnitzer von klassischen Gemälden abgekupfert hatte.

Lange, elegante, steife Finger, die nichts griffen. Fingerspitzen, die nichts fühlten. Hände, die mit einem leblosen Klopfen an Dinge stießen. Mit einem hölzernen Geräusch.

Einmal rutschte der kleine Graf Noverre auf dem Kiesweg aus und brach sich den kleinen Finger. Der Junge starrte auf den Bruch. Er fühlte nicht den geringsten Schmerz, bis er das Fingerstück zwischen die übrigen Finger klemmte und es sich mit Wucht in den Schenkel rammte. Da kamen ihm vor Schmerz über den gebrochenen Finger die Tränen.

Fast ein Monat war vergangen, als schließlich Zòla in der großen Villa ankam. Vor dem Bett des Jungen wurde eine Schlafstätte aus weichem geblümtem Stoff bereitet. Am Abend rollte sich der Schwachsinnige auf dem Lager zusammen, zog die Decke über sich, die so warm hielt, wie er es in der Anstalt nie kennengelernt hatte, und schlief ein. Fortan schlief auch der Junge, ohne je wieder Angst zu haben.

Am Tag darauf schlichen sich die zwei Missgebildeten – körperlich der eine, geistig der andere – in die riesige Bibliothek der Villa. Verzaubert blickten beide hinauf zur tiefblauen Zimmerdecke, an der unzählige goldene Sterne funkelten. Dann lenkte der kleine Graf Noverre Zòlas Hände zu einem dicken Buch in einem Einband aus Eselsleder, das niemand je aufschlug. Ein Wörterbuch. Er suchte nach einem einzigen Wort, das weit hinten im Buch zu finden war. »Durchsucht die Vagina dieses Flittchens nach den Knochen, die meinem Sohn fehlen!«, hallte es, seit er von dem Ausruf des Vaters am Tag seiner Geburt erfahren hatte, unaufhörlich in seinem Kopf.

Vagina. Acht Monate lang hatte der Junge still für sich dieses Wort wiederholt, das so monströs war wie er selbst. Von ›Vagina‹ blätterte er mit Zòlas Händen weiter zu ›Uterus‹ und von dort zu ›Befruchtung‹, ›Fötus‹ und ›Geburt‹. Da begriff er, dass sie das Eingangstor war, durch das er die Welt betreten hatte.

Ein Tor, das nicht ein weiteres Mal in entgegengesetzter

Richtung durchschritten werden konnte. Ein Versteck, in dem er nie wieder Zuflucht würde suchen können.

Seit dem Tag seiner Ankunft sah Gabriel Sciron sich um. Er begutachtete jeden Gegenstand und schätzte seinen Wert. So nahm er einen silbernen Kerzenleuchter in die Hand und dachte: Der ist so viel wert, wie ich in einem Jahr verdiene. Wenn er über den großen Perserteppich in seinem Zimmer schritt, dachte er: Der ist so viel wert, wie ich in drei Jahren verdiene. Während er einen kastaniengefüllten Fasanenbraten aß, dachte er: Die Köchin würde mich ein Viertel meines Monatslohns kosten. Ein weiteres Achtel hätte er für das rundliche Hausmädchen, das ihm den Braten servierte, aufbringen müssen. Sein Essbesteck, die feinen Leinenservietten, mit denen er sich den Mund wischte, die Bettwäsche, in der er schlief, die Seidenüberwürfe auf Sofas und Sesseln, die Pferde im Stall, selbst ihr Geschirr und die goldbeschlagenen Sättel – jeder noch so kleine Gegenstand wurde im Verhältnis zu seinem Lohn, der nun das Dreifache dessen betrug, was er in der Anstalt verdient hatte, geschätzt. Jeder Gegenstand, dessen Wert er sich noch vorzustellen vermochte. Nicht der gräfliche Schmuck. Nicht die riesigen Gemälde an der Wand. Nicht der jahrhundertealte Reichtum, der den Ahnen der Familie Noverre in die streng dreinblickenden Gesichter geschrieben stand. Von derartigen Beträgen wurde ihm so schwindlig, dass er darauf verzichtete zu errechnen, welche Summe sein Lohn multipliziert mit hundert oder tausend ergäbe. Womöglich gar mit einer Million.

Auch dachte er an den Satz zurück, den er am Tag seiner Ankunft, als die Gräfin sich gesorgt hatte, ob seine Unterbringung ihm auch zusagen werde, an sie gerichtet hatte. »Die größte Freude wird ohnehin sein, Euch begegnen zu dürfen«, hatte er zu ihr gesagt. Doch nach bald einem Monat begann dieser Satz ihn nun zu quälen, und vielleicht als Folge seiner Berechnungen, die nicht nur die einzelnen Gegenstände schätzten, sondern zudem belegten, welch unendliche Entfernung wie ein unüberwindlicher Ozean aus Geld – und sozialem Rang – zwischen ihm und der Gräfin lag, hatte der junge Arzt inzwischen seine anfänglich zur Schau gestellte gekünstelte Sicherheit verloren, er, der es gewohnt war, Dienstmädchen, Krankenschwestern und Marktweibern den Hof zu machen. Mit jedem Mal, das er im Geiste den Satz hörte und die Szene wieder vor Augen sah, kam er sich plumper und unfähiger vor. Auch die Erinnerung an den tiefen Blick, den ihm die Gräfin zugeworfen hatte, taugte nicht zu seiner Wiederaufwertung. Der Blick hatte sich nicht wiederholt, die ihm innewohnende Verheißung hatte sich nicht erfüllt, der Samen, den er zu erkennen geglaubt hatte, war nicht gekeimt. Die Gräfin behandelte ihn mit höflichem Hochmut. Als wäre ich der Erste unter ihren Dienern, dachte Sciron. Ein Diener, dem es dank eines Abschlusses in Medizin erlaubt war, mit ihr gemeinsam an einem Tisch zu essen. Ein Diener jedoch, ein Lohnempfänger. Ein Besitz. Und je tiefer der Gedanke sich in ihm einnistete, umso zäher und dornenreicher wurde die Pflanze seines Stolzes. Seine ganze enttäuschte Hoffnung nahm sich schließlich das ihm anvertraute unschuldige Monster zum Ziel. Da es nicht dem Wesen des jungen, ehrgeizigen Gabriel Sciron entsprach, die von ihm als solche empfundene Demütigung tatenlos hinzunehmen, er andererseits jedoch charakterlich – und vielleicht auch aufgrund seines Standesbewusstseins – nicht zu einer erhabenen Reaktion fähig war, wuchs sein Hass gegen den Jungen mit jedem Tag. Wenn dieser auch noch so leidgeprüft und verstümmelt war und keine Hände hatte, um nach dem Glück zu greifen, so hatte der Zufall es doch gewollt, dass er zu etwas Besserem ausersehen war als der, der ihn verbessern sollte.

Geradezu mit Feuereifer widmete sich Sciron daher dem Studium von Muskeln und Sehnen. Schon bald füllte sich das Zimmer des jungen Arztes mit Abhandlungen, in die er sich den größten Teil seiner Zeit vertiefte. Wie Sciron bereits vorher wusste, gingen die Erfolgsaussichten eines rekonstruierenden chirurgischen Eingriffs gegen null. Epidermis, Gewebe und Knochen nach einer Transplantation am Leben zu erhalten war ein zu hoch gestecktes Ziel für die Wissenschaft, obwohl er seit langem darüber grübelte, wie der Tod zu bekämpfen oder gar das, was bereits tot war, wiederzubeleben wäre. Seine Aufmerksamkeit richtete sich somit von Beginn an auf die Möglichkeit einer Verpflanzung unbelebter, mechanischer Gliedmaßen, die jedoch in ihrer Funktionsweise den lebenden ebenbürtig sein sollten. Von großem Interesse waren für ihn die Theorien zur Elektrizität, die sich auf die Arbeit von Muskeln und Sehnen übertragen ließen. Die wechselnde Spannung in den Muskeln, welche die Sehnen zusammenzogen und wieder lockerten – die ihrerseits über gelenkige Gliederverbindungen den Körper in Bewegung versetzten –, entwickelte sich zum bevorzugten Forschungsgebiet des jungen Arztes, der nicht so sehr aus Liebe zur Wissenschaft und anfangs vielleicht nicht einmal aus Liebe zum Geld, sondern als Reaktion auf die Demütigung, ein Diener der Gräfin zu sein, ein Wissenschaftler werden wollte. Zunächst waren es Frösche, Mäuse und Katzen, dann aber Marder, Füchse und Wiesel aus den Fallen der Tierfänger, die ihm erste Erkenntnisse dahingehend lieferten, wie er die Elektrizität für seine Zwecke nutzen konnte, und ihm dabei die Seite seines Wesens enthüllten, die dem Schmerz anderer gegenüber völlig unempfindlich war. Und die Versuche stärkten diese Seite noch, verhärteten sie wie eine Schwiele.

Während Sciron jedes einzelne Element studierte, das ihm für die künstliche Nachahmung von Bewegung wichtig erschien, widmete er sich zugleich der Entwicklung mechanischer Gliedmaßen. Er wollte dem kleinen Grafen Noverre Hände wachsen lassen. Den ersten mechanischen Menschen erschaffen.

In dieser Zeit, etwa vier Monate nach seiner Ankunft in der Villa, machte er die Bekanntschaft eines jungen Schmieds, der voll Begeisterung für seine Arbeit und die Möglichkeiten war, die Dampf, Elektrizität und die industrielle Revolution auf dem Gebiet der Mechanik eröffneten.

Der Name des jungen Schmieds – derb in den Umgangsformen, unduldsam gegenüber Hierarchien, von Natur aus ein Rebell – war Juffridi.

Die siebte Sprosse

24. Dezember 1862

Die Vorbereitungen für das Weihnachtsfest waren abgeschlossen. Einzig in der Küche herrschte noch hektische Betriebsamkeit. Den Jungen mit der Kindgottmaske und den Holzarmen steckte man in ein Elfenkostüm. Zòla, der weiter über jedes Maß hinauswuchs, wurde als Titan zurechtgemacht.

Die Gräfin hatte eine mächtige Tanne fällen lassen, die nun in der Eingangshalle der Villa thronte und mit ihrer Spitze bis zur Galerie im ersten Stock hinaufreichte. Zu Lebzeiten des alten Grafen Noverre war nie ein Fest veranstaltet worden, da er der Ansicht war, in seinem Haus gebe es nichts zu feiern. Doch nach seinem Tod änderte sich so manches. Die Gräfin hatte daher beschlossen, zu Weihnachten einen großen Kostümempfang zu geben, wobei sie weniger eine Feier anlässlich der Geburt Christi als vielmehr ein heidnisches Waldfest im Sinn hatte. Die Geladenen würden als Kobolde, Elfen, Feen, Ungeheuer oder Zauberer verkleidet in der Villa erscheinen. Nach vielen Jahren würden erstmals wieder zahlreiche Gäste den Stammsitz der Noverres bevölkern, unter ihnen viele Reiche aus dem Bürgertum.

Aus deren Reihen kamen genau sieben in einer bestimmten Absicht, die der Gräfin bekannt war und der entgegenzukommen sie bereit war. Die Familie Noverre besaß nämlich nicht nur den größten Teil der umliegenden Ländereien, sondern hatte vor fünfzig Jahren auch eine kleine Fabrik zur Zuckerherstellung gegründet. Auf sie hatten die sieben geladenen Großbürger ein Auge geworfen. In der Woche zuvor hatten sie der Gräfin dafür einen Betrag in Geld und Schuldscheinen geboten, der zwar für sich betrachtet immens war, jedem aber, der die bevorstehende industrielle Entwicklung zu deuten vermochte, als Spottpreis erscheinen musste. Die

Gräfin jedoch verstand sich nicht auf Geschäfte und hatte vor allem nicht das geringste Interesse daran, den Familienbesitz zusammenzuhalten oder für kommende Generationen zu vermehren. Mit ihren vierzig Jahren wollte die Gräfin einzig das Leben genießen, von dem sie bislang nur geträumt hatte. Sie hatte den Grafen von Noverre getäuscht, damit er sie heiratete, hatte seine Schwachstelle erkannt und verstanden, dass er nicht auf der Suche nach einer Frau, sondern nach einem Sohn war. Sie hatte ihm entsprechende Hoffnungen gemacht, um diese wenig später in einem Häufchen Hühnerklein aufzulösen. Schließlich jedoch war der Sohn tatsächlich zur Welt gekommen. Und sah ebenso abstoßend aus wie das blutige Kunstmittel. Nie hatte die Gräfin so leben können, wie sie es sich erträumt hatte. Mit der einvernehmlichen Unterstützung eines hochbezahlten und korrupten Vermögensverwalters – der nicht einen Augenblick gezögert hatte, seinen alten Herrn zu verraten – würde sie daher nun die unbedeutende kleine Fabrik zu einem ihr exorbitant erscheinenden Preis verkaufen.

Beim großen Weihnachtsempfang würde der für alle Seiten gewinnbringende Vertrag besiegelt werden.

Eine Stunde vor Ankunft der Gäste klopfte die Gräfin an Scirons Tür. »Seid Ihr fertig?«, fragte sie.

Der junge Arzt kam an die Tür. Er trug ein Faunenkostüm, das sie ihm persönlich von einem Schneider hatte anfertigen lassen. Sein wohlgeformter breiter Oberkörper war von dünnem fleischfarbenen Stoff verhüllt. Die kräftigen Beine steckten in Strumpfhosen, die mit krausem Bockfell und auf der Vorderseite mit einer Muschel beklebt waren, die sein Geschlecht verbarg und zugleich betonte. Zu beiden Seiten seines Kopfes ragten kleine gerollte Widderhörner aus den Haaren.

»Ihr seht vollkommen aus«, urteilte die Gräfin. »Darf ich hereinkommen?«, fragte sie dann.

»Ihr seid hier zu Hause.«

In einen weiten himmelblauen Umhang gehüllt betrat die Frau das Zimmer und schloss die Tür hinter sich. »Wie kommt

Ihr mit Euren Studien voran?«, erkundigte sie sich, während sie ihren Blick über all die Abhandlungen, Entwürfe und gussbereiten Wachsmodelle mechanischer Gliedmaßen schweifen ließ.

»Ich denke, ich bin bald so weit, Gräfin«, erwiderte Sciron, der sich lächerlich vorkam, weil er von Medizin sprach, während er in seinem, wie er fand, Hofnarrenkostüm dastand, zu dem er sich nur erniedrigt hatte, um seine Herrin mit ihren adelstypischen Verschrobenheiten nicht zu verärgern.

»Widerstrebt es Euch sehr, an meinem Fest teilzunehmen?«, fragte da die Frau, als habe sie seine Gedanken erraten.

»Ganz im Gegenteil«, log Sciron. »Es schmeichelt mir, dass Ihr einem … Diener gestattet, gemeinsam mit all den bedeutenden Gästen an Eurem Tisch zu sitzen.«

Die Gräfin blickte ihm tief in die Augen. So wie an dem Tag, als er in der Villa angekommen war, dachte Sciron unvermittelt. »Noch seid Ihr nicht mein Diener«, sagte sie schließlich und Sciron, der doch bislang allein schon bei der Vorstellung dieses Wortes Qualen gelitten hatte, empfand es nun nicht als Kränkung. Im dem Moment erst fiel dem jungen Arzt auf, dass die Gräfin eine Art Halskragen aus seidigen Blättern in der Hand trug.

»Was müsste ich denn tun, um Euer Diener zu werden?«, fragte er.

Noch immer sah die Gräfin ihn schweigend an.

In ängstlicher Erregung angesichts der in Kürze eintreffenden Gästeschar hatte sie auf leeren Magen zwei Glas Champagner getrunken. Doch anstatt ihr Mut zu machen, hatte der Alkohol sie daran erinnert, wer sie war und woher sie kam. Der Alkohol hatte ihr ins Bewusstsein zurückgerufen, dass sie nicht immer eine Gräfin, sondern einmal eine Frau gewesen war, die für Geld leicht zu haben war. Auch ohne eine Prostituierte zu sein, hatte sie sich dem alten Grafen von Noverre zweifellos verkauft. So wie vor ihm bereits einigen anderen reichen Herren, alten Männern wie dem Grafen. Sie hatte an ihr erstes

Mal zurückdenken müssen, zu dem ihre Mutter sie gedrängt hatte, als sie sechzehn war. An die faltigen Hände, die sie berührt hatten. Und an den mit Münzen und Verheißungen gefüllten Geldbeutel. Sie hatte sich an den Tod der Mutter erinnert, durch den sie allein auf der Welt zurückgeblieben war. An die Lektionen ihrer Freundinnen, was sie tun musste, um eine Schwangerschaft zu vermeiden, und an die Begegnung mit dem letzten alten Mann, der hingegen einen Sohn von ihr wollte, der einfach nicht kam. Schließlich an die Empfehlungen einer Prostituierten, die ihr beigebracht hatte, mit Hühnerinnereien eine Fehlgeburt vorzutäuschen. All das war ihr ins Gedächtnis zurückgekehrt und so hatte der Alkohol, mit dem sie sich Mut antrinken wollte für den Abend, an dem sie zum ersten Mal ganz und gar die Gräfin von Noverre sein würde, stattdessen Angst in ihr hervorgerufen. Angst vor dem Wissen darum, was sie war. Zudem die Überzeugung, auch ihre Gäste wüssten, wer sie war, und sähen sie als das an, was sie war. Die Frau der alten Männer.

»Was muss ich tun, um Euer Diener zu werden?«, fragte erneut Sciron, der jung und schön war, ein Niemand wie sie selbst. Den sie in den vergangenen vier Monaten keines Blickes mehr gewürdigt hatte, da sie sich für die Gräfin von Noverre hielt.

Die Frau, die Angst hatte, zu wissen, wer sie einmal gewesen war, hielt ihm den seidenen Blätterkragen hin. Ohne ein Wort nahm Sciron ihn ihr ab.

»Helft mir«, sagte die Frau, öffnete dabei ihren himmelblauen Umhang und ließ ihn zu Boden gleiten.

Sie trug ein Seidenkostüm. Das Kleid einer Elfenkönigin. Der weite Rock aus hellblauem Taft war aus vielen sich überlappenden Lagen gefertigt und übersät mit unzähligen kleinen, von Hand aufgenähten Spiegeln, die das warme Licht der Kerosinlampen auffingen und wie Sterne am Firmament zurückstrahlten. Eine eng anliegende, blauviolett changierende Seidenkorsage betonte ihre schmale Taille. Der Ausschnitt war so tief, dass ihre rosa Brustwarzen aus der Einfassung hervorschauten.

»Die Gäste dürfen nicht alles wissen, was ein getreuer Diener weiß«, sagte die Frau. »Leg ihn mir um«, befahl sie Sciron und deutete dabei auf den seidenen Blätterkragen, der ihre Brustwarzen bedecken sollte.

Der junge Arzt im Faunenkostüm kam sich nicht länger lächerlich vor, dachte nicht mehr an die vergangenen vier Monate voll vermeintlicher Demütigungen. Er näherte sich der Frau und ließ es geschehen, dass die Blätter wie im Herbst zu Boden rauschten, obwohl sie grün waren und gerade der Frühling ihrer ersten fleischlichen Begegnung ausbrach.

Und die Frau ließ es geschehen, dass der erste junge Mann ihres Lebens vor ihr niederkniete und sie mit seinen faltenlosen Händen durch die sternenbedeckten Atlasschichten hindurch berührte. Der Mann, der, ebenso wie sie einst selbst, für einen Beutel voll Goldmünzen mit einer alten Frau schlafen würde. Der einzige Mann, der ihr das Gefühl geben könnte, die Gräfin von Noverre zu sein.

Die achte Sprosse

25. Dezember 1862–31. Mai 1863

Am Tag, nachdem er die Elfenkönigin besessen hatte, wachte Sciron auf und fragte sich, ob nicht vielmehr sie ihn besessen hatte. Er wachte auf, und noch bevor er einen Fuß aus dem Bett gesetzt hatte, wurde er auf einen Schlag von all der Frustration überwältigt, die sich seines Stolzes wegen in den vergangenen Monaten aufgebaut hatte. Der Gedanke schien bereits die ganze Nacht gelauert zu haben, um sich nun mit unaufschiebbarer Dringlichkeit durchzusetzen. Anstatt in sinnlicher Erinnerung an ihre körperliche Vereinigung oder den weitaus erotischeren Verlauf des mondänen Abends zu schwelgen – als er beim Blick auf die Hausherrin und im Gespräch mit den reichen Gästen dem Gedanken frönen durfte: Sie hat mir gehört –, fühlte Sciron sich aufs Neue von seinen Komplexen erdrückt. Die Gräfin hatte ihn ihren Diener genannt, wiederholte er sich besessen, seitdem er die Augen aufgeschlagen hatte, und vergaß darüber, dass er selbst sie darauf gebracht und welche Erregung ihnen das Spiel bereitet hatte, das sie gemeinsam erfunden und genossen hatten. Ohne die Kraft zum Aufstehen zu finden – vielmehr blieb er dumpf entschlossen liegen, wie um den düsteren Gedankenfluss noch zu hätscheln –, wiederholte sich Sciron im Geiste immerzu das Wort Diener, das mehr und mehr seinen anfänglich lustvollen Beiklang verlor und stattdessen von seinem frustrierenden Minderwertigkeitsgefühl, der ihm die Galle aufsteigen ließ, zu riesiger Größe aufgebauscht wurde. Je mehr sich die Bedeutung des Wortes veränderte – sich dem anpasste, was Sciron mit der törichten, verzweifelten Verbissenheit eines Selbstmörders starrköpfig wahrnehmen wollte –, umso mehr kam sich der junge Arzt tatsächlich wie ein Diener vor, sodass er alles umzudeuten begann, was er am Vorabend erlebt hatte. Mit jedem neuen Gedanken legte er das Verhalten und die Beweggründe der Gräfin so aus, dass er seine negative Sicht bestätigt sah. Nach einer halben Stunde war er auf diese Weise zu der Gewissheit gelangt, von der Dame des Hauses vergewaltigt und benutzt worden zu sein, wie man nur einen Körper, über den man jedes Recht hatte, benutzen konnte. Ganz so, als wäre sie der Mann.

Er schickte nach dem rundlichen Hausmädchen und klagte über Unwohlsein. Dann verbrachte er den ganzen Tag reglos im Bett, den Blick an die Stuckdecke geheftet. Ohne es bewusst zu beobachten, nahm er wahr, wie das bleiche Tageslicht sich rötete und schräg ins Zimmer einfiel. Langsam kündigte sich mit einem blassen violetten Schein die Dunkelheit an, doch erst als er ringsum die Umrisse der Möbel nur noch verschwommen erkennen konnte, stand er auf, um ein wenig durch die verlassene Gegend zu spazieren in der Hoffnung, seine zwanghaften Gedanken in der Nacht abschütteln zu können. Ohne sich die verwischten Spuren der Faunenschminke vom Vorabend vom Gesicht zu waschen, zog er sich an und öffnete seine Zimmertür.

Im Haus herrschte völlige Stille. Aus dem Erdgeschoss stieg das tröstliche Aroma von über Nacht ruhendem Teig für Brot und Kuchen auf. Durch ein offenes Fenster konnte er den Humusboden riechen, mit dem man die Pflanzen gedüngt hatte. Der warme Duft von Holz, das mit Neroli- und Vetiverölen behandelt worden war, lag über der Treppe. Aus den Teppichen erhob sich ein duftender Nebel aus Talkum und Vanille, der den modrigen Feuchtigkeitsgestank überdecken sollte.

Sciron näherte sich dem Hauseingang. Seine Hand umschloss den Türgriff. Da aber hielt er inne. Vielleicht war es die Kälte des Metalls, die ihn verharren ließ. Er drehte sich um. Ohne weiter an irgendetwas zu denken, stieg er leise die Treppe wieder hinauf bis zum ersten Stock, wo er am Ende des Korridors weder hastig noch bedächtig oder ängstlich eine blassblaue Tür öffnete. Mit leisen, aber entschiedenen Schritten folgte Sciron einer schmalen Mondlichtspur über den Perserteppich bis hin zum großen Himmelbett. Dort zog er die Decke von der still daliegenden Gräfin. Er rechnete damit, dass die Elfenkönigin etwas sagen würde, und war fest entschlossen, ihr nicht zu antworten und, wenn nötig, ihre Schreie zu ersticken. Doch sie schrie nicht. Noch sagte sie etwas. Sie rührte sich nicht einmal. Grob und lieblos schob Sciron ihr das seidene Nachthemd bis zu den Hüften hoch. Dann öffnete er seine Hose und, ohne sie ganz auszuziehen, ließ sich auf den noch bettwarmen Körper fallen, der ihn weder aufnahm noch zurückstieß. Nachdem er ihre Beine auseinandergeschoben hatte, fiel er achtlos, erbarmungslos, wie ein Tier über sie her und quetschte dabei ihren weichen, üppigen Busen in seinen Händen. Er nahm sie mit Gewalt und Verachtung. Wie ein Mann. Wie ein Mann eine Dienerin genommen hätte. Und dennoch stellte er sich auf dem Höhepunkt der Lust vor, wie sie ihm immer wieder erregt entgegenstöhnte: ›Diener, Diener, Diener …‹

Wann immer Sciron sie in den folgenden Monaten nachts aufsuchte, war es wieder wie beim ersten Mal, sodass er sich in seinem Innersten weiterhin wie ein Diener fühlte, der die Treppe hinaufstieg und die Tür zum Zimmer der Herrin öffnete, weil sie es so von ihm verlangte. Wenigstens in den ersten Monaten war dabei vielleicht gerade Scirons Bewusstsein, sich zu holen, was er sich bereits genommen hatte – und zugleich doch niemals genommen hatte –, das Salz ihrer sexuellen Beziehung, die von verzehrender Intensität war und jedes Mal alles von ihnen forderte, was sie zu geben und zu nehmen hatten.

Keiner der beiden Liebespartner empfand jedoch über die Lust hinaus auch Freude, nicht einmal in den Augenblicken höchster sexueller Trunkenheit. Nach dem Akt blieben sie erschöpft auf dem Bett liegen wie auf einem von der ungestümen Flut der Begierde verwüsteten Strand, entwurzelt wie von der Wassergewalt aus dem Boden gerissene Pflanzen. Entblößt und wirr, das Haar sterbenden Tentakeln gleich in Strähnen zerzaust. Die Kleider überall verstreut von einer tosenden Wucht, die sich nun ebenso plötzlich, wie sie hereingebrochen war, zurückzog und sie betrogen und allein mit sich – und miteinander – zurückließ, ohne dass ihr Zusammenbleiben noch einen Sinn hatte. Es war nur ein zufälliges, unbeabsichtigtes Aufeinandertreffen von Mann und Frau. Der Strand, während des Sturms noch der Grund des improvisierten Meeres, verwandelte sich, nachdem der Sturm ausgelebt worden war, in eine leblose Wüste des Schweigens. Und in dem leeren, stummen und sterilen verdorrten Sandmeer – das die persönlichen Geister der beiden augenblicklich versengt hatten – hörte Sciron unentwegt ihre Stimme, die ihn Diener nannte, während die Gräfin nun neben dem jungen Mann an ihrem eigenen Körper die Falten und Anzeichen des Alters bemerkte, als hätte jene Schar alter Männer, von denen sie damals, als sie noch jung sein durfte, geschändet worden war, sie mit ihrer Seuche angesteckt.

In dem ohrenbetäubenden Schweigen, das auf das körperliche Verlangen folgte, fand sich das Paar schließlich irgendwann mit dem Gedanken ab, dass jeder von ihnen genau das war, was er sich dem anderen gegenüber erlauben konnte. Denn das Schweigen ging, wie sie spürten, von beiden aus.

Erst später, als ihre vereinzelten Treffen zur Gewohnheit, wenn nicht gar zur festen Abmachung wurden, begannen sie, miteinander zu reden. Es war, als wäre es beiden ein Bedürfnis, ihre Beweggründe zu erklären und zu rechtfertigen. Das zu erklären und zu rechtfertigen, was nun zur Realität wurde. Als bedürften wenige, zufällige Zusammenkünfte keiner Erklärung und Rechtfertigung, während ihre Wiederholung dagegen nach Worten, nach Gedanken verlangte und nicht zuließ, dass sie so taten, als hätte es nichts zu bedeuten.

Nach wenigen Monaten nahm die spontane Flut körperlichen Verlangens an Wucht und Unvorhersehbarkeit ab, zunehmend verwandelte sie sich in einen lauen Bach, der nicht mehr bis an die Wurzeln ihrer Triebe drang, sondern nur noch umspülte, was gewohnt war, getränkt zu werden. Innerhalb kurzer Zeit verwandelte sich das Liebespaar in heimliche Gatten, die sich mit der Ehe abgefunden hatten.

Trotzdem die beiden bei Tag alle Vorsicht walten ließen, mochte dies der Grund sein, weshalb die Dienerschaft – in einer Mischung aus Scherz und Hohn, Neid und natürlichem Missmut angesichts des Glücks anderer – dem Neuankömmling Sciron bald den Titel ›Neugraf‹ verlieh.

Während Sciron sich allmählich in seiner neuen gesellschaftlichen Zwischenposition – halb Diener, halb Graf – einrichtete, flammte sein Ehrgeiz erneut auf und er fand zurück zu seinem, wenn auch von seiner Wesensart fehlgeleiteten, ärztlichen Stolz. Mit neuem Schwung nahm er seine Studien zu mechanischen Gliedmaßen und der Möglichkeit, sie in funktionstüchtige Prothesen zu verwandeln, wieder auf, die er während der ersten Zeit seiner Beziehung mit der Gräfin hatte ruhen lassen.

Mithilfe des Schmieds Juffridi fertigte er einen – noch nicht in allen Gelenkverbindungen ausgereiften – Prototyp an, mit dem er seine Annahmen erstmals in der Praxis überprüfen wollte. Es handelte sich um einen mechanischen Arm mit einer angedeuteten Hand, die nur aus einem Daumen und einem einfachen Metallklotz bestand, der die übrigen vier Finger ersetzte. Für den Anfang waren Sciron und Juffridi übereingekommen, die Gelenkigkeit sowohl der Hand als auch der einzelnen Finger außer Acht zu lassen, um die Bewegungen so einfach wie möglich zu gestalten. Auf den ersten Blick wirkte die Hand daher wie eine große, überdimensionale Zange. Die Schließbewegung erfolgte über elastische, aus dicken Ochsensehnen gewonnene Bänder, die an den Enden mit Metallösen umkapselt waren. Der mechanische Arm schloss oben mit einem Metallring ab, um ihn am Armstumpf festspannen zu können.

Zunächst jedoch musste Sciron herausfinden, wie widerstandsfähig das Gewebe des Jungen war und auf welche Weise er die künstlichen an die menschlichen Sehnen anschließen konnte. Zu diesem Zweck würde er mit einem Skalpell aufschneiden müssen, was die Natur nicht vollendet hatte: den Armstumpf. Um ihn von innen zu betrachten.

So kam es, dass Sciron, nachdem er das unförmige, schwielige Stumpfende aufgeklappt hatte, ein verschlungenes Sehnengewirr entdeckte, das mit verkümmerten Muskeln verschmolz und in Andeutungen von knorpelartigen Knochen überging, die so von der menschlichen Anatomie nirgends beschrieben wurden.

Während Sciron sich bemühte, den sinnlosen phokomelischen Entwurf zu durchschauen, bestrich er in einer Art Nebenversuch die Schnittstellen an den Stümpfen und die Sehnen und die weichen Knochen und die planlos verwickelten Muskeln mit einem Serum, das er aus Salamandern gewonnen hatte. Der Salamander war nämlich das einzige in der Natur vorkommende Wirbeltier, das in der Lage war, in nur drei Monaten eine abgetrennte Pfote vollständig neu zu bilden.

Auf diese Weise machte der Junge im Alter von neun Jahren seine ersten Erfahrungen mit der betäubenden Wirkung des Morphiums. Und mit den Träumen, die es hervorrief.

Sei es wegen des Morphiums oder der schrecklichen Einsamkeit, zu der er verdammt war: Je länger sich das Leiden des Jungen hinzog, umso schöner erschien ihm die Gräfin. Weder von Bedenken noch von Angst gehindert, verliebte er sich da in die Frau, die, obwohl sie ihn zur Welt gebracht hatte, doch so wenig seine Mutter war.

Er beobachtete sie, wann immer er konnte, um sich ihre vollkommene Erscheinung in Kopf und Herz einzuprägen, denn wie er bereits in der Anstalt gelernt hatte – als er das Porträt seines Vaters verehrt und ihn dann in dem alten Mann, der ihn den Hirsch erlegen ließ, nicht wiedererkannt hatte –, waren Schönheit und Jugend der Vergänglichkeit unterworfen.

Der Junge liebte im Angesicht des Todes, der ihm von jeher vertraut schien. Der sich über ihn einen Vorteil verschafft hatte, da ein Teil seines Körpers bereits im Voraus degeneriert war.

So beobachtete er die Gräfin angesichts der drängenden Zeit geradezu gierig und hatte dabei mehr als einmal gesehen, wie sie sich von Sciron streicheln ließ. Und daher ließ er, beinahe ohne es zu bemerken, dieselben Hände, die seine Mutter berührten, auch zwischen seinen Muskeln und Sehnen wühlen und sein Blut vergießen, weil es ein wenig so war, als spürte er dabei seine Mutter in sich.

Die neunte Sprosse

30. Juli 1863

Nach fast zwei Monaten des Forschens und Prüfens – in denen Sciron mit jedem Eingriff die verschlungenen Stränge der Muskeln und Sehnen in den Armstümpfen entwirrt und neu geordnet, Gewebe entfernt, neu vermessen und unablässig Morphium in den Körper seines kleinen Patienten gepumpt hatte, bis dieser zu einem Sklaven der Droge geworden war –, nach zwei Monaten also beschloss der Arzt, der dem Erben des Adelsgeschlechts der Noverre Hände wachsen lassen wollte, die Zeit sei nun reif für den alles entscheidenden Versuch.

Niemand konnte sich erinnern, je einen so schwülen und verregneten Sommer erlebt zu haben. Viele Prediger sagten bereits den Ausbruch der Hölle auf Erden voraus, prophezeiten Gletscherschmelze und sahen die gesamte Menschheit dem mythischen Schicksal von Atlantis geweiht. Mit unablässigem Geschrei verkündeten die Zikaden ihre Paarungszeit, die Mücken vermehrten sich bei genügend Blut und Wasser grenzenlos, während die Bauern in dem Jahr eine dreifache Ernte erwarteten und nicht wussten, ob sie darüber froh oder erschrocken sein sollten.

Die Gräfin ließ nachts die Fenster weit geöffnet, sodass die Dienerschaft sie in den Armen des Neugrafen stöhnen hörte.

Der Junge hatte keine Hände, um sich die Ohren zuzuhalten.

»Kannst du mich hören?«, fragte Sciron an jenem Morgen den kleinen Noverre, nachdem er ihm eine hohe Dosis Morphium gespritzt hatte.

Der leere Blick des Jungen schwankte im Raum umher. Juffridi schmierte gerade ein letztes Mal die beiden mechanischen Gliedmaßen, die er mit großer Sorgfalt gegossen und zusammengesetzt hatte. In einer Ecke, weit entfernt von der durch die Fenster einströmenden Hitze, saß die Gräfin träge in einem Sessel und hielt sich gegen den beißenden Desinfektionsmittelgestank ein vetivergetränktes Taschentuch vor die Nase. Der Handschuhmacher streifte derweil von zwei Holzformen behutsam ein Paar Spezialhandschuhe, wie er sie noch nie zuvor angefertigt hatte: Wie Menschenhaut wirkte das zarte, gebleichte Ziegenleder, das unsichtbar vernäht und an der Stelle der Fingernägel mit hauchdünnen Elfenbeinplättchen versehen war. Haargenau passten sich die Handschuhe den mechanischen Gliedmaßen an, die dem Jungen an diesem Morgen angelegt werden sollten. Sciron überprüfte inzwischen einige metallene Kabelschellen, versehen mit winzigen Spannschrauben, die er in der Woche zuvor an die verkürzten Sehnen in den Armstümpfen geklemmt hatte. Es war keine Entzündung zu sehen.

»Kannst du mich hören?«, fragte er noch einmal, während er an jedem Arm drei beinahe verheilte Wunden mit einem Skalpell erneut auftrennte.

Der Stimme folgend drehte der Junge ihm kurz den verformten Kopf zu und öffnete den Mund, aus dem nur ein wenig Speichel, jedoch kein einziger Laut hervorkam, denn er fühlte keinen Schmerz.

Da zog Sciron die Sehnen des Jungen heraus und ließ sie herabbaumeln, während Juffridi die mechanischen Gliedmaßen um die Stümpfe spannte. Nachdem er sie sicher befestigt hatte, verband der Schmied die künstlichen Sehnen, die für die Fingerbewegungen sorgen sollten, mit den Sehnen des Jungen. Eine Sehne für den Daumen, eine für Zeigefinger und Mittelfinger, eine für Ringfinger und kleinen Finger. Sciron prüfte die Gewebespannung und regulierte sie über die Spannschrauben. Danach war der Handschuhmacher an der Reihe, der die Handschuhe zunächst umstülpte und mit geläutertem Tierfett bestrich, um sie dann äußerst behutsam, jede Falte an den Metallfingern ausstreichend, über die mechanischen Gliedmaßen zu ziehen. Wie ein erfahrener Präparator. Um seine Schmuckstücke vor Flecken zu bewahren, behandelte er die Wunden mit einem Blut stillenden Mittel und hakte die Handschuhe schließlich am oberen Ende der mechanischen Gliedmaßen fest, sodass sie unmittelbar an der Haut des Jungen anlagen. In der Farbe waren sie von dieser nicht zu unterscheiden.

Die Gräfin war aufgestanden, um das Ergebnis besser begutachten zu können. »Wartet«, sagte sie nun und verließ das Zimmer. Kurz darauf kam sie mit zwei silbernen Armbändern in der Hand zurück. Sie legte sie dem Jungen in der Höhe des Handschuhsaums um den Arm, sodass der Übergang von einer Haut zur anderen nicht mehr zu erkennen war. »Perfekt«, urteilte sie, kehrte an ihren Platz zurück und setzte, bevor sie sich das vetivergetränkte Taschentuch vor die Nase hielt, noch hinzu: »Macht nur weiter, Doktor.«

Sciron sah sie an und las tiefen Respekt aus den Augen seiner Geliebten. Da verstummte erstmals die Stimme in seinem Hinterkopf, die ihn seit Beginn ihrer Affäre ununterbrochen ›Diener, Diener, Diener‹ gerufen hatte. Unmerklich zitterten seine Hände, als er mit einem Fettstift auf beiden Armen des Jungen zwei kleine rote Punkte markierte. Dabei verschleierte sich sein Blick ein wenig vor Ergriffenheit. Es ist so weit, dachte er, dem Monster sind Arme gewachsen. Sein Blick wanderte von der Gräfin zu dem Jungen. Ich, dachte er weiter, ich habe ihm Arme wachsen lassen. Und für eine Sekunde war ihm danach, seiner Kreatur über den verformten Kopf zu streicheln. Als empfände er Liebe für sie.

»Komm herein, Zòla«, sagte er nun.

Ahnungslos und unfähig zu verstehen, was vor sich ging, tauchte Zòla grinsend hinter einem schweren Vorhang auf und schob auf einem Servierwagen eine Kupferspule mit einer daran angeschlossenen komplizierten Vorrichtung aus Scheiben, Rädchen, Walzen und Rollen herein, aus der am Rand eine Kurbel ragte. Von der Spule gingen wachsummantelte Kabel, ebenfalls aus Kupfer, mit Klemmen an den Spitzen ab. Sciron nahm vier Nadeln und stach eine nach der anderen an den markierten Stellen in die Arme des Jungen. Danach klemmte er an jeder Nadel eines der wachsumhüllten Kabel fest.

»Los«, sagte er zu Zòla.

Mit dem Eifer eines vergnügt spielenden Kindes begann Zòla an der Kurbel zu drehen und erzeugte damit elektrische Energie in der Spule.

»Genug«, befahl Sciron schließlich.

Im Raum war es völlig still geworden, einzig die elektrostatische aufgeladene Kupferspule knisterte leise.

»Die Bewegung der Muskeln wird durch Nervenimpulse ausgelöst«, erklärte Sciron nun seiner Geliebten, »die mit Stromstößen vergleichbar sind. Elektrizität ist das Geheimnis allen Lebens. Wollt Ihr selbst, Gräfin, diesem wiedergeborenen Menschen dazu verhelfen, seine neuen Hände zu benutzen? Wollt Ihr die ganz spezielle Patin dieses besonderen Experiments sein?«

Die Gräfin zögerte einen Augenblick lang überrascht, bevor ihre Eitelkeit sie aus dem Sessel aufstehen ließ. »Was muss ich tun?«, fragte sie aufgeregt.

Als der Junge die Mutter herannahen hörte, wandte er ihr den Kopf zu und im künstlichen Morphiumnebel erschien sie ihm noch schöner, noch begehrenswerter.

»Betätigt den Hebel dort.« Sciron deutete auf die Vorrichtung. »Betätigt ihn … wenn ich es sage.«

Die Gräfin sah ihm voll Bewunderung in die Augen. Sie hob eine Hand zur Brust, während sie die andere auf den Hebel legte. Dann wandte sie den Blick zu den mechanischen Armen, die aussahen, als wären sie echt.

Sciron nahm selbst im Schweigen Juffridis und des Handschuhmachers die knisternde Spannung dieses einzigartigen Augenblicks wahr.

»Jetzt!«, sagte er.

Mit entrücktem Blick sah der Junge seine Mutter an und entdeckte unten an seinen Armen die Hände, die er sich sein ganzes kurzes Leben lang erträumt hatte. Die Hände, die es ihm ermöglichen würden zu lieben. Geliebt zu werden. Die Gräfin betätigte den Hebel. Mit einem zuckenden Blitz entlud sich der Strom in die Kabel und drang über die Nadeln in den Körper des Jungen. Ruckartig streckte der Junge die Arme vor und ebenso ruckartig krallten sich beide Hände, eine seitlich, die andere vorn, in den Rock der Mutter. Die Gräfin schrie entsetzt auf. Der Junge schrie unter dem Stromschlag. Zòla schrie vor Vergnügen.

Wie in einer Sturmböe wurden die Arme des Jungen nun vom Strom geschüttelt und begannen wild und eigenmächtig hin und her zu zucken. Die mechanischen Zangen, die aussahen wie Menschenhände, krallten sich noch immer in das gräfliche Kleid. Und noch bevor Sciron den Stromfluss unterbrechen konnte, rissen sie schließlich den Rock der Mutter herunter, die mit bleichem Gesicht und nackten Beinen in Strumpfhaltern und grünen Strümpfen rücklings auf den Perserteppich fiel.

Sciron half der Gräfin vom Boden auf, zog seine Jacke aus, um sie zu bedecken. Während Juffridi und der Handschuhmacher weiter auf die unerwartet gebotene Nacktheit starrten, verpasste die Frau Sciron mit vor Zorn und Scham nun hochrotem Kopf eine schallende Ohrfeige. »Idiot!«, zischte sie, während sie, die Fetzen ihres kostbaren Satinrockes nachschleifend, aus dem Zimmer eilte.

Einzig Zòla durchbrach die Stille, als er wie immer, wenn er etwas nicht verstand, heiser zu lachen begann. Da griff Sciron nach dem Spazierstock, den ihm die Gräfin wenige Tage zuvor geschenkt hatte, und traf ihn mit Wucht ins Gesicht, auf Rücken, Kopf und Beine, bis das wertvolle Stück aus Wurzelholz und Silber in Stücke gebrochen war. Unfähig, sich zu verteidigen, weinte der schwachsinnige Zòla zusammengekauert in einer Ecke. Sciron schickte eilig Juffridi und den Handschuhmacher fort, und während in seinem Kopf die quälende Stimme wieder laut wurde und in seinen Schläfen dröhnte: ›Diener, Diener, Diener!‹, befahl er Zòla, den Jungen so, wie er war, auf sein Zimmer zu bringen.

Zòla trug seinen kleinen Herrn auf ihr Zimmer, legte ihn auf dem Bett ab, rollte sich zu seinen Füßen zusammen und begann aufs Neue zu weinen.

Zwei Stunden später war die betäubende Wirkung des Morphiums abgeklungen, der Graf von Noverre jedoch war noch immer in seinen mechanischen Gliedmaßen gefangen. Augenblicklich wurde der Schmerz unerträglich; um nicht zu schreien, beugte sich der Junge über die wie echt aussehenden Hände und biss hinein, zerriss dabei das gebleichte Ziegenleder und legte die Metallgelenke frei. Mit qualverzerrter Stimme und nahezu blind vor Schmerzen gab er daraufhin Zòla Anweisungen, bis dieser ihm die Armstümpfe von ihren mechanischen Fortsätzen befreit hatte. Schließlich wurde das Leiden beinahe tröstlich dumpf und er verlor das Bewusstsein.

Die zehnte Sprosse

17. September 1866–21. Juli 1867

Penny war gerade fünfzehn Jahre alt geworden, als sie die Stelle als Küchenmädchen antrat. Zu ihren Aufgaben gehörte es nicht nur, in schweren Bottichen mit heißem Wasser und Soda die Wäsche der Dienstboten zu waschen oder Fische auszunehmen und zu schuppen, sie musste auch fettverkrustete Töpfe und Pfannen mit Flusssand reinigen oder auf Knien mit harten Bürsten den Boden schrubben. Regnete es, war Penny diejenige, die hinausgeschickt wurde, um Wasser aus dem Brunnen zu holen oder die Schweine zu füttern. Wenn es schneite, war es Penny, die die lange Stange mit den beiden Milcheimern schultern musste. Und wenn ein verstopftes Klo zu reinigen oder irgendeine andere unangenehme Aufgabe zu erledigen war, fiel die Wahl unmissverständlich auf Penny. Denn Penny war als Letzte hinzugekommen.

Als Gegenleistung für all ihre Dienste bekam sie einen Hungerlohn und war bei Tisch die Letzte, die sich bedienen durfte, sodass sie nur noch aus den Töpfen kratzen konnte, was die anderen Bediensteten übrig gelassen hatten. Da alle Zimmer und auch die Schlafgelegenheiten in der Mansarde belegt waren – und keines der anderen Dienstmädchen auf seine kleinen Privilegien verzichten wollte –, richtete man ihr ein Strohlager in dem auswuchsartig an die Küche angebauten Steinschuppen her, wo die Holzvorräte lagerten und bis dahin unangefochten Mäuse und Spinne herrschten. Und man gestand ihr in der Woche nicht mehr als zwei Talglichter zu, mit denen sie ein wenig Licht in die Angst einflößende Finsternis bringen konnte.

Doch Penny machte all das wenig aus, da sie nicht wusste, wie es sich anfühlte, besser zu schlafen oder zu essen. Noch war sie jemals besser behandelt worden als nun in der Villa Noverre.

Zwei Hausbewohner allerdings wurden – paradoxerweise aus einem ähnlichen Grund – auf Penny aufmerksam.

Der erste war der kleine Graf Noverre, der inzwischen zwölf Jahre alt war. Penny machte sich von sich aus bemerkbar, da sie ihn, entstellt und abstoßend wie er war, sogleich unter die unliebsamen Pflichten einordnete, die ihr voraussichtlich obliegen würden. Ohne dass es ihr aufgetragen worden war, ohne jegliche Emotion und obwohl Zòla seine Aufgabe bestens erfüllte, begann Penny sich seiner anzunehmen, wenn sie sah, dass er Hilfe brauchte. Und der heranwachsende Noverre schenkte ihr Beachtung, weil es außer ihm und Zòla niemanden sonst im Haus gab, der so jung, fast gleichaltrig war.

Der zweite, der Penny bemerkte, war Gabriel Sciron und wie Noverre wurde auch er von ihrer Jugend angezogen, wenngleich seine Absichten andere waren.

Penny hatte tiefrotes Haar und unter der Schmutzschicht eine samtig weiche Milchhaut. Ihre blauen Augen waren klar und strahlend, aber klein. Klein waren auch Ohren und Nase, Hände und Füße. Ihre Brüste und ihr Po hingegen waren üppig, rund und prall wie die Lippen, die an zwei Erdbeeren erinnerten. Sie war keine Schönheit, aber dennoch hatten sich die Männer, seitdem sie schon recht früh zur Frau herangereift war, immer von ihr angezogen gefühlt. Sie verbanden die instinktive Art, wie sie schaute und die Lippen schürzte, und die zugleich vulgäre und sinnliche Geschmeidigkeit, mit der sie die Finger bewegte, unweigerlich mit fleischlicher Lust. Obwohl Penny ihre Reize nicht bewusst einsetzte, war sie eines jener Geschöpfe, die auf Männer einen allzeit willigen Eindruck machte. Willig auf eine Weise, die ihnen ein mühevolles Werben zu ersparen schien.

Penny war kein guter Mensch. Auch kein schlechter. Penny war nur ein Tierchen, das überleben wollte und sich mit seiner Umgebung nicht anders als im Hinblick auf die eigenen Bedürfnisse und Vorteile beschäftigen konnte. Moral oder Gefühl spielten dabei keine Rolle für sie, als ginge sie unbewusst davon aus, alle auf der Welt wären so wie sie. Als wäre der eigene Nutzen der einzig existierende Wert. Doch lagen dem keine pessimistischen Erwägungen infolge bitterer Enttäuschungen zugrunde, es war ganz einfach ihre durch Erfahrungen und eine geistige Beschränktheit geprägte Sicht der Dinge. Es war das Ergebnis eines tief in ihrem schlichten Gemüt verwurzelten kindlichen Egoismus und hatte daher nichts mit Grausamkeit oder Zynismus gemein. Penny war, was sie war, mehr nicht.

Pennys ganze Leidenschaft galt dem Tanz. Um tanzen gehen zu können, hätte sie alles getan.

Einen Monat nach ihrer Ankunft in der Villa Noverre streifte Penny an einem der seltenen Nachmittage, an denen ihre Dienste nicht verlangt wurden, durch die Felder. Ihr Ziel war die Fabrik, von der in diesen Tagen die ganze Dienerschaft sprach. Es hieß, man errichte gerade eine Siedlung eigens für die Arbeiter und zwei bis zum Himmel reichende Schornsteine, die höher sein würden als die Türme der Kathedrale. Es hieß, die Arbeiter seien im Vergleich zu Dienstboten wahre Herrschaften, die einen Haufen Geld verdienten, ohne dafür Mist schaufeln zu müssen, so wie sie. Es hieß, jede Arbeiterfamilie habe Anrecht auf ein zweistöckiges Steinhaus mit Kohleofen und es gäbe ein Kaufhaus, in dem alles nur halb so teuer war wie auf dem Markt. Es hieß, die Zuckergesellschaft werde im folgenden Jahr alle Felder ringsum bis zum Horizont aufkaufen und überall Zuckerrüben anpflanzen lassen. Und da Penny noch nie einem Arbeiter begegnet war, wollte sie nun wissen, wie diese Leute aussahen.

Nach wenigen Meilen jedoch wurde sie von einer kleinen Menschenansammlung abgelenkt, die singend bei der Arbeit war. Neugierig verließ sie die Straße, die zur Fabrik führte, und näherte sich der Gruppe. Als Erstes erkannte sie zwei große, mit Weizenspreu beladene Karren und weiter hinten mehrere Männer, die aus Holzbrettern eine nur etwa zehn Zoll hohe Umzäunung errichteten. Penny blieb hinter einem

Busch stehen und sah ihnen zu. Einige Frauen hatten Feuer gemacht und rührten nun in großen Kesseln voll Kerzentalg. Als die ›Wanne‹ – so nannten alle die kreisförmige Umzäunung – aufgebaut war, zog man die beiden Spreuladungen heran und kippte sie hinein. Mit fröhlichem Geschrei stürzten sich daraufhin etwa zwanzig kleine Kinder in die Spreuhaufen und breiteten sie nach und nach mit Händen und Füßen gleichmäßig über die ganze Wanne aus. Erwachsene und Kinder, Männer und Frauen lachten und sangen. Doch Penny verstand nicht, was sie da taten. Daher trat sie aus ihrem Versteck und ging auf die Gruppe zu.

»Heute Abend wird auf Leinwand getanzt!«, erklärte ihr eine Frau.

Nachdem die Kinder die Spreu in der Wanne geebnet und festgetreten hatten, zogen je fünf Männer rechts und links eine breite Stoffbahn aus Grobleinen darüber, befestigten sie auf einer Seite mit Holzpflöcken am Boden und spannten sie dann rundherum, bis sie ganz glatt auflag. Die Frauen an den Kesseln gossen nun die geschmolzene Talgmasse noch heiß über den Stoff und ein Mann machte sich barfuß daran, sie mit einem Holzschieber zu verstreichen. Als er fertig war, ging ein alter Mann mit einer dicken Brille auf dem Nasenhöcker auf der vom inzwischen gehärteten Talg versiegelten Leinwand hin und her. Manchmal blieb er stehen, schüttelte den Kopf und hob eine Hand in die Höhe, während er mit der anderen auf die Leinwand deutete. Er setzte seinen Prüfgang fort, während augenblicklich der Mann, der den Talg verteilt hatte, zu der von ihm angezeigten Stelle eilte. Nachdem ein Dritter eine brennende Fackel darübergehalten hatte, strich der andere den Talg erneut glatt. Als die Leinwand schließlich bereit war, holte ein älteres Paar seine dünnsohligen Tanzschuhe aus der Tasche und stieg auf die Bühne, um zu den Klängen einer Geige probehalber zu tanzen. Ihre Vorstellung wurde mit tosendem Beifall bedacht. Die Zimmerleute errichteten um die Bühne herum einen Holzzaun mit zwei entgegengesetzten Eingängen, von denen einer mit einem Juteseil versehen wurde, das so lang war wie der halbe Kreisumfang der Tanzfläche.

Pennys Augen glänzten vor Freude. Sie hatte noch nie auf Leinwand getanzt, aber bereits davon erzählen hören. Es war ein Boden für erfahrene Tänzer, ein glatter Untergrund, der die virtuosesten Bewegungen und Figuren zuließ.

»Wann geht es los?«, fragte sie aufgeregt.

»Sobald es dunkel wird«, antwortete eine andere Frau, die sie von Kopf bis Fuß musterte und dann anmerkte: »Es kostet aber Eintritt.«

Penny stand mit offenem Mund da und wusste nicht, was sie sagen sollte. »Es kostet Eintritt?«, stammelte sie schließlich.

Die Frau lachte. »Die Kleine hier will umsonst tanzen«, sagte sie zu den anderen. Die Frauen brachen in Gelächter aus. Und die Männer ebenso. »Glaubst du etwa, wir machen uns die ganze Arbeit wegen deiner schönen Augen?«, riefen sie der davonlaufenden Penny hinterher.

Tränen rannen ihr über die Wangen, als ihr nach ein paar hundert Schritten ein Reiter den Weg versperrte. Penny erkannte ihn und blieb stehen.

»Herr Neugraf«, sagte sie und senkte den Blick.

So hörte Sciron zum ersten Mal, aus dem Mund der einfältigen Penny, seinen Spitznamen. Und er gefiel ihm nicht schlecht.

»Komm in zwei Stunden zu der Eiche draußen vor dem Villentor«, sagte er nur.

Penny blickte auf und öffnete den Mund, um etwas zu erwidern. Doch Sciron kam ihr zuvor.

»Vielleicht kann ich dir heute Abend zu einem Tanz verhelfen«, sagte er, bevor er dem Pferd die Sporen gab. »Und wasch dich!«, rief er ihr im Davongaloppieren noch zu.

Die uralte Eiche stand bereits länger an ihrem Platz als der Stammsitz der Familie Noverre und stammte aus einer Zeit, als die Gegend noch ein einziges Waldgebiet war. Nur die Eiche hatte den Kahlschlag überlebt. Es war ein mächtiger Baum mit einer so dichten und ausladenden Krone, dass im Umkreis von zwanzig Fuß kaum Gras wuchs. Bis auf eine Höhe von zehn Fuß war sie durch einen Blitzeinschlag gespalten worden, der sie ausgeweidet, aber nicht getötet hatte, sodass eine Höhle entstanden war, in der zwei große, kräftige Männer bei Regen hätten Unterschlupf finden können, ohne einander zu berühren.

Als Penny an diesem Abend zur Eiche kam, entdeckte sie im Innern der Spalte sofort ein hellblaues Kleid mit weißem Spitzenausschnitt und einem roten Volant am Rocksaum. Dazu ein rotes Haarband aus schimmernder Seide. Und in einer der beiden Taschen, die ein wenig ausgebeult schien, fand sie zwanzig kleine Geldstücke. Zwanzig Tänze.

»Gefällt es dir?«, hörte sie hinter sich Gabriel Sciron fragen.

Penny drehte sich freudestrahlend zu ihm um.

»Lass mich sehen, wie es dir steht«, sagte er, während er vom Pferd stieg und auf sie zukam. Und so, wie er es sagte, bedurfte es keiner weiteren Worte.

Penny sah ihn an. Dann knöpfte sie ihr Arbeitskleid auf und ließ es zu Boden gleiten. Sie wich einen Schritt zurück ins Innere der Eiche und schloss halb die Augen, als Sciron ihr an die Brust fasste.

»Nein, wartet«, sagte sie, während Sciron seine Hose zu öffnen begann. Sie griff nach dem Kleid und hängte es ein wenig zur Seite. »Ich möchte nicht, dass es zerknittert wird«, erklärte sie. Dann lächelte sie und breitete die Arme aus.

Der Eichenstamm zerkratzte ihren nackten Rücken, als Sciron hitzig, zornig fast, in sie eindrang, ohne sich ganz auszuziehen. Mit einer Hand zog Penny den Neugrafen an sich, mit der anderen streichelte sie über den feinen Leinenstoff des Kleides, das sie zum Tanzen tragen würde. Die zwanzig Münzen in seiner Tasche klingelten im Takt.

Später am Abend dachte Penny beim Tanzen nicht mehr

an den Fremden, der in den folgenden Monaten ihr Liebhaber werden sollte, nur am Ende eines jeden Tanzes – während der zuständige Helfer das Seil spannte und damit die Tänzer wie eine Schafherde auf den Ausgang zutrieb – spürte sie, wie sein inzwischen erkalteter Körpersaft ihr die Innenseite der Schenkel verklebte. Es war jedoch nur ein flüchtiger Gedanke, da Penny erhitzt und aufgekratzt sogleich eine neue Münze aus der Tasche zog und eilig um den Zaun herumlief, um auf der anderen Seite wieder hineinzugehen und weiterzutanzen. Egal mit wem.

Sciron war knapp zweiunddreißig Jahre alt, als er Pennys Liebhaber wurde. Zu dem Zeitpunkt war die Gräfin bereits vierundvierzig. Etwas mehr als drei Jahre lag der gescheiterte Versuch an dem kleinen Monster nun zurück.

Anfangs hatte Sciron sich noch bemüht zu verbessern, was nicht funktioniert hatte. Er hatte es mit einem Strombegrenzer versucht und das Gewicht des Akkumulators, so weit es ging, verringert, damit sich der Junge einigermaßen frei bewegen konnte, doch bald schon hatte er sich geschlagen geben müssen. An den Armstümpfen war es zu Infektionen gekommen und die Schmerzen ließen sich nur noch mit immer höheren Morphiumdosen bekämpfen. Doch mehr als aus jeder pseudowissenschaftlichen Überlegung heraus hatte Sciron sein Vorhaben aufgegeben, weil die Gräfin, wenn sie auch weiterhin seine körperliche Zuwendung genoss und einforderte, ihm seit dem ersten Fehlschlag seine ärztliche Untauglichkeit zum Vorwurf machte. Sciron konnte nicht ahnen, dass seine Geliebte auf diese Weise unbewusst die Gelegenheit ergriffen hatte, den Spieß umzudrehen und ihren Liebhaber leiden zu lassen, was sie selbst jahrelang unter dem alten Grafen Noverre hatte erleiden müssen. Er konnte nicht durchschauen, dass die Gräfin – indem sie ihn beschuldigte, unfähig zu sein, dem Monster, das ihr Leben vergiftet hatte, Arme wachsen zu lassen – ganz einfach die Schuld, die ihr selbst von ihrem Mann erbarmungslos angelastet worden war, auf ihn abwälzte. Doch selbst wenn Sciron davon gewusst hätte, war es nicht Teil seiner egoistischen Natur, zu verstehen und zu verzeihen. Ebenso wenig war es Teil der Natur ihrer Beziehung, die auf Fleischeslust, nicht auf Liebe beruhte und ebenfalls rein egoistisch war, dem anderen Verständnis entgegenzubringen. Scirons Groll gegen seine ›Herrin‹, wie er sie inzwischen nannte, wuchs so über dreieinhalb Jahre hinweg stetig an. Und es kam so weit, dass Sciron sich zwanghaft mit allen Mitteln an der Frau rächen wollte, die ihn tyrannisierte.

Sciron machte sich nichts vor. Er wusste, dass die Gräfin ihn nicht liebte. Sie besaß ihn nur. Und er nutzte sie aus. Das Herz der Gräfin bot ihm keinen Schwachpunkt. Ihr einziger Schwachpunkt war ihr Alter, das hatte Sciron schnell begriffen.

So hatte er begonnen, sie zu betrügen. Mit Prostituierten zunächst, danach mit dem rundlichen Hausmädchen. Weder bedeuteten ihm die Frauen etwas, noch verspürte er ein drängendes körperliches Verlangen. Seine Geliebten mussten nur jung sein. Ihre Jugend sollte dem fortgeschrittenen Alter der Gräfin entgegenstehen. Und Penny war die Jüngste von allen.

An dem Abend, nachdem er sie das erste Mal genommen hatte, war Sciron auf eine kleine Anhöhe geritten, die sich unweit der Tanzfläche erhob. Heimlich hatte er sie beobachtet, wie sie im Fackelschein tanzte, ein hellblauer Farbtupfer mit einem roten Band im Haar. Du bist die Jüngste, die ich je hatte, war es ihm durch den Kopf gegangen. Du bist fast dreißig Jahre jünger als meine Herrin, sagte er sich nun jedes Mal, wenn er sie nahm, zu Beginn im Stehen in der Höhle der uralten Eiche, später im Holzschuppen und zunehmend unvorsichtiger, als wolle er sich absichtlich entdecken lassen – selbst auf die Gefahr hin, fortgejagt zu werden –, um seiner Herrin ins Gesicht sagen zu können: ›Ich tue es, weil dein alter Körper mich anekelt.‹

Der junge Noverre verbrachte die meiste Zeit in der Bibliothek und verschlang mithilfe von Zòla, der ihm die Seiten umblätterte, ein Buch nach dem anderen. Er las alles, von griechischen Tragödien über wissenschaftliche Handbücher und philosophische Werke bis hin zu Romanen. Seltene Bücher, verbotene Bücher, fast wahllos anfangs, einfach nur, um sich seine an menschlichen Beziehungen vollkommen leere Zeit zu vertreiben und die furchtbare Gier zu bekämpfen, die Sciron ihm durch das Morphium eingeimpft hatte. Nachdem die Versuche an seinen Armstümpfen eingestellt worden waren, hatte man ihm auch keine Drogen mehr verabreicht. Von heute auf morgen hatte er wieder seine Holzarme und die Pappmascheemaske tragen müssen. Unter der Maske war es im Sommer drückend heiß. Er schwitzte so sehr, dass sich der Leim auflöste. Im Winter gefror die Maske und zerkratzte ihm die Haut. Und sein Körper bebte unter den Folgen des Drogenentzugs. In dieser Zeit nach dem Abbruch der Experimente fing er an, sich in die staubige Bibliothek einzuschließen, in die seine Mutter nie einen Fuß setzte, und ließ sich von Zòla die Maske abnehmen und die Buchseiten umblättern. Stundenlang las der kleine Noverre mit lauter Stimme, um ein Geräusch zu erzeugen, um mit seiner Stimme und den Geschichten berühmter Menschen seine schreiende Morphiumgier zu übertönen. Wenn sein Körper seinem Geist nicht mehr gehorchen wollte und er von heftigen Krämpfen geschüttelt zusammenbrach, warf Zòla sich auf ihn, umfing ihn mit seiner Masse und hielt ihn unter Tränen, deren Grund er nicht kannte, ganz fest umschlossen.

Von allen Büchern faszinierten ihn am meisten die medizinischen Werke. Zu der Zeit hätte der kleine Noverre sein Interesse noch nicht begründen können. Jahre später jedoch, nachdem er sein exzellentes Examen abgelegt hatte, sollte er zu dem Schluss kommen, dass völlig ungewollt Sciron ihn als Erster an die Medizin herangeführt hatte. Und er sollte zu dem Schluss kommen, dass seine Begeisterung für die Medizin unbewusst auf dem Wunsch beruhte, das, was bei Sciron verdreht war, wieder zu berichtigen und ein wahrhaftiger Arzt zu sein. Während Sciron versucht hatte, Noverres Körper auszubessern, hatte Noverre von jeher auf symbolische Weise Scirons Seele bessern wollen.

Als Penny in der Villa angestellt wurde, hatte sich Noverre zwar aus der Sklaverei des Morphiums befreit, jedoch war zu all seinen bereits vorhandenen Missbildungen eine weitere hinzugekommen. Eine Beeinträchtigung seines Blickes. Aus den Augen des gerade einmal zwölfjährigen Jungen sprachen nun der Schmerz und das Bewusstsein eines Erwachsenen. Die unglückliche Kindheit, zu der er verurteilt gewesen war, war vollkommen erloschen. Weit vor der Zeit – wie Zòla, der sich körperlich bereits in einen Riesen verwandelt hatte – war das Monster zum Mann geworden. Was dabei nicht bereits seine Natur und die Qual des erzwungenen Drogenentzugs bewirkt hatten, hatten seine von Tag zu Tag anspruchsvolleren Bücherstudien vermocht, durch die endgültig seine früh entwickelte, wache Intelligenz freigesetzt wurde.

Seine Tage hielten nur kurze Momente bereit, in denen er wieder zum Kind wurde. Dann schlüpfte er in die Küche, setzte sich nah am Kamin in eine dunkle Ecke, wo das Feuer vor den Dienstboten nicht zu viel Licht auf sein abstoßendes Äußeres warf, und bat die alte Köchin, ihm aufs Neue die düstere Geschichte seiner Geburt zu erzählen, allein weil er am Ende den Ausruf seines Vaters hören wollte: ›Durchsucht die Vagina dieses Flittchens nach den Knochen, die meinem Sohn fehlen!‹, allein weil er das Wort hören wollte, das niemand mehr zu ihm sagte: Sohn. Weil er sich wenigstens als Sohn seines Vaters fühlen wollte.

Bei einer dieser Gelegenheiten hatte Penny ihn kennengelernt und begonnen, sich um ihn zu kümmern, während Zòla sich, von der Köchin verwöhnt, den Bauch vollschlug.

»Junger Herr«, sprach Penny ihn an, als sie eines Tages verstohlen die Bibliothek betrat, »wollt Ihr mein Freund sein?«

Noverre stand reglos da und wusste keine Antwort.

»Wenn Ihr Ja sagt«, fuhr Penny fort, »könnt Ihr, wo Ihr doch so gebildet seid, mir vielleicht etwas erklären, was ich sonst niemanden fragen kann.«

»Ja ...«, gab Noverre schüchtern zurück.

»Ich habe gehört«, sagte Penny mit leiser Stimme, »wenn eine Frau ihre Regel nicht bekommt, bedeutet das, sie erwartet ein Kind ...« Es entstand eine Pause. »Stimmt das, junger Herr?«

»Regel«, wiederholte Zòla, ohne zu begreifen, und lachte.

Die elfte Sprosse

12. Oktober 1867

»Komm herein«, sagte die Gräfin.

Penny trug das hellblaue Kleid mit dem roten Volant, das sie zu ihrem ersten Tanz auf Leinwand getragen hatte. Den Blick auf den Boden gerichtet trat sie langsam in den großen Salon und strich sich dabei eine kupferfarbene Haarsträhne hinter das Ohr.

Auf dem mittleren Sofa saßen vier Frauen, die Penny kannte. Eine von ihnen war Frau Couze, die andere Frau Caldwell, die dritte Frau Fairfirth und die vierte Frau Boamorte. Die Gräfin stand mit dem Rücken zu ihr an dem geblümten Vorhang. Auf einem kleinen Sofa etwas abseits saß der junge Graf Noverre mit Kindgottmaske und Holzarmen. Neben ihm Zòla.

Penny blieb in der Mitte des Salons im Schatten stehen.

»Regel«, sagte Zòla und lachte.

»Sei still, du Idiot«, herrschte die Gräfin ihn an. »Und du, Mädchen, komm näher.«

Penny trat zwei Schritte vor.

»Noch näher«, befahl die Gräfin und drehte sich um. »Meine Freundinnen sollen dir ins Gesicht sehen können.«

Penny ging weiter vor, bis sie vor den vier auf dem Sofa sitzenden Frauen stand. Ihr Blick war immer noch auf den Boden gerichtet. Von den reichen Damen sah sie nur die drapierten Röcke.

»Wie alt bist du?«, fragte die Gräfin, die sich wieder abgewandt hatte.

»Sechzehn, Gräfin«, antwortete Penny.

»Und wie heißt du?«

»Penny, Gräfin.«

»Und mehr, als dein Name sagt, bist du wohl auch nicht wert, wie ich gehört habe«, bemerkte die Gräfin kalt.

Eine der Frauen lachte. Penny glaubte Frau Couze mit ihrem näselnden Timbre zu erkennen. Doch sie hob nicht den Kopf. Nur ihre Hände, die sie zuvor ehrerbietig hinter dem Rücken gehalten hatte, nahm sie nun nach vorn, wie um das Bündel, das sie seit sieben Monaten mit sich herumtrug, zu stützen oder auch zu beschützen.

»Du bist nicht verheiratet, oder?«, fragte die Gräfin.

»Nein, Gräfin.«

»Dennoch wächst etwas in deinem Bauch heran.«

»Ja, Gräfin.«

»Demnach bist du also eine Hure.«

Penny sagte nichts.

»Aber es gibt etwas noch Schlechteres als eine Hure«, sprach die Gräfin weiter und hauchte ihre eisige Verachtung gegen das Fenster, da sie Penny noch immer keines Blickes würdigte. »Und weißt du, was das ist?«

»Nein, Gräfin.«

»Eine verleumderische Hure.«

Nun drehte die Gräfin sich um, ging schweigend auf Penny zu und stellte sich hinter sie. Penny stand noch immer reglos da.

»Weißt du, was eine Verleumderin ist?«

»Nein, Gräfin.«

»Eine Hure, die Lügen verbreitet«, erklärte die Gräfin mit weiterhin leiser, eisiger Stimme. »Lügen, durch die die Ehre eines anderen in den Schmutz gezogen wird. Hast du jetzt verstanden?«

»Ja, Gräfin.«

»Dann hast du wohl auch verstanden, warum du eine verleumderische Hure bist?«

»Nein, Gräfin.«

»Stimmt es, dass du überall herumerzählst, der Vater dieses Etwas, das da in dir heranwächst, wäre … Doktor Sciron?«

»Er ist es, Gräfin.«

Erneut brach eine der vier Frauen auf dem Sofa in Gelächter

aus. Dünn und schrill war die Stimme nun. Das Lachen endete in einem Hustenanfall. Kurz hob Penny den Blick und sah, dass Frau Caldwell sich mit einem Taschentuch die schmalen Lippen abtupfte. Penny senkte den Kopf gleich wieder.

»Wieso ist dann Doktor Sciron«, fuhr die Gräfin fort, »nachdem er erfahren hatte, welch infame Anschuldigungen du verbreitest, zu mir gekommen und hat mich gebeten, etwas zu unternehmen? Wieso ist er nicht hier, um dich in Schutz zu nehmen?«

Penny wandte den Kopf. Der Schein der Kerosinlampe spiegelte sich im lackglänzenden starren Maskenlächeln des jungen Grafen Noverre. »Ich weiß es nicht …«, antwortete sie.

»Er ist nicht hier, um dich in Schutz zu nehmen, weil du lügst.«

»Nein, Gräfin … nein, ich …«

»Halt den Mund, du Hure!«, schrie die Gräfin. Als das Echo ihres Schreis verhallt war, befahl sie: »Heb deinen Rock hoch. Zeig uns deinen Bauch, womöglich ist der ja auch nur eine Lüge.«

Penny griff nach ihrem Rock und zog ihn langsam hoch bis an ihre bereits von Milch anschwellenden Brüste.

»Nicht einmal Unterhosen trägt die Hure«, stellte die Gräfin fest.

Als Dritte lachte nun Frau Fairfirth und sagte: »Den Bastard sollte man beseitigen.«

Reglos stand Penny mit nacktem, vorspringendem Bauch da und krallte die Hände in ihren Rock.

Schließlich erhob sich Frau Boamorte mit einem tiefen, rauen, beängstigenden Lachen vom Sofa und trat auf Penny zu. Das Mädchen hielt noch immer die Lider gesenkt, spürte jedoch den Atem der Frau mit der dunklen Haut und dem pechschwarzen Haar, die einer aus den fernen Gewürzkolonien eingewanderten Adelsfamilie entstammte. »Ja, man sollte ihn beseitigen«, bestätigte sie mit ihrer kehligen Stimme. Mit der beringten Hand hastig ein Zeichen auf Pennys Bauch malend sagte sie: »*Mala suerte.*« Und dann spuckte sie auf den Bauch.

Nun standen auch Frau Couze, Frau Caldwell und Frau Fairfirth auf und spuckten auf den Bauch. Danach setzten sie sich wieder hin.

»Verschwinde jetzt«, sagte die Gräfin, »und komm mir nie wieder unter die Augen, sonst lasse ich die Hunde auf dich hetzen.«

Penny war wie erstarrt. Langsam rann der kalte Speichel der Hexe und der drei anderen Frauen über ihren gespannten Bauch. Aber sie konnte nicht weinen.

»Verschwinde!«, schrie die Gräfin.

Penny öffnete die Hände und der hellblaue Leinenvorhang senkte sich über ihre Schande. Da schossen ihr die Tränen in die Augen. Sie wandte sich ab und rannte hinaus. In der Küche war niemand. Das Haus schien verlassen. Sie wollte sich im Holzschuppen verkriechen, doch die Tür war mit einem Brett vernagelt. Ihre kümmerliche Habe lag zu einem Bündel verschnürt auf dem schmutzigen Boden. Penny hob es auf und wandte sich ein letztes Mal zum Haus um.

Da sah sie in der Küchentür Sciron. Ihr Liebhaber trug einen unförmigen Lederbeutel von der Größe eines Stierhodens bei sich, der mit einem roten Seidenband verschlossen war. Der Vater des Kindes, das in ihrem Bauch heranwuchs, warf ihr den Beutel hin und war bereits im Haus verschwunden, noch bevor der Ledersack mit goldenem Klang auf den Boden schlug.

Als Penny das Band aufschnürte, sah sie mehr Goldmünzen vor sich, als sie je in ihrem Leben gesehen hatte. Die Tränen auf ihrem Gesicht begannen zu trocknen und sie lächelte. Nachdem sie den Beutel wieder verschlossen und in ihrem schmutzigen Bündel verstaut hatte, ging sie zum Brunnen, an dem die Pferde getränkt wurden, und wusch sich mit eiskaltem Wasser den Speichel der Damen Boamorte, Couze, Caldwell und Fairfirth vom Bauch. Dann ließ sie die Villa Noverre hinter sich, ohne sich noch einmal umzudrehen.

Als sie das Tor durchquert hatte, sah sie, dass man dabei war, auf Befehl der Gräfin die uralte Eiche zu fällen, in der Sciron sie zum ersten Mal genommen hatte. Die gesamte Dienerschaft stand um den riesigen Baum versammelt. Doch Penny blieb nicht stehen, sondern schlug den Weg ein, der sie in die Stadt führen würde. Die Bauern hatte sie einmal sagen hören, wer den Baum fällen lasse, werde großes Unglück auf sich ziehen. Aus tiefstem Herzen wünschte sie, es möge wahr werden. Und verflucht sollten Frau Couze und Frau Caldwell und Frau Fairfirth und Frau Boamorte sein, die ihren Leib mit Hexenschleim verbrannt hatten.

Penny war schon in weiter Ferne, als sie das mächtige Donnern hörte, mit dem sich der Baum beim Aufprall auf dem Boden spaltete.

Fest umklammerte sie mit beiden Händen den goldgefüllten Beutel, der die Rettung für sie und ihr Kind bedeutete.

»*Mala suerte,* Gräfin«, sagte sie laut.

Die zwölfte Sprosse

31. Dezember 1867

Er sei ohne Blut zur Welt gekommen, erzählte seine Mutter. Ein blutleeres Kind. Und auch sie selbst habe bei seiner Geburt kaum Blut verloren. Sie habe sich unter den großen Küchentisch gehockt, auf dem sie den Brotteig knetete. Vom Mehl sei der Boden ganz weiß und weich wie Talkumpuder gewesen. Sie habe sich hingehockt, weil sie plötzlich nicht so sehr Schmerz als vielmehr eine Bewegung, einen Druck in sich verspürt hatte. Sie habe sich hingehockt, so erzählte sie, weil Frauen – wenn sie selbst auch noch ein Mädchen war – wie Tiere seien und immer genau wüssten, was zu tun sei. Zu jener Tageszeit war niemand sonst in der Küche. Das Brot war bereits fertig gebacken. Bis zum Mittagessen war es noch lange hin. Alle waren vollauf mit anderen Vorbereitungen für die Silvesterfeier beschäftigt, sei es auf dem Markt, im Gemüsegarten, im Hühnerstall oder unterwegs auf der Suche nach Kräutern und Holz. Ein Sonnenstrahl fiel in die Küche, eine Seltenheit in der düsteren Stadt. Und wie sie erst in dem Moment bemerkte, bildete der Sonnenstrahl im Mehlstaub einen Schrägstrich vom kleinen Küchenfenster in der Höhe bis genau unter den großen Tisch. Erst als sie sich hingehockt hatte, war ihr aufgefallen, dass der für sich genommen bereits ungewöhnliche Sonnenstrahl einen hellen Teppich unter den Tisch malte, der wie für sie bestimmt schien. Sie hatte es als gutes Vorzeichen gedeutet. Eine zumeist unsichtbare Sonne hatte sich entschlossen, auf das Kind zu strahlen, das sie nun zur Welt bringen würde, mitten auf einem hellen Teppich aus fein gemahlenem Weißmehl. Dem Mehl der reichen Leute.

Genau in dem Moment, als sie sich hinhockte, war das Fruchtwasser auf den Holzboden gerauscht. Sie hatte einen heftigen Krampf gespürt, der jedoch nicht so schmerzhaft war, wie ihre

Freundinnen, die bereits eine Geburt durchgemacht hatten, ihr berichtet hatten. Nur ein kurzer, stechender Schmerz, wie bei einer Verbrennung. Vielmehr hatte sie nach dem Brennen ihre ›Gegend‹ – wie sie dazu sagte – gar nicht mehr gefühlt. Sie hatte zwischen ihre Beine geblickt und das Neugeborene bereits halb auf dem Fußboden liegen sehen, nur die kleinen Füße fehlten noch, mit einem wohligen Kitzeln waren auch sie schließlich aus ihr hinausgeschlüpft.

Aus ihrer Gegend strömte so gut wie kein Blut. Nur das Fruchtwasser. So gut wie kein Blut bedeckte die weiße Haut des Neugeborenen. Nur ein durchscheinend glänzender Überzug. Das Kleine hatte sich, während es aus der Gegend gerutscht war, um sich selbst gedreht und lag nun mit dem Bauch auf dem Holzboden. Sie betrachtete seinen bleichen Rücken, die runden kleinen Pobacken, die Beinchen mit der an den Kniekehlen leicht zerknitterten Haut. Und die noch kurzen und schon stämmigen Ärmchen, mit denen das Kleine durch das Fruchtwasser wedelte, als würde es schwimmen. Dieses so ungewöhnlich hellhäutige Kind, das nur ohne Blut im Körper zur Welt gekommen sein konnte, schien in Fruchtwasser und Mehl zu schwimmen. Doch in Wahrheit schwamm es nicht, es hatte keine Angst zu ertrinken – so sollte es seine Mutter noch viele Jahre später erzählen –, sondern vermischte das Mehl mit dem Wasser aus der Gebärmutter. Es bereitete den Teig für ein Brot, das sowohl nach der diesseitigen Welt – dem Mehl – als auch nach seiner Welt jenseits schmecken würde. Der Welt, aus der es stammte. Dem Wasser, von dem es neun glückselige Monate lang getragen worden war.

Noch bevor die Mutter das gerade zur Welt gekommene Wesen in die Arme nahm, kniete sie neben ihm nieder und half ihm wie im Traum, den wundersamen Brotteig zu kneten, als gäbe es nichts Dringlicheres zu tun. Sie vermischte ihr Fruchtwasser mit dem Mehl und strahlte dabei ihren Sohn an, der nicht weinte. Nachdem sie ein festes Teigklümpchen geformt hatte, rollte sie es auf dem Tisch aus, auf dem Arm das Neugeborene, das noch immer über die Nabelschnur mit ihr verbunden war. Wie eine Mutterhostie legte sie den flachen Teig ohne Salz oder Hefe in den Ofen. Dann nahm sie das Messer, mit dem am Morgen die Milchbrötchen aufgeschnitten wurden, um sie später mit frischer Butter zu servieren, und zertrennte die Verbindung, die sie aneinanderfesselte. Sie betrachtete den abgeschnittenen dünnen Fleischstreifen, der bleich war wie eine blutlose Wurst, wickelte ihn, ohne sich bewusst zu sein, was sie da tat, unbekümmert lachend um den im Ofen backenden Hostienteig und röstete ihn an.

Während des Wartens betrachtete sie ihren Sohn zum ersten Mal, seit er auf der Welt war, mit voller Aufmerksamkeit. Er war schön, von der durchscheinenden Blässe einer Heiligenfigur oder eines in Öl gemalten Adligenporträts. Neben einem natürlichen Mutterstolz rief er in ihr zugleich eine gewisse Scheu hervor. Selbst im Angesicht dieser noch milchig blinden Augen fühlte sie sich bereits unzulänglich. Sie fühlte genau, was sie war: ein Dienstmädchen im Angesicht des Sohnes eines Dienstherrn. Im Angesicht einer außergewöhnlichen, einzigartigen Seele. Im Angesicht eines höheren Wesens. Im Angesicht eines Gottes. Eingeschüchtert senkte sie den Blick und führte einen noch mit Wasser und Mehl verklebten Finger an die Lippen des Neugeborenen, die blass und durchscheinend waren wie alles an ihm, und geschickt begann es, an ihm zu saugen und ihn von sämtlichen Rückständen zu säubern.

Als die ersten Dienstboten in die Küche zurückkamen, entdeckten sie das Neugeborene an ihrer Brust. Sie selbst aß einen leicht angebräunten Fladen, der mit einem seltsamen, vertrockneten Fleischband umwickelt war.

»Den hat er gemacht«, sagte Penny nur.

Die dreizehnte Sprosse

1. Januar 1868–2. April 1871

»Wie soll er denn heißen?«, fragte die Cousine.

Penny starrte sie mit leerem Blick an. An einen Namen hatte sie gar nicht gedacht. Bis vor einem Tag noch war ihr nicht einmal bewusst gewesen, dass dieser Sohn tatsächlich zur Welt kommen würde.

Nachdem man sie aus der Villa Noverre fortgejagt hatte, war Penny in die Stadt gekommen. Ihre einzige Bekannte dort war eine Cousine, die als Dienstmädchen im Haus einer großbürgerlichen Familie arbeitete. Penny hatte am Dienstboteneingang angeklopft und gefragt, ob sie ihr zur Hand gehen könne. Ein glücklicher Zufall wollte es, dass die Hilfsköchin wenige Tage zuvor gekündigt hatte, sodass sie gleich ihre Stelle einnehmen konnte. Ihre Cousine hatte ihr ein weites Kleid gegeben und sie ermahnt, niemandem von ihrer Schwangerschaft zu erzählen: Die Hausherrin nämlich hatte eine geradezu krankhafte Abneigung gegen Kinder. Die Absicht der Cousine war es, das Neugeborene vor einem Waisenhaus auszusetzen, was Penny jedoch sofort abgelehnt hatte. Und die Cousine hatte nach einem Blick auf den Beutel voll Goldmünzen nachgegeben. Sie teilte sich mit ihr ein Bett in der Mansarde, und so war es ihnen gelungen, Pennys Zustand bis zur Geburt am Vortag geheim zu halten.

»Wie soll er heißen?«, fragte die Cousine noch einmal im Beisein der anderen Dienstboten.

»Dionysos«, schlug der Koch vor, ein kräftiger Mann mit schwarzem Kraushaar. »Nenn ihn Dionysos.«

»Was ist denn das für ein Name?«, fragte Penny.

»So hieß mein Großvater. Und mein Großvater hat in meiner Familie das meiste Glück gehabt. Sollte ich einmal einen Sohn haben, werde ich ihn Dionysos nennen.«

»Aber der Name klingt fremd«, gab die Cousine zu bedenken.

»Und wenn schon«, sagte Penny. »Ist mein Kind etwa nicht schön wie ein Fremder? Und Glück hat er bereits eine ganze Menge gehabt. Wie viele Kinder kommen schon wie er in einem Beutel voll Gold zur Welt? Ja, er hat das Recht auf den Namen eines vom Glück beschienenen Fremden. Er soll Dionysos heißen.«

Am nächsten Morgen kam die Hausherrin in die Küche und entdeckte Penny, während sie gerade ihr Kind stillte. Sie wurde fuchsteufelswild und warf sowohl Penny als auch die Cousine hinaus.

Eine Stunde später fanden sich die beiden Frauen mit Dionysos auf der Straße wieder, nicht einmal ein Empfehlungsschreiben hatte die Hausherrin ihnen ausstellen wollen. Sie mieteten ein schäbiges Zimmer in einer Pension am Stadtrand und schoben im Vertrauen auf den Beutel voll Goldmünzen die Suche nach einer neuen Arbeit Tag um Tag hinaus. Und Tag um Tag verging so ein Jahr ohne Verschwendung, aber auch ohne Entbehrungen. Am Ende des Jahres jedoch war das Geld nahezu aufgebraucht. Penny zählte noch drei Münzen an dem Morgen, als sie sich entschloss, zur Villa Noverre zurückzukehren, da sie überzeugt war, Dionysos' Vater, der Neugraf, werde ihr den Beutel wieder füllen.

Gabriel Sciron jedoch – dem das Leben noch mehr vergällt war, seitdem die Gräfin entdeckt hatte, dass sie von ihm hintergangen worden war – ließ sie nicht einmal in die Küche und würdigte seinen Sohn keines Blickes.

»Du bist noch jung«, sagte er voll Verachtung zu Penny, während er ihre Brust betastete, ähnlich wie ein Züchter einer Färse ins Maul schauen würde, um festzustellen, ob sie gesund ist. »In der Stadt gibt es genügend Männer, die für dich zahlen würden.« Dann schlug er die Tür zu.

Penny blieb eine Weile reglos stehen. Schneeflocken tanzten in der kalten Luft. Das Kind begann zu weinen. Da spuckte Penny auf die Tür und bildete in der Luft das Zeichen nach, das die Hexe Boamorte ihr auf den Bauch gemalt hatte. »*Mala suerte*«, zischte sie dem Haus entgegen und machte kehrt. Als sie an der Stelle vorbeikam, wo die uralte Eiche gestanden hatte, glaubte sie ein winziges Bäumchen zu erkennen. Doch es trug keine Blätter und Penny setzte, ohne innezuhalten und genauer hinzusehen, ihren Weg in die Stadt fort. Wäre sie jedoch näher herangegangen, hätte sie unter der dünnen Schneedecke erkennen können, dass die Bauern den Stamm und die Wurzeln nicht mit Gift behandelt und herausgerissen, sondern mit einer Humusschicht bedeckt hatten und der dem Tod entgangene alte Baum nach nur einem Jahr bereits wieder mit einem Seitentrieb dem Licht zustrebte, das ihn über Jahrhunderte am Leben erhalten hatte.

Zurück in ihrem schäbigen Pensionszimmer machte Penny all ihrer Verzweiflung Luft. Sie war siebzehn Jahre alt, keine Jungfrau mehr und niemand in der Stadt schien noch Dienstpersonal zu benötigen. In der Hoffnung, die Cousine werde ihre Empörung teilen, erzählte sie ihr, was Sciron zu ihr gesagt hatte.

»Du bist ein Dummchen. Dein Graf hat doch ganz recht«, sagte hingegen die Cousine darauf. »Sollen wir etwa alle drei hungern? Du warst dir doch nicht zu schade, dich für einen Tanz in den Dreck ziehen zu lassen, wieso solltest du es jetzt nicht noch einmal für einen Teller Suppe tun?«

Eine Woche später wurde von der Hälfte der letzten Münze ein leuchtend rotes Kleid gekauft, mit einem hochgeschlitzten Rock, der Pennys Beine in orangefarbenen Strümpfen und hellblauen Strumpfhaltern zur Geltung brachte, und einem großzügigen Ausschnitt, der sich mit einem raschen Griff öffnen ließ, damit sie mit ihren schneeweißen Brüsten um Freier werben konnte.

Nach einer weiteren Woche gab Penny sich dem ersten Mann hin, der nicht nach Alkohol roch.

Von dem Tag an verdiente sie sich ihr Brot als Hure. Und der Atem ihrer Freier wurde unwichtig.

Die Cousine hingegen lernte einen Monat später einen Metzger kennen, der sie heiratete. Der Mann lehnte es jedoch ab, auch Penny bei sich aufzunehmen, denn er war einer ihrer ersten Freier gewesen, und Huren, so sagte er, hätten in seinem Haus nichts zu suchen.

So kam es, dass Penny mit Dionysos allein zurückblieb.

Mit ihrem ersten Verdienst zog Penny aus ihrem schäbigen Zimmer am Stadtrand in ein nicht weniger schäbiges in dem Viertel, wo die Prostituierten wohnten, und empfing fortan dort ihre Freier. Mit einigen ihrer Kolleginnen, die sie nach kurzer Zeit kennenlernte, freundete sie sich an. Da waren die Andere, die Frauen bevorzugte, die Hinkende, die ihre Freier mit einem Holzbein erregte, die Unersättliche, deren inneres Feuer weder ihre Freier noch ihre Geliebten zu löschen vermochten, die Donnernde, die so groß war wie ein Mann und auf Wunsch den Einfall eines ehemaligen Liebhabers aufgriff und ihre gewaltigen Fürze wie eine Trillerpfeife ertönen ließ, und schließlich die Wütende, die mit Peitschen und anderem Gerät bewaffnet Lust aus körperlicher Qual zu schöpfen wusste. Penny wurde bald nur noch Multipenny genannt, denn dank ihrer Jugend und sinnlichen Ausstrahlung verdiente sie von all ihren neuen Freundinnen am meisten.

Doch wie bei allen unpfleglich behandelten Blumen war Multipennys blühende Frische nach einem Jahr verwelkt. Sie war nun eine Hure wie jede andere; die Farbe ihres roten Kleides war verblasst, der Vorhang vor den Brüsten war eingerissen und setzte sie nackt dem eisigen, feuchten Stadtwind aus, ihre blauen Strumpfbänder waren ausgeleiert und gaben den vielfach gestopften orangefarbenen Strümpfen keinen Halt mehr, das kupferfarbene Haar, einst ein leuchtender Farbtupfer in den Straßen, auf denen Multipenny sich anbot, wirkte immerzu stumpf und schmutzig. Das Mädchen, das sich einst für einen Tanz auf Leinwand verkauft hatte, klagte nun über Frostbeulen an den Füßen und zog es vor, billigen Gin zu trinken anstatt zu tanzen. Bitterkeit hatte sich in ihr ausgebreitet und ihre Seele erkalten lassen, ebenso wie ihr die feuchte Kälte der trostlosen Stadt bis in die Knochen gedrungen war, sodass kein Ofen sie mehr wärmen konnte. Zusammen mit der Bitterkeit war der schmerzliche Gedanke an all das erwacht, was ihr vom Leben nicht vergönnt war. Wie die meisten ihrer Kolleginnen war Multipenny die meiste Zeit des Tages betrunken, um die Unflätigkeiten der Freier aushalten zu können, um sich die Körpersäfte von zehn Männern am Tag – wenn es ein guter Tag war – aus dem Mund zu spülen, um nicht an die Kälte ihrer Zukunft denken zu müssen, um die Schmerzen ertragen zu können, die von den häufigen Abtreibungen durch Samthand herrührten, wie die Frau genannt wurde, der noch fast keine ihrer Hurenpatientinnen gestorben war. Wie all ihre Kolleginnen war Multipenny in einer Sekunde fröhlich, um in der nächsten in Tränen auszubrechen und einen Augenblick später von Wut oder Verzweiflung übermannt zu werden, jeden Tag aufs Neue machte sie all diese Gefühle durch, ohne je wieder sie selbst zu sein. Bis sie sich irgendwann ganz in ihrem Lebenslabyrinth verirrte und zu dem wurde, was der Alkohol mit jedem Schluck mehr aus ihr machen wollte. Mit der erbitterten Verzweiflung einer Alkoholikerin und einer der Schmerzlichkeit der ewig wiederkehrenden Bilder geschuldeten dumpfen Erschöpfung gab sie sich ihren Wahnvorstellungen hin.

Manche Ereignisse wurden aus der Erinnerung gelöscht, andere wiederum erschienen bedeutsamer, als sie es in Wirklichkeit gewesen waren. So kam es, dass im Laufe dieses Rituals, in dem sie ihre Erinnerungen mechanisch herunterbetete wie die alten Kirchgängerinnen den Rosenkranz, die Gräfin fast völlig verschwand und stattdessen deren vier Freundinnen, die sie damals wie in einem grausamen Spiel ausgelacht und voll Verachtung bespuckt hatten, zunehmend in den Vordergrund traten, bis Multipenny schließlich einzig ihnen die Schuld an ihrem gegenwärtigen Unglück gab.

Ihnen und Dionysos, dem Kind, dessen allabendliche Gutenachtgeschichte schon im Alter von drei Jahren kein Märchen, sondern die Leidensgeschichte seiner Mutter war, die Geschichte der Hure Multipenny, die von einem Grafen geliebt und wegen der Last, die in ihrem Leib heranwuchs, fortgejagt worden war, wegen des Kindes, das sie zusammen mit Frau Couze, Frau Caldwell, Frau Fairfirth und der Hexe Boamorte eines Lebens voller Annehmlichkeiten und Tanz beraubt hatte.

»Die Erste hat gelacht und gespuckt«, erzählte sie ihm und trank auch noch den letzten Rest aus der Flasche, während im Ofen die Kohle langsam verglühte. »Und auch die Zweite hat gelacht und gespuckt. Die Dritte hat gelacht, gespuckt und gesagt, den Bastard … Dich! Den Sohn des Grafen! … sollte man beseitigen. Die Vierte, die schwarze Hexe, hat gelacht und zugestimmt, und ob man dich beseitigen müsste, dann hat sie gespuckt und den Fluch ausgestoßen, der mich zu dem gemacht hat, was ich jetzt bin …«

Wieder und wieder, bis der Alkohol ihr endgültig die Sinne raubte, erzählte sie die Geschichte dem Jungen, der unbeachtet und ohne Regeln aufgewachsen war. Der nichts hatte, woran er sich festhalten konnte, mit Ausnahme des abgewetzten Lederbeutels von der Größe eines Stierhodens, der alles war, was er von seinem Vater, dem Grafen, wusste, und der einst mit seinen vielen Goldmünzen aus seiner Mutter eine Gräfin und aus ihm einen Prinzen gemacht hatte.

»Du bist an allem schuld …«, murmelte Multipenny im Schlaf.

Da legte der kleine Dionysos eine Decke über sie, die von Läusen nur so wimmelte. Und wenn er nicht gleich einschlafen konnte, hielt er das Ohr ganz nah an die Haut seiner Mutter und lauschte auf die Parasiten, die an ihr fraßen.

Die vierzehnte Sprosse

31. Dezember 1872

Mit bald fünf Jahren war Dionysos von beinahe weiblicher Schönheit. Auf der Straße wurde er oft für ein Mädchen gehalten. Zu gleichen Teilen vereinten sich in ihm die schönen Züge seines Vaters und die einstige sinnliche Ausstrahlung seiner Mutter.

Durch den Erbteil des Vaters hob er sich wie Sciron, auch ohne adliger Herkunft zu sein, deutlich vom gemeinen Volk ab. Seine Beine waren schlank und grazil. Eine von Natur aus feste Wirbelsäule verlieh ihm eine würdevolle Haltung und einen eleganten Gang. Die zartgliedrigen langen Finger bewegten sich so geschmeidig, dass sie auf ein Leben im Wohlstand ohne den Zwang zu niederer körperlicher Arbeit schließen ließen. Sein Blick war durchdringend und schweifte dennoch distanziert umher, als wäre er an den Glanz des Reichtums gewöhnt und daher all des Elends überdrüssig, dem er stattdessen tagtäglich begegnete.

Der Erbteil der Mutter hatte ihm eine Haut wie Alabaster und Proportionen beschert, die ihn – trotzdem er für sein Alter nicht klein war – schmächtig wirken ließen. Aus dem erhabenen Blick des Vaters war in Verbindung mit den mütterlichen Genen ein dunkler Typus hervorgegangen, dessen einziges körperliches Anzeichen leichte Augenringe zu sein schienen, die an zwei stehende blaue Wasserpfützen erinnerten, an sinnliche Juwelen, die sich vom Opalglanz seines Teints abhoben. Und wenn er auch Scirons kastanienbraunes Haar hatte, so schimmerte es doch im natürlichen wie im künstlichen Licht lebhaft kupferrot wie das der Mutter.

Dionysos verkörperte ganz und gar das Wesen seiner Eltern. Er war Prinz und Hure.

Seine Mutter, die der Alkohol ausschweifend und unberechenbar machte, war in einem Moment voll Anbetung für seine makellose Anmut und putzte ihn mit Schleifen im Haar und funkelnden Ohrringen wie eine Amorette heraus. Schon im nächsten Moment jedoch, wenn der Rausch sie in ihre trostlose Welt voll Bitterkeit zurückwarf, überzog sie ihn mit Spott, nannte ihn ›Prinzesschen‹ und versprach, ihn auf der Straße zur Befriedigung der perversesten Gelüste all jener Freier anzubieten, die unter einem täuschend weiblichen Anblick in Wahrheit einen Mann suchten. Manchmal verhätschelte sie ihn wie einen Gott, um ihn gleich darauf wie eine Hure zu verachten. In einem Augenblick schminkte sie ihm die Wangen rot, damit er noch mehr einem Engel glich. Eine Sekunde später schmierte sie ihm Lippenstift um den Mund wie einer Hure. An einem Tag machte sie ihm Locken in sein dünnes Haar, setzte ihm Blumenkränze auf und führte ihn nackt ihren Freundinnen vor; am Tag darauf schwärzte sie sein Gesicht mit Kohle und strich ihm Schweinefett ins Haar.

Doch selbst im schlimmsten Delirium ging Multipenny mit ihren Quälereien nicht zu weit. Dafür gab es zwei Gründe. Zum einen hatte Dionysos, selbst als er noch ganz klein war, nie geweint, auch nicht, wenn ihm Würmer den Bauch aufblähten oder er seit einem Tag nichts gegessen hatte. »Er ist blutleer zur Welt gekommen und hat keine Tränen«, erzählte sie Jahr für Jahr mit einem gewissen Unbehagen ihren Freundinnen. »Womöglich hat er ja auch keine Seele«, fügte sie einmal hinzu.

Der zweite Grund, weshalb sie ihre Grausamkeiten nicht bis zum Äußersten trieb, ging auf ein vergangenes Ereignis zurück, als sie Dionysos, der erst drei Jahre alt war, einmal so heftig geschlagen hatte, dass er aus der Nase blutete und eine Platzwunde an der Lippe davontrug. Kurz darauf war sie durch den Alkohol in einen Tiefschlaf gefallen, der die ganze Nacht andauerte. Als sie am nächsten Morgen aufwachte, spürte sie an ihrer Wange auf dem Kissen etwas Kaltes. Sie hob den Kopf und entdeckte ein großes Küchenmesser. Im Spiegel seiner

Klinge sah sie ihren verwunderten Blick und ihren Mund, an dem rote Farbe klumpte. Blut. Blut, das nicht ihres war. Abrupt fuhr sie herum: Dionysos war wach und beobachtete sie schweigend. Mit gefühllosem, unerforschlichem Blick.

Seit jenem Tag hatte Multipenny Angst vor ihrem Sohn, und obwohl sie sich und ihr Verhalten ihm gegenüber nicht änderte, überschritt sie nie wieder eine gewisse Grenze.

»Als Geschenk zu deinem fünften Geburtstag«, sagte Multipenny zu Dionysos, »zeige ich dir die Villa, wo ich das Leben einer Gräfin geführt hätte, wenn du nicht zur Welt gekommen wärst.«

Nachdem sie ihn fein zurechtgemacht hatte, steckte sie ihm einen Korallenohrring an das rechte Ohr und band ihm orangefarbene Schleifen ins Haar. Daraufhin nahmen sie eine Kutsche. Nach einer guten halben Stunde Fahrt tauchte ihr Ziel vor ihnen auf und Multipenny ließ den Kutscher in einiger Entfernung dort anhalten, wo einst die uralte Eiche gestanden hatte und nun drei kahle Bäumchen, die genauso alt waren wie ihr Sohn, gegen den Winter ankämpften. Doch wieder begriff Multipenny beim Anblick der drei Bäume nicht, dass sie nur jung aussahen, in Wahrheit aber dieselben uralten Wurzeln der Eiche hatten, die das Symbol ihrer Begegnung mit Gabriel Sciron gewesen war.

Multipenny ließ Dionysos aus der Kutsche steigen und ein wenig abseits warten. Dann lockte sie den Kutscher zu sich hinein, öffnete seine Hose und gab ihm mit dem Mund, was sie ihm für die Fahrt schuldete.

Während die Kutsche kurz darauf davonfuhr, holte Multipenny aus einer Rocktasche das Silberfläschchen hervor, das sie vor Jahren, als sie noch als attraktiv gelten konnte, einem reichen Freier gestohlen hatte, nahm einen Schluck Gin, spülte damit gurgelnd ihren Mund und spuckte ihn aus. Darauf nahm sie einen weiteren Zug und schluckte ihn hinunter.

»Siehst du es?« Sie wandte sich nun Dionysos zu. »Es ist

das große rosa Haus dort drüben. Dort lebt dein Vater. Hier, nimm das.« Sie hielt ihm den abgewetzten Lederbeutel von der Größe eines Stierhodens hin. »Wenn er uns empfängt, sagst du zu ihm: ›Graf, füll deinem Sohn noch einmal diesen Beutel auf.‹ Hast du verstanden?«

Dionysos nickte und nahm den Beutel an sich. Multipenny steuerte nun auf die Villa Noverre zu, ihr Sohn folgte ihr mit gewohnt ernstem Blick. Am Tor blieb Multipenny stehen. In ihren Augen lag ein verängstigter Ausdruck. Sie trank einen großzügigen Schluck aus dem Silberfläschchen, ordnete ihrem Sohn das Haar und ging schließlich wankend auf den Kücheneingang zu. Ehe sie anklopfte, trank sie noch einmal in der Hoffnung, der Gin werde ihr den Mut und die Hoffnung zurückgeben, die sie während der letzten Schritte verloren hatte.

»Bist du das … Penny?«, rief die wie immer nach Mehl und Hefe riechende alte Köchin aus, als sie sie erkannte. »Gütiger Gott, was ist aus dir geworden …«

»Bemüh deinen Gott nicht für mich«, erwiderte Multipenny. »Sag ihm, er soll lieber auf dich aufpassen. Siehst du nicht, dass er dich schon mit beiden Beinen ins Grab gestellt hat?«

Die alte Köchin schüttelte den Kopf, ehe ihr Blick auf Dionysos fiel. »Und das Mädchen hier? Ist sie das? Ist das deine Tochter von damals?«

»Er ist ein Junge«, gab Multipenny zurück. »Jetzt ruf den Neugrafen und sag ihm, sein Sohn möchte ihm seine Aufwartung machen.«

»Wer ist da, Beth?«, fragte eine Stimme von drinnen. Kurz darauf erschien der monströse junge Graf von Noverre in der Tür.

»Junger Herr …«, lächelte Multipenny, »Ihr seid ja fast schon ein Mann.«

»Wer seid Ihr …?«, fragte Noverre verdutzt.

»Ich bin es, Penny. Erinnert Ihr Euch nicht mehr?«

»Penny …«

»Ihr verkriecht Euch wohl noch immer in der Küche, was?«

Noverre lächelte verlegen.

»Ihr seid fast ein Mann …«, sagte Multipenny wieder.

»Ja … fast.«

Während Noverre – der gerade achtzehn Jahre alt geworden war – die Frau betrachtete, die wenige Jahre zuvor noch ein junges Mädchen gewesen war und ihm nun vom Leben und von Krankheit gezeichnet wie ein Gespenst gegenüberstand, stiegen für einen Augenblick all die Geister seiner jüngsten Vergangenheit vor ihm auf. Er sah seine kranke Mutter vor sich, die von Tag zu Tag schwächer geworden und mit achtundvierzig Jahren viel zu früh gestorben war. Er erinnerte sich, dass er weniger Trauer als vielmehr heftige Wut über ihren Tod empfunden hatte, und diese Wut hatte er an Sciron ausgelassen und ihn aus dem Haus gejagt, das nun ihm allein gehörte. Für einen Augenblick verspürte er wieder den erbitterten Groll, mit dem er dem Liebhaber der Mutter auch noch das kleinste, ihm von der Gräfin in ihrem Testament zugedachte Privileg verwehrt hatte. Im selben Augenblick durchlebte er noch einmal seinen grausamen Rachewunsch, der sich erfüllt hatte, als nach langem, erfolgreichem Rechtsstreit der Scharlatan Gabriel Sciron vom Berufsstand der Ärzte ausgeschlossen worden war.

»Graf, füll deinem Sohn noch einmal diesen Beutel auf«, sagte Dionysos unvermittelt und rüttelte Noverre aus seinen Gedanken auf.

»Doch nicht er, du Dummkopf«, schritt Multipenny ein. »Verzeiht, junger Herr. Wir waren auf der Suche nach …«

»Er wohnt nicht mehr hier«, unterbrach Noverre sie schroff. Dann trat er zur Seite und setzte in freundlicherem Ton hinzu: »Kommt herein … Beth, gib ihnen etwas zu essen.«

Multipenny und Dionysos betraten die Küche und gingen sofort zu dem Feuer, das in dem großen Kamin brannte.

»Auch du Trottel bist ganz schön gewachsen in den letzten Jahren«, lachte Multipenny, als sie Zòla bemerkte.

Der Hüne, der einen durchschnittlichen Mann nunmehr um gut zwei Spannen überragte, riss kauend seinen vollen Mund auf. »Regel«, sagte er. Gleich darauf schlang er weiter.

Unterdessen hatte Noverre der Köchin etwas ins Ohr geflüstert, woraufhin sie sofort hinausgegangen war, um kurze Zeit später eine intarsienverzierte dunkle Holztruhe hereinzutragen. Die alte Frau stellte sie auf dem Tisch ab und öffnete sie, dann ließ sie sich von Dionysos den Lederbeutel geben und füllte ihn mit Goldmünzen.

»Junger Herr, ich bin gekommen, um vom Vater dieses Kindes zu verlangen, was uns zusteht, nicht um zu betteln«, sagte Multipenny in einem Anflug von Stolz.

»Sein Vater wird euch nichts geben. Ich habe ihm alles genommen«, lächelte Noverre schwermütig. »Wenn ich es nun dir zurückgebe, befreie ich mein Gewissen ein wenig von der Last einer Tat, die vielleicht nicht angemessen war. Du siehst also, ich gebe dir keineswegs ein Almosen.«

»Gott segne Euch, junger Herr ...«

»Mehr wird es aber nicht geben, Penny. Tut mir leid.«

»Gott segne Euch ...«

»Beth wird euch etwas zu essen geben. Ich muss jetzt gehen. Leb wohl, Penny.«

»Lebt wohl, junger Herr.«

Noverre drehte sich um und ging hinaus. An den Türen gab es keine Griffe mehr, Noverre hatte nach dem Tod der Gräfin überall Scharniere anbringen lassen, mit denen sich die in Fußhöhe mit glänzenden Messingplatten verkleideten Türen durch einen einfachen Fußtritt in beide Richtungen öffnen ließen. Das Monster ohne Arme wollte nicht länger im Käfig gefangen sein.

Verwirrt von dieser Begegnung, die eine Flut an Gefühlen über ihn hatte hereinbrechen lassen, lief Noverre gesenkten Kopfes den dunklen Flur entlang, als er hinter sich den Holzfußboden knarren hörte. Er drehte sich um und entdeckte den Jungen. Er blieb stehen. Und auch das Kind blieb stehen.

»Komm ruhig näher«, sagte Noverre zu ihm.

Da trat der Junge zu ihm. Sein Blick war ernst und nicht im Geringsten verstört von Noverres monströser Gestalt. »Wieso hast du keine Arme?«, fragte er. In der Hand hielt er einen Ingwerkeks.

Noverre betrachtete ihn für einen Moment. Niemand hatte ihm diese simple Frage je gestellt. Und er fühlte sich erleichtert, dass es nun endlich jemand tat.

»Weil ich sie in einer anderen Welt gelassen habe«, antwortete er.

»Und warum gehst du sie nicht holen?«

»Das werde ich tun. Früher oder später werde ich dorthin gehen … und sie mir zurückholen.«

Der Junge lächelte nicht. Er sah ihn an und schwieg.

»Wie ist dein Name?«, fragte ihn Noverre.

»Dionysos.«

»Dionysos …«, wiederholte Noverre nachdenklich. »Das bringt mich auf eine Idee, komm mit mir«, sagte er und steuerte auf die Bibliothek zu.

An seinem Ingwerkeks knabbernd ging der Junge ihm nach.

Als sie das große, mit Büchern ausgekleidete Zimmer erreicht hatten, wandte Noverre sich nach dem Jungen um. »Fürchtest du dich, da hinaufzusteigen?«, fragte er ihn.

Der Junge betrachtete die Leiter aus Holz und Eisen, deren Sprossen bis unter die tiefblaue Zimmerdecke führten, an der unzählige goldene Sterne funkelten. Er ließ den restlichen Keks in seine Tasche fallen und stieg auf die erste Sprosse.

»Klettere bis ganz nach oben«, sagte Noverre zu ihm.

Während der Junge die Leiter erklomm, zählte er die Stufen mit und hielt die Augen fest auf den dunklen und zugleich leuchtenden Himmel gerichtet, dem er immer näher kam. Er hatte nicht die geringste Angst. Sechzehn Sprossen zählte er bis ganz oben. Da blickte er hinunter. Von oben wirkte alles viel kleiner. »Ich bin ein Stern«, dachte er und fühlte sich als Teil des wunderbaren Freskos, das die Welt überspannte.

»Rechts von dir«, sagte Noverre, »steht ein Buch mit einem roten Einband, siehst du es? Nimm es heraus und bring es mit nach unten.«

Der Junge warf einen letzten Blick auf den Sternenhimmel, bevor er mit dem roten Buch in der Hand wieder nach unten kletterte. »Was ist das?«, fragte er, als er es Noverre reichte.

»Behalt es. Es gehört dir«, antwortete ihm das Monster, das Kindern keine Angst einflößte. »Das Buch erzählt deine Geschichte.«

Neugierig betrachtete der Junge das Buch. »Und warum steht meine Geschichte an der höchsten Sprosse einer Leiter?«

»Ich weiß nicht … vielleicht weil das die Dionysosleiter ist«, lächelte Noverre.

Die fünfzehnte Sprosse

1. Januar 1873–30. Dezember 1883

Dionysos versteckte das Buch, das Noverre ihm geschenkt hatte, an einem Ort, wo weder die Mutter noch irgendwer sonst es hätte finden können. Dann sagte er zu Multipenny: »Ich will lesen lernen.«

»Willst du etwa Pfaffe werden?«, höhnte seine Mutter. »Nur Pfaffen können lesen.« Sie lachte und ging hinunter auf die Straße, um nach Freiern Ausschau zu halten.

Am nächsten Morgen, während Multipenny noch schlief, machte er sich auf den Weg zum Pfarrhaus des Viertels. Er klopfte an die Tür. Eine von Kopf bis Fuß in Schwarz gekleidete Frau öffnete ihm mit strenger Miene. Es war die Pfarrersfrau.

»Ich will lesen lernen«, sagte Dionysos zu ihr.

»Verschwinde, ich habe Brot zu backen«, gab die Frau zurück.

»Ich will lesen lernen«, wiederholte Dionysos.

Da schlug ihm die Frau die Tür vor der Nase zu. Der Junge verharrte einen Moment lang reglos, ehe er sich auf die Eingangstreppe setzte und wartete. Eine Stunde später kam der Pfarrer nach Hause. Dionysos stand auf und sagte, während der alte Priester den Schlüssel ins Schloss steckte, zu ihm: »Ich will lesen lernen.«

»Bist du immer noch hier?«, bemerkte die Pfarrersfrau, die ihren Mann an der Tür gehört hatte und herbeigeeilt war.

Der Junge aber beachtete sie nicht. Sein Blick war auf den Priester geheftet. Ein ernster Blick. Er tippte ihm an die Brust und sagte noch einmal: »Ich will lesen lernen.«

»Du sollst verschwinden, habe ich gesagt«, zeterte die Frau.

»Nein«, brachte der Priester sie mit erhobener Hand zum Schweigen. »So viel Entschlossenheit bei einem so kleinen

Jungen kann nur ein Zeichen Gottes sein. Komm wieder, wenn die Sonne untergeht. Ich werde dir aber nur etwas beibringen, wenn ich sehe, dass du fleißig und intelligent genug bist.«

Dionysos drehte sich um und ging mit seiner angeborenen Eleganz davon, um auf den Sonnenuntergang zu warten.

Dreieinhalb Monate später konnte Dionysos lesen und schreiben, und der Priester kam immer mehr zu dem Schluss, das Kind sei für die Kirche geboren. Daher sagte er eines Tages nach dem Unterricht zu ihm: »Es ist an der Zeit, dass ich deine Eltern kennenlerne.«

Auf dem Weg zu dem schäbigen Zimmer, in dem der Junge lebte, zeigte Dionysos dem Pfarrer eine Frau, die noch sehr jung sein musste, sich betrank und mit ordinärem Gelächter vor den Passanten ihren Busen entblößte.

»Das ist meine Mutter«, sagte Dionysos.

Im gleichen Moment entdeckte Multipenny das Kind und den alten Priester. Sie bedeckte ihre Brust und ging schwankend auf die beiden zu.

»Was hat er angestellt?«, fragte sie den Pfarrer.

»Er … nichts«, entgegnete der und blickte auf Dionysos. »Es tut mir leid. Ich habe mich geirrt«, sagte er zu ihm, wandte sich ab und wollte gehen.

»Womit hast du dich geirrt, Pfaffe?«, schrie Multipenny ihn an.

Mit hochrotem Kopf drehte der Priester sich zu ihr um. Er sah die Frau ohne Zukunft an und ließ dann seiner ganzen Wut freien Lauf: »Ich wollte deinem Sohn ermöglichen, ein Teil der Kirche zu werden … aber mit einer Mutter wie dir hält das Schicksal nur die Hölle für ihn bereit!« Darauf wandte er sich ab und eilte mit langen, empörten Schritten davon.

»Hau bloß ab, Pfaffe!«, brüllte Multipenny ihm nach. »All die Geschichten über Magdalena sind nur Geschwätz, oder etwa nicht? Im wahren Leben ist eine Hure nichts als eine Hure und ein Bastard bleibt für immer ein Bastard! Oder etwa nicht, Pfaffe?« Da stürzte sie auf die Straße, mitten in den Schlamm.

Dionysos trat zu ihr und wollte ihr aufhelfen.

»Hau du auch ab, du Bastard!«, fuhr seine Mutter ihn an.

Kurz richtete der Junge seinen ernsten Blick auf sie, bevor er in das schäbige Zimmer ging, wo versteckt das Buch mit dem roten Einband lag, das seine Geschichte erzählte. Er konnte jetzt lesen und das allein zählte. Jetzt würde er etwas über sein Schicksal erfahren.

»›Die … Bak … chen‹«, las der Junge laut, Silbe für Silbe, zum ersten Mal den Titel des Buches, das der Mann ohne Arme ihm geschenkt hatte. Bis dahin hatte er es versteckt gehalten. Der Junge wollte mehr als bereit sein, ehe er seine Geschichte kennenlernte. »Die Bakchen«, wiederholte er in einem Zug.

Da erhob sich Frauengeschrei von der Straße. Der Junge stand auf und trat an das schmutzige, trübe Fenster. Draußen sah er die Andere, die Hinkende, die Unersättliche, die Donnernde und die Wütende. Er sah einen Mann, der sie mit einem Messer bedrohte. Er sah, wie Multipenny betrunken über die mit Pferdemist bedeckte Straße herantorkelte, sich hinter den Mann stellte und ihn rief. Er sah, dass der Mann sich mit gezücktem Messer und wild verbissenem Gesichtsausdruck nach ihr umwandte. In dem Moment kam es dem Jungen so vor, als hörte Multipenny auf zu schwanken, sie wirkte größer und ihr zerschlissenes Kleid wieder leuchtend rot wie einst. Seine Mutter erschien ihm plötzlich wie eine Königin. Und wie eine Königin griff sich Multipenny vor dem zähnefletschend mit dem Messer herumfuchtelnden Mann an den Ausschnitt und entblößte mit einem Ruck ihren schneeweißen Busen. Der Mann blickte nun verwirrt drein. Er ließ das Messer sinken. Und durch die verschleierte Scheibe hindurch sah der Junge, wie sich die Andere, die Hinkende, die Unersättliche, die Donnernde und die Wütende blitzschnell auf ihn stürzten. Sie nahmen ihm die Waffe ab, zerrissen seine Kleider, traten und bespuckten ihn wie eine Horde wilder Tiere. Und Multipenny, die Königin, feuerte sie schreiend und lachend mit hüpfendem Busen an. Plötzlich ertönten die Trillerpfeifen der Polizei. Im Nu waren die Frauen verschwunden und Stille legte sich über die verlassene Straße. Einzig der Mann, der mit aufgeschlagener Lippe, das Messer einen Meter von seinen blutigen Händen entfernt, auf dem Teppich aus Pferdemist lag, war noch da, um die Polizeikutsche zu empfangen. Er drehte sich herum und wollte etwas sagen. Ein Schlagstock traf ihn ins Gesicht, dann hievte man seinen Körper in die Kutsche. Das Hufgetrappel war noch nicht ganz verklungen, als die Frauen wieder aus ihren Verstecken hervorkamen, Multipenny bedeckte ihren Busen und die Menschen in dem elenden Viertel nahmen ihr elendes Leben wieder auf.

Der Junge glaubte etwas Heiliges in dieser Raserei zu erkennen, wie die biblischen Geschichten, die der Priester ihn hatte lesen lassen. Er wandte sich vom Fenster ab, setzte sich auf das Bett und schlug das Buch auf, das seine Geschichte erzählte.

»›Hier bin ich nun, in Theben, ich, der Sohn des Zeus‹«, begann er zu lesen, »›Dionysos.‹« Sein Herz schlug höher, als er seinen Namen geschrieben sah. »›Dionysos‹«, las er noch einmal, dem Klang seines Schicksals lauschend, das sich ihm nun enthüllte, »›den einst des Kadmos Kind, Semele, … zur Welt gebracht …‹« Der Verstand des Jungen wurde mit einem Mal von einem geheimnisvollen Sog erfasst, in dem sich seine Erinnerungen mit den Bildern des Dichters vermischten und in diesen eine neue Erklärung fanden. Er las die ganze Geschichte. Danach las er sie ein zweites Mal. Ohne alles genau zu verstehen, aber in dem Bewusstsein, dass sie von ihm handelte. Von Zeit zu Zeit fand er darin die Brutalität wieder, mit der er aufgezogen worden war. Er fand die Grausamkeit der Welt beschrieben, in der er aufgewachsen war.

So hörte er nicht auf zu lesen, Tag für Tag, Jahr für Jahr. »›Als Gott in menschlicher Gestalt erreichte ich … ihres Hauses Trümmer; sie rauchen heute noch, Glut des Zeus, und künden ewig von Heras wilder Eifersucht auf meine Mutter ...‹« Und nach und nach, während der Junge heranwuchs und zu verstehen begann, was er nie verstanden hatte, erhielten all die Götter und Gestalten neue Namen: »›... von Gräfin Noverres wilder Eifersucht auf meine Mutter ... weil meiner Mutter Schwestern ... weil Frau Couze, Frau Caldwell, Frau Fairfirth und Frau Boamorte, gerade sie!, behauptet, ich sei, Dionysos, kein Kind des Zeus ... des Sciron ... Multipenny sei Mutter nur durch einen Sterblichen und habe des Fehltritts Schuld auf Zeus gewälzt ...‹« Und immer wieder aufs Neue, Tag für Tag, Jahr für Jahr, las der heranwachsende Dionysos seine Geschichte, allein in dem schäbigen Zimmer, das im Licht der Götter erstrahlte. »›Den lärmenden Gott ... hatte die Mutter dereinst getragen im Schmerze der Wehen, ihn unter dem Blitz, den Sciron geschleudert, zu früh geboren, war selbst aus dem Leben geschieden unter dem flammenden Strahl. Doch hatte sogleich ihn Sciron, der Kronide, zu sich genommen an Mutterleibs statt ...‹« – der Blick des Jungen wanderte hinüber zu dem abgewetzten Lederbeutel von der Größe eines Stierhodens, der mit Goldmünzen gefüllt worden war –, »›... verbarg ihn im Schenkel, umschloss ihn mit goldenen Spangen, verborgen vor Hera ...‹« Und der Beutel verwandelte sich so in den väterlichen Hoden, dank dem er zur Welt gekommen und aufgewachsen war. »›Da gebar ihn Sciron, einen Gott mit Hörnern des Stiers, und kränzte ihn mit Schlangengewinden. Daher auch erhaschen, gewöhnt an das Wild, Mänaden sich Nattern und flechten sie sich in die Haare ...‹« Und während Dionysos in seinem Schicksal las, das er wie eine herrliche Frucht an der höchsten der sechzehn Sprossen einer Himmelsleiter gepflückt hatte, wo er sich wie der hellste aller Sterne vorgekommen war, näherte er sich mit jedem Mal ein wenig mehr dem Augenblick, der geschrieben stand. »›Wonnen bringt er im Waldgebirg, wenn er nach stürmischem Reigen zu Boden sinkt, bedeckt mit dem heiligen Hirschkalbfell, voller Durst nach dem Blut des getöteten Bockes, voll Gier, sich zu laben an rohem Fleisch …‹«

Am Vorabend seines sechzehnten Geburtstages schloss er das Buch, um es niemals wieder aufzuschlagen.

Nun wusste er, was er zu tun hatte.

Nun wusste er, dass er Dionysos war.

Der Gott.

Die sechzehnte Sprosse

31. Dezember 1883

Kurz nach Sonnenaufgang verließ Dionysos sein Zimmer. Multipenny schnarchte im Schlaf mit offenem Mund und zeigte die schwarzen Zahnlücken in ihrem vom Alkohol entzündeten Zahnfleisch. Dionysos hatte ihr eine Decke über die nackten Schultern gelegt. Mit ihren zweiunddreißig Jahren sah seine Mutter aus wie eine alte Frau: Ihre gelbliche Haut war schlaff, ihr Körper aufgedunsen und unförmig, das einst glänzende Haar schütter und stumpf, und die Gelbfärbung ihrer Augen deutete auf eine zerstörte Leber hin, die sich zudem in einem fauligen Mundgeruch bemerkbar machte.

Du bist vor sechzehn Jahren gestorben, dachte Dionysos.

Draußen auf der Straße atmete er tief die feuchtkalte Luft seines sechzehnten Geburtstages ein. Es war der letzte Tag im Geburtsjahr des Gottes.

Am Abend zuvor war Dionysos, nachdem er zum letzten Mal das Buch geschlossen hatte, in dem sein Schicksal geschrieben stand, in einen tiefen Schlaf voller Visionen gesunken. In seinem bisherigen Leben hatte er Zahlen keine Beachtung geschenkt, doch während der fiebrigen Nacht hatten sie sich plötzlich mit Leben und Bedeutung gefüllt und in Zeugen seines Schicksals, in Garanten seines neuen Lebensplans verwandelt. Die Zahlen sprachen von dem Gott und seiner leuchtenden Zukunft, zeigten die magischen Stationen seines neuen Daseins auf. Das Leben des Gottes hatte die Gestalt des Außergewöhnlichen angenommen.

Der Tag nun, auf dem der matte Schein der aufgehenden Sonne und das glänzende Licht der Zahlen lag, war der erste Tag des Gottes. Der Gott wurde an dem Tag sechzehn Jahre alt. So alt, wie seine Mutter gewesen war, als sie ihn zur Welt gebracht hatte, und genau halb so alt, wie sein Vater am Tag der

Geburt des Gottes gewesen war. Zweiunddreißig war Sciron damals. Und jetzt war Multipenny zweiunddreißig. Im Fieberschlaf hatte Dionysos überschlagen, dass sich eine solch perfekte Konstellation in ihrem Leben nicht wiederholen würde. Eine solch perfekte Konstellation schuf ein magisches Datum. Das erste Ereignis. Doch hatte er noch mehr entdeckt, während sein Verstand sich auf der Suche nach einem weiteren Beweis für ihre alchimistische Verbindung in den Zahlen verlor. Sein unbekannter Vater war nun achtundvierzig Jahre alt. Vier und acht, das ergab zusammen zwölf, die Zahl der Harmonie, und rechnete man weiter die Eins und die Zwei zusammen, so kam man auf die Drei, die Zahl der Vollkommenheit, aber vor allem ihre Zahl. Zusammen zählten sie drei, die Mutter, der Vater und der Gott. Immer weiter in das kabbalistische Labyrinth vordringend hatte der Gott dann die Quersummen seines Lebensalters – sechzehn, eins plus sechs, sieben – und des Alters seiner Mutter – zweiunddreißig, drei plus zwei, fünf – addiert, was genau wie bei seinem Vater zwölf ergab. Und aus zwölf – eins plus zwei – hatte er wiederum die Drei erhalten, ihre Zahl, somit waren sie unauflöslich miteinander verbunden in diesem Augenblick, an diesem Tag, zu diesem Datum, an dem der Gott geboren wurde.

Über sechzehn Leitersprossen war er zudem in den Besitz seiner Geschichte gelangt, die als ein Stern unter Sternen an einem dunklen und zugleich leuchtenden Firmament im Haus des Mannes ohne Arme aufbewahrt gewesen war.

In der kalten Luft des sich aufhellenden Tages nun sah Dionysos all die Zahlen und seine im Buch aufgezeigte Geschichte und sein strahlendes Schicksal endgültig in aller Deutlichkeit vor sich. Da wusste er, was er zu tun hatte. Da wusste er, wer er war.

Er überquerte die Straße, bog in eine kleine Gasse ein und hielt auf einen Hauseingang zu, durch den ein süßlich scharfer Geruch nach Blut, Leder und Säuren drang. Er ging hinein und näherte sich dem Meister.

Bei seinem Anblick trat ein Lächeln auf das Gesicht des Mannes, der etwa sechzig Jahre alt war und dem man seine Verdorbenheit ansehen konnte. Sein lüsterner Blick senkte sich auf die vornehmen weißen Hände des Jungen mit den feingliedrigen langen Fingern. »Heute Nacht«, sagte er zu ihm. »Nicht morgens. Und nicht hier.«

Dionysos sah ihm offen ins Gesicht. Seit einem Jahr verkaufte seine Mutter ihn an diesen Mann. »Ich verdiene nicht mehr genug«, hatte sie ihm erklärt. »Es wird Zeit, dass auch du arbeitest, mein schöner Prinz. Ich habe einen Freier gefunden, der in deine Hände verliebt ist. Mehr will er nicht, er wird dich nicht wie eine Frau nehmen. Du musst ihn nur anfassen … mit deinen Mädchenhänden. Das wird ihnen schon nicht schaden.« Dann hatte sie ihm lachend die Finger geküsst. Seit jenem Abend tat Dionysos einmal in der Woche das, was die Prostituierten mit ihren Händen taten.

»Ich will hier in der Gerberei arbeiten«, sagte Dionysos.

»Weiß Multipenny davon?«

»Von jetzt an entscheidet meine Mutter nicht mehr für mich.«

»Multipenny hat Angst, du könntest dir deine wunderbaren Samthände zerstören. Und ich auch«, bemerkte der Mann mit einem unflätigen Grinsen.

»Ich werde aufpassen.«

»Die Arbeit ist gefährlich …«

»Wenn Ihr mich nicht einstellt, fasse ich Euch nie wieder an.«

Die Miene des Mannes verfinsterte sich. Bevor er aufbrausen konnte, fuhr sich Dionysos, einem Mädchen gleich, mit seiner weißen Hand sanft durch das lange Haar.

»Schon gut«, sagte der Mann. »Aber ich gebe dir etwas zu tun, was deinen zarten Händen nicht schadet … und halt dich vom Säurebecken fern. Wann willst du anfangen?«

»Jetzt gleich. Und ich will einen Vorschuss auf meinen Lohn.«

Dionysos arbeitete den ganzen Tag, ohne sich im Mindesten für den Vorgang des Gerbens zu interessieren. Er wartete einzig auf einen Moment, in dem er unbeobachtet war, griff sich eine noch nicht gekalkte Tierhaut, streichelte über ihr borstiges Fell und verbarg sie unter seinem Hemd. »Das heilige Hirschkalbfell«, sagte er immer wieder zu sich.

Während der ersten Pause, die man ihm zugestand, gab er den gesamten kümmerlichen Vorschuss, den der Meister ihm ausgezahlt hatte, für zwei Flaschen Kerosin aus, die er in einem dunklen Winkel der Werkstatt versteckte.

Am Abend schließlich näherte er sich ungesehen dem riesigen Kessel, in dem sich die Gerbabfälle zersetzten, und tauchte seine Hände bis zum Gelenk in die kochend heiße Säure. Kein Schrei kam über seine Lippen.

Mit verätzten, pustelübersäten Händen machte er sich, ohne den Schmerz zu fühlen, auf den Weg durch überfüllte Straßen, wo sich die Menschen bereits zusammengefunden hatten, um den Beginn des neuen Jahres zu feiern. Kurz bevor er zu Hause ankam, pflückte er ein wenig Efeu und wickelte es um einen Stock. Er ging hoch in sein Zimmer, warf sich das heilige Hirschkalbfell über, legte seine Hände um Multipennys Hals und erwürgte sie. Dann wusch er sich die Säure von der Haut, riss zwei Stoffstreifen aus dem Kleid seiner Mutter und verband sich damit die Hände. Schließlich verschüttete er das Kerosin über Multipennys leblosen Körper und danach im ganzen Zimmer. Mit dem Efeustock in der einen und dem abgewetzten Lederbeutel, der so groß war wie der Hoden eines Gottes, in der anderen Hand rezitierte er: »›Das Grabmal meiner Mutter, die der Blitz erschlug, erblick ich dort am Schloss, und ihres Hauses Trümmer; sie rauchen heut noch, Glut des Zeus … Ich warf ein Hirschkalbfell ihr um‹« – er breitete die Tierhaut über Multipennys Leiche – »›und reichte den Thyrsos ihr, den Speer, den Efeulaub umrankt.‹« Er schloss ihre Hände um den Ast. »›Ich, der Sohn des Zeus, Dionysos … zeigen will ich mich als Gott den Menschen.‹«

Nun nahm er ein brennendes Talglicht von einem schiefen Tischchen und ließ es auf Multipenny herabfallen. Während die Flammen seine Mutter verschlangen, steckte Dionysos das Buch mit seiner Geschichte in den Lederbeutel, der sich nun in Scirons Hoden verwandelt hatte, verließ ein letztes Mal das Zimmer und schloss die Tür.

In dem Moment, als er auf die Straße trat, explodierten die ersten Feuerwerkskörper. Er ging ein paar Schritte, bevor er in einer dunklen Gasse stehen blieb, um den Himmel zu betrachten.

»Fühlst du dich auch einsam?«, fragte eine Stimme.

Dionysos wandte den Kopf. Neben ihm war ein missgestaltetes Geschöpf aufgetaucht. Ein Zwerg. Er lächelte ihn an.

In der Straße am Ende der Gasse, in der sie standen, beleuchtete ein explodierender Feuerwerkskörper für einen Augenblick ein Ladenschild. Die Gasse engte die Sicht ein, sodass Dionysos es nicht ganz lesen konnte.

»Wie heißt du?«, fragte der Liliputaner.

›… und hab in einen Menschen mich verwandelt‹, dachte Dionysos.

Auf dem Schildausschnitt, der von seinem Platz aus zu erkennen war, las Dionysos: … STIGLE …

»Willst du mir nicht sagen, wie du heißt?«

»Stigle«, antwortete Dionysos.

»Nun, Stigle, wenn du ebenso einsam bist wie ich … ich kenne da einen Ort, wo wir uns heute Abend amüsieren könnten«, sagte der Liliputaner.

»Ich habe kein Geld.«

Der Zwerg sah ihn an. »Man braucht kein Geld, um sich zu amüsieren.«

»Einverstanden«, sagte Stigle.

Als sie am Ende der Gasse ankamen, las Stigle das ganze Schild: HASTIGLENN & SÖHNE – BESTATTUNGSINSTITUT MIT AUSZEICHNUNG. »Wie passend«, grinste Stigle.

»Was hast du gesagt?«, fragte der Zwerg.

»Nichts.«

Da wandte Stigle sich um und sah über den Dächern eine dichte schwarze Rauchsäule aufsteigen. Sie entstammte dem Scheiterhaufen, auf dem Dionysos' gesamte Vergangenheit ausgelöscht wurde. Auf dem der Leichnam der Mutter verbrannte, die dem Schicksal zufolge, das im Buch geschrieben stand, sechzehn Jahre zuvor durch den Blitz des Zeus hätte sterben sollen. Stigle blieb stehen, um zuzuschauen. Dabei entdeckte er inmitten des Rauchs am Himmel neue Zahlen. Sechzehn weitere Jahre würde der Gott warten müssen, bis die nächste vollkommene Zahlenkonstellation über seinem Leben stand. Dann hätte er das gleiche Alter, mit dem sein Vater ihn zur Welt gebracht und seine Mutter die Welt verlassen hatte. Der Gott wäre dann zweiunddreißig und der Vater vierundsechzig, genau doppelt so alt. Und die Symmetrie wäre vollkommen: zweiunddreißig, drei plus zwei, fünf, und vierundsechzig, sechs plus vier, zehn, erneut das Doppelte. Sechzehn Jahre würde der Gott warten müssen. An jenem Tag dann würde ein neues Jahrhundert anbrechen. Das zwanzigste Jahrhundert. Sechzehn Jahre bis zum Tag der Ankunft. Sechzehn Jahre, bis mit dem Gott ein neues Jahrhundert, sein Jahrhundert hereinbrechen würde.

»Woran denkst du?«, fragte der Liliputaner.

»An nichts.«

»Ich habe noch nie jemand so Schönen wie dich gesehen«, sagte der Zwerg.

»Weil du noch nie einen Gott gesehen hast«, lachte Stigle.

Der Zwerg fiel in sein Lachen ein. »Ich heiße Tristante«, stellte er sich vor. »Werden wir Freunde sein, Stigle?«

»Wirst du alles tun, worum ich dich bitte?«

»Ja.«

»Ohne jemals zu zögern?«

»Ja.«

»Dann nimm meine Hand. Und drück sie ganz fest, Tristante.«

»Aber ich werde dir wehtun, Stigle ...«

»Ohne zu zögern. Du hast es versprochen.«

Der Zwerg nahm Stigles Hand in seine.

»Drück fester.«

Der Zwerg verstärkte seinen Griff.

»Noch fester ...«

Der Zwerg sah, wie sich der Verband um Stigles Hand mit Blut tränkte, doch er drückte mit aller Kraft zu.

Stigle senkte ein wenig die Lider. Er war in den Schmerz hineingeboren. Er selbst war Schmerz. Und es gab keine Qual, die er nicht hätte lieben können. »Ja«, sagte er, »wir werden Freunde sein.«

Danksagungen

Je weiter ich vorangekommen bin, umso größer wurde die Zahl derer, denen ich an dieser Stelle danken möchte. Dies lässt mich ermessen, wie glücklich ich mich schätzen kann. Die Reihenfolge der Nennungen stellt keine Wertung dar.

Ich danke meinem Sohn Luca Piccaro, der mich auf seine brummelige Art immer mit Begeisterung unterstützt, mir bei der Entwicklung einer Szene des Buches, die mir sehr am Herzen liegt, geholfen und wertvolle Arbeit bei der Fahnenkorrektur geleistet hat.

Und Gabriele Salvatores, der immer vorausgesehen hat, was sich mir erst andeutete, und der sich bereits, als die Geschichte noch unausgereift war, in sie verliebt hat, als habe sie in ihm selbst geschlummert und nur darauf gewartet, erweckt zu werden; Maurizio Totti für seine außergewöhnliche Leidenschaftlichkeit, mit der er für diesen Roman gekämpft und ihn verteidigt hat wie ein Ritter aus vergangenen Zeiten; Gianluca Pignatelli für seinen unermüdlichen Ansporn und für unsere tiefe Freundschaft, die es mir ermöglicht hat, seinen Rat umzusetzen; Enrico Lucherini, unter dessen Fittichen Carla und ich uns sicher aufgehoben fühlen; Micaela Fusco und Leonardo Coletti für ihre aufrichtige und großherzige Freundschaft.

Doktor Roberto Fornara, einem Psychiater, der die Fähigkeit besitzt, mir in der Entstehungsphase der Geschichten zu völliger Klarheit zu verhelfen.

Teresa Ciabatti, die mich in jedem Augenblick meines Lebens begleitet und unterstützt hat und von deren schriftstellerischem Talent und Feingefühl ich in beinahe dreister Weise profitiere.

Ein besonderer Dank gilt Massimo Turchetta für sein Vertrauen in das Buch und die Energie, mit der er sich dafür eingesetzt hat, dass all das Wirklichkeit werden konnte.

Schließlich danke ich Carla Vangelista, die zahlreiche Figuren und Szenen zu dieser Geschichte beigesteuert und mich auf die tragende Idee der *Bakchen* gebracht hat. Ich stehe auf ewig in ihrer Schuld.

Quellenangaben der Zitate auf Seite 7

William Shakespeare: König Richard III., Erster Akt, 2. Szene
[Zitiert nach: William Shakespeare, Gesamtausgabe, Band 11, Cadolzburg 2002; Übersetzung von Frank Günther.]

Euripides: Die Bakchen, Dritte Szene
[Zitiert nach: Euripides, Tragödien, Sechster Teil, Berlin 1980; Übersetzung von Dietrich Ebener.]